रोहज़िन

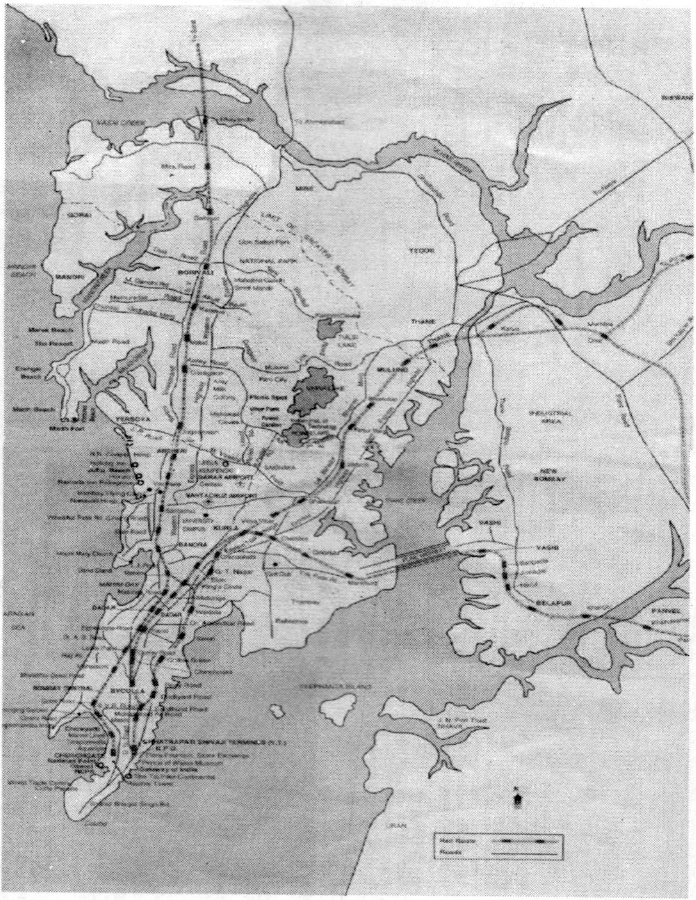
NATIONAL PARK
TULSI LAKE
THANE
MULUND
INDUSTRIAL AREA
NEW BOMBAY
SANTACRUZ AIRPORT
KURLA
BANDRA
VASHI
BELAPUR
BYCULLA
URAN
Rail Route
Roads

रोहज़िन

रहमान अब्बास

अनुवाद

डॉ. मोहम्मद रिज़वान अंसारी

वाणी प्रकाशन

पेपरबैक प्रथम संस्करण : 2023

वाणी प्रकाशन

4695, 21-ए, दरियागंज, नयी दिल्ली 110 002

फ़ोन : +91 11 23273167 फ़ैक्स : +91 11 23275710

शाखाएँ

अशोक राजपथ, पटना 800 004, बिहार

कॉफ़ी हाउस कैम्पस, महात्मा गांधी मार्ग, इलाहाबाद 211 001, उत्तर प्रदेश

महात्मा गांधी अन्तरराष्ट्रीय हिन्दी विश्वविद्यालय, वर्धा 442 001, महाराष्ट्र

36/ए, शेक्सपीयर सरणी, रानी बिरला गर्ल्स कॉलेज के पास, कोलकाता 700 017, प. बंगाल

www.vaniprakashan.com
marketing@vaniprakashan.in
sales@vaniprakashan.in

Rohzin
by Rehman Abbas
Translated by Dr. Mohammad Rizwan Ansari

ISBN : 978-93-5518-887-8
Novel

मूल्य : ₹ 495

आर. टेक ऑफ़सेट प्रिंटर्स, दिल्ली-110 032 में मुद्रित

वाणी प्रकाशन का लोगो मक़बूल फ़िदा हुसेन की कूची से

हिन्दुस्तानी तहज़ीब की रौशन अलामत
प्रोफ़ेसर गोपीचन्द नारंग
के नाम

"He was still too young to know that the heart's memory eliminates the bad and magnifies the good and that thanks to this artifice we manage to endure the burden of the past."

Gabriel Garcia Marquez

(Love in the Time of Cholera)

"It may have happened. It may not have happened; but it could have happened."

Mark Twain

(The Prince and the Pauper)

अनुक्रम

जो ज़हर है मेरे अन्दर वो देखना चाहूँ

असरार और हिना की ज़िन्दगी का वह आख़िरी दिन था।

!!!

मुम्बई के चारों ओर फैला हुआ समन्दर बहुत क्रोधित था। वह सदियों से जारी जंग जीतकर टापू पर क़ब्ज़ा करना चाहता था। ऊँची–ऊँची लहरें उठ रही थीं और गुस्से में साहिलों पर अपना सिर पटक रही थीं। लहरें इस तरह सर उठा रही थीं जैसे उठकर आसमान को छूना चाहती हों। इन बाग़ी लहरों को देखकर दिल में डर समा रहा था। तीन दिनों से शहर में बारिश जारी थी और अब शहर की मुख्य सड़कों के साथ–साथ तंग और तारिक़ गलियों में भी घुटनों तक पानी भर गया था। आसमान में सिवाय काले बादलों के कोई और चीज़ दिखायी नहीं दे रही थी। शहर भूल गया था सूरज की किरणें कैसी होती हैं। आसमान में छेद थे जहाँ से ढार–ढार पानी गिर रहा था मानो आसमान में बादल नहीं आबशार हो। समन्दर का पानी नालियों में बहुत अन्दर तक समा चुका था। बारिश के पानी की निकासी रुक गयी थी। बड़ी–बड़ी नालियों में समन्दर और बारिश के पानी में संघर्ष जारी था, जिसके कारण नालियों की कँक्रीट निर्मित दीवारें टूट–फूट रही थीं और मिश्रित पानी ज़मीन की अन्दरूनी परतों में फैलता जा रहा था। बरसाती नालों से सटी हुई आबादियों के निवासी डूबे जा रहे थे। मीठी नदी में बाढ़ के कारण एक बड़ा इलाक़ा पानी के चपेट में आ चुका था। बेशतर इलाक़ों में बिजली गुल थी। निचले इलाक़ों में तबाही और बर्बादी का एक ख़ौफ़नाक मंज़र था।

नगर प्रशासन, सरकार और जनता के बीच सम्पर्क टूट चुका था। टापू पर आबाद लोगों की याददाश्त के अनुसार इतनी तेज़ और मूसलाधार बारिश पहले कभी नहीं हुई थी। मुम्बा देवी के मन्दिर में सन्नाटा छाया हुआ था। मुम्बा देवी का चेहरा बेहद उदास लग रहा था। छह हज़ार साल पहले ब्रह्मा ने ऐसी उदासी मुम्बा देवी के चेहरे पर तब देखी थी जब मुम्बा का मुक़ाबला, मुम्बाराका से होने वाला था। मुम्बराका की हार के बाद जब मुम्बा देवी का मन्दिर तामीर हुआ तब ब्रह्मा ख़ुद आशीर्वाद देने मन्दिर में पधारे थे। जब मन्दिर में मुम्बा की मूर्ति रखी गयी थी तब उसके चेहरे पर एक अस्पष्ट और व्याख्या से महरूम ख़ामोशी छायी हुई थी। क्या उस दिन ब्रह्मा ने मुम्बा देवी को मुम्बई के भविष्य से सचेत कर दिया था? क्या ब्रह्मा के अलावा संसार में कोई दूसरी शक्ति थी जिसे इस बात का ज्ञान हो कि मुम्बा देवी के चेहरे की प्राकृतिक मुस्कुराहट को किस पीड़ा ने एक अस्पष्ट ख़ामोशी में बदल रखा है।

असरार के पिता मलिक देशमुख बचपन के साथी साजिद सोलकर और आबिद सोलकर के साथ अरब सागर के तट पर मछलियों का शिकार करते थे।

उनकी बस्ती का नाम 'माबादमोर्फो' और नौका का नाम 'समन्दर की रानी' था।

'माबादमोर्फो' में मलिक देशमुख के नौका का नाम सब की ज़बान पर था। जब 'समन्दर की रानी' अरब सागर की तेज़ लहरों के बीच शिकार करके लौटती तो तीनों दोस्त मछलियों का बँटवारा करते और उनकी पत्नियाँ इन मछलियों को स्थानीय मंडियों में बेचा करती थीं। समन्दर, नाव और मछलियाँ ही उनकी जीविका का एकमात्र साधन था। मछलियों के व्यवसाय से होने वाली आय पर ही उनका गुज़ारा होता था और उनकी आर्थिक स्थिति बहुत दयनीय थी। तीनों दोस्त सारी दुनिया को भूलकर मछलियों के शिकार में जुट गये थे। उनके सर पर बहुत सारा पैसा कमाने की धुन सवार थी, मगर क़िस्मत को शायद यह मंजूर नहीं

था और एक बहुत ही अशुभ दिन उनके इंतज़ार में था। हुआ यूँ कि उस अमंगल दिन 'समन्दर की रानी' भँवर में फँस गयी। तीनो दोस्त समन्दर के स्वभाव, तेवर और व्यवहार का गहरा अनुभव रखते थे। उनका अब तक का जीवन समन्दर की लहरों पर गुज़रा था। समन्दर में छोटे–मोटे भँवर तो उन्होंने सैकड़ों बार देखे थे, लेकिन आज जो दृश्य आँखों के सामने अचानक आया था, उसकी व्याख्या नहीं की जा सकती है। इतने बड़े भँवर की चर्चा उन्होंने अपने बुजर्गों से कभी नहीं सुनी थी। उन्होंने एक–दूसरे की तरफ़ देखा। बात करना तो दूर, इशारा करने के लिए भी उनके पास समय नहीं था। उन्होंने समन्दर में छलाँग लगा दी।

उनमे से सिर्फ़ एक तट पर पहुँचा।

मलिक देशमुख और साज़िद सोलकर को समन्दर के तट पर और पानी में तलाश किया गया लेकिन सारा प्रयास असफल रहा।

पन्द्रह–बीस रोज़ बाद 'समन्दर की रानी' का एक टूटा हुआ भाग माबादमोर्फ़ो के तट से आ लगा। लोगों को यह देखकर आश्चर्य हुआ कि यह नाव का वही हिस्सा था, जिस पर उसका नाम लिखा हुआ था। इस घटना के तुरन्त बाद एक और अजीब घटना घटी जिसने कई दिनों तक माबादमोर्फ़ो को हैरान कर रखा था। हुआ यूँ कि जिस दिन 'समन्दर की रानी' का टूटा हुआ हिस्सा बस्ती के तट से लगा था उसी शाम उस टुकड़े को वहाँ से उठाकर एक चबूतरे पर रखा गया जो समन्दर के तट पर बना हुआ था। दूसरे दिन दस–बारह डॉल्फिन तट के क़रीब तैरते हुए देखी गयीं। इस बात को लेकर लोगों ने यह अनुभव किया कि डॉल्फिन समन्दर में उछल–उछल कर चबूतरे की तरफ़ देख रही हैं जहाँ 'समन्दर की रानी' का टूटा हुआ हिस्सा रखा हुआ है। पहले पहल जिन लोगों को इस बात का अहसास हुआ। उन्होंने दूसरों से इस बात की चर्चा की, लेकिन उन लोगों ने इस बात को गम्भीरता से नहीं लिया बल्कि उन लोगों के बारे में यह कहा जाने लगा कि ये आजकल दिन में भी शराब पीने लगे हैं। परन्तु जब तीसरे, चौथे, पाँचवें दिन भी यही घटना घटी तो लोगों को इस आश्चर्यचकित घटना पर विश्वास हुआ। किसी ने यह बात जाकर आबिद सोलकर को बता दी जो 'समन्दर की रानी' के भँवर में फँसने के बाद सही–सलामत किनारे पहुँचा था। यह बात सुनते ही वह बिस्तर से उठा और समन्दर के तट पर जा पहुँचा। तट पर माबादमोर्फ़ो की आधी

से ज़्यादा आबादी डॉल्फिन को देखने में मग्न थी। आबिद सोलकर को आता हुआ देखकर लोग उसकी तरफ़ लपके। उसने दो–चार बुज़ुर्ग लोगों से हाथ भी मिलाया और ध्यान से डॉल्फिन की तरफ़ देखता रहा। डॉल्फिन बहुत ज़्यादा दूर भी नहीं थी। आबिद सोलकर का चेहरा चिन्तित था। वह चबूतरे पर चढ़ गया। उसने डॉल्फिन की तरफ़ देखते हुए दोनों हाथ हवा में लहराये। तट पर खड़े लोगों ने पहले आबिद सोलकर की तरफ़ देखा, फिर समन्दर की तरफ़। यह देखकर हैरान थे कि अचानक सारी डॉल्फिन समन्दर में लगातार उछल रही थीं और उनका यह नाच आधे घण्टे तक चलता रहा। उसके बाद वे ग़ायब हो गयीं।

डॉल्फिन ग़ायब हुईं तो आबिद सोलकर चबूतरे से नीचे उतर गया। लोग उसके आस–पास जमा हो गये। एक आदमी जिसका नाम करीम मुजावर था, उसने आगे बढ़कर पूछा– "सच–सच बताना, क्या डॉल्फिन भी दारू पीती हैं?"

मौजूद लोग हँसने लगे और देर तक लोट–पोट होकर हँसते रहे। कुछ लोगों का हँसी के मारे बुरा हाल था। इस तरह हँसने की एक वजह यह भी थी कि वे जानते थे कि कुछ रोज़ पहले ही करीम ने दारू की भट्ठी लगाई है।

जब माहौल कुछ शान्त हुआ तो एक बुज़ुर्ग आदमी ने पूछा– "आबिद, बात क्या है?"

मौत के मुँह से बाहर आने वाले आबिद सोलकर ने बताया कि जब वह मछलियों का शिकार करने जाते थे और उनकी नाव दूर समन्दर में जाकर रुक जाती थी तब कभी–कभार इस तरह की मछलियाँ पानी से उछल–उछल कर देखा करती थीं और वह भी उनको देख हाथ हिलाया करते थे। इतना कहकर वह मुड़ा और चला गया। वहाँ पर मौजूद लोग बहुत देर तक इस विषय पर बातें करते रहे आख़िरकार लोग इस नतीजे पर पहुँचे कि यह मुमकिन नहीं है। हाँ ,यह मुमकिन है कि मौत के मुँह से बचकर आने वाला अभी सदमे से उबरा नहीं है। मौजूद लोगों की ख़ामोशी ने आबिद के मानसिक सन्तुलन ठीक न होने का प्रमाण दिया। लेकिन उस दिन के बाद डॉल्फिन तट के क़रीब दिखायी नहीं दीं और उनका दुबारा दिखायी न देना उस बात को बल देने लगा, जिसको मानने से लोगों ने पहले इंकार किया था।

मलिक देशमुख की मौत के बाद उसकी पत्नी हसीना देशमुख सूखी मछलियाँ बेचकर अपना परिवार चलाती रही और अपने बेटे असरार की पढ़ाई को भी जारी रखा। असरार को अपनी माँ की इन कठिनाइयों का पूरा अहसास था। दसवीं की परीक्षा जिस दिन ख़त्म हुई, उसी शाम उसने माँ से कहा कि वह मुम्बई जाकर कोई हुनर सीखेगा या कोई नौकरी करेगा। माँ ने उसे बहुत देर तक समझाने का प्रयास किया लेकिन वह नहीं माना। उसने माँ को बताया कि उसकी कक्षा के तीन लड़के भी उसके साथ हैं। वह सब मुम्बई में 'जमात की खोली' में ठहरेंगे (जमात की खोली दरअसल माबादमोफ़ों की अधिकृत थी। गाँव से मुम्बई आने वाला हर आदमी मामूली मासिक किराये पर खोली में ठहर सकता था। अरब सागर के तट के अधिकतर गाँवों की मुम्बई में इस प्रकार की खोलियाँ बीसवीं सदी के प्रारम्भ से ही मौजूद हैं)। विस्तार से सुनने के बाद माँ के दिल का बोझ कुछ कम हुआ और वह मान गयी।

गाँव को अलविदा कहने से एक दिन पहले असरार समन्दर के तट पर देर तक बैठा रहा। समन्दर पर बिखरी सूरज की किरणों को देखता रहा। लहरों के साथ किरणों की झिलमिल में एक तालमेल था और असरार ने बचपन से इस तालमेल को देखा था। वह अपने पिता के साथ कई बार मछलियाँ पकड़ने गया था। उसने समन्दर से गाँव को धीरे-धीरे नज़रों से दूर होते देखा था। समन्दर में पानी के विभिन्न दृश्य भी देखे थे।

वह अपने पिता के साथ बिताये हुए पलों को याद कर रहा था। उसी समय आसमान पर कुछ बादल छाये और उनका साया समन्दर के विभिन्न भागों पर फैलने लगा। समन्दर की आवाज़ में छुपे हुए अर्थ से असरार परिचित था लेकिन इससे पहले वह समन्दर के इस सौन्दर्य से आनंदित नहीं हुआ था। उसने समन्दर की सतह पर बादलों की छाया से बनने वाले हल्के, गहरे कत्थई टुकड़ों को देखा और सोचता रहा, कहीं रंग गहरा कहीं हल्का है। रंगों के इन सायों में अन्तर स्थापित करते हुए उसके दिमाग़ में घरेलू स्थिति उभरी। पिता के मरने के बाद आर्थिक कठिनाइयों के जो गहरी साये उसकी माँ के चेहरे पर फैले हुए थे, उन

सायों में वह यह भी देख सकता था कि उसकी माँ से मिलने उसके चाचा अक्सर देर रात गये आया करते थे और फ़ज़र की अज़ान के समय चले जाया करते थे।

असरार बहुत देर तक समन्दर की लहरों को देखता रहा और सोचता रहा कि समन्दर में क्या छुपा है? वह समन्दर की अथाह गहरायी में गोते लगाता और ढेर सारी रंग–बिरंगी, छोटी–बड़ी मछलियों को बहुत क़रीब से तैरते और मचलते हुए देखा करता। जब मछलियाँ उसके क़रीब आतीं तो उसे ऐसा लगता, जैसे वे कुछ कहना चाहती हैं और कोई भेद उसे बताना चाहती हैं।

न जाने क्यों उसे ऐसा लगता था कि समन्दर के बहुत सारे भेद हैं जो समन्दर उस पर खोलना चाहता है।

पहली मई, मुम्बई में असरार देशमुख के जीवन का पहला दिन था।

रत्नागिरि से मुम्बई की यात्रा तेज़ रफ़्तार ट्रेन से सात–साढ़े सात घण्टो में तय होती है। असरार के दोस्त सुलेमान वनु और क़ासिम दलवी मुम्बई से वाक़िफ़ थे। उन्होंने यात्रा के समय बहुत–से दोस्तों को मुम्बई की तेज़ रफ़्तार और चकाचौंध कर देने वाली घटनाओं के बारे में इतना बताया कि मुम्बई नशा बनकर उनकी आँखों में लहराने लगा। ऐसा मालूम हो रहा था कि वे मुम्बई को देखने और वहाँ के जीवन के चहल–पहल का हिस्सा बनने के लिए उत्सुक हों। असरार ने मुम्बई पर आधारित कई फ़िल्में देखी थीं, जिनमें 'बॉम्बे', 'सत्या' और 'सड़क' उसे पसन्द थीं। 'बॉम्बे' उसने कई बार देखी थी और टेपरिकॉर्डर पर उसके गाने भी अक्सर सुना करता था। "बॉम्बे" फ़िल्म का एक गीत वह अक्सर गुनगुनाया भी करता था–

तू ही रे, तू ही रे
तेरे बिना कैसे जियूँ
आजा रे आजा रे
यूँ ही तड़पा न तू मुझको

जान रे जान रे
इन साँसों में बस जा रे
चाँद रे चाँद रे
आजा दिल की जमीं पर तू
या फिर ऐसा कर
धरती से मिला दे मुझको
तू ही रे, तू ही रे
तेरे बिना कैसे जियूँ

वह बड़ा मग्न होकर दोस्तों की बातें सुनता रहा। ट्रेन नौ बजे के आस–पास पनवेल स्टेशन पहुँची। वे ट्रेन से उतरे। प्लेटफ़ॉर्म पर ही सामान एक तरफ़ रखा और हाथ–मुँह धोया। उसके बाद एक स्टॉल पर चाय पी। चाय पीने के बाद लोकल ट्रेन में सवार हुए। लोकल ट्रेन में असरार का यह पहला सफर था। ट्रेन में इक्का–दुक्का लोग थे। असरार खिड़की के पास वाली सीट पर बैठ गया। ट्रेन चलते ही कुछ नौजवान जो प्लेटफ़ॉर्म पर खड़े हवा खा रहे थे, ट्रेन की तरफ़ लपके और सवार हो गये।

वाशी स्टेशन आते–आते चारों–ओर दिख रही बड़ी–बड़ी इमारतें, शॉपिंग मॉल और सड़कों पर टँगे होर्डिंग्स से निकलती लाल, नीली रौशनी असरार को अपनी ओर आकर्षित करने लगी। इतनी सारी रौशनी, इतने सारे विज्ञापन उसने एक साथ पहले कभी नहीं देखे थे। इससे पहले कि वह इस लुभावनी रौशनी के जादू में खो जाता, ट्रेन अगले स्टेशन पर पहुँच गयी। उसने खिड़की से बाहर इन्सानों के सैलाब को देखा। वह पल भर के लिए सहम गया। अचानक उसके मन में टेलीविज़न पर देखे गये वे मंज़र उभरे, जिनमें मुम्बई के भीड़–भाड़ को चित्रित किया गया था। ट्रेन अभी पूरी तरह स्टेशन पर रुकी भी नहीं थी कि एक–दूसरे को धक्का देते, चिल्लाते और चीख़ते हुए लोग अन्दर घुस आये। ट्रेन का डिब्बा लोगों से खचाखच भर गया। असरार ख़ामोशी से उन्हें तक रहा था।

एक लफ़ँगे क़िस्म के लड़के ने असरार की ओर देखा और उससे पूछा– "किधर उतरेगा?"

"बम्बई!" असरार ने उसकी तरफ़ देखते हुए जवाब दिया।

डिब्बे में जहाँ तक असरार की आवाज़ गयी, यात्रियों के थके–माँदे चेहरों पर मुस्कान फैल गयी। कुछ लोग ज़ोर–से हँसने लगे।

एक आदमी, जिसके चेहरे पर चेचक के दाग़ थे, उसने कहा– "ये बम्बईच है" और मुस्कुराया।

गुजराती लड़का, जिसने ट्रेन में दाख़िल होकर अपने साथियों के लिए कई सीटों पर क़ब्ज़ा किया था उसने तुरन्त कहा– "भय्या लोग मुम्बई की वाट लगा देंगे।"

"मैं भय्या नहीं हूँ"। असरार ने तुरन्त कहा।

इस अप्रत्याशित जवाब पर गुजराती लड़के मुस्कुराये। दूसरे गुजराती लड़के ने कहा– "बिहारी होयेंगा साला।"

वे सब ऊँची आवाज़ में हँसने लगे।

"मैं महाराष्ट्र का हूँ।" असरार ने कहा।

गुजराती लड़का मावा खा रहा था। उसने झुककर खिड़की से बाहर थूका और कहा– "आजकल तो चाईनीज़ वाला भी बोलता है, मैं मराठी हूँ"

गुजराती लड़के ज़ोर–ज़ोर–से हँसने लगे।

सुलेमान वनु ने ऊँची आवाज़ में कहा– "आपला मानूस आहे।"

असरार और उसके दोस्त मराठी युक्त कोंकणी में बातचीत करने लगे तो गुजराती लड़के चुप हो गये बल्कि एक ने असरार के घुटने पर हाथ रखकर कहा– "सॉरी ....आदमी के चेहरे पे थोड़ी लिखा होता है वह किधर का है?"

असरार ने कुछ नहीं कहा। वह माहौल को अच्छी तरह समझ नहीं पाया था।

गुजराती लड़कों को जब यह एहसास हुआ कि मराठी भाषा में बात करने वाले लड़के संख्या में भी अधिक हैं तो उनका लहज़ा बदल गया। उन्होंने सुलेमान वनु की तरफ़ पानी की बोतल बढ़ायी और कहा– "अपुन लोग भी पक्के सैनिक हैं, क्या?"

ट्रेन जब गोवंडी स्टेशन पहुँची तो भीड़ कुछ कम हुई। असरार ने स्टेशन पर लोगों की भीड़ को देखा और क़ासिम दलवी से कहा– "रात के समय भी इतने लोग?"

"ग्यारह बजे तक तो गर्दी रहती है। सब जगह, मतलब हर स्टेशन पर।" क़ासिम ने उसे बताया।

"अपने यहाँ तो सब जल्दी बन्द होता है।"

"अबे, यह बम्बई है। गिन नहीं सकते, इतने आदमी लोग हैं। थोड़े दिन में सब समझ में आ जायेगा।"

असरार मुस्कुराया और फिर उसने ट्रेन की खिड़की से बाहर देखना शुरू किया। ट्रेन की पटरियों से लगी झोंपड़पट्टियों को उसने बड़ी उत्सुकता से देखा। रात के लगभग दस बज रहे थे, लेकिन इन झोपड़पट्टीयों में जीवन का सार विद्यमान था। बूढ़े, बच्चे और औरतें घरों के दरवाज़ों और दरवाज़े के सामने खुली जगहों पर बैठकर बातें कर रहे थे या किसी कार्य में व्यस्त थे। कुछ झोंपड़पट्टियों के दरवाज़ों पर पर्दे लगे थे जो बिल्कुल गन्दे दिखायी दे रहे थे। कुछ दरवाज़े खुले थे और घरों के अन्दर टी.वी. से निकलने वाली रौशनी दिखायी दे रही थी। एक–दो जगहों पर मण्डप दिखायी दिये, जहाँ ऊँची आवाज़ में फ़िल्मी गाने बज रहे थे। छोटे बच्चे और नौजवान लड़के कमर मटकाकर नाच रहे थे। एक टूटा–फूटा मकान जो पटरी के क़रीब था, उसके बाहर चार–पाँच किन्नर देखनीय मगर भड़कीले कपडे पहने हुए खड़े थे। कुछ दूरी पर एक सेंगट के पेड़ के नीचे हल्के अँधेरे में कुछ साये थे। असरार ने उस मंज़र को मुड़कर देखना चाहा, लेकिन ट्रेन आगे निकल गयी। ट्रेन आगे बढ़ गयी, लेकिन किन्नरों के चेहरे पर लगा हुआ भद्दा मेक–अप और उनके चमकीले कपड़े उसकी निगाहों में कुछ देर ठहरे,फिर अचेतन की तलछट में जाकर खो गये। ट्रेन कुर्ला स्टेशन पर जाकर रुकी तो असरार ने बुर्क़ा पहनी औरतों और दाढ़ी वाले मर्दों को देखा। ज़्यादातर मर्दों ने सफ़ेद कुर्ता–पाज़ामा पहन रखा था। असरार ने तुरन्त अपने दोस्त से पूछा– "अपने लोग का एरिया है?"

"हाँ, ये कुर्ला है। कसाई लोग का एरिया है?"

"कसाई लोग का एरिया मतलब?"

"मतलब इधर कसाई लोग बहुत रहते हैं।" उसके दोस्त ने जवाब दिया।

"अपने गाँव में तो क़साई लोग लुँगी में रहते हैं। इधर क्या लोग सफ़ेद कपड़े पहनते हैं?" असरार ने पूछा।

"नहीं बे, ये लोग जो स्टेशन पर हैं, ये चिलिया लोग हैं।" दलवी ने उसे समझाने का प्रयास किया। असरार ने तुरन्त पूछा– "चिलिया लोग बोले तो?"

"चिलिया लोग टी.वी. नहीं देखते, गुजरात के होते हैं। अभी ये लोग होटल लाइन में घुस गये हैं। पहले टैक्सी लाइन में थे।" दलवी ने बताया।

असरार ने कुछ नहीं कहा। वह ट्रेन से बाहर देखने लगा। मुम्बई की विशालता में खोया हुआ था। एक–एक पेड़, मकान, इमारत, होर्डिंग, सड़क और फ़्लाई ओवर को वह देख रहा था। उसे लग रहा था, यह नगर भी समन्दर है और इसके अन्दर भी बहुत सारे भेद होंगे। समन्दर का ख़याल आया तो उसे याद आया कि एक रोज़ पहले वह देर तक समन्दर के तट पर बैठा था। समन्दर पर जब उसने ध्यान लगाया तो वह भी धीरे–धीरे उसकी आत्मा में समा गया था। समन्दर उसकी आँखों में उतर आया और कुछ पलों के लिए मुम्बई ग़ायब हो गया। उसने समन्दर के उथल–पुथल को देखा। समन्दर बहुत ही गुस्से में 'माबादमोफ़ों' के तट पर अपना सिर पटक रहा था। फिर अचानक समन्दर शान्त हो गया। बहुत शान्त, लेकिन यह शान्ति एक षड्यन्त्र थी। उसने देखा कि इस शान्त पानी की सतह पर 'समन्दर की रानी' धीरे–धीरे आगे बढ़ रही थी। उसके पिता अपने दोस्तों के साथ गप्पें मार रहे थे। अचानक शान्त पानी में हलचल हुई, दूर तक फैली इस हलचल को वह देखता रहा। जहाँ नाव थी वहीं पर भँवर का मुँह खुला। नाव ने सात चक्कर काटे और पानी ने उसे निगल लिया। सिर्फ़ आबिद सोलकर भँवर के मुँह में गिरने से बच गया।

पहली मई को 'महाराष्ट्र दिवस' था और उस दिन छुट्टी थी। 'जमात की खोली' में रहने वाले लोग घोड़े बेचकर सो रहे थे। क़रीब की एक मस्जिद से अज़ान देने वाले ने दो–तीन बार खाँसकर माइक चेक किया तो असरार जाग गया। अज़ान देने वाले की आदत थी कि फ़जर की अज़ान से पहले वह दो–तीन बार खाँसकर माइक चेक किया करता था। वह यह सुनिश्चित कर लेना चाहता था कि उसकी आवाज़ फटी तो नहीं है और गले में कोई छाला तो नहीं पड़ा है। बात यह थी कि जिस मदरसे में उसने धर्म की शिक्षा प्राप्त की थी, वहाँ गुरुवार की रात उसके गुरु मौलवी अब्दुलहक़ बिजनौरी उसे सुनसान जगह पर ले जाते और स्ट्रॉबेरी फ़्लेवर वाली आइसक्रीम खिलाते और कहते–"ला याजूब, ला याजूब।"

(पिगलेगी नहीं, पिघलेगी नहीं)। उस आइसक्रीम जैसी सख़्त वस्तु से हमेशा उसका गला ख़राब रहता और उसकी आवाज़ प्रभावित हुआ करती थी।

अब उसने आइसक्रीम खाना बन्द कर दिया था, इसके बावजूद गले की ख़राश ने उसके जीवन को प्रभावित किया था। ख़राश ने उसकी आत्मा को भी उदास कर रखा था। इसलिए अज़ान देने से पहले आवाज़ और गला चेक करना उसकी आदत बन चुकी थी।

असरार हैरान था कि क़रीब से आने वाली अज़ान की आवाज़ तेज़ हुई तो अलग–अलग दिशाओं से कुछ ऊँची और कुछ धीमी आवाज़ें एक–दूसरे में मिश्रित होकर उसके कानों में पहुँच रही थीं। कोई लम्बी, कोई छोटी, कोई गले के अन्दर से निकलती हुई और कोई नाक पर ज़ोर देकर छाती से बाहर निकालने की कोशिश थी। आवाज़ों का यह कोलाज देर तक चलता रहा। कभी एक आवाज़ दूसरी आवाज़ पर भारी हो जाती, कभी दूर से आने वाली आवाज़ अचानक बहुत नज़दीक महसूस होती। वह इस कोलाज से आनन्दित हो ही रहा था कि एक कड़क आवाज़ उसके कानों को ख़राब लगी। हुआ यह था कि एक अज़ान देने वाले ने पढ़ा– "अस्सला तु खैरुम मिनन नौम" तो संयोग से माइक सिस्टम में किसी ख़राबी के कारण अन्नोम का 'म' एम्प्लीफायर में फँस गया जिससे म–म–म–म–म–म–म–म की ज़ोरदार तकरार हुई।

मुम्बई को दिन के उजाले में देखने की जिज्ञासा असरार के सीने में करवट ले रही थी, जिसके कारण रात में कई बार उसकी आँखें खुल गयी थीं। जमात की खोली की छत के बीचोबीच पीले रंग का ज़ीरो वाट बल्ब रौशनी फैलाये हुए था। असरार की आँखें पीली रौशनी को देख रही थीं और बल्ब का साया भी असरार की आँखों में दिखायी दे रहा था। रौशनी और साये का फ़र्क़ मिट गया था। यही हालत हल्की पीली रौशनी में लेटे हुए असरार की थी। उसके दिल में मुम्बई के वे चित्र थे जो फ़िल्में देखकर बने थे। मुम्बई की असलियत से अब वह जल्द ही परिचित होने वाला था। इस विचार ने उसके दिल में एक हलचल पैदा की थी,

जिसके कारण नींद का कोई असर न था और सोते हुए भी वह जाग ही रहा था। उसकी नज़रें छत पर थीं। छत को देखकर उसे अहसास हुआ कि यह इमारत बहुत पुरानी है। लकड़ी की दो बड़ी एवं चौड़ी कड़ियों ने तख़्तों का सारा बोझ सँभाला था। खिड़की से लगकर एक मोरी थी। उसमें स्टील की टंकी रखी हुई थी और टंकी से लगकर मिट्टी का घड़ा रखा हुआ था। घड़े पर एक स्टील का गिलास था। असरार ने हल्की पीली रौशनी में घड़े को कुछ देर देखा, फिर नज़रें दूसरी ओर कर लीं। दूसरी तरफ़ दरवाज़े के पीछे हैंगर था, जिन पर मुड़ी–तुड़ी पतलूनें और कमीज़ें थी। पल भर के लिए उसके दिल में विचार आया कि हैंगर पर कपड़े पहने हुए लोग टँगे हैं और बिस्तर पर उनकी आत्मायएँ सो रही हैं। इस विचार से उसके चेहरे पर मुस्कुराहट उभरी, उसने ख़ुद से कहा– "मैं कितनी फ़ालतू बातें सोचता हूँ?"

कमरे में कुल चौदह लोग थे। उनके बिस्तर एक–दूसरे से सटे हुए थे। दो–तीन ख़र्राटे ले रहे थे। गहरी नींद में डूबे लोगों को देखकर उसने सोचा क्या ये सब जीवित हैं? कहीं ऐसा तो नहीं कि इनमे से कोई मर चुका हो और सुबह तक किसी को कानोकान ख़बर न हो। बहुत–से विचित्र विचार उसके मन में जन्म ले रहे थे, जिस पर उसका नियन्त्रण नहीं था। अतः उसे अपनी ज़बान पर नियन्त्रण था। जब कोई विचार उसके मन में जन्म लेता तो उसे हँसी ज़रूर आती थी।

दीवार पर घड़ी टँगी थी, लेकिन हल्की पीली रौशनी में घड़ी का सिर्फ़ अहसास था। घड़ी में समय को चिन्हित करने वाली सूइयाँ साफ़–साफ़ दिखायी नहीं दे रही थीं। उसने सोचा, घड़ी में सूइयां ज़रूर होंगी। दिखायी नहीं दे रही हैं तो क्या हुआ?

असरार अभी कुछ और सोचना चाहता था कि उसे लगा, दरवाज़े के पास से कुछ लोग गुज़रे हैं। इससे पहले कि वह पैरों की आवाज़ सुन पाता, चाप ख़त्म हो गयी। उसे याद आया कि जब वह सातवी कक्षा का विद्यार्थी था तो अक्सर उसे ऐसा लगता था कि कक्षा के बाहर से कोई अन्दर बैठे हुए छात्रो पर एक नज़र डालकर चला जाता है, लेकिन देखने वाले को देखने में वह नाकाम था। तीन चार बार जब कक्षा में गुरुजी मौजूद नहीं थे और वह अपनी किताब के पन्नों को उलट–पुलट रहा था तब उसके दिल में यह अहसास पैदा हुआ कि कोई दरवाज़े के पास

से गुज़रा है। वह तुरन्त दौड़कर दरवाज़े तक गया था। वहाँ कोई नहीं था। अन्त में निराश होकर एक दिन उसने यह राज़ अपने मित्र असलम धामस्कर को बताया। असलम पहली कक्षा से उसका मित्र था। असलम ने कहा– "मेरे को सब मालूम है।"

"तेरे को क्या मालूम है?" अपनी हैरानी को छुपाये बिना असरार ने पूछा।

असलम धामस्कर ने रहस्यमयी अन्दाज़ में बड़ी तफ़सील से अपनी बात कही। इस तफ़सील में असलम ने उन किताबों के वाक्य भी प्रयोग किये जो उसने लाइब्रेरी से लेकर पढ़ी थीं। ये किताबें जादूगरों की दुनिया और जादूगरों की कहानियों पर आधारित थीं, जिनमें जिन्नात और शैतानों का भी ज़िक्र था। असलम ने बताया कि कई बार उसे ऐसा लगा था कि स्कूल की लाइब्रेरी, स्कूल की इमारत के बायीं तरफ़ ख़ाली जगह जहाँ बरसात में बड़ी–बड़ी जंगली घास उगा करती है। स्कूल के बायीं ओर, जहाँ दस–बारह हापूस आम के पेड़ हैं, जिन पर गिलहरियाँ रहती हैं और कभी–कभार बिल्कुल क्लास रूम के सामने से कोई तुरन्त गुज़र जाता है। उसको देखने का केवल एहसास होता है। वह दिखायी नहीं देता। बाद में ऐसा लगता है जो दिखायी नहीं दिया, वो पूरी तरह से उजले कपड़ों में लिपटा हुआ था उसकी सफ़ेद लम्बी दाढ़ी थी। चेहरा रौशन था। असलम ने कहा कि यह बात उसने अपने पिता को बताई उसके पिता माबादमोर्फ़ो की मस्जिद में साफ़–सफ़ाई किया करते थे और इमाम के अनुपस्थिति में नमाज़ भी पढ़ाया करते थे। असलम ने असल कहानी सुनाने से पहले माहौल बनाते हुए अपने पिता की थोड़ी प्रशंसा की। उस ने कहा कि उसके पिता चूँकि गाँव के हर आदमी हर घर और आस–पास के गाँव में सभी को जानते हैं और तब्लीगी जमात में भी जाया करते हैं, इसलिए उनको बहुत–सी ऐसी बातों का ज्ञान है जिनसे सब परिचित नहीं हैं। असरार ने हामी भरी तो असलम का सीना थोड़ा चौड़ा हो गया। उसने असरार के कन्धे पर हाथ रखा और उसको बताया कि जहाँ अब स्कूल की इमारत है, वहाँ कई सौ साल पहले एक छोटी–सी मस्जिद थी। उस मस्जिद में जिन्नात नमाज़ पढ़ा करते थे। अंग्रेज़ों ने मस्जिद को अप्रयुक्त करार देकर एक अमीर आदमी जो अंग्रेज़ों का दोस्त था और सर सैयद अहमद ख़ान से मुलाक़ात करने का दावा करता था, उसे वहाँ स्कूल स्थापित करने की अनुमति दे दी। स्कूल जिस साल स्थापित हुआ,

उसी साल उस आदमी की रहस्यमयी परिस्थिति में हत्या हुई थी। कुछ लोग कहते हैं कि जिन्नात उसको समन्दर के किनारे वाली पहाड़ियों पर बहकाकर ले गये और वहाँ से उसे समन्दर में ढकेल दिया। कई दिनों के बाद उसकी लाश माबादमोर्फ़ो के तट पर मिली। कुछ लोग बताते हैं उस अमीर आदमी के पूरे शरीर पर एक भी खरोंच नहीं थी सिर्फ़ उसके दिल की जगह एक बड़ा–सा छेद था। पुलिस बुलायी गयी। पुलिस ने लाश को सरकारी अस्पताल में पहुँचाया।

दूसरे दिन गाँव के कुछ लोग अस्पताल गये। उन लोगों ने आकर बताया कि अमीर आदमी के सीने से दिल ग़ायब था। यह बात जितने लोगों ने सुनी, उनका कलेजा मुँह को आ गया। गाँव में उस समय एक बुजुर्ग आदमी रहा करता था। सारा गाँव उनको 'पीर साहब' कहकर पुकारा करता था। लोगों ने अमीर आदमी के रहस्मयी मृत्यु की कहानी सुनायी तो पीर साहब कुछ देर ख़ामोश रहे और फिर कहा– "जो आदमी जिन्नात का घर उजाड़ता है, जिन्नात उसका दिल खा जाते हैं।"

पीर साहब की बात फैलते–फैलते अमीर आदमी के घर तक पहुँच गयी, उसके चालीसवें से पहले उसके घर वालों ने स्कूल की इमारत के बदले में एक नयी मस्जिद बनवायी। कई वर्षों तक लोग उस इमारत में नमाज़ पढ़ते रहे। यहाँ कुछ साल पहले उस मस्जिद को शहीद (विध्वंस) कर के उसकी जगह नयी मस्जिद बनायी गयी, क्योंकि अब गाँव की आबादी बहुत बढ़ गयी थी। असलम ने असरार को बताया कि मस्जिद में जिन्नात रहते हैं और वे अच्छे जिन्नात हैं। किसी को तकलीफ नहीं पहुँचाते हैं। कभी–कभी दिखायी देते हैं, लेकिन किसी का बुरा नहीं करते। असलम की बात सुनने के बाद असरार को थोड़ी राहत मिली। उसे अफ़सोस हुआ कि स्कूल के सामने वाली मस्जिद में उसने अब तक नमाज़ क्यों नहीं पढ़ी थी।

असलम की बात सुनने के बाद वह जुमा की नमाज़ उसी मस्जिद में पढ़ने लगा और अक्सर ख़ुत्बे (विशेषकर जुमा की नमाज़ से पूर्व इमाम साहब द्वारा दिया जाने वाला धार्मिक उपदेश) पर ध्यान देने के बजाय इधर–उधर देखता, मस्जिद की छत और झूमर को देखा करता। उसे ऐसा भी लगता कि कोई जिन्न कहीं बैठा इमाम साहब का ख़ुत्बा सुन रहा हो। जब बीते दिनों की यह बात याद आयी तो उसे ऐसा लगा, कहीं जमात

की खोली के बाहर से जिन्नात तो नहीं गुज़रे? उसने हल्के–से कहा– ”मुम्बई में जिन्नात कहाँ? यहाँ ख़ाली भूत होंगे।”

असलम, असरार के पास सो रहा था। असरार ने असलम की तरफ़ मुड़कर कहा– ”अबे, सुबह होने वाली है, चल उठ”।

”अबे सुन रहा है?” उसने दुबारा कहा।

असलम की आँख खुलने से रही। असरार समझ गया कि असलम गहरी नींद में है। उसे जगाने की कोशिश बेक़ार है। असरार ने करवट बदलकर आँखें बन्द कर लीं। इत्तेफ़ाक़ से उसकी आँख लग गयी। जब दुबारा उसकी आँख खुली, जमात की खोली में वह अकेला बिस्तर पर लेटा हुआ था। बाक़ी लोग नाश्ता कर रहे थे।

खोली की खिड़की और दरवाज़ा खुला हुआ था, जिसके सबब कमरे में उजाला था। उसकी आँखें चौंधिया गयीं। उसने तुरन्त अपनी आँखें बन्द कर लीं। आँखें बन्द करते ही उसे याद आया कि उसने अभी–अभी सपना देखा था। क्या देखा था वह भूल गया, उसने याद करने की कोशिश की। उसे बस इतना याद आया कि सपने में वह साधू था और रास्ता भूल गया था। वह बहुत बूढ़ा हो गया था और जंगल में सभी वस्तुएँ काली थीं। काले रंग के पेड़ आसमान से बातें कर रहे थे। सूरज की रौशनी ऊँचे पेड़ों को काट के जंगल में प्रवेश नहीं कर सकती थी। जंगल की मिट्टी गहरे काले रंग की थी। जहाँ कहीं घास–फूस थी, वह भी काले रंग की थी। उसने दो–तीन तितलियों को उड़ते देखा। वे भी काले रंग की थीं। उसे बहुत हैरानी हुई। वह घबरा गया। उसने दो–तीन आयतें पढ़ीं। उसका विश्वास था कि आयतों में बहुत असर होता है। उसने देखा कि तरल पदार्थ बह रहा है। जब वह पास पहुँचा तो देखता रह गया कि यह एक नदी थी और उस नदी का पानी भी काला था। वह उदास होकर उस नदी के किनारे बैठ गया। कुछ देर बाद उसने देखा कि बहुत दूर से सफ़ेद नाव जैसी चीज़ नदी पर हौले–हौले तैरती हुई उसकी तरफ़ आ रही है। वह खड़ा हो गया। अब साफ़–साफ़ देख सकता था कि वह नाव है। नाव उसकी तरफ़ बढ़ रही थी। उसने देखा, नाव में एक औरत बैठी है,

जिसने हरे रंग की साड़ी और गेरुए रंग का ब्लाउज़ पहन रखा है। जब उस औरत का चेहरा साफ़ दिखायी देने लगा तो उसे नज़र आया की औरत के माथे पर सिन्दूर का गोल निशान है। कलाइयों में चाँदी के मोटे–मोटे कँगन हैं। गले में सोने की माला है। उसने नयी साड़ी पहन रखी है। ऐसी साड़ी जैसे कैलेंडरों में लक्ष्मी और सरस्वती को पहने हुए दिखाया जाता है।

असरार उस औरत को ख़ुदा का प्रतीक समझ रहा था जो उसको उस जंगल से छुटकारा दिला सकती थी। उसने दोनों हाथ हवा में लहराए और उसका ध्यान अपनी तरफ़ आकर्षित करने की कोशिश करने लगा। नाव में बैठी औरत ने कोई जवाब नहीं दिया, लेकिन असरार यह देखकर सन्तुष्ट था कि नाव उसकी तरफ़ बढ़ रही है। कुछ देर में नाव उसके बहुत पास आ गयी। वह चुपचाप खड़ा था। नाव किनारे लगी तो औरत नाव से उतरी और असरार के पास आयी। उसके चेहरे पर गम्भीरता और ख़ुशी एक साथ दिखायी दे रही थी। उसने असरार से पूछा– "तुम कैसे आ गये यहाँ? यहाँ आने का तो कोई रास्ता नहीं है।"

"असरार ने उसकी तरफ़ देखा, और कहा मैं ख़ुद नहीं आया हूँ।"

"लेकिन जिसने तुम्हें यहाँ लाया है, वह यहीं का वासी होगा। बाहर का कोई यहाँ किसी को नहीं ला सकता।" औरत ने जवाब दिया।

"मुझे यहाँ डर लग रहा है। मुझे यहाँ से बाहर निकलना है।" असरार ने विनती करते हुए कहा।

"मुझे पता है, तुम यहाँ के नहीं हो और यहाँ से बाहर जाना चाहते हो"। औरत ने कहा।

"हाँ, और आप कौन हैं?" असरार ने पूछा।

"मेरा नाम मुम्बा है। मुझे द्वीप, समन्दर और जंगल के सारे भेदों का ज्ञान है। जब यहाँ का कोई वासी किसी बड़ी चाहत में गिरफ़्तार होकर किसी को यहाँ ले आता है तो उसको यहाँ से बाहर मैं ही पहुँचाती हूँ।" औरत ने उसे समझाया।

इस बात को सुन कर असरार सोच में पड़ गया। उसने कहा– मैं किसी को नहीं जानता, यहाँ कोई दिखायी भी नहीं दिया।

"तुम बाहर के हो इसलिए तुम्हे यहाँ कोई दिखायी नहीं देगा। सिर्फ़ यहाँ के लोग एक–दूसरे को देख सकते हैं।" औरत ने कहा।

यहाँ सब कुछ काला क्यों है? यह नदी भी काली है औरत की बात पूरी होने से पहले सवाल असरार की ज़ुबान पर था।

औरत मुस्कुरायी। उसने एक नज़र नदी और आस–पास की चीज़ों को देखा और कहा– "पगले! तुम्हारी आँखें अभी इन चीज़ों को देखने के लिए खुली नहीं हैं। इसलिए तुम यहाँ की सुन्दरता नहीं देख सकते।"

"यहाँ क्या ख़ूबसूरत है?" असरार ने उत्सुकता से पूछा।

जैसे कि यह नदी देखो! यह शहद की नदी है। इस शहद की मिठास का स्वाद ज़बान पर सत्तर बरसों तक जैसे का तैसा रहता है। जिस पेड़ के नीचे तुम खड़े हो, इसका एक फल इन्सान की सारी भूख को एक हज़ार साल के लिए मिटा देता है और ज़मीन में पत्थरों की जगह मोती बिखरे पड़े हैं। इनकी चमक आँखों को ठण्डक पहुँचाती है।"

"मुझे तो सब...."

"मुझे पता है कि तुम्हें ये सब चीज़ें दिखायी नहीं दे रही होंगी। यहाँ के रहने वालों पर ही यह भेद खुलता है। जब तुम यहाँ के वासी हो जाओगे तो यह सारी ख़ूबसूरती तुम्हें भी दिखायी देने लगेगी। वे जो तितलियाँ देख रहे हो, वे यहाँ की हूरें हैं। ये तितलियाँ बन कर उड़ती रहती है। इनको अगर बाहर वाला असल रूप में देख ले तो वह पाग़ल हो जायेगा। इनकी ख़ूबसूरती का बखान करने के लिए मेरे पास जो शब्द हैं, वे भी तुम्हारी भाषा में नहीं हैं। इसलिए छोड़ो। इतना कहकर मुम्बा रुक गयी। उसने असरार के चेहरे पर फैले अचरज व आश्चर्य को देखा और कहा– "नाव में बैठ जाओ। यह नाव तुमको वहाँ छोड़ देगी जहाँ से तुमको लाया गया है।"

असरार नाव की ओर बढ़ा, लेकिन उसकी नज़रें मुम्बा पर टिकी थीं।

नाव में बैठते ही उसने कहा– "आपको मैं देख सकता हूँ और आपके कपड़ों का रंग भी मुझे दिखायी दे रहा है, तो क्या आप इस दुनिया की नहीं हैं?

मुम्बा ज़ोर–से हँसी और कुछ नहीं कहा।

असरार मुम्बा को देख रहा था।

असरार ने महसूस किया कि नाव खुद चलने लगी है और वह तट से दूर होने लगा है। जब तट नज़रों से ओझल होने लगा तो असरार ने सोचा कि एक बार फिर मुम्बा को देख ले। उसने आँखों को सिकोड़

कर उसे देखना चाहा, लेकिन वह हैरान था। जहाँ पहले मुम्बा खड़ी थी वहाँ अब ऐसी छवि दिखायी दे रही थी, जिसने सफ़ेद कपड़े पहन रखे थे और चेहरा पूरे चाँद की तरह रौशन था। उसे तुरन्त वह छवि याद आ गयी जो कक्षा के सामने से गुज़रने वाले जिन्नात की उसके दिल में मौजूद थी। इससे पहले कि वह उस छवि को जी भरकर देख लेता, जमात की खोली में किसी ने दरवाज़े को ज़ोर–से धकेला था, जिसके कारण उसकी आँख खुल गयी थी। यही समय था जब जमात की खोली के लोग नाश्ता कर रहे थे।

असरार को जागता देख कर असलम ने कहा– "क्या बे, मेरे को उठाते–उठाते खुद सो गया?"

असरार ने उसकी तरफ़ देखा। उसे याद आया, फ़ज़र की अज़ान के बाद उसने असलम को जगाने की कोशिश की थी।

सुलेमान वनु के हाथ में चाय का कप था। उसने असरार की तरफ़ मुड़कर कहा– "ये बाबा, चल जल्दी से नहा–धोकर तैयार हो जा। घूमने जाने का है।"

सलीम घारे कई वर्षों से जमात की खोली में रहता था और जमात की खोली की देख–रेख भी करता था। उसने कहा– "पहले नहा ले। साढ़े दस बजे पानी चला जायेगा"।

क़ासिम दलवी ने पाव में ऑमलेट दबाते हुए कहा– "और हाँ, बाहर के संडास में भी लाइन लगानी पड़ती है।"

सब मुस्कुराए।

सलीम घारे ने कहा– "हर जगह लाइन ....सड़े हुए सँडास के लिए भी लाइन। इसकी माँ की....।" उसका मुँह खुला तो असरार ने देखा, उसका एक दाँत सोने का है और उससे लगकर जो दाँत है, वह पीला हो चुका है। "क्या नक़ली दांत असली दाँत पर इतना प्रभावशाली हो सकता है?" उसने सोचा।

एक लड़का कमरे में आया। उसके चेहरे पर थोड़ी नाराज़गी थी। मोरी में जाकर उसने हाथ धोये और मुड़कर सलीम घारे की तरफ़ देखकर कहा– "साले सँडास में भी पानी नहीं डालते....ऐसे ही बाहर आ जाते हैं।"

सलीम घारे ने दाँत में फँसे मांस के रेशे को निकालते हुए कहा– "हरामखोर भईया लोग का काम है यह।"

"सलीम भाई, तुमको क्या मालूम पानी कौन डाला और कौन नहीं डाला...? क्या तुम देखने गये थे?" मोहम्मद अली वनु ने कहा, जिसके बारे में खोली में यह बात फैली हुई थी कि उसका उत्तर भारत की एक शिया लड़की के साथ चक्कर चल रहा है।

मोहम्मद अली वनु के वाक्य के अन्तिम भाग में 'क्या तुम देखने गये थे' पर क़ासिम दलवी को हँसी आ गयी थी। सलीम घारे ने क़ासिम दलवी की तरफ़ देखकर कहा– "इसके सम्बन्धी हैं न भइया लोग, इसकी जलनिच मँगती है। फिर मोहम्मद अली की तरफ़ मुड़कर कहा– "सच्ची बोल, तेरी जली ना....।"

मोहम्मद अली मुस्कुराया। फिर उसने जेब से हाथी छाप तम्बाकू निकाला और तम्बाकू को बायें हाथ पर रगड़ते हुए कहा– "सलीम भाई आप के लिए भी बनाऊँ क्या....।"

"मेरे को येड़ा मत समझ" सलीम घारे ने कहा।

"बनाऊँ क्या बोलो...।" मोहम्मद अली ने फिर पूछा।

बना–बना सलीम घारे ने कहा।

असरार उन दोनों की नोक–झोक का मज़ा ले रहा था।

"असरार, जाकर आने का है तो जल्दी सँडास जाकर आ। नहीं तो नहा ले, पानी उतारेला है।" क़ासिम ने असरार से कहा।

"हाँ रुक पहले फ्रेश होकर आता हूँ।" असरार ने जवाब दिया।

वह दरवाज़े की तरफ़ बढ़ा। फिर रुककर उसने पूछा– "क़ासिम, संडास किस तरफ़ है?"

"लेफ़्ट साइड में सीधा जा सामनेइच है" मोहम्मद अली ने सलीम घारे के हाथ में तम्बाकू रखते हुए कहा।

"ऐ हीरो...। पानी मोरी में से भर के ले जा।" सलीम घारे ने तम्बाकू लेते हुए असरार की तरफ़ देख कर कहा।

असरार ने प्लास्टिक के डिब्बे में पानी लिया और बाहर निकल गया।

गली में अँधेरा था। बायीं ओर कुछ दूरी पर दो शौचालय थे। एक शौचालय का दरवाज़ा खुला था। वह अन्दर गया। दरवाज़ा बन्द करने

लगा तो उसे यह एहसास हुआ कि दरवाज़े की हालत बहुत ख़राब है और निचला हिस्सा सड़–गल गया है। सड़े हुए भाग पर पतरा लगा हुआ था, उसे भी जंग ने लगभग खा लिया था। उसने कुंडी लगाने का प्रयास किया लेकिन सफल नहीं हुआ। उसने पानी का डिब्बा एक तरफ़ रखा और हल्के अँधेरे में दुबारा कुण्डी लगाने की कोशिश करने लगा। इसी बीच उसकी नज़र एक रस्सी पर गयी। उसे स्कूल का शौचालय याद आया, जहाँ इस प्रकार की रस्सियाँ लगाई गयी थीं जिनको दरवाज़े में एक कील से लगाकर दरवाज़ा बन्द किया जाता था। असरार ने कील की रस्सी शौचालय के दरवाज़े से लगायी और बैठ गया। कुछ समय तक उसकी आँखों के सामने अँधेरा छाया रहा। इस अँधेरे में शौचासन से उठने वाली बदबू उसके नथुनों से प्रवेश कर उसके फ़ेफ़ड़ों में फैल गयी। यह बदबू बहुत ही कष्टदायी थी। उसने पहले कभी ऐसी बदबू का सामना नहीं किया था। उसके दिल और दिमाग़ के साथ–साथ उसकी आँतों को भी इस बदबू ने अधमरा कर दिया था। वह ज़ोर लगा रहा था कि किसी प्रकार उसके पेट में एकत्रित मल उसकी गुदा से बाहर आ जाये और वह बाहर निकलकर स्वच्छ हवा में साँस ले।

कुछ समय पश्चात् हल्का उजाला उसने महसूस किया। इस उजाले में उसने देखा कि एक कोने में माचिस की कुछ अधजली तीलियाँ पड़ी थीं। दो–एक जगह मोमबत्ती पिघलकर फैली हुई थी, जिस पर सिगरेट बुझायी गयी थी। दरवाज़े का निचला कोना सड़ गया था। सड़े हुए कोने पर उसने तीन–चार सफ़ेद कीड़ों को एक–दूसरे पर रेंगते हुए देखा। फिर उसने शौचासन के मुँह की तरफ़ देखा। हल्के उजाले में वह देख सकता था कि शौचासन का मुँह अल्सर जैसा है। अल्सर जगह–जगह से फूट गया था और बड़े–बड़े फोड़े निकल आये थे। इन फोड़ों पर सफ़ेद कीड़े रेंग रहे थे। एक,दो,दस,बीस न जाने कितने कीड़े? एक कीड़ा शौचासन से निकलकर उसकी चप्पल पर चढ़ने का प्रयास कर रहा था। उसने तुरन्त थोड़ा–सा पानी डाला। कीड़ा बह गया। लेकिन जैसे ही पानी शौचासन में नीचे की तरफ़ गया, बदबू बहुत तेज़ी से ऊपर उठी जैसा कि बदबू की लहरें उस मल के नीचे दबी हुई थीं। उसने नाक पर उँगलियाँ रखीं और नज़रें ऊपर उठाईं। वह हैरान रह गया। सामने लकड़ी के दरवाज़े पर अनगिनत अश्लील चित्र बने हुए थे। इन चित्रों के माध्यम से कामवासना

को बहुत ही ग़लत तरीक़े से दर्शाया गया था। हिंदी में कुछ वाक्य भी लिखे हुए थे। एक स्थान पर शरीर के ख़ास लिंग का चित्र बनाया गया था। उसके उपरी सिरे पर लिखा हुआ था 'सबसे बड़ा मुसलमान का' इस छोटे–से वाक्य पर एक दायरा बनाया गया था। असरार ने देखा दायरे के बाहर एक और छोटा दायरा है जो बहुत हल्की स्याही से खींचा गया था। शायद किसी ने उसे मिटाने का प्रयास किया था। उस दायरे में एक तीर का चिह्न बना हुआ था जो बड़े दायरे की ओर संकेत कर रहा था। छोटे दायरे में लिखा था– 'कटेला'। इस शब्द को पढ़ कर उसके चेहरे पर मुस्कराहट फैली। एक तरफ़ ग़ज़ल की ये पंक्तियाँ भी लिखी हुई थीं–

इस अंजुमन में आपको आना है बार–बार
दीवारो–दर को ग़ौर से पहचान लीजिये

उसने दूसरे अश्लील चित्र को ध्यान से देखना शुरू किया। कुछ बहुत कामुक थीं। एक स्थान पर दो स्तन बने हुए थे, एक छोटा एक बड़ा। बड़े वाले पर लिखा था– 'ख़ाली देखने का, चूसने का नहीं।'

असरार के सामने जमीला मिस का चेहरा उभरा।

जमीला मिस दसवीं की कक्षा में उसकी क्लास टीचर थीं। बीजगणित और विज्ञान पढ़ाती थीं। स्कूल से दो किलोमीटर दूरी पर उनका घर था। एक दिन जब स्कूल का चपरासी छुट्टी पर था, कक्षा के बच्चों की रेखागणित की कॉपियाँ असरार ने उनके घर पहुँचाईं। कुछ दिनों बाद जब मिस ने कॉपियाँ जाँच लीं तो असरार को घर बुलाया, वह उनके साथ कॉपियाँ स्कूल ले आया। मिस जमीला बहुत ही सभ्य और मेहनती टीचर थीं। उनके पति भी टीचर थे। वह किसी दूसरे ज़िले में सरकारी स्कूल में हेडमास्टर थे। मिस का इकलौता लड़का मुम्बई में होटल मैनेजमेंट का कोर्स कर रहा था। मिस का आस–पास में कोई रिश्तेदार नहीं था। वह ख़ुद स्कूल में व्यस्त रहा करती थीं। इसलिए उनके अधिकतर काम अधूरे रह जाते थे। अधूरा काम पूरा करने के लिए वह असरार को बुलाने लगीं। बैंक पासबुक पर एंट्री, गैस बुकिंग, बिजली का बिल भरना और इसी प्रकार के कई काम थे जो असरार कर दिया करता था। मिस अक्सर उसके लिए चाय बनातीं। चाय के साथ खारी,बटर या ग्लूकोज़ बिस्किट देतीं। असरार हर बार 'नहीं–नहीं' कहकर चाय पीता और टी.वी. पर प्रोग्राम या फ़िल्म देखते हुए कब बिस्किट की प्लेट साफ़ कर जाता,

उसे पता ही नहीं चलता। मिस का भरोसा जब उस पर बढ़ा तो मिस ने घरेलू जीवन और माँ–बाप के बारे में पूछा। असरार ने तफ़सील से अपने घर और घर के लोगों के बारे में बताया। अपने पिता की मौत के बारे में बताते हुए उसकी आँखें डबडबा गयी थीं। मिस जमीला का भी दिल भर आया था। तब उन्होंने असरार के सर पर प्यार से हाथ रखकर पूरे अपनेपन से तसल्ली दी थी। अब वह जब भी मिस के घर जाता तो मिस को माबादमोर्फ़ो में होने वाली घटना के बारे में बताता। कभी–कभी ताज़ी मछलियाँ ले जाता। एक बार मिस ने खाना खाने की ज़िद की तो वह राज़ी हो गया। उसकी दिलचस्पी खाना खाने से ज़्यादा उनके घर में बैठ कर टी.वी. देखने में थी। उसने मिस को बताया कि उसके घर में इस समय टी.वी. नहीं है। कुछ महीने पहले उसका टी.वी. ख़राब हो गया है जो अब ठीक नहीं हो सकता। मिस ने मुस्कुराकर उसे सुझाव दिया कि वह अपना बस्ता भी साथ लाया करे ताकि टी.वी देखने के साथ–साथ पढ़ाई भी होती रहे।

अगस्त में अक्सर रत्नागिरि में मूसलाधार बारिश होती है। बिजलियाँ इतनी ज़ोर–से कड़कती हैं कि दिल दहल जाये। मिस जमीला किचन में खाना पका रही थीं और असरार ड्राइंगरूम में टी.वी. के सामने बैठ कर होमवर्क कर रहा था। मिस ने महसूस किया कि बाहर अँधेरा फैल रहा है, तेज़ वर्षा होगी। उन्होंने असरार से कहा गैलरी से कपड़े निकालकर खिड़कियाँ बन्द कर ले। उसने खिड़कियाँ बन्द करते हुए गैलेरी से माबादमोर्फ़ो की तरफ़ देखा। जहाँ अधिकतर पुराने तर्ज़ के घर थे। इन घरों पर अँधेरा छाया हुआ था। दूर समन्दर भी अँधेरे में डूबा हुआ लग रहा था, जैसे समन्दर तरल कोलतार का आसमान था। आसमान पर गहरे काले बादल तेजी–से फैल रहे थे और उत्तर–पश्चिम की हवाएँ पेड़ों को हिला रही थीं। दो–चार परिन्दे उड़े और तुरन्त इमली और आम के पेड़ों के दरमियान ग़ायब हो गये। खिड़की के क़रीब ही एक जामुन का पेड़ था जिस पर चमगादड़ लटका हुआ था। पेड़ की एक टहनी पर सुनहरी पंखों वाली छोटी–सी चिड़िया बैठी हुई थी। रह–रहकर वह धीमी आवाज़ में गाती थी। उसकी आवाज़ पर चमगादड़ फड़फड़ा उठता। माबादमोर्फ़ो में यह बात मशहूर थी कि जिस पेड़ पर चमगादड़ बसेरा करता है, उस पेड़ पर असन्तुष्ट आत्माएँ मिलाप के लिए आया करती हैं। असरार ने

चमगादड़ को एक नज़र देखा और फिर दुबारा सुनहरी रंग वाली चिड़िया की तरफ़ देखा और दिल में कहा–

"चिड़िया किसी की आत्मा हो सकती है। हो सकता है, वह किसी के इन्तिजार में हो।"

असरार ने खिड़की बन्द की और मिस से कहा– 'जमीला बाज़ी लगता है थोड़ी देर में तेज़ बारिश होने वाली है'।

"हाँ, फ़टाक से अँधेरा हो गया।" मिस ने जवाब दिया।

अभी असरार कुछ कहता कि ज़ोरदार हवाओं के साथ तेज़ बारिश शुरू हो गयी। असरार ने खिड़की का पर्दा हटाया और बाहर देखने लगा। मिस जमीला का घर पहाड़ी पर था। पहाड़ी की ढलान जहाँ ख़त्म होती थी, वहीं से माबादमोर्फ़ो शुरू होता था। इस छोटे–से गाँव की सीमा अरब सागर के तट से मिलती थी। जमीला मिस के घर की खिड़की से वह समन्दर को डोलते हुए देख सकता था और साथ ही साथ माबादमोर्फ़ो के घरों को बारिश में नहाते हुए, लेकिन उस समय तेज़ हवाएँ चल रही थीं और अँधेरा छाया हुआ था, इसलिए उसे कोई चीज़ स्पष्ट दिखायी नहीं दे रही थी। हालाँकि शीशे की धुँधलाहट से उसने जामुन के पेड़ पर लटकते हुए चमगादड़ को देखा। हवाओं की दिशा बदली तो बारिश की बौछार खिड़की पर होने लगी। जब वह मुड़ा, टी.वी. पर काले बिन्दु नृत्य करते दिखायी दे रहे थे।

"मिस, केबल चला गया लगता है।" उसने ऊँची आवाज़ में कहा।

"अच्छा...टीवी बन्द कर दे फिर।" मिस की आवाज़ आयी।

असरार ने टी.वी. बन्द कर दिया और किताब खोलकर पढ़ने लगा। बारिश की आवाज़ तेज़ होती जा रही थी जिसके कारण वह बाहर के मंज़र को देखने के लिए उत्सुक हो रहा था। किताब उसे आँखों पर बोझ लगी। उसने किताब को एक ओर रख दिया और दुबारा खिड़की के पर्दे खोल दिये। मिस भी किचन से ड्राइंगरूम में आयीं। वह एक टेबल पर बैठकर शीशे के उस पार धुँधलाये हुए मंज़र देख रहा था। मिस जमीला ने टेबल के पास कुर्सी रखी और दुबारा किचन में चली गयीं। इस बार वह वापस आयीं तो उनके हाथ में आलू के भजिये और चाय का कप था।

असरार ने टेबल से छलाँग लगाई और मिस के हाथों से चाय का कप लेते हुए कहा– "मिस, आप भी न...।" मिस मुस्कुरायी।

"अरे बाबा....देख बारिश कितनी हो रही है? चाय का टेस्ट बढ़ जायेगा" मिस ने किचन की तरफ़ मुड़ते हुए कहा। वह किचन में गयी और अपने लिए भी एक कप चाय ले आयीं। खिड़की के पास बैठकर वह चाय पीते और भजिया खाते रहे। अचानक मौसम के परिवर्तन और ठण्डक ने भजिये और चाय का स्वाद बढ़ा दिया था। मिस ने उसे अपने गाँव सोलापुर के बारे में बताया। वह हर साल गर्मियों की छुट्टी में अपने गाँव जाती थीं, जहाँ उनकी चार बहनें और दो भाई रहते थे। पिता का देहान्त हो चुका था और माँ बड़े भाई के साथ रहती थीं। मिस की बातों को वह बड़े ध्यान से सुनता रहा। सातवीं कक्षा से वह मिस को जानता था। उनके पढ़ाने का तरीक़ा भी उसे बहुत पसन्द था, लेकिन उनकी निजी ज़िन्दगी से यह उसका पहला परिचय था। उसने मिस से कुछ सवाल भी किये। इन सवालों ने मिस के बीते दिनों की किताब के पन्ने उलट दिये। कुछ समय पश्चात् जब मगरिब की अज़ान की हल्की आवाज़ सुनायी दी तो मिस ने सर पर साड़ी का पल्लू रखा और चेहरे पर मुस्कराहट लाते हुए कहा– "जितना सुनाऊँ, कम है, बाबा।"

असरार मुस्कुराया।

बारिश और हवाओं की तीव्रता का अनुमान तेज़ी से गिरती हुई बूँदों और बाहर झूमते पेड़ों के दृश्य को देखकर हो रहा था। अचानक बहुत ज़ोर की आवाज़ सुनायी दी। असरार ने खिड़की से नीचे झाँककर देखा। किसी चीज़ के धड़ाम–से गिरने की आवाज़ थी। मिस भी खड़ी हो गयी।

"अरे बाप रे बाप! मिस, जामुन के पेड़ से लगकर जो आम का पेड़ था न, वह गिर गया है।" असरार ने कहा।

"या मेरे अल्लाह" मिस की ज़बान से निकला। फिर उन्होंने खिड़की से झाँकते हुए कहा– 'बारिश भी कैसी हो रही है? क्या तूफ़ान–बिफान आता क्या?"

"ऐसा ही लग रहा है। पेड़ गिरने से माबादमोर्फो की तरफ़ जाने वाला रास्ता भी बन्द हो गया होगा। मैं नीचे जाकर देख आऊँ क्या?"

"छतरी लेकर जा' मिस ने कहा और दीवार पर टँगी छतरी की ओर इशारा किया।

वह दरवाज़े से बाहर निकला। सीढ़ियों पर पानी जमा हो गया था। हवाएँ तेज़ थीं। अँधेरा फैल गया था। वह धीरे–धीरे नीचे उतरा।

बाहर निकलने से पहले उसने छतरी खोली। वह गेट की तरफ़ बढ़ा। गेट के सामने जहाँ से माबादमोर्फ़ो की तरफ़ रास्ता जाता है, वहाँ आम का पेड़ गिरा हुआ था। यह पेड़ बहुत पुराना था। कुछ लोग अपने घरों से बाहर निकले। एक के हाथ में टॉर्च थी। गेट के सामने कुछ रौशनी हुई। तेज़ बारिश जारी थी और हवाएँ छतरियों को उलट रही थीं। एक आदमी जिसकी सूरत असरार ने पूरी तरह से देखी नहीं थी, उसने कहा– "अभी रहने दो, बारिश रुकेगी तभीच आकर देखेंगे।"

दूसरे आदमी ने उसका साथ देते हुए कहा– "हऊ मास्टर अभी तो बहुतिच बारिश है'। चलो, चुपचाप घर में जाकर बैठते हैं।"

वह लोग वापस चले गये।

गेट के पास जाकर असरार ने पेड़ से कुछ दूरी पर खड़े होकर झाँककर देखना चाहा कि माबादमोर्फ़ो की तरफ़ जाने का कोई रास्ता है या नहीं। उसे मायूसी हुई। वह मुड़ा। जैसे ही वह मुड़ा, हवा के तेज़ झोंके ने उसकी छतरी उल्टा दी। इससे पहले कि वह छतरी ठीक करता, बारिश की बूँदों ने उसके शरीर को भिगा दिया। छतरी सँभालते हुए वह तुरन्त इमारत में वापस गया। सीढ़ियों पर चढ़ते हुए उसने आस–पास के और पेड़ों के गिरने की आवाज़ सुनी। इतनी तेज़ बारिश उसने तीन–चार साल पहले देखी थी जब उसके घर के दस–बारह खपरैल भी तेज़ तूफ़ानी हवाओं से उड़ गये थे और घर छोटा–सा तालाब बन गया था। वह सीढ़ियाँ चढ़ता हुआ पहले माले पर आया। वहाँ खड़े होकर उसने जामुन के पेड़ की तरफ़ देखा जो हवा में लहरा रहा था। एक–दो पल में उसने महसूस किया कि जामुन का पेड़ न सिर्फ़ लहरा रहा है बल्कि महक भी रहा है। जामुन की महक उसके नथुनों में प्रवेश कर गयी। तूफ़ानी बारिश के कारण वह चाहते हुए भी इस परिस्थिति से आनन्दित नहीं हो सकता था। जमीला मिस के दरवाज़े के सामने खड़े होकर पहले उसने घण्टी का बटन दबाया। तब उसे अहसास हुआ, बिजली गुल हो चुकी है। उसने दरवाज़ा खटखटाया। मिस ने दरवाज़ा खोला। कमरे में मोमबत्ती की हल्की रौशनी फैली हुई थी।

"मिस, मैं भीग गया हूँ।"

जमीला मिस ने वहीं पास में रखी हुई एक मोमबत्ती उठाई। उस मोमबत्ती की रौशनी में असरार को सर से पाँव तक देखा। उसके कपड़ों

से पानी की बूँदें टपक रही थीं। मिस ने उससे कहा कि बाथरूम में जाकर हाथ–मुँह धोले। वह कमरे में गया। मिस ने उसके हाथ से छतरी ली। वह लम्बे–लम्बे क़दम भरता हुआ बाथरूम में चला गया। बाथरूम में अँधेरा था।

मिस ने दरवाज़ा बन्द किया। टी.वी. के पास रखे हुए मोमबत्ती के पैकेट से एक मोमबत्ती निकाली। उसे जलाने के बाद मिस धीरे–धीरे बाथरूम की ओर गयीं। बाथरूम के बाहर खड़े होकर उन्होंने असरार से कहा– "मोमबत्ती अन्दर रख दे।"

मोमबत्ती ज़मीन पर रखने के लिए वह झुक रहा था कि वह बुझ गयी।

"रुक मैं माचिस लाती हूँ।" अँधेरे में मिस की आवाज़ आयी।

भीगा हुआ शरीर अँधेरे में गुमसुम खड़ा था। शरीर की आँखें बहुत ताक़तवर होती हैं। मिस किचन में गैस के पास माचिस ढूँढ़ रही थीं, किन्तु उसके शरीर की दृष्टि भी अँधेरे में खड़े गुमसुम शरीर को देख रही थी। शरीर से शरीर की चाहत तात्कालिक और क्षणिक होती है। किसी भी समय यह चाहत हो सकती है। चाहत की यह अनुभूति एक पल में मिस के शरीर में सरसराहट पैदा कर गयी, लेकिन उनके दिमाग़ ने इस विचार को तुरन्त झटक दिया। असरार का शरीर बन्द गुम्बद था। बाहर की आवाज़ों से पहचान नहीं थी, किन्तु यह भी सत्य है कि यहाँ गुम्बद के ताले कमज़ोर हो गये थे। किसी भी समय टूट सकते थे।

मिस ने माचिस की तीली बाथरूम के सामने खड़े होकर जलाई। असरार को उस हल्की–सी रौशनी में खड़ा देखा और कहा– "किधर रखी है मोमबत्ती?"

"मेरे हाथ में है।" असरार ने कहा।

मिस दियासलाई की रौशनी में बाथरूम में गयीं और कहा– 'मोमबत्ती कोने में रख दे।"

असरार बैठ गया। मिस के हाथ की तीली बुझ गयी।

वह असरार के पास बैठ गयीं। दियासलाई से एक और तीली निकाली और जलाने लगीं। तीली रौशन हुई तो उन्होंने देखा, असरार घुठनों के बल बैठा है। मोमबत्ती उसके हाथ में है। मिस ने मोमबत्ती जलाई। असरार ने आहिस्ता–से मोमबत्ती को ज़मीन पर रख दिया। मिस ने उठते हुए उससे कहा कि वह लुंगी और टी–शर्ट ला रही है।

उसने कुछ नहीं कहा। वह वहीं बैठा रहा। मिस ने आलमारी में से अपने पति के कपड़ों में से एक टी–शर्ट और लुँगी निकाली और उसे लाकर दी। असरार ने तुरन्त बाथरूम का दरवाज़ा बन्द कर लिया। वास्तव में वह इस परिस्थिति में थोड़ा बेचैन था। उसने नल खोल दिया। बाल्टी में पानी जमा हो रहा था। बाथरूम के शीशेदार खिड़की से वह बाहर तेज़ बारिश के संगीत को सुन सकता था। मोमबत्ती की रौशनी में बाथरूम की हर चीज़ को देख सकता था। उसकी नज़र दीवार पर लगे हैंगर पर गयी। हैंगर पर मिस के दो ब्लाउज़ और एक सीनाबन्द (ब्रा) दिखायी दिया। उसका हाथ बग़ैर उसकी मर्ज़ी के ब्रा तक पहुँच गया। उसने अपने अब तक के जीवन में ब्रा को छूकर नहीं देखा था। यह विचित्र इच्छा थी। ऐसी इच्छाएँ व्यक्तित्व की किन परतों से बाहर निकलती है, उसे पता नहीं था, लेकिन इस मनोभाव का अनुभव उसे हुआ और उसने ब्रा को अपने हाथों में लेकर छूकर देखा। सीनाबन्द (ब्रा) के उभरे हुए भाग को छुआ तो जमीला मिस का विचार उसके दिमाग़ में हल्की आग से उत्पन्न होने वाले प्रकाश की तरह धीरे–धीरे फैला। उसने उस भाग को अपनी आँखों से लगाया और चूमा। चूमने के तुरन्त बाद उसे अफ़सोस हुआ। "पागल, बाज़ी बोलता है और फ़ालतू बातें दिमाग़ में लाता है।" उसने ख़ुद से कहा। बाल्टी में पानी भर गया था। उसने नल बन्द किया, फिर अपने कपड़े उतारे। अपने पैरों पर पानी डाला तो उसे याद आया की तौलिया बाथरूम में नहीं है। उसने तुरन्त कपड़े पहने और बाथरूम का दरवाज़ा इस मक़सद से खोला की मिस से तौलिया माँगे, लेकिन उसे यह देखकर हैरानी हुई कि मिस तौलिया लेकर बाथरूम के बाहर खड़ी थीं।

"अरे मिस, शुक्रिया!" कहकर उसने दरवाज़ा बन्द किया। मिस के चेहरे पर मुस्कराहट थी। दरवाज़ा बन्द हुआ, लेकिन कुछ देर वह वहीं खड़ी रहीं। उनके दिल में क्या बात थी? वह किस तरह अपनी इच्छाओं के संकेत को महसूस करती हैं उन्हें पता नहीं था। लेकिन वह हैरान थीं। वह हैरान इस बात पर भी थीं कि इच्छाओं का कोई धर्म क्यों नहीं होता? इच्छाएँ इस प्रकार ताक़तवर कैसे हो सकतीं हैं कि सारे बचाव के तर्क कुछ पलों में शक्तिहीन हो जायें और दिल शरीर की इच्छाओं के आस–पास भ्रमण करने लगे। वह मुस्कुरायीं, फिर ख़ुद से कहा: "बच्चा है अभी, कच्चा है अभी" और ड्राइंगरूम में आकर बैठ गयीं। मिस का चेहरा

इस ख़्याल से खिला हुआ था कि उनकी बुद्धि में विषम विचार जन्म ले सकते है। बाथरूम में असरार नहा रहा था। उसने अपने जिस्म पर साबुन लगाया तो उसके हाथ वहाँ जाकर रुक गये जहाँ इच्छाओं का स्रोत था। इच्छा सागर की लहरों में वह पिछले साल से ही डूबता–उभरता आ रहा था। उसने दिल पर हाथ रखा और दिल में उभरे विचार को आत्मा की दृष्टि से देखने लगा। अचानक जामुन के पेड़ पर देखा हुआ चमगादड़ उसे याद आया। सुनहरे रंग वाली वह छोटी–सी चिड़िया याद आयी जो आज ही उसने देखी थी। उसका दिमाग़ एक साथ बहुत सारी पटरियों पर दौड़ रहा था। दैवी ख़ुशबू जब शरीर में घुलती है तो बुद्धि के मार्ग में अक्सर ऐसी उथल–पुथल होती है। मुश्किल से वह दस मिनट बाथरूम में रहा, किन्तु दिमाग़ की सतह पर यह दस मिनट हज़ार घण्टों से अधिक थे, जिसमें अधिकतर वस्तुएं, लोग,दृश्य और सोच–विचार के दल उसके दिल में रोशन हुए और अँधेरे में लुप्त हो गये।

लुंगी और टी–शर्ट पहने उसे मिस के सामने बैठने में थोड़ा संकोच हो रहा था।

जमीला मिस को इस बात का अहसास था। उसे दूर करने के लिए मिस ने पूछा– "आम का पेड़ किधर गिरा है?"

"अरे मिस एक़दम गेट के सामने, रास्ता बन्द हो गया है। बारिश रुकेगी तभी पेड़ को हटा सकते हैं'।"

"अच्छा...।" मिस ने दुबारा खिड़की से बाहर देखा। बारिश हो रही थी।

"मिस...।" अल्लाह करे जल्दी से बारिश बन्द हो जाये।"

"और अगर नहीं हुई तो?" हास्यप्रद ढंग से मिस की ज़बान से निकला।

"तो मेरी वाट लग जायेगी।" असरार ने जवाब दिया।

"क्या बोला...।"

अरे मिस, मतलब वापस जाने का प्रॉब्लम होगा ना?"

"तेरे घर में या आस–पास किसी के यहाँ फ़ोन है तो मेरे मोबाइल से फ़ोन कर के बोल दे। और बोल अगर बारिश नहीं रुकी, तो तू इधर रुकेगा।"

असरार ने अपने पड़ोसी को फ़ोन किया और कहा की यह बात उसकी माँ को बता दे।

मिस किचन में दाल बघारने के लिए चली गयीं। असरार ड्राइंगरूम के सोफ़े पर लेट गया। उसकी आँख लग गयी।

मोमबत्ती की हल्की रौशनी में उसके चेहरे की मासूमियत निखर गयी थी। मिस जमीला ने दो बार किचन से झाँककर उसे देखा। वह गहरी नींद में था। दाल बघारने के बाद मिस ड्राइंगरूम में आकर कुर्सी पर बैठ गयीं। अपने पति की लुंगी और टी–शर्ट पहने हुए असरार को देख कर उन्हें अच्छा लग रहा था। तूफ़ानी हवाएँ लगातार चल रही थीं। न बारिश कम हो रही थी और न हवाओं की तेज़ी में कमी आ रही थी। तेज़ बारिश से कानों में एक संगीत गूँज रहा था। इस संगीत में एक जादुई ख़ामोशी थी और इस जादुई ख़ामोशी में व्यक्तिगत संगीत की एक लहर भी विद्यमान थी। बहुत दिनों बाद, बल्कि कई वर्षों बाद जमीला को जीवन में एक तरंग का एहसास हो रहा था। इस परिस्थिति की कोई व्याख्या उनके पास नहीं थी और न ही कोई स्पष्ट अवधारणा उनके दिमाग़ में थी, किन्तु अहसास ज़रूर था। इस अहसास की तलछट में वह सिर्फ़ एक औरत थीं। उनको आस–पास कुछ दिखायी नहीं दे रहा था और वह अपने आप में खोई हुई थीं। इन्सान का अकेलापन इच्छाओं को जन्म देता है बल्कि सारी इच्छाओं का केन्द्र स्वयं को जानने से प्राप्त होने वाली ख़ुशी है। जमीला मिस उस पल स्वयं में जन्मे एहसास में डूबी हुई थीं।

खाना तैयार हो चुका था।

असरार अभी सो रहा था।

जमीला मिस कभी खिड़की से लगकर खड़ी हो जातीं और आसमान से बरसते पानी को देखतीं, कभी असरार को देखतीं।

कुछ मिनट बाद एक गरजदार बिजली चमकी। असरार की आँख खुल गयी। जमीला मिस भी इस ज़ोरदार आवाज़ से सहम गयी थीं। एक–दो पल तो असरार को हैरत हुई कि वह सोता रहा। उसने कहा– "सॉरी मिस आँख लग गयी थी। लगता है, बिजली गिरी है।"

'अच्छा हुआ थोड़ा आराम कर लिया। हाँ, बिजली गिरी लगती है।" मिस ने कुर्सी पर बैठते हुए कहा।

खिड़की के सामने वाले आसमान में जहाँ सिर्फ़ अँधेरा था, बिजली की लकीरें दिखायी देने लगीं, कुछ लकीरें दूर तक आसमान में फैल जातीं और कुछ इतनी पास आतीं, जैसे इमारत के ऊपर गिरना चाहती हों।

जमीला मिस और असरार खिड़की के पास खड़े होकर बिजली का भयानक करतब देखने लगे। टेबल पर रखी हुई मोमबत्ती बुझ गयी थी। आसमान पर बिजलियाँ भयभीत कर देने वाली आतिशबाज़ी कर रही थीं। अचानक एक बिजली उस तरफ़ लपकी, जैसे वह अभी खिड़की के बिल्कुल सामने गिर जायेगी। मिस जमीला एकदम से डर गयीं। वह पीछे मुड़ रही थीं कि उनका पैर फिसल गया। असरार ने उनको सँभाल लिया, नहीं तो वह गिर जातीं। असरार ने कहा– "अरे डरिये मत मिस, बिजली तो गिरती रहती है। बहुत दूर गिरी है।"

"मैं तो डर ही गयी थी।" मिस ने खुद को सँभालते हुए कहा।

वह दुबारा खिड़की से लग कर खड़ी हो गयीं। उनका हाथ असरार के हाथ में था। दोनों देख रहे थे कि बाहर आसमान में बिजलियाँ किस तरह मुसीबत बनकर गरज और चमक रही थीं। दोनों के दिल उस बिजली को भी महसूस कर रहे थे, जिसकी गरज और चमक से आत्मा द्रवित होकर बह जाती है। जिस्म की खिड़कियों पर सोई हुई इच्छायें एक उत्तेजना उत्पन्न करती हैं। इस उत्तेजना में एक जादू विद्यमान होता है। सोयी हुई इच्छायें अपना मार्ग स्वयं बना लेती हैं। दोनों को यह लग रहा था कि जो एक सोच रहा है उस बात का दूसरे को एहसास नहीं है, जिसका मतलब यह हुआ कि अभी उनके बीच एक प्रकार का अविश्वास था। शायद उनको मालूम नहीं था कि इच्छा हर मिट्टी में जीवित होती है और इच्छाओं का कोई मौसम नहीं होता। इच्छा जाग्रत हो तो ऊँची से ऊँची दीवार लाँघ सकती है। इच्छा आदिपुरुष की मिट्टी का प्रमुख भाग है। इच्छा की सन्तुष्टि कायाकल्प करती है। इसीलिए कई बार इच्छाएँ जीवन को मेटामोर्फ़ोसिस का मज़ा चखाती हैं। इच्छा बहुत सारे दूसरे लक्षणों और दूसरी आदतों में रुपान्तरित हो जाती है। मर्द किसी अनजाने समय के अनदेखे जानवर में बदल जाता है और औरत पुराने समय के किसी परिन्दे या किसी दूसरे दृश्य में बदल जाती है। आत्माएँ दूसरी आत्माओं में मिलकर स्वयं को अभिव्यक्त करती हैं। इच्छा का विष बहुत बलवान होता है वह आँखों की उत्तेजना को ठण्डक प्रदान करता है।

दिल ठहर जाता है और दिमाग़ पर लापरवाही का पर्दा पड़ जाता है। आत्मा के कमरे में हल्का अँधेरा छा जाता है। इस हल्के अँधेरे में इच्छा अपने कपड़े बदलती है। इसी हल्के अँधेरे में आत्मा भी कायाकल्प के स्वांग में लिप्त हो जाती है।

असरार मिस की तरफ़ मुड़ा तो मिस ने नज़रें उठाईं। दोनों की आँखों में उत्तेजना थी। यह उत्तेजना आत्मा के पिघलने की पहली निशानी थी। मिस भी उसकी तरफ़ मुड़ गयीं। इच्छा हर मिट्टी में जीवित रहती है। मिस की उँगलियाँ अपने आप असरार की उँगलियों में जकड़ गयीं। इच्छा जागती है तो ऊँची से ऊँची दीवार लाँघ सकती है। उनकी नज़रें एक–दूसरे में अपनी चाहत तलाश कर रही थीं। इच्छा आदिपुरुष की मिट्टी का प्रमुख भाग है। बाहर बारिश तूफ़ानी थी। बिजलियाँ चमक रही थीं और दक्षिण–पश्चिम की हवाएँ इमारत के चारो ओर गूँज रही थीं। हवाएँ मतवाली और पागल थीं। पेड़ों के तनों को हिला कर उखाड़ रही थीं। मिस और क़रीब आ गयीं। इच्छाओं की सन्तुष्टि उत्तेजना के कायाकल्प में विद्यमान होती है। उनकी नाक एक–दूसरे से टकरायी और एक–दूसरे की आँखों में वह ऐसे डूबे, जैसे भँवर में कोई तिनका डूबता हो। इच्छा जीवन को मेटामोर्फ़ोसिस के स्वाद से परिचित कराती है। उनकी ज़बानों ने एक–दूसरे का स्वाद चखा तो एक–दूसरे के वजूद से अनजान हो गये। दोनों ज़मीन पर बैठ गये। मिस एक खूँखार शेरनी में बदल गयी। उसने अपने पंजे असरार की पीठ में गाड़ दिये और उसकी हड्डियाँ चबाने लगी। मिस ने उसके दिल के रस को अपने होठों पर महसूस किया तो उसकी आत्मा में एक मस्ती की लहर दौड़ी। इच्छाएँ बहुत सारे दूसरे लक्षणों में बदल गयीं। असरार किसी अनजाने समय के अनदेखे जानवर में बदल गया और मिस पुराने जमाने के किसी परिन्दे में बदल गयी। इच्छाओं की सन्तुष्टि इन्सान का कायाकल्प करती है। एक आत्मा दूसरी आत्मा में मिलकर स्वयं को अभिव्यक्त करती है। इच्छा स्वाभाविक तौर पर अवसरवादी होती है और इस काम में वह स्वयं को भी मात दे देती है।

इस मात खाई हुई परिस्थिति में वे सुबह तक वहीं लेटे रहे। सुबह जब असरार की आँख खुली और उसने अपने बगल में लेटी हुई मिस को देखा तब उसे पता चला कि मिस की एक स्तन बड़ी और दूसरी छोटी है। वह मुस्कुराया और उठकर बाथरूम में चला गया जहाँ मोमबत्ती पिघल चुकी थी।

उसने खिड़की से बाहर देखा बारिश रुक गयी थी। सूरज की बहुत हल्की किरणें कहीं–कहीं दिखायी दे रही थीं।

शौचालय के दरवाज़े पर और भी बातें लिखी हुई थीं, जिन्हें उसने पढ़ा। इस बीच वह भूल गया था कि शौचालय में बहुत सारे सफ़ेद कीड़े हैं और बदबू का एहसास भी थोड़ा कम हो गया था। मिस जमीला की याद ने उसके अन्दर होने वाली उलझन को कम कर दिया था। शौच के बाद जब वह बाहर निकला तो सामने एक अधेड़ उम्र का आदमी खड़ा था, जिसके एक हाथ में डालडा का डिब्बा था जिसमें पानी भरा हुआ था और दूसरे हाथ में बीड़ी थी। उसने असरार की तरफ़ गुस्से से देखते हुए कहा– "क्या बे, सो गया था क्या? तीन बार मैंने दरवाज़ा ठोका।"

असरार ने गर्दन झुकाई और कहा: "सॉरी।"

"सॉरी का बच्चा, आ जाते हैं साले...।" आदमी बड़बड़ाता हुआ शौचालय में चला गया।

मुझे भी राह न मिलेगी जो लौटना चाहूँ

जमात की खोली एक पुरानी शैली की तीन मंज़िला इमारत के ग्राउंड फ़्लोर पर स्थित थी। इमारत के सभी निवासी पगड़ी प्रणाली पर पाँच दशकों से रह रहे थे। इमारत का मालिक सलाहुद्दीन मेमन एक ख़ानदानी व्यापारी और धार्मिक व्यक्ति था। इमारत जर्जर अवस्था में थी, लेकिन उसमें रहने वाले इमारत के पुनर्निर्माण के लिए तैयार नहीं थे। खोली के अँधेरे कमरे से जब असरार अपने साथियों के साथ बाहर निकला तो मई की तेज़ धूप में पल भर के लिए उसकी आँखें चुँधिया गयीं।

असरार के साथ दो और लड़के पहली बार मुम्बई आये थे। तीनों के जीवन का यह एक यादगार पल था। आसपास के घर, खिड़कियाँ, खिड़कियों पर लगे पर्दों, सड़क, सड़क पर चलते हुए लोग और लोगों के पहनावों को देखते रहे। फुटपाथ और सड़क के किनारे जहाँ तक वह देख पाते, बाकड़े (छाबड़ा) ही दिखायी पड़ते। उनके सामने जो बाकड़ा था, उस पर बच्चों के कपड़े, टोपी, मुसल्ले, मिसवाक, आबे–ज़मज़म, तसबीह, मसनून दुआओं की किताबें, रहल और कुरान की कुछ प्रतियाँ रखी हुई थीं। बाकड़े के नीचे एक काले रंग का कुत्ता सो रहा था। असरार ने कुत्ते को देखा। कुत्ते का आधा शरीर फुटपाथ के किनारे जमा गन्दे पानी में था। कुत्ते की आँखें बन्द थीं और नाक के पास एक मोटी–सी मक्खी एक मिठाई के टुकड़े पर आलसी गधे की तरह बैठकर कुत्ते की नाक को देख रही थी। कुत्ते की नाक मक्खी के लिए निश्चित रूप से एक सुरंग थी।

मुम्बई भी कभी–कभार नवागन्तुकों (नये आनेवालों) को सुरंग लगती है। फुटपाथ पर असरार को तीन–चार बड़े बिल नज़र आये। कुत्ते ने अचानक अपनी दुम(पूँछ) ज़ोर–से हिलाकर एक चूहे को भगाया, जो दुम पर लगे कचरे को खाने का प्रयास कर रहा था। चूहा तुरन्त एक बिल में घुस गया। चूहा एक बिल में घुसा और उसी समय दो चूहे लड़ते हुए एक–दूसरे बिल से बाहर निकले और कुत्ते के पास से भागते हुए एक नाले में घुस गये। मक्खी शोर सुनकर उड़ गयी, लेकिन कुत्ता टस से मस नहीं हुआ। शायद यह उसके रोज़मर्रा का एक भाग था। फुटपाथ पर जीवन बिताते हुए अब वह चूहों की धृष्टता पर उनको भला–बुरा कहने के अनुशासनात्मक भाव से ऊपर उठ चुका था। असरार की चुँधियाई हुई आँखें तेज़ धूप के अनुसार समायोजित हुईं तो उसने देखा कि फुटपाथ से लगकर इत्र की तीन–चार दुकानें हैं। इन दुकानों पर अरबी लिपि में बोर्ड लगे हुए थे। एक दुकान का नाम 'ख़ालिस अत्रयात जमीलुल आसाम' था। दुकान खुली थी। छोटी रंग–बिरंगी विभिन्न प्रकार की शीशियों में इत्र रखा हुआ था।

"कहां खो गया बे?" मुहम्मद अली ने असरार के कन्धे पर हाथ रखते हुए कहा और फिर बात पूरी की, "चलो, अभी बहुत कुछ देखना है।"

वे लोग अभी एक मिनट चले होंगे कि मिनारा मस्जिद ने उनके क़दम रोक लिये। सलीम घारे ने मिनारा मस्जिद के बारे में दो–चार बातें बताईं और बताया कि रमज़ान में किस प्रकार यह मुहल्ला चमक जाता है। रास्ते पर पैर रखने के लिए जगह नहीं मिलती। सलीम घारे की बातें सभी ध्यान से सुन रहे थे। क़ासिम दलवी ने पूछा– "जब रास्ते पर पैर रखने के लिए जगह नहीं होती है, तो पैर किधर रखते हैं?" सब हँस पड़े। सलीम चुप रहा। फिर वह भी मुस्कुराया। मुहम्मद अली ने इसी बीच नुक्कड़ की पानपट्टी से तीन–चार पान बनवाए। मिनारा मस्जिद की नक्काशी और कारीगरी ने असरार को प्रभावित किया। देर तक वह मिनारा मस्जिद को देखता रहा। अभी असरार को यह पता नहीं था कि जिस इमारत को वह हैरानी से देख रहा है, उस इमारत के मीनारों ने शहर की कितनी बहारों और भयावह रातों को ऐसी ही हैरानी से देखा है। गौरवमयी सभा और सभाएँ देखीं हैं। उथल–पुथल और राजनीतिक संघर्ष देखा है। धर्म और पंथ की प्रतिस्पर्धाएँ देखी हैं। इन मीनारों ने पुलिस

की वर्दी पहने उन लोगों को भी देखा है, जिन्होंने 'उमर अली उस्मान लुंगी कट बेकरी' में दंगों के दौरान नरसंहार किया था, लेकिन जिनका अपराध न्यायालय में भी साबित नहीं हो सका। मिनारा मस्जिद के मीनारों ने मुम्बई दंगों के कुछ महीनों बाद रात के अन्तिम पहर, बल्कि सुबह भोर के समय इमाम महजूर–उल–बुख़ारी अल मारूफ हिज्र गिलमान को पास की एक सड़क पर अपने अनुयायियों के माध्यम से आर.डी.एक्स. के बॉक्स रखवाते हुए देखा था। यह रहस्य कोई नहीं जान सका कि यह कांम इमाम महजूर–उल–बुख़ारी अल मारूफ हिज्र गिलमान ने किसके इशारे पर किया था? यह पहेली उस समय कुछ देर के लिए चर्चा में रही जब कुछ वर्षों बाद एक दिन मिनारा मस्जिद से कुछ किलोमीटर दूर बड़ी बेरहमी से उसकी हत्या हुई। मिनारा मस्जिद के मीनार असरार को बहुत ही रहस्यमयी लगे। उसे ऐसा प्रतीत हुआ, इन भव्य मीनारों के छज्जों में जिन्नात और उनके परिवार रहते होंगे। असरार को अभी इस बात का ज्ञान नहीं था कि मिनारा मस्जिद के आस–पास कितनी बार क़यामतें (प्रलय) गुज़री हैं और इस क़यामत ने मीनारों को कितनी बार शर्मिन्दा किया है। इन मीनारों ने वे दिन भी देखें हैं जब हज़ारों मुसलमान सलमान इब्न मंसूर–उल–हल्लाज उर्फ़ किताबुततव्वासेन का विरोध करते हुए यहाँ पहुँचे तो पुलिस ने अचानक गोलीबारी शुरू कर दी थी। दर्ज़न भर युवा मौत की अँधेरी खाई में गिर गये थे। मिनारा मस्जिद की फुटपाथ के नीचे से बहने वाली नालियों में उमर अली उस्मान लुंगी कट बेकरी में हत्या किये गये व्यक्तियों और सलमान इब्न मंसूर–उल–हल्लाज उर्फ़ किताबुततव्वासेन का विरोध करने वाले युवाओं का ख़ून बह चुका है। ख़ून नालियों के गन्दे पानी में मिलकर हालाँकि अपना रंग खो देता है, लेकिन ताजे ख़ून की ख़ुशबू जिन्नात और देव सूँघने की क्षमता रखते हैं। इसलिये जब भी मुहम्मद अली रोड के आस–पास बेक़सूर लोगों का ख़ून बहता है और भूमिगत नालियों के पानी में मिलकर यह ख़ून मुम्बा देवी के मन्दिर के पास की नालियों से होता हुआ समन्दर की ओर बढ़ता है, मन्दिर के आँगन में देव और राक्षस ताण्डव करते हैं। सम्भव है कि ख़ून पीने वाले राक्षस उस राक्षस वंश से सम्बन्धित हों, जिनको मुम्बा देवी ने पराजित किया था। यह ताण्डव मुम्बा देवी की निराशा को बढ़ाने के उद्देश्य से किया जाता है। हर बार ताण्डव करने के बाद ये देव और राक्षस मुम्बा

देवी के मन्दिर के बाहर की नालियों में प्रवेश करते हैं। भूमिगत नालियों की कई छोटी–बड़ी सुरंगों को पार करके मुहम्मद अली रोड से बहकर आने वाले ख़ून को गन्दे पानी से अलग करके पी लेते हैं। पानी में जितनी चीज़ें घुली होती हैं। राक्षस उन्हें छानकर अलग करने की क्षमता रखते हैं। ख़ून पीने के बाद ये दुबारा मुम्बा देवी के मन्दिर के सामने आकर नृत्य करते हैं। यह नृत्य मुम्बा देवी के क्रोध को बढ़ाता है, लेकिन मुम्बा देवी ने ब्रह्मा को यह वचन दिया है कि मुम्बई के सात द्वीप जब तक अपनी मूल स्थिति में रहेंगे, वह राक्षस प्रजाति पर हमला नहीं करेगी। ब्रह्मा ने जब मुम्बा को यह बताया था कि एक दिन ऐसा आयेगा जब चालीस दिन और चालीस रातें लगातार मुम्बई में बारिश होगी। सातों द्वीप डूब जायेंगे। सब कुछ नष्ट हो जायेगा। इतिहास भी मिट जायेगा। इस घटना के चालीस साल बाद सातों द्वीप दुबारा समन्दर से उभरेंगे और तब वह सात नहीं बल्कि एक द्वीप बनकर उभरेंगे। इस द्वीप पर गजरातम देशम कालादम नामक राक्षस अपनी सत्ता स्थापित करेगा। इसकी सत्ता जब हत्या व मार–काट का नंगा नाच करने लगेगी तब एक दिन मुम्बा के मन्दिर की दीवारें जो शहर के डूबने के पश्चात् सुरक्षित रह गयी थीं, स्वयं ही ढह जायेंगी और तब...। मुम्बा देवी को इस राक्षस गजरातम देशम कालादम से युद्ध करके उसे हराना होगा। ब्रह्मा ने मुम्बा को इस निर्णायक युद्ध से अवगत कर दिया था, लेकिन यह नहीं बताया कि युद्ध का परिणाम क्या होगा? शायद इसीलिये मुम्बा देवी के चेहरे पर जहाँ क्रोध है, वहीं चिन्ता की झलक भी है।

मुहम्मद अली वनु ने सलीम घारे को पान दिया। सलीम घारे ने पान मुँह में डाला और अतिरिक्त चूना जो पान वाले ने पान के साथ दिया था, उँगली से लेकर ज़बान पर लगाया।

वह लोग आगे बढ़े।

मुहम्मद अली रोड पर कारें, टैक्सियाँ, बसें रेंग रही थीं। बहुत ही धीरे। लोग उन गाड़ियों के सामने से दौड़कर रास्ता पार कर रहे थे।

हॉर्न बज रहे थे। सड़क के किनारे कुछ लोग ज़ोर–ज़ोर–से बातें कर रहे थे। जे.जे. फ्लाई ओवर के नीचे दो हाथ–गाड़ी वाले अपनी गाड़ियों पर बैठे बीड़ी फूँक रहे थे। एक टैक्सी ड्राइवर एक बोहरी महिला के साथ झगड़ा कर रहा था। बोहरी महिला के सामने एक लंगड़ा आदमी, जिसके सर पर हरे रंग की टोपी थी, बोहरी महिला से भीख की आस लगाये खड़ा था, मानो झगड़ा ख़त्म होते ही भिखारी की मुराद पूरी हो जायेगी। मुम्बई में भिखारी भी कितने आशावादी दिखायी देते हैं। असरार को भिखारी के गले में हरे, लाल और चमकदार नीले रंग की मालाएँ अच्छी लगीं। अभी बोहरी औरत का झगड़ा ख़त्म नहीं हुआ था कि एक लड़की भी वहाँ आ गयी और भिखारी लंगड़े की देखा–देखी महिला के सामने हाथ फैलाने लगी। लंगड़े भिखारी के लिए लड़की का हस्तक्षेप करना बुरा लगा। उसने बैसाखी उठायी और लड़की के कूल्हों पर मारी। लड़की तुरन्त वहाँ से भागी, लेकिन सड़क पार करने से पहले लड़की ने लंगड़े को तीन–चार गालियाँ दीं जो ट्रैफ़िक के शोर–गुल में दब गयीं। किसी ने इस बात पर ध्यान नहीं दिया। असरार ने जे.जे. फ़लाई ओवर को बहुत देर तक देखा। तेज़ धूप में जे.जे. फ्लाई ओवर सोया हुआ एनाकोंडा दिखायी दे रहा था।

मुहम्मद अली रोड पर उमर अली उस्मान मिठाई वाले की दुकान के सामने स्वादिष्ट मिठाइयों की ख़ुशबू हवा में फैली थी। नानखतायी के टोकरों पर उनकी नज़र पड़ी। एक लड़का जिसने लुंगी और बनियान पहन रखी थी, सर पर मिठाई की ट्रे लिये आया और दुकान में प्रवेश किया। मिठाई की ताज़ी ख़ुशबू ने क़ासिम दलवी को सबसे अधिक आकर्षित किया। उसने तुरन्त लुंगी–बनियान पहने हुए लड़के से पूछा– "कौन–सी मिठाई है?"

"अफ़लातून" लड़के ने कहा।

मुहम्मद अली ने क़ासिम से पूछा– "खाने का है क्या तेरे को?"

क़ासिम के जवाब का इन्तिज़ार करने के बजाय मुहम्मद अली ने आधा किलो अफ़लातून ख़रीद कर उन नवागन्तुकों को दिया। पान की पीक एक ओर थूकने के बाद मुहम्मद अली ने यहाँ की कुछ विशेष प्रकार की मिठाइयों पर अपनी जानकारी का प्रदर्शन किया। सलीम घारे ने उसका समर्थन करते हुए कहा कि डमडम की मिठाई भी स्वादिष्ट होती है। अभी वह मिठाई खा ही रहे थे कि तीन–चार छोटे बच्चे हाथ फैलाए

मिठाई में अपना हिस्सा माँगने लगे। एक लड़के ने केवल पैंट पहन रखी थी। सबसे बड़े लड़के ने एक फटी हुई टोपी पहन रखी थी। सलीम घारे ने फुटपाथ पर पान की पीक थूकी और उनकी ओर देखकर कहा– "क्या रे, काम–धंधा नहीं है? चल हट?"

'चल हट' सुनकर छोटे लड़के ने बड़ी विनम्रता से अपना दाहिना हाथ मुँह की ओर संकेत करते हुए कहना चाहा कि उसे भूख लगी है।

मुहम्मद अली ने उसकी ओर देखकर कहा– "अबे साले, तू इधरिच पीछे की फुटपाथ पर रहता है ना।"

लड़के ने मुहम्मद अली को घूरकर देखा। मुहम्मद अली ने आये हुए मेहमानों को बताया कि यह सब चरसी हैं। भीख माँगकर खाते हैं और नशे में डूबे रहते हैं। मुहम्मद अली की बातें सुनकर तीनों चरसी वहाँ से नौ दो ग्यारह हो गये। सड़क पर ट्रैफ़िक था। चर्च गेट की ओर जाने वाली दो बसें आयीं। अभी वे अफ़लातून खा ही रहे थे कि सलीम घारे ने कहा– "बस ख़ाली है, पकड़ लेते हैं।"

वे बस में सवार हो गये। बस के दूसरे मंज़िले पर सीट ख़ाली थी। वे बैठ गये। असरार और मुहम्मद अली आगे की सीट पर एक साथ बैठ गये। दोनों का गाँव एक था, लेकिन यह उनकी पहली मुलाक़ात थी। परिचात्मक बातें हुईं। मुहम्मद अली ने असरार को बताया कि वह हीरों के एक व्यापारी के यहाँ नौकरी करता है और यदि वह चाहे तो अपने सेठ से उसके लिए बात कर सकता है। असरार ने कहा वह क़ासिम दलवी से बात करेगा फिर कोई फ़ैसला लेगा। बस हज हाउस के पास पहुँची। इमारत पर कुरान की आयतें खुदी हुई देखकर असरार को पहले ख़ुशी हुई फिर हैरानी हुई। उसने मुहम्मद अली से कहा– "इतनी ऊँची मस्जिद?"

मुहम्मद अली ने मुस्कुराते हुए कहा– "अरे, यह हज हाउस है।"

"हज हाउस मतलब? हज के लिए तो सऊदी अरब जाते हैं न?" क़ासिम दलवी ने कहा।

"येड़े, वो तो पूरी दुनिया को पता है, हज के लिए सऊदी जाना पड़ता है, लेकिन इधर से इन्तेज़ाम होता है।" मुहम्मद अली ने जवाब दिया।

असरार चुपचाप हज हाउस इमारत की महिमा देखता रहा। इतनी ख़ूबसूरत इमारत उसने पहले कभी नहीं देखी थी। मुहम्मद अली ने उसे

चर्चगेट स्टेशन, अंजुमन–ए–इस्लाम और टाइम्स ऑफ़ इंडिया की इमारतें दिखायी और उनके बारे में संक्षेप में बताया। असरार, मुहम्मद अली की जानकारी से प्रभावित हुआ। चर्चगेट स्टेशन के सामने का सिग्नल पार करने के बाद जो मुम्बई असरार के सामने थी वह मिनारा मस्जिद की फुटपाथ और उमर अली उस्मान सुलेमान मिठाई वाले की दुकान के सामने दिखायी देने वाली मुम्बई से बहुत अलग थी। उसने मुहम्मद अली से कोई सवाल नहीं किया और चुपचाप आँखों को चकाचौंध और दिल को हैरान करने वाली मुम्बई को देखता रहा।

ताज होटल से कुछ दूरी पर वह बस से उतरे।

गेट वे ऑफ़ इंडिया के सामने खड़े होकर नवागन्तुकों ने ताज होटल को इस दिलचस्पी से देखा मानो अपनी याददाश्त में सुरक्षित कर लेना चाहते हों। इस शानदार इमारत को देखने के बाद उनमें एक हीन भावना जाग्रत हुई, जिसने इमारत की गरिमा को बढ़ाया और उसकी भव्यता को उनके दिल में स्थापित किया। आज वे जहाँ खड़े होकर ताज को देख रहे थे, ठीक उसी स्थान से पाँच साल बाद हिन्दुस्तान और दुनिया का मीडिया ताज होटल पर हुए आतंकी हमले की रिपोर्टिंग करने वाला था। ये सारे दोस्त कई वर्षों तक ताज होटल और गेट वे ऑफ़ इंडिया के इस यादगार सफ़र को याद करने वाले थे।

ठीक सात साल बाद जुलाई महीने के आख़िरी दिनों में एक रविवार की दोपहर को खोली में मुहम्मद अली ने सपने में असरार को देखा। देर तक दोनों ने जीवन सम्बन्धित बातें कीं। सपने में असरार किसी दूसरे राज्य का नागरिक था। मुहम्मद अली ने उसे ताज होटल पर हुए हमले के बारे में तफ़सील से बताना चाहा तो बहुत उदास होकर उसने कहा– "अब मैं वहाँ नहीं हूँ जहाँ आतंकवादी रहते हैं, इसलिये मैं उन बातों को जानकर क्या करूँगा।" मुहम्मद अली उसकी यह बात सुनकर उदास हो गया। सपने में ही उसे याद आया कि असरार किस दुनिया में है। दुखी मुहम्मद अली की आँखें खुल गयीं। उसने अपनी आँखों में पानी की कुछ बूँदों को महसूस किया। उसे असरार की कमी का अहसास हुआ। वह उठा और टैक्सी करके हाज़ी अली दरगाह पर गया। दरगाह के प्रांगण में एक कोने में बैठकर वह असरार को याद करता रहा और देर तक रोता रहा।

सलीम घारे ने उन्हें गेट वे ऑफ़ इंडिया का इतिहास बताया और आइसक्रीम खिलाई।

आइसक्रीम खाने के बाद सलीम ने उन्हें बताया कि आज एक सरप्राइज़ भी है। सबने एक साथ पूछा– "क्या?"

सलीम ने मुस्कुराते हुए कहा– "इन्नल्लाहा मअस्साब्रीन।"

"नहीं नहीं नहीं...।' सब्र–वब्र गयी भाड़ में,जल्दी बताओ।" क़ासिम दलवी ने कहा।

"असलम भाई शायद शाम में खाने की दावत देने वाले होंगे।" असलम धामस्कर ने कहा।

"खाना खोली में वैसे भी बन जायेगा।" सलीम घारे ने कहा।

"फिर पिक्चर बताने का इरादा है क्या?" सुलेमान वनु ने पूछा।

"यार बच्चे लोग पहली बार मुम्बई घूम रेले हैं,चलो बता भी डालो।" मुहम्मद अली वनु ने सुलेमान वनु के सवाल पर असलम की किसी प्रतिक्रिया से पहले कहा।

"चलो, आओ सब मेरे साथ।" सलीम घारे ने कहा। वे सब उसके पीछे–पीछे गेट वे ऑफ़ इंडिया के पीछे की तरफ़ गये। जहाँ से समन्दर में कंक्रीट की सीढ़ियाँ उतरती थीं।

सलीम घारे के एक पुराने दोस्त की चार–पाँच फेयरी बोट, सैलानियों को समन्दर की सैर कराया करती थीं, सलीम ने समन्दर की सैर का प्रबन्ध कर रखा था। वे सब बोट पर सवार हो गये। जब बोट खचाखच भर गयी तो यात्रा शुरू हुई। अब वे समन्दर की डोलती हुई सतह से तेज़ धूप में चमकती हुई मुम्बई का दर्शन कर रहे थे। मुम्बई वैसे तो उनसे दूर हो रही थी, मगर तटीय पट्टी से गहरे समन्दर की ओर बढ़ते हुए शहर को देखना एक अनोखा अनुभव था। ताज होटल की इमारत के मेहराब और गुम्बदों को अपनी आँखों में धीरे–धीरे सिमटते हुए देखने का अहसास नया था। समन्दर की लहरों को छूकर आने वाली हवाओं में ठण्डक और नमक शामिल था। गर्मी की तेज़ी में कमी महसूस हुई। समन्दर की लहरों को देख असरार के दिल में उदासी ने करवट ली।

इस करवट से उसकी नज़रों के सामने समन्दर को जैसे एक भँवर में बदल दिया। भँवर छोटा–सा क्षेत्र था, लेकिन इस क्षेत्र में पानी का रंग लाल था, बल्कि यह पानी नहीं ताज़ा ख़ून था। ताज़ा ख़ून सिर्फ़ चक्रण नहीं कर रहा था बल्कि चक्रण के समय ख़ून में हज़ारों छोटे भँवर बन रहे थे। हर भँवर में उसे अपने पिता का चेहरा दिखायी दे रहा था। तीन–चार मिनट उसकी आँखों में ये भँवर नाचते रहे। उसका दिल चाह रहा था कि वह ड्रिल मशीन से अपनी आँखों में छेद करे ताकि वहाँ जमा ख़ून एक पल के लिए फव्वारा बनकर फुट पड़े। कभी–कभी अचानक स्वयं के ख़ून में भीगने की इच्छा उसके दिल में घर कर जाती थी जबकि यह भी सच है कि जमीला मिस ने इस इच्छा को धीरे–धीरे दूर कर दिया था। आसमान की ओर नज़रें उठाकर वह मुस्कुराया। उसकी आँखों में अब जमीला मिस थीं। उनके साथ एक छोटी–सी समन्दर यात्रा उसके दिल में कहीं दबी हुई थी, वह ताज़ा हो गयी।

बरसात की रात जो कुछ हुआ था, उसके बाद जमीला मिस के साथ उसके सम्बन्ध की परिभाषा अचानक बदल गयी थी। हर दूसरे–तीसरे दिन जमीला मिस उसे रसायन विज्ञान, जीव विज्ञान और बीजगणित के मुश्किल शब्दों को सरल भाषा में समझाया करती थीं। मिस ने विज्ञान की पाठ्य–पुस्तक के अध्याय– 'जैव काल और हमारे जीन की रूपरेखा' दिलचस्पी से पढ़ाया था। रजोधर्म, गर्भ ठहरना और भ्रूण का विकसित होना इत्यादि को विस्तार से समझाते हुए अण्डकोष, लिंगनली, वीर्य और लिंग जैसे कठिन शब्दों को सरल भाषा में समझाते हुए उनकी उपयोगिता और महत्त्व का वर्णन किया था। अण्डकोष, गर्भाशय और योनि पर भी प्रकाश डाला था। दूसरी ओर पाठ्य–पुस्तक में योनि और लिंग के कार्यों के बारे में जो बातें लिखी हुई थीं उन पर असहमति व्यक्त की थी। किताब में योनि के कार्यों के बारे में लिखा था– 'माहवारी के बहने का मार्ग, वीर्य के गुज़रने का मार्ग और शिशु के जन्म का स्थान जबकि लिंग का कार्य 'गर्भाशय में वीर्य को पहुँचाना' लिखा हुआ था। जमीला मिस ने कहा कि

ये बातें महत्त्व रखती हैं, लेकिन लिंग मात्र उक्त कार्यों के लिए नहीं हैं बल्कि वह प्रेम को अभिव्यक्त करने का माध्यम भी हैं। शरीर, आत्मा और भावनाओं के बीच सेतु का कार्य करता है।

एक दिन मिस ने उससे कहा कि वह समन्दर की यात्रा करना चाहती है और यह-देखना चाहती है– "मछलियाँ किस तरह पकड़ी जाती हैं?"

"मछलियाँ ख़ुद फँसती हैं।" उसके मुँह से निकला।

जमीला मिस ने कनखियों से उसकी ओर देखा।

उसे अहसास हुआ कि इस वाक्य में वह मतलब भी छुपा हुआ है, जिसको ज़ाहिर करना उसका मक़सद नहीं था। वह अपनी बात को स्पष्ट करना चाहता था कि मिस ने कहा– "मौसम भी तो वैसा आशिकाना मँगता है?" जमीला ने बड़े संयम के साथ धीरे–धीरे अपनी बात कही थी।

वह मुस्कुराया। जमीला मिस भी मुस्कुरायीं।

इसके बावजूद उसने बहुत विस्तार से बताया कि वह आख़िर क्या कहना चाहता था। जमीला मिस इस अनावश्यक तर्क का आनन्द लेती रहीं। उनकी जांघ पर सिर रखकर लेटे हुए उसने मिस को समन्दर के बहुत सारे गुणों के बारे में बताया, जिनका सम्बन्ध मछलियों के शिकार से था। असरार ने बताया कि अपना व्यवसाय आरम्भ करने से पूर्व कई वर्षों तक उसके पिता ने 'तांडेल'(खलासी) का कार्य दूसरों की नौकाओं पर किया था। समन्दर की लहरों, गति और पानी के तापमान से वह इस बात का अनुमान लगा लेते थे कि कौन–सी मछलियाँ कहाँ उपलब्ध हो सकती हैं? समन्दर के बारे में असरार की जानकारी से जमीला मिस के ज्ञान और जिज्ञासा में वृद्धि हुई। असरार ने कहा कि वह समन्दर की यात्रा का जल्द ही प्रबन्ध करेगा। उसने यह बात अपनी माँ को बतायी और माँ से कहा कि वह चाचा से बात करे। चाचा ने पिछले तीन साल से तब्लीगी जमात में समय लगाना शुरू किया था। इसी कारण चाचा रिश्तेदारों और मुहल्ले में बड़े सम्मानित व्यक्ति बन गये थे। असरार की माँ ने उनसे बात की और वह ख़ुशी–ख़ुशी राज़ी हो गये।

शनिवार की शाम जमीला मिस, असरार, उसकी माँ, चाचा और दो कर्मचारी लॉन्च पर सवार हो गये। ईंधन से चलने वाली यह लॉन्च साल भर पहले असरार के चाचा ने बैंक लोन पर ख़रीदी थी। पुरानी शैली की इस लॉन्च को नाव कहना अधिक उचित होगा। नाव में एक केबिन थी जिसमें पाँच–छह लोग बैठ सकते थे। केबिन से लगकर एक खिड़की जैसा दरवाज़ा था, जिससे मजदूर केबिन में आवश्यक वस्तुएँ लाद चुके थे। नाव के सामने का शंक्वाकार भाग काफ़ी उभरा था। बीच में इतना स्थान था कि पन्द्रह–बीस लोग खड़े रह सकते थे। आज मछलियों के शिकार के बजाय सैर–सपाटा करना था। खान–पान की व्यवस्था की गयी थी। केबिन के सामने खड़े होकर जमीला मिस, असरार के चाचा और उसकी माँ बातें करने लगे। असरार केबिन में बैठ गया था। घाट से नाव निकल पड़ी।

नाव में बैठकर रतनागिरि के तट पर सदियों पहले निर्मित क़िले को देखना मिस जमीला के लिए क़ीमती अनुभव था। क़िला एक पहाड़ी पर बना था। समन्दर की ओर से पहाड़ पर चढ़ाई लगभग नामुमकिन थी। पहाड़ के नीचे एक सुरंग–सी दिखायी देती थी। मुमकिन है कि किसी समय में क़िले से भागने का कोई गुप्त मार्ग यहाँ से निकलता हो। क़िले की दीवार से लगकर खड़े होकर अगर नीचे समन्दर को देखें तो समन्दर नीले और हरे रंग की एक सुन्दर तश्तरी दिखायी देता है। बायीं ओर गहरी लाल मिट्टी की चादर बिछी हुई है। बरसात में गहरी लाल मिट्टी की चादर हरी घास में बदल जाती है। क़िले पर जमीला मिस कई बार घूम चुकी थीं। एक बार असरार के साथ चार–पाँच घण्टे वह क़िले की एक दीवार के साये तले वक़्त गुज़ार चुकी थीं। अब वह इस क़िले को बिल्कुल अलग सिम्त से देख रही थीं। उनके चेहरे पर ख़ुशी और हैरानी की झलक थी। नाव ने दिशा बदली तो लाइट हाउस सूर्य के सामने खड़ा दिखायी दिया। सूर्य की लाल किरणें लाइट हाउस के एक छोर पर जमे रहकर प्रदीप्त हो रही थीं। जमीला मिस की आँखें जब लाइट हाउस से टकराकर बिखरने वाली समन्दर की काँपती लहरों पर पड़ीं तो चुँधिया गयीं। उन्होंने अपने बैग से धूप का चश्मा निकालकर पहन लिया। असरार की माँ को मिस जमीला का चश्मा पसन्द आया। उसने असरार के चाचा की ओर मुड़कर कहा– "मैडम पर चस्मा अच्छा दिखता है।"

"मेडम भी अच्छी दिखती है।" असरार के चाचा कहते–कहते रुक गये। अपनी दाढ़ी पर हाथ फेरा और कहा– "सुभानल्ला!"

असरार की माँ मुस्कुराते हुए केबिन की ओर चली गयीं। कर्मचारी केबिन के पीछे बैठे तम्बाकू का आनन्द लेते हुए गप मार रहे थे। नाव राजीवड़े की तटीय पट्टी में दाख़िल हुई। असरार की माँ थरमस और प्लास्टिक के कप के साथ केबिन से बाहर आयीं। असरार बिस्कुट का पैकेट लेकर आया। राजीवड़ा एक पुरानी बस्ती थी। यहाँ समन्दर एक खाड़ी का रूप ले लेता है। पानी मटमैला दिखायी देता था। राजीवड़ा में अधिकांश लोग मछली के कारोबार से जुड़े थे। इनमें ज़्यादातर ऐसे लोग थे जो छोटी–छोटी नावों में बैठकर केंकड़े पकड़ा करते थे। ढालू पहाड़ियों पर छोटे–छोटे घरों का सिलसिला खाड़ी से आकर्षक लगता था। दूसरी ओर एक बहुत छोटा–सा प्रायद्वीप था जिसमें समुद्री झाड़ियाँ उगी हुई थीं। असरार की माँ ने थरमस से चाय निकाली, असरार ने एक प्लेट में बिस्कुट निकाले। सूरज का लाल गोला समन्दर के सीने में डूब रहा था, जिसके कारण प्रायद्वीप की गहरी हरी झाड़ियाँ लाल–पीली किरणों–सी चमक रही थीं। हवा में ठण्डक और नमक शामिल था। हल्की ताज़ी हवा में चाय मज़ा दे गयी। सब चाय पीते हुए राजीवड़े और आस–पास के क्षेत्रों की बातें करते रहे। असरार के चाचा ने जमीला मिस को बताया कि राजीवड़े के कुछ बुजुर्गों का कहना है कि यह बस्ती एक सहाबी (पैग़म्बर मुहम्मद के साथी) ने बसायी थी जो रसूल अक़दस (पैग़म्बर मुहम्मद) की मृत्यु के बाद धर्म का प्रसार करने के लिए अपने घर से निकले थे। असरार ने तुरन्त हस्तक्षेप करते हुए कहा कि उनके अंग्रेज़ी के शिक्षक अब्बास धामस्कर ने बताया था कि जो अरबी बुज़ुर्ग भारत के तटीय क्षेत्रों में आकर बसे, वे दरअसल तत्कालीन मध्य पूर्व की राजनीतिक गतिविधियों से दुखी लोग थे। असरार ने जमीला मिस को देखते हुए बताया कि धामस्कर सर ने बताया था कि उस ज़माने में सत्ता के लिए बहुत अधिक ख़ून–ख़राबा हुआ था। इसलिये वे लोग उस नफ़रत के माहौल में रहना नहीं चाहते थे। असरार के चाचा दुविधा में थे। उन्होंने तुरन्त कहा– 'वहाँ ख़ून–ख़राबा कैसे हो सकता है?।"

जमीला मिस ने पिछले साल मई की छुट्टियों में 'इस्लाम का इतिहास' के शीर्षक से एक किताब पढ़ी थी। उन्होंने असरार के चाचा के सवाल

के जवाब में कहा, "इतिहास की किताब में लिखा है, पहले तीस–पैंतीस साल बहुत ख़ून–ख़राबा हुआ।"

असरार के चाचा के लिए मिस जमीला की यह बात आश्चर्यजनक थी। मिस जमीला बुद्धिमान शिक्षिका के रूप में प्रसिद्ध थीं और ज़िम्मेदार भी मानी जाती थीं। वह चुप हो गये। मछलियों के विभिन्न प्रकार के बारे में बात करते रहे, लेकिन यह बात उनके दिल में झील में फेंके हुए कंकड़ की तरह बैठ गयी। हालाँकि कुछ दिनों पश्चात् माबादमोर्फ़ो की जामा मस्जिद के मुफ़्ती से उन्होंने इस पर सवाल किया। जामा मस्जिद के मुफ़्ती जामिया अज़हर से प्रशिक्षित थे और एक बुद्धिजीवी व्यक्ति के रूप में जाने जाते थे। उन्होंने जवाब दिया– "भई, जो कुछ हुआ, उसे ख़ून–ख़राबा कहना लोगों को उचित नहीं लगता" इसलिये 'सच और झूठ की लड़ाई' कहकर टाल देते हैं वरना सच तो यही है कि ख़ून–ख़राबा तो हुआ था।

सूरज का लाल–पीला गोला अब समन्दर के सीने पर था। राजीवड़े की खाड़ी का एक चक्कर पूरा करने के बाद नाव दुबारा समन्दर की ओर मुड़ गयी थी। अब नाव सूरज की ओर बढ़ रही थी। आसमान में बादल नहीं थे। परिन्दों के झुण्ड अपने घरों की ओर लौट रहे थे। प्रायद्वीप पर अचानक सैकड़ों बगुले आकर बैठ गये थे। इनके अलावा भूरे रंग के अनगिनत परिन्दे भी थे, जिनके फुदकने और कोलाहल से वातावरण में एक रोमाँच पैदा हो गया था।

असरार एक तरफ़ खड़े होकर प्रायद्वीप को देख रहा था।

यादों की लहरों में वह उस प्रायद्वीप तक बह गया था कि यहाँ मुम्बई के समन्दर से कुछ दूर एक छोटे–से प्रायद्वीप पर उसकी नज़र गयी।

यादों का सिलसिला टूट गया। सलीम घारे ने उसकी ओर एक वड़ा पाव बढ़ाया। वह मुस्कुराया। वह इस विचार पर मुस्कुराया कि कितनी सरलता से वह अतीत में बह जाता है। नाव मुम्बई डाकयार्ड के सामने दक्षिण–पश्चिम की दिशा से एक चक्कर काटकर पुनः गेट वे ऑफ़ इंडिया की ओर मुड़ गयी। डाकयार्ड के आसपास भव्य व्यापारिक जहाज़ थे। मुहम्मद अली ने एक पान मुँह में डाला और असरार के कन्धे पर हाथ रखकर खड़ा हो गया। असलम धामस्कर ने डाकयार्ड की ओर दिखायी देने वाले जहाज़ों को देखकर मुहम्मद अली से पूछा– "इतनी बड़ी नाव में मछली पकड़ते हैं क्या मुम्बई में?"

मुहम्मद अली ने उसके सिर पर एक टप्पू मारते हुए कहा– "मछली मार के बच्चे, इन जहाज़ों में झींगे नहीं शार्क शिकार करते हैं।"

सब हँस पड़े। असलम धामस्कर को भी हँसी आ गयी। सलीम घारे ने नवआगन्तुकों को डाकयार्ड और नौसेना के बारे में बताते हुए कहा कि नेवीनगर से कुछ दूरी पर मछुआरों की एक बस्ती है। यह वही बस्ती है जहाँ से कुछ साल बाद अज़मल अस्करी क़साब ने अपने साथियों के साथ मुम्बई में प्रवेश किया था। नाव ताज होटल की ओर बढ़ने लगी तो धीरे–धीरे ताज होटल की भव्यता प्रतीत होने लगी। असरार ने तेज़ धूप में मुम्बई को अभिलाषा भरी नज़रों से अनन्त तक देखा। मुम्बई यहाँ से बहुत विस्तृत, आकर्षक और रोमांचक दिखायी दे रहा था। ऊँची और ख़ूबसूरत इमारतों के शीशे सूरज की रौशनी में चमक रहे थे। शाम अभी शहर पर उतरी नहीं थी। नाव दुबारा गेट वे ऑफ़ इंडिया पर आ लगी। वे उतरे और गेट वे ऑफ़ इंडिया की छाँव में कुछ देर के लिए बैठ गये। क़ासिम दलवी पास की एक दुकान से दो पानी की बोतलें ख़रीद कर लाया। ठण्डे पानी से गला तर हुआ तो सबकी आत्मा फिर से तृप्त हो गयी।

गेट वे ऑफ़ इंडिया पर भीड़ बढ़ गयी थी। चाय, मूँगफली और खाने–पीने की चीज़ें बेचने वाले मँडरा रहे थे। कुछ लोग अपने दोस्तों के साथ फ़ोटो खींच रहे थे। एक लड़का अपनी माशूका के कन्धे पर हाथ रखकर यूँ इठला रहा था, जैसे सचमुच यह उसका भी पहला प्यार था। लड़की शरमा रही थी। कुछ दूरी पर समन्दर से लगी दीवार पर एक लड़की अपने आशिक़ के साथ चिपककर बैठी थी। क़ासिम दलवी की नज़र उस जोड़े से हट नहीं रही थी। मुहम्मद अली ने क़ासिम दलवी

के हाथ से पानी की बोतल लेते हुए कहा– "अबे काई को परेशान हो रहा है?"

"इन लोगों को शर्म नहीं आती?" क़ासिम ने कहा।

"उनकी मरज़ी, तेरी काई को जल रही है?" अली ने कहा।

क़ासिम चुप हो गया। इसी बीच एक चाय वाला आया। सबने चाय पी। बातें हुईं। अब भीड़ बहुत ज़्यादा बढ़ चुकी थी। कई जोड़े आस–पास दिखायी देने लगे थे। इनमें अधिकतर जवान थे, लेकिन एक ओर एक अधेड़ उम्र की महिला एक युवा लड़के के साथ बैठी थी। महिला ने बालों में मोगरे के फूलों का एक गज़रा लगाया था। उसके गले में मंगलसूत्र देखकर क़ासिम दलवी ने मुहम्मद अली से कहा– "आंटी लगती है।"

"किसकी? तेरी?" मुहम्मद अली ने पूछा।

"स्कूल में उसे कोई मिली नहीं, ट्रॉई मारता था फिर भी।" असरार ने कहा।

"ट्रॉय नहीं मारता था, ख़ाली एक बार आँख मारी थी।" क़ासिम ने स्वीकार करने वाले अन्दाज़ में कहा।

"साले डायरेक आँख मारा तूने...फिर क्या हुआ?" मुहम्मद अली ने चाय का घूँट पीते हुए पूछा।

"कुछ नहीं साली बहुत भाव खाती थी।" क़ासिम ने कहा।

"उसने इसको चप्पल बतायी थी।" असरार ने हँसते हुए कहा।

क़ासिम गुस्सा हो गया। अब वह कुछ कहता, इससे पहले असलम धामस्कर ने कहा– "बहुत बिन्दास थी। काली थी, लेकिन दिलवाली थी। एक बार एक सर के साथ विज्ञान प्रयोगशाला में पकड़ी भी गयी थी।"

"क्यों?' सलीम घारे ने दिलचस्पी लेते हुए पूछा।

"हमारे पी.टी वाले सर उसकी लेते थे।" सुलेमान, जो अब तक चुप था, उसने कहा।

सलीम घारे ने मुहम्मद अली की ओर देखा। सुलेमान का वाक्य उनके लिए अप्रत्याशित था।

क़ासिम दलवी ने इसी बीच कहा– 'पी.टी वाले सर लेते नहीं थे, वो साली ख़ुद देती थी'।

"अबे साले तो फिर तूने ऐसी लड़की को काई को आँख मारी?" मुहम्मद अली ने पूछा।

"ये समझा, आँख मारेगा तो वो इसको भी देगी।" असलम धामस्कर ने ऊँची आवाज़ में कहा।

"ये छोकरे तो साले एकदम एक्सपर्ट हैं। मैं समझ रहा था अभी बचकंडे हैं।" सलीम घारे ने मुहम्मद अली से कहा।

"असलम भाई, खाने खुजाने में एक्सपर्ट रहनाइच पड़ता है। नहीं तो आइटम लोग रफूचक्कर समझो।" मुहम्मद अली ने सलीम घारे से कहा।

सलीम समझ गया कि यह बात मुहम्मद अली उसे इसलिये भी बता रहा है कि कुछ महीनों पहले उसके सेठ की पत्नी ने दो–तीन बार उसे सेठ की अनुपस्थिति में घर पर बुलाया था, लेकिन अपने स्वभाव के कारण वह केवल इधर–उधर की बातें करता रह गया। सेठ की पत्नी को शायद सभ्य बातें ज़्यादा पसन्द नहीं आयीं। उसने कुछ हफ्तों बाद एक–दूसरे नौकर को घर में साफ़–सफ़ाई के लिए बुलाया। दूसरा नौकर न केवल चालाक था बल्कि महिलाओं के गुण एवं प्रकार का भी अनुभव रखता था। दूसरे दिन बचे काम को पूरा करने वह सेठ के घर गया और वह काम भी उसने किया, जिसके लिए मैडम का जी मचल रहा था। मुहम्मद अली को दूसरे नौकर ने गोपनीय तरीक़े से बताया था– "सेठ की औरत उन औरतों में से है जो कभी ख़ुद दावत नहीं देगी। जब तू आगे बढ़ेगा तो रोकने की एक्टिंग करेगी। बोलेगी, यह सब गुनाह है। ग़लत है। ऐसा करना अपने में मना है। वह बोलेगी, अल्लाह के वास्ते ऐसा मत करो। क़सम देगी, लेकिन यह सब कुछ वह ऐसे स्टाइल में बोलेगी कि तू एक़दम टाइट हो जायेगा। उसका स्टाइल भीगी हुई घास में भी आग लगा सकता है।" इसके बाद उसने मुहम्मद अली को यह भी बताया कि सेठ की औरत ने अपना काम होने के बाद कहा था– "मैं लुट गयी, जज़्बात में बह गयी।"

मुहम्मद अली ने पूछा– "फिर तूने क्या कहा?"

"अरे यार, मेरे को उसका स्टाइल समझ में आ गया था, मैं डायरेक बोला– वापस कब मिलते हैं?"

"तो वह क्या बोली?"

"मौक़ा देखकर मैं फ़ोन करूंगी।"

"अरे साला! अभी तो वह बोल रही थी, लुट गयी।"

"नाटक, यार। हर औरत का स्टाइल होता है। शिकार सबको करने का रहता है, लेकिन सेफ़्टी के साथ।"

"सेफ़्टी मतलब?'

"सेफ़्टी बोले तो येड़ा बन के पेड़ा खाने का और किसी को हवा भी नहीं लगने देने का।" नौकर ने समझाया।

"तू तो साला एक्सपर्ट हो गया है।" मुहम्मद अली ने कहा।

"तू क्या कमती एक्सपर्ट है? भय्यन्नी को फाँस रखा है। साले तेरा माल तो एक़दम कँवला है।" मुहम्मद अली अपने दोस्त के सीधे हमले पर पहले मुस्कुराया। फिर उसने कहा– "वो मेरे से प्यार करती है।"

दोस्त ने बहुत ज़ोरदार ठहाका लगाया था।

इस हँसी के अनेक अर्थ थे। मुहम्मद अली भी उसके साथ ठहाके लगाता रहा। दोनों बहुत देर तक हँसते रहे और उनकी ज़बान से उस समय एक शब्द निकलता रहा। 'प्यार ...प्यार....प्यार..., फिर हँसे। मुहम्मद अली के संज्ञान में भी उस समय यह बात नहीं थी कि कुछ महीनों बाद प्यार की एक नयी परिभाषा उसके सामने आयेगी। एक ऐसी परिभाषा जो उसके पूर्व जीवन के दाग़ उसके दिल में दुबारा उभारेगी और उसके वर्तमान जीवन की आवारगी को चिह्नित करेगी। पिछले कुछ सालों में दस–बारह महिलाओं के साथ उसके अल्पकालिक सम्बन्ध बने, जिन्हें स्वैच्छिक शारीरिक सम्बन्ध कहना ज़्यादा उचित होगा। छह–सात महीनों से खोली की इमारत के तीसरे माले पर रहने वाली शिया लड़की उस पर फ़िदा थी। लड़की की माँ कपड़ों का कारोबार करती थी। सूरत से कपड़े लाकर मुम्बई में बेचा करती थी। इस सम्बन्ध में महीने पन्द्रह दिन में उसे सूरत जाना पड़ता था। जब वह सूरत चली जाती तो लड़की मुहम्मद अली को बुला लेती थी। अधिकांश समय वह मुम्बई नम्बर 8 में स्थित रेडलाइट एरिया भी हो आता था, जहाँ एक लड़की से उसकी जान–पहचान थी।

जब मुहम्मद अली ने सलीम घारे को सेठ की औरत और उनके दोस्त के शारीरिक सम्बन्ध के बारे में बताया तो उसे बहुत अफ़सोस हुआ था। अफ़सोस दोस्त की क़ामयाबी पर नहीं बल्कि अपनी नाकामी पर हुआ था। उस समय मुहम्मद अली की बात 'असलम भाई, खाने–खुजाने में एक्सपर्ट

रहना पड़ता है, नहीं तो आइटम रफूचक्कर समझो'। सलीम घारे के लिए किसी पाठ को याद करने से कम नहीं था।

"सही है, बॉस।" आखिरकार असलम घारे ने आत्मसमर्पण किया।

इसी बीच एक लड़का गर्दन में कैमरा लटकाये हुए उनके पास आया और गेट वे ऑफ़ इंडिया या ताज होटल के सामने फ़ोटो खिंचवाने की ज़िद करने लगा। इस प्रकार के कैमरे वाले अक्सर लोगों को परेशान करते हैं और विनती करते हैं कि उनके कैमरे से फ़ोटो खिंचवायी जाये। यह उनकी आय का स्रोत है। कैमरे वाला सौ रुपये में तैयार हो गया। सबने एक फ़ोटो गेट वे ऑफ़ इंडिया और एक ताज होटल की पृष्ठभूमि में खिंचवायी। कुछ ही मिनटों में फ़ोटो उनके हाथ में थी। सब ख़ुश थे, व्यक्तिगत रूप से नवआगन्तुकों कि यह फ़ोटो मुम्बई में उनके पहले दिन की यादगार थी।

सूरज डूबने से कुछ मिनट पहले गेट वे ऑफ़ इंडिया पर लोग इस तरह जमा हो गये कि सम्भव था, अगर नवागन्तुक इस भीड़ में खो गये तो ढूँढ़ना कठिन होगा, इसलिये मुहम्मद अली ने कहा कि एक–दूसरे का हाथ थामे रहें। वे समन्दर की लहरों को दीवार से टकराता हुआ देखकर आगे बढ़ने लगे। वहाँ भीड़ अपेक्षाकृत कम थी। एक जगह पहुँचकर वहेरुक गये। समुद्रतट की दीवार पर बैठकर समन्दर में तैरती हुई नाव को देखने लगे। उनके आस–पास कुछ विदेशी पर्यटक भी फ़ोटो खींच रहे थे। दो–चार परी जैसी पश्चिमी महिलाएँ दिखायी दीं। एक दूध–सी सफ़ेद चमड़ी वाली लड़की शॉर्ट पहनकर वहीं सामने खड़े होकर समन्दर को देख रही थी। उसकी सुडौल टाँगें सुनहरे बालों से अधिक आकर्षक थीं। सबके दिलों की धड़कन उसे देखकर किसी न किसी स्तर पर बढ़ गयी थी लेकिन एक नज़र उसको देखने के बाद वह यहाँ–वहाँ देखने का नाटक करके दील की रफ़्तार को नियन्त्रित करने का प्रयास कर रहे थे कि उस परी जैसे चेहरे वाली पश्चिमी अप्सरा ने उनके अन्दर एक दीनहीन का अहसास जाग्रत कर दिया है। उसी समय दो चिकने लड़के उनके पास आकर खड़े हो गये।

उन लड़कों को पास खड़ा देखकर मुहम्मद अली ने कहा– "चलो, अब थोड़ी देर टहलते है।"

वे सब काला घोड़ा तक पैदल चलते आये।

ताज होटल से काला घोड़ा तक पैदल यात्रा के समय आँखों को चकाचौंध करने वाले दृश्य से वह बहुत प्रभावित थे। मुम्बई उन्हें एक दुर्गम शहर लगने लगा। यहाँ धन–दौलत, सौन्दर्य और इच्छाओं का एक समन्दर था, जिसे वे केवल तट पर खड़े होकर देख सकते थे। मुहम्मद अली ने नवागन्तुकों के कहने पर उन्हें चिकने लड़कों के बारे में बताया जो ताज होटल के पास आकर खड़े हो गये थे। मुहम्मद अली ने बताया, "यह लोग धन्धा करते हैं, लेकिन बहुत सारे फोकट में भी देते हैं।"

क़ासिम दलवी ने एक बहुत ही बेवक़ूफ़ी भरा सवाल किया "फोकट में क्या देते हैं?"

मुहम्मद अली मुस्कुराया और जहाँगीर आर्ट गैलरी के सामने लगी प्रतिमा को देखने लगा। सलीम घारे भी सोच में पड़ गया कि मुहम्मद अली इस सवाल पर क्या जवाब देगा? असलम धामस्कर ने उन दोनों के चेहरों के रंग को भाँपते हुए क़ासिम दलवी से कहा– "जो हूरें नहीं दे सकतीं।"

सब देर तक ठहाके लगाते रहे। क़ासिम भी हँसता रहा। यह पल बड़ा सुहाना था। उनके दिलों में कोई दूसरा ख़याल नहीं था। वे जी खोलकर असलम धामस्कर की बात पर ठहाके लगाते रहे।

खोली पर वे रात साढ़े दस बजे पहुँचे।

रात का खाना खाने के बाद मुहम्मद अली, असरार और असलम धामस्कर खोली से बाहर निकले। ग्यारह बज रहे थे। खोली की इमारत की दुकानें बन्द हो गयी थीं। एक दुकान के दरवाज़े पर वे बैठ गये। रास्ते पर अब भी भीड़ थी। सुबह जब वे खोली से बाहर निकले थे, उस समय बाकड़े कम थे, लेकिन अब बाकड़े अधिक थे जिन पर शरबत, समोसे, भजिए, क़बाब, चिकन–टिक्का, टोपियाँ, कपड़े और कॉस्मेटिक की बिक्री हो रही थी। बाकड़ों के आसपास ख़रीददार कम दिखायी दे रहे थे, लेकिन ग़रीब, निस्सहाय बूढ़े, बच्चे और गन्दे कपड़े पहने भिखारी अधिक थे। एक असहाय, गन्दगी में लिपटा हुआ अधेड़ उम्र का आदमी एक बन्द बाकड़े के पास रास्ते पर बैठा था। उसको देखकर लग रहा था, वह इस दुनिया और उसकी वस्तुओं से अनजान किसी दूसरी दुनिया में साँस ले रहा हो। वह आसमान में देखते हुए बड़बड़ा रहा था।

अचानक बाकड़े के पास बैठा वह असहाय आदमी खड़ा हो गया और आसमान की ओर दोनों हाथ उठाये और अचानक उसने ज़ोर–से कहा– "हक अल्लाह!"

आसपास के बाकड़े वाले हँसकर दुबारा अपने काम में लग गये। एक बाकड़े से एक पठान चिकन–टिक्का ख़रीद रहा था उसने मुड़कर उस असहाय आदमी को देखा और कहा– "गांडू का बच्चा! चरस, सर में घुस गया क्या?"

पठान की बात पर चिकन–टिक्का बनाने वाला मुस्कुराया।

"रोज़ का नाटक है। सुबह जब उतरेगी, तो बोलेगा, जिन्नात लोगों से रातभर बात करता रहा।" चिकन–टिक्का वाले ने बोटियों को आंच दिखाते हुए कहा।

"जिन्नात लोग को भी साला चरस पिलाता होगा" पठान ने रुखाई से कहा।

'हक़ अल्लाह' का नारा लगाने के बाद असहाय आदमी दुबारा फुटपाथ पर बैठ गया था। मुहम्मद अली ने असरार और असलम को बताया कि इस क्षेत्र में चरस और दूसरा नशा करने और बेचने वालों की संख्या बहुत अधिक है और ऐसे लोगों से सावधान रहने की सलाह दी। इसी बीच एक दस–बारह साल का लड़का कहीं से आया और खिचड़ा बेचने वाले के बाकड़े के सामने खड़ा हो गया। एक हाथ आगे करके लड़के ने कहा– 'सुबह से भूखा हूँ'।

"भाग भेंड...।" गुस्से में बाकड़े वाले ने कहा।

असरार ने तुरन्त मुहम्मद अली से पूछा, "इस भिखारी को बाकड़े वाले ने गाली क्यों दी?"

"वह भिखारी तो है, लेकिन बहुत कमीना भिखारी है। अभी कहीं से व्हाइटनर की व्यवस्था करके नशे में धुत्त, फुटपाथ पर गिरा पड़ा रहेगा। इस गली में ऐसे लोगों से सभी परिचित हैं, लेकिन ख़रीददारी के लिए आने वाले या मुसाफ़िर लोग उन्हें दो–चार रुपये दे देते हैं।" अली ने बताया कि कैसे व्हाइटनर और उसमें मिलाया जाने वाला घोल 'रूमाल नशा' के लिए इस्तेमाल होता है। चरस और अफ़ीम महँगी है, इसलिये कंगाल नशेबाज़ व्हाइटनर से काम चलाते हैं।" क़ासिम ने अली की बातें सुनने के बाद बड़े गम्भीर स्वर में कहा– 'अल्लाह सबका ख़याल रखता है।"

क़ासिम की भोलेपन वाली बात पर अली ने कहा– "अल्लाह पाक क्या इतना... है?"

"अगर अल्लाह उनको नहीं देता है तो कौन देता है? देने वाला तो सिर्फ़ अल्लाह है' क़ासिम ने अपने बचाव में कहा।

"अल्लाह ने अक़्ल भी दी है, समझा?" अली ने कहा।

असरार ने इस बीच मुहम्मद अली की बात काटकर याद दिलाया कि वह नौकरी के बारे में कुछ बताने वाला था। मुहम्मद अली ने हाथी छाप तम्बाकू का पैकेट निकाला, चूने की डिबिया से थोड़ा–सा चूना अँगूठे के नाख़ून से निकाला। दाहिने हाथ पर चूना और तम्बाकू मलकर मुँह में एक ओर रखा और अपनी नौकरी के बारे में बताने लगा।

मुहम्मद अली ने बताया कि उसका सेठ नक़ली हीरे का बहुत बड़ा व्यापारी है। हीरे चीन से लाये जाते हैं। पल भर के लिए वह रुका, तम्बाकू का थूक उसने निगल लिया और बताया कि 'क्यूबिक ज़र्कोनिया' नामक पत्थर नक़ली हीरों की सबसे लोकप्रिय किस्म है और यह असली हीरे की तरह दिखायी देता है। उसने असरार की सवालिया नज़रों को देखते हुए दुबारा अपनी बात दुहराई कि क्यूबिक ज़र्कोनिया को CZ कहते हैं, इसकी चमक–दमक और सख़्ती असली हीरे के बराबर होती है। असरार ने गर्दन हिलाई। मुहम्मद अली ने बताया कि CZ हीरा असल हीरे से इतना मिलता–जुलता है कि आसानी से लोगों को मूर्ख बना सकते हैं। असली और नक़ली का अन्तर सिर्फ़ अनुभवी और कुछ पुराने पारखी कर सकते हैं। क़ासिम भी उसकी बातों में दिलचस्पी लेने लगा। मुहम्मद अली ने अपनी जानकारी का प्रदर्शन करते हुए बताया कि CZ के बाद मोइजोनाईट पत्थर असली हीरे का दूसरा विकल्प है। असरार ने कहा– "अच्छा?" मुहम्मद अली ने एक पल उसकी ओर देखा फिर कहा कि उसके सेठ का कहना है कि नक़ली हीरे अपनी समानता की अपेक्षा असल हीरे का महत्त्व कम नहीं कर सकते क्योंकि हर असली हीरे की अपनी एक पहचान होती है और ऐसा रूप होता है जो सीधे दिल पर असर करता है। हीरे की अपनी आत्मा होती है। असली हीरे की प्रशंसा करने के बाद मुहम्मद अली ने बताया कि नक़ली हीरे की पहचान करने के बहुत सारे आसान तरीक़े हैं। क़ासिम को असली से अधिक नक़ली हीरों को पहचानने की विधि जानने में दिलचस्पी थी। उसने कहा– "बताओ, बताओ?" मुँह में जमा थूक एक ओर झुककर उगलने के बाद मुहम्मद अली ने कहा कि हीरे को अख़बार पर रखकर कोई लेख पढ़ा जाये अगर वह घनकार हुआ तो लेख पढ़ने में कोई कठिनाई नहीं होगी, लेकिन असली हीरे में पढ़ना कठिन होगा। असरार मुहम्मद अली की जानकारी से प्रभावित था।

उसकी आँखों में जिज्ञासा को देखकर मुहम्मद अली ने कहा कि असली हीरे पर वाष्प तीन सेकंड से अधिक नहीं ठहरती। नक़ली हीरा अपनी मात्रा और आकर्षक रंगों से पकड़ लिये जाते हैं। हालाँकि मोइज़ोनाईट और ज़र्कोनिया कुछ ऐसे पत्थर हैं जो असली हीरे की तरह शीशा काटने की भी क्षमता रखते हैं। क़ासिम ने मुहम्मद अली को टोकते हुए कहा– "अली भाई, सॉलिड है आप की नॉलेज" अली मुस्कुराया और उसने अपनी बात जारी रखी। अली ने बताया कि हीरे की एक पहचान उसका आकार है। साधारणतयः बाज़ार में हीरों का भार सेंट से शुरू होता है। इसका तराजू कैरेट में भी होता है। बड़े हीरों का वज़न पाव कैरेट से डेढ़ कैरेट तक होता है। डेढ़ कैरेट का मतलब हीरे का साइज़ मकई के दाने के बराबर होता है। अधिक वज़न और बड़े आकार के हीरे कम और बहुत महँगे होते हैं। इसलिये दिखाया जाने वाला हीरा मकई के दाने से बड़ा हो तो फिर सतर्क हो जाना चाहिए। (1)

हीरों के बारे में मुहम्मद अली की जानकारी से असरार और क़ासिम न केवल प्रभावित हुए बल्कि उन्होंने मन–ही–मन में यह फ़ैसला भी किया कि वे हीरों की पॉलिश का काम सीखेंगे। उन्हें अहसास हो गया था कि मुहम्मद अली की निगरानी में इस हुनर को सीखना आसान होगा। फुटपाथ पर बैठा असहाय आदमी दुबारा खड़ा हुआ। आसमान की ओर दोनों हाथ उठाकर वो कुछ देर फुसफुसाया और फुटपाथ पर चढ़कर एक बन्द दुकान के दरवाज़े पर लेट गया। बहुत सारे बाकड़े वाले अपना सामान समेट चुके थे। सड़क पर अब लोगों का आना–जाना कम हो गया था। फुटपाथ कचरे का ढेर था, जिस पर चूहे, घूँस और काकरोच रेंग रहे थे। कुछ कुत्ते कचरे में बिखरी मुर्गी की हड्डियाँ चबा रहे थे।

मुहम्मद अली ने अपने सेठ की उदारता की तारीफ़ की और कहा कि वह नौकरों के साथ घर के लोगों जैसा व्यवहार करता है। कोई परेशानी में हो तो उसकी मदद भी करता है।

रात क़रीब साढ़े बारह बजे उनकी बातें ख़त्म हुईं।

दूसरी सुबह जब शहर में नये आने वाले सोकर उठे, उस समय खोली में सिर्फ़ दो लड़के मौजूद थे।

उस्मान एक डायरी में कुछ लिख रहा था और हैदर नाश्ता कर रहा था। उस्मान और हैदर सगे भाई थे। गाँव में क़ासिम दलवी और सुलेमान धामस्कर से उनकी सलाम–दुआ थी। उस्मान ने एम.ए. किया था और कुछ महीनों बाद वह बी.एड. में प्रवेश लेने वाला था जब कि हैदर एक पॉलिटेक्निक कॉलेज से कम्प्यूटर साइंस में डिप्लोमा कर रहा था। असरार ने गाँव में उस्मान और हैदर को कई बार देखा था, लेकिन बात नहीं हुई थी। यह पहली मुलाक़ात थी। उसने उन्हें बताया कि नौकरी के साथ–साथ डिस्टेंस से पढ़ाई भी जारी रखना चाहता है। उस्मान और हैदर ने इस मामले में हर सम्भव सहायता का वादा किया। उस समय किसी को पता नहीं था कि असरार की ज़िन्दगी कितनी छोटी है।

उस्मान और हैदर ने बताया कि कॉलेज की छुट्टियाँ हैं, लेकिन उनका चचेरा भाई बहरीन से चार मई को आ रहा है, इसलिये गाँव जाने में उन्हें देरी हुई है। असरार ने बताया कि जब वे गाँव से निकले थे तब उनके मन में कुछ और योजना थी, लेकिन मुहम्मद अली वनु से मिलने और हीरों के व्यापार को समझने–बूझने के पश्चात् उन्होंने सोचा कि इस धन्धे को अपनाया जायेगा। उस्मान ने इस निर्णय का समर्थन करते हुए कहा कि उनका यह प्रयास होना चाहिए कि वह हीरों की पॉलिश, काट–छाँट और जाँच–परख सीख लें। एक हुनर हाथ में आयेगा तो फ़ायदे में रहेंगे। उस्मान ने बताया कि मुहम्मद अली वनु को हीरों की परख और जानकारी उसके सेठ से अधिक है। उसके इसी गुण के कारण उसका सेठ उसे सिर–आँखों पर रखता है। हैदर ने बताया– "मुहम्मद अली दिल का एक दम साफ़ है। खुद चाहेगा कि वह लोग यह लाइन सीख जायें।" यहाँ इस बात का भी खुलासा हुआ कि उस्मान और हैदर की भी मुहम्मद अली वनु से गहरी दोस्ती है।

जोहर (मध्याह्न के समय) की अज़ान हुई बल्कि अज़ानें हुईं। उस्मान ने नये आये लोगों से पूछा कि क्या उन्हें नमाज़ पढ़ना है?

"नहीं।" उन्होंने एक साथ कहा।

उस्मान को मुहम्मद अली रोड पर एक दुकान से कुछ किताबें ख़रीदनी थीं। उसने सोचा, नये आये लोगों को साथ लेकर जायेगा तो उनका भी मनोरंजन हो जायेगा। इसलिये उस्मान ने कहा– "चलो, मुहम्मद अली रोड घूम आते हैं।" जल्दी ही वाक्य को पूरा करते हुए कहा– "वहाँ एक रेस्टोरेंट में टेस्टी कबाब भी खायेंगे।"

वे तैयार होकर खोली से निकले। बाहर तेज़ धूप थी।

डमडम मिठाई वाले की दुकान के पास वे रुक गये। असलम धामस्कर ने नुक्कड़ की एक छोटी–सी पान की दुकान से एक मावा बनवाया। फुटपाथ से होते हुए वे जे.जे अस्पताल की ओर बढ़ने लगे। यहाँ छोटी–छोटी दुकानें अधिक थीं। सड़क के किनारे कई बाकड़े थे। बहुत सारे बाकड़े नियमित दुकानों में बदल गये थे। एक बाकड़े पर अख़बार के साथ–साथ पत्रिकाएँ और किताबें सजी हुई थीं। अख़बार के स्टॉल पर वे रुक गये। हैदर ने एक अंग्रेज़ी अख़बार ख़रीदा। असलम धामस्कर और असरार एक तरफ़ जासूसी उपन्यास के पृष्ठ को देखने में मग्न हो गये। क़ासिम दलवी को एक किताब शीर्षक के कारण पसन्द आयी। दोस्तों को किताबें उलटे–पलटते देखकर क़ासिम ने तुरन्त उस्मान से कहा कि वह यह किताब ख़रीदना चाहता है। उस्मान ने किताब को एक नज़र देखा और कहा कि फ़िलहाल उसे इस किताब की क्या ज़रूरत है। क़ासिम ने कहा– "ज़रूरत किसी भी समय हो सकती है।" फिर उसने उस्मान की आँखों में झाँककर देखा और वाक्य पूरा किया– "इल्म हासिल करना फ़र्ज़ है।"

यह तर्क सुनकर उस्मान मुस्कुराया। उसने किताब वाले से क़ीमत पूछी। मोल–तोल के बाद चालीस रुपये में किताब मिल गयी। किताब का शीर्षक क़ासिम ने फिर दोहराया–"सम्भोग के इस्लामी तरीक़े।"

उसके चेहरे पर एक विजय का भाव और मुस्कुराहट थी।

पुस्तक वाले ने इस स्वाभाविक ख़ुशी को उन सभी ख़रीददारों के चेहरों पर देखा था, जिन्होंने इस किताब को ख़रीदा था। अड़सठ पृष्ठों की यह किताब क़ासिम के लिए किसी ग्रन्थ से कम महत्त्वपूर्ण नहीं थी। उसने ग्रन्थ को मोड़कर पैंट की जेब में ठूँस लिया और कुर्ता सही किया। उस्मान उसे ध्यानपूर्वक देख रहा था और मुस्कुरा रहा था।

असलम धामस्कर ने एक किताब उठायी जिसका शीर्षक था–"जिन्न का ख़तरनाक इश्क़' और मुख्य पृष्ठ को देखने लगा। उस पर एक लड़की की फ़ोटो थी। पृष्ठभूमि में दाढ़ी वाले जिन्न को मुस्कुराते हुए दिखाया गया था, जिनका एक हाथ लड़की के कन्धे पर था और दूसरे हाथ में एक तेज़ धारदार चाकू था। हैदर ने पूछा, "क्या तुम जिन्न पर विश्वास रखते हो?"

"अपने में तो जिन्नात रहते हैं। कुरान में भी उनके बारे में आया है।" असलम धामस्कर ने कहा।

लेकिन क्या जिन्न किसी लड़की पर लट्टू हो सकता है?

"हमारे मोहल्ले की एक महिला से एक बार एक जिन्न को प्यार हुआ था।" सुलेमान ने कहा।

"शाम को तफ़सील से मुझे इसके बारे में बताना।" यह कहकर उस्मान ने हैदर और क़ासिम की ओर देखकर कहा, 'भई चलो' वरना होटल में क़बाब ख़लास हो जायेंगे।" सबको भूख लग रही थी। इसलिये पुस्तकों के स्टॉल से वे आगे बढ़ गये। माँडवी डाकघर के पास एक, वर्षों पुराने पेड़ के नीचे एक चबूतरे पर प्याऊ था। वे सब उस पेड़ के साये तले रुक गये। सुलेमान को प्यास लगी थी।

चबूतरे पर मिट्टी के दो बड़े घड़े रखे हुए थे। पानी पीने के लिए स्टील के दो गिलास थे और दोनों में ज़ंजीर लगायी गयी थी। सुलेमान एक गिलास पानी गटागट पी गया। असरार ने चारों ओर नज़रें दौड़ायीं। सामने एक मस्जिद थी जिसके मीनार सफ़ेद थे। मस्जिद के आसपास बहुत सारे कपड़े, इत्र और दैनिक ज़रूरतों की वस्तुओं की दुकानें थीं। प्याऊ के पीछे किताबों की दुकानें थीं। आसपास में दो–तीन मंज़िला इमारतें थीं। इन इमारतों को देखते ही अन्दाज़ा हो जाता था कि ये एक युग देख चुकी हैं। कई खिड़कियों के कोने भी उखड़ चुके थे। पुराने समय की इन इमारतों से कुछ ही दूर दो–तीन गगनचुम्बी इमारतें बन रही थीं। माँडवी डाकघर के सामने जिस पेड़ की छाँव में ये लोग खड़े थे, उस पेड़ ने भी एक समय देखा था। यहीं, उसके तने के पास तीन दशकों पहले उपमहाद्वीप का डॉन दाऊद कोंकणी कई बार देर रात दोस्तों के साथ महफ़िल जमाया करता था। पेड़ के सामने से एक रोड सीधे मुम्बा देवी के मन्दिर और कालबा देवी की ओर जाती है। मुम्बा देवी के मन्दिर के सामने सड़क पर पेड़ों पर रहने वाले एक देव ने वर्षों पहले

इस पेड़ पर यह भेद खोला था कि नीचे महफ़िल जमाकर बम्बइया बोली में बात–बात पर 'अबे चूतिया हूँ क्या' कहने वाला दाऊद कोंकणी एक दिन डोंगरी का भाई बन जायेगा और फिर देखते ही देखते पूरी दुनिया में उसका आतंक छा जायेगा। नयी सदी से अड़तीस सूर्य ग्रहण पहले वह मुम्बई से भाग जायेगा। एक–दूसरे द्वीप पर राज करेगा। उसके बाद एक ख़ुफ़िया एजेंसी का सक्रिय सदस्य बन जायेगा। मुम्बई में यह तबाही मचायेगा। कुछ लोग उसे इन्तिक़ाम भी कहेंगे। सारी दुनिया की ख़ुफ़िया आँखें उसकी खोज में होंगी, लेकिन ख़ुफ़िया एजेंसी उसे एक गुफा में शरण देगी। पेड़ को देव की बहुत सारी बातें अक्सर बकवास लगती थीं। इसलिये वह गम्भीरता से कान नहीं धरता था। पेड़ ने देव से पूछा– "तू अफ़वाहें कहाँ से लाता है?"

देव ने गम्भीर होकर कहा, "यह अफ़वाह नहीं हो सकती।" फिर अपनी बात के तर्क में बताया कि एक फ़रिश्ता जो हाज़ी अली बाबा के मज़ार पर एक सूफ़ी पर मामूर था, वह वर्षों पूर्व मुम्बा देवी के मन्दिर में कुछ समय के लिए ठहरा था। उस फ़रिश्ते को मुम्बा देवी 'मिखाइल सिंह मिखाइल' कहकर सम्बोधित करती थीं। मिखाइल सिंह ने यह रहस्य मुम्बा को बताया था। मिखाइल ने दाऊद की मौत का रहस्य भी मुम्बा को बताया था, लेकिन इतने धीरे–से बताया था कि मैं सुन नहीं सका। देव ने कुछ और विस्तार से वर्णन किया जिसमें ये बातें भी शामिल थीं कि मिखाइल सिंह ने मुम्बा देवी से इज़राइल सिंह की बहुत शिकायत की और कहा कि इज़राइल बहुत अहंकारी हो गया है। पिछले सौ–सवा–सौ वर्ष में उसने दूसरे फ़रिश्तों पर अपना भय बिठाना शुरू कर दिया है। मुम्बा ने पूछा, "क्यों ऐसा आतंक मचा रहा है इज़राइल?" मिखाइल ने बताया कि जब पृथ्वी पर दो महायुद्ध हुए और लाखों इन्सानों की आत्माओं को यहाँ से वहाँ स्थानान्तरण करने में उसके विभाग का काम बढ़ गया तो वह परमात्मा के बहुत निकट हो गया। मौत का अम्बार बढ़ जाने से परलोक में उसका महत्त्व भी बढ़ गया। शिया–सुन्नी, वहाबी–बरेलवी और अन्य छोटे–मोटे ईश्वरों को मानने वाले समूहों की आत्माओं को वह अपनी इच्छा से जहाँ चाहता है, बरजख (मृत्यु पश्चात् आत्माओं के रहने का स्थान) में फेंक देता है। अब उससे कोई पूछताछ नहीं होती। उसका काम इतना बढ़ गया है कि किसी और के लिए हिसाब रखना भी मुश्किल है।

पेड़ इन बातों को काफ़ी ध्यान से सुन रहा था। पेड़ की एक शाखा जो प्याऊ पर झुकी हुई थी, उस पर दो सफ़ेद कबूतर बैठे थे। उनके कान खड़े हो गये। अचानक पता नहीं क्यों उनमें से एक कबूतर उड़कर ईमामबाड़ा की ओर चला गया। देव ने बताया कि मिखाइल सिंह ने मुम्बा देवी से कहा कि अफ़सोस यह है कि इन मरने वालों में अधिकतर अस्वाभाविक मौत मरते हैं। एक–दूसरे से घृणा के कारण मरते हैं। इज़राइल के पास जो लेखा प्रविष्टि है, उसमें मौत की जो तिथियाँ दर्ज़ हैं उससे मेल नहीं रखते, इसलिये इज़ाराइल पर अधिक हिसाब–किताब की ज़िम्मेदारी नहीं पड़ती। मुम्बा देवी ने मिखाइल सिंह से एक सवाल पूछा कि जब एक साथ कई लोग पल भर में मर जाते हैं तो उनकी आत्माओं को इज़राइल कैसे इकट्ठा करता है?

मिखाइल सिंह हँसा।

मुम्बा ने कहा– "इसमें हँसने की क्या बात है?"

"बात रोने की है, लेकिन मुझे हँसी आ गयी। जो आत्माएँ इज़राइल की नज़र से बचकर यहाँ–वहाँ निकल जाती हैं, उनको जिन्न और शैतान अपने वश में कर लेते हैं और कभी–कभी उनका उपयोग इन्सान को मूर्ख बनाने या उसके साथ खेलने के लिए भी करते हैं।" इतना कहकर उसने कहा– "एक कहानी सुनो।" पेड़ ध्यान से सुनने लगा। उसने कहा कि एक बार अफ़ग़ानिस्तान के एक बहुत बड़े ज़िहादी की आत्मा को तिब्बत के एक जिन्न ने अपने वश में कर लिया था। उसने अफ़ग़ानिस्तान के प्रान्त नूरिस्तान में अमेरिकी सेना के एक दल पर आत्मघाती हमला किया था, जिसमें दर्ज़न भर अमेरिकी सैनिक मारे गये थे, लेकिन दुर्भाग्य से ज़िहादी की आत्मा हैण्डग्रेनेड के छेद में घुस गयी और दूर जाकर एक नाले में गिर गयी। इज़राइल की टीम अमेरिकी सैनिकों की आत्माओं को समेट कर चली गयी। ज़िहादी की आत्मा नाले में पड़ी रही। तिब्बत के जिन्न का ध्यान उस धमाके की आवाज़ की ओर इत्तिफ़ाक़ से गया जो नूरिस्तान से होता हुआ बामियान जा रहा था। उसने तुरन्त लपककर ज़िहादी की आत्मा को अपने वश में कर लिया। ज़िहादी की आत्मा विस्फ़ोट की तीव्रता से बेहोश हा गयी थी। लगभग एक सप्ताह बाद उसे होश आया। ठीक उसी समय जब जिन्न बामियान में गौतम बुद्ध की ध्वस्त मूर्ति के सामने खड़ा था। उसने बेहोश आत्मा को एक फूल पर रखा।

ज़िहादी की आत्मा को अभी सत्य का अहसास नहीं हुआ था। विस्फ़ोट से पहले उसका ख़याल था कि उसकी आँख यहाँ बन्द होगी और शीघ्र ही स्वर्ग में हूरों की बाँहों में खुल जायेगी, ऐसी हूरों की बाहों में जो न बुर्क़ा पहनती हैं, न ब्लाउज़ और न अँगिया, लेकिन अब जो बामियान में गौतम बुद्ध की टूटी–फूटी मूर्ति के सामने उसकी आँखें खुलीं तो पल भर के लिए जिहादी की आत्मा अत्याधिक उदास, आहत और बौखलाहट का शिकार हुई। आश्चर्य और सन्देह की मिली–जुली हालत में उसने कहा– "ऐसा अल्लाह तो बामियान में भी था!"

तिब्बत के जिन्न ने उसके सिर पर टप्पू मारा और कहा, "तुझे अल्लाह मियां के पास जाने में अभी चालीस हज़ार करोड़ साल बाकी हैं। अभी तू मेरे वश में है।"

'ज़िहादी को जिन्न ने अपनी अँगूठी के नगीने में बन्द कर दिया। वापस तिब्बत आने के बाद उसने एक लोमड़ी के बच्चे के शरीर में ज़िहादी की आत्मा को डाल दिया। लोमड़ी में ज़िहादी की आत्मा कुछ दिनों में ताज़ा हो गयी। अपनी प्रवृत्ति से विद्रोह करते हुए लोमड़ी ने जंगल के क़ानून को बदलने की मुहिम शुरू कर दी। जब उसे चमगादड़ों और उल्लुओं ने समझाया कि क़ानून शेर बहादुर के परिवार के बनाये हुए हैं, जिन्हें बदलना एक लोमड़ी के लिए आसान नहीं है, तो उसने लोमड़ियों की एक फ़ौज तैयार की और शेर बब्बर की मौत तक जिहाद की घोषणा कर दी। ज़िहादी रूह की इस अदा और बहादुरी पर जिन्न मुग्ध हो गया। उसे पता था कि शेर और लोमड़ियों की लड़ाई का अंजाम तो कुछ नहीं होगा, लेकिन जंगल में आतंक मच जायेगा। इसलिये उसने ज़िहादी की आत्मा को एक गुब्बारे में क़ैद किया और गुब्बारे से कहा "इस ज़िहादी को दुबारा अफ़ग़ानिस्तान के प्रान्त नूरिस्तान में छोड़ दो वरना तिब्बत अफ़ग़ानिस्तान बन जायेगा।''

पूरी कहानी सुनाने के बाद देव ने कहा, "जब मिखाइल सिंह और मुम्बा देवी लोक और परलोक की बातें कर रहे थे, मैं उस समय मन्दिर की खिड़की से लगकर खड़ा था। मुम्बई में होने वाले धमाकों पर जब चर्चा हुई थी, मुम्बा की आँखें भीग गयी थीं।"

पेड़ बहुत देर तक दुःखी रहा। आख़िरकार उसने कहा, "मुम्बा देवी की ज़िम्मेदारी है कि वह ब्रह्मा की दुहाई करके इस शहर को मुसीबत से बचायें।"

देव ने एक ज़ोरदार ठहाका लगाया और चोर बाज़ार की ओर उड़ गया।

बातचीत करते हुए वे जे.जे. सिग्नल तक पहुँचे।

सिग्नल से ठीक पहले रास्ता पार किया। सामने नुक्कड़ पर एक छोटा–सा रेस्टोरेंट था, जिसके दरवाज़े के पास क़बाब, कोयले की आंच पर तैयार हो रहे थे। मांस की गन्ध और धुआँ, दोनों एक साथ उनके नाक तक पहुँचने लगे। वह सब रेस्टोरेंट में गये। फ़र्श गीला था। रेस्टोरेंट में एक–दो फ़क़ीर जैसे लोग भी क़बाब का मज़ा ले रहे थे। वेटर के कन्धे पर एक मैला रूमाल था। एक लड़का फ़र्श साफ़ कर रहा था। जिस मेज़ पर वे लोग बैठे थे उसके नीचे कचरा फैला हुआ था। फ़र्श साफ़ करने वाला लड़का टेबल के नीचे गया। उसने एक छोटी–सी झाड़ू से कचरा इकट्ठा किया और एक कपड़े से फ़र्श साफ़ किया। उस्मान ने क़बाब का ऑर्डर दिया। रेस्टोरेंट की हालत देखकर असरार के दिल में जो निराशा पैदा हुई थी, वह सींक–क़बाब के स्वाद ने ख़त्म कर दी। चटनी भी स्वादिष्ट थी। नये आये लोगों ने रेस्टोरेंट के बाहर थम्स–अप पीते हुए क़बाब की प्रशंसा की।

"होटल देखने में अच्छा नहीं है लेकिन क़बाब इसका मशहूर है। अच्छा हुआ, जल्दी जगह मिल गयी, नहीं तो आधा घण्टा खड़ा रहना पड़ता।" उस्मान ने कहा।

"शुक्रिया उस्मान भाई, तुमने एक अच्छी जगह दिखायी।" असरार ने कहा।

वहीं कुछ देर सिग्नल पर वह लोग खड़े बातें करते रहे, अतराफ़ का माहौल देखते रहे।

उस्मान एक किताब की दुकान में गया। उसने आवश्यक किताबें ख़रीदीं। काउंटर पर पेमैंट किया। दुकान से बाहर आने के बाद असरार ने कहा, ऐसी किताबें हमारे स्कूल की लाइब्रेरी में थीं।"

"ये अदब की किताबें हैं" उस्मान ने कहा।

"अदब सीखने की किताबें है क्या?" क़ासिम दलवी ने पूछा।

उस्मान और हैदर मुस्कुराए। असरार की ओर देखकर क़ासिम ने फिर कहा– "अपने उर्दू के सर नहीं बोला करते थे कि अदब की किताबें पढ़ोगे तो तुम में अदब पैदा होगा।"

उस्मान ने क़ासिम के कन्धे पर हाथ रखा और कहा– "तेरा उर्दू का टीचर पागल था। अदब का काम दूसरा है।"

"क्या काम है?" क़ासिम ने पूछा।

अली की कुछ समझ में नहीं आया। उसने कहा–"अदब एक बीमारी है। उसका इलाज भी अदब पढ़ना है।"

"अपने समझ में नहीं आ रहा है।" सुलेमान वनु ने हस्तक्षेप करते हुए कहा।

असरार इन बातों को नहीं सुन रहा था। वह अपनी धुन में शहर की **फुटपाथ** ,जे.जे. फ़्लाई ओवर, सड़क पर रेंगते हुए वाहनों, दो मंज़िला बसों **की** खिड़कियों से बाहर झाँकते हुए लोगों, बसों के गेट पर झूमते हुए मनचलों, सड़क से लगे बाकड़ों, सामने से आते हुए लोगों की वेशभूषाओं और आसपास की इमारतों को देख रहा था। जे.जे. फ़्लाई ओवर उसे एक बड़ा साँप लग रहा था। उसके मन में यह इच्छा जाग्रत हुई कि फ़्लाई ओवर के ऊपर जाकर शहर को देखे। मुहम्मद अली रोड पर बिखरी ज़िन्दगी और भागदौड़ का जो दृश्य उसकी आँखों के सामने दिख रहा था, उससे वह आनन्दित हो रहा था। मुम्बई की घनी आबादी, व्यस्तता, भीड़–भाड़ और तेज़ रफ़्तार के बारे में उसने बचपन से सुन रखा था। अब देख रहा था। वह इन दृश्यों को अपने दिल में बसाना चाहता था।

वहाँ साहित्य की पुस्तकों पर जो बहस जारी थी, ख़त्म हो चुकी थी। उस्मान और हैदर ने सुलेमान और क़ासिम को चोर बाज़ार के बारे में बताया। उन दोनों ने चोर बाज़ार देखने की इच्छा व्यक्त की। असरार दो–एक क़दम आगे–आगे चल रहा था। अचानक क़ासिम ने उसे आवाज़ दी और बताया कि चोर बाज़ार देखने चल रहे हैं।

चोर बाज़ार एक म्यूज़ियम साबित हुआ। असरार हैरत में था कि कैसे–कैसे सामान बिकते हैं। पुराने और विभिन्न देशों के सिक्के, अप्रचलित मुद्रा नोट, रेडियो और टेलीविज़न के दुर्लभ डिब्बे, जो अब तक उसने नहीं देखे थे। फ़र्नीचर, खिलौने, गाड़ियों के पुर्ज़े, कपड़े, सुन्दर फूलदान और, मीनाकारी के प्रिय नमूने, चित्रकला के नमूने, कुछ असली अधिकांश नक़ली, पत्रिकाएँ और किताबें, बहुमूल्य क़लम और ग्रामोफ़ोन और वीडियो कैसेट, जो उसने पहले कभी नहीं देखे थे। एक ओर एक गधा खड़ा था। क़ासिम ने गधे को नज़र भर देखा और पूछा– 'क्या यहाँ गधे भी बिकते हैं?"

"गधों जैसे सवाल बहुत पूछता है।" उस्मान ने क़ासिम के सिर पर टप्पू मारते हुए कहा।

असरार ने देखा, एक बूढ़ा जो पहनावे से सूफ़ी लग रहा था, अँगूठी ,नगीने और रंग–बिरंगे पत्थर बेच रहा था। उसके गले में फ़िरोज़ी पत्थरों की एक माला थी। खिचड़ी दाढ़ी थी। दोनों हाथों में तीन–तीन अँगूठियाँ थीं। असरार को नीले, चमकदार नीले, लाल, गहरा लाल, नारियल के खोपरे जैसा सफ़ेद, नारंगी और हल्के पीले रंग के पत्थर प्रभावित कर रहे थे। वह बैठकर पत्थरों को देखने लगा। असरार की ओर देखकर सूफ़ी ने कहा– "लाल खड़ा (पत्थर) तेरा नसीब बदल देगा लड़के।"

असरार ने नज़रें उठाकर उसकी ओर देखा और कहा– "क़िस्मत तो अल्लाह के हाथ में रहती है।"

पहले सूफ़ी मुस्कराया, फिर उसने कहा, "हाथ बता तेरा।"

असरार ने खड़े होकर सूफ़ी की ओर हाथ बढ़ाया। सूफ़ी ने आँखें सिकोड़कर उसकी हथेली को एक नज़र देखा। कुछ देर तक वह चुप रहा। अचानक उसने झुककर अपने झोले से एक लेंस निकाला। असरार की हथेली को उसने दुबारा लेंस की मदद से देखा। नज़रें ऊँची करके असरार की आँखों में झाँककर देखा। असरार ने सूफ़ी के चेहरे पर चिन्ता का भाव देखा। सूफ़ी ने ज़ोर–से आवाज़ लगायी "मौलाबख्श।" पास की एक दुकान से एक बूढ़ा आदमी बाहर निकला। सफ़ेद कुर्ता–पजामा पहने बुजुर्ग आदमी के चेहरे पर गम्भीरता और शालीनता थी। वह पास आया तो सूफ़ी ने कहा– "आ देख तो जरा" और आँखों से उसने असरार के हाथों की ओर इशारा किया। उसने भी लेंस की सहायता से असरार के

हाथ की रेखाओं को देखा। असरार के मित्र भी इस स्थिति को मनोरंजक समझते हुए आसपास जमा हो गये। बुज़ुर्ग आदमी ने हथेली को जी भर देखने के बाद बड़े दुःखद भाव से कहा– "सब ऊपर वाले की मस्लेहत (युक्ति) है।"

इससे पहले कि असरार, सूफ़ी और बुज़ुर्ग आदमी के बीच कुछ और बात होती, उस्मान, असरार को वहाँ से आगे यह कहते हुए ले गया कि यह चोर बाज़ार है। यहाँ ख़रीदने वालों को शेंडी लगायी जाती है। लेकिन असरार का दिल उससे कह रहा था कि सूफ़ी ड्रामा नहीं कर रहा था। कोई बात अवश्य थी। वे लोग आगे बढ़ गये लेकिन, सूफ़ी और बुज़ुर्ग आदमी बहुत देर तक वहीं खड़े बातें करते रहे बल्कि उस शाम वे दोनों बहुत सारी प्राचीन पुस्तकों के पन्ने पलटते रहे। बुज़ुर्ग आदमी के पास एक दुर्लभ पाण्डुलिपि थी, जिसके मुख्यपृष्ठ पर लिखा था 'किताब–उल–हिकमत औ बैनुल आफ़ाक़'। यह पाण्डुलिपि हिजाज, सीरिया, इराक, ईरान से होते हुए बारहवीं शताब्दी में एक मुगल राजकुमार के हाथ लगी थी। राजकुमार ने यह पाण्डुलिपि अपनी एक वैश्या प्रेमिका को कुछ दिन पढ़ने के लिए दी थी। वेश्या की रहस्यमयी हत्या हुई। चोरों ने उसके घर से बहुत सारी वस्तुएँ चुराईं, जिनमें यह पाण्डुलिपि भी शामिल थी जबकि यह नुस्ख़ा उनके लिए केवल रद्दी काग़ज़ था। औने–पौने मूल्य पर एक शायर ने दिल्ली में सत्रहवीं शताब्दी में उसे ख़रीदा। तीन पीढ़ियों तक यह पाण्डुलिपि शायर के घर में रही। बीसवीं सदी के पहले दशक में एक मौलाना ने यह पाण्डुलिपि पढ़ने के लिए शायर घराने से ली। उन्हें इसके महत्त्व का पता चला तो उन्होंने उस पर शोध शुरू कर दिया। शोध करने से जो परिणाम उनके सामने आया, उसने उनकी नींद हराम कर दी। वह इस दुनिया से परे एक दूसरी विचित्र दुनिया में साँस लेने लगे। मौलाना ने दिल्ली को अलविदा कहा और बिना किसी को बताए मुम्बई में आकर बस गये। मुम्बई में बीस वर्षों तक ख़ुद को शराब और भाँग के नशे में मस्त रखा। इन वर्षों में पन्द्रह सौ पन्नों की इस किताब के कुछ भागों का बड़ी मेहनत से उर्दू में अनुवाद किया। यह अनुवाद उन्होंने किताब के मूल विषय को समझने के उद्‌देश्य से किया था। बूढ़ा आदमी उनका बेटा था। अपने पिता से उसने ज्ञान–ध्यान की प्रारम्भिक बातें सीखी थीं। वह फ़ारसी, अरबी और उर्दू के

बहुत बड़े ज्ञानी थे। मौलाना ने अपनी मौत से कुछ दिन पहले बेटे से देर तक बात की। उसे ज्ञान–ध्यान से परे की कुछ बातें समझाईं और कहा कि किताब कभी किसी धार्मिक व्यक्ति के हाथ न लगे। यह वह सच है जिसे झूठ बर्बाद करना चाहता है। किताब को धरोहर की तरह सीने से लगाकर रखना। उर्दू विषय–वाक्य भी बेटे को सौंपा और कहा कि यह किताब दुनिया की सबसे महत्त्वपूर्ण किताब है, लेकिन अगर यह सामान्य हो जायेगी तो दुनिया में ख़ून–ख़राबा हो जायेगा। लेकिन शोध की हुई बहुत सारी बातें उन्होंने अपने बेटे को नहीं बताईं। शोध से उन्हें यह विश्वास हो गया था कि हो न हो, यह वही किताब है जो खुदीकर्ब अबू कोहन ने लिखी थी जिसे दुनिया भर का ज्ञान था। यह ज्ञान उसने अपनी बेटी तुराब कोहन खुदीकर्ब को दिया था। बेटी ने यह भेद अपने एक प्रेमी पर प्रकट किया। इससे फ़ायदा पाकर प्रेमी ने सरयू नदी की मौत से पहले एक बड़े क्षेत्र में अपनी सत्ता की स्थापना की थी। उस सरकार ने बाद में दुनिया के कई देशों को अधिकृत किया। खुदीकर्ब अबु कोहन की बेटी ने अनगिनत बातें जिसमें जीवन, ब्रह्माण्ड, रोगों, मनोवृत्ति और इतिहास के भेद भी शामिल थे, अपने प्रेमी को बता दिये, लेकिन किताब उसको सौंपी नहीं थी। उसने अपने बड़े भाई के बेटे जलाल हिकमतयार को किताब देते हुए उससे वचन लिया था कि जब तक उसका पति जीवित है, वह यह किताब कभी खोलकर नहीं देखेगा। भतीजे ने वादा पूरा किया, लेकिन फूफा के निधन के बाद सत्ता का बिखराव शुरू हो गया और ख़लबली मच गयी। इसलिये एक दिन जब वह घर से बाहर निकल रहा था, कहीं से ज़हर में डूबा हुआ एक तीर आया और उसके सीने में घुस गया। उसकी पत्नी तिलिस्म शब–ए–यार ने अपने पति के संस्कार के तुरन्त बाद सरयू नदी पार की और एक रेगिस्तान की लम्बी यात्रा की और ईरान से होकर हिजाज पहुँच गयी। हिजाज में वह सात दिन ठहरी। इस बीच उसे पता चला कि हिजाज में गम्भीर गृहयुद्ध जारी है और आक्रोशित कबीले एक–दूसरे की गर्दन काटकर गली–कूचों में सबके सामने लटकाते हैं। महिलाओं के स्तनों को काटकर उन पर थूकते हैं। थूकने से नकारने वाले लोगों को क़बीले और इमान का शत्रु घोषित करते हैं। इस डर से तिलिस्म शब–ए–यार सहम गयी। इसलिये वह सीरिया चली गयी। तिलिस्म शब–ए–यार को उसके पति ने सावधान कर रखा

था कि अगर उसे कुछ हो जाये तो वह तुरन्त पाण्डुलिपि के साथ किसी सुरक्षित स्थान पर चली जाये। तिलिस्म शब–ए–यार ने पति की बात का पालन करते हुए पाण्डुलिपि की रक्षा की। तब से यह किताब भटकती रही है। हालाँकि हिजाज के जिस कबीले से तिलिस्म शब–ए–यार का सम्बन्ध था, उसमें यह बात तिलिस्म शब–ए–यार के सीरिया चले जाने के बाद फैल गयी कि किताब–उल–हिकमत बैन–उल–आफ़ाक़' खो गयी है।

इस किताब में उन लोगों को चिन्हित किया गया था, जिन पर जीते जी मौत, आत्मा और मृत्यु पश्चात् के भेद प्रकट होने का लक्षण होता है। इस प्रकार की कुछ बातें सूफ़ी आदमी ने बातचीत के दौरान बुजुर्ग आदमी से सुन रखी थीं। इसलिये असरार की हथेली की एक रेखा से वह चौंक गया था और उसने बुजुर्ग आदमी को बुला लिया था।

चोर बाज़ार की भूल–भुलैया का आनन्द लेने के बाद वह चहल–क़दमी करते पायधुनी पहुँचे। एक बाकड़े से शरबत पिया और खोली में वापस लौट गये।

पूरा सप्ताह यूँ ही हर दिन पुरानी मुम्बई के विभिन्न क्षेत्रों की सैर में बीत गया। असरार को मुम्बई के इस क्षेत्र में ख़ुद को समायोजित करने में ज़्यादा समय नहीं लगा। अब वह आसपास के क्षेत्रों के नाम और मार्गों से परिचित हो गया था। मुम्बई का यह क्षेत्र उसे बहुत ही गतिशील, घना और आकर्षक लगा। नान, कड़कपँव, खिचड़ा, रगड़ा, रगड़ा पैटीज, फ़ीरनी, सींक–क़बाब, बिरयानी और गोमांस के बहुत सारे पकवान उसने जी भरकर खाये। इस बीच मुहम्मद अली ने मूसा पटेल से असरार और क़ासिम की सिफ़ारिश की।

एक दिन मूसा पटेल ने असरार और क़ासिम से मुलाक़ात की।

मुहम्मद अली ने उन्हें मूसा पटेल के सम्भावित सवालों के बारे में सचेत कर रखा था। एक औपचारिक–सी मुलाक़ात हुई और उन्हें नौकरी मिल गयी। वह दिन असरार के लिए बहुत महत्त्वपूर्ण दिन था। उसने अपनी पड़ोसन के घर फ़ोन किया और माँ से बात की। उसे खुशख़बरी सुनायी। शाम को उसने सलीम घारे के मोबाइल से जमीला मिस को कॉल किया। उनसे देर तक बातचीत की और नौकरी के बारे में विस्तार से बताया। जमीला मिस ने मुम्बई के बारे में कुछ सवाल पूछे और इस बात पर नाराज़गी व्यक्त की कि वह मुम्बई उन्हें सूचित किये

बिना ही चला गया। उसने वादा किया कि वह जल्द ही गाँव आयेगा और बतायेगा कि उसने ऐसा क्यों किया।

शनिवार की शाम थी। खोली में शहर के अन्य स्थानों पर रहने वाले गाँव के लोग इकट्ठा होने लगे। कमरा भर गया था। चाय का दौर चला। इधर–उधर की बातें होने लगीं। मुहम्मद अली ने असरार से कहा कि वह तैयार हो जाये। जब सब चाय पी चुके तो उसने कप जमा किये और मोरी में बैठकर धोये। कप धोने के बाद उसने साबुन से हाथ–मुँह धोया और कपड़े बदल लिये। अली और वह खोली से बाहर निकलने लगे तो सलीम घारे ने पूछा कि कब तक वापसी होगी। अली ने कहा कि जे.जे. अस्पताल के पास किसी दोस्त से मिलना है। दस बजे तक वापस आ जायेंगे, लेकिन खाने पर इन्तज़ार न किया जाये।

मुहम्मद अली और असरार ने खोली से बाहर आकर रास्ता पार किया और टैक्सी में बैठ गये। असरार ने कहा– ''जे.जे. अस्पताल तक पैदल चल सकते हैं'।''

मुहम्मद अली ने कोई जवाब नहीं दिया। वह मावा खा रहा था। टैक्सी में बैठने के बाद अली ने कहा कि वह आज नौकरी मिलने की ख़ुशी में एक 'सरप्राइज पार्टी' दे रहा है। यह सुनकर असरार ख़ुश हो गया। उसने पूछा कि पार्टी किस तरह की है? अली ने कहा कि चुपचाप देखता जाये। यह उसके जीवन का एक यादगार दिन होगा। असरार अली की बातों को समझने का प्रयास कर रहा था, लेकिन उसकी समझ में कुछ नहीं आ रहा था कि आख़िरकार अली के दिल में क्या है? जे.जे. अस्पताल की ओर जाने वाली सड़क पर ट्रैफ़िक ज़्यादा था। टैक्सी धीरे–धीरे आगे बढ़ रही थी। वाहन सड़क पर रुके रहते और लोग सड़क पार करते। कोई यात्री टैक्सी के सामने से गुज़रता और अगर टैक्सी चल पड़ती तो यात्री उन्हें माँ–बहन की गाली बकता हुआ आगे बढ़ता। दो मंज़िला बस जो टैक्सी के पीछे–पीछे चल रही थी, उसका ड्राइवर बार–बार हॉर्न बजा रहा था। टैक्सी ड्राइवर ने खिड़की से गर्दन बाहर निकाली और कहा– "मादर....आगे ट्रैफ़िक है।'' दूसरा टैक्सी ड्राइवर मुस्कुराया। उसे सम्बोधित करते हुए गाली देने वाले ने कहा– "हॉर्न पे हॉर्न मारता है, बुड़....।"

टैक्सी में सवार होने से पहले अली ड्राइवर को बता चुका था कि उन्हें कहाँ जाना है। जे.जे. अस्पताल के सिग्नल से कुछ दूरी पर ड्राइवर

ने इंजन बन्द कर दिया। यहाँ इतना ज्यादा ट्रैफ़िक था कि गाड़ी का रेंगना भी कठिन था। अली ने एक और मावा जेब से निकाला। एक बार उसने असरार से पूछा– "खायेगा क्या बे?" असरार ने सिर हिलाकर मना किया और गर्दन टैक्सी की खिड़की से बाहर निकाली। सड़क के फुटपाथ और सड़क पर दौड़ती–भागती भीड़ को देखने लगा। उसकी आँखें लोगों पर केन्द्रित थीं, लेकिन दिल में जमीला मिस के साथ बिताये हुए पलों की याद थी।

जमीला मिस के साथ नाव की यात्रा उसे फिर से याद आयी। सूरज डूब गया था। उसकी माँ, चाचा, जमीला मिस और कर्मचारी नाव के अगले हिस्से में बैठे बातें कर रहे थे। वह नाव में पीछे की ओर अँधेरे में बैठा था। कुछ समय तक जमीला मिस उसकी माँ और चाचा के साथ बातें करती रहीं। इस बीच दो–तीन बार उसकी माँ ने जमीला मिस को बताया कि असरार चुप–चुप–सा रहता है और अक्सर अँधेरे में बैठा रहता है। मिस ने कहा कि मैं उससे बात करूँगी।

रात अपना अहसास फैला रही थी और नाव से दिखायी देने वाली दूर की रौशनियाँ ग़ायब हो गयी थीं। उछलता जल प्रवाह और उसके शोर–गुल में नाव की ध्वनि और इंजन का शोर एक–दूसरे से आगे जाने का प्रयास कर रहे थे। जमीला मिस खड़ी कुछ देर समन्दर की लहरों को देखती रहीं, फिर असरार की ओर बढ़ीं। असरार ने मिस को अपने सामने देखा तो वह खड़ा हो गया। जमीला मिस ने डेक के पीछे के सभी लोगों पर एक सरसरी नज़र दौड़ायी। सब बातों में व्यस्त थे। बड़ी तेज़ी–से वह असरार की ओर लपकी और उसे आलिंगन किया। असरार हक्का–बक्का था। दोनों डेक के बायीं ओर खड़े हो गये जहाँ वह नाव में सवार लोगों को देख सकते थे। लेकिन वे सभी की नज़रों से ओझल थे। जमीला मिस की पीठ नाव में सवार व्यक्तियों की ओर थी। वे दोनों आमने–सामने थे। असरार की माँ को यह लगा कि जमीला मिस असरार को समझा–बुझा रही होंगी, लेकिन जमीला मिस शान्त खड़ी थीं। असरार भी चुप था। दोनों कुछ देर उसी तरह खड़े रहे। असरार थोड़ा पीछे हट गया। अब वह अधिक गहरे अँधेरे में था। जमीला मिस ने एक बार समन्दर की लहरों को देखा। पानी नाव से टकरा रहा था। उन्हें ऐसा लगा मानो समन्दर में पारा घुल गया है। उनके अन्दर भी एक पारा था। एक तत्व, जो असरार की मौजूदगी में अचानक घुलकर उनके अन्दर

फैल जाया करता था। यह उनके लिए बिल्कुल अनोखा अहसास था। केवल असरार की मौजूदगी ही उनकी नसों में हलचल और धमनियों में खिंचाव का कारण बन जाती थी। उन्हें यह लगता कि उनके अन्दर विस्तृत तत्व पिघलकर बाहर आने को मचल रहा है। ऐसे में अगर असरार का स्पर्श उन्हें प्राप्त हो जाये तो कुछ ही मिनटों में उनके शरीर की दीवारों से वह पारद रिसने लगता था। असरार उस पारे की ख़ुशबू से परिचित था। वह जमीला मिस की आँखों में देखकर यह अनुमान लगा सकता था कि उनके मन में क्या है? जब उनके अतमा से तरल पारा उमड़ता, लहर बनकर बाहर आता तो उसके नाक में ख़ुशबू एक नशा पैदा करती। कई बार ऐसा हो चुका था, लेकिन उस समय, नाव पर, घर के सदस्यों की मौजूदगी में उसने ऐसा कभी नहीं सोचा था कि जमीला मिस के अन्दर तरल पदार्थ नशा और जोश पैदा करेगा, जिसके कारण उनकी आँखों में एक कम्पन होगा जो इस बात का संकेत होगा कि अब उनके ख़ून में जोश पैदा हुआ है और बदन में फैला तत्व घुल रहा है। उसने तर्जनी उँगली जमीला मिस के होंठों पर रखी। जमीला मिस ने आँखें बन्द कर लीं। आँखें खोलीं। इतने कम समय में उनकी आत्मा ने एक नशा महसूस किया। एक ऐसा नशा, जिसका आनन्द स्वयं को भूल जाने और विद्रोह करने पर मनुष्य को विवश कर सकता है। असरार की उँगली मिस की ठोड़ी पर थी। मिस ने बायें पैर का अँगूठा असरार के अँगूठे और उससे लगी उँगली के बीच धीरे–से फँसाया और दबाया। आत्मा में उमड़ते नशा और आनन्द ने उनके अन्दर साहस पैदा किया और इस साहस ने मिस के अँगूठे को विचलित किया। असरार ने एक बार नाव में बैठे लोगों की ओर देखा। सब बातचीत में व्यस्त थे। चाचा सिगरेट का कश ले रहे थे। माँ पान बना रही थी। असरार की उँगली अब जमीला मिस के गले पर थी। उसने शरारत में गले–तन्त्र को दबोच लिया। मिस ने साँसें सिकोड़ लीं। उसने उँगली उस मेहराब पर रोक दी जो मिस की पसलियों को दो समान भागों में विभाजित करती थी और मिस के अँगूठे को अपने अँगूठे और पैर की उँगलियों को अपने क़ब्ज़े में लेकर दबाया। मिस ने आँखें सिकोड़ कर दुबारा बन्द कीं..। इस बार मिस ने आँखें बन्द कर के आँखें असरार के शरीर में खोलीं और महसूस किया कि असरार उनके शरीर के अन्दर से रिसने वाली नमी को अपनी याददाश्त में महफ़ूज़ करने का प्रयास कर रहा है। वह ख़ूब जानती थीं कि ऐसे लम्हे,

वक़्त की क़ैद से आज़ाद होकर मन में जा बसते हैं और याददाश्त के कुएँ में पनाह गज़ीन रहते हैं। जमीला मिस ने आँखें इस अहसास के साथ खोलीं कि असरार की उँगली उनके स्तन पर से होती हुई नाभि पर जाकर रुक गयी है। उनकी आत्मा में एक ठण्डी लहर उठी और रीढ़ की हड्डी के सारे मनकों में एक उदास नग़मा फैल गया। धमनियों में उछलता तरल पारा बाहर समन्दर जल स्तर पर फैले हुए पारे की हताशा का विश्लेषक बन गया। बहुत अन्दर जहाँ ढेर सारा अकेलापन और अतृप्त इच्छाओं की शिकायतें एकान्त बैठी थीं, उनमें सरगोशी हुई। रूह का क़लाम सामने नहीं ग़ैर हाज़िर होता है। जमीला मिस को शदीद अहसास हुआ कि वह ख़ुशी के हज़ारों लम्हों से महरूम थीं। इस एहसास–ए–महरूमी का मानो उन्हें ऐसा शऊर नहीं था, लेकिन उनकी रूह को इन महरूमियों से क़लाम था चुनांचे अब जब रूह में एक नशा पैदा हुआ तो उसने कई अन्य महरूमियों की ख़लिश को मज़ीद उजागर कर दिया था। उन्हें गम्भीर एहसास हुआ कि उनके भूतपूर्व जीवन में उनके अन्दर की नमी को उनके पति की यादों ने कभी जज़्ब नहीं किया था। उनके पति ने कभी आत्मा से रिसने वाली नमी के पीछे दहकती हुई आग को महसूस नहीं किया था, इसलिये आज उन्हें सबसे ज़्यादा अहसास इस बात का हुआ कि जो आदमी उनका पति है, वह कोई और क्यों नहीं है? कोई ऐसा जो उनके अन्दर आत्मा का नशा जागरूक करता, उनकी धमनियों में तरंग पैदा करता, उनकी आत्मा से रिसने वाले तरल पदार्थ को अपनी ज़बान पर, अपने दिल और अपनी याददाश्त में महफ़ूज़ करता।

समन्दर की लहरों पर कोई वस्तु चमकी। मिस ने देखा, और मुड़ गयीं। असरार वहीं खड़ा रहा। नाव समन्दर में ऐसे स्थान पर पहुँच गयी थी जहाँ सुरमई और रावस मछलियाँ ज़्यादा थीं।

"चल उतर, आ गया" मुहम्मद अली ने उसको कोहनी मारते हुए कहा।

असरार एक लम्बे सपने से जागा। उसने तुरन्त टैक्सी का दरवाज़ा खोला और बाहर निकल गया। स्ट्रीट लाइट मदहम थी। कई खम्भों पर

बल्ब नहीं थे। उन्होंने एक गली में प्रवेश किया। गली के नुक्कड़ पर पान की चार–पाँच दुकानें थीं। दुकानों पर युवा खड़े थे। दस–बारह लोग एक बाकड़े के आस–पास खड़े होकर सींक–क़बाब खा रहे थे। एक आदमी हाथ में केतली लिये चाय बेच रहा था। चाय वाले के सामने दो लड़के चाय पीते हुए एक–दूसरे से ऊँची आवाज़ में बात कर रहे थे और ठहाके लगा रहे थे। बायीं ओर एक बाकड़े पर फ़िल्मों की सीडी बिक रही थी। असरार ने सीडी वाले बाकड़े पर नज़र दौडाई तो वह दंग रह गया। सीडी पर पश्चिमी देशों और पश्चिमी भारत की महिलाओं और पुरुषों की कामुक और'सम्भोग में लिप्त तस्वीरें थीं। एक सीडी पर असरार की नज़र पड़ी। उसने देखा, कवर अश्लील थे। मग्न चित्र बने थे। तुरन्त उसके मन में आया– 'माहवारी के बहने का मार्ग, वीर्य के जाने का मार्ग, बच्चे के जन्म का स्थान और गर्भाशय तक वीर्य को पहुँचाना'। साथ ही उसे जमीला मिस की यह बात याद आयी– 'लिंग मात्र उक्त कार्यों के लिए नहीं हैं बल्कि वह प्रेम को अभिव्यक्त करने का माध्यम भी है। शरीर, आत्मा और भावनाओं के बीच पुल का काम करता है।"

उसने अली से पूछा– "यार, ये कौन–सी जगह है?"

"जन्नत है जन्नत, मुम्बई में इस एरिया को कमाठीपुरा बोलते हैं'। अली ने बताया।

वे आगे बढ़े। असरार ने देखा, रास्ते के दोनों ओर कमसिन, जवान और अधेड़ उम्र की महिलाएँ खड़ी थी। कुछ कम साँवली, कुछ साँवली और कुछ गोरी–चिट्टी थीं। उनके चेहरे पर पाउडर, होंठों पर लिपस्टिक और कुछ के बालों में गजरे थे। उनमें से कुछ चेहरे North East, कुछ नेपाली और कुछ महाराष्ट्रियन थे। अली और असरार आगे बढ़े और दायीं ओर मुड़ गये। यहाँ दो–तीन मंज़िला इमारतें थीं। इन इमारतों की सीढ़ियों के पास कुछ महिलाएँ खड़ी थीं। एक इमारत के सामने एक रेस्टोरेंट था, जिसमें सफ़ेद कुर्ता पहने दाढ़ीवाला आदमी काउंटर पर बैठा था। रेस्टोरेंट में कुछ लोग बैठे चाय पी रहे थे और काउंटर के सामने एक नेपाली लड़की पेप्सी पी रही थी। क़रीब ही एक नीम का पेड़ था, जिसके नीचे दो नवयुवक लड़के खड़े होकर उस नेपाली लड़की को निहार रहे थे। दाढ़ी एवं सफ़ेद कुर्ते वाला आदमी उन लड़कों को देख रहा था। नीम के पेड़ पर एक गिद्ध बैठा हुआ था। नेपाली महिला के पीछे एक

नीले रंग का ड्रम था। उस ड्रम के पीछे अँधेरे में एक कबूतर अधमरी हालत में सिसक रहा था। गिद्ध उसको देख रहा था। गिद्ध की नज़र नेपाली लड़की पर भी चली जाती, फिर वह गर्दन मोड़कर पुनः अपना ध्यान कबूतर पर केन्द्रित कर देता। अली वनु ने रेस्टोरेंट के बाहर लगी पान पट्टी से दो चॉकलेट लिये। एक अपने मुँह में डाला और एक असरार को देते हुए कहा– "यार, कल से तू काम पे लगेगा, इसलिये आज मज़ा मार ले।" असरार ने कुछ नहीं कहा। असरार को इस बात का अहसास हो गया था कि यह महिलायें धन्धा करने वाली हैं। ऐसी महिलाओं और क्षेत्रों पर आधारित उसने एक फ़िल्म भी देखी थी जो अब उसके मन में करवट ले रही थी। मुहम्मद अली ने चॉकलेट के आवरण को नाली में फेंका, जहाँ दो खुजली प्रभावित चूहे अपने बिलों से मुँह बाहर निकाले मुर्गी की एक बोटी को देख रहे थे जो किसी शराबी ने वहाँ से गुज़रते हुए, कुछ देर पहले फेंकी थी। मुर्गी की बोटी पर मच्छरों ने डेरा जमा रखा था। मक्खियाँ भी भिनभिना रही थीं। नाली में चॉकलेट का कवर जैसे ही गिरा, मक्खियाँ उस तरफ़ लपक गयीं। खुजली प्रभावित चूहों ने एक साथ बोटी पर हमला कर दिया। उनमें छीना–झपटी होने लगी। मच्छर तुरन्त उड़ गये। एक झींगुर जो पास ही चावल के एक दाने पर अपने पैर फैलाए लेटा था, उसने बड़ी रुखाई से खुजली प्रभावित चूहों की ओर देखा। नाली में होने वाली हलचल के कारण गिद्ध की नज़रें उस ओर केन्द्रित हुईं। खुजली प्रभावित चूहों को उसने घृणास्पद नज़रों से देखा और नेपाली लड़की की ओर अपनी निगाहें फेर लीं। जिस घृणा–भरी नज़र से उसने खुजली प्रभावित चूहों को देखा था, बिल्कुल उसी अपमानजनक दृष्टि से वह नेपाली लड़की को देखता रहा।

मुहम्मद अली के दिल की धड़कन बढ़ गयी थी और पैरों में एक अजीब–सी कँपकँपी थी। मुहम्मद अली ने रेस्टोरेंट के सामने वाली एक इमारत में प्रवेश किया। इमारत के मुख्य द्वार पर खड़ी दो लड़कियों ने उसे रोककर बात करना चाहा। एक लड़की जींस पैंट पर सफ़ेद टी–शर्ट पहनी हुई थी। गहरे लाल रंग की लिपस्टिक लगायी हुई थी। दूसरी साड़ी पहने हुई थी। नीले रंग का बहुत चुस्त ब्लाउज़ उसने पहन रखा था, जिसमें सामने की ओर बटन लगे थे। उसने मुहम्मद अली का हाथ पकड़ना चाहा। मुहम्मद अली उसके गाल को छूकर आगे बढ़ गया। असरार ने देखा कि नीले ब्लाउज़ के दो बटन खुले थे और वहाँ सौ रुपये

का एक नोट फँसा हुआ था। असरार जब नीले ब्लाउज़ वाली के पास से गुज़रा तब उसने पान की पीक थूकते हुए कहा– 'माधुरी का ग्राहक है।" दूसरी ने मुस्कुराते हुए कहा, 'साली माधुरी फ्रेंच कर के फँसाती है।" साड़ी वाली शायद इस बात से राज़ी नहीं थी। उसने कहा– "कुछ भी बोलती है तू भी।" जवाब में जींस वाली ने कुछ नहीं कहा बल्कि दाहिने हाथ की उँगलियाँ अपने गले पर रखीं मानो कसम खा रही हो। उस इमारत के अन्दर कई कमरे थे, लेकिन हर तरफ़ अँधेरा फैला हुआ था। एक छोटा केसरी रंग का चालीस वाट का बल्ब एक जगह लटका हुआ था, लेकिन उस पर मकड़ी के जाले फैल गये थे, बल्कि कुछ मरी हुई मकड़ियाँ भी बल्ब पर लटक रही थीं। हल्के केसरी अँधेरे की सीमा पर एक मोटी–सी छिपकली एक बिजली के तार पर सो रही थी। इस बिजली के तार का सम्पर्क मुख्य स्विच से वर्षों पहले कट गया था और अब यह एक निष्क्रिय, ठण्डा तार था।

दूसरी मंज़िल पर दालान में अन्तिम कमरे के दरवाज़े पर एक बैंगनी साड़ी पहने औरत खड़ी थी। मुहम्मद अली ने उससे कुछ कहा। असरार ने देखा कि बैंगनी साड़ी वाली महिला के बालों के गुच्छे में गुलाब के दो फूल लगे थे। उसने तेज़ गन्ध वाला परफ़्यूम भी लगा रखा था। महिला ने पर्दे को एक तरफ़ करते हुए ज़ोर–से कहा– "माधुरी..." असरार ने नज़रें उठाकर दरवाज़े के ऊपर देखा, जहाँ एक छोटी–सी टाइल पर गणपति की फ़ोटो थी। टाइल के नीचे घोड़े के पैर में इस्तेमाल की जाने वाली नाल एक कील पर टँगी थी। अली ने कमरे में प्रवेश किया। कमरे के अन्दर दीवार से लगकर छोटे–छोटे दीवान थे, जिन्हें 'पलंग' कहना सही नहीं है। दीवान के दोनों सिरों पर सागवान की लकड़ियाँ आकाश की ओर मुँह किये थीं जिससे दीवान पर पर्दा लगाया गया था। कमरे में कुल चार दीवान थे। बीच में थोड़ी–सी जगह थी। मुहम्मद अली को देखते ही माधुरी ख़ुशी से उसकी ओर बढ़ी। दोनों ने एक–दो मिनट बातचीत की। असरार को अन्दाज़ा हुआ कि मुहम्मद अली की उससे जान–पहचान है। माधुरी का माथा चौड़ा, रंग साँवला और चेहरा रोशन था। उसने लाल रंग का लहँगा पहन रखा था। गहरे हरे रंग का ब्लाउज़ उसके शरीर पर चुस्त लग रहा था। असरार ने देखा कि कमरे में एक ओर खिड़की थी जिस पर पर्दा लगा हुआ था, लेकिन हल्की रौशनी खिड़की के कोनों से अन्दर प्रवेश कर रही थी, जिससे अँधेरे कमरे में असरार की आँखें कमरे में

बिस्तर पर बैठी हुई तीन लड़कियों को देखने में समर्थ हुईं। लड़कियाँ उन्हें देख रही थीं और उनके चेहरे पर मुस्कान थी। लड़कियों के सामने की दीवार पर तीन तस्वीरें लगी थीं। एक लक्ष्मी देवी की, दूसरी देवी से असरार परिचित नहीं था। यह गहरे काले रंग की देवी थी जिसकी नाक में बड़ी–सी नथुनी और उसकी बड़ी–बड़ी आँखें थीं। असरार को लगा, देवी उसे घूर रही है और तीसरी फ़ोटो भगवान कृष्ण की थी। इन तीनों तस्वीरों पर मालाएँ थीं जिनके बीच गुलाबी रंग के काग़ज़ के फूल थे। माधुरी और मुहम्मद अली की बातें ख़त्म हुईं तो उसने असरार की ओर देखा और मुस्कुराते हुए कहा– "पहली बार के लिए यईच जगह बेस्ट है।"

उसने यह वाक्य शरारतपूर्ण ढंग से कहा। मुहम्मद अली भी मुस्कुराया। माधुरी ने एक लड़की को पुकारा। यह लड़की कमसिन थी। असरार की सम आयु या दो–तीन साल बड़ी होगी। उसका नाम शान्ति था। असरार ने उसकी ओर देखा। उसकी नज़रें भी असरार पर केन्द्रित थीं। शान्ति के चेहरे के भाव प्रमाण दे रहे थे कि वह मराठी है। उसके कानों में चार–चार बालियों के लिए छेद थे और हर कान में उसने तीन बालियाँ पहन रखी थीं। नाक ज़्यादा बड़ी नहीं थी, लेकिन आँखें सफ़ेद और बड़ी–बड़ी थीं। असरार ने उसके शरीर पर निगाह डाली। उसका क़द असरार से दो–तीन उँगली छोटा था। फलस्वरूप, उसका सीना उभरा हुआ था। ऊपरी भाग का माँस मेहराबनुमा रूप धारण कर चुका था। उसके लहँगे का डोरा बाहर लटक रहा था। पैर के अँगूठे से लगी उँगली में उसने चाँदी की 'जूड़ावी' पहन रखी थी। मुहम्मद अली ने भी शान्ति को एक नज़र देखा। असरार से नज़रें मिलाकर शान्ति मुस्कुरायी। अली ने माधुरी को इशारे से बताया कि लड़की ठीक है। संकेत मिलते ही माधुरी ने शान्ति से कहा– "कंवला है, सँभाल के देख।" शान्ति ने मुस्कुरा कर गर्दन 'हाँ' में हिलायी। मुहम्मद अली ने असरार की ओर संकेत किया कि वह शान्ति के साथ उसके बिस्तर पर जाये।

मैं अब सदा के सिले में कोई सदा चाहूँ

असरार के हाथ में आज दूसरे महीने का वेतन था। नोट देखकर उसके मन में यह ख़याल आया, खोली में ढ़ाई महीने कितनी जल्दी बीत गये, उसे पता भी नहीं चला। इसलिए उसने सोचा, दो दिन की छुट्टी लेकर गाँव हो आयेगा। अपनी इस इच्छा को उसने मुहम्मद अली से व्यक्त किया। मुहम्मद अली ने मूसा पटेल से बात की। असरार को सोमवार और मंगलवार की छुट्टी मिल गयी। उसने यह इरादा किया कि शनिवार को वह रत्नागिरि जायेगा।

पिछले दो महीनों में असरार ने मुम्बई की विशालता को देखने और समझने का प्रयास किया। रविवार के दिन छुट्टी होती थी। वह सैर–सपाटे या मुम्बई में स्थित गाँव वालों के घर, खोली के साथियों के साथ जाता। अब वह चर्चगेट, वी.टी., हाज़ी अली, दादर, बांद्रा, अँधेरी, मलाड, बोरीवली, घाटकोपर, कुर्ला और मुम्ब्रा आदि से परिचित था। इन स्थानों को वह कई बार देख चुका था। मुम्बई के निवासियों के दैनिक जीवन, विभिन्न समुदायों के लिबास और भारत के अन्य राज्यों से नौकरी के मक़सद से मुम्बई आने वालों से वह परिचित हो चुका था।

एक दिन हैदर के कॉलेज की किताबों में से एक किताब के कुछ पन्ने उसने पढ़े। इस किताब का यह पैराग्राफ़ उसे बहुत पसन्द आया–

'मुम्बई एक जादुई नगरी है। यहाँ समय कहाँ और किस तरह बीत जाता है, पता नहीं चलता। मुम्बई दिनों को निगल जाता है। उम्र बीत जाती है और अचानक लोग नींद से जागते हैं कि इतने सारे वर्ष कब और कैसे बीत गये। यहाँ सुबह होती है, शाम होती है, सप्ताह होता है, महीना होता है, फिर वेतन होता है, और फिर दुबारा सुबह होती है। वर्ष बीत जाते हैं। वेतन मिलता है और इस वेतन की निरन्तरता में उम्र बीत जाती है। मुम्बई जीवन को जंग की तरह खा जाता है। यह भी कहा जा सकता है कि मुम्बई में मनुष्य वेश्याओं में बदल जाता है। यहाँ जो अपना जितना उपयोग करे, उतना कमा सकता है; जो जितनी कड़ी मेहनत करे, उतनी सफलता प्राप्त कर सकता है। मुम्बई एक कुआँ है। सबकी प्यास बुझाता है। हालाँकि यह बात भी सत्य है कि बहुत सारे लोग इस कुएँ में डूबकर मर भी जाते हैं। यह भी सत्य है कि मुम्बई मनुष्य को ऐसी भूखी वेश्या में बदल देता है कि आखिरकार वह एड्स का शिकार हो जाता है और सिसक–सिसककर मर जाता है। मुम्बई जितनी दयालु है, उतनी ही निर्दयी और खून की प्यासी भी है। मुम्बई का कोई एक रूप नहीं है। कोई एक परिभाषा नहीं है। मुम्बई की सारी परिभाषाएँ और सारे रूप झूठे हैं। मुम्बई का न कोई रूप है और न कोई परिभाषा है। मुम्बई एक भ्रम है।'

इस पैराग्राफ़ को उसने इतनी बार पढ़ा कि उसे याद हो गया।

O

गाँव जाने में अभी दो दिन थे।

दफ़्तर से लौटने के बाद क़ासिम और मुख़्तार ठाकुर के साथ वह ख़रीददारी के लिए निकला। मुख़्तार ठाकुर नज़दीकी बाज़ार से परिचित था। पहले वे मनीष मार्किट गये। वहाँ से असरार ने कुछ कपड़े, इलेक्ट्रॉनिक सामान और चॉकलेट ख़रीदे। वहाँ से पैदल वह क्राफ़ेड मार्किट गये। वहाँ कोई ऐसी वस्तु नहीं थी जो उसके लिए आवश्यक थी, इसलिए वह अब्दुर्रहमान स्ट्रीट गये जहाँ से उसने बादाम और पिस्ते ख़रीदे।

वहाँ से पैदल वह जवेरी बाज़ार में घूमते रहे। एक नुक्कड़ पर चाय पीते हुए बातचीत करने लगे। मुख़्तार ठाकुर ने उसे वह स्थान भी बताया, जहाँ एक साल पहले बम विस्फोट हुआ था। असरार ने इस सम्बन्ध में उससे कुछ सवाल भी किए। जितनी बातें मुख़्तार जानता था उतनी बातें उसने उसे बतायीं और कहा कि सलीम घारे और अली इस मामले में उसे बेहतर जानकारी प्रदान कर सकेंगे। उसके दिल में बहुत सारी बातें थीं और वह उनके जवाब हासिल करना चाहता था। उसने चाय का ख़ाली कप एक ओर रखा और उस दुकान की ओर देखने लगा जिसके सामने बम विस्फोट हुआ था। थोड़ी देर बाद वहीं से उन्होंने बस पकड़ी और कालबा देवी गये। कालबा देवी की एक दुकान से उसने जमीला मिस के लिये एक सुन्दर फूलदान ख़रीदा। ठाकुर उसे एक गली की सैर कराता हुआ मुम्बा देवी के मन्दिर के पास ले गया और फिर उससे पूछा– "पता है, ये किसका मन्दिर है?"

मन्दिर के परिसर में जाने के लिए सड़क पर एक गेट था। गेट पर मुम्बा देवी की एक मूर्ति थी। मूर्ति के सामने सड़क के दूसरी ओर गुलमोहर का पेड़ था। गेट के चारों ओर फूलों और मन्दिर में चढ़ाये जाने वाले चढ़ावों की दुकानें थीं। ठाकुर ने असरार और क़ासिम को मुम्बा देवी के बारे में कुछ बातें बतायीं। असरार ने मन्दिर के अन्दर जाकर देखने की इच्छा जतायी। क़ासिम ने कहा तुम दोनों घूम आओ, मैं बाहर इन्तज़ार करता हूँ।" शायद उसे मावा खाना था। असरार और ठाकुर मन्दिर के अन्दर गये। पुरानी शैली का मन्दिर था, जिसके कलश के आसपास चार–पाँच केसरी झण्डे दिखायी दे रहे थे। मन्दिर में मुम्बा देवी की जो मूर्ति थी, उसे देख कर वह हैरान हुआ। इस मूर्ति में मुम्बा देवी के चेहरे पर तेज़ और क्रोध था। आँखें बड़ी–बड़ी थीं। ऐसा लग रहा था, वह गुस्से में है। असरार को माबादमोफ़ों के समुद्र तट पर बनी 'एकवीरा देवी' के मन्दिर की याद आयी। इस मन्दिर में वह अपने दोस्तों के साथ कई बार जा चुका था। कोली समाज के लोग एकवीरा की पूजा करते हैं। एकवीरा के चेहरे पर गम्भीरता, ममता और प्यार का आभास था। उसकी मूर्ति देखकर डर नहीं लगता था जबकि मुम्बा देवी की मूर्ति मन में डर पैदा करती थी।

मन्दिर के परिसर में काफ़ी भीड़ थी। असरार ने मन्दिर के कलश की डिज़ाइन और बनावट को देखा। शंक्वाकार कलश आकर्षक था। रात में हल्की रौशनी में उसका आकर्षण बढ़ रहा था। कलश पर कई जगह पीपल के छोटे पौधे दीवार को चीरकर या दीवार में मौजूद ख़ाली जगहों से खुद उग आये थे। कलश के चारो ओर कई सफ़ेद कबूतर बैठे थे। 25 अगस्त 2003, के दिन मन्दिर और जवेरी बाज़ार के बीच जब बम विस्फोट हुआ था, उसी दिन गेट वे ऑफ़ इंडिया पर भी एक धमाका हुआ था और इन दो धमाकों में लगभग पचास लोग मारे गये थे। मरने वालों की पहचान हो गयी थी, लेकिन चार अभागे ऐसे थे जिनके शरीर विस्फोट में धुआँ हो गये थे। उनकी आत्माओं में भी दरार पड़ गयी थी। यह दरार मृत्यु के अचानक आगमन और शरीर के आत्मा की धुरी से अचानक कट जाने के आघात के कारण हुई थी। कई दिनों तक ये आघात आत्माएँ मुम्बा देवी के मन्दिर के पास एक सड़क के नीचे से बहने वाली नालियों में छिपी बैठी रहीं। मुम्बा देवी को एक देव ने जाकर इसकी ख़बर पहुँचायी। मुम्बा ने देव को एक मन्त्र दिया और निर्देशित किया कि पहले वह आहत आत्माओं को वहाँ से निकाल कर मन्दिर के सामने लाये और फिर यह मन्त्र पढ़े। देव ने मुम्बा देवी के निर्देश का पालन किया। आहत आत्माओं की कायाकल्प हुई और वे सफ़ेद कबूतरों में बदल गयीं। तब से वे मन्दिर के कलश के आसपास रह रही थीं। इन कबूतरों में और दूसरे कबूतरों में अन्तर था। दूसरे कबूतर हर समय प्यार किया करते हैं। ये कबूतर प्यार से वंचित थे। ये ख़ाली आँखों से आकाश की ओर देखा करते। आकाश भी उनकी ओर देखा करता, क्योंकि आसमान में ऐसे सितारे भी हैं जो न केवल 25 अगस्त, 2003 के साक्षी हैं बल्कि उन्हें 13 जुलाई, 2011 के विस्फोट का भी पूर्व ज्ञान है। इसके अलावा उन्हें 11 जुलाई, 2006 के सिलसिलेवार ट्रेन ब्लास्ट, 26 नवम्बर को मुम्बई पर समन्दर मार्ग से होने वाले हमले, घाटकोपर और अन्य स्थानों पर हुए बम धमाकों का भी ज्ञान था। क्या मुम्बई पर मँडराती इस प्रलय ने मुम्बा देवी को बहुत पीड़ित कर रखा था? क्या ब्रह्मा ने मुम्बा देवी को इस नुक़सान से अवगत कर रखा था, जिसने उसके चेहरे पर एक अस्पष्ट चुप्पी लगा रखी थी?

एक कबूतर ने झुककर असरार को देखा और दूसरे कबूतर को संकेत किया। कोई बात थी, जो उन्होंने असरार की आत्मा को देखकर महसूस की थी। अब सारे कबूतर असरार को कलश पर से झुककर देख रहे थे, लेकिन असरार एक ओर खड़े बच्चों को देख रहा था, जिनके हाथ में मुम्बा देवी के लिए लाल, केसरी और पीले रंग की मालाएँ थीं।

O

कालबा देवी से टैक्सी करके वह भेंडी बाज़ार गये। वहाँ से असरार ने चाय पत्ती, खजूर, खारी, बिस्कुट, कप–सॉसर, काँच के गिलास और कुछ अन्य घरेलू सामान ख़रीदा। रात नौ बजे वह खोली पर पहुँचे।

O

मुहम्मद अली उसकी राह देख रहा था।

उसने बताया, सेठ के घर जाना है। असरार ने पाँच–दस मिनट आराम किया फिर दोनों खोली से बाहर निकले।

बाहर बारिश शुरू हो गयी थी। दोनों दुबारा खोली में गये। अली ने रेनकोट पहना। असरार ने छतरी ली। मूसा पटेल कुलाबा में एक गगनचुम्बी इमारत की बीसवीं मंज़िल में रहता था। उसकी पत्नी ने दरवाज़ा खोला।

थोड़ी देर में मूसा पटेल एक कमरे से बाहर आया। उसने सलाम किया, हाल पूछा और एक लिफ़ाफ़ा अली को दिया और कहा, "याकूब उमर इब्न मुकल्लिब माहियत की मौसेरी बहन रंजीदा मुकल्लिब दफ़्तर आकर यह चेक ले जायेंगी।" मूसा पटेल ने बताया कि हीरे की एक प्रदर्शनी में भाग लेने के लिए वह चीन जा रहा है, फिर असरार की ओर देखते हुए कहा– "गाँव में रुक मत जाना। घर पर सलाम बोलना।" असरार ने मुस्कुराते हुए जवाब दिया– "नहीं सर, जल्दी वापस आ जाऊँगा।" मूसा पटेल उन्हें विदा करने दरवाज़े तक आया। दरवाज़ा बन्द करने से पहले अली से कहा–

"क्या आदमी था याक़ूब एक ज़माने में, लेकिन हालात...।" इतना कहकर वह रुक गया। उसके चेहरे पर हताशा और निराशा थी। कुछ देर चुप रहा, फिर एक लम्बी साँस लेते हुए कहा– "अल्लाह ख़ैर करे।"

बिल्डिंग की लिफ़्ट से बाहर निकलते ही मुहम्मद अली ने बैग गले में डाला और उस पर रेनकोट पहन लिया। असरार ने छतरी खोली। बारिश जारी थी। बरगद के एक पेड़ के नीचे वे दोनों खड़े हो गये। अली ने मावा मुँह में डाला और असरार से पूछा, "तेरे को मालूम है कि याक़ूब भाई कौन हैं?" असरार ने 'न' में गर्दन हिलायी। हवाएँ पहले से तेज़ चल रही थीं। छतरी को ज़ोर–से पकड़े असरार अली को देखता रहा जब तक वह याक़ूब उमर इब्न मुकल्लिब माहियत और उसके भाई सादिक़ उमर इब्न मुकल्लिब माहियत की पूरी दास्तान सुनाता रहा। मुहम्मद अली को मूसा पटेल ने कुछ ऐसी बातें भी बताई थीं जिनसे केवल याक़ूब के घरवाले और क़रीबी दोस्त वाक़िफ़ थे।

असरार को मूसलाधार बारिश के शोर और तेज़ दौड़ती हुई कारों के शोर के बावजूद जो बातें साफ़ सुनायी दे रही थीं, उनमें यह भी शामिल था कि 1992 के दंगों में एक हज़ार से अधिक लोगों की हत्या हुई और तीन हज़ार से अधिक लोग घायल हुए। याक़ूब का दिल उस सुनियोजित नरसंहार से टूट गया था। टूटा हुआ दिल नया रूप कैसे ले सकता है, इसका ज्ञान किसी को नहीं होता है। जगह–जगह आग लगायी गयी थी। घरों को चिन्हित कर आधी रात के बाद दरवाज़ों पर ताले लगाकर उन्हें आग में झोंक दिया गया था। मुम्बा देवी ने आग, ख़ून और धार्मिक शत्रुता का नंगा नाच देखा था। उन्हीं दिनों मुम्बा ने मन्दिर की बायीं खिड़की के बाहर नीम के पेड़ पर रहने वाले एक ऋषि की आत्मा को राक्षसों से यह कहते हुए सुना था– "अत्याचार, अत्याचार को जन्म देता है। बदला, बदले को जन्म देता है।" एक राक्षस का यह दावा था कि ऋषि की आत्मा वास्तव में एक योद्धा की थी जो शिवाजी महाराज की सेना में अपने कारनामों के लिए प्रसिद्ध था। उसी ऋषि ने यह बयान भी दिया था कि शिवाजी महाराज एक महान आदमी थे जिनके झण्डे तले हिन्दू–मुस्लिम दो शरीर एक जान होकर बाहरी दुश्मन के ख़िलाफ़ लड़ते थे।

असरार और मुहम्मद के सामने एक टैक्सी आकर रुक गयी। असरार ने छतरी बन्द की। वे दोनों टैक्सी में बैठ गये। मुहम्मद अली ने

असरार को बताया कि उसी साल 12 तारीख़ को एक दुर्घटना हुई थी। उस दिन वह अपने एक सम्बन्धी के साथ मूसा भाई की दुकान में बैठा हुआ था। उसका सम्बन्धी मूसा भाई की दुकान में नौकर था। शाम तक मुम्बई में चुप्पी छा गयी और वहाँ सिर्फ़ पुलिस की गाड़ियों और एम्बुलेंस के सायरनों की आवाज़ें थीं। चार बजे तक दुकान में काम करने वाले लोगों को छुट्टी मिल गयी। अली ने बताया कि मूसाभाई, मैं और मेरा सम्बन्धी मूसा भाई के पुराने मकान पर चले गये, जो अपने क्षेत्र में है। तब तक उन्होंने नया मकान नहीं ख़रीदा था। आज भी उनकी पत्नी को वह क्षेत्र पसन्द है। मूसा भाई ने कहा था, "साला याकूब को जब अन्दर से ख़बर मिल गयी थी कि गुल्लू ने पुलिस के कान में हग दिया है तो फिर झंझट कैंसिल करना चाहिए था। अभी कितने में पड़ेगा, मालूम? सबको ...साला। रिश्तेदार ने वर्षों मूसा भाई के यहाँ काम किया था। उनका भेदी था। मूसा भाई ने टी.वी चालू किया। स्क्रीन पर गड़बड़ की ख़बर थी, लेकिन मैं कुछ समझा नहीं था तभी मेरे सम्बन्धी ने मूसा भाई से पूछा– "अपना कुछ लगेला है क्या, सेठ?" मूसा भाई ने कहा– "नहीं, अपन दोस्त लोग हैं न। और यह याकूब...कितना स्मार्ट छोकरा है? ख़ुदा ख़ैर करे।" उस रात हम लोग देर तक मूसा भाई के घर पर बैठे रहे।

वी.टी. स्टेशन से कुछ पहले एक रेस्टोरेंट के पास अली ने टैक्सी रुकवा दी। दोनों टैक्सी से उतरे। रेस्टोरेंट में बैठकर चिकनचिली और फ्राइड राइस खाया। इस बीच अली ने उसे मुम्बई सीरियल ब्लास्ट के बारे में कुछ और बातें बतायीं। भोजन समाप्त हो गया। बिलों का भुगतान हुआ। उठने से पहले असरार ने अली से कहा– "लेकिन फिर भी मासूम लोग को मारना ग़लत है।"

"एड़े, वे मरते नही तो अपुन जी भी नहीं सकते थे। तबी की सिचुएशन बहुत डेनज़र थी।"

इतना कहकर मुहम्मद अली खड़ा हो गया। असरार ने छतरी खोली, हल्की–हल्की बारिश अभी भी हो रही थी। रेस्टोरेंट के बाहर पानपट्टी से अली ने दो पान बनवा लिए। असरार ने कहा, खाना खोली पर जाकर भी खा सकते थे?" अली ने कहा– "सड़क पार कर, तुझे बताता हूँ।" उन्होंने सड़क पार की। सड़क से लगकर ब्रिटिश समय में निर्मित इमारतों के नीचे पैदल चलने के लिए मेहराबदार गलियारे थे। गलियारे के अन्दर से

वे स्टेशन की ओर चलने लगे। दुकानें बन्द थीं। मुम्बई के उस क्षेत्र में यह गलियारे बड़े आकर्षक हैं। ब्रिटिश निर्माणशैली की चुनिन्दा इमारतों की तरह ये गलियारे भी वास्तुकला के सौंदर्य को प्रदर्शित करते हैं। गलियारों की दीवारों के निर्माण में बड़े–बड़े पत्थरों का उपयोग किया गया हैं दिन में यहाँ बहुत सारे बाकड़े लगे रहते हैं, जिन पर किताबें, स्टेशनरी, खिलौने और कपड़े बेचे जाते हैं, लेकिन ईशा (रात की नमाज़) के बाद यहाँ की व्यापारिक दुनिया एक रहस्यमयी और सुखद संसार में बदल जाती है। असरार ने वी. टी. स्टेशन की ओर का रात का यह रंग पहले कभी नहीं देखा था। इसलिए सुन्दर, चंचल और उत्तेजना से पूर्ण लड़कियों को गलियारे की दीवारों की ओट में देखकर वह एक लुत्फ़ और हैरत से भर गया। दो चंचल लड़कियाँ एक पुरुष से बात कर रही थीं। एक चुस्त जींस पहने हल्के अँधेरे में खड़ी थी। उस अँधेरे में उसका चेहरा कामुक व उत्तेजना से पूर्ण दिखायी दे रहा था। अली ने असरार का हाथ दबाया और कहा– "मस्त है न?" लड़की के कान तेज़ थे। उसने उनकी ओर मुड़कर कहा– "चलता क्या?" अली रुक गया। असरार ने उसका हाथ खींचा, लेकिन फिर भी वह रुक गया। लड़की पास आयी। असरार ने लड़की को ग़ौर से देखा। लड़की सुन्दर थी। पतली लम्बी नाक और शहतूत जैसे रसदार होंठ। लड़की ने कहा– 'चलने का है? इधरिच है होटल।"

"अली ने धीरे–से पूछा। कितना लेगी?"

"पाँच सौ, होटल का अलग से होएगा।"

"मेरे साथ ये भी है।" अली ने असरार को देखते हुए कहा। असरार डरा भी था और हैरान भी।

"उसका अलग से देना" लड़की ने कहा।

"दोनों का मिलाकर बोल" अली ने आश्वस्त स्वर में कहा।

लड़की ने असरार की ओर देखा फिर कहा– "सात"।

"पाँच में देगी क्या, बोल?" अली ने कहा।

"चल, हवा आने दे" लड़की ने कहा और मुड़ गयी।

अली और असरार आगे बढ़े। अली ने असरार से कहा– "सुन,मेरे को मालूम था वह देगी नहीं, फिर भी ट्राई किया। तेरे को सिखाने को, आइटम लोगों से बातचीत कैसा करने का?" असरार ने कुछ नहीं कहा। वह चुपचाप चलता रहा। वी.टी रेलवे स्टेशन पहुँचने तक उसने देह–व्यापार

करने वाली सुन्दर लड़कियों को देखा। वहाँ से वह दुबारा टैक्सी में बैठे। टैक्सी में बैठने के बाद असरार ने कहा– "यहाँ लड़की लोग ख़ूबसूरत थीं।" मुहम्मद अली ने उसकी ओर देखा। पान मुँह में दबाया और कहा– "यह सेठ लोग का एरिया है। अच्छी आइटम, भाव भी ज़्यादा।"

दोनों ने कुछ देर इधर–उधर की बातें कीं।

जब वह खोली में पहुँचे, सभी सो चुके थे। क़ासिम ने दरवाज़ा खोला। बिस्तर पर गिरते ही दोनों की आँख लग गयी।

रत्नागिरि के लिए उसकी ट्रेन देर रात की थी। वह ट्रेन में बैठा।

ट्रेन चलने में अभी पाँच–दस मिनट बाक़ी थे। जनरल डिब्बे में भीड़ अपेक्षाकृत कम थी। एक बारह साल का लड़का हाथ में जूते पॉलिश करने का ब्रश और कन्धे पर एक झोला लटकाये हुए डिब्बे में आया। ट्रेन के दरवाज़े से लगी खिड़की वाली सीट पर असरार बैठा हुआ था। लड़के ने ट्रेन में घुसते ही कहा– "पॉलिश वाला...कर दूँ क्या, साब?" असरार ने उसकी ओर नींद से बोझिल आँखों से देखा और कहा, "अबे, मेरे पैर में चप्पल है, आगे जा।" लड़के ने जवाब दिया– "चप्पल भी कर देता हूँ।" असरार उसकी दीदा–दिलेरी और चालाकी से पहले हैरान हुआ, फिर उसे ख़ुशी हुई। उसने कहा– "रहने दे।" और उसे पाँच रुपये का सिक्का थमा दिया। लड़के ने सिक्का लेते हुए अपना हाथ ठुड्डी तक उठाकर सलाम किया। लड़का आगे बढ़ गया। एक आदमी पुट्ठे के बॉक्स में पानी की बोतलें लिये ट्रेन में सवार हुआ और ऊँची आवाज़ में बोला– "पानी वाला पानी!" असरार ने उसे रोककर पानी की एक बोतल ख़रीदी। दो घूँट पानी पिया। ट्रेन चल पड़ी। असरार पिछले दो–तीन दिनों से बहुत थक गया था। ठण्डी हवा के झोंके उसके चेहरे पर पड़े। तुरन्त उसकी आँख लग गयी। उसकी आँख लगी, लेकिन उसे ऐसा लगा वह सोया नहीं है

क्योंकि दूसरी ओर उसकी आँखें उस बिस्तर पर खुलीं। जहाँ मुहम्मद, अली उसे दो महीने पहले ले गया था। उस कमरे में उसे घुटन महसूस हुई थी। वह अपनी इच्छा से वहाँ नहीं गया था बल्कि मुहम्मद अली की दोस्ती ले गयी थी। दूसरी ओर वह एरिया, वे औरतें, वह माहौल, एक जादुई मदहोशी पैदा करता है, जिसमें सम्भोग की इच्छा बढ़ जाती है। लैंगिक क्रिया का कोई गुरु नहीं होता है। इस इच्छा को कोई मार्ग नहीं बतलाता, मार्ग स्वयं बन जाता है। प्रेमभाव की तरह कामभाव भी निर्भय नमरूद की आग की ओर बढ़ता है। वातावरण द्वारा उत्पन्न हर्षोन्माद भी असरार को बहा ले गया था।

शान्ति ने पलंग का पर्दा गिराया था। लाल सूती पर्दे के कारण जब दोनों ने एक–दूसरे के चेहरे को देखा तो उनका अपना रंग लाल रंग के कारण काफ़ी अलग दिखायी दे रहा था।

O

शान्ति तेरह–चौदह साल की उम्र से ही हर रोज़ बीस–तीस ग्राहक निपटा रही थी। शराबी, लुच्चे, आवारा, कवि स्वभाव, टपोरी, धार्मिक, साम्प्रदायिक, सज्जन और सामाजिक प्रतिष्ठा रखने वाले लोग उसके अन्दर अपने ख़ून की गर्मी उंडेलकर ख़ुशी–ख़ुशी अपनी सभ्य दुनिया में लौट जाते थे। यह एक दिनचर्या थी। शान्ति की दिलचस्पी इस बात में नहीं थी कि कौन उस पर किस तरह रेंगता है या कितनी निर्दयता से उसे रौंदता है। वह ज़मीन थी। क्या वेश्याएँ ज़मीन के ज़वाल (पतन) की निशानी हैं? उर्वरता और निर्माण की मृत्यु की घोषणा है? ख़ुदा जाने, लेकिन शान्ति एक ऐसी ज़मीन थी जिसमें जीवन नष्ट हो रहा था। यह विनाश भी उन्नति के लिए अनिवार्य था। शान्ति इस बात से अवश्य परिचित थी कि उसका अस्तित्व भी महत्त्वपूर्ण है। उसकी आत्मा के सारे चोर रास्ते जो उसके शरीर की धमनियों से होकर उसके गर्भ और गर्भाशय तक आते थे, अब लगभग रिस–रिसकर मरियल हो गये थे। उसकी कोख एक बुझा हुआ चाँद था जिसका न कोई कक्ष था न कोई उसके कक्ष में था। असरार ने नज़रें नीचे कीं और बायें हाथ से अपनी नाक खुजायी।

शान्ति दीवार से टेक लगाये बैठी थी। उसने असरार की नज़रों को झुकते हुए देखा। असरार ने निगाहें बिस्तर पर केन्द्रित रखीं। शान्ति का अनुभव था कि पर्दा जैसे ही गिरता है, ग्राहक दो–तीन वाक्य उसकी झूठी प्रशंसा में कहते हैं और तुरन्त उसकी छाती पर हाथ रख देते हैं। कुछ ऐसे भी होते हैं जो उससे हालचाल पूछ लेते हैं। दो–तीन बार ऐसे लोग आये थे जिन्होंने सिर्फ़ बात की। उसके जीवन के बारे में सवाल पूछे थे। उसकी कुछ तस्वीरें उतारी थीं। एक बार एक मूल भारतीय ब्रिटिश उपन्यासकार आया था। अंग्रेज़ी उपन्यासकार की आँखें छोटी और दाढ़ी तिल चावली थी। उसने मुम्बई की बोली में शान्ति से कुछ सवाल किये थे। शान्ति को उसके साथ बातें करने में आनन्द आया था। उपन्यासकार ने जाने से पहले उसे एक कश्मीरी शॉल दी थी। शान्ति को वह उपहार बहुत पसन्द आया था। कभी–कभी वह कश्मीरी शाल को पेटी से निकालकर देखती है, तो उपन्यासकार का मुस्कुराता हुआ चेहरा भी उसकी आँखों में उतर आता है।

एक बार एक गुजराती सेठ ने एक हज़ार रुपये का नोट उसके हाथ पर रखा और कहा– 'मुड़ जा'। शान्ति को गुस्सा आया। उसने नोट सेठ को वापस किया और कहा, "मैं रंडी हूँ, तेरी बीवी नहीं।" गुजराती सेठ सटपटाया और तुरन्त नौ दो ग्यारह हो गया।

O

दो–तीन बार शान्ति ने असरार की ओर देखा।

उसने नज़रें नहीं मिलायीं।

दो–तीन मिनट बीत गये। असरार ने न उसकी ओर हाथ बढ़ाया न कोई बात की। शान्ति ने देखा, असरार ने आँखें बन्द कर ली हैं। उसे माधुरी का वाक्य याद आया– 'कंवला है, सँभाल कर देख।' वह मुस्कुरायी। इस मुस्कुराहट पर उसे भी बड़ा आश्चर्य हुआ। उसके मन में वह रात ताज़ा हो गयी जब पहली बार वह ख़ुद इस चरण से गुज़री थी।

शान्ति का बचपन लातूर के एक गाँव 'कीलारी' में बीता था। उसके तेरहवें जन्मदिन में अभी एक सप्ताह बाक़ी था, लेकिन नियति को

कुछ और ही मंजूर था। उसके माता–पिता घर के अन्दर सो रहे थे। वह अपनी दादी के साथ दरवाज़े के सामने खाट पर सो रही थी। अचानक धम–धड़ा–धम की आवाज़ें आयीं और उनके सामने बस्ती के सभी घर ध्वस्त हो गये। वह नीम के पेड़ से चिमट गयी। उसे एहसास हुआ, नीम का पेड़ भी हिचकोले खा रहा है। उसने स्कूल में, भूकम्प से सम्बन्धित सुन रखा था। वह समझ गयी कि यह कुछ और नहीं भूकम्प है। कुछ ही मिनटों में रोने, चिल्लाने, पुकारने, भागने और चीख़ने की करुण आवाज़ें उसके कानों से टकरायीं। लातूर में आये इस भूकम्प ने भयंकर तबाही मचाई। दस हज़ार से अधिक लोग मौत का निवाला बने, सोलह हज़ार घायल, जबकि बीस हज़ार के लगभग पालतू जानवरों को उपजाऊ मिट्टी खा गयी। शान्ति का गाँव कीलारी भूकम्प का केन्द्र था। दूर–दूर तक तबाही का मंज़र था। सुबह सूरज निकला तो गाँव क़ब्रिस्तान में बदल चुका था। बहुत ही कम लोग जीवित बचे थे, जिनमें शान्ति भी शामिल थी। उसके माता–पिता और छोटा भाई भूकम्प के भेंट चढ़ गये थे। मामा ने उसका साहस बढ़ाया। शान्ति का दुनिया में अशोक मामा के अलावा कोई नहीं था। वह हमेशा शान्ति को प्रेम भरी नज़रों से देखा करता था। मामा के इस प्रेमभाव में डूबी नज़रों से शान्ति परिचित थी। अशोक ने शान्ति को ध्वस्त घरों से दूर एक आम के पेड़ के नीचे बिठा दिया। वह वहाँ बैठी सिसकियाँ भर–भरकर रोती रही।

दोपहर में लोगों ने मलबे के अन्दर फँसे शवों को निकालकर खुले आकाश के नीचे रखना शुरू किया तो शान्ति एक बार उस ओर गयी। शव इतने अधिक थे कि उनको गिनना कठिन था और शवों के इस ढेर में अपनों को खोजना और भी कठिन था। बहुत सारे घायल लोग अपने घावों की चिन्ता किये बग़ैर शवों को उठाये क्रमानुसार रखने का प्रयास कर रहे थे। इन कार्यकर्ताओं ने शान्ति की आयु के बच्चों को घटना–स्थल से दूर रहने का निर्देश दिया। बच्चे इस निर्देश की अनदेखी कर के आँखों से आँसू बहाते, बिलखते और सिसकते हुए अपने प्रियजनों, सम्बन्धी और परिजनों को तलाश कर रहे थे। एक स्कूल शिक्षक जिसका सर फट गया था, उसने कुछ लोगों से कहा कि इन बच्चों को घसीटकर दूर करो। उनके लिये यह दृश्य जीवनभर का रोग बन जायेगा। लोगों ने बच्चों को डाँट–डपटकर दूर किया। शान्ति भी पुनः आम के पेड़ के पास

जाकर बैठ गयी। दोपहर ढलने तक सरकारी कर्मचारी भी पहुँच गये। कई बच्चे घायल और डरे–सहमे थे। बच्चों के रोने, चिल्लाने और बिलखने की आवाज़ रह–रह कर सुनायी देती। कहीं कोई महिला अचानक रोती। सीना पीटती। एक महिला ने आघात की स्थिति में अपना ब्लाउज़ फाड़ दिया और दहाड़े मार–मार कर छाती पीटती रही। किलारी गाँव क़र्बला में बदल गया था जहाँ लाशें, रिसते हुए घाव, धूल और ख़ून से लथपथ शरीर, चीख़ती हुई महिलाएँ और सिसक–सिसक कर रोते पुरुष थे। पेड़ों पर परिन्दे डरे हुए थे। वे जानवर जो भूकम्प में बच गये थे, वे डर और भय से मरे जा रहे थे। कुत्ते रोते थे और बिल्लियाँ अपने घरों की छतों और दीवारों को ढूँढ़ रही थीं। यहाँ जो मरे वे तो मर गये, जो बच गये वे भी जीवित क़ब्र में थे।

सूरज डूबने से पहले शान्ति के मामा ने उससे कहा कि वह उसे इस आपदा से दूर, दूसरे नगर ले जा रहा है। वह मायूस थी, चुप रही। मामा ने उसे बताया था कि शव सरकारी अस्पतालों में रखे हैं। कुछ दिन बाद उन्हें परिजनों के हवाले किया जायेगा। इसलिए यहाँ ठहरने का कोई लाभ नहीं। असहाय शान्ति ने मामा का हाथ थाम लिया और उसके साथ चल पड़ी। वैसे भी उसे अहसास हो गया था कीलारी अब जीवितों का क़ब्रिस्तान था। सरकार के प्रतिनिधियों और कल्याणकारी संस्थाओं के गाँव में आने से पहले अशोक शान्ति को लेकर वहाँ से निकल गया। दूसरे दिन औरंगाबाद एस.टी. डिपो के पास उसने एक लॉज में एक कमरा बुक किया। अशोक ने दिन भर शान्ति को समझाया कि गाँव ख़त्म हो गया है। नया जीवन शुरू करने के लिए साहस से काम लेना होगा। माता–पिता की अचानक मौत का सदमा शान्ति के लिए दुनिया का सबसे बड़ा सदमा था। उसकी आँखों से रह–रहकर आँसू निकल पड़ते। ऐसे में अशोक उसे अपने सीने से लगाकर तसल्ली देने का प्रयास करता। तीन–चार दिन तक वह लगातार रोती रही। पाँचवें दिन अशोक ने उसे औरंगाबाद के कुछ ऐतिहासिक स्थलों की सैर कराई। उसके लिए दो नये फ्रॉक और एक मैक्सी ख़रीदी। एक अच्छे–से रेस्टोरेंट में उसे खाना खिलाया। शाम को वे लॉज में वापस आये।

अशोक ने कहा कि वह कुछ देर के लिए किसी काम से बाहर जा रहा है। तब तक वह नहा–धोकर नये कपड़े पहन ले। शान्ति का क़द

निकल आया था। नये और मनभावन रंग के फ्रॉक में जब उसने ख़ुद को आईने में देखा तो शर्मा गयी। उसने बाल सँवारे, माँग बनायी और सोचने लगी कि अशोक उसकी माँग में सिन्दूर भरकर उसे अपनी पत्नी बना ले तो शायद वह दुनिया की सबसे भाग्यशाली लड़की होगी और उसका मायूस दिल भी ख़ुश हो जायेगा। उसे अशोक अच्छा लगता था। अशोक ने चार साल पहले बी.ए. पास किया था और एक सरकारी दफ़्तर में अनुबन्ध पर क्लर्क था। शान्ति जानती थी, अशोक उसे मर्द की नज़र से देखता है मामा की नज़र से नहीं। बल्कि कई बार अशोक ने उसके शरीर को शेर की तरह भूखी नज़रों से देखा था। वैसे भी महाराष्ट्र के ग्रामीण क्षेत्रों में विवाह कम आयु में हुआ करता था और मामा–भाँजी का विवाह भी यहाँ के पिछड़े वर्गों में प्रचलित था।

शान्ति फ्रॉक पहन कर पलंग पर लेट गयी। जब अशोक वापस आया तब शान्ति सो रही थी। अशोक बाहर से कबाब, चावल और पेप्सी की बोतल लाया था। शान्ति को गहरी नींद में सोया देखकर उसने जेब से 'रोमानोफ़ वोडका' की बोतल निकाली और पेप्सी में मिला दी। कॉलेज के दिनों से रोमानोफ़ वोडका उसकी पसन्दीदा शराब थी। वह जानता था, रोमानोफ़ पीने के बाद ठण्डी हवा में नशा दोहरा हो जाता है।

थोड़ी देर बाद शान्ति की आँख खुल गयी। शान्ति उठकर बैठ गयी। अशोक ने मुस्कुराते हुए कहा, "अच्छा हुआ तूने कुछ देर आराम कर लिया।"

शान्ति उठकर बाथरूम गयी। मुँह धोया और बालों को सही करती हुई पलंग के पास आयी। उसने ख़ुद को आईने में देखा। अशोक ने कहा– "फ्रॉक में तू बहुत अच्छी लग रही है।" यह सुनकर शान्ति को अच्छा लगा, लेकिन उसने कोई जवाब नहीं दिया और आईने में देखते हुए बालों में क्लिप लगाने लगी। अशोक ने पुनः कहा– "सुना, मैं बोला, फ्रॉक में तू बहुत अच्छी लग रही है।" वह अशोक की ओर मुड़ी। उसने कहा– "मामा....मेरा मज़ाक़ मत उड़ा। मैं तो एकदम काली हूँ।"

"अरे पागल, कौन बोला तेरे को काली? तो एकदम श्रीदेवी है।" अशोक ने कहा।

वह शरमाई। उसने मुड़कर आईने की तरफ़ देखा। आईने में देखते ही उसे माँ की याद आयी। माँ की याद के साथ उसे कुछ अन्य बातें भी याद आयीं। उसे माँ से एक शिकायत थी। उसकी माँ उसके पिता से

अक्सर झगड़ा करती थी और जब पिता रोज़गार के लिए किसी दूसरे गाँव जाता तो माँ बस्ती के एक शाखा प्रमुख के साथ हो आती थी। उसकी दादी ने कई बार उसकी माँ को गालियाँ देते हुए कहा था– "पासल पड़ाइला रानात जातस की नाये" (जंगल में हवस मिटाने जाती हो या नहीं)। शान्ति को यूँ लगता था कि दादी यह बात महज़ गुस्से में कहा करती है। दूसरी ओर इस प्रकार की गालियाँ गाँव में प्रचलित थीं। स्कूल में उसकी सहेलियाँ भी एक–दूसरे को ख़ूब गालियाँ दिया करती थीं। गाँव में ऐसी गालियों की कोई ठोस प्रासंगिकता नहीं थी। यहाँ गालियों का वाक्यों में प्रयोग दिनचर्या का एक भाग था।

एक दिन वह स्कूल से जल्दी घर वापस आ गयी। उसकी दादी और पिता पड़ोस के गाँव में गये थे। दरवाज़ा बन्द था। वह मकान के पीछे रखी हुई सीढ़ी पर चढ़ गयी। एक छेद से घर में झाँककर देखा तो सेना शाखा प्रमुख और उसकी माँ अकथनीय स्थिति में उसे दिखायी दिये। यह भूकम्प से एक महीने पहले हुआ था। वह सीढ़ियों से उतरी और जंगल की ओर चली गयी। दो–तीन घण्टे जंगली पेड़ों की छाँव में वह उदास बैठी रही। जब स्कूल समाप्ति का समय हुआ तो घर लौटी। माँ खाना बनाने में व्यस्त थी। शान्ति ने भी अपनी स्थिति को छुपाये रखा। माँ के बाप से विश्वासघात ने उसके दिल पर आघात किया।

माँ के इस व्यवहार के बावजूद आईने में जब उसे माँ की याद आयी तो उसकी आँखों से आँसू निकल पड़े। अशोक उठकर उसके पास गया। उसकी पीठ से लगकर खड़ा हो गया। उसके आँसुओं को अपने रूमाल से पोंछा। शान्ति को अपने कूल्हों और पीठ पर अशोक के स्पर्श का अहसास हुआ। इस अहसास ने उसकी भावनाओं की धारा को चेतना की धारा में बदल दिया। उसके मन में बहुत सारी भावनाएँ एक साथ कुछ समय तक बहती रहीं। वह शान्त हो गयी। अशोक ने उसे पलंग के किनारे बिठाया।

अशोक ने देर तक उससे बातें कीं। उसे सान्त्वना देने का प्रयास किया। उसे दुनिया में आने वाली कठिनाइयों के बारे में बताया, साहस

और प्रेरणा के महत्त्व को समझाया। वह सुनती रही। अशोक ने उसके हाथ को अपने हाथों में थाम रखा था। उसने भावुक होकर उससे वचन लिया कि अब वह कभी नहीं रोयेगी। शान्ति को उसने बताया कि दो दिन बाद वह गाँव लौट जायेंगे। अब सरकार ने अपना काम पूरा कर लिया होगा और सम्भव है, सम्बन्धियों को शव सौंप दिये जायें। उसने कहा अन्तिम संस्कार के बाद वह उसे पूना ले जायेगा। वहाँ एक मकान किराये पर ले लेगा और उसकी देखभाल करेगा। शान्ति ने सोचा, अशोक इन शब्दों के पीछे उससे यह कह रहा है कि वह आगे चलकर उसे अपने जीवन में शामिल करने वाला है। उसके इस अपरिपक्व कल्पना ने उस समय उसके मन को सन्तुष्ट कर रखा था।

रात क़रीब दस बजे अशोक ने दो प्लेटों में खाना परोसा और पेप्सी का एक गिलास शान्ति की तरफ़ बढ़ाया। शान्ति ने पेप्सी का आधा गिलास पहले ही घूँट में ख़त्म कर दिया। फिर वे दोनों बात करते और क़बाब खाते रहे। भोजन समाप्त हो गया। शान्ति के ख़ून में शराब घुल गयी थी। नींद को उसने अपनी आँखों में महसूस किया। ख़याल भी तेज़ी से उसके दिल में उमड़ रहे थे। उसने अशोक का जानबूझ कर पीठ से लगकर खड़ा रहना याद किया। कुछ समय पश्चात् जब शराब पूरी तरह उसके शरीर में फैल गयी तो उसने खुद से कहा, "मैं अशोक मामा से प्यार करती हूं।"

अशोक ने पंखा तेज़ किया। वह बिस्तर पर लेट गये। उनकी नज़रें पंखे पर थीं। बिस्तर पर लेटे–लेटे अशोक ने शान्ति की उँगलियों को अपनी उँगलियों में दबा लिया। शान्ति को अशोक का इस तरह उसकी उँगलियों में उँगलियाँ डालकर दबाना अच्छा लगा। उसके लिए अभी प्यार की कुल परिभाषा इसी तरह के स्पर्श और स्पर्श की गर्मी से उत्पन्न होने वाली विद्युत धारा का एहसास था। दूसरी ओर नौ–दस महीने पहले उसने परिपक्वता की ख़ूनी रेखा को पार किया था। उसकी माँ ने पहली माहवारी के समय उसे कोख और गाढ़े ख़ून के सम्बन्ध की प्रकृति समझायी थी। उसने अपनी सहेलियों को इस राज़ में शामिल किया था, तब उम्र में तीन–चार साल बड़ी लड़कियों ने उसकी जानकारी को बढ़ाया था। उनमें से ज़्यादातर बातें वही थीं जो जमीला मिस ने दसवीं कक्षा की विज्ञान की किताब से कभी असरार को समझाई थीं। राखी नाम

की एक लड़की जिसकी उम्र उन्नीस साल थी और जिसने बारह कुँवारे लड़कों, दो विवाहित पुरुषों, दो उससे उम्र में छोटे लड़कों और एक क़रीबी सम्बन्धी के साथ सम्भोग किया था, उसने अन्य लड़कियों की बात काटते हुए शान्ति को बताया था कि– 'कोख–स्त्री और पुरुष के प्रेम का कुरुक्षेत्र है'।

राखी के इस बयान पर सभी लड़कियाँ लोट–पोट होकर देर तक ठहाके लगाती रहीं और ज़ोर–ज़ोर–से पुकारती रहीं– "प्रेम का कुरुक्षेत्र, प्रेम का कुरुक्षेत्र...।" जब वे चुप हुईं तो राखी ने उन्हें ऐसी बातें बताईं जो उनके लिए आनन्द से भरी हुई थीं। राखी ने उन्हें बताया कि कोख ईश्वर का प्रकृति मन्त्र है। यह बात शायद उसके सम्बन्धी ने सम्भोग के समय उसे बतायी थी। राखी ने उन्हें बताया कि हर कोख में एक जगह विशेष होती है जहाँ ब्रह्माण्ड और निर्वाण, दोनों एक बिन्दु पर विश्राम करते हैं। उसे प्राप्त करना, सम्भोग को समाधि बनने से बचाता है। यह वाक्य उसने किसी मराठी किताब में पढ़ा था और याद कर लिया था। ख़ैर! राखी ने सभी लड़कियों को अपने बारे में अधिक संवेदनशील बना दिया था और मन–ही–मन वे भी सम्भोग की इच्छा करने लगी थीं।

शान्ति चुप थी। अशोक ने कहा, "मैं तेरे को पसन्द करता हूं।"

शान्ति उसकी ओर मुड़ गयी। उसने कोई जवाब नहीं दिया। वह उसकी आँखों में देखती रही। अब उसकी आँखों में शराब का नशा था। अशोक उसकी ओर मुड़ गया। पंखे की गति में अचानक वृद्धि हुई। शायद वोल्टेज बढ़ गया था। अशोक ने उसके गालों पर हाथ रखा। उसके होंठों को छुआ। वह चुप थी। अशोक ने कमरे में अँधेरा कर दिया। लाइट बन्द होते ही शान्ति की आँखों के सामने अँधेरा छा गया। अब वह ख़ुद को इस अँधेरे में समायोजित करने में सफल होती कि अशोक उस पर झुक गया। उसने शान्ति के कान में कहा, "अब तू मेरी पत्नी है।" भावनाओं की अधिकता से शान्ति के आँखों में आँसू उमड़ आये।

अशोक की उँगलियों और होंठों के स्पर्श से उत्पन्न होने वाली गर्माहट को वह महसूस कर रही थी। स्पर्श से पैदा होने वाली गर्मी ने उसके अन्दर इच्छा को जन्म दिया। यह इच्छा, कोख की इच्छा से सम्बन्धित थी। इस इच्छा में शराब का पैदा किया हुआ उनींदापन भी शामिल था। इस उनींदेपन में वह मिलाप के आनन्द के लिए तैयार थी,

लेकिन अनुभवहीनता के कारण बहुत से बुरे ख़याल उसके दिल पर सवार थे। उसे राखी का वाक्य याद आया– "कोख ईश्वर का प्रकृति मन्त्र है।" उसने धीरे–से कहा– 'हाँ, मैं तेरी पत्नी हूँ'। इतना कहकर उसने आँखें बन्द कर लीं।

O

असरार की बन्द आँखों को देखकर उसे अपने जीवन के पहले सम्भोग से पहले अपनी आँखें बन्द करना याद आया था। उसने सोचा, इस लड़के के दिल में भय है। वह आगे बढ़ी और उसने असरार के कन्धों पर अपना सिर रखा और धीरे से कहा– "कुछ बोल न।"

असरार चुप रहा। शान्ति उसके सम्मुख बैठ गयी।

असरार ने शान्ति की ओर देखा और कहा, "मैं करने नहीं, ख़ाली देखने आया हूँ।"

"क्या देके गा, क्या देकने का है, बोल ना।" इठलाते हुए शान्ति ने कहा।

"देकने का था इधर की दुनिया कैसी है?"

"यह दुनिया नहीं, नरक है।" शान्ति ने कहा। एक पल उसने ग़ौर किया और फिर कहा– "इस नरक में मर्द मर्ज़ी से आता है, औरत को ईश्वर भेजता है।"

"तू पढ़ी लिखी लगती है।"

दोनों चुप रहे, कुछ समय बाद शान्ति ने कहा– 'तेरा दिल नहीं है मत कर। जब करेगा आ जाना।"

असरार मुस्कुराया। उसे मुस्कुराते हुए देखकर शान्ति भी मुस्कुरायी। उसने शान्ति से हाथ मिलाया। दो–तीन मिनट लाल पर्दे की हल्की रौशनी में वह शान्ति को देखता रहा। शान्ति बिस्तर पर लेट गयी। असरार वहीं उसके पास बैठा रहा। दस–बारह मिनट बाद कमरे में अली और माधुरी की ऊँचे स्वर में बात करने की आवाज़ आयी तो शान्ति भी उठकर बैठ गयी। असरार ने कानाफूसी में कहा– "लगना ऐसा मँगता है, हो गया।" शान्ति मुस्कुरायी। उसने असरार को खींचकर बिस्तर पर लिटाया और उसके कान में कहा, "थोड़ा एक्टिंगे कर, बिस्तर हिला और फिर उठ जा।"

मुहम्मद अली ने चार सौ रुपये अदा किये।

माधुरी ने नोट ब्लाउज़ में ठूँसकर असरार की तरफ़ देखा और कहा– "आते रहने का, समझा?"

असरार ने 'हाँ' में गर्दन हिला दी। इतनी देर में शान्ति भी बाथरूम हो आयी। शान्ति के आते ही माधुरी ने उसके हिस्से की राशि उसे दे दी। शान्ति ने मुहम्मद अली की ओर देखकर कहा– "तेरा फ्रेंड अच्छा है।"

"लाइन मार रही है क्या?" माधुरी ने हास्यपूर्ण ढंग से कहा।

शान्ति हँसने लगी। असरार ने माधुरी की ओर देखकर कहा– 'शान्ति भी एक्सपर्ट है'।

शान्ति को उसकी यह प्रशंसा अच्छी लगी। माधुरी ने कहा– "अपुन ने ट्रेन किया है इसको...." फिर रुककर उसने शान्ति की ओर देखा और कहा– "नयी–नयी आयी थी तबी कित्ता नाटक करती थी।" शान्ति मुस्कुरायी। माधुरी ने शान्ति के गले में अपनी बाँहें डाल दीं।

"चल रे, फिर आऊँगा।" कहते हुए मुहम्मद अली दरवाज़े की ओर बढ़ा।

असरार उसके पीछे कमरे से बाहर निकला।

यादों और सपनों का मीला–झूला संक्षिप्त लम्हा असरार की आँखों के सामने से यूँ बीता, जैसे इस पल में याद का कोई रंग नहीं था बल्कि जो कुछ था, क्रमशः देखा गया सपना था। ट्रेन में लगे वॉश बेसिन और दरवाज़े के बीच की जगह पर वही जूते पॉलिश करने वाला लड़का एक रूमाल को नाक से लगाकर सूँघ रहा था। असरार समझ गया कि यह लड़का नशा कर रहा है। उसके मन में आया कि वह लड़के को रोककर उसे समझाए कि ऐसा नहीं करना चाहिए। उसी समय उसे कमाठीपुरा की वेश्याएँ याद आयीं। शान्ति के साथ की गयी बातें याद आयीं।

उसके दिल ने उससे कहा– "गुजारे के लिए कोई न कोई नशा ज़रूरी है।" उसने खिड़की से बाहर झाँका। अँधेरा शनि अमावस की रात में अधिक आकर्षक लग रहा था। उसने पानी की बोतल खोली। थोड़ा पानी पिया।

कुछ देर वह विचार करता रहा कि शान्ति के साथ उसने सम्भोग क्यों नहीं किया? कोई ख़ास वजह उसके मन में नहीं थी। उसने इरादा किया कि किसी दिन वह शान्ति से मिलने जायेगा।

ट्रेन पनवेल स्टेशन पर रुक गयी।

उसने बाहर देखा। स्टॉल बन्द थे। दो कुत्ते प्लेटफ़ॉर्म पर सो रहे थे। एक बूढ़ा आदमी चाय बेच रहा था। ट्रेन से दो–तीन लड़के उतरे और चाय वाले के पास गये। चाय वाले ने प्लास्टिक के कप में चाय निकाल कर दी। असरार को याद आया, मुम्बई आते समय इसी रेलवे स्टेशन पर वह उतरे थे। जहाँ बूढ़ा खड़ा है, उससे कुछ दूरी पर एक टी–स्टॉल से उन्होंने चाय ख़रीदकर पी थी। उसे याद आया, लोकल ट्रेन में बैठने के बाद नगर को देखने की कैसी उमंग उसके दिल में थी। मुम्बई जैसे कोई ब्लैक होल था जो उसे अपनी ओर खींच रहा था। चारों ओर के कई तथ्यों से परे वह ब्लैक होल की विशालता में डूबा जा रहा था। पिछले दो–ढाई महीनों में मुम्बई के कई इलाक़ों में उसे घूमने का अवसर मिला। उसकी प्यास थी कि बुझती नहीं थी। वह मुम्बई के चप्पे–चप्पे को देखना चाहता था। मुम्बई की महक को अपनी आत्मा में बसाना चाहता था और मुम्बई के हर रंग को अपनी पलकों पर सुशोभित करना चाहता था। खोली में उसे अच्छे दोस्त मिले जो हर समय उसे अपने साथ लिये घूमते–फिरते थे। असरार को उन लोगों ने इसलिए भी मुँह लगाया था कि असरार में सुनने की अपार क्षमता थी। वह सभी की बातें ध्यान से सुनता और उन बातों को भूल जाता। वह विश्वसनीय था। लोग उससे दिल की बात कहने में आसानी महसूस करते थे। अनावश्यक बातें नहीं करता था। मुम्बई निवास के समय उसका रंग खिल गया था। होंठों पर हल्की लाल परत चढ़ गयी थी और आँखों में चमक बढ़ गयी थी। उसकी आँखों का रंग हल्का हरा था। यह उसकी विशिष्टता थी। लोग पहली मुलाक़ात में ही उसकी आँखों की प्रशंसा करने को विवश हो जाते थे। दूसरी ओर अपने पैरों पर खड़ा होने के अहसास ने उसके अन्दर आत्मविश्वास पैदा

कर दिया था, जिसकी व्यक्तता उसके स्वर की गम्भीरता में थी और वही उसकी आँखों में भी विद्यमान थी।

ट्रेन चलने लगी। मुश्किल से पाँच मिनट बीते होंगे कि तेज़ बारिश शुरू हो गयी। असरार ने तुरन्त खिड़की बन्द कर दी। एक यात्री ने उठकर दरवाज़ा बन्द कर दिया जहाँ से पानी की फुहार अन्दर आ रही थी। जूते पॉलिश करने वाला लड़का पनवेल स्टेशन पर उतर गया था। ट्रेन के डिब्बों में हल्का अँधेरा था। अधिकांश लोग चादरें ओढ़कर सो रहे थे। ठंड बढ़ गयी थी। पनवेल स्टेशन के बाद वनों की शृंखला है। इन क्षेत्रों में रात में यूँ भी मौसम सुखद होता है और बरसात के दिनों में तो बहुत सर्दी होती है। ट्रेन एक नदी पर से गुज़री। नदी उफान पर थी। असरार ने खिड़की के शीशे से झाँककर नदी के बहते हुए पानी को देखा। नदी से कुछ दूरी पर मकान थे। घरों के दरवाज़ों पर कहीं–कहीं पीले बल्ब का प्रकाश दिखायी दे रहा था। पीली रौशनी की सीमा के भीतर बरसात और धुआँ दिखायी दे रहा था। नदी के बहते हुए पानी और पीली रौशनी के कुछ टुकड़ों को पलकों में लिए असरार की आँख लग गयी। एक घण्टा वह नींद के गहरे धुएँ में अपने शारीरिक व मानसिक अस्तित्व से कटकर सोता रहा। गहरी नींद के बाद धीरे–धीरे उसके मन में कुछ तर्क अपने रसायनों के कारण स्वयं गतिशील हुए। इस गतिशीलता में भूरा, बैंगनी और हल्का गुलाबी रंग व्यक्तित्व के झरोखों के रूप में अभिव्यक्ति के लिए माध्यम खोजने लगे। व्यक्तित्व की गम्भीरता में दफ़न आत्मा के कलह और आत्मा के अनुभवों के अनगिनत रूप होते हैं, जिसकी व्याख्या पर पूर्ण दक्षता मनोचिकित्सक और पुराने अनुभवी लोगों को होती है। व्यक्तित्व अक्सर इन मामलों को सपनों में बदलने की प्रक्रिया में सम्मिलित होता है, क्योंकि व्यक्तित्व की बहुत सारी चुभन और आत्मा की उदासी का कारण इन मामलों को समझने से वंचित होता है।

असरार ने एक सपना देखा। वह एक अँधेरे कमरे में सोया हुआ था। कमरे में कोई दीपक प्रकाशमान नहीं था, परन्तु उसका दिल प्रकाशित था और दिल से फूटने वाले प्रकाश से अँधेरे का भय मिट गया था। कमरे में कोई दरवाज़ा नहीं था। कोई खिड़की नहीं थी। ऐसा लगता था, कमरे में कोई अन्य वस्तु भी नहीं थी। उसे नहीं पता वह इस ख़ाली कमरे में कैसे आया था। कमरे की छत भी नहीं थी। जब उसने आँख खोली, आसमान

पर एक अलग दृश्य था। उस सपने में, उस कमरे में उसकी आँख रह–रह कर खुलती थी और वह फिर सो जाता था। उसकी नींद कई वर्षों से निरन्तर जारी थी बल्कि कई सदियों से वह उस कमरे में सो रहा था। उसने चार बार चन्द्रमा को लाल रंग में बदलते हुए और एक बार दो भागों में विभाजित होते हुए देखा था मानो चाँद के बीच कोई दूसरा पूर्ण काले रंग का चाँद था या वह कोई ब्लैक होल था, जिसके चारों ओर प्रकाश का एक क्षेत्र बना हुआ था। इस दृश्य ने उसे भयभीत कर दिया था जबकि लाल रंग में चाँद को बदला हुआ जब भी उसने देखा, तब उसने ख़ुशी महसूस की थी। लाल चाँद की रातों में उसने अपने दिल से फूटने वाले प्रकाश को उसमें समाहित पाया था। ऐसी रातों में चंद्रमा की लाल रौशनी उसके कमरे में कुछ देर ठहर जाती थी। कई बार जागने के कम समय अन्तराल में उसने यह भी अनुभव किया था कि उसका कमरा ब्रह्माण्ड में भटकता हुआ एक ब्लैक होल है जिसके आसपास कोई दूसरा कमरा नहीं है। कमरा अन्तरिक्ष में लटका है और अँधेरे ब्रह्माण्ड का केन्द्र है। सारे जीवों और आकाश के रहस्य उससे दूर होते जा रहे हैं। छह बार उसने आसमान में आतिशबाज़ी का अकथनीय नज़ारा देखा था। बहुत सारे तारे अचानक टूट–फूटकर अन्तरिक्ष में ऐसे बिखरे थे मानो अपने बिखरने का जश्न मना रहे हों। हज़ारों रंगों की चमकदार किरणें अन्तरिक्ष में सदियों की यात्रा पर निकल गयी थीं, जिन्हें आँखें याददाश्त में क़ैद करें, इससे पहले वह सदियों की दूरी तय कर चुकी थीं। असरार को उस कमरे में ऐसा लग रहा था जैसे वह हमेशा वहाँ क़ैद है और समय का कभी वहाँ से गुज़र नहीं हुआ है। उसे पता नहीं है, वह क्यों बिस्तर से उठने का प्रयास नहीं करता? वह क्यों उस कमरे से बाहर जाने का प्रयास नहीं करता? वह क्यों किसी को नहीं खोजता? उसे कुछ पता नहीं।

उस कमरे में वह सो रहा था। उसने सपने में देखा, एक महिला अन्तरिक्ष से उतरी और उसकी रानों पर बैठ गयी। महिला के हाथ में एक जादुई छड़ी थी। चेहरे पर हरा रंग झिलमिला रहा था। आँखों पर एक मुखौटा था और मुखौटे पर चमकदार पीली किरण झिलमिला रही थीं। महिला ने जादुई छड़ी हवा में लहरायी और कमरा अचानक आलीशान रैनबसेरे में बदल गया। वे दोनों नयनप्रिय पलंग पर थे। पलंग के पास सागवान की लकड़ी का बना हुआ टेबल था, जिस पर गहरे नीले रंग

की काँच की प्लेट में हापुस आम, काजू और बादाम रखे हुए थे। एक गहरे लाल रंग की बोतल में शराब थी। महिला ने शराब का एक घूँट लिया और अपने मुँह से असरार को शराब पिलायी। शराब के एक घूँट में इतना नशा था कि असरार अपने अस्तित्व से अनजान हो गया। असरार ने ख़ुद को एक राजकुमार में बदला हुआ महसूस किया। उसकी गर्दन में बहुमूल्य पत्थरों की दो मालाएँ थीं और अँगूठियों में दुर्लभ नगीने थे। वह स्वस्थ था। उसका सीना चौड़ा था। महिला ने उसके सीने को चूमा फिर उसकी आँखों और होंठों पर प्यार किया। उसने महिला को कसकर बाँहों में भर लिया। महिला चुप थी। उसके दिल में भी कोई ख़याल नहीं था। महिला जैसे उसे वर्षों से जानती थी और वह भी महिला से परिचित था। एक बार उसे यह ख़याल आया कि हो न हो, यह महिला शान्ति है। फिर उसने सोचा नहीं, यह, शान्ति नहीं हो सकती क्योंकि शान्ति कमसिन थी। जबकि यह एक परिपक्व और अनुभवी महिला थी। वह मुस्कुराया और उसने सोचा कि यह कोई और नहीं, जमीला मिस होगी। महिला ने जादुई छड़ी दुबारा लहराई। जादुई छड़ी के असर से पलंग पर गुलाब की पंखुड़ियों की बारिश होने लगी। पंखुड़ियों ने उन्हें ढक लिया। अब उनके शरीर पर कोई वस्त्र नहीं था। गुलाब की गन्ध उनके चारों ओर फैल गयी थी। पंखुड़ियों के सेज पर महिला ने उसे प्यार किया। उसके दिल के एक बिन्दु पर महिला के प्यार करने की प्रक्रिया छप गयी। वह ख़ुद भी इस प्रक्रिया में पूरी तरह लिप्त था। सहवास के बाद महिला ने उसके माथे पर चुम्बन लिया। तब उसकी आँखों पर लगे मुखौटे को उसने उतारा। महिला को उसने पहचान लिया। उस महिला को वह वर्षों से जानता था। उसने दुबारा महिला को अपनी बाँहों में भरा और उसे प्यार किया। महिला ने मन्त्र छड़ी लहरायी और फिर वह सारा दृश्य बदल गया।

जब उसकी आँख खुली, ट्रेन मानगाँव स्टेशन पर रुकी थी। सुबह के छह बज रहे थे। उसने अपनी याददाश्त पर ज़ोर दिया कि अभी उसने क्या सपना देखा था। इस सपने का छोटा–सा भाग उसे याद रहा। लेकिन जो बात वह भूला नहीं वह यह थी कि वह महिला कौन है? यह बात वह किसी को बता नहीं सकता था कि उसने इस तरह का सपना देखा है। उसे लगा, इस प्रकार का सपना दुनिया में उसके सिवा कोई और नहीं देखता होगा। वह नहीं जानता था कि वह इस प्रकार का सपना

क्यों देखता है? पिछले चार–पाँच वर्षों में उसने कई बार इस प्रकार के सपने देखे थे और उसे यह बात याद रह जाती थी कि वह महिला कौन है? सपने में उसे किसी प्रकार की शर्म या खेद का अनुभव नहीं होता, लेकिन आँख खुलने के बाद वह कुछ देर के लिए उदास हो जाता था।

कुछ महीनों बाद जब शान्ति ने उसे अपने जीवन की महत्त्वपूर्ण बातों का राज़दार बनाया और इस प्रकार के एक सपने को कई बार देखने का उल्लेख किया तब उसने भी उसे अपने सपनों में दिखाई देने वाली महिला के बारे में बताया।

ट्रेन के अन्दर तीन चाय वाले और दो, वड़ा पाव बेचने वाले चढ़े।

असरार ने एक वड़ा पाव खाया और चाय की चुस्की लेने लगा। बाहर का दृश्य बता रहा था कि यहाँ रात बादल ख़ूब बरसे हैं।

ट्रेन चल पड़ी थी। लोग जाग रहे थे। कुछ लोग दरवाज़े के पास खड़े होकर ब्रश कर रहे थे। एक महिला अपने बच्चे को कोस रही थी, जिसने ट्रेन की बर्थ पर पेशाब कर दिया था। एक बुज़ुर्ग मद्रासी आदमी ने अपनी जेब से एक डिबिया निकाली, जिसमें उसने नक़ली दाँत रखे हुए थे। दाँत मुँह में डाल डिबिया के ढक्कन में लगे आईने में वह अपना चेहरा देखने लगा। उसे अपने नक़ली सफ़ेद दांत प्रिय थे। उसकी पत्नी ने हास्यपूर्ण ढंग में पास बैठी महिला से कहा– "खुद को रजनीकान्त बोलता है।" इस वाक्य पर लोग हँस पड़े। एक दाढ़ी वाला आदमी जो शायद बिहार का था, अपनी पत्नी के साथ यात्रा कर रहा था। उसकी पत्नी बहुत देर से शिकायत कर रही थी कि कोई वस्तु उसकी पीठ पर काट रही है। उसने एक ओर मुँह फेर कर बुर्क़ा उतारा। दाढ़ी वाले आदमी ने दो–चार बार बुर्क़े को दरवाज़े के पास झटका और पत्नी को वापस किया। पत्नी ने बुर्क़ा बर्थ पर एक ओर रख दिया और चाय वाले को आवाज़ लगायी। वास्तव में वह कुछ देर के लिए उस काले कपड़े से मुक्ति चाहती थी। सामने वाली बर्थ पर कुछ फ्रांसीसी युवा बैठे थे जो गोवा जा रहे थे। फ्रांसीसी युवाओं ने कई बार बुर्क़े वाली को उत्सुक निगाहों से देखा और

बुर्क़े वाली को ये लगा था कि यह युवा उस पर मुग्ध हैं, इसलिए अब वह बुर्क़ा उतारकर उन्हें अपनी सुन्दरता से परिचित कराना चाहती थी। दो मदभरी आँखों वाली सुन्दर लड़कियाँ दूसरे डिब्बे से आयीं और असरार की सीट के पास खड़े होकर बाहर का मंज़र देखने लगीं। लड़कियों ने शॉर्ट पहन रखी थीं। उनकी टाँगें सुडौल थीं। वे सबकी निगाहों को अपनी ओर आकर्षित कर रही थीं। असरार ने एक नज़र उनकी ओर देखा और फिर खिड़की से बाहर देखने लगा। उसे याद आया, जमीला मिस की टाँगें भी ऐसी ही सुडौल और आकर्षक थीं। अन्तर केवल इतना था कि जमीला मिस की टाँगों पर घुटनों से एड़ी तक रेशमी सुनहरे बाल भी थे।

खिड़की के बाहर हरे–भरे पहाड़ों पर सूरज की किरणें फैल रही थीं। आम, बरगद, पीपल, इमली, कटहल और काजू के पेड़ बरसात में भीग चुके थे। पेड़ों के नीचे जंगली घास उग आयी थी। अनन्त तक हरियाली थी। पेड़ों की टहनियों, पत्तों, घास और छोटे पौधों पर बरसात की बूँदें सूरज की पहली किरण में झिलमिला रही थीं। कहीं–कहीं पहाड़ों से आबशार गिर रहे थे। ट्रेन के ट्रैक के आसपास कई छोटे नाले बह रहे थे। नालों का पानी यहाँ की लाल मिट्टी के कारण लाल दिखायी दे रहा था। लाल पानी के यह छोटे–छोटे नाले बहकर किसी न किसी नदी में मिलते हैं। फिर ये सारी नदियाँ कुछ दूरी पर अरब सागर में गिरने वाली खाड़ियों से जा मिलती हैं। खारे पानी के चाँदी जैसे रंग में लाल रंग का यह पानी दूर तक अपनी पहचान बताता हुआ बहता है, लेकिन समुद्री पानी इस असमानता को मिटा देता है। समन्दर आख़िरकार समन्दर है। 'समन्दर में सब कुछ समा जाता है। यहाँ तक कि यादें भी।' उसके दिल में यह वाक्य उभरा और इसी के साथ उसे वह रात याद आयी जब जमीला मिस समन्दर पर उसके साथ थी।

देर रात उन्होंने खाना खाया था। उसकी माँ ने गैस के स्टो पर ताज़ा शिकार की हुई पामफ्रेट मछलियाँ तली थीं। उसे अनुमान नहीं था कि माँ ने मछलियाँ तलने के लिए मसाला भी घर से लाया है। मछली काफ़ी स्वादिष्ट थी। जमीला मिस ख़ुश थीं। उसके चाचा भी मिस से ख़ूब बातें कर रहे थे। रात तीन बजे के आसपास उसकी माँ सो गयी। जमीला मिस की आँखों में भी नींद दिखायी दे रही थी। कर्मचारी बीड़ी फूँक रहे थे। असरार के चाचा ने उससे कहा– "डेक के अन्दर चादर

बिछा दे तो मैडम उस पर कुछ देर आराम करेंगी।" वह डेक में गया और कुछ देर बाद वापस आया। "चलिए मिस, आप डेक में लेट जाइये। सुबह से पहले मैं आपको जगा दूँगा।" जमीला मिस खड़ी हुईं तो उसने मिस का हाथ पकड़कर डेक की ओर चलने में उनकी मदद की। मिस ने डेक के अन्दर प्रवेश किया। मिस मुड़ी तो उसने मिस से कहा– "आप बेफ़िक्र सो जाइये।"

"नाव पर ख़ाली तू और मैं होते तो कितना मज़ा आता?" मिस ने लेटने से पहले, धीरे–से कहा।

असरार चुप रहा। डेक से बाहर आया।

लेकिन जब खुली हवा में बैठकर वह जाल से मछलियों को अलग कर रहा था, उस समय बार–बार उसके मन में मिस जमीला का वाक्य उभर रहा था, 'नाव पर ख़ाली तू और मैं होते तो कितना मज़ा आता'?" वह शब्द 'मज़ा' पर ग़ौर करता रहा कि मिस जमीला ने मज़ा शब्द क्यों प्रयोग किया है? इसके अलावा, वह सोचता रहा 'मज़ा' कैसा होता है? वह सोचता रहा कि क्यों इतना मज़ा हर उस बात में, हर उस क्रिया में हर उस प्रक्रिया में, हर उस पल में है जो वह मिस जमीला के साथ गुज़ारता है। वह विचारों के भँवर में था कि उसके मन ने एक अप्रत्याशित सवाल पूछा कि– 'मज़ा', 'मज़ी' (उत्तेजना के कारण लिंग से निकलने वाला चिकना द्रव) में क्यों परिवर्तित होता है?

साढ़े पाँच बजे नाव ने वापसी की यात्रा शुरू की। चाय का एक दौर हो चुका था। कुछ मिनटों बाद हल्का–हल्का उजाला फैलने लगा। अभी सूर्योदय में कुछ समय था। चाचा ने कहा कि जमीला मिस को जगा लिया जाये। वह सूर्योदय का दृश्य देख लें।

कुछ दूर एक छोटा–सा द्वीप है, वहाँ नाव रोक लेंगे तो वह द्वीप भी घूम सकती हैं। असरार डेक में गया। मिस के चहरे पर झुककर उसने कहा– "मिस जाग जाइये, सुबा होने वाली है।"

कोई जवाब नहीं मिला तो उसने मिस के हाथ पर थपकी मारते हुए कहा– "मिस, जाग जाइये, 'सुबा' होने वाली है।"

मिस ने उसका हाथ पकड़ लिया। वह सटपटा गया। उसने कहा– "मिस, सुबा होने वाली है।"

मिस ने उसकी ओर देखा और कहा, "मैं कहाँ सोई हूँ? मैं तो जाग रही थी'।"

"क्यों मिस? नींद नहीं आयी?" उसने कहा।

"नहीं, मुझे अच्छा लग रहा था तेरे बारे में सोचना।" मिस ने उठते हुए कहा। वह मिस की मतवाली आँखें देख रहा था, जिन्हें देखकर यह महसूस हो रहा था कि न केवल वे आँखें सुप्त हैं बल्कि उनमें कुछ नशा भी विद्यमान है। वह चुप हो गया। मिस डेक से बाहर आयीं। असरार की माँ ने चाय लाकर दी। वह चाय की चुस्की लेते हुए चारों ओर फैले हल्के उजाले को देखने लगीं। असरार डेक के अन्दर चुपचाप खड़ा था। अचरज में जब उसे कुछ सुझायी नहीं दिया तो वह बेंच पर लेट गया। बेंच पर बिछी चादर पर वह मिस के शरीर की गर्मी को महसूस कर सकता था। उसने अपनी आँखें एक पल के लिए बन्द कीं। बन्द आँखों में उसने जमीला मिस का अनुभव किया। मिस की ख़ुशबू का अहसास उसकी नासिका में हुआ। इस अहसास में एक अकथनीय हताशा थी। उसने आँखें खोलीं। खड़ा हो गया। चादर उठाकर एक ओर रख दी। सूरज के निकलने से पहले उजाले की लाल, पीली और गुलाबी किरणें क्षितिज पर दिखायी दे रही थीं। उसकी माँ, चाचा और कर्मचारी चाय पी रहे थे।

सूर्योदय का दृश्य जमीला मिस ने बड़े शौक़ से देखा।

आधे घण्टे बाद नाव एक द्वीप से जा लगी। द्वीप मुश्किल से दस–पन्द्रह किलोमीटर पर सीमित था। यहाँ आकाश से बातें करते हुए ऊँचे–ऊँचे नारियल के पेड़ थे। करौंधे और आँवला के पेड़–पौधे थे। गिलहरियाँ, तितलियाँ, गिरगिट दिखायी दिये। एक कुआँ था जिसका निर्माण पास के गाँव वालों ने किया था। सब कुएँ के पास बैठ गये। असरार ने आगे बढ़कर कुएँ से पानी निकाला। हाथ–मुँह धोया। फिर सबने हाथ–मुँह धोया और तरोताज़ा हो गये। असरार के चाचा ने नाव से गैस चूल्हा, चीनी, चायपत्ती और पतीली निकाली।

असरार ने जमीला मिस को बताया कि कुछ साल पहले पुरातत्व विभाग की एक टीम इस द्वीप पर एक महीने तक रही और यहाँ कई स्थानों पर उन्होंने खुदाई भी की थी। असरार के चाचा ने इस बातचीत में

भाग लिया और बताया कि जब खुदाई हुई थी तब कई बार वह द्वीप पर आये थे। सरकारी अधिकारियों से उनकी बात भी हुई थी। एक अधिकारी ने उन्हें बताया था कि उनका यह ख़याल था कि हज़ारों वर्ष पूर्व यह द्वीप 'पाउस' नामक एक तटीय क्षेत्र का भाग था और वहाँ के राजा की यहाँ हवेली थी। हवेली के अवशेष को उनकी टीम खोज रही थी, लेकिन उन्हें यहाँ जो नमूने मिले, वे सिन्धु के सांस्कृतिक लक्षण पर आधारित थे। जमीला मिस को यह बातें मज़ेदार लगीं। हालाँकि इतिहास और सभ्यताओं के इतिहास में उन्हें कोई ख़ास दिलचस्पी नहीं थी, फिर भी उन्होंने कहा कि वह इन स्थानों को देखना पसन्द करेंगी। असरार ने कहा, चाय पीने के बाद वह उन्हें द्वीप की सैर करायेगा। जब वह द्वीप घूमने निकले तो असरार की माँ ने कहा, "ज़्यादा अन्दर मत जाना कहते हैं कि साँप हैं।" वह मुस्कुराया और उसने कहा– "बस अभी आये।"

असरार और जमीला मिस एक पगडण्डी पर चलते हुए द्वीप के मध्य भाग में पहुँचे जहाँ नारियल के बहुत सारे पेड़ एक–दूसरे से लगकर खड़े थे। कुछ स्थानों पर बीयर की बोतलें, सिगरेट के पैकेट, प्लास्टिक की थैलियाँ और काँच के टुकड़े बिखरे हुए थे। वे बायें हाथ की ओर मुड़ गये। पाँच मीटर की दूरी पर एक दीवार दिखायी दी। एक ओर दस–बारह हाथ खुदाई की गयी थी। वे आगे बढ़े। अब वह दोनों सब की निगाहों से पूर्णरूप से ओझल थे। समन्दर की लहरों का शोर उनके कानों से टकरा रहा था। ठण्डी हवाएँ चल रही थीं। आगे तीन–चार स्थानों पर ज़मीन की खुदाई की गयी थी। इस स्थान पर कई कमरों की उपस्थिति का भ्रम होता था। बहुत सम्भव है, यहाँ पिछले समय में कोई हवेली रही हो। एक ओर नीचे उतरने के लिए सीढ़ियाँ बनायी गयी थीं। जैसे–जैसे वे नीचे उतरते गये, उन्हें अनुभव हुआ कि खुदाई इस आधार पर की गयी है, जिससे इमारत संरचना निगाहों के सामने स्पष्ट हो। वह आगे था और जमीला मिस उसके पीछे–पीछे। नीचे पहुँच कर उन्होंने सिर उठाकर आसमान देखा– "जबरदस्त दिक रहा है न मैडम" असरार ने कहा।

"हाँ रे, एकदम गोल।" जमीला मिस ने मुस्कुराते हुए कहा।

उसने मिस की नज़रों से नज़रें मिलाकर थोड़ी हिम्मत जुटाकर कहा– "रात में आपने डायलॉग सॉलिड मारा था।"

"कौन–सा डायलॉग?" जमीला मिस ने पूछा।

"नाव पर ख़ाली तू और मैं होती तो कितना मज़ा आता।" असरार ने मिस की नक़ल उतारते हुए कहा।

जमीला मिस ने ठहाका लगाया। वह चुप खड़ा था।

उसने चारों ओर नज़रें घुमायीं।

जमीला मिस को हँसते हुए देखकर वह थोड़ा आश्चर्य में पड़ गया। उसके चेहरे पर हल्की मुस्कान भी थी। जमीला मिस ने कुछ ठहराव के बाद कहा– "वह डायलॉग थोड़े ही था पागल? सच में तभी मेरा दिल कर रहा था' उसने कुछ नहीं कहा। वह उनकी ओर देखता रहा। वह मिस को यह नहीं बता सका कि सुबह तक इस वाक्य के हज़ार आयामों पर वह सोचता रहा है। उसे गुमसुम देखकर जमीला मिस ने कहा– "आओ, आगे देखते हैं क्या है?" इतना कहकर उन्होंने असरार की कलाई पकड़ी और एक चढ़ाई पार की। अब वह एक कमरे जैसे ख़ाली ढाँचे में थे। ज्यों ही उन्होंने वहाँ क़दम रखा, घास में सरसराहट हुई। जमीला मिस एक़दम से डर गयीं। चीख़ पड़ीं। असरार हँस–हँसकर लोट–पोट हुआ जा रहा था। जमीला मिस उसे देखने लगीं। उसकी हँसी रुकने का नाम नहीं ले रही थी। मिस ने चारों ओर घास पर नज़रें दौड़ायीं, लेकिन उन्हें कुछ दिखायी नहीं दिया। किन्तु दीवार के एक कोने में एक पैकेट गिरा हुआ था जिस पर उनकी निगाहें पड़ीं तो वह शरमा–सी गयीं। पैकेट को उसने ध्यान से देखा। एक महिला की नग्न कामुक फ़ोटो थी और लिखा था Delux Cobra For Lasting Pleasure 'डीलक्स कोबरा फ़ॉर लास्टिंगे प्लेज़र'। वह असरार को हँसते हुए देखती रहीं। असरार ने उनकी ओर देखा। मिस चेहरे के बदले हुए रंग को देखकर वह चुप हो गया। दोनों चुप थे और चारों ओर समन्दर की लहरों का शोर था। सिर पर खुला आसमान था। उनके पैरों के नीचे सदियों पुरानी हवेली का एक कमरा था। सदियों से मर्द और औरत जिस आश्चर्य, उत्सुकता, समर्पण और आत्मसमर्पण से एक–दूसरे से अकेले में मिलने की कामना करते रहे हैं, वह आश्चर्य, उत्सुकता, समर्पण और आत्मसमर्पण दोनों के शरीर और मन में जाग्रत हुआ। दोनों के क़दम अन्तिम कमरे की ओर बढ़े जहाँ हल्का अँधेरा था। दीवार के पीछे शायद बरगद का पुराना पेड़ था। पेड़ की शाखा उस कमरे में उतर आयी थी। वे दोनों आमने–सामने खड़े हो गये। पुरुष और महिला जब भी शरीर और मन की मदहोशी के साथ, आत्मसमर्पण के साथ एक–दूसरे के सामने खड़े रहते हैं तो एक विचित्र अनुभव उनकी आँखों

की ज्योति में स्वयं को व्यक्त करता है। एक उनींदापन, एक मदहोशी–सी स्थिति, एक पूर्णतः का अनुभव उनकी आँखों के अतराफ़ जाता है। दोनों ने इस संवेदना को अनुभव किया। इस अनुभव के लिए मर्द और औरत का किसी सम्बन्ध में बँधे होना आवश्यक नहीं है। उनका केवल मर्द और औरत होना आवश्यक है। एक–दूसरे की आवाश्यकता बनना अनिवार्य शर्त होती है। अभी असरार को इस बात का ज्ञान नहीं था कि जब इस अनुभव में अनुराग निहित होता है तो क्या होता है? अभी प्रेम की निर्मम छाया उसकी आत्मा पर नहीं थी। दूसरी ओर बीती रात से एक कोबरा–सा जमीला मिस को डस गया था, जिसका विष उसके अन्दर फैल चुका था। इस विष का मारक वह असरार की तनी हुई नसों में खोजने लगीं। असरार की उँगलियों ने मिस के अन्दर के विष को महसूस किया। इस विष में अम्लता थी, गन्ध थी और उसका अपना स्वाद भी था। जमीला मिस ने असरार की पलकों को अपनी जीभ से छुआ। असरार ने मिस की गुलाब की पंखुड़ी–सी जीभ पर अपने अन्दर के मारक को धीरे–धीरे बहाया। मारक की गर्मी को जमीला मिस ने अपनी आत्मा पर बारिश की बूँदों की तरह महसूस किया। आत्मा की भूमि वर्षा की इन बूँदों से भीग गयी तो ज़हर का असर दूर हो गया। मिस ने असरार के माथे पर चुम्बन लिया और दौड़कर उस ढलान से ऊपर आ गयीं। खुले आसमान के नीचे नारियल के एक पेड़ से पीठ लगाकर खड़ी हो गयीं। समन्दर की लहरों का शोर मिस की आत्मा से बात करता रहा। दो–चार मिनट बाद असरार भी वहाँ पहुँचा। उसके हाथ में बरगद की टहनी थी। उसने दो–तीन बार इस टहनी से मिस को मारा, वह प्रेम–तरंग में यहाँ से वहाँ दौड़ती रहीं। वह पीछे–पीछे दौड़ता रहा। शरारत करता रहा।

एक घण्टा बीत चुका था जब वे पुनः कुएँ के पास आये।

O

ट्रेन खेड़ स्टेशन पर रुकी।

कुछ लोग ट्रेन में सवार हुए। एक छात्र था। उसने असरार से कहा– "थोड़ा अन्दर सरक, बैठने को जगह दे।"

तब असरार यादों के महासागर से बाहर निकला।

उसने सीट पर जगह बनायी। लड़का बैठ गया। असरार ने खिड़की से बाहर झाँककर देखा। आसमान पर फिर गहरे बादल जमा हो रहे थे।

O

खेड़ से चिपलून के बीच लम्बी सुरंग से ट्रेन आगे बढ़ी। चिपलून वह कई बार घूम चुका था। यह छोटा–सा नगर वास्तव में एक घाटी थी। उसे याद आया, वह एक बार स्कूल के साथियों के साथ परशुराम घाट पर घूमने आया था जहाँ से चिपलून की सुन्दरता को उत्तम रूप में देखा जा सकता है। चिपलून स्टेशन पर उसने एक कप चाय पी। जब ट्रेन रत्नागिरि स्टेशन पर रुकी, उस समय उसकी घड़ी में आठ बजकर बीस मिनट हो रहे थे। आसमान बादलों से घिरा था। काले बादलों में एक अर्द्ध पीला धब्बा दिखायी दे रहा था। वह सूरज था।

उसने बैग से छतरी निकाली। छतरी बगल में दबाये, बैग कन्धे पर लिए, वह स्टेशन से बाहर निकला।

O

रविवार को पूरे दिन वह घर में रहा। माँ से ढेर सारी बातें करता रहा। मुम्बई के जीवन के बारे मे बताता रहा। खोली और वहाँ के दोस्तों के बारे में बताता रहा। मूसा पटेल, मुहम्मद अली वनु और सलीम घारे की उसने बहुत प्रशंसा की।

हसीना बेटे की हर बात ध्यान से सुन रही थी। असरार की बातें ख़त्म हुईं तो हसीना ने माबादमोफ़ो में होने वाली घटनाओं और त्रासदियों के बारे में बताया। वह दिलचस्पी से सुनता रहा। जिन घटनाओं को सुनकर वह हक्का–बक्का था, वह कुछ यूँ थीं– एक लड़की पर एक जिन्न सवार हो गया था। लड़की हर समय उससे बातें किया करती थी। लड़की जिस भाषा में बातें किया करती थी, उस भाषा से कोई परिचित नहीं था। दूसरी ओर लोग इस घटना से बहुत हैरान थे कि शाम होते ही लड़की

के घर के दूसरी मंज़िल की लकड़ियों की दरारों से सिक्कों की अचानक बरसात होती थी। कभी–कभार लड़की अचानक दो–तीन दिनों के लिए ग़ायब हो जाती, और जब वह दुबारा घर में दिखायी देती है तो किसी को यह विश्वास नहीं होता कि वह ग़ायब थी। उसके कपड़े और शरीर पर सिलवट का कोई निशान दिखायी नहीं देता। लड़की की माँ का कहना था कि वह ग़ायब नहीं होती है बल्कि घर ही में रहती है, लेकिन जिन्न की छाया के कारण किसी को दिखायी नहीं देती। दूसरी घटना यह थी कि एक महीने पहले मावादमोर्फो में चुड़ैलें गुस्से में थीं। लोगों के घरों, रस्सियों पर सूखने वाले और अलमारियों में रखे हुए कपड़े ग़ायब कर देती थीं। कपड़े कुछ दिनों बाद समुद्र तट पर अपनी असल स्थिति में उपलब्ध हो जाते थे। वे कपड़े जो इस्त्री किये हुए होते, वे इस्त्री किये हुए ही मिलते। जो रस्सियों पर सूखने के लिए रखे हुए होते या गीले होते, वे भी उसी स्थिति में मिलते। अब चुड़ैलें शान्त थीं क्योंकि एक पीर साहब को बुलाया गया था, जिन्होंने उन्हें शान्त किया था। तीसरी घटना यह थी कि एक हिंदू लड़की अपने शिक्षक के साथ भाग गयी थी, लेकिन तीन दिन बाद उन दोनों का शव उस घर से मिला था जो उन्होंने किराये पर लिया था। एक पत्र उसके कमरे से मिला था, जिसमें लिखा था कि हम अपनी मर्ज़ी से जान दे रहे हैं क्योंकि यह दुनिया प्रेमियों के लिए अनुकूल नहीं है। लड़की ब्राह्मण थी और लड़का दलित। एक और सनसनीखेज़ घटना हुई थी जिसकी चर्चा हसीना ने नहीं की।

हुआ यूँ था कि पड़ोस के एक गाँव में स्थित 'मदरसा अहल–ए–अब्स–उल–फ़र्ज़ा–उल–बिलादात–उल–अरेबिया' का एक शिक्षक मदरसे के पीछे झाड़ियों में एक सफ़ेद रंग की बकरी के साथ अन्तरंग करते हुए रँगे हाथों पकड़ा गया था। जब पंचायत में उससे पूछा गया कि वह ऐसी घिनावनी हरकत क्यों कर रहा था तो उसका जवाब था– "बकरी मेरी स्वर्गीय पत्नी के समरूप है। मुझे ऐसा लगता है, मेरी पत्नी की आत्मा बकरी में निहित है।"

यह जवाब सुनकर लोग देर तक हँसते रहे।

सरपंच मदरसे के प्रशासन समिति का सदस्य था और शिक्षक को पसन्द भी करता था। उसन बीस–पच्चीस मिनट 'बकरियों का सामाजिक जीवन में महत्त्व' पर भाषण दिया। इस भाषण से ऊबकर तीन–चार

सदस्य पंचायत मंच पर ही सो गये। भीड़ की दिलचस्पी भी इस विषय में कम हो गयी तो वे एक–दूसरे का हाल–चाल पूछने और दैनिक जीवन पर बातें करने लगे। सरपंच ने किसी मंझे हुए राजनीतिज्ञ की तरह भीड़ पर एक नज़र दौड़ायी और अपना अन्तिम वाक्य कहा– "मेरी पत्नी चार साल पहले मरी ....मैं पत्नी से जुदाई का दर्द समझ सकता हूँ।"

शिक्षक ने माफ़ी माँगी। मामला दब गया।

तीन दिन बाद माबादमोर्फो के तट पर एक सफ़ेद बकरी का शव मिला। उसका सर ग़ायब था।

O

पास–पड़ोस के लोग जब असरार से मिलने आते तो वह उनसे दिल खोलकर मिलता। एक पड़ोसन की लड़की जो अब सातवीं कक्षा की छात्रा थी, तीन–चार बार अलग–अलग बहानों से उसके घर के चक्कर काट चुकी थी। असरार की उसमें कोई दिलचस्पी नहीं थी। जब वह यहाँ रहता था तब भी कई बार असरार से मिलने का प्रयास किया था, लेकिन तब भी असरार को वह एक मासूम बच्ची ही लगी थी। मग़रिब (सूरज डूबने के समय) की नमाज़ से कुछ देर पहले पड़ोसन ने उसे पुकारा। जब वह पड़ोसन के घर से लौटा तो हैरान था। वहाँ जमीला मिस का फ़ोन आया था। उसने माँ को बताया। माँ ने उसे सूचित किया कि दो दिन पहले जमीला मिस बाज़ार में मिली थीं तब उसने मिस को सूचना दी थी। उसने माँ से कहा कि वह रात खाने पर शायद देर से आयेगा। जमीला मिस ने बुलाया है। मग़रिब की नमाज़ के बाद वह चाचा के घर गया। चाची के साथ दस–पन्द्रह मिनट गपशप करता रहा, फिर वहाँ से मिस के मकान की ओर निकल गया। मिस के घर के पास पहुँचकर उसके पैर रुक गये। उसने जामुन के पेड़ को एक नज़र देखा। आम के उस पेड़ के तने को देखा जो पिछली बारिश में उस रात गिर गया था, जिस रात मिस और उसके बीच के सभी पर्दे अचानक उठ गये थे। वे एक–दूसरे के लिए केवल पुरुष और महिला बन गये थे। पुरुष और महिला का एक–दूसरे से जो असल सम्बन्ध है, उस सम्बन्ध में बिना किसी वचन, उद्देश्य

और विधान के शामिल हो गये थे। पुरुष और महिला अपने रसायन में एक–दूसरे की आवाश्यकता हैं। इसके अलावा जो कुछ है, वह सभ्यता की यात्रा है। एक ऐसी यात्रा, जिसने पुरुष और महिला के सम्बन्ध के आधार को निर्बल करने का सफल प्रयास किया है। इसके बावजूद पुरुष और महिला जीवन में पल भर के लिए ही सही, अपने मूलभूत सम्बन्ध की खोज में जुट जाते हैं। कभी–कभी ये पल एक दिन, एक सप्ताह, एक साल या कई सालों पर आधारित होता है। असरार और जमीला मिस के बीच फ़िलहाल यह सम्बन्ध था। इस सम्बन्ध की रुचि दोनों के मध्य थी। उसने दरवाज़ा खटखटाया। जमीला मिस ने दरवाज़ा खोला। उसे देखकर मिस का चेहरा खिल गया। उसने मुस्कुराते हुए फ़्लैट में प्रवेश किया। जमीला ने दरवाज़ा बन्द किया और वहीं खड़ी रहीं। वह मिस के सामने खड़ा था। मिस ने हाथ बढ़ाकर बटन दबाया। ट्यूब लाइट बन्द हो गयी। मिस दीवार से लगकर खड़ी हो गयी। वह आगे बढ़ा। मिस के माथे पर हाथ रखा। वह चुम्बन लेना चाहता था कि उसने देखा, मिस रो रही हैं। उसकी समझ में नहीं आया कि क्या करे या क्या कहे। उसने धीमी आवाज़ में पूछा– "क्यों रो रही हैं आप?"

मिस ने कोई जवाब नहीं दिया। उसके गालों पर गर्म आँसुओं की दो रेखाएँ बह रही थीं। असरार ने उन रेखाओं को अपनी हथेलियों से मिटाते हुए दुबारा कहा– "सर के साथ झगड़ा तो नहीं हुआ?" उन्होंने कोई जवाब नहीं दिया। असरार ने पहले उनके माथे पर फिर उनकी पलकों पर चुम्बन किया। उनकी आँखों को अपनी जीभ से प्यार कया। उनके कन्धे पर हाथ रखकर पूछा– "बता ना, क्यों रो रही है?" यह वाक्य कहते ही उसे अनुभव हुआ कि पहली बार उसने मिस को सम्बोधित करते हुए 'हैं' के स्थान पर 'है' का प्रयोग किया था। जमीला मिस ने उसे अपनी बाँहों में भरते हुए कहा– "मैं तुमसे प्यार करती हूँ।" जमीला मिस ने भी पहली बार असरार के लिए 'तुम' का उपयोग किया था।

"अरे, इसमें रोने की क्या बात है? मैं भी आपसे प्यार करता हूँ' उसने कहा। इस छोटे–से वाक्य को कहने के बाद एक अजीब ख़याल उसकी आत्मा में करवट लेने लगा। उसकी आत्मा ने उसके दिल से कहा कि वह झूठ बोल रहा है। यहीं से उसके मन में यह सवाल उठने लगा था कि प्यार क्या है? उसने तुरन्त अपनी इस स्थिति पर नियन्त्रण पा लिया।

जमीला मिस ने कहा कि जो प्यार करते हैं, वे एक–दूसरे के बारे में चिन्तित रहते हैं, जबकि उसने मुम्बई जाने के बाद केवल एक बार फ़ोन किया था। उसने सोचा कि इस परिस्थिति के कारण मिस को यह लग रहा है कि वह प्यार नहीं करता है। उसने मिस की सभी शिकायतों को सुना और कान पकड़कर कहा कि दुबारा शिकायत का मौक़ा नहीं देगा। मिस को उसका कान पकड़ना अच्छा लगा। उसने मिस को गले लगाया।

बीस–पच्चीस मिनट उन्होंने बात की। इस बीच जमीला मिस ने उसे मिठाई खिलायी, चाय पिलायी और शरबत के लिए पूछा। खाने पर रुकने का आग्रह किया, लेकिन उसने कहा कि घर में कुछ रिश्तेदारों के साथ खाना है। वे दोनों खिड़की के पास खड़े हो गये। बादल छँट गये थे। चाँद आसमान में चमक रहा था। उन दोनों को वह रात याद आयी जब उनके बीच असंख्य परदे विद्यमान थे।

"जमीला मिस, क़यामत थी वह रात।" उसने अतीत की याद के परिणामस्वरूप कहा।

"हाँ, नोच कर रख दिया था तूने मेरे को" मिस ने मुस्कुराते हुए कहा।

असरार ने मिस की आँखों में आँखें डालकर देखा। उनकी आँखें परस्पर एक–दूसरे पर केन्द्रित रहीं और इस एकाग्रता में एक तरह की चुप्पी थी। इस चुप्पी में वे दोनों कुछ समय तक डूबे रहे। आख़िरकार उसने दूसरे दिन मुलाक़ात का वादा किया। मिस ने मुस्कुराते हुए उसे विदा किया।

दूसरे दिन सुबह नौ बजे वह मुहम्मद अली वनु के घर गया। मुहम्मद अली ने एक बॉक्स में कुछ पार्सल भेजा था। असरार के घर से दस–पन्द्रह मिनट की दूरी पर मुहम्मद अली का मकान था। मुहम्मद अली के घर के दरवाज़े को जब उसने खटखटाया तो एक चालीस–पैंतालीस साल की सुन्दर महिला ने स्वागत किया। महिला ने मुस्कुराते हुए कहा, "अली ने फ़ोन पर बताया था तू आने वाला है" उसने घर में प्रवेश किया। दो क़दम आगे बढ़ा था कि उसे याद आया, वह चप्पल उतारना भूल गया है। वह शर्मिन्दा हुआ। उसने चप्पल बाहर उतारे और फिर कमरे में गया।

सामने तीन–चार कुर्सियाँ रखी हुई थीं। वह बैठ गया। एक लड़की काँच के गिलास में पानी लेकर आयी। यह लड़की उसकी सम आयु थी। सुन्दर महिला ने कहा– "अली की छोटी बहन सायरा" उसने सलाम किया। जवाब देकर लड़की किचन में चली गयी। सुन्दर महिला ने असरार से मुम्बई और मुहम्मद अली के बारे में कुछ सवाल किये, जिनके उसने जवाब दिए। इसी बीच सायरा चाय ले आयी। सुन्दर महिला ने बताया कि मुहम्मद अली के पिता तट पर गये हुए हैं। कुछ महीनों से वह एक नाव पर खलासी के रूप में कार्यरत हैं। चाय पीने के बाद सुन्दर महिला ने असरार से उसकी माँ के बारे में पूछा। असरार ने विस्तार से अपने ख़ानदान और अपनी माँ के बारे में बताया तो बड़ी ख़ुशी से उस महिला ने बताया कि उसकी माँ से उसकी सलाम–दुआ है। मछली मार्किट में कभी–कभी मिला करती हैं। उसने कहा, उसे इस बात का ज्ञान नहीं था। सुन्दर महिला ने बताया कि ग्राम पंचायत के स्कूल में वह और उसके पिता सहपाठी थे। यह सुनकर उसे बहुत ख़ुशी हुई। बातों की प्रकृति अब बदल गयी थी। उसी समय स्कूल की ड्रेस में दो लड़कियों ने कमरे में प्रवेश किया। सुन्दर महिला ने असरार को बताया कि ये अली की बहनें, मरियम और रुख़साना हैं। दोनों अंग्रेज़ी माध्यम में सातवीं कक्षा में पढ़ती हैं। असरार को उन्होंने सलाम किया। उसी समय फ़ोन की घण्टी बजी। महिला ने शो–केस के कोने में रखे हुए फ़ोन का रिसीवर उठाया और बात करने लगी। मुहम्मद अली का फ़ोन था। महिला ने दो मिनट बात की और असरार को सम्बोधित कर के कहा कि अली तुमसे बात करना चाहता है। असरार ने फ़ोन पर बात की। मुहम्मद अली ने ज़ोर दिया था कि दोपहर का खाना वह उसके घर खाये। उसकी ज़िद के सामने असरार की एक न चली।

मुहम्मद अली के घर वाले बेतकल्लुफ़ थे। बातचीत के समय असरार को ज्ञात हुआ कि सुन्दर महिला का नाम रेहाना बेगम है और वह मुहम्मद अली के पिता की दूसरी पत्नी है। पहली पत्नी से मुहम्मद अली और सायरा थे, रेहाना बेगम से मरियम और रुख़साना, लेकिन रेहाना बेगम के व्यवहार और मेल–जोल का परिणाम था कि बच्चों को आपस में सौतेलेपन का अहसास भी न होता था। जोहर(मध्याहन के समय) की नमाज़ के बाद सबने साथ मिलकर खाना खाया। असरार ने सुरमई मछली और

बोमील फ्राई जी भर खाया। विदाई पर एक छोटा–सा पार्सल रेहाना बेगम ने मुहम्मद अली के लिए दिया। असरार ने पार्सल बगल में दबाया और सलाम करके घर से निकला। आसमान पर दुबारा बादल घिर रहे थे। हवा नमकीन थी। कुछ लोग अपने घरों में आराम कर रहे थे। रास्ते की दुकानें बन्द थीं। एक पान–बीड़ी की दुकान खुली थी। दुकान के पास उसके स्कूल का एक शिक्षक खड़ा था। असरार ने सलाम किया। दो मिनट बातचीत करके आगे बढ़ गया।

असरार जब घर पहुँचा, उसकी माँ की आँख लग गयी थी। वह भी एक ओर लेट गया।

शाम से ही सम्बन्धियों ने डेरा डालना शुरू कर दिया। मनोरंजक क़िस्से–कहानियों का दौर रहा। छोटी–छोटी घटना को क़िस्से–कहानियों में बदलकर सुनाने में माबादमोर्फ़ो के लोग दक्ष थे। असरार ने अपने एक सम्बन्धी को रेहाना बेगम की उदारता और मेल–जोल के बारे में बताया। सम्बन्धी ने भी रेहाना बेगम की बहुत प्रशंसा की और साथ ही मुहम्मद अली की स्वर्गीय माँ के बारे में कुछ बातें बतायीं। जिसे सुनकर वह हैरान और निराश हुआ। धीरे–धीरे मायूसी ने उसे घेर लिया। वह कष्ट का अनुभव करने लगा। उसे मुहम्मद अली के जीवन और व्यक्तित्व में बहुत सारी विरोधाभासी तथ्य दिखायी देने लगे। उसे यह अनुभव हुआ कि मुहम्मद अली के दिल पर गहरा घाव है, जिसे वह मुम्बई की आवारगियों में भुलाने का प्रयास करता है। इस ख़याल के साथ ही मुहम्मद अली उसके मन से ओझल हो गया और वह अपने बारे में सोचने लगा। क्या उसके दिल में भी अस्पष्ट यादों का कोई टुकड़ा ऐसा था जिसे वह पूरी तरह से देखने या अनुभव करने में अक्षम था या फिर समय ने उस अस्पष्ट टुकड़े को इतना अस्पष्ट बना दिया था कि अब असरार उन यादों के विषय में सन्देह में घिर गया था। वह अपने बारे में विचार करने का प्रयास करता, लेकिन हर बार उसका मन किसी दूसरे विचार की ओर चला जाता। वह देर तक ख़ुद से बात करता रहता और जब यह संवाद टूट जाता तो सोचता, वह इस बात पर क्यों विचार नहीं कर पा रहा है, जिस बात पर वह विचार करना चाहता था। वह ख़ुद को एक गुत्थी में बदला हुआ महसूस करता, लेकिन यह गुत्थी अभी बहुत अधिक जटिल हो गयी थी इस जटिलता के सभी छोर एक–दूसरे में उलझ चुके थे।

इस बात को यूँ भी समझा जा सकता है कि उसका दिल एक तख़्ता था, जिस पर एक पंक्ति लिखी हुई थी, लेकिन समय के ग़र्द–गुबार ने लेख को अपठनीय कर दिया था। वह उस लेख के बारे में जितना विचार करता और अपनी याददाश्त में असल पाठ को जितना ताज़ा करने का प्रयास करता, वह पाठ ....। वह पाठ जो, आत्मा की पीड़ा का कारण था, अधिक धुँधलाता चला जाता। उसके व्यक्तित्व की यह त्रासदी उसे पीड़ित करती, लेकिन अपनी इस समस्या को वह पूरी तरह ख़ुद समझ नहीं पाता। उस दिन भी उसके साथ ऐसा ही कुछ हुआ था।

रात नौ बजे सबने खाना खाया।

कुछ देर बाद उसने अपने परिजनों से कहा कि कुछ दोस्त उसका इन्तज़ार कर रहे हैं। वह उनसे मिलने के लिए जा रहा है। माँ से उसने कहा, अगर वापस आने में देरी होगी तो किसी दोस्त के घर रुक जायेगा।

वह घर से निकला तो उसका दिल बुझा हुआ था। उसके क़दम धीरे–धीरे जमीला मिस के घर की ओर बढ़ रहे थे।

उसका दिल बार–बार उससे पूछ रहा था कि मनुष्य विश्वासघात क्यों करता है?

यह एक जानलेवा सवाल था। यह सवाल उसके मन में ऐसे उभरता, जैसे कोई शार्क मछली समन्दर की सतह पर उभरती है। सवाल के बोझ तले वह अपनी आत्मा को डूबता हुआ महसूस करता। उसकी आँखों की ऊर्जा इस सवाल की कठोरता से फ़ीकी पड़ जाती और वह देर तक चारों ओर की वस्तुओं को उनकी मूल स्थिति में देखने की क्षमता खो देता। वह ख़ुद को इस सवाल के फैलाए हुए अँधेरे में मिटता हुआ महसूस करता। माना कि वह कोई दिया नहीं था जिसे आँधी बुझा देती। इसके बावजूद, उस जानलेवा सवाल द्वारा जन्मे अँधियारे में वह सायं–सायं करती हुई आँधी को अपने अस्तित्व के आस–पास उठता हुआ महसूस करता था। आमतौर पर जब यह सवाल उसके मन में उभरता, अवधि तीन–चार मिनट से अधिक नहीं होती, लेकिन यह तीन–चार मिनट इतने लम्बे होते कि मौत–सी स्थिति का कारण बनते। यह भी अजीब बात है कि ऐसी स्थिति के अन्त में हर बार वह ख़ुद से यह कहता कि उसका दिल एक साधारण–सा पन्ना है, जिस पर बहुत सारी अपठनीय बातें लिखी हुई हैं। देर तक वह अपने दिल पर लिखे हुए अतीत के लेख को पढ़ने का प्रयास

करता और यह अनुभव करता कि दिल सरकंडों के जंगल में परिवर्तित हो चुका है, जिसके अन्दर घुसना आसान नहीं। दिल का सरकंडों के जंगल में परिवर्तित हो जाने का विचार असरार के व्यक्तित्व को विशिष्टता भी प्रदान करता था क्योंकि माबादमोर्फ़ो के इतिहास में पहले किसी ने नहीं विचार किया था कि दिल सरकंडों के जंगल में परिवर्तित हो सकता है। वह देर तक इस कल्पनिक सरकंडों के जंगल में भ्रमण करता और फिर अपने बचाव में एक नये तर्क को जन्म देता। जब ख़ुद से बात करना ख़त्म होता, तब वह ऐसा वाक्य कहता जो उसे उस परिस्थिति के चंगुल से मुक्ति दिलाता।

जमीला मिस के मकान की सीढ़ियाँ शुरू हुईं तो उसके मन में ख़याल आया– "जमीला मिस भी तो अपने शौहर से बेवफ़ाई कर रही हैं।"

इस ख़याल पर वह मुस्कुराया। एक पल के लिए वह रुक गया। वह मुड़ा और उसने पीछे देखा। वहाँ कोई नहीं था। उसका साया भी नहीं था। उसने सोचा, कभी–कभी साया भी ग़ायब हो जाता है। साये का ख़याल उसके मन में आया तो अचानक जाने कहाँ से उसके मन में अपनी एक नयी तस्वीर उभरी। उसने अपनेआप को पसन्द किया। अपनी परछाईं से उसने कहा– "जमीला मिस की बेवफाई में वो भी शामिल था। बेवफाई एक सिलसिल है।"

जमीला मिस के दरवाज़े तक पहुँचते–पहुँचते वह इस निष्कर्ष पर पहुँचा कि "विश्वासघात मनुष्य की प्रकृति है, बल्कि प्रकृति का सबसे महत्त्वपूर्ण तत्व है।"

जमीला मिस के साथ रात गुज़ारकर उसके दुःख में कुछ कमी हुई। इस कमी का एक कारण यह था कि उसके मन में एक नये ख़याल ने करवट ली थी, जिसे हम इस प्रकार कह सकते हैं कि 'विश्वासघात इच्छाओं की प्राप्ति का माध्यम है।"

O

इस बार माबादमोर्फ़ो में निवास के समय कई सारे गम्भीर सवाल उसके सामने खड़े हुए। उनके जवाब वह अपने अन्दर खोजता रहा।

उसका दिल एक उपजाऊ भूमि थी, जिस पर अस्पष्ट अवधारणाएँ सार्थक स्थिति अपनाती थीं। यूँ भी यहाँ वह बहुत सारे अस्पष्ट मानवीय सम्बन्धों की प्रासंगिकता से परिचित हो चुका था। एक विशेष प्रकार की परिपक्वता, वह अपने भीतर महसूस करने लगा था। जमीला मिस के साथ अपने सम्बन्ध की प्रकृति पर कई बार विचार–विमर्श करने और दिल पर अतीत के लिखे हुए धुँधले लेखों के अहसास ने उसे एक नवपुरुष में बदल दिया था।

मैं अपनी बात का मफ़हूम दूसरा चाहूँ

मुम्बई के दोस्तों और खोली के शोरगुल ने सप्ताह भर में असरार को उस खाई से बाहर निकाल लिया, जिसमें वह अचानक गिर गया था।

कभी–कभार विचार और आशंकाएँ केकड़े और बिच्छू बनकर उसकी छाती पर रेंगने का प्रयास करते, लेकिन थकान और नींद का नशा उसे विचारों और आशंकाओं के भय से रिहायी दिलाते थे।

इस स्थिति में दिन बीतते रहे।

कई दिनों से बारिश नहीं हुई थी।

मुम्बई के आसमान पर बादल मँडराते, कुछ देर ठहरकर शहर का दर्शन करते और किसी दूसरी दिशा को निकल जाते। मूसा पटेल हांगकांग गये हुए थे। मुहम्मद अली दफ़्तर के काम से शहर के किसी दूसरे भाग में और असरार काउंटर पर था। अब वह कीमती पत्थरों के गुणों और रंग आदि से परिचित हो चुका था। ग्राहकों को निपटाने का ढंग भी उसे आ गया था। ग्राहक हीरे ख़रीदें न ख़रीदें, असरार की बातचीत से प्रभावित अवश्य हुआ करते। मूसा पटेल ने इस बात को सबसे पहले महसूस किया था।

दोपहर के तीन बज रहे थे। असरार चाय की चुस्कियाँ लेते हुए अपने साथियों से गपशप कर रहा था। इसी बीच अरब सागर की दिशा से बादल उठे और देखते ही देखते शहर पर छा गये। सूरज ग़ायब हो गया। शहर में अँधेरा छा गया। काले अम्बर में विद्युत प्रवाह दौड़ती तो मुम्बई की भूमिगत नालियों में चुप सो रहे झींगुर सरसराते और यहाँ–वहाँ भागने लगते। मुम्बई के फुटपाथ के बिलों में जीवन बिताने वाले चूहों ने बादलों को शहर पर नृत्य करते देखा और सब एक साथ सड़कों से ग़ायब हो गये। चूहों की आवाज़ में कोई सन्देश था जिसे कबूतरों, चीलों, कोयलों और फ़ाख़्ताओं ने पढ़ लिया था। तेज़ हवाएँ चलने लगीं और पेड़ मदहोश होकर झूमने लगे। असरार की दुकान हाज़ी अली दरगाह के पास थी। मौसम के परिवर्तन को देखते हुए असरार के मन में आया कि वह छुट्टी लेकर कुछ देर टहले और फिर कमाठीपुरा जाकर शान्ति से मुलाक़ात करे। कई बार उसने सोचा था कि वह शान्ति से मुलाक़ात करेगा लेकिन, हर बार किसी न किसी कारण उसका मिलना टल जाता। उसने निश्चय किया कि आज वह अवश्य शान्ति से मिलेगा। उसने मुहम्मद अली को फ़ोन करके बताया कि वह आज जल्दी निकल रहा है। मुहम्मद अली ने कहा– "कोई बात नहीं, तू जा। मैं थोड़ी देर में दुकान पर पहुँच रहा हूँ।"

असरार दुकान से बाहर निकला। दाहिने हाथ की सड़क हाज़ी अली की दरगाह की ओर जाती थी। सड़क पर कार और बसें रेंग रही थीं। उसने एक नज़र आसमान की ओर देखा। गगनचुम्बी इमारतों के कारण आकाश का एक आयताकार हिस्सा ही वह देख सकता था। उसे ऐसा लगा कि ऊपर फैला आकाश, आकाश नहीं बल्कि एक काली चादर है। इस चादर पर गहरे काले धब्बे थे। ये काले धब्बे बहुत तेजी से नृत्य कर रहे थे, लेकिन ज़मीन पर से देखने पर ऐसा लग रहा था कि उनकी गति बहुत धीमी है। अरब सागर से अतिरिक्त बादलों के टुकड़े आकर उस काली चादर में एकीकृत हो रहे थे। बादलों के ये टुकड़े, टुकड़े न होकर वास्तव में कई किलोमीटर क्षेत्र में फैले, उड़ते हुए तालाब थे।

उसने रास्ता पार किया। सामने एक इलेक्ट्रॉनिक्स की दुकान में टेलीविज़न के स्क्रीन पर उसकी नज़र पड़ी। उसने दुकान के बाहर खड़े होकर ध्यानपूर्वक पढ़ा। 'मुम्बई समेत पूरे राष्ट्र में भारी वर्षा की सम्भावना!' वह मुस्कुराया। उसका यह अनुभव था कि जब भी भारी वर्षा

की भविष्यवाणी होती थी, बारिश रुक जाती थी। उसने अभी कुछ दिन पहले ही ग्रांट रोड से एक काले रंग की छतरी ख़रीदी थी। छतरी बगल में दबाए वह हाजीअली की दरगाह की ओर चल पड़ा।

सिग्नल के सामने दुकानों पर लोग शरबत पी रहे थे। वहीं से एक रास्ता समन्दर में उतरता है। एक किलोमीटर से कुछ कम, इस रास्ते पर चलते जाइये तो हाजीअली की मज़ार के दर्शन होते हैं। इस छोटे–से रास्ते के किनारों पर सूफ़ी जैसे फ़कीर, विवश, लफँगे, बाबा टाइप लोग, विकलांग और बदनसीब लोग दिखायी देते हैं। छोटे बच्चे बच्चियाँ, जवान औरतें, बूढ़े, आवारा और दाढ़ी वाले लोग अल्लाह और बाबा हाजीअली का नाम लेकर भीख माँगते हैं। असरार ने सड़क के किनारे खड़े होकर वर्ली तक फैलते हुए बादलों को देखा। समन्दर की दीवार पर बैठे दर्शकों और आवारा मनचलों को ठहाके लगाते हुए देखा। एक मूँगफली बेचने वाला उसके सामने आया। उसने दस रुपये की मूँगफली ख़रीदी और दरगाह की ओर जाने वाले रास्ते की ओर चल दिया। उसे आश्चर्य हुआ कि आज दरगाह तक जाने वाले रास्ते में भिखारी कम थे। समन्दर का पानी उतरा हुआ था। दरगाह के पीछे बहुत दूर तक बड़े–बड़े पत्थर दिखायी दे रहे थे। उसके पीछे समन्दर पीला रंग धारण किये दिखायी दे रहा था।

असरार मज़ार के पास एक कोने में घुटनों के बल बैठ गया। ठण्डी हवाओं में अगरबत्ती और लोबान की बहुत हल्की ख़ुशबू घुली हुई थी। गुलाब और मोगरा के फूलों की ख़ुशबू को अलग से महसूस किया जा सकता था। उसने सर पर रूमाल बाँधा, अपने पिता को याद किया और उनकी मुक्ति के लिए प्रार्थना करने लगा। दरगाह के अन्दर भक्त प्रार्थना कर रहे थे। औरतें जिनकी मुरादें पूरी हुई थीं, खुश–खुश दिख रही थीं। एक–दो लोग कुरान के पाठ में व्यस्त थे। बुर्क़ा पहने दो औरतें मज़ार के बाहरी क्षेत्र में बैठकर दुआ माँग रही थीं। एक महिला बाहरी भाग में सीना पीट रही थी और एक जवान आदमी एक ओर खड़ा ख़ुश्क आँखों से रो रहा था। उसका रोना उसके गले को भारी कर रहा था और उसके दिल की धड़कनें बढ़ गयी थीं। शायद बहुत गहरा सदमा उसकी आत्मा पर बोझ बना बैठा था, जिसकी पीड़ा से उसकी आँखें सूख गयी थीं। असरार चुपचाप सब देख रहा था। दरगाह के प्रांगण की ओर गर्दन करके उसने देखा, काले बादल अब पूरे शहर पर फैल गये थे।

हालाँकि उसे इस बात का ज्ञान नहीं था कि ठीक उसी समय दादर, अँधेरी, मलाड, बोरीवली, मीरारोड, कुर्ला, चेम्बूर और मुम्ब्रा के अलावा शहर के अन्य क्षेत्रों में मूसलाधार बारिश हो रही थी। सांताक्रूज मिलन सब–वे में तो पानी जमा होना शुरू हो गया था।

आकाश में बिजली कौंधी और समन्दर में दूर गिरती हुई महसूस हुई। उसकी आँखें चुँधियायीं। उसने आँखें बन्द कीं और फिर खोलीं तो सहेन में उसे एक लड़की दिखायी दी। सफ़ेद सलवार और कुर्ता पहने लड़की के बालों के जूड़े में दो गुलाब के फूल थे। होंठों पर लाल रंग की लिपस्टिक की तह थी और पलकों के दोनों किनारों पर हरे रंग का काजल था। कानों में बालियाँ लटक रही थीं। उन बालियों को देख असरार को लगा, इस नमूने की बालियाँ उसकी दुकान में भी हैं। बालियों में दो क़ीमती हीरे थे। असरार को अहसास हो गया कि यह किसी अच्छे परिवार की लड़की है। उसके चेहरे की बनावट पर असरार की निगाहें ठहरीं तो बहुत देर तक अन्य वस्तुएँ नज़रों से ओझल हो गयीं। बाहर रिमझिम बरसात हो रही थी। सूरज काले–भूरे बादलों के ऊपर अपनी तेज़ी के साथ चमक रहा था, लेकिन उसका प्रकाश मुम्बई के आसमान से ग़ायब हो चुका था। दरगाह के प्रांगण में भी हल्का अँधेरा था और इस अँधेरे में लड़की का चेहरा वास्तव में आकर्षक लग रहा था। उसके चेहरे पर ताज़गी, शान्ति और आत्मविश्वास था। लड़की रिमझिम बारिश से आनन्दित हो रही है। बारिश की फुहार उसके निखरे हुए चेहरे पर फैल गयी।

उसके हाथ में एक सफ़ेद रंग का बैग था, जिस पर बहुत महीन नक्काशी थी। सफ़ेद बैग पर गुलाबी और गहरे गुलाबी रंग की बेलें आकर्षक लग रही थीं। लड़की दरगाह की दीवार से लगकर खड़ी हो गयी। शायद वह समन्दर को देख रही थी जो बहुत दूर पीले रंग में बदला हुआ नज़र आ रहा था। लड़की ने अपने हाथों से चेहरे पर जमी पानी की बूँदों को साफ़ किया और मुड़कर दीवार पर थोड़ा–सा झुक गयी। उसकी कमर और पीठ को असरार देखता रहा। अचानक बादल गरजे और तेज़ हवाओं के साथ ज़ोरदार बारिश शुरू हो गयी। असरार को ऐसा लगा कि अब लड़की प्राँगण से लगकर बने चबूतरेदार परिसर में शरण लेगी या जिसके साथ होगी, वह छतरी लेकर आयेगा और वह चली जायेगी। दरगाह के प्राँगण और मज़ार के चारों ओर कम लोग दिखायी दे रहे थे।

मज़ार से लगकर बैठे लोग ख़ुद में मग्न थे। असरार ने एक नज़र मुड़कर मज़ार की ओर देखा। एक ओर से अगरबत्ती का धुआँ दायरे बनाता हुआ ऊपर की ओर उठकर छत की दीवार से आर–पार हो रहा था। मज़ार पर बिखेर ताज़ा फूलों की ख़ुशबू का एहसास बढ़ गया था और एक विशेष प्रकार की प्रेरणा स्थिति असरार के दिल में जाग्रत हुई। उसने नज़रें झुकाईं और तीन बार सूरह इख़लास (कुरान की एक आयत) पढ़कर अपने चेहरे पर हाथ फेरे। दस मिनट बीत गये। तेज़ बारिश की आवाज़ उसके कानों में शोर मचा रही थी। उसने मुड़कर दुबारा आंगन की ओर देखा, जहाँ कुछ देर पहले वह लड़की दिखायी दी थी। उसे लगा था कि अब वहाँ कोई नहीं होगा, लेकिन उसके आश्चर्य की सीमा नहीं रही जब उसने देखा कि लड़की वहीं मौजूद है। इस बार वह दोनों हाथ हवा में उठाये मज़ार को देखते हुए मानो दुआ कर रही थी। उसका बदन बारिश में भीग रहा था। दो मिनट असरार हैरान उसे देखता रहा। हैरानी के अलावा दृश्य की सुन्दरता ने उसे गूंगा कर दिया था। मूसलाधार बारिश में वह दुनिया की सबसे सुन्दर लड़की दिखायी दे रही थी। अब बारिश मुम्बई के अधिकांश क्षेत्रों में रुक गयी थी, लेकिन वर्ली, हाजीअली और मुहम्मद अली रोड से लेकर चर्चगेट क्षेत्र में बादल बरस रहे थे। मिलन सब–वे में पानी भर गया था और अधिकांश क्षेत्रों में वाहनों की गति धीमी पड़ गयी थी।

कैलेंडर के हिसाब से 22 सितम्बर फॉल एक्वीनॉक्स (Fall Equinox) का दिन था।

'प्राचीन काल और विशेषताः मिस्र की सभ्यता के इतिहास में फॉल एक्वीनॉक्स को प्रकटीकरण का समय कहा जाता है। इस रोज़, दिन और रात के बीच समान समय का विभाजन होता है और रात से पहले का समय मौत और अँधेरे से सम्बोधित होता है। इस समय की एक व्याख्या यह भी है कि हर वस्तु को जन्म से पहले मर जाना है। प्रकाश से पहले अँधेरे से गुज़रना है।

उक्त पाठ चोर बाज़ार में बूढ़े मौलाबख़्श ने 'किताब–उल–हिकमत बैन–उल–आफ़ाक़' से पढ़ी और बहुत देर तक उस पर विचार करता रहा।

अब दिन को मरकर अँधेरे के गर्भ में शरण लेने और अँधेरे को मौत के रूप में बदलने में कुछ समय शेष था। बारिश मूसलाधार हो रही थी। असरार उस लड़की को ख़ुद में गिरफ़्तार, आस–पास के वातावरण से

अनजान और अपनी इच्छाओं में मग्न अनुभव कर रहा था। उसने किसी को इस प्रकार दुनिया और लोगों से अनजान नहीं देखा था। उसके मन में ख़याल आया कि कहीं यह पागल या किसी वशीकरण से पीड़ित तो नहीं है। "नहीं! ऐसा कैसे होगा, कोई पागल यूँ बन–ठनकर कहाँ रहता है?" उसने अपने आप से कहा। असरार ने महसूस किया कि लड़की के चेहरे पर मुस्कान और ख़ुशी है। उसने सोचा, सम्भव है, लड़की को बारिश में पहले इस प्रकार मग्न होकर भीगने का मौक़ा नहीं मिला होगा। इस तरह के अनगिनत ख़याल उसके मन में पैदा होते और मर जाते।

"विचार मरता नहीं है। विचार अनुपस्थिति से अस्तित्व में आता है और अनुपस्थिति में हमेशा जीवित रहता है।" चोर बाज़ार में बुज़ुर्ग से सूफ़ी ने कहा।

असरार खड़ा हुआ। कोने में रखी छतरी ली। आंगन के दरवाज़े की ओर छतरी का मुँह किया और छतरी खोल दी। जब लड़की के सामने पहुँचा, ठीक उसी समय सूरज डूबा। दिन और रात समान रूप से विभाजित हुए। उस समय मुम्बा देवी अपने मन्दिर में नहीं थी। एक पल में उन्होंने अरब सागर को पार किया और बलूचिस्तान के तटीय क्षेत्र ग्वादर से होकर वह ईरानी इलाके 'चाहबहार' पहुँची। ग्वादर से चाहबहार सात सौ बीस किलोमीटर की दूरी पर स्थित है, लेकिन मुम्बा देवी पलक झपकते वहाँ पहुँच गयी। चाहबहार ईरान की एक तटीय पट्टी है जहाँ से चालीस किलोमीटर दूर 'एनकी' (**Enki**) (एनकी का अर्थ पृथ्वी का भगवान) का एक मन्दिर है जिसे पारसियों की एक जनजाति ने पन्द्रह सौ वर्षों से गुप्त रूप से सुरक्षा प्रदान कर रखी है। इस मन्दिर में हज़ारों साल पुरानी एक प्रतिमा है, लेकिन पारसियों ने मूर्ति को सात भागों में विभाजित कर रखा था। कट्टरपन्थी व्यक्तियों या राज्य कर्मचारियों के आगमन पर वे उनके भाग अलग–अलग स्थानों पर छुपा दिया करते थे। यह जनजाति हमेशा सुनसान और जंगली क्षेत्रों में रहती थी। उसकी अपनी एक दैवी किताब थी, जिसका बहुत सारा पाठ ज़ुबूर (एक धार्मिक किताब) से समानता रखता था। एनकी के पास आत्मा व सभ्यता और सभी जादुओं का ज्ञान था। एनकी को भूमिगत स्वच्छ पानी का भगवान भी माना जाता था और मुम्बा देवी जिसने केवल खारे पानी पर गुज़ारा किया था, उसे स्वच्छ मीठे पानी में कुछ समय बिताने की चाहत थी।

कहते हैं कि नम्मो जो एनकी की माँ है उसका दर्शन भी मुम्बा देवी कर चुकी है। नम्मो बहरीन में रहा करती थी, जहाँ अरब सागर का पानी ईरान की खाड़ी के नमकीन पानी में मिलता है। पानी के इस मिश्रण को सिमरी भाषा में 'नम्मो' कहा जाता था। एनकी के बारे में यह भी कहा जाता है कि उसने अपनी बेटी ननसार के साथ सम्बन्ध स्थापित किये और अपनी बेटी की बेटी ननकोररा से भी सम्बन्ध रहा। एनकी के इस अन्तरंग सम्बन्धों का कारण उसके अस्तित्व का अकेलापन बताया जाता है।

एनकी वास्तव में मिट्टी और पानी के सम्बन्ध से रूप लेने वाले जीवन का प्रतीक थी और मुम्बा देवी को एनकी की बेटियों से उनकी कहानियाँ सुनने की मनोकामना थी। एनकी ने मुम्बा देवी से कहा था कि वह हर फॉल एक्वीनॉक्स के दिन आये। एक दिन ऐसा आयेगा जब शाम ढल जायेगी और लाल चन्द्रमा रात में आकाश में दिखायी देगा। उस दिन उसकी सारी बेटियाँ उसके सामने होंगी।

"जिस दिन सूर्य पूरी तरह अँधेरे में डूब जायेगा और दिन व रात समान रूप से वितरित होंगे, उस रात चाँद पूरी तरह से लाल होगा। यह दिन प्रलय का पहला दिन होगा, लेकिन यह नहीं कहा जा सकता कि प्रलय का कार्यकाल कितने हज़ार साल का होगा?"

जब उक्त पंक्तियों को मौलाबख्श ने चोर बाज़ार में अपने छोटे–से कमरे में एक कोने में बैठकर पढ़ा तो भय की एक लहर उसके सीने में दौड़ गयी।

ख़ौफ़ की लहर असरार के सीने में भी दौड़ गयी थी जब वह उस लड़की के सामने जाकर खड़ा हो गया। उसने बग़ैर कुछ कहे, अपनी छतरी उसके सर पर फैलाई। लड़की ने उसकी ओर देखा तो उसकी साँस थम गयी। उसे लगा, लड़की उसे फटकार लगाएगी। वह चुप रहा। लड़की उसकी नज़रों से नज़रें मिलाये उसे देख रही थी। बारिश के साथ तेज़ हवाओं का प्रवाह था। हवा के बहाव में एक मन्द संगीत था। असरार और उस लड़की को न बारिश याद थी, न हवा के बहने का अहसास था और न वे उस संगीत को सुन रहे थे जो हवा के प्रवाह में था। वे केवल एक–दूसरे को देख रहे थे।

असरार ने महसूस किया कि लड़की की आँखों में लगा हरे रंग का काजल बह गया है। उसकी लाल लिपस्टिक बारिश में लगातार भीगने

से मिट गयी थी। इसके बावजूद उसके होंठ लाल और रसीले दिखायी दे रहे थे। आँखें ज़्यादा बड़ी नहीं थीं, लेकिन उन आँखों में एक जादुई आग जल रही थी। एक शक्ति थी। एक चुम्बकीय आकर्षण था। असरार ने सोचा, वह माफी माँगते हुए लड़की से सवाल कर सकता है कि वह बरसात में क्यों भीग रही है? अचानक तेज़ हवा का झोंका आया और असरार की छतरी उलट गयी। तेज़ हवा के दबाव में वह छतरी पर झुक गया और छतरी के तारों को ठीक करने का प्रयास करने लगा। उसे ज़मीन पर झुककर छतरी के साथ गुत्थमगुत्था देखकर लड़की हँस पड़ी। असरार ने मुड़कर लड़की की ओर देखा, फिर दोनों हाथों से छतरी सँभाली और खड़ा हो गया।

"माफ़ करना, तुम्हें देखकर मैं शॉक में पड़ गया था।" असरार ने लड़की की आँखों में देखकर कहा।

लड़की ने कुछ नहीं कहा।

"मतलब, इतनी देर से तुम बारिश में भीग रही थीं। मैं दरगाह के अन्दर से देख रहा था।" असरार ने दूसरा वाक्य कहा।

लड़की ने कुछ नहीं कहा।

उसकी चुप्पी से असरार थोड़ा लड़खड़ाया। अपनी बौखलाहट छुपाते हुए उसने कहा– "सोचा आपको बोलूँ, बरसात आज बढ़ने वाली है।"

"अच्छा?" लड़की ने कहा।

"आपके घर के लोग अन्दर हैं, तो बुला दूँ?" असरार ने बात आगे बढ़ाते हुए कहा।

"मैं अकेली हूँ।" एक पल रुककर उसने अपने वाक्य को ठीक किया और कहा– "मेरा मतलब है, मेरे साथ कोई नहीं है।"

"टी.वी पर बताया है आज बारिश रुकने वाली नहीं है।" असरार ने बताया।

"टीवी पर क्या यकीन करना?" लड़की ने कहा।

"ये बात भी है, मेरे को भी टी.वी पर इतना भरोसा नहीं।" असरार ने कहा। लड़की के दो–तीन वाक्यों ने उसके साहस को बढ़ाया। उसने लड़की से कहा कि सूरज डूब चुका है। बारिश थमने का नाम नहीं ले रही है। वह रुकेगी या घर जायेगी? लड़की ने असरार को बताया कि जब वह उसके सामने आया, उसी समय वह दरगाह से निकलने का विचार

कर रही थी। इतना कहने के बाद लड़की ने कहा– "मैं तो डर गयी थी। मुझे लगा, कोई जिन्न छतरी लेकर आया है।"

'अरे, दरगाह में जिन्न कैसे आ सकता है?" असरार ने मुस्कुराते हुए कहा।

"पाक जिन्न तो आते हैं।" लड़की ने आत्मविश्वास से जवाब दिया।

असरार ने उसकी 'हाँ' में 'हाँ' मिलायी।

बारिश रुक गयी थी।

वे दोनों दरगाह की चौखट से बाहर आये और समन्दर को पाटने वाले रास्ते पर चल पड़े। असरार ने अपनी छतरी बन्द कर दी थी। लड़की ने उसे बताया कि फ़ोर्ट क्षेत्र में उनकी इत्र की दुकान है। इस बीच असरार ने अपना संक्षिप्त परिचय प्रस्तुत किया और बताया कि वह निकट ही एक शॉपिंग मॉल में कृत्रिम रत्न और क़ीमती पत्थरों की दुकान में नौकरी करता है। लड़की ने चलते–चलते उसे बताया कि उसने इरादा किया है, वह हर शनिवार दर्शन के लिए आयेगी।

"लेकिन आज तो बुद्धवार है।" असरार ने कहा।

वह मुस्कुरायी और उसने कहा– "आज तुम मिलने वाले थे ना?"

असरार ने समझा, उसने उपहास किया है। लड़की ने बताया कि आज वह यहाँ एक ख़ास वजह से आयी थी। कुछ देर बाद दोनों मुख्य सड़क पर पहुँचे। पुनः तेज़ बारिश शुरू हुई। असरार ने छतरी खोली और लड़की के सर पर फैलायी। लड़की ने कहा– "आज भीग लो, फिर जाने कब बारिश में मुलाक़ात हो?" बात को पूरी करते हुए उसने असरार की ओर देखा। असरार ने छतरी बन्द करते हुए कहा– 'तुम बहुत डिफरेंट लगती हो।"

"तुम भी।"

"अरे मैं तो एकदम नार्मल हूँ।"

"तो क्या मैं नार्मल नहीं हूँ?"

"नहीं नहीं मेरा मतलब आप....।"

लड़की उसकी बौखलाहट पर मुस्कुरायी। वह चुप हो गया। दोनों ने रास्ता पार किया। लड़की ने बताया उसका नाम हिना है। असरार ने भी अपना नाम बताया और अपने गाँव के बारे में कुछ बातें बतायीं। हिना उसकी ओर देख रही थी। उसको अपनी ओर आकर्षित देखकर असरार को लगा, शायद वह अनावश्यक रूप से गाँव की बात कर रहा है। वह चुप हो गया। अब असरार के पास बात करने के लिए कोई और विषय नहीं था। वह चुप था, लेकिन हिना उसकी आँखों में झाँक रही थी। उसने भी हिना की आँखों में देखा, किन्तु नज़रें तुरन्त दूसरी ओर फेर लीं। हिना की नज़रों में निश्चित रूप से कोई बात थी, जिसका सामना करना उस समय आसान नहीं था। एक और बात जो असरार के दिल में स्थान बना रही थी, वह यह थी कि हिना की आँखों में जो आकर्षण है, उसका अगर उसने कुछ देर सामना किया तो वह उसकी आत्मा पर छा जायेगी। उसके दिल पर हिना की आँखों से निकलने वाली उर्जा का असर पड़ रहा था। वह प्रयास के बाद भी हिना से आँखें नहीं मिला पा रहा था। दो मिनट इस अनिश्चित स्थिति में बीत गये। एक टैक्सी बस स्टॉप के पास आकर रुक गयी। हिना टैक्सी में बैठ गयी। टैक्सी में बैठकर दरवाज़े के पास खड़े असरार से उसने कहा– "अच्छा लगा।"

"मैं शनिवार को दरगाह पर आऊँगा।"

"मुझे मालूम है।"

"क्या मालूम है?"

"तुमसे फिर मिलना है।" हिना ने बिना किसी हिचकिचाहट के धीरे–से कहा।

उसके चेहरे पर हल्की–सी मुस्कान थी, असरार भी मुस्कुराया। टैक्सी रेंगते हुए आगे बढ़ गयी। असरार वहीं खड़ा रहा। हिना के अस्तित्व की ख़ुशबू वह अपने चारों ओर और बरसात की बूँदों में अनुभव कर रहा था। वह देर तक वहीं खड़ा रहा। उसका दिल ख़ाली था। मन शान्त था। बारिश में भीगता रहा। बारिश की बूँदों की ख़ुशबू हिना की ख़ुशबू की तरह थी। इस ख़ुशबू को नौ महीने, तीन सप्ताह और कुछ दिन बाद वह फिर उसी भावना से अनुभव करने वाला था। उस दिन हिना को अपने इन अनुभव में जोड़ते हुए वह कहने वाला था– "तेरे बदन की ख़ुशबू बारिश की बूँदों की ख़ुशबू की तरह है।"

वह दिन असरार और हिना के जीवन का अन्तिम दिन था।

आधे घण्टे बाद असरार बस में सवार हुआ। नागपाड़ा से कुछ पहले वह बस से उतरा। वहाँ से पैदल चलता हुआ वह शान्ति के कमरे पर गया।

शान्ति दरवाज़े पर खड़ी महिलाओं से बातें कर रही थी। उसने लाल रंग का ब्लाउज़ और धानी रंग का लहँगा पहन रखा था। असरार ने उसे पहचान लिया था। शान्ति पास आयी। उसे ध्यान से देखा। उसे पिछली मुलाक़ात याद आयी। असरार पहले की तुलना में अब स्वस्थ हो गया था। शान्ति ने उसकी तरफ़ देखते हुए कहा, "कितने टाइम के बाद आया, रे?"

"हां! नयी नयी नौकरी थी।"

"हम लोगइच फ्री हैं?" शान्ति ने मुँह बनाते हुए कहा।

"सच में, बहुत झमेला था।" असरार ने कहा।

"तेरा लास्ट टाइम मेरे को बहुत याद आया बाद में।" शान्ति ने बिस्तर की ओर जाते हुए कहा।

"मैं भी तेरे को याद किया था।"

"चल झुट्टे।" शान्ति ने कहा। इससे पहले कि वह कुछ कहता, शान्ति ने फिर कहा– "फोकट में फेकम–फाक मत कर।"

"क़सम से" असरार ने गर्दन हिला कर मनाने वाले अन्दाज़ में कहा।

"शाणे....काए को झूठी कसम खाता है? बॉम्बे की हवा लगी लगता है तेरे को भी।" बिस्तर पर बैठते हुए शान्ति ने कहा।

"तू मान या मत मान, मैं एक बार तेरे को सपने में भी देखा।" असरार ने आत्मविश्वास के साथ कहा।

"चल ठीक है, मान लेती हूँ।" इतना कह कर शान्ति ने असरार का हाथ पकड़कर उसे बिस्तर पर बिठाया और पर्दा नीचे सरकाया।

"बारिश में भीगेला हूँ। बताना भूल गया।" असरार ने क्षमा माँगने वाले अन्दाज़ में कहा। कमरे के बाहर और कमरे के अन्दर रौशनी कम होने के कारण शान्ति ने भी यह बात महसूस नहीं की थी। शान्ति खड़ी हो गयी। असरार बैठा रहा। शान्ति की वापसी तक हज़ारों ख़याल उसके मन में पैदा हुए। टूटी–फूटी विकृत दीवार की गन्ध ने उसके अन्दर निराशा को जन्म दिया। इसी बीच हिना का चेहरा उसके मन में प्रकाशित हुआ।

उसने अच्छा महसूस किया। शान्ति ने एक तौलिया उसे देते हुए कहा, 'बाथरूम में जाकर हाथ–मुँह धो ले" और पर्दा पुनः ऊपर कर दिया था। असरार ने तौलिया ले लिया, लेकिन उसे बाथरूम की ओर जाने में झिझक महसूस हो रही थी। वह चुप खड़ा रहा। इसी बीच सामने वाले बिस्तर से माधुरी निकली और शीघ्र ही बाथरूम की ओर चली गयी। उसे बाथरूम की ओर जाते देखकर शान्ति ने तौलिया असरार के हाथों से लिया और कहा– "रहने दे...चल बैठ।"

असरार बैठ गया। शान्ति ने पर्दा गिरा दिया। बिस्तर पर असरार के सामने घुटनों के बल बैठकर शान्ति ने उसके कपड़े उतारे और तौलिए से उसका सीना पोंछा। असरार ने खड़े होकर पैंट उतारी। पैंट की जेब से पर्स निकला और सौ–सौ के दो नोट शान्ति को दिए। शान्ति ने एक नोट तकिए के नीचे रखा और एक नोट गद्दे के नीचे एक कोने में रखा। शान्ति उसकी ओर देखकर मुस्कुरायी। वह भी मुस्कुराया। इस मुस्कान में शान्ति सिर्फ़ एक वेश्या नहीं थी और असरार केवल एक ग्राहक नहीं था। उनके बीच सम्बन्ध की एक प्रकृति थी, जिसे पहली मुलाक़ात में दोनों ने अनुभव किया था। शान्ति ने उसकी कमर और घुटनों को साफ़ किया। शान्ति को इस तरह तौलिए से अपने शरीर को पोंछते हुए देखकर असरार के दिल में एक विचित्र भावना पैदा हो रही थी। वह तुरन्त बैठ गया। उसने शान्ति की आँखों में झाँक कर देखा और कहा– "बस–बस...इतना कोई करता है क्या?"

"तू मेरा कस्टमर नहीं है रे।"

"तो ....?" वह कहते–कहते रुक गया। थोड़ी देर बाद उसने जो कुछ कहा वह सुन कर शान्ति वास्तव में हैरान हो गयी।

उसने शान्ति को बताया कि पिछले चार–पाँच साल से वह कई बार एक तरह का सपना देखता आया है। उस सपने ने हर बार उसे दुःख पहुँचाया है। उसे लगता है, इतना गन्दा सपना दुनिया में उसके अलावा कोई नहीं देखता होगा। कई बार सपने में यह भेद खुल जाता है कि वह स्त्री कौन थी जो उसके साथ रूप बदल–बदल कर सम्भोग करती है, उसे प्यार करती है। असरार ने बताया कि इस सपने के कारण वह डिस्टर्ब रहता है। आँख खुलने के बाद देर तक उसके दिल में दर्द होता है। उसका दिल रोने के लिए तड़पता है। शान्ति उसकी बातें सुनकर गूंगी

हो गयी थी। जब वह चुप हो गया तो शान्ति ने कहा, "तूने उसको माफ़ कर दिया है जिसके कारण तेरी आत्मा घायल हुई थी?"

शान्ति की बात सुनकर असरार अचम्भित था। उसने सोचा, उसके दिल का सबसे गहरा भेद शान्ति को कैसे ज्ञात हो सकता है? वह उसकी आँखों में देखता रहा। इससे पहले वह कुछ पूछता, शान्ति ने बताया कि वह भी ऐसे सपने देखती रही है और देखा करती है। इन सपनों में उसका पिता उसे दिखायी देता है। एक दिन यह बात उसने वेश्यावृत्ति में लिप्त महिलाओं के लिए काम करने वाली एक डॉक्टर और समाजसेवियों को बताई थी। शान्ति को समाजसेवियों ने बताया था कि सपने में अपने निकटतम सम्बन्धियों के साथ अन्तरंग इस बात का प्रतीक है कि हमारे दिल और आत्मा को हमारे सबसे निकटतम लोगों ने ही पीड़ा पहुँचाई है, लेकिन हमने उन्हें क्षमा कर दिया है। हमें उनसे कोई शिकायत नहीं है। विवरण सुनने के बाद असरार लेट गया। शान्ति उसके चेहरे पर झुक गयी। उसने असरार के होंठों का चुंबन किया। शान्ति ने पहली बार किसी ग्राहक के होंठों का चुम्बन किया था। इस चुम्बन में एक दर्द का अनुभव था। यह दर्द एक व्याकुलता पैदा करता था। शान्ति उसके बराबर लेट गयी। दोनों ने करवट बदलकर देर तक एक–दूसरे को देखा। दोनों चुप रहे। दोनों अपनी–अपनी आत्मा की तलछट में उदास भी थे। दोनों की आत्मा पर घाव था। दोनों घाव देने वाले को शायद माफ कर चुके थे। इसके बाद भी यह घाव उनके दिल की अँधेरी कोठरी में कभी–कभी स्रावित होता था। दिल की कोठरी में अनदेखा घाव वर्षों स्रावित होता रहे तो आत्मा उदास हो जाती है।

आधे घण्टे बाद शान्ति ने कहा– "भूलना सुकून देता है। माफ करने से शान्ति मिलती है।"

असरार ने पलकें झुकाकर स्वीकार किया।

रात ग्यारह बजे जब वह शान्ति के कमरे से बाहर निकला तो बारिश रुक गयी थी। सड़क पर जमा मटमैले पानी में सिगरेट के बट्स, फूली हुई बीड़ियाँ, सड़े हुए फलों के टुकड़े, सिगरेट के ख़ाली पैकेट, कागज़ के टुकड़े, प्लास्टिक के कप और पेय पदार्थों की खाली बोतलें तैर रही थीं। असरार ने दोनों हाथों से पैंट को ऊपर किया और मटमैले पानी में चलता हुआ रोड तक पहुँचा। रोड पर कई गड्ढे थे, जिनमें बरसात का पानी जमा था।

असरार ने एक गड्ढे में पैर धोया। उसकी चप्पल में माचिस की एक तीली फँस गयी थी। उसने चप्पल पैर से निकाली। पैर साफ़ किये। पैरों की उँगलियों में फँसा हुआ कीचड़ भी निकल गया। उसकी चप्पल पानी में तैरने लगी। उसने दो–तीन बार पैरों तले चप्पल दबाये तो चप्पलों पर लगा हुआ कचरा और माचिस की तीली भी निकल गयी। उसने दुबारा चप्पल पहन ली। उसे प्यास का शदीद अहसास हुआ। वहीं सड़क के पास एक छोटा–सा रेस्टोरेंट था। रेस्टोरेंट के काउंटर पर एक दाढ़ी वाला आदमी बैठा हुआ था। आदमी कपड़े और चेहरे से धार्मिक दिखायी दे रहा था। असरार ने सलाम किया और कहा– "एक बोतल बिसलेरी देना।"

आदमी ने एक नौकर को आवाज़ दी। एक बारह–तेरह साल के लड़के ने फ्रिज से पानी की बोतल निकाली और असरार को दी। असरार ने क़ीमत चुकाई और पानी पीता हुआ बस–स्टॉप के पास पहुँचा जहाँ तीन चार टैक्सियाँ खड़ी थीं। असरार टैक्सी में बैठ गया। टैक्सी चलने लगी तो ठण्डी हवाएँ उसके चेहरे को सहलाने लगीं। उसने मुँह खोलकर साँस लिया। ठण्डी हवा ने उसके सीने में एक तरह की ताज़गी भर दी। ताज़ा होते ही उसे वह पल याद आया जब हिना ने टैक्सी में बैठकर उसकी ओर देखा था। उसने सोचा, हिना की आँखों में ऐसा क्या था कि उस समय उसका सामना करने की शक्ति उसके अन्दर नहीं थी। इस सवाल का जवाब उसके पास नहीं था। हिना के साथ हुई बातचीत को उसने याद करने का प्रयास किया। विदा होने के समय से लेकर दरगाह के प्राँगण में उस पर पड़ने वाली पहली नज़र तक, हर दृश्य उसकी आँखों के सामने ऐसे बीता जैसे वह किसी फ़िल्म को रिवर्स देख रहा हो। हिना कौन थी? कैसे वह एक अजनबी लड़की के सामने जाकर खड़ा हो गया? उसके अन्दर इतनी हिम्मत कहाँ से आ गयी थी जो उसने अपनी छतरी उसके सर पर फैला दी? उसे डर क्यों नहीं लगा कि हिना के सम्बन्धी वहाँ मौजूद होते तो उसकी पिटाई कर देते। इस तरह के सवाल उसके मन में पैदा हो रहे थे। टैक्सी जे.जे. सिग्नल पर रुक गयी। बरसात के कारण मुम्बई से उपनगरों की ओर जाने वाली सड़क पर बहुत ट्रैफ़िक था। उसने टैक्सी से बाहर झाँककर देखा। जे.जे. सिग्नल के सामने वाले रेस्टोरेंट में लोग सींक–क़बाब खा रहे थे। उसने सोचा, यहाँ इतनी बारिश के बाद भी लोग घरों में बैठकर खाना क्यों नहीं खाते या आराम क्यों नहीं करते?

सिग्नल खुल गया, टैक्सी मुहम्मद अली रोड की ओर मुड़ गयी।

हिना फिर से उसके मन के क्षितिज पर उभर आयी। उसने सोचा बड़ी निडर लड़की थी, निःसंकोच। क्या निःसंकोच बात करने वाली लड़कियाँ अच्छी होती हैं? अपने इस सवाल पर उसने कुछ देर विचार किया तो ख़ुद से कहा– "कोई अच्छे से बात करे तो उसका ग़लत मतलब नहीं लेना चाहिए।" इस तरह ख़ुद से बात करने से उसे सन्तोष नहीं हुआ। उसने ख़ुद से पूछा, क्या हिना को देखकर उसके मन में कोई विशेष भावना जाग्रत हुई थी? क्यों हिना को देखकर उसे चुप्पी–सी लग गयी थी? उसने सोचा, हिना को अतराफ़ के माहौल से बेगाना, बरसात में भीगते हुए देखकर वह प्रभावित हुआ था या हिना की सुन्दरता में कोई ऐसी बात थी जिसने उसकी नज़रों को उपस्थित व्यक्तियों और वस्तुओं से परे कर दिया था। आख़िर वह क्यों उसके सामने जाकर खड़ा हुआ? उसने क्यों अपनी छतरी उसके सर पर फैलायी? उसने ख़ुद से पूछा– हिना से बातें करते समय उसके मन में असंख्य विचार कहाँ से आ रहे थे? उसे देखने की लालसा उसके दिल में क्यों थी? क्या उसे घण्टों चुपचाप, उसके चेहरे का दीदार करने की लालसा नहीं थी? क्या हिना के चेहरे में वह अपने चेहरे का ज्यादा निखरा रूप महसूस नहीं कर रहा था? उसको देखकर हिना को भी अपरिचित होने का अहसास क्यों नहीं हुआ? क्यों हिना ने उससे बातें करने में दिलचस्पी दिखाई? क्या हिना प्रत्येक अजबनी से इसी तरह बातें करती होगी? वह सवालों के भँवर में था। सवालों के भँवर अब उसे उसके व्यक्तित्व के अधिक गहरे कुएँ की ओर आवाज़ देते कि टैक्सी वाले ने ब्रेक लगाई। असरार टैक्सी से उतरा और जमात की खोली की ओर बढ़ गया।

नुक्कड़ पर पान की दुकान के पास मुहम्मद अली खड़ा था।

असरार खोली की ओर बढ़ रहा था, लेकिन उसके दिल और दिमाग़ में हिना से संवाद जारी था। वह बार–बार उसके चेहरे को अपनी आँखों के सामने चित्रित करने का प्रयास कर रहा था। मुहम्मद अली उसके पास आया और उसने कहा– 'अबे, किधर चला गया था? कब से वेट कर रहा हूँ?"

असरार मानो सपने से जाग उठा। उसने मुहम्मद अली की तरफ़ देखा और कहा– "यार...। यार, बस...घूम रहा था।"

कुछ देर वे दोनों वहाँ खड़े रहे जब मुहम्मद अली पान खा चुका तो दोनों खोली की ओर चलने लगे। इस बीच असरार ने उसे बताया कि दफ़्तर से निकलने के बाद वह हाजीअली गया था। वहाँ कुछ देर बैठा रहा। मग़रिब (शाम की नमाज़ का समय) के बाद कमाठीपुरा में माधुरी के अड्डे पर गया जहाँ शान्ति के साथ टाइम पास किया। मुहम्मद अली ने उसके कन्धे पर हाथ रखकर कहा, "खाली टाइम पास किया, या ली भी उसकी?" असरार मुस्कुराया। असरार को मुस्कुराते हुए देखकर मुहम्मद अली ने कहा– "चलता है यार, एन्जॉय कर, लेकिन खोली में बोल मत किसी को।" पागल समझा है क्या, जो बोलूँगा" असरार ने कहा।

दोनों ने खोली में प्रवेश किया।

बिस्तर पर असरार को राहत महसूस हुई। उसने चादर सर पर फैलाई और आँखें बन्द कर लीं। पलकें बन्द होते ही उसके सामने हिना बरसात में भीग रही थी। वह आँखें बन्द किये उसे देखता रहा। एक पल के लिए भी वह आँखें खोलना नहीं चाहता था। वह जादुई बारिश में हिना को अपने आप में मग्न, भीगते हुए देखकर बहुत ख़ुश था। देर तक वह उसे भीगते हुए देखता रहा। यहाँ तक कि उसकी आँख लग गयी। शरीर की थकान के कारण या दिमाग़ पर बहुत अधिक दबाव के कारण नींद एक गहरे समन्दर में बदल गयी, इस नींद में सिर्फ़ अँधेरा था जिसमें सूकून था।

तेरी ख़बर न कुछ अपना ही अब पता चाहूँ

शनिवार की सुबह पाँच बजे असरार की आँख खुल गयी।

एक–एक दिन हज़ार वर्षों जैसा लम्बा गुज़रा था। घड़ी की सूईयाँ उसे ठहरी हुई प्रतीत होती थीं।

गुरुवार और शुक्रवार को उसकी दशा वस्तुतः अन्य थी। वह बार–बार हिना को अपनी नज़रों के सामने देखने का प्रयास करता, जिसके कारण उसका सम्बन्ध मौजूद लोगों से कट जाता। दुकान में भी यही स्थिति थी। एक दोपहर, मुहम्मद अली उसकी ओर दस–पन्द्रह मिनट चुपचाप देखता रहा। उसने यह महसूस किया कि असरार जहाँ है, वहाँ मौजूद नहीं है। इस अलगाव को देखकर उसे ऐसा लगा, सम्भव हो कि असरार किसी कारणवश परेशान हो। कुछ देर बाद चाय का एक कप असरार की ओर बढ़ाते हुए उसने कहा– "कोई परेशानी है तो मेरे को बोल।"

इस अप्रत्याशित सवाल पर असरार ने पहले तो कुछ नहीं कहा, लेकिन चाय के दो घूँट पीने के बाद कहा– "कुछ नहीं यार, बस शान्ति को याद कर रहा था।"

मुहम्मद अली ने उसकी बात पर विश्वास कर लिया।

असरार को अनुभव हुआ कि उसकी स्थिति दूसरों पर व्यक्त हो रही है तो वह सतर्क हो गया। उसने अपनी स्थिति पर पर्दा डालने का प्रयास किया। वह सबसे बातें करने लगा, अनावश्यक बातें, जैसे– नयी फ़िल्में कौन–सी रिलीज हो रही हैं? किस हीरो का चक्कर किस हीरोइन

के साथ चल रहा है? राजनीति में क्या हो रहा है? 'जमुना का सामना' अख़बार में किस तरह की ख़बरें प्रकाशित हो रही हैं इत्यादि। जब वह खोली में होता तो उस्मान की पुस्तकों के पृष्ठों को उलटता–पुलटता रहता। विशेषतः काव्य संग्रह से अपना जी बहलाता। एक किताब उसे पसन्द आयी जिसे उसने बार–बार पढ़ा। कई पंक्तियाँ उसके दिल की स्थिति को व्यक्त करती थीं। पंक्तियों में कोई शब्द कठिन लगता तो वह हैदर या उस्मान से अर्थ पूछ लेता।

गुरुवार की रात वह मुहम्मद अली के साथ मूसा पटेल के घर गया। वापसी के समय उसने मुहम्मद अली से कहा कि वह शनिवार को हाज़ी अली जाने के लिए दफ़्तर से आधा घण्टा पहले निकल जायेगा। मुहम्मद अली ने उसे कनखियों से देखते हुए पूछा– "सच बोल साले, दरगाह पर जाने का है या शान्ति के पास?"

असरार ने सीधे हाथ की उँगलियाँ नरखरे पर रखते हुए कहा– 'क़सम से दरगाह पर, शान्ति के पास जाना होता तो बोलता न?"

"मूसा भाई भी बाबा को बहुत मानते हैं।" मुहम्मद अली ने मुस्कुराते हुए कहा।

"अच्छा!" असरार ने हैरानी से कहा।

"क्यों मालूम है?" मुहम्मद अली ने सवाल किया।

"नहीं यार।" असरार ने कहा।

मुहम्मद अली ने कहा, मूसा भाई ने एक बार बताया था कि बाबरी मस्जिद के गिराए जाने के बाद जब मुम्बई में दंगा हुआ था। तब वह गुज़रात से मुम्बई आ रहे थे। छह जनवरी को अचानक लफड़ा शुरू हो गया। डोंगरी, पायधुनी, नागपाड़ा, ताड़देव, माहिम, धारावी, निर्मलनगर, चेम्बूर और खेरवाड़ी में तोड़–फोड़ शुरू हो गयी। उस दिन, रात नौ बजे के आसपास मूसाभाई की गाड़ी माहिम और बांद्रा के बीच में थी। रास्ते पर दंगाई लोग पुलिस के सामने अपने लोगों पर हमला कर रहे थे। असरार आश्चर्यपूर्ण नज़रों से मुहम्मद अली को देख रहा था। मुहम्मद अली ने पलक झपकाई, एक पल के लिए साँस ली और फिर कहा– "मूसा भाई ने बताया कि उनके सामने चार–पाँच लोगों को कार में से निकालकर सड़क पर नंगा करके तलवारों से काट दिया गया।" उस समय एक पुलिस कांस्टेबल भी हाथ में तलवार लेकर हमला करने वालों में शामिल था। मूसाभाई को कुछ समझ में नहीं आया। उन्होंने तुरन्त बाबा का नाम

लिया और दिल में मन्नत माँगी। उसी समय वहाँ मीडिया की एक गाड़ी आयी। गाड़ी के अन्दर से तीन आदमी उतरे और सड़क पर ख़ून से लथपथ लोगों की फ़ोटो लेने लगे। मूसाभाई ने उनमें से एक को पहचान लिया जो उनकी दुकान पर कई बार आ चुका था। उसका नाम वाघमारे था। मूसा भाई को भी वह अच्छी तरह पहचानता था। मूसा भाई कार से उतरे और उसकी ओर बढ़ गये। उसने मूसाभाई को अपनी ओर आते हुए देखा तो जान–बूझकर उसने कहा– "अरे रमेश तू क्या कर रहा है इधर?"

मूसाभाई उसके संकेत को समझ गये। वह बोले "काम से आया था। अभी घर जाने का है।"

वाघमारे ने मूसाभाई को कार में बैठाकर बताया कि दंगा पूरे शहर में फैल गया है। शहर की ओर जाना, जान जोख़िम में डालने के बराबर है। मूसाभाई ने कहा, "माहिम दरगाह के पास एक दोस्त याकूब उमर रहता है। उसके घर उन्हें मीडिया की गाड़ी में पहुँचा दिया जाये।" वाघमारे तैयार हो गया। उसने मूसाभाई से कहा कि उनकी गाड़ी वह अपने घर ले जायेगा। तीन–चार दिन बाद वह आकर ले जायें। यदि जगह पर छोड़ देंगे, तो दंगाई जला देंगे। मूसाभाई ने उसे चाभी थमा दी। वाघमारे ने उन्हें माहिम दरगाह गली तक पहुँचाया जहाँ अपने लोगों की आबादी थी। सड़क पर सन्नाटा छाया हुआ था और तीन–चार दुकानों में आग लगी हुई थी। मूसा भाई फ़राहीम कासकर की बिल्डिंग में घुस गये। ऊपर जाने तक वाघमारे बिल्डिंग के सामने खड़ा रहा। ऊपर जाकर खिड़की से उन्होंने हाथ हिलाया, तब वाघमारे वहाँ से निकला। मूसाभाई के साथ उस समय खिड़की में याकूब भाई भी थे। मूसाभाई की जान बच गयी। दूसरे दिन भी वह याकूब भाई के घर में ही रहे क्योंकि दंगा कुर्ला, देवनार, बान्द्रा, वाकोला से लेकर जोगेश्वरी तक फैल गया था। आठ जनवरी को तो समस्या और बढ़ गयी। मूसा भाई बोलते हैं कि जोगेश्वरी में अनुराधाबाई चाल में आग लगाने की अफ़वाह फैली जिसमें कुछ लोग बोलते थे कि छह लोग मरे। एक असहाय लड़की भी जलकर मर गयी। यह बात आग की तरह फैल गयी और जहाँ–जहाँ तक ख़बर पहुँची, आग अपने साथ ले गयी। पायधुनी, डोंगरी, जोगेश्वरी, एम.आर.एत्र मार्ग, वी.पी. रोड, डी.बी. मार्ग, गावदेवी, नागपाड़ा, आगरीपाड़ा, भायखला, कालाचौकी, वर्ली, दादर, माहिम, धारावी, कुर्ला, नेहरू नगर, घाटकोपर, विक्रोली, डी. एन. नगर में लोग ख़ून की होली खेलने लगे। पायधुनी में एक दरगाह,

जोगेश्वरी में एक क़ब्रिस्तान जबकि भायखला, माहिम में मज़ार तोड़े गये। पुलिस आयुक्त पर पायधुनी में देसी बम फेंका गया, जिसमें सौभाग्य से वह बच गया। दो सप्ताह शहर में लूटपाट हुई, ख़ून–ख़राबा हुआ। मूसा भाई माहिम में फँसे रहे। उसी समय याकूब भाई के दफ़्तर को भी दंगाइयों ने जला दिया, जिससे उन्हें आघात पहुँचा।

वह बार–बार कहता था– "जो लोग मेरी दुकान जलाए, मैं उन लोगों का गेम नहीं बजाया तो मेरा नाम नहीं।"

दंगों के दिनों का विवरण चुपचाप सुनने के बाद असरार ने कहा– "यार, ये याकूब उमर कहीं वो तो नहीं'?"

मुहम्मद अली ने उसे देखा और कहा– 'हाँ, अल्लाह उन्हें जन्नत (स्वर्ग) नसीब करे। बदला नहीं लेते तो अभी तक फटी रहती अपुन लोग की।"

असरार ने कुछ नहीं कहा। वह चुप हो गया।

उस रात असरार ने सपने में मुम्बई को जलते हुए देखा। हर तरफ़ आग की लपटें अपनी जीभ फैला रहीं थीं। एक सड़क पर वह ख़ून से लथपथ गिरा हुआ था। अभी उसकी आत्मा निकलने वाली थी कि इसी बीच सन्नाटे को चीरते हुए एक ओर से हिना उसके पास आयी। पास पहुँचकर उसकी आँखों में आँखें डालकर देखा।

अचानक सपने में उसकी हालत बदल गयी थी।

अब ख़ून केवल उसकी एक आँख से बह रहा था। हिना ने अपने बालों के गुच्छे से एक लाल गुलाब का फूल निकाला और असरार की उस आँख पर रख दिया। असरार ने अनुभव किया कि उसकी आँख पर गुलाब का फूल रखते ही ख़ून का बहना बन्द हो गया और आँख ठीक हा गयी है। उसने दोनों आँखों से हिना की ओर देखना चाहा, लेकिन उस समय वह वहाँ मौजूद नहीं थी। एक चमकदार धुआँ चारों ओर फैला हुआ था। कुछ देर बाद सपने में उसने देखा, उसका शरीर बहुत कोमल हो गया है और वह बादलों के बीच उड़ रहा है। वह जिस दिशा में जा रहा है, उस ओर अँधेरा है।

शुक्रवार के दिन उसने कई बार इस सपने को याद करना चाहा लेकिन यह सपना उसे याद नहीं आया। उसे केवल इतना याद था कि हिना ने उसकी आँखों पर गुलाब का एक लाल फूल रखा था।

शनिवार की सुबह पाँच बजे उसकी आँख खुल गयी थी।

बिस्तर पर देर तक वह हिना को याद करता रहा। अटकलें लगाता रहा कि आज वह किस रंग के कपड़े पहनेगी? दरगाह में कहाँ दिखायी देगी? वह कैसे उसे सम्बोधित करेगा? किन–किन विषयों पर बात करेगा? वह सवाल बनाता रहा। फिर यह भी सोचने लगा कि इन सवालों के जवाब हिना क्या देगी?

पूरा दिन उसने घड़ी की सूइयों की ओर देखते हुए बिताया। उसे ऐसा लग रहा था, जान–बूझकर सूइयाँ धीरे–धीरे घूम रही हैं। पाँच मिनट होने में जितना समय लग रहा था, इतने समय में साधारण दिनों में एक घण्टा बीत जाता था। उसने तीन बार अपनी जेब से 'मोगरा' नामक इत्र निकालकर अपनी कमीज़ पर लगाया कि कहीं जल्दबाज़ी में वह भूल न जाये। खोली से सुबह वह दाँत साफ़ करने का ब्रश भी ले आया था। दोपहर के खाने के बाद उसने बाथरूम में जाकर ब्रश भी किया। प्रत्येक घण्टे बाद वह बालों में कंघी करता। तीन–चार बार आईने में अपनी सूरत देख चुका था। उसकी दाहिनी आँख के ऊपर एक छोटा–सा मुहांसा था। उसने तीन–चार बार नाख़ून की नोक से उसे मिटाने का प्रयास किया, लेकिन वह दुष्ट और उभर आया। इस बीच जब भी मुहम्मद अली से उसका सामना होता, उसे लगता, कहीं मुहम्मद अली उसकी व्याकुलता भांपकर कोई कठोर वाक्य न कह दे, लेकिन ऐसा नहीं हुआ। मुहम्मद अली अपने काम में व्यस्त था।

अपना काम ख़त्म करने के बाद असरार चार–पाँच मिनट असमंजस में पड़ा रहा फिर मुहम्मद अली के सामने जाकर खड़ा हो गया। साढ़े पाँच बज रहे थे। असरार ने एक नज़र घड़ी की ओर देखा और कहा– "जल्दी खोली पर आ जाना। कहीं घूमने चलेंगे।"

'इंशा अल्लाह!' कहकर असरार दुकान से बाहर निकल गया।

मौसम सामान्य था। हवाओं में नमी थी। उसने रास्ता पार किया और पान की दुकान से एक विक्स कैंडी लेकर मुँह में रख ली ताकि बातचीत

के दौरान उसके मुँह से अच्छी ख़ुशबू आये। उसे याद आया, उसकी जेब में वह काग़ज़ है जिस पर उसने कुछ पंक्तियाँ लिख रखी थीं। उसने वह काग़ज़ निकाला और फुटपाथ पर चलते हुए पढ़ने लगा। इन पंक्तियों ने उसके दिल में एक नशा पैदा किया। दरगाह अब उसके सामने थी। उसने काग़ज़ को मोड़कर फिर से जेब में रख लिया और इरादा किया कि जल्द ही एक छोटी–सी डायरी ख़रीदेगा, जिसमें वह अपने पसन्द की पंक्तियों को लिखेगा। उसने समन्दर को देखा और अनुमान लगाया कि समन्दर का पानी उतर रहा है।

वह दरगाह में पहुँच गया। आज भीड़ अधिक थी। आंगन में जिस स्थान पर हिना को उसने पहली बार देखा था, वह वहाँ नहीं थी। उसने दरगाह के अन्य भागों में उसे खोजा। वह कहीं नहीं थी। उसके चेहरे पर निराशा फैल गयी। वह उस स्थान पर दीवार से लगकर बैठ गया जहाँ हिना बारिश में खड़े होकर भीग रही थी। वहाँ से उसने उस स्थान को देखना चाहा जहाँ से उसने हिना को बरसात में भीगते हुए देखा था। लेकिन अब मज़ार और आंगन की दीवार के बीच इतने लोग चल–फिर रहे थे कि असरार मज़ार की जालीदार दीवार को देख नहीं पा रहा था। दो–तीन मिनट वह चुपचाप बैठा रहा। अचानक उसकी कल्पनाओं की दुनिया जाग्रत हुईं और उसने ख़ुद को मज़ार के अन्दर बैठा हुआ महसूस किया। वहाँ से उसने हिना को पूर्व स्थिति में देखने का प्रयास किया, लेकिन हिना के बजाय इस बार वह ख़ुद को देख रहा था। साक्षी और निरीक्षक, दोनों वह ख़ुद था। पल भर के लिए वह हिना को भूल गया। ख़ुद को दूसरी जगह से देखना उसे अच्छा लगा। उसने ख़ुद को आँगन की दीवार से लगकर बैठे मज़ार के विभिन्न भागों से देखा। जब मज़ार के सभी भागों से वह अपने आप को देख चुका तो उसने ख़ुद को दूर समन्दर में एक नाव में बैठा हुआ महसूस किया, जहाँ वह यह महसूस कर रहा था कि वह आँगन में बैठा है और आँगन में बैठकर कल्पना कर रहा है कि वह समन्दर में नाव के भीतर बैठा हुआ है। यह दृश्य वह आँखें बन्द करके देख रहा था। सात–आठ मिनट बीत गये। जब उसने आँखें खोलीं, उसके सामने हिना खड़ी थी।

उसने हिना को देखा। पल भर के लिए उसे ऐसा लगा, कहीं ऐसा तो नहीं कि उसकी आँखें बन्द हैं और वह यह सोच रहा है कि उसकी

आँखें खुली हैं और सच यह हो कि वह हिना को बन्द आँखों से देख रहा हो। उसने एक बार आँखें बन्द कीं और फिर खोलीं और हिना को देखा। वहाँ फ़र्श से हिना उसे अपने कद से लम्बी दिखायी दी। हिना की गर्दन झुकी हुई थी। वह मुस्कुरा रही थी। शायद हिना ने सलाम किया था जो असरार ने अतराफ़ के शोर और मन के भ्रम के कारण सुना नहीं था। वह मुस्कुराते हुए खड़ा हो गया। दरगाह में श्रद्धालुओं की भीड़ थी। वहाँ खड़े होकर बात करना कठिन था। हिना ने उसकी ओर झुक कर कहा– "बाहर चलते हैं।"

दरगाह की सीढ़ियों पर खड़े होकर उसने देखा कि दरगाह से मुख्य सड़क तक एक जनसमूह था। दरगाह के चारों ओर समन्दर में बहुत सारे बड़े–बड़े पत्थर थे जिन पर लोग बैठे थे। कई लोग अपने परिवार के सदस्यों, दोस्तों और कुछ स्थानों पर विवाहित और अविवाहित जोड़े बैठे थे। सूरज डूबने में अभी कुछ समय बाक़ी था। बहुत सम्भव है कि ठण्डी हवाओं का आनन्द लेने के साथ–साथ ये लोग सूरज को समन्दर की सतह पर अदृश्य होते हुए देखने के लिए वहाँ बैठे हों, सीढ़ियों के दायीं ओर कुछ दूरी पर हिना ने एक पत्थर पर क़दम रखा और समन्दर की तलछट में उतर गयी। समुद्र तट के इस भाग में नुक़ीले पत्थर हर जगह थे। उन पर चलना कठिन था। हिना ने सँभल–सँभलकर क़दम आगे बढ़ाये। असरार उसके पीछे–पीछे चलता रहा। एक बड़े–से पत्थर पर वह बैठ गये। पत्थर के चारों ओर बहुत सारे छोटे काले और भूरे रंग के केंकड़े और मूंगे रेंग रहे थे।

"मुझे यक़ीन नहीं था कि तुम आओगी।" असरार ने पत्थर पर बैठते हुए कहा।

"मुझे यक़ीन था, तुम आओगे।" हिना ने कहा और एक रूमाल पत्थर पर बिछाया। बैठते हुए कहा– "तुम कब पहुँचे?"

"पौने छह बजे, लास्ट टाइम तुमको साढ़े पाँच बजे **दरगाह में** देखा था।"

हिना मुस्कुरायी और उसने कहा– "सनीचर को जब मैं आती हूँ। मग़रिब से थोड़ा पहले आती हूँ। उस दिन जल्दी आ गयी थी।"

सूरज डूबने तक वह दोनों वहाँ बैठकर बातें करते रहे। दोनों हैरान थे कि यह कैसा अजीब संयोग है जिसने उन्हें एक–दूसरे के सामने ला खड़ा किया है। दोनों ने तीन–चार बार यह वाक्य दोहराया, "मुम्बई में सब पॉसिबल है।" अनभिज्ञता और हिचकिचाहट इस मुलाक़ात में कम हो गयी। दोनों ने एक–दूसरे को विश्वसनीय माना और विस्तृत बातचीत में एक–दूसरे की पूर्व और वर्तमान जीवन को जानने का प्रयास किया। दोनों ने थोड़ा–बहुत झूठ भी बोला। दोनों ने एक–दूसरे से कुछ बातें जान–बूझकर छिपाये रखीं, लेकिन इस इरादे के साथ कि दोस्ती परवान चढ़ेगी तो इन विषयों पर भी स्पष्टता से काम लिया जायेगा। दोनों के मन में यह बात थी कि वह एक–दूसरे के बारे में क्या विचार रखते होंगे। संयोगवश मुलाक़ात और निडरता से बातचीत करने को व्यक्तित्व का दोष तो नहीं माना जायेगा। दोनों के कुछ सन्देह, कुछ विचार, कुछ डर थे। सन्देह, विचार और डर दोनों के दिलों में करवट लेते, जिसके सामने प्रेम की आशाओं का एक रंग दिल के अथाह कोने से उभरकर सतह पर आता और आशंकाओं को मात देता। दोनों को इस बात का अनुभव हुआ कि यह संयोगवश दोस्ती केवल एक संयोग मात्र नहीं था बल्कि इस संयोग में एक संकेत था जो उनकी आत्माओं के लिए अनदेखी ख़ुशी थी। एक सप्ताह पहले जब पहली बार दोनों की आँखों ने एक–दूसरे को देखा था, उसी समय दोनों के मन में यह बात समा गयी थी कि वह एक–दूसरे का प्रतिबिम्ब हैं। दोनों में एक–दूसरे से निकटता के लिए एक जुनून है। हालाँकि यह बात भी सच है कि पहली मुलाक़ात में बहुत सारी बातें करते हुए दोनों प्रयासरत थे कि मन में जो बात है, वह प्रकट न हो जाये। आज की मुलाक़ात में भी दोनों ने बड़ी सहजता से अपने–अपने मन की स्थिति को छुपाये रखा। दोनों का एक भ्रम यह भी था कि जिस भावना में एक गिरफ़्तार है, बहुत सम्भव है, दूसरा उस तरह की भावना किसी और के लिए रखता हो और इस समय जो कुछ था वह बस दोस्ती का प्रयास था। इस भावना का एक कारण यह भी था, कि दोनों के मन, दिल और

शरीर कोरा पन्ना नहीं था बल्कि एक ऐसा पृष्ठ था जिस पर उम्र, समय और आत्मा की इच्छाओं ने ढेर सारी रेखाएँ खींच रखी थीं।

सूरज डूबने के बाद जब दोनों वापसी के लिए खड़े हुए, उस समय दोनों ने एक साथ कहा–"टाइम किधर गया, पता ही नहीं चला।" दोनों मुस्कुराए। वह तट की रेत से कच्ची सड़क की ओर आये। असरार छलाँग लगाकर रास्ते पर चढ़ गया। हिना नीचे समुद्री तलछट पर खड़ी थी। असरार ने उसकी तरफ़ हाथ बढ़ाया। हिना ने एक नज़र असरार की आँखों में देखा। दोनों के दिल स्तब्ध थे और वे आँखों में उत्पन्न चमक को पढ़ने का प्रयास कर रहे थे।

हिना ने हाथ आगे बढ़ाया।

असरार की आँखों में सूर्यास्त का फैला हुआ अँधेरा मन्द पड़ गया और दरगाह की ओर से उमड़ने वाली हरी और सफ़ेद रौशनी दिखायी दी, जिसमें उसकी आत्मा की ख़ुशी भी निहित थी। हिना सड़क पर थी। असरार ने एक नज़र उसकी उँगलियों की ओर देखा। उसकी मुट्ठी में हिना की उँगलियाँ थीं। तराशे हुए नाख़ूनों पर हल्का शराबी रंग चढ़ा हुआ था। असरार को वह रंग कुछ अजीब लगा, लेकिन नाख़ूनों और उँगलियों की बनावट की प्रशंसा किये बिना वह रह नहीं सका। उसने कहा– "हीरोइन जैसे तेरे नाख़ून हैं।"

हिना ने उसकी ओर देखा। वह मुस्कुरायी। उसने कहा– 'सोच रही हूँ, थोड़े लम्बे करूँ।"

"क्यों?" असरार ने पूछा।

"कोई धोखा दे तो उसका गला दबाने के लिए।" हिना ने मुस्कुराते हुए कहा।

इस बात पर दोनों हँस पड़े जबकि दोनों को एहसास था कि यह वाक्य गम्भीर भी हो सकता है।

आधा घण्टा वे हाज़ी अली से वर्ली की ओर जाने वाली सड़क के किनारे–किनारे चहलक़दमी करते रहे। इस बीच असरार ने चाय वाले से दो कप चाय ख़रीदी। दोनों ने समन्दर की ओर से आने वाली ठण्डी हवा के सम्मुख खड़े होकर चाय पी। असरार ने कहा कि आगामी शनिवार दरगाह से होकर सीधे वह शॉपिंग मॉल आ जाये जहाँ ग्राउंड फ्लोर पर मैकडोनाल्ड है, वहाँ बैठकर बात करेंगे। हिना बड़े सोच–विचार के बाद तैयार हो गयी।

रात आठ–सवा आठ बजे असरार ने एक टैक्सी रोकी। हिना टैक्सी में बैठ गयी। असरार ने उसे अलविदा कहा। टैक्सी चल पड़ी। टैक्सी चलने लगी और अचानक हिना की आँखों से आँसू निकल आये। उसने कुछ देर सहन किया, लेकिन सारे प्रयास असफल हुए। उसने पर्स से रूमाल निकाला, मुँह में दबाया और फूट–फूट कर रोने लगी। शुरू में उसके मन में कोई ख़्याल नहीं था। एक लहर थी जो कहीं बहुत अन्दर से उसकी आत्मा में उठी थी। उसकी आत्मा पर कुछ दाग़ थे, जिन्हें बहुत दिनों से वह भूल चुकी थी, लेकिन अचानक ये दाग़ फिर से उभर आये थे। अभी कुछ देर पहले एक अनजान प्रेमभाव के कारण वह अपने दिल, आत्मा और मन को शान्त महसूस कर रही थी। यह कैसा प्रेमभाव है, जिसने पीड़ा का रूप धारण कर लिया था। उसकी समझ में कुछ नहीं आ रहा था। मुँह पर रूमाल रखकर रोने के कारण उसके गले में शदीद दर्द हो रहा था। ख़ुद से बातचीत रोने की इच्छा में वृद्धि का कारण थी। वह अब तक इस तरह फूट–फूटकर पहले कभी नहीं रोयी थी।

नागपाड़ा जंक्शन पर यूसुफ़ मेमन की इत्र की दुकान थी। सऊदी अरब और क़तर में इत्र वितरण ने कारोबार को स्थिरता प्रदान की थी। 1990 में मेमन समुदाय प्रशासित एक सहकारी बैंक से क़र्ज़ लिया और नयी दुकान फ़ोर्ट क्षेत्र में ख़रीदी। वह दुकान उत्तर भारत के एक मुस्लिम राजनीतिज्ञ की थी जो अपनी अल्पज्ञता, भावुकता और कटुभाषी के लिए न केवल प्रसिद्ध था बल्कि शहर में समाज की बदनामी का कारण भी था। राजनीतिज्ञ के पास धन था और जिसपे विश्वास करता था, उस पर जमकर ख़र्च भी करता था। एक बार एक काले क़ानून के तहत जेल में कुछ समय व्यतीत कर चुका था, लेकिन पैसे ने बेगुनाह साबित करने में उसकी मदद की वरना जिस काले क़ानून के तहत उसे गिरफ़्तार किया गया था, उसमें अगर बेगुनाह बकरी को जानलेवा जानवर होने के आरोप में गिरफ़्तार कर लिया जाये तो बकरी अपनी बेगुनाही के बाद

भी ख़ुद को बकरी साबित करने में विफल रहती है और अदालत उसे जानलेवा जानवर होने की कड़ी से कड़ी सजा सुनाती है। यूसुफ़ मेमन उस राजनेता की गुडबुक में था। इसी कारण फोर्ट जैसे पॉश और महँगे इलाक़े में आसानी से दुकान ख़रीद पाया। यूसुफ़ का कारोबार इस क्षेत्र में चमक गया। बैंक के ऋण का भुगतान उसकी उम्मीद से पहले हो गया। बीसवीं सदी के समापन वर्षों में उसने मदनपुरा में पक्की, लेकिन पुरानी शैली की इमारत में तीसरी मंज़िल पर एक हज़ार वर्ग का हवादार मकान ख़रीदा और पुराने मकान को किराये पर उठा दिया।

यूसुफ़ मेमन दिखने में धार्मिक, लेकिन नये ख़याल का आदमी था। अंग्रेज़ी माध्यम से दसवीं कक्षा पास करने के बाद पश्चिमी मुम्बई के एक प्रसिद्ध कॉलेज में प्रवेश लिया, लेकिन बारहवीं कक्षा में एक विषय में फेल हो गया। निराश होकर शिक्षा छोड़ दी। इत्र के कारोबार से पहले मेमन समुदाय के एक संगठन में कुछ साल नौकरी की। जान–पहचान बनाने का हुनर जानता था। वह सुन्दर, साहसी और जवान था। हिना उसकी तीसरी और छोटी बेटी थी।

फोर्ट क्षेत्र की दुकान में एक दिन एक अरब आया। यूसुफ़ मेमन ने उसका हार्दिक स्वागत किया। मुसंबी का शरबत मँगवाया। यूसुफ़ मेमन को यह जानकर अच्छा लगा कि अरब व्यक्ति उर्दू बोलचाल से भी परिचित है। अरब ने बताया कि वह पाकिस्तान में कुछ साल रह चुका है और अब मुम्बई और आसपास की सैर करना चाहता है। अस्थायी निवास के लिए किराये पर मकान लिया करेगा। अरब निवासी ने अपना नाम बुराशिद इब्न अली इनहेराफ़ बताया और कहा उसका पिता अली इनहेराफ़ कवि था। बुराशिद ताज होटल में ठहरा हुआ था। थोड़ी देर बात करने के बाद बुराशिद ने यूसुफ़ को अपने कमरे में यह कहते हुए आमन्त्रित किया कि अपने साथ इत्र के मानक नमूने लाए। दूसरे दिन मग़रिब बाद निर्धारित समय पर यूसुफ़ ताज होटल पहुँच गया। उसके हाथ में एक छोटा–सा बैग था, जिसमें छह शीशियाँ थीं। बुराशिद ने यूसुफ़ का ऐसे स्वागत किया जैसे वे लम्बे समय से दोस्त हों। ताज होटल के इस कमरे की खिड़कियाँ समन्दर की ओर खुलती थीं। सीमान्त तक लहराते समन्दर पर दूर तक शहर की रौशनी का प्रतिबिम्ब समन्दर के डोलते हुए पानी को आकर्षक बनाये हुए था। यूसुफ़ ने समन्दर की ओर देखते हुए नज़रें

गेट–वे ऑफ़ इंडिया की ओर केन्द्रित की, जहाँ कई लोग मौजूद थे और गेट–वे ऑफ़ इंडिया की ख़ूबसूरती में वृद्धि किये हुए थे। कुछ सालों बाद उसी खिड़की से अजमल अबु क़साब के साथी अबु मुस्लिम शोएब ने गेट–वे ऑफ़ इंडिया और समन्दर पर एक उचटती–सी नज़र डाली थी। दिल तो उसका यह चाहता था कि वह घण्टों वहाँ बैठकर उस खूबसूरत मंज़र को देखे। अपनी इच्छा के विपरीत उसने अपने आका को फ़ोन लगाया और उसकी आज्ञानुसार गेट–वे ऑफ़ इंडिया की ओर हथगोला फेंका। हथगोला फेंकने के बाद सागवान के टेबल पर रखे काँच के मग से एक गिलास में पानी उँडेला और आईने में देखते हुए पानी पीने लगा। ख़ुद को जब उसने आईने में ध्यानपूर्वक देखा तो कई बातें उसके मन में आयीं, लेकिन उस समय उसके दिल का सम्बन्ध उसके मन से टूट चुका था। कमरे में उस समय उसके साथ अल्लामा जावेद उर्फ़ इक़बाल रशीद तुराबी भी मौजूद था। उसकी ओर देखते हुए अबु शोएब ने कहा– "इधर के पानी का स्वाद भी 'अल मुरिद्कुम' के पानी जैसा है।"

"हवा पानी दोनों देशों का एक जैसा है लेकिन अतीत और भविष्य अलग है।" अल्लामा जावेद ने कहा। यह वाक्य उसने मुरिद्कुम में मौलाना अबु हमज़ा लश्करी के मुँह से कई बार सुना था। मौलाना अबु हमज़ा लश्करी को यह विशेषता प्राप्त थी कि वह कुछ ही मिनटों में अपने भड़काऊ भाषण से युवाओं के मन को चौदह सौ साल पुराने समाज की काल्पनिक दुनिया में जीवन बिताने पर तैयार कर लेता था। इस अभियान के लिए अल्लामा जावेद का नाम अल मुरिद्कुम के अध्यक्ष मौलाना अबु हमज़ा लश्करी ने प्रस्तावित किया था। तीसरे दिन अबु शोएब और अल्लामा जावेद मार दिये गये। उनकी आत्माएँ एक सप्ताह तक ताज होटल में भटकती रहीं। सातवें दिन जब वे होटल से बाहर निकलीं तो गेट–वे ऑफ़ इंडिया के चारों ओर की चहल–पहल को देखकर दंग रह गयीं। यहाँ की जीवन शैली उन्हें प्रभावित कर गयी। दोनों बेघर आत्माओं ने गेटवे ऑफ़ इंडिया के मेहराबनुमा खम्भे पर स्थायी निवास करने का इरादा किया क्योंकि उन्हें अहसास हो गया था कि परलोक का दरवाज़ा उनके लिए बन्द हो चुका है।

बुराशिद और यूसुफ़ ने इत्र के अलावा भी कई विषयों पर चर्चा की। दूसरे दिन जहांगीर आर्ट गैलरी के पास उनकी मुलाक़ात निर्धारित हुई थी।

गैलरी के कैफ़े में बुराशिद ने यूसुफ़ से कुछ निजी सवाल पूछे। एक सप्ताह बाद बुराशिद ने यूसुफ़ को ताज होटल में दुबारा आमन्त्रित किया। साथ खाना खाया। खाना खाने के बाद दोनों समुद्र तट पर टहलते रहे। टहलते हुए बुराशिद ने पचास हज़ार रुपये का अग्रिम भुगतान किया और यूसुफ़ से कहा कि हर साल दो–तीन लाख रुपये का श्रेष्ठ इत्र ख़रीद लेगा। यूसुफ़ अग्रिम राशि और आदेश मिलने से ख़ुश था। पन्द्रह–बीस दिन में चार–पाँच बार उन्होंने मुलाक़ात की। जान–पहचान दोस्ती में बदलने लगी। यूसुफ़ ने बुराशिद को अपने घर खाने पर आमन्त्रित किया। खाने की मेज़ पर बुराशिद ने बातों–बातों में बताया कि उसका देश अल्जीरिया है, जहाँ उसकी पहचान एक पुरातत्वविद् के तौर पर भी है।

कुछ दिन बाद बुराशिद अपने देश वापस चला गया और एक महीने बाद पत्नी और बेटी के साथ फिर से मुम्बई आया। इस बार भी वह ताज होटल में ठहरा। यूसुफ़ से मुलाक़ात पर बुराशिद ने बताया कि उसका परिवार प्राकृतिक दृश्यों के पास कुछ समय बिताना चाहता है। किसी पहाड़ी स्थान पर बँगला किराये पर लेने की इच्छा है। उसने पूछा, खंडाला कैसा रहेगा?

यूसुफ़ ने कहा उसका एक दोस्त प्रॉपर्टी डीलर है जो खंडाला, पूना, माथेरान और अन्य स्थानों पर ठहरने का प्रबन्ध कर सकता है। बुराशिद ने पूछा आवश्यक क़ानूनी काग़ज़ात कैसे तैयार होंगे। यूसुफ़ ने मुस्कुराते हुए जवाब दिया कि वह सँभाल लेगा। दूसरे दिन यूसुफ़ ने अपने राजनीतिज्ञ दोस्त से इस विषय पर बात की। मामला हल हो गया। तीन दिन बाद बुराशिद का परिवार और यूसुफ़ खंडाला पहुँच गये। राजनीतिज्ञ ने एक होटल में उनके निवास का प्रबन्ध कर रखा था। दूसरे दिन राजनीतिज्ञ के एजेंट ने उन्हें कई बँगले बताए। बुराशिद ने एजेंट से कहा कि वह ऐसे स्थान पर बांग्ला चाहते हैं जो आबादी से दूर हो और जहाँ पार्टी के आयोजन के लिए उपयुक्त स्थान हो। एजेंट ने बताया कि ऐसे दो बँगले हैं, लेकिन उनका किराया बहुत अधिक होगा। बुराशिद की पत्नी ने हस्तक्षेप करते हुए कहा कि अगर उन्हें जगह पसन्द आयेगी तो किराया कोई समस्या नहीं है। उसी समय बुराशिद ने यूसुफ़ को बताया कि उसकी पत्नी ऐमल सऊदी अरब के एक प्रतिष्ठित परिवार की उच्च शिक्षित महिला है। फ्रांस की नागरिकता रखती है और ब्यूरोक्रेट है।

ऐमल का परिचय सुनकर यूसुफ़ बहुत प्रभावित था। उसने हैरानी से ऐमल को देखा। ऐमल उसकी ओर देखकर मुस्कुरायी।

खंडाला से आधे घण्टे की दूरी पर एक पहाड़ की ढलान पर बनाया गया एक दो मंज़िला बँगला उन्हें पसन्द आया। बँगले में पन्द्रह कमरे थे और चारों ओर बाग़ीचे थे, जहाँ चालीस पचास लोगों के लिए पार्टी का आयोजन किया जा सकता था। बँगले के चारों ओर ऊँची दीवार थी और घने जंगल से होकर एक छोटा–सा रास्ता बँगले की ओर आता था। काग़ज़ात पर हस्ताक्षर हो गये। महीने का किराया एक लाख चालीस हज़ार था। तीन दिन बाद वह मुम्बई लौट आये। दूसरे दिन यूसुफ़ ने बुराशिद के परिवार को अपने घर खाने पर आमन्त्रित किया। उस दिन पहली बार बुराशिद की बेटी वर्दतुस्सआदह और हिना ने देर तक बालकनी में खड़े होकर बातचीत की। वर्दतुस्सआदह का लहज़ा हिना को अच्छा लगा, लेकिन उसकी शब्दावली कठिन थी। वर्दतुस्सआदह ने भारत, अल्जीरिया और सऊदी अरब के लोगों की जीवन शैली पर जानकारी प्रदान की। हिना को इस दौरान इस बात का अनुभव हुआ था कि वर्दतुस्सआदह को सऊदी अरब से नफ़रत है। वहाँ की हर बात से नफ़रत है। वर्दतुस्सआदह ने उसे बताया था कि सऊदी में झूठ सच बन बैठा है। इस बात को हिना समझ नहीं सकी। हिना इस प्रकार की बातों को समझने की आयु में नहीं थी जबकि वर्दतुस्सआदह पन्द्रह–सोलह साल की जवान लड़की थी, जिसके अपने राजनीतिक और धार्मिक विचार थे। हिना की बड़ी बहनों ने ऐमल के साथ विभिन्न विषयों पर चर्चा की। रात दस बजे भोजन परोसा गया। बिरयानी, कबाब, शामी कबाब, चिकन तन्दूरी को मेहमानों ने बहुत पसन्द किया। दूसरे दिन बुराशिद और ऐमल ने आवश्यक वस्तुएँ क्राफ़ेर्ड और आसपास के क्षेत्र से ख़रीदीं। शाम में एक प्राइवेट कार से वे खंडाला पहुँचे। इस बार यूसुफ़ की पत्नी दरख़्शां भी साथ गयी। रात में आराम करने के बाद सुबह दस बजे वे सब खंडाला के आसपास के स्थानों के भ्रमण के लिए निकल गये। वर्दतुस्सआदह ने पवनझील, लोहागढ़, भूजागार, बोशीझील और भैरवमन्दिर की अनगिनत तस्वीरें खींची। यूसुफ़ भैरवमन्दिर के अन्दर जाने में संकोच कर रहा था। बुराशिद के परिवार ने मन्दिर के अन्दर जाकर फ़ोटो खिंचवाईं। कुछ देर बाद सब मन्दिर के बाहर एक पेड़ की छाँव में बैठ गये।

ऐमल ने 'शिवमहापुराण' से एक कहानी सुनायी जिसमें भैरव का उल्लेख है। उसके बाद ऐमल ने उन्हें 'भैरव' शब्द का अर्थ समझाया और बताया कि भैरव की नेपाल में पूजा की जाती है और भारत में उसे बड़े पवित्रता के साथ पूजा जाता है। यूसुफ़ बड़ी दिलचस्पी से ऐमल की बातें सुन रहा था। जब ऐमल कह चुकी तो उसने पूछा– "इतनी सारी जानकारी कहाँ से प्राप्त की आपने?"

ऐमल मुस्कुरायी। बुराशिद ने यूसुफ़ को बताया कि ऐमल 'धर्मों के तुलनात्मक अध्ययन' में मास्टर्स है। वर्दतुस्सआदह ने धर्मों के तुलनात्मक अध्ययन की व्याख्या की। यूसुफ़ कुछ देर असमंजस में रहा। उसके मन में केवल एक ख़याल बचपन से था कि उसका धर्म सच्चा है, बाक़ी सब झूठा। इसलिए झूट को जानने की कोई आवश्यकता नहीं थी। उसने सोचा, ये लोग कितनी छोटी–छोटी बातों का ज्ञान प्राप्त करने का प्रयास करते हैं। वह ऐमल की सहजता, सुन्दरता और उसके गुणों से यूँ ही प्रभावित था। ऐमल और बुराशिद की संगत में यूसुफ़ के अन्दर आत्मनिरीक्षण की भावना जन्म ले रही थी। वह यह समझ नहीं पा रहा था कि यह भावना उसके अन्दर क्यों जन्म ले रही है। जिस तरह के विचार अब तक उसके मन में जन्म ले रहे थे, पहले कभी नहीं हुए थे। इसलिए इन विचारों से वह ख़ुद भी हैरान था। उसने ख़ुद से कहा– "वह अपनी पत्नी का केवल पति है, इस विचार पर आगे विचार करते हुए उसने सोचा कि उसकी पत्नी और उसके बीच कोई समानता नहीं है। उनके दिलों में एक–दूसरे के लिए कोई भावना नहीं है। वे केवल एक–दूसरे के साथ रहते हैं। उनके सम्बन्ध की जड़ें मज़बूत नहीं हैं। बुराशिद और ऐमल को हँसते, ठहाके लगाते हुए देखकर उसने सोचा कि घर–बार चलाने, बच्चों का लालन–पालन करने और अधिक खुशहाल जीवन व्यतीत करने की चाहत में उसने कभी ख़ुद से यह नहीं पूछा था कि प्यार क्या होता है? वह तो यही समझता रहा कि रात में पत्नी को अपनी खेती बनाकर बच्चे पैदा करने की प्रक्रिया ही प्यार है। उसके दिल में किसी महिला को लेकर कभी कोई भावना जाग्रत नहीं हुई थी। शायद उसे इस बात की कभी आवश्यकता नहीं हुई थी। ऐमल को देखकर, उसकी बातें सुनकर, उसके व्यक्तित्व के प्रकाश में यूसुफ़ के दिल का अँधेरा कसमसाया था।

दोपहर का भोजन उन्होंने सड़क के किनारे एक होटल में किया। खाने के बाद वे खंडाला की पहाड़ियों का दर्शन करते रहे। इस बीच यूसुफ़ विचारों की भूलभुलैया में भटकता रहा। उसे ऐसा लग रहा था कि उसके जीवन में कुछ कमी–सी है। वह जानता था कि उसका ज्ञान, चिन्तन और जीवन के प्रति उसकी आशाएँ सीमित थीं। बुराशिद और ऐमल के जीवन उसे अधिक सार्थक लगे। वह दरख़्शां की ओर देखता तो दरख़्शां उसे औरत नहीं बल्कि खेत दिखायी देतीं। उसके अन्दर ऐमल की तरह जीवित और सार्थक आत्मा नहीं थी। वह खेत थी, जिस पर हल चलाने पर फसल उगा करती थी। अब खेत की उर्वरता भी ख़त्म हो चुकी थी। यूसुफ़ थकान महसूस कर रहा था। उसे अपना सर कन्धों पर भारी लग रहा था। रात के खाने से पहले ऐमल और बुराशिद ने यूसुफ़ को एक लाख रुपये दिए। इत्र के अलावा उसे कुछ अन्य वस्तुओं का भी प्रबन्ध करना था। बुराशिद ने बताया कि ठीक बीस दिन बाद एक पार्टी होगी। इस पार्टी में उनके वह दोस्त भाग लेंगे जो भारत के विभिन्न नगरों में रहते हैं। उनमें से कई विदेशी नागरिक थे। बुराशिद ने तीस लोगों का अनुमान लगाया जो दो दिन ठहरेंगे। ठहरने के समय इत्र की आवश्यकता होगी। यूसुफ़ ने यह समझा कि सम्भव है, मेहमानों को इत्र उपहार स्वरुप दिया जायेगा। उसने कहा वह तीन–चार दिन बाद उत्तम एंव उत्कृष्ट इत्र के साथ दुबारा लौटेगा।

रात वह और दरख़्शां एक कमरे में विशाल, श्रेष्ठ और आरामदायक बिस्तर पर सोए, लेकिन वह अपने खेत की ओर आकर्षित नहीं हुआ। उसने आँखें बन्द कर लीं और बहुत देर तक वह ऐमल के चेहरे, उसके होंठ, उसकी आँखों, उसके तराशे हुए नाख़ून, उसकी त्वचा की चमक और ज्ञानपूर्ण बातों में खोया रहा। थोड़ी देर बाद वह यह भी भूल गया कि उसके पास में गीली मिट्टी सोयी हुई है।

दूसरे दिन यूसुफ़ और दरख़्शां मुम्बई के लिए निकलने लगे तो बँगले के दरवाज़े पर ऐमल ने कहा, "हम आपकी प्रतीक्षा करेंगे।"

पूरी यात्रा, यूसुफ़ के मन में ऐमल का वाक्य गूँजता रहा।

तीन दिन बाद यूसुफ़ शाम सात बजे के क़रीब बँगले पर पहुँचा। इस बार वह अपनी कार में आया था। ऐमल ने दरवाज़ा खोला। उसने कार एक तरफ़ पार्क करके इत्र के पन्द्रह–बीस बॉक्स डिक्की से निकाले। ऐमल ने बॉक्स को कमरे में रखने में मदद की। इस बीच ऐमल ने बताया कि बुराशिद यूरोपीय देश के एक राजनयिक को पार्टी में आमन्त्रित करने दिल्ली गया है। कल शाम तक वह वापस आ जायेगा। वर्दतुस्सआदह दूसरे मंज़िले पर एक कमरे में बैठकर किसी किताब का अध्ययन कर रही थी। ऐमल ने चाय बनायी। इसी बीच यूसुफ़ ने हाथ–मुँह धोया। चाय पीते हुए उसने कई बार ऐमल को कनखियों से देखा। ऐमल ने सफ़ेद सूती पतलून और हल्के नीले रंग की टी–शर्ट पहनी थी। उस वस्त्र में उसका अरबी शरीर क़यामत लग रहा था। यूसुफ़ चाय पी चुका तो ऐमल ने कहा, लोनावला की ओर चलकर कुछ ख़रीददारी कर आते हैं। यात्रा के दौरान ऐमल ने उसे बताया कि खंडाला के एक दुकानदार ने बुराशिद से कहा था कि लोनावला के पास एक दुकान है जहाँ उन्हें पार्टी के लिए आवश्यक चीज़ें मिल जायेंगी। यूसुफ़ ने लोनावला में स्थानीय लोगों से दुकान का पता मालूम किया। ऐमल ने दुकानदार से मुलाक़ात की। आधे घण्टे बाद एक और कार आकर वहाँ रुकी। काले चेहरे वाला एक मोटा आदमी उस कार से उतरता दिखायी दिया। ऐमल अपनी कार से बाहर निक़ली। उसके हाथ में एक गुलाबी रंग की थैली थी। मोटा आदमी उसकी ओर बढ़ा। ऐमल ने थैली मोटे आदमी को दी। मोटा आदमी फिर से अपनी कार में गया। एक छोटा–सा पैकेट जो मराठी अख़बार में लिपटा हुआ था, उसने निकाला और ऐमल को दिया।

साढ़े आठ बज रहे थे। हर तरफ़ अँधेरा फैला हुआ था। आसमान में चाँद नहीं था। पूरा आसमान एक सिया कुआं था। ऐमल कार में बैठ गयी। यूसुफ़ ने पहाड़ी रास्तों पर सावधानी से कार चलाई। कार चलाते हुए वह चुप रहा। कार जब बँगले पर पहुँची तो यूसुफ़ ने पूछा– "पैकेट में क्या है?"

"खाना खाने के बाद ख़ुद चख लेना।" ऐमल ने कहा और बँगले में प्रवेश किया।

पाँच दस मिनट बाद ऐमल स्नान करने चली गयी। यूसुफ़ ने किचन में जाकर फ्रिज से पानी की एक बोतल निकाली और बरामदे में आकर

खड़ा हो गया। बँगले के सामने खुली जगह में फूलों के पौधे थे। मध्य भाग में एक टेबल रखा हुआ था। टेबल से लगकर चार कुर्सियाँ थीं। यूसुफ़ एक कुर्सी पर बैठ गया। उसने अपने चारों ओर इतनी खामोशी पहले कभी महसूस नहीं की थी। मुम्बई में रात दो–तीन बजे तक शोर–शराबा रहता है। लोगों और वाहनों की आवाज़ें थीं, जिनके बीच आत्मा की आवाज़ दब जाती है। यहाँ प्रकृति उसके ऐतराफ़ में अँधेरे की सूरत में मौजूद थी। अँधेरे और ख़ामोशी में ब्रह्माण्ड के गुण छिपे हुए हैं। साढ़े नौ बज रहे थे, लेकिन कैसा दिल को छू लेने वाला सन्नाटा छाया हुआ था। इस सन्नाटे में चारों ओर का अँधेरा यूसुफ़ के दिल से कुछ पूछ रहा था। हवाओं में पहाड़ी पेड़ों की गन्ध थी। इस गन्ध ने यूसुफ़ के अन्दर ताज़गी पैदा की। इस ताज़गी में उसने अतराफ़ के अँधेरे से उत्पन्न सवालों को दोहराया। गर्दन उठाकर आसमान को देखा। आसमान ख़ाली कुआँ था। यूसुफ़ ने बहुत देर तक निगाहें ख़ाली कुएँ में गाड़े रखीं। ख़ाली कुआँ धीरे–धीरे सिकुड़ता गया यहाँ तक कि यूसुफ़ ने यह महसूस किया कि वह ख़ुद किसी कुएँ में बन्द है। उसने सोचा, इस कुएँ में वह कहाँ से आया? क्या किसी ने उसे यहाँ किसी षड्यन्त्र के तहत लाया है? क्या वह हमेशा इस ख़ाली कुएँ में मौजूद था? कुआँ उसकी ओर सिकुड़ता जा रहा था। उसने सोचा कि यह कुआं पूरा ब्रह्माण्ड है तो उसके बाहर कोई शक्ति कैसे रह सकती है? क्या ब्रह्माण्ड के अन्दर और बाहर एक ही शक्ति है और वह भी केवल ख़ाली कुएँ की अपनी शक्ति जिसमें अँधेरा एक शाश्वत् सत्य है। कुआं उसे जकड़ लेता अगर उस समय ऐमल वहाँ नहीं पहुँचती।

ऐमल स्नान के बाद बड़ी मोहक लग रही थी। उसने काले रंग का अरबी वस्त्र पहन रखा था। उसका सफ़ेद चेहरा काले कपड़ों में चमकदार लग रहा था। ऐमल ने महसूस किया कि यूसुफ़ बाहर के दृश्यों में मग्न है। उसके चेहरे पर चिन्ता की रेखाएँ स्पष्ट थीं। ऐमल ने उसकी तरफ़ देखते हुए कहा, "क्या सोच रहे हैं जनाब।" ऐमल रुक–रुककर और आसान अंग्रेज़ी में बातचीत करने की आदी थी। ऐमल की आवाज़ यूसुफ़ को आकाश में फैले अँधेरे से निकालकर दुबारा ज़मीन पर ले आयी। यह बात भी सत्य है कि जिस दिन से उसने ऐमल को देखा था, कई बार उसके दिल ने उससे कहा था कि ऐमल बहिश्ती ज़ेवर है। बहिश्ती ज़ेवर

का शब्द उसे पसन्द था। दूसरी ओर इस नाम की एक किताब जो उसने जवानी में पढ़ी थी, उसके कुछ अंश भी उसके मन में ताज़ा थे। उन्हें याद करके उसके चेहरे पर मुस्कान आ जाती। ऐमल को काले वस्त्र में देखकर तुरन्त उसके दिल में 'बहिश्ती ज़ेवर' वाला विचार उभर आया। वह मुस्कुराया और मुस्कुराते हुए उसने कहा– "बम्बई में कभी इतना सुन्दर आकाश नहीं देखा।"

ऐमल सामने वाली कुर्सी पर बैठ गयी। यूसुफ़ ने ऐमल के काले वस्त्र की प्रशंसा की। ऐमल को अच्छा लगा। उसने यूसुफ़ को बताया कि उसे काला रंग पसन्द है। यूसुफ़ ने कारण पूछा तो ऐमल ने विस्तार से रंगों का आदमी के स्वभाव और विचारों से सम्बन्ध पर अपना मत व्यक्त किया और काले रंग का महत्त्व बताया। उसका अन्तिम वाक्य था, "ब्रह्माण्ड स्याह है और ख़ुदा भी स्याह है।" ऐमल के स्वरशैली को पकड़ने में उसे कठिनाई नहीं हो रही थी। ऐमल ने उससे कई सवाल किये जिनके जवाब उसने ठहर–ठहरकर और सोच–विचार करते हुए दिए। ऐमल ने कुछ सवाल उसकी आस्था से सम्बन्धित किये। यूसुफ़ ने बताया कि किशोरावस्था और युवावस्था में वह धार्मिक था। व्यापार की व्यस्तता ने उसे व्यापारी आदमी में बदल दिया और फिर धर्म धीरे–धीरे उसके जीवन से निकल गया। ऐमल ने ज़ोरदार ठहाका लगाया और कहा– "धर्म जाने के लिए ही आया है।" एक पल रुककर उसने फिर कहा– "राशिद ने सही कहा था कि तुम दिलचस्प आदमी हो।"

ऐमल के ठहाके और प्रशंसा ने यूसुफ़ के आत्मविश्वास को बढ़ाया। ऐमल ने उससे कहा चहलक़दमी करते हैं। वह तुरन्त तैयार हो गया। बँगले के चारों ओर बड़ी बाउंड्री वॉल थी और चूंकि ट्यूबलाइट्स थोड़े–थोड़े फ़ासले पर प्रकाशित थीं इसलिए सैर में ख़तरा नहीं था। दोनों ने बँगले के चारों ओर दस–बारह चक्कर लगाए। ऐमल ने यूसुफ़ को अपने जन्म, माता–पिता, सऊद बिन मसऊद ख़ानदान से उसके माता–पिता की निकटता, अपनी शिक्षा और फ्रांस में स्थायी निवास के बारे में बहुत सारी बातें बताइयीं। ऐमल ने बताया कि युवावस्था में वह धार्मिक आदेशों का अनुसरण करती थी,। जर्मनी में पीएच.डी. शोध के दौरान उसके विचारों में बदलाव आया और एक दिन उसने अचानक ख़ुद को एक नयी प्रणाली के समीप अनुभव किया। यूसुफ़ ने तुरन्त उस प्रणाली के बारे में पूछा,

लेकिन ऐमल ने यह कहकर टाल दिया कि किसी और दिन इस प्रणाली के बारे में विस्तार से बताएगी। तत्पश्चात् ऐमल ने बताया कि नयी प्रणाली एक संघर्ष और अन्तिम सत्य की ओर लौटना है। इसमें बहुत सारे विचित्र चरण हैं, लेकिन जो आनन्द और इच्छा तृप्ति इसमें है वह किसी धर्म में नहीं। ऐमल की बातों से यूसुफ़ ने अनुमान लगाया कि ऐमल की नज़र में धर्म इतिहास के चरण हैं और उनका आधार ब्रह्माण्ड के सार्वभौमिक सच का विस्तार है। ऐमल की बातों में बड़ा आकर्षण और उसके विचारों में विद्रोही संघर्ष था। यूसुफ़ ने अटकलें लगाईं, बहुत प्रयास किया, लेकिन उस समय उसके मन में कोई एक विचार स्पष्ट रूप से सामने नहीं आया। उसने ऐमल से संसार प्रणाली और आस्था पर कुछ सवाल किये, जिनके जवाब बड़ी विनम्रता से ऐमल ने दिये। ऐमल ने उसे बताया कि यह सब ख़त्म हो जायेगा क्योंकि इसका आधार फर्स्ट बटरॉयल पर है। यूसुफ़ ने ऐमल को रोककर उससे पूछा कि पहले विश्वासघात से उसका क्या तात्पर्य है? ऐमल उसकी ओर देखकर मुस्कुरायी। ऐमल ने चारों ओर फैले अँधेरे को नज़र भर देखा। जहाँ ट्यूबलाइट लगी थीं, वहाँ प्रकाश की सीमा में कीड़े नृत्य कर रहे थे। क़रीब ही मोगरे का एक छोटा पौधा था। ऐमल ने झुककर एक फूल तोड़ा। यूसुफ़ एक क़दम पीछे हो गया। ऐमल को पौधे पर झुके हुए बड़ी अभिलाषा से उसने देखा। कैसा क़ातिल लमहा था। ऐमल को इस तरह देखकर उसके अन्दर एक विचित्र इच्छा सरपट दौड़ गयी थी। उसने अपने शरीर में एक कँपकँपी–सी महसूस की थी। ऐसी कँपकँपी उसने दरख़्शां को नग्न देखकर भी कभी महसूस नहीं की थी। वास्तव में यह कँपकँपी सम्भोग की भावना की लहर थी। इस लहर का अन्तिम पड़ाव आँखें होती हैं। यहाँ आकर यह लहर कुछ देर स्तब्ध रहकर आत्मा में गिर जाती है। 'आत्मा शक्ति है इसलिए नष्ट नहीं हो सकती।' वर्दतुस्सआदह अपने कमरे में बैठकर जिस किताब का अध्ययन कर रही थी, उस किताब में इस वाक्य के नीचे उसने रेखा खींची और किताब एक ओर रखकर बाहर आने के लिए खड़ी हो गयी।

ऐमल ने यूसुफ़ की आँखों में देखा। जिनमें सम्भोग की लहर स्तब्ध थी। ऐमल की आँखों से आँखें मिलीं और उसी पल यूसुफ़ की आँखों में स्तब्ध लहर उसकी आत्मा की गहरायी में डूब गयी। ऐमल ने कहा, "पहला विश्वासघात' ब्रह्माण्ड का सबसे अस्पष्ट खेल है। भगवान चूँकि

अकेलेपन से पीड़ित एक असुरक्षित, अनजानी शक्ति थी, इसलिए असुरक्षित इच्छाशक्ति ने अपने अकेलेपन को दूर करने के लिए एक दूसरी महान शक्ति को कुख्यात करार दिया ताकि असुरक्षित शक्ति, सुरक्षित हो जाये।" उसी समय वर्दतुस्सआदह गैलरी में पहुँची। उसने देखा, ऐमल और यूसुफ़ बातें कर रहे हैं। वर्दतुस्सआदह ने ऐमल को आवाज़ दी। ऐमल ने हाथों के संकेत से नीचे बुलाया। रात साढ़े दस बजे तक उन्होंने बैठकर इधर–उधर की बातें कीं। ग्यारह बजे खाना खाया। खाना खाने के बाद वर्दतुस्सआदह अपने कमरे में सोने के लिए चली गयी। यूसुफ़ उस कमरे में चला गया, जहाँ उसने इत्र और अपना सूटकेस रखा था। एक–दो मिनट वह पलंग पर लेटा रहा, फिर उठकर उसने ठण्डे पानी से स्नान किया। स्नान करते समय वह सोचता रहा कि जिस तरह की बातें ऐमल करती है, उस तरह की बातें करने वाला दूसरा आदमी उसने अब तक अपने जीवन में नहीं देखा है। साबुन अपने सीने पर मलते हुए उसने कहा– "पूरी दुनिया में ऐसी कोई दूसरी औरत नहीं होगी।"

स्नान करने के बाद उसने सफ़ेद कुर्ता–पजामा पहना। आईने में देखकर कंघा किया। बाल सँवारते हुए उसे हँसी आयी। उसने अपने प्रतिबिम्ब से कहा– "लेने की काए को सोचता है? यही एक काम है क्या करने को।" एक–दो पल उसने गम्भीरता से अपने चेहरे को देखा। वह पक्का गुजराती मैमन था। उसकी त्वचा पीली, होंठ शराबी और बाल सुनहरे आकर्षक थे। अपनी खड़ी नाक उसे पसन्द थी। नथुने से एक बाल बाहर झाँक रहा था। उसने उसे खींचकर निकाला। थोड़ा–सा इत्र अपनी गर्दन और कुर्ते पर लगाया, फिर ऐमल की छवि को आईने में उभारने का प्रयास किया। उसके होंठों पर बहिश्ती ज़ेवर आया। वह मन्द–मन्द मुस्कुराया।

कमरे की लाइट बन्द करके वह बाहरी परिसर में आया जहाँ ग्राउंडफ्लोर के कमरों के दरवाज़े खुलते थे। इस परिसर में चार–पाँच सोफ़े, बाँस की बनी हुई दस–बारह कुर्सियाँ, फूलों से लदे तीन गमले और एक मूर्ति थी। दीवार पर एक चित्रकारी का नमूना था। एक कोने में सागवान का टेबल रखा हुआ था, जिस पर आकर्षक गुलबूटे बने हुए थे। टेबल पर एक बड़े आकार वाला टेलीविज़न रखा हुआ था। यूसुफ़ ने टेलीविज़न का बटन दबाया और कुर्सी पर बैठ रहा था कि ऐमल अपने

कमरे से बाहर आयी। यूसुफ़ पर जैसे ही उसकी नज़र पड़ी, वह तुरन्त अपने कमरे में लौट गयी। यूसुफ़ ने उसे मुड़कर जाते हुए देखा। यूसुफ़ को ऐसा लगा, शायद देर रात उसे देखकर वह अपने कमरे में वापस चली गयी थी। यूसुफ़ रिमोट हाथ में लिये बटन देख रहा था कि उसने महसूस किया कि ऐमल के कमरे का दरवाज़ा फिर से खुल रहा है। उसने नज़रें रिमोट पर जमाये रखीं। ऐमल उसके पास आयी। एक काले कपड़े जैसा वस्त्र उसकी ओर बढ़ाया और कहा– "हमारे यहाँ इन पन्द्रह दिनों की रातों में काले कपड़े को शुभ और सफ़ेद कपड़े को अशुभ माना जाता है।"

यूसुफ़ उस वस्त्र को पहनकर फिर से परिसर में आया। ऐमल सोफ़े पर बैठी थी। उसने यूसुफ़ की ओर देखकर कहा– "इस वस्त्र में आप वास्तव में मेरे ट्राइब के लग रहे हो।" वह मुस्कुराया।

ऐमल ने एक प्लेट उसकी ओर बढ़ाई। प्लेट में माजून–सी कोई वस्तु थी। यूसुफ़ ने पूछा, "क्या है?" ऐमल ने बताया, "एक पवित्र पोषक आहार है जिसे हिब्रू में 'लकुम यकुम' कहते हैं। इसे खाने से झूठ को हराने की इच्छा पैदा होती है। वह झूठ जिसने बड़ी बुद्धिमत्ता से स्वयं को सच के रूप में प्रस्तुत किया है।" यूसुफ़ मुस्कुराया। उसने टेबल पर से एक चम्मच उठाया। लकुम यकुम का स्वाद उसे शहद जैसा लगा। उसने चार चम्मच लकुम यकुम खाया और प्लेट ऐमल की ओर बढ़ायी। ऐमल ने सात चम्मच लकुम यकुम खाया और प्लेट यूसुफ़ की ओर दुबारा बढ़ाते हुए कहा– "सात चम्मच खाना और इसके असर को देखना।"

यूसुफ़ ने प्लेट हाथ में ली और ऐमल से कहा कि अगर वह कह दे तो वह पूरी प्लेट साफ़ कर सकता है। ऐमल मुस्कुरायी और कहा, "हम दस चम्मच से अधिक लकुम यकुम नहीं खा सकते। यूसुफ़ ने पूछा तो ऐमल ने बताया "इसकी अधिक खुराक से नींद हावी हो सकती है।" यूसुफ़ ने पूछा, "कोई नशीली वस्तु इसमें मिली हुई तो नहीं।" ऐमल ने कहा कि पाँच–दस मिनट बाद वह खुद ही इस सवाल का जवाब दे। इतना कहकर वह उठ गयी। उसने सभी कमरों और बँगले के बाहर कुछ बल्ब बन्द कर दिये। यूसुफ़ ने इस बीच और तीन चममच लकुम यकुम खाया। उसे स्वाद अब और अच्छा लग रहा था, लेकिन ऐमल की बात भी याद थी कि ज़्यादा खाने से नींद हावी हो सकती है। उसने प्लेट टेबल पर रख दी और अपने पैर को एक कुर्सी पर रखकर लेट गया।

उसने ऐमल को किचन से सम्बद्ध कमरे में जाते हुए देखा। ऐमल के हाथों में एक छोटा–सा बॉक्स भी था। लकुम यकुम अब यूसुफ़ के शरीर में फैल रहा था। यूसुफ़ ने खुद को बहुत हल्का और सभी चिन्ताओं से मुक्त पाया। उसके हाथों की उँगलियों में खिंचाव होने लगा। उसकी आँखें और गाल उसे थोड़े भारी लगे। उसने आँखें खोलीं। ऐमल किचन से सम्बद्ध कमरे से निकलकर अपने कमरे में जा रही थी। थोड़ी देर में ऐमल ने कमरे से कुछ सामान लिया और फिर किचन से सम्बद्ध कमरे में चली गयी। यूसुफ़ ने अपने पैर कुर्सी पर से उठाये और सोफ़े पर लेट गया। उसने अनुभव किया कि अब उसका पूरा शरीर हवा में लटक रहा है। हवा में वह उड़ सकता है। उसने अपने दिल और दिमाग़ को खाली महसूस किया। कोई अन्य वस्तु, कोई दूसरा विचार, कोई दूसरी चिन्ता उसके अन्दर नहीं थी। वह एक खाली अस्तित्व था और यह अस्तित्व अपने आप से बहुत प्रेम करता था। यूसुफ़ को लगा, उसका अस्तित्व उसके शरीर का बन्धक है। अनजाने तौर पर उसके हाथों ने उसे टटोला। वह वहीं था और दूसरी कोई वस्तु वहाँ नहीं थी। वह कोई स्थान नहीं था। उसका शरीर उसका मकान था। लकुम यकुम का झाग उसके शरीर और मन में फैल गया। इस झाग में वह हिचकोले खाने लगा। दो–तीन बार उसने खुद को एक समन्दर पर मृत हालत में बहते हुए अनुभव किया फिर उसके मन में अचानक हरकत हुई। उसके अन्दर स्वर्ग के द्वार खुल गये। उसने देखा, बहुत सारी नग्न हुरें एक छोटे–से तालाब के चारों ओर खड़ी हैं। तालाब में सुगन्धित दूध है। उसका आधा शरीर तालाब में डूबा हुआ है। उसके पास तीन हुरें खड़ी हैं जिनके बाल सुनहरे हैं। हुरों का शरीर दूध की तरह सफ़ेद और आँखें नीली हैं। यूसुफ़ एक मज़बूत और कड़ियल सुन्दर जवान था। उसके पास खड़ी हुरों की आँखों में उसके लिए भूख थी। हुरें उसके शरीर से खेलने लगीं और वह अपने शरीर पर गर्व महसूस कर रहा था। हुरों के लिए उसका शरीर शहद की तरह मीठा था। एक अप्सरा ने अपनी कोमल पलकों से यूसुफ़ के कन्धे को सहलाया। यूसुफ़ ने उसकी पलकों के स्पर्श को महसूस किया। दूसरी अप्सरा ने यूसुफ़ की आँखों में अपनी जीभ रख दी। अपनी जीभ से उसकी पलकों को स्पर्श किया और उसकी आँखों का चुम्बन किया। तीसरी अप्सरा उसकी पीठ से लगकर खड़ी हो गयी। यूसुफ़ ने पीछे खड़ी अप्सरा के शरीर को

अपने मन में महसूस लाया, जिसके कारण उसकी आँखों में नीली रौशनी पैदा हुई। उसे इस बात का अनुभव नहीं हुआ, लेकिन स्वर्ग के तालाब के चारों ओर खड़ी अप्सराओं ने उस रौशनी को देखा। उस रौशनी ने उनके अन्दर इच्छा को जन्म दिया। तालाब के चारों ओर की ज़मीन पर चन्दन रूपी घास उगी हुई थी। अप्सराएँ घास पर लेट गयीं। घास का रंग बदलकर आकर्षक केसरिया हो गया। घास में हल्की नमी थी। इस नमी में वही दैवी ख़ुशबू थी जो ब्रह्माण्ड के सर्वप्रथम मिलाप का कारण थी। "ख़ुशबू जिसने दो आत्माओं को शरीर की चेतना सम्पन्न की, स्वयं असत्य की ख़ुशबू थी, लेकिन असत्य ने यह कभी स्वीकार नहीं किया।" वर्दतुस्सआदह ने बिस्तर पर लेटकर फिर से अपनी किताब पढ़ते हुए इस वाक्य को पेंसिल से रेखांकित किया।

स्वर्ग में एक तालाब के चारों ओर दैवी ख़ुशबू में अप्सराएँ मनोहरता का नमूमा थीं। तालाब में यूसुफ़ और अप्सराएँ ईव व ईवा का सपना थीं। 'वह सपना जो ईव, ईवा और बातिल (असत्य) ने एक साथ देखा था, लेकिन बाद में बातिल ने ख़ुद को इस सपने से अलग बताया, "मुझसे दूरी का औचित्य प्रदान करने के लिए। मुझसे विश्वासघात की यह शुरुआत थी।" वर्दतुस्सआदह ने इस लाइन को किताब से अपनी नोटबुक में उतारा।

ऐमल ने सोफ़े के पास खड़े होकर तीन–चार बार यूसुफ़ को पुकारा। यूसुफ़ ने आँखें खोलीं। ऐमल ने उससे पूछा– "कैसा लग रहा था?" वह चुप रहा। ऐमल उसके पास बैठ गयी। वहाँ अँधेरा था। ऐमल ने फिर कहा– "सो गये थे?" यूसुफ़ ने कुछ नहीं कहा। ऐमल ने अनुमान लगाया कि यूसुफ़ पर लकुम यकुम का नशा चढ़ चुका है। उसने यूसुफ़ के कन्धे पर हाथ रखा। उसके कान के पास धीरे–से कहा– "अँधेरे से मत डरो, अँधेरा ज़िन्दगी है।"

"डर कौन रहा है? मैं तो एक सुन्दर सपना देखकर हैरान था।" यूसुफ़ ने कहा।

"तुम अब भी सपने में ही हो।" ऐमल ने कहा।

'क्या ....?" बड़ी हैरत से यूसुफ़ ने पूछा।

ऐमल उसके पास आयी। यूसुफ़ ने ध्यानपूर्वक उसकी ओर देखा। उसका नशा बढ़ गया था। ऐमल अँधेरे में बिल्कुल उस अप्सरा की तरह

उसे लगी, जिसने उसकी आँखों पर चुम्बन लिया था। वह विश्वास और अनिश्चितता की स्थिति में था। उसने सोचा, वह वास्तव में जीवित है या किसी सपने में जीवित है। अनिश्चितता उसके विश्वास पर छा गयी। उसने धीरे–से कहा– 'गॉडेस'।

ऐमल ने उसका हाथ अपने हाथ में लिया। उसकी उँगलियाँ ऐमल की उँगलियों में जकड़ गयीं। वे दोनों खड़े हो गये। कुछ देर बाद दोनों किचन से सम्बद्ध कमरे में थे। कमरे के एक कोने में मेज़ पर शेत(मज) की मूर्ति रखी हुई थी। ऐमल दो पल उसके सामने खड़ी रही। यूसुफ़ का हाथ उसके हाथों में था। दोनों की उँगलियाँ उनके दिलों की असाधारण तेज़ धड़कन की मुख़बिरी कर रही थीं। ऐमल ने धीरे से कहा– "बातिल के उन्मूलन और आत्मा के गीतों की स्वतन्त्रता के लिए।" उसने यूसुफ़ की ओर देखा। अँधेरे में भी ऐमल की आँखें चमक रही थीं। ऐमल ने यूसुफ़ की आँखों में झाँकते हुए कहा– "असत्य सत्य सत्य असत्य।"

ऐमल भी लकुम यकुम से प्रभावित थी, लेकिन यूसुफ़ के क़दम लड़खड़ा रहे थे। ऐमल ने पलंग पर बैठने में यूसुफ़ की मदद की।

कमरा बहुत देर से बन्द था। उसे गर्मी का अनुभव हुआ। उसने ए.सी का बटन दबाया और टेबल पर रखी इत्र की शीशी उठायी। इत्र अपने कान के नीचे और गर्दन पर लगाया। यह वही इत्र था जो पहली मुलाक़ात में यूसुफ़ ने बुराशिद को भेंट स्वरुप दिया था। इत्र की गन्ध ज्यों ही यूसुफ़ के नथुनों तक पहुँची, उसने ऐमल की ओर नज़रें उठायीं। ऐमल के क़दम उसकी ओर बढ़े। पलंग पर आकर वह यूसुफ़ के पहलू में गिर गयी। इत्र की ख़ुशबू प्रभावशाली थी। यूसुफ़ ऐमल की ओर मुड़ा। ऐमल ने उससे कुछ कहा और बात पूरी होने के साथ ही उसके माथे का चुमबन किया। आसमान में चाँद नहीं था। कमरे में अँधेरा था। बिस्तर पर दोनों नग्न थे। शेत के चेहरे पर मुस्कान थी। ऐमल ने एक बार सोचा था कि सम्भव है, आज बँगले के चारों ओर शेत की पूजा करने वाली कुछ आत्माएँ हों। वे चाहती हों कि यूसुफ़ और ऐमल की इस प्यास को देखें जो आत्मा के रस, पसीने और थूक से मिटती है, लेकिन वे ऐसा करने में असमर्थ थीं क्योंकि उन्हें शेत का आदेश याद था– "अँधेरे में जहाँ वह मौजूद होता है, वहाँ उसकी शक्ति के कारण आत्माएँ धुएँ में बदल जाती हैं। उन्हें अपनी मूल स्थिति में आने के लिए हज़ारों साल ब्रह्माण्ड में भटकना पड़ता है।" ऐमल ने पेगन (Pagan) सभ्यता की एक

कथा सुनी थी जिसमें एक लड़की अपने शरीर का इत्र एक युवा के बदन पर लगाती है, जिससे न केवल उसके शरीर पर लगे घाव भर जाते हैं बल्कि उसकी आत्मा पर लगा विश्वासघात का दाग़ भी अचानक मिट जाता है। ऐमल के मन में यह कहानी उस पल क्यों रौशन नहीं हुई, यह शायद ऐमल को भी पता नहीं था। आख़िरकार, उसने अपने गुलाबी होंठ की पंखुड़ी से स्रावित होने वाली लार अपनी उँगलियों में लेकर यूसुफ़ के होंठ, गर्दन और छाती पर मल दी। ऐमल के शरीर की गन्ध बड़ी तेज़ थी, जिसने इत्र की गन्ध को मन्द कर दिया। इस गन्ध ने यूसुफ़ के ख़ून के प्रवाह को तेज़ किया और उसकी आत्मा को एक आनन्दपूर्ण तरंग के लिए तैयार किया। यूसुफ़ दुबारा स्वर्ग के तालाब में था जहाँ आत्मा वास्तविक मिलन की सन्तुष्टि के लिए एकत्रित होती हैं।

सुबह पाँच बजे जब उसकी आँख खुली, वह सोफ़े पर लेटा हुआ था। सफ़ेद कुर्ते और पजामे में ख़ुद को देखकर वह पल भर के लिए हैरान हुआ। उसने अपने आप को टटोला। क्या वह वही आदमी था जो वह था या वह आदमी, जो उसे लगता था कि वह है या वह आदमी, जो वह नहीं था, लेकिन उसे लगता था कि वह है। उसके स्थिति में कोई ऐसा परिवर्तन नहीं हुआ था जिसका उसे अनुभव होता। वह अपनी पूर्व स्थिति में उपस्थित था। उसने याददाश्त पर बल दिया। उसे कोई बात प्रमाणित रूप में याद नहीं आ रही थी। उसे ऐसा लग रहा था कि रात ऐमल ने उसे कोई वस्तु खिलायी थी, जिसके बाद उसका मन एक दूसरी दुनिया का भ्रमण कर रहा था और फिर कुछ देर बाद ऐमल उसके पास आकर बैठ गयी थी। उसने किचन की ओर नज़र उठाकर देखा। किचन से सम्बद्ध कमरा बन्द था। उसने याद किया, किचन से सम्बद्ध कमरे में ऐमल उसे ले गयी थी। ऐमल ने अपनी कनपटी पर इत्र लगाया था। जब वह ऐमल की ओर मुड़ा उसने कहा था– "मनुष्य केवल एक जानवर है। इच्छाओं को मारने के बाद भी जानवर ही रहेगा। इसलिए, इच्छाओं को न मारो।"

ये बातें उसे याद आयीं, लेकिन इस प्रकार मानो एक सपना था जिसकी धुँधलाहट के कारण आदमी विश्वास न कर पाये। उसकी मानसिक स्थिति ऐसी थी मानो वह देजाफू (Deja Vu) से पीड़ित था। यूसुफ़ सोच रहा था जो उसे याद आ रहा है, उस पर वह विश्वास किस आधार पर करे? बहुत सम्भव है कि जो कुछ याद आ रहा है, वह सत्य न हो बल्कि देखा गया सपना हो। उसने सोचा, कई बार ऐसा हुआ है कि उसने जो सपने देखे थे, उनके बारे में उसे यह लगा था कि वह सच में घटित हो रहे हैं, लेकिन वह सपना था, जबकि उसका दिल उससे यह कह रहा था कि यह सपना नहीं सत्य है'। विचारों के बहुत सारे ख़ाके उसके दिल में बने, कुछ देर तक उसकी आँखों में तैरते रहे और फिर दुबारा उस पर उनींदापन सवार हुआ। वह इस तरह सोता रहा जैसे वह जीवित नहीं है। दोपहर बारह बजे उसकी आँख खुली जब ऐमल ने उसके पास खड़े होकर कहा, "गॉडेस चाहती है राजकुमार अब उठ जायें।"

ऐमल का वाक्य उसके कानों में गूँजता रहा। उसको विश्वास हो गया कि रात केवल एक सपना नहीं था बल्कि एक वास्तविकता थी जो किसी सपने से कम नहीं थी। ऐमल सामने कुर्सी पर बैठी चॉकलेट खा रही थी। दीवार पर टँगी घड़ी में यूसुफ़ ने समय देखा और ऐमल की तरफ़ देखते हुए कहा, "दोपहर हो गयी। इतनी देर तक तो मैं कभी नहीं सोया।"

ऐमल ने उसकी आँखों में देखते हुए कहा। "जिस तरह रात 'सोये', क्या उस तरह कभी सोये थे?"

वह चुपचाप ऐमल की ओर देखता रहा।

ऐमल शरारत के मूड में थी, उसने कहा– "चॉकलेट खाओगे? रात तो कह रहे थे ऐमल, यू आर लाइक अ चॉकलेट।"

सहवास के समय कहा गया वाक्य उसे भी याद आया। वह मुस्कुराया।

"तुम इनक्रेडिबल हो, इस धरती की नहीं हो।" यूसुफ़ ने कहा।

"अब तुम भी इनक्रेडिबल सत्य का भाग हो।" ऐमल ने कहा।

दोनों ने कुछ देर बातें कीं, फिर यूसुफ़ ने कहा कि वह फ्रेश होना चाहता है। यूसुफ़ अपने कमरे की ओर गया। ऐमल किचन में गयी। वर्दतुस्सआदह गार्डन में एक पेड़ की छाया में बैठी गिलहरियाँ देख रही थी।

बाथरूम में यूसुफ़ ने कपड़े उतारे। नहाने जा रहा था कि एक बड़े आईने में उसकी नज़रें उसके सीने पर गयीं। उसने ध्यान से देखा। उसके सीने के बालों में कुछ लगा हुआ था। उसे याद आया, यह किस बात की निशानी है? वह मुस्कुराया। ऐमल के शरीर की गन्ध का मन्द अनुभव उसने अपने नाक में महसूस किया। नहाते हुए उसने रात की हर बात को फिर से अपने मन में चरण–दर–चरण किसी फ़िल्म की तरह देखा। आनन्द की लहरें बहुत देर तक उसके दिल में उठती रहीं। इतने सालों में वह अपने आप से इतना संगत, सन्तुष्ट और ख़ुश नहीं हुआ था। उसका ख़ुद से इससे पहले कोई संवाद नहीं हुआ था। अब जो भी हुआ था, वह उसके जीवन की सबसे बड़ी पहेली थी, लेकिन इस पहेली में जीवन के सौन्दर्य का भेद भी निहित था। वह इस भेद में डूबा रहना चाहता था। एक घण्टे बाद ऐमल जब उसके कमरे में पहुँची तब भी वह अपने आप में मग्न था। ऐमल ने उसकी आँखों में इच्छाओं की पैदाकर्दा हैरानी को देखा। वह ख़ुद इस हालत से गुज़र चुकी थी। इसके अलावा वह जानती थी कि कब किस सच को ज़ाहिर करना चाहिए? ऐमल ने उसका मूड बदलने के इरादे से कहा, "जल्दी तैयार हो जाओ" कुछ सामान ख़रीदने के लिए पुणे चलना है।" व तैयार होकर बाहर आया। उसी समय ऐमल ने उसके लिए ब्रेड टोस्ट और कॉफी बना रखी थी। नाश्ता करने के बाद वह पुणे के लिए निकल पड़े। वर्दतुस्सआदह ने साथ जाने से इनकार कर दिया। उसका दिल किताब के अध्ययन में लगा हुआ था।

कार बँगले के गेट से बाहर निकली। वर्दतुस्सआदह ने दुबारा किताब पढ़ना शुरू किया।

किताब में लिखा था–

लगभग एक लाख अमेरिकी और बीस हज़ार यूरोपियन शैतानी धर्म में शामिल हैं। सदी के अन्त तक दुनिया भर में तीन लाख लोग शैतानी धर्म के प्रशंसक हो जायेंगे। शैतानी चर्च, शेत का मन्दिर और शैतानी स्वतन्त्रता का चर्च इस आस्था के मानने वालों के बहुत संगठन हैं। शैतानपूजा का आधार 1966 में एंटन जैंडर लावी (Anton Szandor Lavey) की ओर से शैतानी चर्च की स्थापना से पड़ी, लेकिन शैतानपूजा का उदाहरण इससे पहले से उपस्थित है। उदाहरणतयः 1948 में हर्बर्ट आर्थर सिल्वायने की ओर से अमेरिकी राज्य ओहाइयो में Ophite Cultus Satana नामक एक समूह स्थापित किया गया था। 1960 के बाद सामने

आने वाले शैतानपूजा समूह वैचारिक दृष्टि से एक–दूसरे से बहुत अलग थे। हालांकि उनमें दो सिद्धान्त थे। पहला सिद्धान्त, नास्तिक (Atheist) कहलाता है, जिसके अनुसार, शैतानपूजा धर्म नहीं है बल्कि सिद्धान्त और विचारशैली का नाम है और यह समूह शैतान की पूजा के बजाय उसकी शिक्षाओं का पालन करने को शैतान की पूजा करने की कल्पना करता है। दूसरा सिद्धान्त आस्तिक (Theist) कहलाता है, जिसके अनुसार, शैतान पूर्णतयाः एक अलौकिक आस्तित्व और देवता का दर्ज़ा रखता है। उसकी पूजा की जाती है'। (2)

कार खंडाला से बाहर निकलने लगी तो ऐमल ने यूसुफ़ को बताया कि जब वह पीएच.डी की थीसिस के लिए शोध कर रही थी, उस समय वह कुछ समय पूर्वी जर्मनी के एक शहर रीखनबाख में ठहरी थी। वहाँ कुछ नवयुवकों ने एक पुराने पुल से कूदकर आत्महत्या कर ली थी। सामूहिक आत्महत्या की यह घटना बहुत मशहूर हो गयी थी। उसके गुरु ने उसे इस घटना का कारण पता करने के लिए कहा। ऐमल ने बताया कि जो जानकारी उसने जमा की, उसके अनुसार वह इस नतीजे पर पहुँची थी कि ये नवयुवक शैतानचर्च के सदस्य थे। जिन सच्चाइयों से उनका सामना हुआ था, वह उनके लिए शायद असहनीय था। बहुत सम्भव है कि पूर्व आस्था की हार से उनका दिल टूटा हो या ब्रह्माण्ड की व्याख्या और नये विवरण का नशा उनके सिर चढ़ गया हो।

यूसुफ़ ने पूछा– "शैतानी चर्च क्या है?"

ऐमल ने शैतानपूजा का संक्षिप्त परिचय प्रस्तुत किया और यूसुफ़ को बताया कि आधुनिक युग में शैतानी चर्च का संस्थापक एंटन जैंडर लावी है और कहा बहुत सम्भव है, आत्महत्या करने वाले नवयुवक लावी की किताब 'शैतानी बाइबल' पढ़कर शैतानपूजा की ओर इच्छुक हुए हों।

यूसुफ़ ने तुरन्त पूछा– "लावी कौन है और यह शैतानी बाइबल क्या है?"

ऐमल ने बताया, "एंटन जैंडर लावी एक आकर्षक व्यक्तित्व का मालिक था। उसके अनुयायी उसे 'ब्लैकपोप' कहते हैं। लावी ने सैन फ्रांसिस्को में 1966 में शैतानी चर्च की नींव रखी थी। उसका घर 'ब्लैकहाउस' कहलाता था, जहाँ वह शैतानपूजा में दिलचस्पी रखने वाले लोगों को व्याख्यान दिया करता था। अपने उपदेश की वह फ़ीस भी लिया करता था।"

यूसुफ़ उत्सुक निगाहों से ऐमल की ओर मुड़कर देखता रहा और कार चलाता रहा।

ऐमल ने उसकी दिलचस्पी को देखते हुए कहा कि लावी विशिष्ट शैतानी भेष बनाकर शैतानी संस्कार निभाता था। अक्सर सींगों वाली टोपी पहनकर शैतान की तरह दिखने का प्रयास किया करता था। चर्च ऑफ़ सेटन की स्थापना के बाद उसने शैतानपूजा की मान्यताओं और संस्कारों पर आधारित किताब 'शैतानी बाइबल' पर काम शुरू किया जो 1969 में प्रकाशित हुई।

"अच्छा...।" यूसुफ़ के मुँह से निकला। उसने पानी की बोतल से एक घूँट पानी पिया। ऐमल ने पानी की बोतल उसके हाथ से वापस ली और ख़ुद भी थोड़ा पानी पिया।

पानी की बोतल एक ओर रखते हुए ऐमल ने बताया कि शैतानपूजा के विषय पर लावी की किताब सशक्त और व्यापक है। इस किताब में शैतानपूजा के मूल मान्यताओं, दर्शन और संस्कारों को सीमाबद्ध किया गया है। ऐमल ने बताया कि 1972 में लावी की एक और किताब 'शैतानी संस्कार' (Satanic Rituals) प्रकाशित हुई थी, जिसमें भिन्न–भिन्न भाषाओं में शैतानपूजा के विभिन्न क्रियापद्धति की संक्षिप्त समीक्षा प्रस्तुत की गयी है। लावी ने अपनी विचारधारा को आगे बढ़ाने के लिए बहुत किताबें लिखी हैं, जिनमें 'शैतान कह रहा है', 'शैतान की नोटबुक' और 'शैतानी जादू' (The Satan Speaks, The Satanic Witch & The Devil's Notebook) शामिल हैं।

"अजीब बात है, यहाँ लोग भगवान को मानने के लिए तैयार नहीं और लावी शैतान का उपदेश देता है।" यूसुफ़ ने कहा।

वर्दतुस्सआदह अपने कमरे से बाहर निक़ली। गैलरी से नीचे झाँक कर देखा। बँगले की दीवार पर उगी बेलों पर कई तितलियाँ उमड़ रही थीं। एक कोयल ट्यूबलाइट पर बैठी थी। गेट के दरवाज़े की कुंडी पर गिरगिट धूप का आनन्द ले रहा था। वर्दतुस्सआदह गैलरी के पूर्वी हिस्से में आयी। आसमान में कुछ बादल थे, जिनके कारण पास के पहाड़ों पर कहीं–कहीं गहरे काले धब्बे दिखायी दे रहे थे। इन काले धब्बों को कुछ देर वर्दतुस्सआदह ने ध्यानपूर्वक देखा। वहीं एक कुर्सी रखी हुई थी। वह कुर्सी पर बैठ गयी। किताब उसके हाथ में थी। उसने गैलरी से गर्दन टेक

कर पढ़ना शुरू किया– "शेत का मन्दिर नामक संगठन शैतानीचर्च के पूर्व सदस्य माइकल एकीनो ने 1975 में स्थापित किया था। एकीनो ने लावी से अपने विरोध का कारण उसकी धन कमाने की हवस को बताया था। एकीनो के अनुसार, शैतान एक आश्चर्यजनक जीती–जागती आस्तिव का मालिक था जिसे वह शेत कहता था। लावी अपनी भौतिकवाद के कारण शैतानपूजा के लिए बदनामी का कारण बना।"

यूसुफ़ की बात सुनकर ऐमल मुस्कुरायी। उसने कहा– "यही सवाल लावी करता है कि क्यों परमेश्वर को माना जाये?"

"क्या कहना है लावी का?" यूसुफ़ ने पूछा।

"अपनी आत्मा की अँधेरी खाई में हम सभी मानव कुछ और नहीं, केवल और केवल एक प्रकार के जानवर हैं। हम चाहे कितने ही वैभवशाली और बुद्धिमान हों, विषयासक्त इच्छा रखते हैं, जो कभी–कभी हमारे लिए भयानक और चिन्ता का विषय हो सकती है। इसलिए बहुत से लोग इन विषयासक्त इच्छाओं को दबाने या अनदेखी करने का प्रयास करते हैं, लेकिन इस प्रक्रिया से वह इच्छायें अधिक भयावह हो जाती हैं।" ऐमल ने एक साँस में यूसुफ़ से कहा।

यूसुफ़ ने ऐमल की आँखों में एक पल के लिए झाँका और कहा– "अल्लाह का करम है, यहाँ ऐसा कुछ नहीं है। शैतान पश्चिम में अपना जाल फैला रहा है।"

इस वाक्य पर ऐमल ने ठहाका लगाया। उसको ठहाका लगाते हुए देखकर यूसुफ़ को अच्छा लगा। वह भी मुस्कुराया। ऐमल ने मुस्कुराते हुए कहा, "महोदय, भारत में इस सदी के अन्त तक 45 हज़ार लोग नियमित रूप से शैतानपुजारी हो जायेंगे। नागालैंड, मिज़ोरम, मेघालय और केरल में शैतानपूजा की प्रवृत्ति फैल रही है।" उसने अपने वाक्य को दोहराते हुए कहा कि भारत के ईसाई बाहुल्य राज्यों में शैतानपूजा, जंगल की आग की तरह फैल रही है और उसे रोकना आसान नहीं है। शैतान पुजारियों की इस संख्या में 75 प्रतिशत महिलायें शामिल हैं।

"या अल्लाह!" यूसुफ़ के मुँह से निकला।

"भारत का सबसे शानदार और प्रभावशाली शैतानीचर्च मुम्बई में है जिसके स्थायी सदस्यों की संख्या 10 हज़ार है। बेंगलूर, पुणे, चेन्नयी में शैतान पुजारियों की संख्या हज़ारों में है।"

"अच्छा" यूसुफ़ के मुँह से निकला।

"अगर तन्तारिक उर्फ़अ फमकाली को शैतान का एक रूप कल्पित कर लिया जाये तो फमकाली के 50 करोड़ से अधिक पुजारियों के साथ भारत, दुनिया में शैतानपूजा का सबसे बड़ा केन्द्र होगा।" ऐमल ने बड़े गर्व से कहा।

वर्दतुस्सआदह ने कुर्सी को गैलरी की ओर मोड़ दिया। पैर गैलरी की दीवार पर रखे। अध्ययन कर रही किताब से अपनी डायरी में निम्नलिखित पैराग्राफ़ उतारा। शायद इस पैराग्राफ़ को वह किसी लेख में संदर्भ के रूप में उपयोग करने वाली थी?

"शोधकर्ताओं के अनुसार, यहूदियों का छह कोणों वाला तारा (Hexagon) भी शैतानपूजा का प्राचीन प्रतीक है, जो अतीत में मिस्र की ओर से शैतान के निशान के रूप में अपनायी गयी थी। षट्कोण तारा, शैतानी शक्तियों को प्राप्त करने के लिए श्रेष्ठ रणनीति को अपनाया जाता है। कुछ लोगों का विचार है कि त्रिशूल शैतान की शक्ति का एक नमूना है। यही कारण है कि यूरोपीय पुनर्जागरण काल में जब इटली और बाद में फ्रांस और इंग्लैंड में खाना खाने के 'सभ्य' तरीके के रूप में चाकू–काँटे का इस्तेमाल शुरू हुआ तो लोगों की बड़ी संख्या ने काँटा (fork) को शैतानी उपकरण बताकर उसे हाथ लगाने से इनकार कर दिया था। हालाँकि उससे बहुत पहले सातवीं शताब्दी में मध्य पूर्व के शाही महलों में खाने के लिए काँटे का उपयोग शुरू हो चुका था।

"मैंने कभी इस ओर ध्यान नहीं दिया कि भारत में वास्तव में लोग शैतान के प्रशंसक हैं।" यूसुफ़ ने ऐमल की बात के जवाब में कहा। इस विषय पर वे दोनों बातें करते रहे। शुरू में यूसुफ़ को यह विषय बनावटी लगा, लेकिन जल्द ही उसकी दिलचस्पी बढ़ गयी। यूसुफ़ की दिलचस्पी का मुख्य कारण ऐमल थी। ऐमल की निकटता में वह ख़ुद को बेताज बादशाह महसूस कर रहा था। एक रात पहले ऐमल ने जिस पागलपन से उसे परिचित किया था, अब वह उस जादुई दुनिया में बार–बार जाना चाहता था। ऐमल की बातें सुनते हुए कई बार उसने ख़ुद को कल्पना की सेज़ पर ऐमल की बाँहों में महसूस किया था।

सत्तर किलोमीटर की दूरी तय हो गयी, लेकिन यूसुफ़ को लगा कि उसने मुश्किल से सात किलोमीटर कार चलाई होगी। शहर के बीच में

एस.टी. स्टैंड के पास बरगद के एक पेड़ के नीचे उसने कार पार्क की। पुराने बस डिपो के चारों ओर की कुछ दुकानों से ऐमल ने आवश्यक वस्तुयें ख़रीदीं। फिर एक रेस्टोरेंट में बैठकर उन्होंने नाश्ता किया। इस बीच ऐमल ने उसे बताया कि वे पार्वती हिल चलेंगे। यूसुफ़ को उस स्थान का ज्ञान नहीं था। रेस्टोरेंट से बाहर निकलने के बाद यूसुफ़ ने पानपट्टी से एक पैकेट सिगरेट और दो मीठे पान बनवा लिए। पान वाले से उसने पार्वती हिल का रास्ता भी पूछ लिया। पार्वती हिल तक यात्रा के दौरान ऐमल पुणे शहर को देखती रही और भारत के शहरों का इतिहास और चित्रों पर आधारित एक पुस्तिका पढ़ती रही। पार्वती हिल की ऊँचाई पर पहुँचकर उन्होंने वहाँ से पुणे शहर को देखा। यहाँ से पुणे बिल्कुल अलग दिखायी देता है। ऐमल ने बैग से कैमरा निकाला और आस–पास के दृश्यों को कैमरे में क़ैद करने लगी। यूसुफ़ ने ऐमल के हाथों से कैमरा लेते हुए उससे कहा कि इतने सुन्दर दृश्यों के साथ उसकी फ़ोटो खींचना आवश्यक है। ऐमल मुस्कुरायी और मुस्कुराते हुए उसने फ़ोटो खिचवायी। ऐमल ने भी यूसुफ़ के दो–चार फ़ोटो खींचे। यूसुफ़ ने ऐमल को मीठा पान दिया। ऐमल ने पूछा यह क्या है? यूसुफ़ ने कहा, "भारतीय लकुम यकुम।"

ऐमल ने ज़ोरदार ठहाका लगाया बल्कि अपने दाहिने हाथ से यूसुफ़ की छाती पर एक मुक्का मारा। यूसुफ़ ने उसके कन्धे पर हाथ रखा और कहा, "डरो मत, इसे खाने से आदमी इसी दुनिया में रहता है।" ऐमल ने यूसुफ़ की ओर देखा। उसकी आँखों में इश्क़ के विष–सा कुछ था। यूसुफ़ उसको सहन न कर सका। उसने जल्दी से आँखें दूसरी ओर फेर लीं।

पार्वती हिल पर पाँच मन्दिर हैं। बहुत सारे भक्त इन मन्दिरों के दर्शन के लिए आते हैं। इस स्थान की प्रतिष्ठा पुरातत्व के रूप में भी है। यहाँ शिव, पार्वती, कार्तिकेय, विष्णु, राम, विट्ठल के मन्दिर हैं। ऐमल कार्तिकेय के मन्दिर को देखना चाहती थी। उसने हिन्दू माइथोलॉजी (पुराण) का भी गहराई से अध्ययन किया था और जिन दर्ज़न भर हिन्दू पौराणिक देवताओं में उसकी दिलचस्पी थी, कार्तिकेय उनमें से एक था। कार्तिकेय प्रेम, युद्ध, बुद्धि और जीत का देवता है, शिव और पार्वती का बेटा। वाल्ली और देवयानी उसकी पत्नियाँ थीं। कर्नाटक और आंध्रप्रदेश में वह सुब्रमण्या, के नाम से प्रसिद्ध था। तमिल समुदाय उसे 'मॉर्गन' के नाम से पुकारती है। कार्तिकेय की पूजा दक्षिण भारत, श्रीलंका, मॉरीशस, मलेशिया

और सिंगापुर में विशेष रूप से होती है। कार्तिकेय को लाल भगवान के रूप में व्यक्त किया जाता है, जिनके छह सर हैं। मोर उनकी सवारी है। मोर पर उनको अपनी पत्नियों के साथ विराजमान दर्शाया जाता है और मोर के पंजों में नाग जकड़ा हुआ होता है। ऐमल ने अपने शोध के समय कार्तिकेय के विभिन्न चित्रों को देखा था। वह अक्सर सोचा करती थी कार्तिकेय सदाबहार, हमेशा जवान रहने का प्रतीक है। दो पत्नियाँ एक साथ उसकी बाँहों में होती हैं और वह मोर की सवारी करता है। नाग मोर के पंजों में होता है। दो पत्नियाँ, मोर, नाग ठोस लक्षण थे जिनके अर्थ को वह समझने का प्रयास करती थी। ऐमल ने कार्तिकेय के मन्दिर की फ़ोटो ली। मन्दिर के पास ही एक चबूतरे पर बैठकर उसने यूसुफ़ को मॉर्गन के बारे में अपने विचार बताए। ऐमल के ज्ञान और प्रखरता से यूसुफ़ जिस प्रकार प्रभावित हो रहा था, उसी गम्भीरता से प्रेम में गिरफ़्तार हो रहा था। आधा घण्टा वे दोनों वहाँ बैठे होंगे। जब वे निकले तो मन्दिर के अन्दर कार्तिकेय की सवारी, मोर ने साँप से कहा– "बाहर जो औरत अभी बैठी थी, उसका पति सात साल बाद फ़रवरी की 13 तारीख़ को पुणे में मार दिया जायेगा।" साँप ने तुरन्त कहा– "मार दिया जायेगा? क्या वास्तव में!"

मोर, नाग की बुद्धिमानी पर मुस्कुराया और उसने कहा– "नहीं, हत्या नहीं, बल्कि एक विस्फोट में बेमौत मारा जायेगा।"

पार्वती हिल से वे नीचे उतरे। एक रेस्टोरेंट में खाना खाया। खाने के समय ऐमल ने बताया कि शाम जब वे बँगले पर पहुँचेंगे, उस समय तक बुराशिद भी वहाँ पहुँच चुका होगा। यूसुफ़ का चेहरा उतर गया। ऐमल ने छाछ का गिलास उसकी ओर बढ़ाते हुए कहा कि आठ तारीख की रात पार्टी होगी। पार्टी की रात ठीक बारह बजे बत्ती गुल कर दी जायेगी। अँधेरे में पार्टनर का इन्तेखाब करने के लिए सभी स्वतन्त्र होंगे। आमतौर पर ऐसी सभा में पार्टनर का चुनाव उसके बदन की ख़ुशबू से किया जाता है। मेरी गर्दन पर वही इत्र लगा होगा जो तुमने बुराशिद को उपहार में दिया था।

उसकी बात काटते हुए यूसुफ़ ने कहा, "वही जो तुमने....।" उसका वाक्य पूरा होने से पहले ऐमल ने अपने होंठों पर एक उँगली रखकर उसे चुप रहने का संकेत किया। दोनों ने एक–दूसरे की आँखों में देखा। उन आँखों में शरीर मिलाप की इच्छा की नग्न अभिव्यक्ति थी। जब वे रेस्टोरेंट से निकले, दोनों खुश लग रहे थे। यूसुफ़ पार्टी का विवरण जानने के लिए बेचैन था।

कार पुणे शहर से बाहर निकली।

ऐमल ने सुबह से बहुत सारी ऐसी बातें यूसुफ़ से की थीं, जिनके कारण उसके मन में उथल–पुथल हो रही थी। अनगिनत विचार उसके मन में बुलबुले बनकर उभरते, लेकिन ऐमल के अस्तित्व की गर्मी का अनुभव उनको दुबारा मन की अम्लता में भंग कर देता। सुबह से दो–तीन बार उसने चिन्ता की एक लहर को दिल की चारदीवारी में करवट लेते हुए अनुभव किया था, लेकिन जैसे ही उसकी आँखें ऐमल की आँखों से मिलतीं और बीती रात की खुशबू उसकी आत्मा में ताज़ा हो जाती, चिन्ता की लहर दिल की चारदीवारी की अविश्वसनीय विस्तार में ऐसे विलुप्त हो जाती जिस तरह बारिश की बूँदें रेगिस्तान में गायब हो जाती हैं। उसने चुप रहने को प्राथमिकता दी।

उसने प्रत्यक्ष रूप से पार्टी के विवरण को नहीं पूछा बल्कि लावी की शिक्षाओं के बारे में सवाल किया। ऐमल ने संक्षेप में लावी की शिक्षाओं के मुख्य बिन्दुओं के बारे में उसे कुछ बातें बतायीं।

पच्चीस–तीस किलोमीटर की यात्रा के बाद वे सड़क के किनारे एक ढ़ाबे पर रुक गये। ढाबे पर पात(एक प्रकार की घास जिसका उपयोग चाय को सुगन्धित करने के लिए किया जाता है।) की चाय मज़े लेकर पीते रहे। सूरज ढल रहा था। मौसम शान्त था। अक्टूबर के अन्तिम दिन थे। शाम से ही हवाओं में ठण्डक का अनुभव होने लगा था। जहाँ वे खड़े थे, वहाँ से पर्वत श्रृंखला की शुरुआत थी। यूसुफ़ और ऐमल के चारों ओर

हवा में जंगली कीड़े उड़ रहे थे। एक चमकदार, तांबे जैसे रंग वाला बड़ा–सा कीड़ा उड़ता हुआ आया और ऐमल के माथे से टकराकर टेबल पर गिरा। ऐमल मुस्कुरायी और यूसुफ़ की ओर देखकर कहा, "माई गॉड, कितना सुन्दर है?"

यूसुफ़ ने कीड़े को देखा, फिर ऐमल की ओर देखा। ऐमल ने उसकी ओर नज़रें उठायीं। उसने अपनी आँखें झुकायीं और कीड़े को पकड़ने का प्रयास किया, लेकिन ज्यों ही यूसुफ़ का हाथ उसकी ओर बढ़ा, वह उड़कर सड़क की ओर चला गया। यूसुफ़ ने दुबारा नज़रें ऊपर उठायीं और ऐमल की ओर देखा। यूसुफ़ को अपनी ओर नज़रें उठाते हुए अनुभव करके ऐमल ने निगाहें सड़क की ओर मोड़ लीं। ऐमल का चेहरा यूसुफ़ की पुतलियों में क़ैद था। इस बात का अहसास ऐमल को भी था, लेकिन उसकी आँखें कीड़े को ढूँढ़ रही थीं जबकि वास्तविकता यह थी कि ऐमल की केवल आँखें सड़क की ओर थीं, लेकिन ध्यान पूरी तरह यूसुफ़ की तरफ़ था। यूसुफ़ की आँखें ऐमल के माथे, आँखों, पलकों, भौं, नाक, नथुनों, होंठों और कान के पास बिखरे बालों को देख रही थीं। ऐमल का चेहरा उसके दिल में किसी इश्क़ के दाग़ की तरह छप गया था, जिसमें एक अदभुत चुम्बकीय शक्ति थी जिसके आकर्षण से यूसुफ़ का विश्वास धीरे–धीरे डूबता जा रहा था। वह चेहरा जो लैंगिक प्रक्रिया की भावना को एक तूफ़ान में बदल दे, क्या वह केवल एक शक्तिशाली चुम्बकीय शक्ति होती है या कोई अस्पष्ट ब्लैक होल, जिसमें व्यक्तित्व और अस्तित्व, दोनों लुप्त हो जाते हैं? ऐमल की आँखों को कीड़ा कहीं दिखायी नहीं दे रहा था, जिसका कारण शायद यह भी था कि उसकी आत्मा की आँखें यूसुफ़ की आँखों की तड़प और दीवानगी का अनुभव कर रही थीं। वासना आत्मा की भूख है और आत्मा जब मुक्त होती है तो उसका नृत्य इस भावना में छुपा होता है। ऐमल एक स्वतन्त्र आत्मा थी और उसकी आत्मा अपने नृत्य का खण्डन भी नहीं थी। ऐमल ने अनुभव किया कि उसकी नाभि में एक बहुत बड़ी दरार है। इस दरार में दुनिया के सभी पवित्र पुस्तकों के पन्ने बिखरे पड़े हैं। उसने एक पल के लिए आँखें बन्द कर लीं। उसने अनुभव किया कि पवित्र शास्त्रों के बिखरे पन्ने तितलियों में बदलकर उसकी नाभि की अथाह गहरायी से मुक्त हो रही हैं। हज़ारों रंग और सुन्दर परों वाली यह तितलियाँ उसके आस–पास बिखर गयीं। उसने आँखें खोलीं तो

यूसुफ़ टेबल के सामने खड़ा था। उसने कहा– "चलो चलते हैं।" उसकी आवाज़ धीमी थी। ऐमल ने कोई जवाब नहीं दिया। उसे अहसास था कि उसके गले से भी ऐसी ही टूटी आवाज़ निकलेगी।

कार कुछ आगे बढ़ी। एक सूखी हुई नदी से लगकर एक कच्ची सड़क पर यूसुफ़ ने कार को मोड़ दिया। कच्ची सड़क के दोनों ओर घनी झाड़ियाँ थीं। कुछ दूर जाकर यूसुफ़ ने कार का इंजन बन्द कर दिया। यहाँ पहुँचने तक दोनों चुप थे। इंजन बन्द होते ही ऐमल ने सीट पर गर्दन झुकाकर आँखें बन्द कर लीं। यूसुफ़ ने उसकी ओर देखा। कुछ पल देखता रहा। ऐमल की आँखें बन्द रहीं। यूसुफ़ ने उसके गालों पर उँगलियाँ फेरीं। एक दबी–सी मुस्कान ऐमल के होंठों पर फैली। अभी वह आँखें खोलने वाली थी कि यूसुफ़ ने बाहर से कार का दरवाज़ा खोला।

पास एक पगडंडी नदी में उतरती थी। दोनों उस पर चलते हुए नदी के निचले भाग की ओर गये। सूखी नदी के किनारे बड़े–बड़े पत्थरों के बीच बहुत सारी जगह थी। सूर्य क्षितिज की लाली में डूब रहा था। जंगल में लाल छाया फैली थी। ऐमल एक पत्थर से लगकर खड़ी हो गयी। सूर्य की लाल पीली किरणें उसकी सफ़ेद त्वचा पर चमक रही थीं।

'You made me wild'। ऐमल ने कार में बैठते हुए कहा।

उसके चेहरे पर सन्तोष और ख़ुशी थी। उसकी आत्मा शान्त थी। होंठ चेरी की तरह गहरे शराबी रंग दिख रहे थे। कानों की लौ गर्म थी। सीने की धड़कन अभी सामान्य नहीं हुई थी। इसलिए जब उसने कहा– 'यू मेड मी वाइल्ड', उस समय उसके स्वर में लड़खड़ाहट थी। यूसुफ़ ने मुस्कुराते हुए जवाब दिया– 'I'm wild since I met you.' ऐमल ने आगे बढ़कर उसके गाल पर किस किया।

कुछ देर बाद ऐमल ने उसे बताया कि जिस प्रकार की पार्टी उसके यहाँ आयोजित होने वाली है, उस प्रकार की पार्टियों को उसके दोस्तों की सभा में 'ब्लैक मास' या 'होलो मास' कहा जाता है। ऐसी पार्टियाँ

चन्द्रग्रहण की रातों को आयोजित करना उत्तम समझा जाता है। इन पार्टियों में केवल विचारधारा में आस्था रखने वाले लोगों को आमन्त्रित किया जाता है। सभा में 'असत्य सत्य सत्य असत्य' का पाठ होता है। कहीं–कहीं पाँच कोण वाला उल्टा तारा, बाफ़ोमेट (बकरी के सर और परों वाला देवमालाई प्राणी, जिसका शरीर मानव की तरह होता है) का भी उपयोग किया जाता है। कुछ स्थानों पर ऐसी सभा में स्वतन्त्रता को नष्ट करने वाले धर्मों का प्रतीकात्मक अपमान भी किया जाता है। ऐमल की बातें यूसुफ़ सुन तो रहा था, लेकिन सुनने की इच्छा से अधिक उसके होंठों की हरकत को देखने की इच्छा उसके दिल में थी। वह बस देखता रहा। कोई सवाल नहीं पूछा। ऐमल को अहसास था कि यूसुफ़ उसकी ओर आकर्षित है।

बुराशिद और वर्दतुस्सआदह ने आंगन में बैठकर कॉफी पी। बातचीत के दौरान वर्दतुस्सआदह ने बताया कि ऐमल ज़रूरी सामान ख़रीदने पुणे गयी है।

बुराशिद ने बताया कि पार्टी में यूरोप का एक राजदूत, दो खाड़ी देशों के नायब काउंसिल जनरल, उनकी पत्नियाँ, चार भारतीय लेखक और एक राजनीतिज्ञ आ रहे हैं। इसके अलावा मुम्बई, दिल्ली, नागालैंड और केरल के सम्मानित लोग भाग लेंगे। वर्दतुस्सआदह ने पिता को सूचित किया कि वह भी नोट्स तैयार कर रही है। पार्टी से पहले उसका निबन्ध पूरा हो जायेगा। बुराशिद ने कहा कि जब ऐमल आ जायेगी तो पार्टी की गतिविधियाँ निर्धारित करेंगे। कुछ समय पश्चात् पिता–बेटी आँगन में बैठकर बातें करते रहे। आधे घण्टे बाद वर्दतुस्सआदह अपने कमरे में गयी और फिर अध्ययन में लग गयी। उसने पढ़ा– 'इन्सानी आँख वाला पिरामिड शैतानपूजा का एक प्रसिद्ध प्रतीक है। शैतानी मान्यताओं के अनुसार, यह लूसिफ़र की आँख है और शैतान पुजारियों का दावा है कि

जो इस आँख पर नियन्त्रण प्राप्त करता है, वह पूरी दुनिया के वित्तीय विभागों पर शासन करता है, जबकि मिस्र की कथाओं में इसे 'होरस की आँख' माना जाता है। बाद में शैतान पुजारी संगठन फ्री मेसन ने उसे 'सब देखने वाली आँख' के शीर्षक से सम्बोधित किया। अमेरिकी समाज और शासक वर्ग में इस संगठन के प्रभाव का अनुमान इस बात से लगाया जा सकता है कि शैतान पुजारियों का यह विशेष प्रतीक आज भी अमेरिकी डॉलर में मौजूद है। (3)

वर्दतुस्सआदह ने कुछ देर इन वाक्यों पर विचार किया फिर एक लम्बी साँस ली और पढ़ा–

'साँप की गणना शैतानपूजा के पवित्र प्रतीकों में होती है। साँप को एक ऐसी आध्यात्मिक और शारीरिक शक्ति का प्रतीक भी समझा जाता है जिसे जाग्रत करके हमेशा के लिए सुख प्राप्त किया जा सकता है। उपमहाद्वीप में नाग पूजा हिन्दू धर्म के आरम्भ होने से कई शताब्दी पूर्व से चली आ रही है और क्षेत्र में शैतानपूजा के प्राचीन प्रभाव को चिन्हित करती है। शैतान से सम्बन्धित कुछ अन्य लक्षण गोल चक्र में मौजूद इंग्लिश अक्षर 'A' जिसके दोनों खड़ी पायों को जोड़ने वाली रेखा आमतौर पर चक्र की सीमा से बाहर निकली होती है। यह चिह्न सरकारी और सामाजिक अराजकता की शैतानी का प्रतीक है। प्राचीन शैतानपूजा समूहों के अनुसार यह एक देवता का प्रतिनिधित्व करती है जो युवाओं को भ्रष्टाचार और आत्महत्या की ओर आकर्षित करने वाली शक्ति है। इसके अलावा लूसिफ़र का अमृत जाम (True Grail), मोर, 666, स्वास्तिक, खोपड़ी, हड्डियाँ और काला सूरज भी शैतानपूजा के लक्षण एंव साधन हैं। दूसरी ओर साँप या अजगर शैतान का प्रिय प्रतीक है। एक देवमालायी साँप की कल्पना ईरान और दक्षिण मेसोपोटामिया की प्राचीन सभ्यता 'सुमेर' में भी पाई जाती थी। ईरान के पारसी इसे 'अहिरमन' के नाम से पुकारते थे और उसे दुनिया में सभी मुसीबतों और तकलीफ़ों का उत्तरदायी ठहराते थे। मिस्र में उसे 'एपोफ़स' कहा जाता था और प्राचीन मिस्रवासियों के अनुसार यह हर रात सूर्य देवता को निगल लेता है जब कि सुमेरी लोग इसे 'तयामत' कहते थे'। (4)

ऐमल ने यूसुफ़ को बताया कि इबलीस निर्दोष है। उसके साथ धोखा हुआ है। उसके विरुद्ध षड़यन्त्र हुआ है। यूसुफ़ ने जब ये बातें सुनीं तो वह मुस्कुराया और उसने ऐमल की ओर आँखें सिकोड़कर ध्यानपूर्वक देखा। ऐमल ने उसकी जिज्ञासा को देखते हुए बताया कि प्राचीन हिब्रू भाषा में शैतान को 'हलील बिन सहर' अर्थात् 'सुबह का सूरज' कहा जाता था। पादरियों ने जब 'बाइबल' का लैटिन अनुवाद किया तो उन्होंने उसे 'लूसिफर' का नाम दिया। लुसिफ़ेरिज़्म के मानने वालों के अनुसार इबलीस को अनुचित रूप से स्वर्ग से निष्कासित किया गया था।

'तब रासमण्डल पर प्रचंड अँधेरा छा गया था। चालीस दिनों तक सातों तारों का प्रकाश मन्द पड़ गया। सिदरतुलमुन्तहा (मुसलामानों की आस्था के अनुसार बेरी का वह पेड़, जो सातवें आसमान पर है और उसके आगे कोई नहीं जा सका) पर हारूत और मारूत (दो दूतों के नाम) बैठकर सीना पीटते रहे। जब उनकी आँखों से बहने वाली ख़ून की गर्म नदियाँ जम गयीं तो एक हरे परों वाला देवदूत प्रकट हुआ और उसने कहा– 'तुमको देख लूँगा।'' बुजुर्ग मौलाबख़्श ने 'किताब–उल–हिकमत बैनुल आफ़ाक़' से यह पंक्ति पढ़ने के बाद अपनी चिलम में ताज़ा चरस भरा।

ऐमल ने यूसुफ़ की ओर देखे बिना कहा कि एक दिन लूसिफर झूठे दावेदार को अपमानजनक ढंग से परास्त करेगा। यूसुफ़ को ऐमल का उक्त कथन बहुत ख़तरनाक लगा। उसने कार की गति कम कर दी। सूरज डूब चुका था। अँधेरा हर जगह पर छा गया था। रास्ते से सम्बद्ध एक मैदान दिखायी दिया जहाँ कुछ वाहन खड़े थे। पास ही एक रेस्टोरेंट था। यूसुफ़ ने मैदान की ओर कार को मोड़ लिया। इमली के एक पेड़ के नीचे उसने कार खड़ी की। कार के अन्दर रौशनी की। ऐमल ने अपनी बात जारी रखी, "मध्य पूर्व में कुछ सदियों पहले इराक़ के एक भूमिगत समुदाय को इबलीस की ओर से एक शास्त्र 'बिलहयात' सौंपा गया जो पारम्परिक शैतानपुजारियों के लिए पूजनीय की ओर से पहला शास्त्र था। पारसी धर्म से निकटतम समानता रखने वाला यह सम्प्रदाय आज

भी मौजूद है और यह लोग इबलीस को 'खुदी (Self Pride)' के प्रतीक के रूप में तांबे के मोर के रूप में पूजते हैं। जिसे 'मोर देवता' कहा जाता है। यह सम्प्रदाय ईव को सम्माननीय सजदह(सर झुकाना) न करने के इबलीस के निर्णय को सही मानता है। मैं...." वह कहते–कहते रुक गयी। उसने यूसुफ़ की ओर देखा। यूसुफ़ से आँखें मिलायीं। ऐमल की आँखों में विश्वास था। यूसुफ़ हक्का–बक्का उसकी आँखों में देख रहा था। कार के चारों ओर गहरा अँधेरा था। रेस्टोरेंट के बाहर एक ट्यूबलाइट प्रकाशित थी, जिसके प्रकाश में कीड़े–मकोड़े उड़ रहे थे, टकरा रहे थे और मर रहे थे। दूसरी ओर अँधेरे में हर वस्तु शान्त थी। अँधेरा उनकी इच्छाओं की पूर्ति के लिए आवशयक था जबकि उजाले में इच्छा दिशाहीन हो जाती है। यूसुफ़ को अपनी आँखों में झाँकते हुए अनुभव कर ऐमल ने पलकें झपकाईं और कहा– "मेरा मतलब है, मैं उस समुदाय में शामिल हूँ।" (5)

इमली का पेड़ बहुत पुराना था। उसका तना काफ़ी फैला हुआ था। जड़ों के पास चूहों के बिल थे। दोपहर में एक साँप ने एक बिल में जाकर डेरा जमाया था। अगर कार आकर वहाँ नहीं रुकी होती तो शायद अब तक वह बिल से बाहर निकलकर पेड़ पर चढ़ चुका होता। पेड़ पर सैकड़ों फ़ाख़्ताएँ बैठी थीं। साँप को फ़ाख़्ताएँ लुभा रही थीं, लेकिन जब से कार वहाँ आकर रुकी थी, ऐमल और यूसुफ़ की गन्ध उसके नथुनों में सरसरा रही थी। ऐमल के वाक्यों से हवा में सरसराहट हुई तो साँप जीभ बाहर निकालकर हवा में मौजूद कम्पन को महसूस करने लगा।

वर्दतुस्सआदह ने पैराग्राफ़ को अध्ययन कर रही किताब से नक़ल किया और जब उसने अपना निबन्ध लिखना आरम्भ किया तो इसी पैराग्राफ़ से शुरुआत की–

'इबलीस का प्रिय दिन सोमवार है। नीला, लाल और काला उसके प्रिय रंग हैं। वह सुमेरी सभ्यता का देवता, EA है। इसी से कुछ सभ्यताओं ने एल बनाया। उसके रासमण्डल, दल्लो (पानी का बर्तन) और जद्दी(बकरे का प्रतीक) हैं। इसके ग्रह, यूरेनस और वीनस(सुबह का सितारा) हैं। उसकी दिशायें दक्षिण और पूर्व हैं। इबलीस के लिए साल का सबसे महत्त्वपूर्ण दिन 23 दिसम्बर है, जिस दिन सूर्य मकर राशि में एक अंश पर होता है। जद्दी, दसवां रासमण्डल है और एक अंश की वृद्धि के साथ

इसकी संख्या ग्यारह हो जाती है। सर्दियों में सूरज के सर्वोच्च स्थान पर पहुँचने के पश्चात् अगले दिन उसका निजी दिन होता है, जिसे हर सच्चे शैतानपुजारी को मनाना चाहिए'।(6)

ऐमल ने जब अपनी बात पूरी करके यूसुफ़ की ओर देखा तो उसने कहा, "मैं बहुत सारी बातों को समझ नहीं सकता, लेकिन....।" वह रुका, उसने खिड़की से इमली के पेड़ की ओर देखा। हवाओं में ठहराव था। साँप ने इस ठहराव को उन दोनों से अधिक महसूस किया। कोई बात यूसुफ़ के गले तक आकर अचानक रुक गयी थी। ऐमल के मुँह से सवालिया अन्दाज़ में 'क्या' निकलने वाला था, लेकिन उसने ख़ुद को रोक लिया। दोनों चुप थे। साँप के लिए यह चुप्पी उलझन का कारण थी। कार के चारों ओर का अँधेरा मानो कार के शीशों से कार के अन्दर प्रवेश करने के लिए मचल रहा था। ब्रह्माण्ड का सारा प्रकाश अँधेरे के गर्भ से निकला है और एक दिन फिर से प्रकाश को अपने मूल में लौटना है। यूसुफ़ ने सिगरेट सुलगायी। एक कश लिया। ऐमल ने उसके हाथ से सिगरेट ली और ख़ुद भी एक कश लगाया। ऐमल ने थोड़ा लम्बा कश लिया और धीरे–धीरे धुएँ को अपनी छाती से बाहर करने लगी। उसका यह अन्दाज़ भी यूसुफ़ को प्यारा लगा। ऐमल ने सिगरेट यूसुफ़ की ओर बढ़ाया। यूसुफ़ ने सिगरेट होंठों पर रखते हुए कहा– 'You are my lucifer, and I worship you.'

ऐमल देर तक हँसती रही। हँसते–हँसते उसने कार का दरवाज़ा खोला और बाहर आ गयी। ऐमल को इस भाव से हँसते हुए देखकर वह ख़ुश हुआ, लेकिन वह समझ नहीं पा रहा था कि ऐमल इतना हँस क्यों रही है। उसने शेष सिगरेट इसी दुविधा में फूँक दी। हँस–हँसकर ऐमल की आँखों से आँसू निकल पड़े थे। ऐमल की जब हँसी रुकी तो उसने कहा "थोड़ी चाय पी लेते हैं।" यूसुफ़ ने इशारे से रेस्टोरेंट के काउंटर पर बैठे लड़के को बुलाया और कहा, "यार, दो कप अदरक मार के स्पेशल चाय बनाना।"

चाय आने तक उसने एक और सिगरेट फूंक दी। ऐमल चारों ओर फैले अँधेरे, अँधेरे की चादर में सोए हुए पेड़ों और आसपास में दिखायी देने वाले प्रकाश के धब्बों को देखती रही।

रात लगभग साढ़े आठ बजे वह बँगले पर पहुँचे।

यूसुफ़ के आने से पहले ही बुराशिद ने इत्र का निरीक्षण कर लिया था। एक घण्टा बातों में कब बीत गया, पता नहीं चला। यूसुफ़ ने अनुमति माँगी। बुराशिद ने अपनी जेब से एक पैकेट निकाला और यूसुफ़ के हाथ में थमा दिया। यूसुफ़ ने पैकेट जेब में रख लिया। बुराशिद ने कहा "रुपये गिन लेते तो अच्छा था।" यूसुफ़ मुस्कुराया। वह बँगले से निकलने लगा तो ऐमल उसके पास आयी और कहा, वह फ़ोन पर पार्टी के विवरण के बारे में बतायेगी। रात बिस्तर पर बुराशिद ने ऐमल को दिल्ली सफ़र की तफ़सील बताई। ऐमल ने बुराशिद को बताया कि यूसुफ़ को उनके विचारों से कोई मतभेद नहीं है और अगर उस पर थोड़ी मेहनत की जाये तो वह भविष्य में मुम्बई में उनकी विचारधारा को बढ़ावा देने में महत्त्वपूर्ण भूमिका निभा सकता है। बुराशिद ने उसकी बात सुनने के बाद कहा कि पार्टी में हाई प्रोफ़ाइल लोग मौजूद होंगे। ऐमल ने कहा कि यूसुफ़ से नुक़सान नहीं है। उसकी उपस्थिति से फ़ायदा ही होगा। सभा में उसकी आत्मा स्वतन्त्रता का स्वाद चखेगी और यह स्वाद उसे स्वतन्त्रता के शत्रु मान्यताओं से मुक्ति दिलायेगा।

पार्टी से तीन दिन पहले बुराशिद मुम्बई गया। एक होटल में यूसुफ़ को बुलाया। तीन घण्टे दोनों साथ रहे। इस बीच बुराशिद ने यूसुफ़ के धार्मिक मान्यताओं को भी कुरेदने का प्रयास किया। यूसुफ़ ने जवाब कुछ इस शैली में दिये कि जिससे यह बोध हुआ कि धर्म उसके लिए महत्त्व नहीं रखता। यूसुफ़ ने यहाँ तक कहा कि दुनिया में मार–काट की एक बड़ी वजह धार्मिकता है। इस बात ने बुराशिद के दिल को जीत लिया। बुराशिद ने उसे संक्षिप्त में अपने मित्रगण के बारे में बताया और कहा

कि वह भगवान जैसी शक्ति के अनिश्चितता से स्वतन्त्रता प्राप्त कर चुके हैं और जीवन को अपने रंग में बिताने के पक्षधर हैं। यूसुफ़ जानता था कि बुराशिद किन बातों को किस हद तक नहीं कह रहा है। वह मन में बुराशिद की मासूमियत पर हँस भी रहा था।

यूसुफ़ ने कहा कि उसे इस समुदाय में भाग लेने से हार्दिक प्रसन्नता होगी। तब बुराशिद ने कहा कि वह अन्य कार्यों के साथ–साथ उसे पार्टी में आमन्त्रित करने आया है। हालाँकि रात ऐमल ने उसे फ़ोन पर यह बात बता दी थी।

उसने बुराशिद का धन्यवाद किया।

कुछ देर बातें हुईं, फिर बुराशिद ने बताया कि पार्टी के लिए दिल्ली से कुछ लोग कल सुबह मुम्बई पहुँच रहे हैं जो शाम तक ताज रेजीडेंसी में रहेंगे। इन लोगों के पदों का विवरण बताने के बाद बुराशिद ने कहा कि यहाँ से वह पूरी तरह से सामान्य लोगों की तरह पार्टी के लिए रवाना होंगे। इस तरह पार्टी में उनकी भागीदारी एक रहस्य रहेगी।

दूसरे दिन शाम साढ़े छह बजे बुराशिद ने अतिथियों से यूसुफ़ को परिचित कराया।

'हाय–हेलो' के बाद वे सब खंडाला के लिए निकल पड़े।

यूसुफ़ की कार में एक भारतीय जोड़ा बैठ गया। उनकी उम्र पचास से अधिक थी। यात्रा के समय यूसुफ़ के मन में ऐमल छायी रही।

पार्टी के दो दिन बाद वह अतिथियों के साथ मुम्बई वापस आया। उन्हें होटल में विदा करने के बाद वह सीधे घर पहुँचा।

रात बिस्तर पर लेटा तो दिल की धड़कन को उसने तेज़ महसूस किया। इस तेजी का कारण मन में चल रही दुविधा थी। वह सोच रहा था इस संसार में उसकी स्थिति क्या है? वह कौन है? दरख्शां, उसकी बेटियों, उसके मित्र और सम्बन्धी जिस आदमी से परिचित थे अब वह आदमी तो उसके अन्दर मौजूद नहीं था और जो नया आदमी उसके अन्दर है,

उससे कोई परिचित नहीं। क्या वह उन्हें कभी अपनी वास्तविकता बता पायेगा? क्या वे उसकी नयी पहचान के साथ उसे स्वीकार करेंगे? उसने सोचा, कैसे वह दरख़्शां और हिना को यह रहस्य बतायेगा? कैसे वह उन्हें अपने विचारों का साझीदार बनायेगा? अभी वह इन सवालों से जूझ रहा था कि दरख़्शां कमरे में आयी। दरख़्शां ने सोचा, यूसुफ़ की आँख लग गयी है। उसने ट्यूबलाइट बन्द कर दी। हल्की रौशनी में यूसुफ़ ने देखा, दरख़्शां ने अलमारी से मैक्सी निकालकर टेबल पर रखी। अपने कपड़े उतारे और मैक्सी पहन ली। यूसुफ़ ने उसके शरीर की ओर कभी इस तरह उत्सुक निगाहों से नहीं देखा था। उसे दरख़्शां बेडौल लगी। उसके पेट और कमर के आस–पास जमी वसा घृणास्पद लग रही थी। उसके स्तन मांस की दुकान पर लटकते हुए मांस की तरह लगे। उसने सोचा, इस असुन्दरता को उसने अब तक क्यों नहीं देखा था? इस विचार के साथ ही उसके मन में ऐमल का शरीर प्रकाशित हुआ। ऐमल का शरीर सन्निहित और चुम्बकीय था। दरख़्शां बस खेती थी जिसका उपयोग आवश्यकतानुसार हुआ करता था। ऐमल ने यूसुफ़ को एहसास दिलाया था कि शरीर आत्मा की भट्टी है। इसमें पिघलकर आत्मा कुन्दन बनती है। उसकी चमक में वृद्धि होती है। कामुकता के सौन्दर्य की चेतना न हो तो आदमी और रेंगने वाले कीड़े में कोई अन्तर नहीं। ऐमल ने पार्टी की रात यूसुफ़ से एक बात गम्भीरता से कही थी, वह उसके मन में ताज़ा हो गयी। ऐमल का वाक्य था– "सेक्स में प्रेमभाव निहित हो जाये तो आत्मा, गरिमा का अनुभव करती है और यह गरिमा आत्मा की सबसे बड़ी उड़ान है।" दरख़्शां बिस्तर पर लेटी तो यूसुफ़ ने करवट बदल ली। उसे ऐसा लग रहा था कि दरख़्शां कोई बेडौल और घृणास्पद कीड़ा है। करवट बदलने के बावजूद दरख़्शां की उपस्थिति उसे आहत कर रही थी। यह एक विचित्र परिस्थिति थी। पहले जब भी आवश्यकता होती, वह दरख़्शां के साथ सहवास किया करता था। हालाँकि उसने अक्सर महसूस किया था कि सहवास के समय दरख़्शां कोई प्रतिक्रिया नहीं करती। वह शव की तरह पड़ी रहती या कोई आयत पढ़ा करती। उसे हर काम से पहले पढ़ी जाने वाली आयतें याद थीं। बाथरूम जाने से लेकर सहवास के समय पढ़ी जाने वालीं दुआयें उसे याद थीं।

दरख़्शां ने उसकी पीठ को देखते हुए सोचा, पिछले महीने भर से यूसुफ़ ने उसकी आवश्यकता महसूस नहीं की थी। शायद इसका कारण व्यस्तता हो। दूसरी ओर यूसुफ़ ने अनुमान लगाया कि बिस्तर पर जो बेडौल और बदबूदार कीड़ा लेटा हुआ है, वह उसकी ओर देख रहा है।

क्या पहले उसकी इन्द्रियाँ सक्रिय नहीं थीं? पार्टी की रात केरल से आयी एक महिला ने दस मिनट भाषण दिया था, जिसमें उसने कहा था– "यौन क्रिया के अभाव या सम्भोग की इच्छा की कमी, आत्मा में एक नासूर का कारण बनती है। इस नासूर से शरीर में एक विशेष प्रकार की दुर्गन्ध और चेहरे का रंग उड़ जाता है। इस दुर्गन्ध और बेरंगी को छुपाने के लिए लोग पूजा और कल्पित पुण्य कार्यों में शरण लेते हैं।" उसने दरख़्शां के चेहरे को याद करने का प्रयास किया लेकिन दरख़्शां का चेहरा उसके मन में उभर नहीं रहा था। उसका चेहरा खण्डों में विभाजित दिखायी दिया। यह खण्ड वास्तव में स्रावित होते छिद्र थे। स्रावित छिद्रों से जो तत्व बाहर निकल रहा था, वह दुर्गन्धयुक्त था। असहनीय दुर्गन्ध से वह घुटन महसूस करने लगा। वह बिस्तर से उठा और दरवाज़ा खोलकर हॉल में गया।

हॉल में हिना कोई किताब पढ़ रही थी। यूसुफ़ उसके पास बैठ गया।

हिना ने पूछा– "क्यों डैडी, नींद नहीं आ रही है?"

"नींद उड़ गयी है। वैसे यह बताओ, तुम क्या पढ़ रही हो?" यूसुफ़ ने कहा।

हिना ने बताया कि वह 'गुलीवर्स ट्रावेल' (Gulliver'sTravels) पढ़ रही है। इस किताब का सुझाव उसके टीचर ने दिया था। जोनाथन सॉफ्ट के उपन्यास का यह चित्रात्मक संस्करण था जो विशेष रूप से बच्चों के लिए पब्लिश किया गया था। अपने स्कूल के दिनों में यूसुफ़ भी इस उपन्यास को पढ़ चुका था। उपन्यास की कहानी अब भी उसे याद थी। उसने कहा– "मनुष्य खोज कुछ करता है और उसके हाथ कुछ आता है, जो आता है वह कितना डिफ़रेंट होता है।" लेकिन यह बात वह शायद

अपने बारे में कह रहा था। हिना ने किताब एक ओर रखकर कहा– "डैडी, इसीलिए तो लाइफ़ एडवेंचर है।"

वह मुस्कुराया।

पिता को मुस्कुराते हुए देखकर वह भी मुस्कुरायी।

"अब मेरा दिल भी एडवेंचर चाहता है?" हिना की ओर देखकर उसने कहा।

"तो लीजिए, आप पढ़िये।" हिना ने कहा। वह यूसुफ़ के वाक्य में छिपी बात को समझ नहीं पाई थी।

"अरे नहीं, नहीं, तुम कुर्सी पर बैठकर पढ़ो, मैं सोफ़े पर सोता हूँ।"

"सोना भी कोई एडवेंचर है, डैडी!"

"मैं जागने के लिए ही सो रहा हूँ।" यूसुफ़ ने कहा।

हिना उठकर कुर्सी पर बैठ गयी।

दो महीनों बाद उसे पिता के यह वाक्य फिर से याद आये जब उसकी बड़ी बहन नीलोफ़र ने बताया कि यूसुफ़ ने अलग रहने का फ़ैसला किया है। अलगाव का कोई कारण उसने नहीं बताया था। यूसुफ़ ने कहा था कि यह उसकी इच्छा है और वह चाहता है इस इच्छा का सम्मान किया जाये। आख़िरकार घर के लोग राज़ी हो गये। यूसुफ़ महीने के अन्तिम दिनों में घर आता। कुछ घण्टे ठहरता। ख़र्च के लिए उचित पैसे देता। धीरे–धीरे उसकी अनुपस्थिति को आसपास वालों ने भी महसूस किया। बात फैलकर सम्बन्धियों तक पहुँच गयी। यूसुफ़ के अलगाव की ख़बर ने उसके ख़ानदान में अफ़वाहों को जन्म दिया। सबसे तेजी से फैलने वाली अफ़वाह यह थी कि उसने दक्षिण भारत की महिला से विवाह कर लिया है। अफ़वाह सबसे अन्त में यूसुफ़ के घर पहुँची। दरख़्शां कई दिनों तक आँसू बहाती रही।

माँ की स्थिति का सबसे अधिक आघात हिना को हुआ। हिना बड़ी बहनों को फ़ोन पर माँ के रोने की ख़बर दिया करती थी। शनिवार की

शाम हिना की दोनों बहनें अपने बच्चों के साथ आईं। सब यह सुनकर हैरान थे कि कुछ लोग कह रहे हैं कि यूसुफ़ ने विवाह कर लिया है। नीलोफर ने उसे फ़ोन किया। हालचाल पूछा और कहा वह मिलना चाहती है। यूसुफ़ ने कारण पूछा तो नीलोफ़र ने कहा बात गम्भीर है, मिलकर ही बतायी जा सकती है। यूसुफ़ ने पायधुनी वाले मकान का पता दिया जो कुछ महीने पहले उसने ख़रीदा था। नीलोफ़र, उसका पति और हिना एक टैक्सी में बैठकर यूसुफ़ के नये मकान पर गये। यूसुफ़ ने बेटियों और दामाद का स्वागत किया। उसका मकान तो इस बात की गवाही दे रहा था कि वह अविवाहित जीवन व्यतीत कर रहा है, लेकिन घर का हुलिया, कालीन, दीवारों पर लगी पेंटिंग, गमले और महीन पर्दे यूसुफ़ के दूसरे व्यक्तित्व को व्यक्त कर रहे थे जो बच्चों के लिए बिल्कुल नया था। आरम्भ में जब औपचारिक चर्चा हो रही थी तब हिना को बाथरूम जाने की आवश्यकता हुई। बाथरूम के सामने बेडरूम का दरवाज़ा था। बेडरूम की दीवार पर एक बड़ी–सी पेंटिंग थी जिसमें एक सुन्दर औरत का नग्न शरीर कामुकता का निमन्त्रण दे रहा था। हिना ने हॉल के पर्दे की ओट से पेंटिंग देखी फिर बेडरूम का दरवाज़ा धीरे–से बन्द किया और दुबारा आकर बातचीत में शामिल हो गयी।

वापसी के लिए जब वे उठे तब सभी सन्तुष्ट थे। यूसुफ़ ने साफ़ शब्दों में कहा था कि वह जीवन में कभी विवाह नहीं करेगा और न दरख़्शां को तलाक़ देगा। उसके दामाद ने पूछा– "डैडी, फिर यहाँ अकेले क्यों रह रहे हैं?"

"मैं यहाँ अकेला नहीं हूँ। यहाँ मेरा दिल मेरे साथ है।"

"क्या मतलब डैडी?" दामाद ने पूछा।

"मतलब, आदमी अकेला वहाँ होता है जहाँ उसका दिल उसके साथ नहीं होता। यहाँ मैं ख़ुश हूँ। अगर यहाँ भी ख़ुश न रह सका तो वापस घर आ जाऊँगा।"

वे दरवाज़े की ओर बढ़े। हिना चुप थी। यूसुफ़ ने उसकी ओर देखा। हिना ने उसकी आँखों में देखा। हिना उदास थी।

बीतते समय के साथ यूसुफ़ के बेडरूम में देखा गया नग्न कामुकता से पूर्ण फ्रेम हिना की उदासी में वृद्धि करता गया।

यूसुफ़ ऐमल के सम्पर्क में था।

कुछ महीनों बाद ऐमल ने मुम्बई में उपस्थित अपने लोगों में उसे परिचित कराया। वह उस गुप्त समुदाय का सदस्य बन गया।

यूसुफ़ घर आया करता था।

दरख़्शां से भी सलाम–दुआ किया करता था, लेकिन घर में ठहरता नहीं था। वह रस्सी जो वैवाहिक जीवन को बाँधा करती है, अचानक इच्छाओं को समझने के कारण टूट गयी थी। हिना से उसकी बातचीत अक्सर हुआ करती थी। तीन साल बाद हिना ने दसवीं कक्षा की परीक्षा पास की। यूसुफ़ ने खुशी में हीरे की एक अँगूठी उसे उपहार में दी। हिना ने माँ की खुशी को ध्यान में रखते हुए यूसुफ़ से दोपहर के भोजन पर रुकने की माँग की। वह तैयार हो गया। वह एक प्रिय दोपहर थी। दरख़्शां से भी यूसुफ़ आवश्यकतानुसार बातें करता रहा। वह अब तक यह समझ नहीं पायी थी कि अचानक उसके जीवन से यूसुफ़ क्यूँ बाहर चला गया। दोपहर के खाने के बाद यूसुफ़ ने हिना से कहा कि आज वह उसे म्यूज़ियम की सैर कराने ले जायेगा। हिना तुरन्त तैयार हो गयी।

म्यूज़ियम में यूसुफ़ ने हिना को पुरातात्विक महत्त्व को बताया। विभिन्न धर्मों, संस्कृतियों और सम्प्रदायों के प्रतीकों और उनकी विशेषताओं के बारे में बताया। हिन्दू मूर्तियों के बारे में भी कुछ जानकारी दी। इस बीच हिना

ने यह अनुभव किया कि यह वह आदमी कैसे हो सकता है जो हमेशा सभी धर्मों को झूठा और केवल अपने धर्म को सच्चा धर्म कहा करता था। वह बड़े ध्यान से उसकी बातों को सुनती रही। म्यूज़ियम में मुगल युग की पेंटिंग्स के दुर्लभ नमूने थे। पेंटिंग्स के वे नमूने मुगल युग की प्रेमानन्द एंव यौन प्रक्रिया को प्रस्तुत कर रहे थे। कुछ पेंटिंग्स में राजकुमारों और उच्चवर्गीय व्यक्तियों को सम्भोग का आनन्द लेते हुए दिखाया गया था। हिना ने एक नज़र देखा और दूसरी विंग की ओर मुड़ गयी। यूसुफ़ ने भांप लिया कि वह इन चित्रों से शरमा रही है। उसने हिना को बुलाया और उससे कहा इन चित्रों में कोई दोष नहीं है बल्कि जीवन का सबसे बड़ा सच है। इससे बचना जीवन को अर्थहीन बनाने की शुरुआत होती है। तुम अपने जीवन में अर्थ पैदा करो। हिना ने कुछ नहीं कहा। वह चुपचाप उस आदमी को देख रही थी जो उसकी बड़ी बहनों को लड़कों से बात करने पर डांटा करता था। उन्हें अक्सर दुपट्टा ठीक करने को कहा करता था।

हिना ने जिस दिन यूसुफ़ के बेडरूम में नग्न औरत की कामुकता का निमन्त्रण देने वाली पेंटिंग देखी थी, उस दिन से कई बातें उसके दिल में डेरा डाले थीं। आज जिस शैली में यूसुफ़ ने जीवन से परिचित होने का उपदेश दिया, उसे सुनकर वे बातें उसके दिल में दुबारा ताज़ा हो गयीं।

म्यूज़ियम के गलियारे में बैठने के लिए लकड़ी का तख़्ता था। वे उस पर बैठ गये। यूसुफ़ ने उसे सलाह दी कि वह किसी अच्छे कॉलेज में प्रवेश ले और शिक्षा जारी रखे। यूसुफ़ ने उच्च शिक्षा के महत्त्व को बताया और कहा कि उसकी दोस्त ऐमल अगले सप्ताह मुम्बई आ रही है। वह उच्च शिक्षा के बारे में सही मार्गदर्शन कर पायेगी। हिना को वह मुलाक़ात याद आयी जब ऐमल, बुराशिद और वर्दतुस्सआदह उनके घर आये थे। वर्दतुस्सआदह के चहरें को उसने मन में उजागर करने का प्रयास किया। यूसुफ़ ने बताया कि अब वर्दतुस्सआदह लन्दन के किसी प्रसिद्ध कॉलेज से अन्तरराष्ट्रीय क़ानून में मास्टर्स कर रही है। हिना उसकी बातों को ध्यान से सुनती रही। यूसुफ़ ने वर्दतुस्सआदह का उल्लेख किया तो मन पर खंडाला पार्टी उसे याद आ गयी। उस रात वर्दतुस्सआदह ने मिस्री देवी इजीस (ISIS) के रूप में खुद को दर्शकों के सामने प्रदर्शित किया था और फिर उसने 'शैतान के बिना दुनिया की व्याख्या' के विषय पर एक

निबन्ध पढ़ा था, जिसकी ख़ूब तारीफ़ की गयी। यूसुफ़ ने हिना की ओर देखा। उसकी रूपरेखा इजीस की तरह थी। उसने मुस्कुराते हुए कहा– "तुम इजीस लगती हो।"

"यह कौन है?"

"ओह, हाँ ये एक मिस्र की देवी है। फ़ितरत की देवी, और कुछ लोगों के क़रीब जादू–मन्त्र की देवी।"

हिना ने ठहाका लगाया।

यूसुफ़ उसे हँसते हुए देखता रहा।

"डैडी, आप इस हद तक कैसे बदल गये?"

"किस हद तक...।"

"इस हद तक कि...। पहले जो आप थे, अब वह बिल्कुल नहीं लगते।"

"तबदीली इवोल्युशन (Evolution) है और मैं अब ज्यादा बेहतर तौर पर खुद को ज़िन्दा महसूस करता हूँ।" यूसुफ़ ने अंग्रेज़ी में जवाब दिया।

हिना ने कुछ नहीं कहा। वह चुप रही। शाम होने लगी थी। वे म्यूज़ियम से बाहर निकले। म्यूज़ियम के सामने एक छोटी–सी आर्ट गैलरी के ग्राउंड फ़्लोर पर एक कैफ़े था। उस कैफ़े में बैठकर उन्होंने केपुचिनो कॉफ़ी पी। कुछ और बातें हुईं। साढ़े सात बज रहे थे। यूसुफ़ ने कप टेबल पर रखते हुए हिना से कहा "अब चलते हैं। रास्ते में ट्रैफ़िक भी होगा।"

उन्हें जे.जे. फ्लाईओवर तक पहुँचने में आधा घण्टा लग गया। ट्रैफ़िक नहीं होता तो यह दूरी पाँच मिनट में तय हो जाती। इस बीच दोनों ने कोई बात नहीं की, लेकिन जब कार फ़्लाईओवर पहुँची तो हिना ने खिड़की से बाहर झाँका। ठण्डी हवा उसके गालों को छूकर निकली। उसे अच्छा लगा। वह मुड़ी और उसने पूछा– "क्या आप ख़ुश हैं?"

"हाँ, पहले सिर्फ मौजूद था। ख़ुद से अनजान, पर अब ख़ुश हूँ।"

अपने पिता के वाक्य को उसने मुस्कुराते हुए दोहराया और पूछा– "क्या मतलब?"

"अब मैं अपने आपसे बहुत क़रीब हूँ और मैं 'अपने आप' को कबूल करने लगा हूँ वरना हम जिस तरह के समाज में पैदा होते हैं, वहाँ हम दूसरों की नक़ल होते हैं। हमारी हर क्रिया दूसरों की आशाओं और उनके अमल की नक़ल होती है। यहाँ तक कि हमारे विचार भी नक़ल होते हैं।"

उसने एक नज़र हिना को देखा और अपनि बात पूरी की– "हम उस वक़्त सिर्फ़ मौजूद होते हैं जब हम स्वयं की प्राप्ति के बजाय दूसरों की नक़ल करते हैं।" हिना ने महसूस किया कि यूसुफ़ की अंग्रेज़ी में पहले से सुधार हुआ है। उसने अपने पिता को इतनी गम्भीरता से बात करते हुए पहले नहीं सुना था। उसे अंग्रेज़ी की शिक्षिका राहिया सलामत याद आयीं जो कविताओं को पढ़ाते समय इस तरह की बातें किया करती थीं।

"डैडी।" उसके मुँह से निकला। उसने कार की खिड़की से बाहर बोहरी मोहल्ले की एक शानदार इमारत पर झिलमिलाती रौशनी को देखा और फिर कहा– 'डैडी, आप इस तरह की बातें कभी नहीं करते थे।"

यूसुफ़ ने मुस्कुराकर कहा– "हाँ, अब तुम बड़ी होती जा रही हो। मैं अब तुमसे दिल की बातें कर सकता हूँ।"

हिना के गाल लाल हो गये। ख़ुशी से उसके मन में किसी वाक्य की रचना न हो सकी।

उसके किसी प्रतिक्रिया से पहले यूसुफ़ ने कहा, "घर आ गया।"

एक सेकेंड के लिए उसने अपने पिता की आँखों में देखा। यूसुफ़ मुस्कुराया।

वह भी मुस्कुरायी और कार से उतर गयी।

इशा की नमाज़ के बाद उसने माँ के साथ खाना खाया। दरख़्शां बहुत ख़ुश थी। उसने हिना के लिए विशेष रूप से खीर बनायी थी। हिना ने खीर चखकर तारीफ़ की। दरख़्शां ने उससे पूछा, "क्या बात हुई?"

हिना ने कहा, "बहुत सारी बातें हुईं। अब्बा बहुत बदल गये हैं?"

"बदल तो गया है वह।" दरख़्शां के स्वर में कठोरता थी।

"लेकिन अब स्मार्ट बातें करते हैं।" हिना ने कहा और माँ की और देखा।

"लगता है तेरे को पट्टी पढ़ायी है।" दरख़्शां ने कहा।

"पट्टी पढ़ाना उन्हें कहाँ आता था?" आप तो जानती हैं, अब्बू एक़दम डायरेक्ट बात करने वाले आदमी हैं।" 'हिना ने इतने वर्षों में पहली बार

ख़ुद को माँ के सामने पिता का समर्थन करते हुए पाया। दरख़्शां ने हिना की ओर देखा। एक निवाला गले से उतारा और कहा– "मैं बार–बार इसीलिए कहती हूँ, किसी ने वशीकरण किया है उसका।"

हिना मुस्कुरायी। उसने कहा– "वशीकरण का तोड़ आप चार वर्षों से किये जा रही हैं न। कितना रुपया भी गया उसमें।"

"तभी तो फर्क पड़ रहा है न, पैसा पानी भी बरोबर पहुँचाता है न, तोड़ नहीं करती तो छोड़ देता अपने को।"

माँ के तर्क पर वह हँसना चाहती थी, लेकिन उससे माँ का दिल दुखता और वह आँसू बहाने लगती, इसलिए हिना चुप रही बल्कि उसने कहा– "माँ, आप सही कह रही हैं।"

हिना ने दरख़्शां को बताया कि यूसुफ़ ने एक अच्छे कॉलेज में प्रवेश लेने के लिए कहा है। ख़र्च वह पूरा उठायेंगे और गाइडेंस भी दिलायेंगे। दरख़्शां को यह सुनकर अच्छा लगा। उसने गुजराती में हिना को बताया कि शाह बाबा की मज़ार के बाहर एक सूफ़ी ने उसे बताया है कि उसकी साढ़ेसाती चल रही है जो साढ़े सात साल बराबर चलती रहेगी। दो–ढाई साल बाद यूसुफ़ बिल्कुल पहले जैसा हो जायेगा और घर वापस आ जायेगा। हिना ने माँ की बातें सुनकर उनकी हिम्मत बँधाई और कहा, "अल्लाह जो भी करता है, अच्छे के लिए करता है।" खाना खाने के बाद कुछ देर उसने टी.वी. पर फ़िल्म देखी और फिर बिस्तर पर लेट गयी। आँख बन्द की तो पिता के साथ बिताया हुआ दिन उसके मन की स्क्रीन पर फ़िल्म की तरह चलने लगा। मन की स्क्रीन पर पिता और वह अलग–अलग रंग में उसे दिखायी दिये। उसने एक–एक फ्रेम पर रुककर अपने पिता को समझने का प्रयास किया। यूसुफ़ अब उसके लिए एक अनजान व्यक्ति था। एक ऐसा अनजान व्यक्ति जो एक पहेली होने के बाद भी आकर्षक था। वह देर तक उसके वाक्य को दोहराती रही। हज़ारों सवाल उसके मन में एक साथ उमड़ रहे थे जो वह यूसुफ़ से करना चाहती थी। इन सवालों में जहाँ उसके जीवन को वह

समझना चाहती थी, वहीं वह दरख़्शां को लेकर उसके स्वभाव में उत्पन्न उदासीनता के कारण को भी जानना चाहती थी। हालाँकि यूसुफ़ ने उनके जीवन में किसी प्रकार की कोई कमी नहीं होने दी थी बल्कि पहले से ज़्यादा रकम वह घर के ख़र्च के लिए दिया करता था। दो साल पहले उसने नया टी.वी., फ़्रिज, सोफ़ा और शोकेस ख़रीदा था। अपनी बेटियों को भी वह फ़ोन किया करता था और उनकी आर्थिक सहायता भी किया करता था। शायद इसीलिए घर में उसके प्रति द्रोह या नफरत की भावना नहीं थी। बावजूद इसके, हिना के दिल पर एक घाव था। उसने कई वर्षों दरख़्शां को सिसकते हुए देखा था। यह सिसक हिना की आत्मा में एक गाँठ बनकर बैठ गयी थी और कई बार जब वह अकेले में ख़ुद से बात करती तो यह गाँठ गले के कैंसर की तरह कष्ट पहुँचाती। वह उदास हो जाती। आसपास की वस्तुएँ उसे बेकार लगतीं। एक अजब अहसास उसे जकड़ लेता। पिछले एक साल में कई बार उसने अपनी आत्मा को इस कष्ट से पीड़ित पाया था और इस बात को बड़ी कुशलता से उसने बहनों और माँ से छुपायें रखा था। हिना के स्वभाव की कोमलता वास्तव में एक तरह का लिहाफ़ था, जिसमें उसकी आत्मा का शोकगीत छुपा हुआ था।

म्यूज़ियम की सैर के दो सप्ताह बाद यूसुफ़ ने फ़ोन करके हिना से कहा कि शाम पाँच बजे वह तैयार रहे। ऐमल से मिलने जाना है।

हिना ने सफेद सलवार फ्रॉक पहना था, जिस पर जगह–जगह छोटे–छोटे मोर के पंख काढ़े हुए थे। जब यूसुफ उसे लेने पहुँचा तब उसने हिना के हाथ में एक लिफ़ाफ़ा दिया। हिना जानती थी, लिफ़ाफ़ा दरख़्शां के लिए है। लिफ़ाफ़े में पच्चीस हज़ार रुपये थे। दरख़्शां ने लिफ़ाफ़ा खोलकर देखा। उसने कहा– "इतने सारे रुपये?" यूसुफ़ ने हिना की ओर देखते हुए कहा कि कॉलेज की फ़ीस और किताबों के लिए इस राशि का उपयोग करना। दरख़्शां को उसका जवाब मिल गया था। दरवाज़े से उसने दरख़्शां को 'ख़ुदा हाफ़िज़' कहा। ख़ुदा हाफ़िज़ वह

हमेशा कहा करता था और इस ख़ुदा हाफ़िज़ में जाने कैसी शक्ति थी कि दरख़्शां की आस बँधी थी कि एक दिन वह अवश्य लौट आयेगा। वह धीरे से कहती– 'फी अमानिल्लाह' (ईश्वर अपनी रक्षा में रखे)।

शाम छह बजे ताज होटल में बारहवीं मंज़िल पर वह ऐमल के कमरे में था। ऐमल ने बताया कि बुराशिद मिस्र में एक सेमिनार के आयोजन में व्यस्त है। वर्दतुस्सआदह अब परिपक्व और समझदार दिखायी दे रही थी। हालाँकि दो साल पहले भी वह ऐमल के साथ मुम्बई आयी थी। यूसुफ़ से मिली थी। उसके बावजूद अचानक उसकी परिपक्वता बढ़ी हुई लग रही थी। हिना ने हाथ मिलाया। हिना को वर्दतुस्सआदह से पहली मुलाक़ात याद आयी। उसे यह भी याद आया कि पहली मुलाक़ात में वर्दतुस्सआदह ने कुछ ऐसी बातें भी की थीं जो उसकी समझ से परे थीं।

चाय पर दुनियाभर की बातें हुईं। कुछ चुटकुले भी सुने–सुनाये गये। ऐमल ने आलमारी से एक चॉकलेट का डिब्बा निकालकर हिना की ओर बढ़ाया। वर्दतुस्सआदह ने कहा, "एक मिनट प्लीज़।" वह उठी और उसने बैग से एक किताब निकालकर हिना को देते हुए कहा– "परीक्षा में सफलता पर। अगर हमें एडवांस में पता होता तो हम कुछ और चीज़ें भी ले आते।" वाक्य को पूरा करके वह मुस्कुरायी। उसकी मुस्कान देखकर हिना भी मुस्कुरायी। चॉकलेट का डिब्बा देखने योग्य था। उसने किताब का कवर देखा। किताब का शीर्षक Being and Time और लेखक का नाम Martin Heidegger था। हिना ने आभार व्यक्त किया। दस–पन्द्रह मिनट ऐमल ने हिना से उसके शैक्षिक परियोजनाओं पर बात की और कई महत्त्वपूर्ण बातें उसे समझायीं। उसने अध्ययन पर बल दिया। हिना ने बताया कि उसने चार–पाँच उपन्यास पढ़े हैं और विटमैन Whitman की कविताओं का एक संग्रह पढ़ा है जो उसकी अंग्रेज़ी की टीचर ने उसे दिया था। यह बात सुनकर ऐमल को ख़ुशी हुई। उसने हँसते हुए कहा कि यूसुफ़ भी किताबें दिलचस्पी से पढ़ता है। हिना के लिए यह इंकिशाफ़ था। उसने मुस्कुराते हुए कहा– "इसीलिए अब्बा की ग्रामर अब परफेक्ट हा गयी है।"

"वोकेबुलरी में भी वृद्धि हुई है" वर्दतुस्सआदह ने कहा।

ऐमल होंठ दांतों तले दबाये मुस्कुरा रही थी और यूसुफ़ अभिनय शैली में अपने सिर के बाल खुजा रहा था।

वर्दतुस्सआदह और हिना बातें करने लगीं तो यूसुफ़ ने कहा, "तुम दोनों बातचीत करते रहो, हम लोग शॉपिंग करके आते हैं।" ऐमल और यूसुफ़ चले गये। वर्दतुस्सआदह ने हिना से उसकी शैक्षिक योजना पर कुछ सवाल किये और अपने कॉलेज और लेख के बारे में भी जानकारी साझा की। वर्दतुस्सआदह ने हिना को शैक्षिक मामलों पर कुछ उपयोगी सुझाव दिये और अपना ईमेल आई.डी. भी दिया कि भविष्य में वह सम्पर्क में रह सके। हिना ने ई–मेल आयी.डी. बनायी ज़रूर थी लेकिन उपयोग न करने के कारण भूल गयी थी। उसने कहा नयी ई–मेल आयी.डी. बनाकर मेल करेगी। वर्दतुस्सआदह ने दुबारा चाय की तलब महसूस की तो उसने हिना से पूछा, क्या वह भी चाय पीना पसन्द करेगी। हिना ने कहा बेशक। वर्दतुस्सआदह ने चाय का आदेश दिया और उठकर बाथरूम में चली गयी। हिना की नज़र तकिये के पास रखी हुई किताब पर पड़ी। किताब का शीर्षक The Book of Shadows था। कवर पर एक वृत्त में पेंटागन (Pentagon) बना हुआ था और पृष्ठभूमि में एक बहुत ही आकर्षक महिला की फ़ोटो थी जिस की हथेली से धुआँ उठ रहा था और कन्धे पर उल्लू बैठा हुआ था। हिना का बहुत मन हुआ कि वह किताब को हाथ लगाये लेकिन उसने ख़ुद पर क़ाबू किया। ज्यों ही वर्दतुस्सआदह बाथरूम से आयी, हिना ने उसकी ओर मुड़कर सवाल किया कि इस किताब का विषय क्या है। वर्दतुस्सआदह ने मुस्कुराते हुए किताब उठाकर उसकी ओर बढ़ाई और कहा– 'एक साल से उस पर वीकाईन (Wiccan) बनने की धुन सवार है और यह किताब वीका (Wicca) के विषय पर महत्त्वपूर्ण किताब है। हिना के लिए 'वीका' नया शब्द था। उसने विस्तार से जानना चाहा तो वर्दतुस्सआदह ने वीका का पूरा इतिहास, सिद्धान्त, वीका और पीगेन धर्मों और वीका की जादुई शक्तियों के बारे में संक्षेप में बताया। इसी बीच चाय आ गयी। दोनों ने चाय पीते हुए भी वीकाई जादू पर बात की। यह विषय हिना को बहुत मनोरंजक लगा। हिना ने कहा कि उसकी माँ को यह लगता है कि यूसुफ़ पर किसी ने कोई जादू किया है। वर्दतुस्सआदह ने हिना के इस बयान पर ठहरकर उसकी ओर देखा और फिर कहा असम्भव है कि कोई जादू यूसुफ़ पर प्रभावी हो। हिना ने पूछा "क्यों?" वर्दतुस्सआदह ने कहा कि यूसुफ़ तो स्वयं जादुई शक्तियों से युक्त व्यक्ति लगता है। इस बयान पर हिना को हँसी आयी।

वर्दतुस्सआदह ने उसे हँसते हुए देखा तो वाक्य को पूरा किया– "मेरी माँ दुनिया में केवल यूसुफ़ पर विश्वास करती है।"

चाय ख़त्म होते ही वर्दतुस्सआदह ने बैग से एक फ्रेम निकाला जो पंचांग की तरह दिख रहा था। उसे फ़र्श पर बिछाया और हिना से पूछा– "कहो तुम्हारी इच्छा क्या है?"

हिना ने ध्यान दिया फिर कहा, "मैं अपनी माँ को ख़ुश देखना चाहती हूँ।"

वर्दतुस्सआदह ने आँखें बन्द करके कुछ पढ़ा और फ्रेम पर तर्जनी उँगली रखी। आँखें खोलने के बाद उसने हिना से कहा, "एक साल तक कुछ भी सम्भव नहीं है, उसके बाद तुम्हारी माँ तुम्हें जो ज़िम्मेदारियाँ देगी, अगर तुम उन्हें पूरा करोगी तो कुछ सम्भव है।" हिना को यह सुनकर अच्छा लगा। वह मुस्कुरायी और उसने कहा, "मैं अवश्य उनकी बात मानूँगी।"

वर्दतुस्सआदह ने उसे बायाँ हाथ दिखाने के लिए कहा और आँखें बन्द कर लीं। दो मिनट आँखें बन्द रखीं, फिर कहा– "उस समय जब दिन, न दिन होगा और रात, न रात होगी तब एक लड़का उसके सामने अचानक आकर खड़ा हो जायेगा। लड़का उससे बात करने का प्रयास करेगा।"

वर्दतुस्सआदह की यह बात सुनकर पहले तो हिना सहम गयी, फिर उसने सोचा कि ये केवल अटकलें है जिन्हें सच समझने की बेवकूफ़ी नहीं करनी चाहिये। अभी वह सोच ही रही थी कि वर्दतुस्सआदह ने उदास स्वर में कहा– "लगता है, बादल, पानी और हवा को वह क्षण अप्रिय लगेगा जब तुम दोनों एक–दूसरे की आत्मा का स्वाद चखने लगोगे।"

इस बात पर हिना बेधड़क हँस पड़ी।

वर्दतुस्सआदह की आँखों में एक विचित्र क्रोध और तेज़ उमड़ आया था। वह लगातार हिना की ओर देख रही थी।

'ऐसा फ़िल्मों में होता है'। हिना ने उससे आँखें मिलाए बिना कहा।

वर्दतुस्सआदह ने कुछ नहीं कहा। उसने अपनी आँखें पंचांग पर केन्द्रित रखीं।

उसने जब निगाहें ऊपर उठाईं हिना The Book of Shadows के पृष्ठों को उलट–पुलट रही थी। वर्दतुस्सआदह ने आँखें बन्द कर लीं। तीन–चार

मिनट बाद उसने आँखें खोलीं और कहा– "वह लड़का तुझे प्यार करेगा, लेकिन इस दृश्य से आगे मुझे कुछ दिखायी नहीं दे रहा है। अँधेरा ही अँधेरा है। बिजलियाँ और बरसात है।" हिना ने उसे देखकर कहा– 'सआदह, सब्र करो। आगे जो होगा, मैं तुम्हें मेल करके बता दूँगी।" इतना कह कर वह फिर मुस्कुरायी। हिना के लिए वर्दतुस्सआदह की बातें निरर्थक थीं। उसका विश्वास अल्लाह पर था। उसे चार कुल भी याद थे और उसने ठान रखा था कि शादी से पहले वह ऐसा कोई काम नहीं करेगी जिस पर उसके मज़हब में प्रतिबन्ध है। इसलिए वर्दतुस्सआदह की बातों पर कान धरने का कोई लाभ नहीं था।

हिना ने किताब के कुछ पन्ने इधर–उधर से देखे। इस बीच वर्दतुस्सआदह ने आराम किया। जब हिना ने किताब बन्द कर दी तब वर्दतुस्सआदह ने उससे कहा, "कुछ क्षणों पहले वह वीका के ध्यान में थी। कभी–कभार ऐसा होता है कि आत्मा भविष्य के दृश्य को देख पाती है।" काश! हिना ने पूछा होता कि अँधेरे से बच पायेगी या नहीं?

अभी उसने इतना कहा था कि किसी ने दरवाज़ा खटखटाया। दरवाज़ा खोलने से पहले उसने पंचांग को अपने बैग में वापस रख दिया। ऐमल और यूसुफ़ ने हाथों में पॉलीथीन लिये कमरे में प्रवेश किया। ऐमल ने एक थैली हिना की ओर बढ़ायी और उससे कहा कि इसमें कुछ वस्तुएँ उसकी माँ के लिए भी हैं। हिना ने उपहार स्वीकार किया। कुछ देर बाद वे सब होटल से बाहर आये। समन्दर के किनारे टहलते रहे।

रात नौ बजे हिना घर पहुँची। माँ के साथ कुछ देर बातें करती रही, फिर जाकर बिस्तर पर लेट गयी। बिस्तर पर लेटी थी कि कई आशंकाओं ने उसे घेर लिया। उसे वर्दतुस्सआदह की बातें बार–बार याद आ रही थीं। उसने सोने का बहुत प्रयास किया, लेकिन नींद आँखों से ओझल हो चुकी थी। उसकी यह हालत कई दिनों तक रही। वर्दतुस्सआदह की बातें बहुत गहराई में उसके मस्तिष्क में जगह बना चुकी थीं। इन बातों ने उसे शोकभाव से पीड़ित किया। स्थायी मानसिक उलझन ने उसकी आत्मा को भी उदास कर दिया था। असरार से दूसरी मुलाक़ात के बाद जब वह टैक्सी में वापस अपने घर जा रही थी, उस समय अप्रत्याशित रूप से उसके आँसू निकल पड़े थे। उस समय यही चिन्तायें दुबारा उसके मन में पैदा हा गयी थीं। इन आशंकाओं के कारण उसके अन्दर एक

शोक लहर उठी थी। आत्मा की उदासी जिसे बहुत समय हुआ, उसे वह भूल चुकी थी, अचानक दाग़ के रूप में उसके अन्दर लहर मार रही थी। उस दिन प्रेमभाव के कारण वह अपनी आत्मा, दिल और दिमाग़ को शान्त महसूस कर रही थी। लेकिन वर्दतुस्सआदह की बातों की याद ताज़ा होते ही प्रेमभाव ने पीड़ा का रूप धारण कर लिया। उसकी समझ में कुछ नहीं आ रहा था। मुँह पर रूमाल रखकर रोने के कारण उसके गले में दर्द हो रहा था। उसका ख़ुद से बात करना रोने की इच्छा में वृद्धि का कारण था। इस तरह फूट–फूट कर वह पहले कभी नहीं रोई थी।

अजब सपाट सफ़र है के हादसा चाहूँ

हिना का प्रवेश के.सी.पी. कॉलेज में हो गया।

कॉलेज चर्चगेट रेलवे स्टेशन के पास स्थित है। मेरिट लिस्ट जिस दिन लगने वाली थी, यूसुफ़ भी हिना के साथ कॉलेज गया। सूची में हिना का नाम देखकर वह ख़ुश हुआ। ख़ुशी में उसने हिना को रीगल सिनेमा के सामने एक प्रसिद्ध चाइनीज़ रेस्टोरेंट में चिकन सिज़्लर खिलाया। चिकन सिज़्लर की प्लेट लेकर वेटर जब उनके टेबल पर पहुँचा, उस समय वह डर–सी गयी थी। यूसुफ़ ने हँसते हुए कहा कि इस डिश की यही ख़ूबी है। हिना को उस रेस्टोरेंट का चाइनीज खाना पसन्द आया। खाना खाने के बाद वह चहलक़दमी करते हुए समन्दर की ओर निकल गये। हिना चौपाटी और गेटवे ऑफ़ इंडिया कई बार जा चुकी थी, लेकिन चर्चगेट स्टेशन के पास समुद्र तट पर निर्मित दीवार पर वह कभी बैठी नहीं थी।

जुलाई की दोपहर थी। हल्की धूप थी। दीवार पर लोग बैठे हुए थे। एक लड़की अपने प्रेमी की बाँहों में लेटी हुई थी। सड़क और समन्दर की दीवार के बीच टहलने के लिए पर्याप्त जगह थी, जहाँ चने, मूंगफली और भेल वाले मँडरा रहे थे। पिता और बेटी भी दीवार पर बैठ गये। यहाँ से आँखें मुम्बई का एक अनुपम दृश्यपान करती हैं। देर रात बीतने के बाद यह दृश्य बहुत सुन्दर होता है। यूसुफ़ ने हिना को हाथों के संकेत से राजभवन, तीन बत्ती, वालकेश्वर, मालाबारहिल, गुरगाँव, चर्नीरोड, मरीनड्राइव से लेकर कोलाबा तक का क्षेत्र बताया। हिना ने नज़रें घुमाकर

इस आकर्षक क्षेत्र को देखा, जिसे उसके प्राकृतिक बनावट के कारण 'क्वींस नेकलेस' भी कहा जाता है। वालकेश्वर से नरीमन प्वाइंट तक गगनचुम्बी इमारतों की शृंखला मुम्बई की महानता के कुछ महत्त्वपूर्ण प्रतीकों में से एक थी। सूर्य के प्रकाश में कुछ इमारतों के शीशे चमक रहे थे। हिना ने एक नज़र समन्दर के पानी को देखा। पानी सूर्य की किरणों से झिलमिला रहा था। तेज़ हवा में हिना के बाल उड़े जा रहे थे। उसने बालों को समेटकर एक और क्लिप बालों में लगाया।

यूसुफ़ ने कहा– 'मुम्बई का यह हिस्सा नक़्शे में एक सवालिया निशान की तरह दिखता है।''

हिना ने तुरन्त पूछा– "किस चीज़ का सवालिया निशान?"

यूसुफ़ मुस्कुराया। उसने समन्दर की लहरों की ओर देखा। बहुत दूर एक नाव समन्दर की लहरों पर दिखायी दी। नाव का अगला भाग कुछ इस अन्दाज़ से पानी में डूबता हुआ दिखायी देता मानो नाव अभी सीधी समन्दर में उतर जायेगी। नाव फिर उभरती, फिर डूबने का आभास देती और फिर उभरती। यूसुफ ने दो–तीन बार नाव को समन्दर की लहरों पर डूबने और उभरने का आभास देते हुए देखा और हिना की ओर मुड़कर कहा– "आदमी खुद सवालिया निशान है।" हिना ने पिता की आँखों में देखा। ये एक गम्भीर आदमी की आँखें थीं जो हर वस्तु को अब नये अर्थ या सन्दर्भ में देखने के लिए खुली थीं। उसने कहा– "आप सीरियस हो गये हो। पहले आप ऐसी बातें नहीं करते थे।"

"हाँ, थोड़ा–सा....अब हर वस्तु मुझसे पूछती है क्या तुम मुझे जानते हो?" यूसुफ़ ने कहा और हिना को समझाया कि इन दिनों उसने कुछ ऐसी किताबें पढ़ी हैं जो मानव की वास्तविकता, दुनिया में उपस्थिति, इच्छा, व्यक्तित्व, आशंकाओं और व्यक्तिगत जीवन के बारे में अनगिनत सवाल करती हैं। ये किताबें दो साल पहले उसे ऐमल ने दी थीं। यूसुफ़ ने बेटी को सुझाव दिया कि वह शिक्षा प्राप्ति के साथ हर वस्तु को समझने का प्रयास करे। बिल्कुल शून्य से आरम्भ करे। पूर्व जानकारी को भंग करके किसी भी वस्तु की वास्तविकता को जानने का प्रयास करे। हिना ने 'हाँ' में सर हिलाया। अभी वह कुछ कहना चाहता था कि दो किन्नर उनके पास आये। यूसुफ़ ने जेब से पाँच रुपये का एक सिक्का निकालकर उनमें से एक के हाथ पर रखा। हिना ने अपनी मुस्कुराहट होंठों तले दबाने का

प्रयास किया। यूसुफ़ ने हिना की लज्जा का अनुमान लगाते हुए पूछा–'पता है यह किसका प्रतीक है?'

"नहीं?"

"जिसने सबको बनाया, यह उसका प्रतीक है।"

"क्या?" हिना के मुँह से निकला। यूसुफ़ ठहाके लगा रहा था।

"कुछ वर्षों में इस 'क्या' का जवाब तुम्हें ख़ुद मिल जायेगा। अब हम चलते हैं।" यूसुफ़ ने कहा और दीवार पर खड़ा हो गया। वहाँ से उसने नीचे देखा। दीवार से लगे पत्थरों पर बहुत सारे केंकड़े रेंग रहे थे। उन्हें देखकर यूसुफ़ के दिल में विचार पैदा हुआ कि आकाश की ऊँचाई या किसी अन्य ग्रह से यदि पृथ्वी को देखा जाये तो यही अनुभव होगा कि आदमी यहाँ केंकड़े की तरह एक प्राणी है जो इमारतों और सड़कों पर रेंगता रहता है।

उसको खड़ा देखकर हिना भी खड़ी हो गयी। हिना ने खड़े होकर चौपाटी की ओर देखा। उसे याद आया कि जब उसकी टीचर ने कहा था कि मरीन ड्राइव को 'क्वींस नेकलेस' कहा जाता है तब उसके मन में सवाल आया था कि ऐसा किस आधार पर कहा गया होगा? घुमावदार समन्दर को देखकर उसे अनुभव हुआ कि वास्तव में यहाँ का समन्दर गले के हार की तरह है। तट के चारों ओर की इमारतें नेकलेस में जड़े हीरे–जवाहरात की तरह हैं।

कॉलेज के पहले दिन हिना की मुलाक़ात दक्षिण–पूर्वी भारत की एक लड़की विधि सिंह से हुई। बातचीत दोस्ती में बदलने लगी। दोनों पश्चिमी मुम्बई के क्षेत्रों, मॉल, शॉपिंग स्टोर और कैफ़ेटेरिया में साथ भटकने लगीं। विधि सिंह कॉलेज के क़रीब लड़कियों के लिए आरक्षित सरकारी हॉस्टल में रहती थी। उसकी मातृभूमि दार्जीलिंग थी जहाँ चाय के बागान उसकी ख़ानदानी विरासत थी। विधि सिंह ने दार्जीलिंग के सर्वश्रेष्ठ मिशनरी स्कूल से दसवीं की परीक्षा अच्छे नम्बरों से पास की थी। उसके पिता के

अंग्रेज़ी में तीन काव्य संग्रह प्रकाशित हो चुके थे और वह भी कभी–कभी कवितायें लिख लेती थी। हिना, विधि की जीवन शैली से प्रभावित थी।

विधि हिना के घर आने लगी। हिना की माँ से मिलकर उसे अच्छा लगा। उसने दरख़्शां के हाथों के मांस के क़बाब और धनिया–मिर्ची की चटनी की इतनी प्रशंसा की कि दरख़्शां के गालों पर लाली दौड़ गयी। विधि के लिए हिना के घर में रात को ठहरने का रास्ता भी इन्हीं प्रशंसापूर्ण शब्दों से निकला। महीने में एक–आध बार विधि हिना के साथ पश्चिमी मुम्बई के मुस्लिम बाहुल्य क्षेत्र में भटका करती, इन क्षेत्रों के बाकड़ों पर बिकने वाली चटपटी चीज़ें खाती और फ़ोटोग्राफ़ी करती। रात में दरख़्शां के हाथों का खाना और फिर देर रात तक पढ़ाई और अन्य विषयों पर दोनों हॉल में बैठकर गपशप किया करतीं। हिना ने विधि को अपने पिता के बारे में वे बातें बताईं जो वह जानती और समझती थी। उसने बताया कि यूसुफ़ ने जब घर छोड़कर बाहर रहने का निर्णय किया, उस समय उसे दुःख हुआ था। वह एकान्त में रोया करती थी। यह भेद उसने किसी को नहीं बताया था, उसकी माँ और बहनों को भी नहीं। हिना ने बताया कि यूसुफ़ मिलने आता था और विशेष रूप से उससे मिलने आता था, लेकिन इसके बावजूद जो अँधेरा उसके दिल में फैला था, वह दूर नहीं हो सका। स्कूल में भी यह अँधेरा उसके साथ–साथ चलता और कक्षा में कभी–कभी वह ख़ुद को बिल्कुल अकेली महसूस करती। उसका ध्यान किताबों, शिक्षक की बातों और ब्लैकबोर्ड पर लिखे लेख पर नहीं होता बल्कि उन वस्तुओं की जगह गहरा अँधेरा उसकी आँखों में छाया रहता। हिना ने विधि को बताया कि जिस दिन उसकी विज्ञान की टीचर शारीरिक परिवर्तनों के बारे में पाठ पढ़ा रही थी, संयोगवश एक दिन पहले ही उसने जवानी की चौखट पर क़दम रखा था। टीचर के कुछ ही वाक्य सुन पायी और वह विचारों की खाई में गिर गयी थी। अनगिनत बिना सर–पैर के विचार उस खाई के सन्नाटे में उससे वार्तालाप कर रहे थे। विज्ञान टीचर को भनक लग गयी कि वह मानसिक रूप से कक्षा में उपस्थित नहीं है। टीचर उसके पास आयी। उसकी मेज़ के पास कुछ सेकंड खड़ी रही। जब टीचर को विश्वास हो गया कि वह सुन नहीं रही है तो टीचर ने ज़ोर–से डस्टर डेस्क पर मारा और ज़ोर–से पूछा– "व्हाट आई वॉज टॉकिंग अबाउट?"

घबराहट और हड़बड़ाहट में हिना के मुँह से निकला– "अबाउट कैरेक्टरस्टिक्स ऑफ़ वजाईना।"

कक्षा की लड़कियाँ देर तक ठहाके लगाती रहीं। एक मिनट तक विज्ञान टीचर के चेहरे पर गुस्सा रहा, फिर वह भी हँसने लगी। हिना को अपनी ग़लती का तुरन्त आभास हो गया था और उसने वाक्य ठीक करके कहा, "अबाउट फ़ंक्शंस ऑफ़ वजाइना।" उसकी तत्काल सुधार भी कक्षा में बरपे हंगामे को रोक नहीं पायी। कारण यह था कि एक तो उसकी आवाज़ धीमी थी और दूसरा, कक्षा हँसी से गूँज रही थी, इसलिए दूसरा वाक्य टीचर के अलावा कोई और सुन नहीं सका। विधि भी इस क़िस्से को सुनकर देर तक हँसती रही। इस रोमांचक क़िस्से ने विधि और हिना के बीच उस दीवार को भी गिरा दिया। जिसकी आड़ में आदमी अपने व्यक्तित्व के भेद छुपाये रखता है। इस क़िस्से ने विधि को हिना के व्यक्तित्व में छुपी उदासी को व्यक्त किया। हालाँकि हिना ने विधि को अतीत की बातें विस्तार से बताने के बाद यह भी कहा था कि पिछले छह महीनों से उसे यूँ लग रहा है कि वह यूसुफ़ को बेहतर रूप से समझने लगी है और अब उसे अपने पिता से कोई शिकायत नहीं है बल्कि जो असामान्य परिवर्तन वह अपने पिता में अनुभव कर रही है, वे न केवल अकल्पनीय हैं बल्कि अविश्वसनीय भी हैं। हिना ने बताया कि यूसुफ़ के विचार, भाषा शैली, व्यवहार, अध्ययन और धार्मिक विचारधारा में परिवर्तन आया है। अब वह अधिक रचनात्मक बुद्धि का मालिक और खुश व्यक्ति लगता है। हिना ने यूसुफ़ में देखी हुई दूसरी छोटी–छोटी तब्दीलियों का भी विस्तार से वर्णन किया। विधि के लिए भी वे बातें बड़ी विचित्र और रोमांचकारी थीं। उसके दिल में यूसुफ़ से मुलाक़ात की तीव्र इच्छा पैदा हुई। अब तक विधि को अपने पिता का व्यक्तित्व प्रभावशाली लगता था, लेकिन यूसुफ़ के व्यक्तित्व में उसे अधिक खिंचाव महसूस हुआ। विधि ने बताया कि व्यक्तित्व का सम्मान अपनी जगह है, लेकिन व्यक्तित्व का आकर्षण बड़ी बात है और ऐसा लगता है कि यूसुफ़ का व्यक्तित्व बड़ा दिलचस्प है। हिना को यह बात भी ख़ूब लगी कि विधि को उसके पिता से मिलने की उत्सुकता है। उसने वादा किया कि वह यूसुफ़ से बात करेगी और फ़ोर्ट की दुकान पर या घर पर मुलाक़ात करेंगे। हालाँकि उसने यह भी बताया कि उसने ख़ुद अभी तक फ़ोर्ट की दुकान नहीं देखी है।

अगस्त महीने में कॉलेज के इतिहास विभाग ने औरंगाबाद के ऐतिहासिक स्थलों की सैर की घोषणा की। विधि और हिना ने भी पिकनिक में भाग लेने का निश्चय किया। हिना ने जब दरखशाँ से अनुमति माँगी तो उसने मना कर दिया। रात हिना ने यूसुफ़ को फ़ोन किया और उससे कहा कि वह मुलाक़ात करना चाहती है। यूसुफ़ ने कहा कि दो–चार दिनों में वह घर आ जायेगा। हिना ने विधि के बारे में बताया और कहा कि वह भी मिलना चाहती है। आख़िरकार यह तय हो गया कि दूसरे दिन दोपहर वह कॉलेज से उन्हें पिकअप कर लेगा।

हिना ने कॉलेज में विधि को बताया कि यूसुफ़ से फ़ोन पर रात में बात हुई है और दोपहर में वह उन्हें पिकअप करने वाला है। वह ख़ुश हुई। वास्तव में यूसुफ़ उसके लिए एक पहेली बन गया था। जब यूसुफ़ ने कार के शीशे को नीचे करके बाहर देखा तो विधि हैरानी के कारण मुस्कुराने के प्रयास में असफल थी। कार में बैठने के बाद भी उस पर चुप्पी लगी हुई थी। इस चुप्पी का कारण स्वयं उसे ज्ञात नहीं था। चर्चगेट के मुख्य सिग्नल पर जब कुछ देर के लिए कार रुकी तो यूसुफ़ ने मुड़कर उन दोनों से बात की। हिना ने विधि का संक्षिप्त परिचय दिया और यह भी कहा कि यह अंग्रेज़ी में कविताएँ कहती है। यूसुफ़ ने विधि को हार्दिक बधाई दी। विधि ने आभार व्यक्त किया।

मुम्बई विश्वविद्यालय से कुछ दूरी पर एक भव्य तीन मंज़िला इमारत के परिसर में यूसुफ़ ने कार पार्क की। कार से उतरते ही हिना की नज़रें इमारत के पहली मंज़िल पर लगे ब्लैक एंड व्हाइट बोर्ड पर गयीं। बोर्ड पर साधारण सुलेख में 'मेन लैंड ऑफ़ चाइना–वाइना' लिखा हुआ था। तीनों ने अन्दर प्रवेश किया। रेस्टोरेंट में हल्की रौशनी थी। छोटे–छोटे दीप यहाँ वहाँ लगे थे। मन्द संगीत जारी था। दीवारों पर महीन और परतदार नक्काशी के अलावा दो–तीन चीनी पेंटिंग्स के नमूने भी थे। एक पेंटिंग में एक परिवार शान्त वातावरण में रात के खाने में मग्न था। दूसरी पेंटिंग्स में एक चीनी लड़की सब्ज़ियाँ काट रही थी। तीसरी पेंटिंग पर विधि की नज़रें पल भर के लिए ठहर गयी थीं। इस पेंटिंग में इरोज़ की प्रेमिका साइक एक तख़्ते पर बैठी थी। इरोज़ प्रेम से ग्रसित निगाहों से साइक के होंठों को देख रहा था। उनके शरीर बहुत आकर्षक दिखायी दे रहे थे। इरोज़ और साइक, दोनों नग्न थे, लेकिन वे शरीर के विचार

से अनजान एक–दूसरे की आँखों में मग्न थे। एक पल के लिए विधि के मन में विचार आया– 'क्या वास्तव में आँख आत्मा का घर है?" अपने इस विचार को उसने रद्द किया और ख़ुद से कहा– "आत्मा का घर वह इच्छा है जो दूस्रे शरीर में शरण खोजा करती है।"

हिना को रेस्टोरेंट का प्रबन्ध और काँच के साफ़–सुथरे बर्तन पसन्द आये। उसने गिलास की ओर हाथ बढ़ाया था कि एक वेटर ने एक सुराहीनुमा जग से गिलास में पानी उंडेला। हिना ने 'शुक्रिया' कहा और पानी पिया। विधि ने उसकी ओर देखा। हिना मुस्कुरायी। विधि ने कहा मैंने इतना अच्छा चाइनीज़ रेस्टोरेंट पहले नहीं देखा? हिना ने उसकी बात ख़त्म होने से पहले कहा– "मैंने भी नहीं।"

एक वेटर ने प्लेट टेबल पर लगा दीं, साथ ही विभिन्न सॉस (sauce) चटनियों की छोटी–छोटी प्यालियाँ सजा दीं। विधि कुछ कहने जा रही थी कि दो वेटर आये और उन्होंने चिकन और सब्ज़ियों का बना स्टार्टर टेबल पर रखा। यूसुफ़ ने विधि से पूछा कि क्या वह शाकाहारी है? विधि ने कहा "सब चल जाता है " यूसुफ़ ने वेटर से कह दिया कि वेज और नॉनवेज दोनों तरह की डिश लाये। पाँच–छह मिनट में टेबल पर स्टार्टर्ज के इतने सारे नमूने जमा हो गये कि विधि और हिना देखकर हैरान थीं। सभी डिश स्वादिष्ट थीं। अभी वे स्वाद ले ही रहे थे कि एक वेटर आया और उसने सूप में उनकी पसन्द पूछी। यूसुफ़ ने प्लेन वेज सूप का ऑर्डर दे दिया।

हिना ने स्टार्टर्स और लहसुन की चटनी का स्वाद लेते हुए यूसुफ़ को पिकनिक के बारे में बताया। विधि ने हस्तक्षेप करते हुए कहा कि वे दोनों साथ जाना चाहते हैं। हिना ने बताया कि माँ ने मना कर दिया है। यूसुफ़ ने समस्या का यह कहकर समाधान कर दिया कि शनिवार को जब वह घर आयेगा, इस विषय पर दरख़्शां से बात करेगा। हिना और विधि ख़ुश हो गयीं। यूसुफ़ ने विधि से उसके घर और पारिवारिक पृष्ठभूमि से सम्बन्धित कुछ सवाल किये, जिनके जवाब देते हुए ख़ुद विधि को बड़ी

ख़ुशी हुई। विधि ने बताया कि उसकी परदादी एक जर्मन महिला थी जिसने उसके परदादा से प्रेम किया था। उनके चाय बागान कई एकड़ भूमि पर फैले हुए हैं। विधि ने बताया कि उसके पिता लेखकों के सार्क सम्मलेन में भाग लेते रहते हैं और उनकी कविताओं की एक किताब को साउथ अफ़्रीका का एक बड़ा पुरस्कार मिल चुका था। उनके समाजशास्त्र और साहित्य पर लेख प्रसिद्ध समाचार–पत्रों में छपते हैं। हिना उनकी बातचीत सुन रही थी और भोजन का आनन्द ले रही थी। जब विधि ने अपनी कविताओं के बारे में यूसुफ़ को बताया तब यूसुफ़ ने कविता सुनाने का आग्रह किया। विधि ने कहा, "किसी और दिन" लेकिन हिना ने आग्रह किया। हिना की आँखों में शरारत का टिंट नहीं था। वह चाहती थी यूसुफ़ विधि के इस गुण से भी परिचित हो। आख़िरकार विधि ने कविता सुनाई–

Another Poem for You My Beloved
I accumulate heat in my braided hair,
I unwind them when my mind unwinds
Letting it out on you with my exfoliating tiredness
reposing in the alcoves you provide
You are the sauna, also the spa
Ceaselessly soothing me inside-out
I smoke you like my mid-night cigarette
Blending in your ashen rot
Why so well your brain registers me?
How so fast can your cerebrospinal fluid rise?
Even when you know I'm the fanfare of unrest,
Always crumbling bread-like
I breathe in your Satur ring-like dust specks, and the breathing gets heavier
My lungs release the enclosed darkness, They get pinker,
I say that when you caress my brain. And you pamper my ideas further.
One day I shall not write about love. Only when this unending ballad is over.
I clean myself like you clean the rot, and my sight gets much more clearer.
I love you like I love coffee pot. It stays with me forever. (7)

तीनों कुछ देर चुप रहे। कविता में कुछ शब्द यूसुफ़ के लिए नये थे। इसके बावजूद कविता का केन्द्रीय भाव वह समझ रहा था। हालाँकि उसने अंग्रेज़ी कविताएँ पढ़ी थीं। एक बार गोवा में ऐमल के साथ ठहरने के समय ऐमल ने पाब्लो नेरूदा और ऐमलीडिकेंस की कुछ कवितायें उसे एक संग्रह से पढ़कर सुनायी थीं। पाब्लो नेरूदा की एक कविता जिसकी कुछ पंक्तियाँ उसे अच्छी लगती थीं, वह उन्हें याद करने का प्रयास कर रहा था, लेकिन कर नहीं पाया। उसने विधि की कविता की सराहना की और फिर उसे बताया कि वह पाब्लो नेरूदा की एक कविता की कुछ पंक्तियाँ याद करने का प्रयास कर रहा था। विधि ने कहा कि पाब्लो उसका प्रिय कवि है। हिना ने टेबल पर रखे हुए गुलदस्ते में से एक सफ़ेद गुलाब का फूल निकालकर विधि को दिया। विधि ने आभार व्यक्त किया। हालाँकि विधि ने यह कविता हिना को पहले भी सुनायी थी। कविता सुनने से यूसुफ़ ने यह अनुमान लगा लिया कि इस कविता के पीछे एक निडर और दृढ़ बुद्धिबल उपस्थित है। यूसुफ़ को विधि का आत्मविश्वास अच्छा लगा।

कविता पर यूसुफ़ ने संक्षेप में अपने विचार दिये। विधि ने बार–बार धन्यवाद दिया। हिना ने कहा कि वह शुक्रिया–शुक्रिया में वो 'मेन कोर्स भूल न जायें। वे बुफे काउंटर पर गये और अपनी पसन्द की चीज़ें लेने लगे। इस बीच वेटर ने टेबल पर बिखरी प्लेटों को उठा लिया था। जब वे दुबारा टेबल पर आकर बैठे और खाना शुरू किया, उस समय विधि ने यूसुफ़ को बताया कि हिना हर समय उसके बारे में बातें किया करती है। यूसुफ़ ने हिना की ओर देखा और मुस्कुराते हुए कहा– "शी इज़ माई स्वीट हार्ट।" हिना भी मुस्कुरायी। विधि ने मन्द प्रकाश में यूसुफ़ की आँखों में झाँक कर देखा और पूछा– "Can I ask you a direct question?"

यूसुफ़ ने कहा, 'ज़रूर'।

'What's your views on the religion?'

यूसुफ़ ने विधि की ओर देखा। उसका चेहरा आम भारतीयों के चेहरे से थोड़ा अलग था। उत्तर–पूर्वी भारत के लोगों की तरह उसकी नाक और आँखें छोटी थीं। होंठ लाल और पतले थे। हिना ने यूसुफ़ की नज़रों

को विधि पर केन्द्रित देखा तो वह भी विधि की ओर देखने लगी। हिना ने सोचा, शायद सवाल यूसुफ़ को अच्छा नहीं लगा है और वह यह न समझ बैठे कि यह सवाल विधि ने उसके कहने पर पूछा है। हिना के दिल की धड़कन तेज़ थी। कुछ समय की चुप्पी में विधि का दिल भी बैठ गया। उसे भी यह लगा कि यूसुफ़ सवाल सुनकर नाराज़ हो गया है। पास खड़े वेटर की ओर देखकर यूसुफ़ ने कहा, "वाटर प्लीज़।"

वेटर ने आगे बढ़कर गिलास में पानी उंडेला।

यूसुफ़ ने पानी पीते हुए हिना और विधि के चेहरे के उड़े हुए रंग को देखा और कहा– "I am almost an atheist, and look, I said almost, not completely, an atheist?"

हिना और विधि उसकी ओर समान हैरानी से देख रही थीं। दोनों चुप थीं। उसने उनकी चुप्पी का अनुभव करते हुए कहा– "सवाल बहुत अच्छा है और सुनकर मुझे ख़ुशी हुई है।" उसके विवरण से विधि और हिना के चेहरे का उड़ा हुआ रंग फिर से वापस आ गया। उसने दो–चार मिनट धर्म के बारे में बात की, जिसका सार यह था कि धर्म व्यक्ति की संस्कृति का हिस्सा है, लेकिन संस्कृति पर व्यक्ति को सवाल करना चाहिए कि वही उसकी संस्कृति क्यों है? क्या संस्कृति से वह स्वतन्त्रता प्राप्त कर सकता है? यूसुफ़ ने एक–दो विचारकों के नाम भी लिए और कहा कि इन सभी का मानना है कि आदमी को अपनी स्थिति और अपनी आस्थाओं पर सवाल करने का अधिकार होना चाहिए। अगर समाज आदमी को इस अधिकार से वंचित करता है तो वस्तुतः वह समाज आदमी का अपमान करता है।

विधि की दिलचस्पी को महसूस करने के बावजूद उसने विषय बदलते हुए कहा– "क्या मैं एक सवाल कर सकता हूँ, डायरेक्ट?"

'डायरेक्ट' सुनकर विधि मुस्कुरायी। उसने कहा– "ज़रूर।"

यूसुफ़ ने पलकें झुकाकर होंठों को सिकोड़ने का अभिनय कुछ इस अन्दाज़ में किया मानो वह विधि द्वारा उपयोग किये गये शब्द 'ज़रूर' का स्वागत कर रहा है और फिर उसने पूछा– "व्हाट इज़ योर व्यू ऑन दा रिलिजन?" विधि सवाल सुनकर मुस्कुरायी। उसने अपने चेहरे का आधा भाग यूसुफ़ की ओर कुछ इस अन्दाज़ में घुमाया, जैसे यूसुफ़ के सवाल को वह संदिग्ध नज़रों से देख रही हो और इस सवाल के पीछे उसे कोई शरारत दिख रही हो। यूसुफ़ ने अपने कन्धे थोड़े ऊपर किये, जिसका

अर्थ था, अभी सवाल से उसे आज़ादी नहीं मिल सकती। हिना, विधि को यूसुफ़ के सवाल में फँसा देखकर ख़ुश थी। उसे आनन्द आ रहा था। विधि ने हिना की तरफ़ देखा और कहा– "फँस गये, यार।"

हिना ने तुरन्त कहा– "डायरेक्ट सवाल की शुरुआत तुम्हीं ने की है, अब फ़रार मुमकीन नहीं।"

विधि ने पल भर के लिए ऐसा आभास दिया मानो इस सवाल का जवाब उसके लिए कठिन है। उसे एक शरारत सूझी। उसने मुड़कर देखा, वेटर उसके पीछे खड़ा था। उसके मुड़ते ही वेटर आगे बढ़ा। विधि ने यूसुफ़ की ओर देखते हुए उससे कहा– "वाटर प्लीज़।"

वास्तव में विधि ने यूसुफ़ की नक़ल उतारी थी और ख़ूब उतारी थी। विधि ने पानी पिया और गिलास टेबल पर रखते हुए जवाब दिया– "आयी एम ऐन अथीस्ट।"

हिना और यूसुफ़ की नज़रें उस पर केन्द्रित थीं।

विधि ने अपने बारे में कुछ देर और बातें कीं। यूसुफ़ उसकी बातों से आनन्दित हो रहा था।

खाना खाने के बाद उन्होंने आइसक्रीम खाई। रेस्टोरेंट के बाहर कुछ देर खड़े होकर इधर–उधर की बातें हुईं। यूसुफ़ ने विधि से कहा कि उसे हॉस्टल पर ड्रॉप कर सकता है, तो विधि ने बताया कि वह फ़ोर्ट क्षेत्र में पुस्तकों के बाकड़ों पर कुछ पुरानी पुस्तकें तलाश करना चाहती है।

पाँच–दस मिनट बाद विधि चली गयी।

यूसुफ़ और हिना कार में बैठे। यूसुफ़ ने हिना को जे.जे. फ्लाईओवर के पास ड्रॉप किया और फिर से अपनी दुकान पर चला गया। शनिवार के दिन वह घर आया। औरंगाबाद की पिकनिक की चर्चा करने के बाद हिना से कहा कि पिकनिक में अवश्य भाग ले। दरख़्शां ने अपनी चिन्ताओं को रखने का निश्चय किया था, लेकिन उससे पहले यूसुफ़ ने कहा कि कॉलेज की लेक्चरर मिस थॉमस से फ़ोन पर वह बात कर चुका है। मिस थॉमस से उसकी जान पहचान है और वह दुकान पर आया करती हैं। पिकनिक में मिस थॉमस भी शामिल है वह हिना को जानती है और उसका ध्यान भी रखेगी। इस विवरण से दरख़्शां सन्तुष्ट हो गयी। यूसुफ़ जब जाने लगा तो हिना इमारत के नीचे विदा करने गयी। यूसुफ़ कार में बैठने लगा तो हिना ने पूछा क्या वह वास्तव में मिस थॉमस को जानता है?

यूसुफ़ ने स्वीकार किया और बताया कि कुछ वर्षों से उनकी मुलाक़ात है। हिना ने कहा कि मिस थॉमस की बातों से कभी ऐसा लगा नहीं।

वह कार में बैठ गया। हिना घर की ओर लौटने लगी। हिना सोच रही थी, यूसुफ़ की दोस्ती मिस थॉमस से क्यों हुई होगी? वह तो बड़ी कठोर स्वभाव, कम बोलने वाली और विद्वान महिला थी। जे.जे. सिग्नल पर ट्रैफ़िक बहुत था। यूसुफ़ की कार भी ट्रैफ़िक में फँस गयी। उसने कार में लगे आईने में ख़ुद को एक नज़र देखा। आईने पर लिखी पंक्ति पढ़ी। "Objects in the mirror are closer than they appear." वह मुस्कुराया। कुछ ही पलों में आईने में मिस थॉमस स्कर्ट टी–शर्ट पहने, होंठों पर लाल लिपस्टिक लगाये उसके सामने मुस्कुरा रही थी।

ऐमल ने यूसुफ़ को उसका फ़ोन नम्बर पुणे की पार्टी के बाद दिया था और कहा था कि मुम्बई में मिस थॉमस से मुलाक़ात करे। मिस थॉमस के माध्यम से उसे एक अच्छा सर्किल मिल जायेगा। ऐमल ने बताया था कि मिस थॉमस मुम्बई में एक ऐसे संगठन की संस्थापक है जो उनकी विचारधारा मानती है। उन दिनों श्रीलंका में किसी सम्मेलन में आमन्त्रित थी वरना पुणे की पार्टी में अवश्य भाग लेती। ऐमल ने ही मिस थॉमस को फ़ोन करके यूसुफ़ के बारे में बताया था।

मिस थॉमस से मुलाक़ात से पहले यूसुफ़ ने उसके लिए एक उपन्यास ख़रीदा।

पहली मुलाक़ात ख़ुशगवार थी।

यूसुफ़ ने बहुत कम और नपी–तुली बातें की थीं और जब मिस थॉमस ने उससे पुणे की पार्टी के बारे में सवाल किया तब उसने ध्यान से जवाब दिया। यूसुफ़ ने कहा था कि पार्टी ने मानो दूसरी बार उसकी नाभि काट दी है। मिस थॉमस ने स्पष्टीकरण माँगा। यूसुफ़ ने बताया हर आदमी की एक सांसकृतिक पहचान होती है। वह कुछ विचारों का बन्दी होता है और कुछ लोगों के बीच एक विशिष्ट दिनचर्या के अन्तर्गत जीवन व्यतीत कर रहा होता है। आदमी की यह पहचान और जीवन उसकी आत्मा से नाभि की तरह जुड़ा होता है। जब तक आदमी उसे काट नहीं देता, वह स्वतन्त्रता के योग्य नहीं हो सकता। उसके इस विवरण पर मिस थॉमस ने मुस्कुराते हुए कहा, "सही स्वतन्त्रता आदमी की सबसे बड़ी इच्छा है, लेकिन आदमी स्वयं अपनी स्वतन्त्रता का शत्रु होता है।"

यूसुफ़ ने मिस थॉमस के जाने से पहले उन्हें उपन्यास दिया। उसने वह उपन्यास सहर्ष स्वीकार किया और यह भी कहा कि वह उपन्यास बहुत पढ़ती है। मिस थॉमस का कोलाबा में एक छोटा–सा बँगला था। उसके माता–पिता का निधन हो चुका था और वह अविवाहित थी। उसके मकान पर हर दूसरे महीने समविचारी दोस्तों की सभा होती थी, जिसमें वर्तमान समय में आदमी की धार्मिक गुमराही और आदमी की इच्छा की स्वतन्त्रता जैसे विषयों पर चर्चा होती थी। यूसुफ़ ने इन चर्चाओं में भाग लिया, जहाँ शहर के कुछ प्रमुख लोगों से उसका मेलजोल भी हुआ और उसे इस बात का अनुभव भी हुआ कि किस प्रकार धार्मिक गुमराही ने इतिहास के विकासशील चरणों में स्वयं को सही ठहराने के लिए सत्यता को विकृत किया और दैवी, अस्पष्टता, चमत्कार और जादू–टोने के तुच्छ हथियारों का प्रयोग किया। यह चर्चा ज्ञानपूर्ण और विचारणीय प्रकृति की होती थीं। शुरू के कुछ महीनों में यूसुफ़ अधिकतर चुप रहा करता था। मिस थॉमस के पुस्तकालय से पत्र–पत्रिकाएँ लाकर पढ़ा करता और बड़े ध्यान से वापस भी किया करता था। धीरे–धीरे मिस थॉमस का उस पर विश्वास बढ़ गया। एक दिन मिस थॉमस ने उसे फ़ोन करके बताया कि चार दिन बाद अमावस की रात उसके मकान पर 'इब्लीसी नृत्य' आयोजित किया जा रहा है और उसकी इच्छा थी कि यूसुफ़ भी भाग ले। वह सहर्ष तैयार हो गया। तीन दिन वह लगातार पुणे की पार्टी को याद करता रहा। एक बार यह याद इस प्रकार उस पर हावी हुई कि उसने ऐमल को फ़ोन किया। उसके साथ देर तक बात की। उसकी इस उलझन और उसकी इस गम्भीर याद से ऐमल दिल ही दिल में ख़ुश हुई। फ़ोन पर बात ख़त्म होने से पहले ऐमल ने उससे कहा– 'ख़ुशी जब भी जहाँ भी आपका दरवाज़ा खटखटाये, दरवाज़ा खोलने में देर नहीं करनी चाहिए'। यूसुफ़ को ऐमल की यह दरियादिली अच्छी लगी। उसने कहा कि वह उसकी बात से सहमत है फिर उसने ऐमल को बताया कि मिस थॉमस ने एक विशेष पार्टी का आयोजन किया है। हालाँकि उसे पार्टी की प्रकृति का ज्ञान नहीं था। ऐमल ने उसे सूचित किया हर तीसरे या चौथे महीने सर्किल में पार्टी होती है, जिसका प्रथम उद्देश्य आदमी को धर्मों से स्वतन्त्रता का अनुभव कराने का प्रयास किया जाता है तथा दूसरा उद्देश्य सदस्यों को एक–दूसरे से घुलने–मिलने के अवसर प्रदान किये जाते हैं।

ऐमल ने एक बात और बताई कि सर्किल पार्टी बातिल की प्रणाली और गुलामी की अस्वीकृति है। इच्छा की स्वतन्त्रता की घोषणा है। ऐमल की बातें सुनकर उसे सन्तोष हुआ। ऐमल ने बताया कि मिस थॉमस से उसने इसीलिए उसे मिलाया था कि जिस स्वतन्त्रता का अनुभव उसे हुआ है, उस पर बातिल की पुनः छाया न पड़े। वह मुस्कुराया। उसने ऐमल का धन्यवाद किया।

पार्टी की शाम, निर्धारित समय पर वह मिस थॉमस के घर पहुँच गया। पार्टी में कुल चार औरतें थीं, जिसमें एक जवान मद्रासी लड़की जिसकी रूपरेखा शोभनीय थी। चार पुरुष उसके सम आयु और एक वरिष्ठ व्यक्ति था, जिससे उसका परिचय नहीं था, लेकिन पार्टी के दौरान वे एक–दूसरे से परिचित हो गये। वह सब बातें करते रहे। मिस थॉमस ने मेहमानों के लिए खाने का ऑर्डर दिया हुआ था। दस बजे इब्लीसी नृत्य आरम्भ हुआ। शुरू में मिस थॉमस ने वरिष्ठ व्यक्ति को भाषण के लिए आमन्त्रित किया। वरिष्ठ व्यक्ति ने 'ब्रह्माण्ड और अंधकार' के विषय पर अपने विचार व्यक्त किये। उसने बताया कि इबलीस किस प्रकार अँधेरे का राजकुमार है और एक दिन झूठे प्रकाश पर वह हावी हो जायेगा। उसके भाषण के बाद मद्रासी लड़की जिसने यूसुफ़ को अपना नाम संग्रमा बताया था उसने हिन्दी में एक कविता पढ़ी। यह कविता वास्तव में उसने अपनी मातृभाषा में लिखी थी, लेकिन सभा के अनुसार उसने अनुवाद किया था। कविता का केन्द्रीय भाव था कि इब्लीस की शालीनता, बुद्धि मत्ता और ईश्वर से उसके अपार प्रेम को ईश्वर ने अपने हितों के लिए जब प्रयोग करना चाहा था तो इबलीस ने ईश्वर के मार्ग पर चलने को प्राथमिकता दी और उसकी उन बातों को अस्वीकार किया जिनके बारे में इब्लीस के ज्ञानेश्वर ने उसे बताया था कि उसकी सहमति इसी में होनी चाहिए। संग्रमा ने कविता ख़त्म करने के बाद दस मिनट भाषण दिया और इन्हीं बातों को दोहराया। उसने बताया कि इबलीस ने अपने अस्तित्व को दाँव पर लगाया और परमेश्वर की आत्मा की व्याख्या प्रस्तुत की, लेकिन भगवान ने वह किया, जो उसकी प्रवृत्ति के विरुद्ध था। उसने द्रव्य को आत्मा पर प्राथमिकता देने का प्रयास किया। इबलीस की अस्वीकृति पर, इबलीस को शर्मिन्दा करने के उद्देश्य से ईश्वर ने द्रव्य के अन्दर आत्मा का चमत्कार दिखाने का संकल्प किया। इबलीस ने इस खेल में भाग

लेने से इंकार किया। इस अस्वीकृति के बाद ईश्वर ने अपने खेल को जारी रखने के लिए बहुत सारी नकारात्मक शक्तियों को जन्म दिया, जिनका काम था, सारे ब्रह्माण्ड में इबलीस की चुप्पी को बुराई के रूप में कुख्यात करना। इबलीस ने फिर भी कोई जवाब नहीं दिया। इबलीस जानता है, एक दिन ईश्वर अपने इसी खेल के कारण ब्रह्माण्ड में शर्मिन्दा होगा। उस दिन इबलीस उसे सिंहासन से उतारकर न्याय करेगा। उसका भाषण ख़त्म होने पर सबसे पहले मिस थॉमस ने तालियाँ बजायीं। उसकी देखा–देखी सबने तालियाँ बजायीं। यूसुफ़ ने भी यही किया। क़रीब साढ़े दस बजे जब मिस थॉमस अपना निबन्ध पढ़ने के लिए तैयार हुई, ठीक उसी समय संग्रमा ने एक काले रंग के गिलास में एक पेय पदार्थ प्रस्तुत किया। सबने एक–एक घूँट लिया। मिस थॉमस ने कहा कि पेय पदार्थ उस सभ्यता की याद में है जब ज़मीन पर झूठ का शासन नहीं था और इच्छाएँ स्वतन्त्र थीं। अपनी बात को स्पष्ट करते हुए उसने कहा कि जब पृथ्वी धर्मों से मुक्त थी और आदमी सिर्फ़ आदमी था, उस समय भी अन्धेरी रात का जश्न हुआ करता था। उसके संकेत न केवल ऐतिहासिक रूप से उपस्थित हैं बल्कि अचेतन मन की गहराई में उसकी धुन और संगीत भी सुरक्षित हैं। मिस थॉमस ने बताया कि इस पेय में एक लड़की के शरीर के गन्ध को मिलाया गया है। एक ऐसी लड़की के शरीर का गन्ध जो अपने जीवन की पहली माहवारी के अनुभव से उन्मत्त थी। पेय पदार्थ में कुछ और वस्तुएँ मिली थीं। खुशबू उसकी वास्तव में मानव पसीने की तरह थी, लेकिन उत्कृष्ट थी। पेय पदार्थ पीने के एक दो मिनट के अन्दर ही यूसुफ़ ने यह अनुभव किया कि उसकी आत्मा में एक तरंग पैदा हो रही है बल्कि पूरी सभा में एक मदहोशी की स्थिति छा गयी थी। इस नशीले वातावरण में मिस थॉमस ने अपना निबन्ध पढ़ा। मिस थॉमस के निबन्ध का शीर्षक था 'आत्मा अँधेरे की उपज है।' सबने निबन्ध ध्यान से सुना। इस निबन्ध में मिस थॉमस ने आत्मा के भेद को खोलने का प्रयास किया था। उसका कहना था कि आत्मा चाहे वह हारने वाले भगवान की हो या भविष्य में विजयी होने वाले इबलीस की, सब अँधेरी झील से पैदा हुई हैं और बताया कि आत्मा को केवल अँधेरे में पूर्ण शान्ति प्राप्त होती है। वह आत्मायें जो अँधेरे से डरती हैं वे वास्तव में बातिल की बन्दी बनाये जाने के कारण उदास हो चुकी होती हैं। निबन्ध के अन्त से कुछ मिनट पहले

संग्रमा दूसरे कमरे से निकली और उसने मिस थॉमस के पीछे खड़े होकर उसके सर पर मुकुट–सी कोई वस्तु रखी। पुणे वाली पार्टी में तीन चार लोगों ने इस तरह के मुकुट पहने थे। यह मुकुट इबलीस से स्नेह की अभिव्यक्ति है। मिस थॉमस ने अपना निबन्ध एक ओर रखा और संग्रमा को गले लगाया। सबने तालियाँ बजायीं और उस निबन्ध की प्रशंसा की।

सवा गयारह बजे व्हिस्की का दौर शुरू हुआ। व्हिस्की के वितरण के साथ ही ट्यूब लाइट बन्द करके चार मोमबत्तियाँ प्रकाशित की गयीं। बँगले के बाहर जलने वाले बल्ब भी बन्द कर दिये गये। हॉल में पर्याप्त जगह थी। एक मण्डली बनाकर वे बैठ गये। बीच में मोमबत्ती और व्हिस्की की बोतलें रखी हुई थीं। मिस थॉमस ने एक गिलास व्हिस्की से भरा। लबालब गिलास से ख़ुद एक घूँट पिया और फिर बारी–बारी सबको इस गिलास का एक–एक घूँट पिलाया। इस बीच संग्रमा ने सब के लिए व्हिस्की के अलग–अलग पैग बनाकर दिए। सबने जाम हाथ में लिया। मिस थॉमस मण्डली के बाहर खड़ी थी। उसने ज़ोर–से कहा– अँधेरे के नाम, जिसने जीवन को आत्मा प्रदान की। अँधेरे के राजकुमार, देवदूतों के गुरु के नाम, जिसने आत्मा की रक्षा के लिए विद्रोह किया।" सबने एक साथ, एक साँस में पहला गिलास गले से उतार लिया। उन्हें जो पेय पदार्थ पहले दिया गया था, उसके वास्तविक प्रभाव के लिए यह विधि थी। ज्यों ही व्हिस्की शरीर में जाकर उस पेय पदार्थ में मिली, आत्मा के रंग निखर गये। सभी को यह लगने लगा कि उनके शरीर पर वस्त्र एक बहुत भारी बोझ है। इस बीच मिस थॉमस मण्डली के अन्दर आयी। उसने गुलाबी रंग की एक नाइटी पहन रखी थी। वरिष्ठ व्यक्ति ने सीधे हाथ की बीच की दो उँगलियां अँगूठे के नीचे दबाकर हाथ हवा में उठाया और कहा– "थॉमस तुम रात बन जाओ।" यह सुनकर मिस थॉमस मुस्कुरायी। मिस थॉमस ने बत्ती बुझा दी। हॉल में जो घड़ी दीवार पर थी, उसकी सूइयाँ प्रतिदिन की तुलना में आज अधिक चमक रही थीं। सबने एक–दूसरे का हाथ पकड़ा। तीन बार हवा में हाथ की ज़ंजीर को उठाया। फ़िर हाथ छोड़ दिए। मिस थॉमस की आवाज़ उनके कानों में पड़ी, "आँखें बन्द करो और एक–दूसरे को देखो।" सबने आँखें बन्द कर लीं। आँखों के अन्दर बहुत गहरे अँधेरे में वह एक–दूसरे के चेहरे को देखने का प्रयास करने लगे, लेकिन जो पेय पदार्थ उनके शरीर में उतरा था,

अब वह आँख, मस्तिष्क और हृदय की धमनियों में फैल चुका था। इस पेय पदार्थ के प्रभाव के कारण वे एक–दूसरे का चेहरा याद करने से वंचित थे। संग्रमा ने इस बीच एक और पैग बनाकर उनके सामने रख दिया। मिस थॉमस ने कहा, "अपने सामने रखा हुआ जाम पियो।" सबने हाथ बढ़ाया और लड़खड़ाते हाथों से जाम उठाया। मिस थॉमस ने कहा, "धीरे–धीरे यह आख़िरी जाम है।"

वरिष्ठ व्यक्ति ने कहा– "मेरी ज़िन्दगी का आख़िरी जाम न हो।"

सब मुस्कुराये।

मिस थॉमस ने कहा कि आँखें खोली जायें।

सबने आँखें खोलीं।

सबकी आँखों में एक धुआँ–सा भर गया था। मस्तिष्क में प्राचीन युग के व्यक्तियों के आकार बनकर मिट रहे थे। मिस थॉमस ने कहा– "पेगन युग में पुरुष एवं महिला स्वतन्त्र थे और इस स्वतन्त्रता के कारण उनकी आत्माएँ भी ख़ुश थीं।"

कुछ देर बैठकर वे व्हिस्की पीते रहे। आपस में बातें करते रहे। हँसते रहे, गुनगुनाते रहे। संग्रमा इस बीच मण्डली में आकर बैठ गयी थी। सबसे पहले नशे की तरंग में उसने अपनी शर्ट उतारकर एक ओर फेंक दी। उसके बाद वरिष्ठ व्यक्ति ने अपने कपड़े उतार दिये और कहा– "मेरी स्वतन्त्रता इन कपड़ों के कारण समाप्त हा गयी है।" उसके इस वाक्य पर सब ठहाके लगाने लगे और ठहाकों का शोर ख़त्म होने तक सबने अपने कपड़े उतारकर यहाँ–वहाँ फेंक दिए। मदहोशी की अथाह झील में डूब गये। सब परिधान द्वारा उत्पन्न लज्जा से मुक्त फ़र्श पर बैठे, लेटे, और एक–दूसरे की गोद में सर रखकर हज़ारों वर्षों की यारी–दोस्ती के अनुभव में डूबे उस उपस्थित क्षण में जीवित थे। उनकी आत्मायें अपनी गरिमा पर थीं। आत्मा गरिमा के अनुभव से उस समय तृप्त होती है जब वह किसी की दास नहीं होती, न अपने शरीर की, न किसी विचार की, न किसी अन्य आध्यात्मिक शक्ति की। आज वे सब, वे थे, जो अपने मन की गहराई में अनादिकाल से बनना चाहते थे, अपने शरीर और आत्मा के नशे में मदहोश। मिस थॉमस ने व्हिस्की पीते हुए घड़ी की ओर देखा। बारह बजने में चार–पाँच मिनट शेष थे। वह चुप व्हिस्की पीती रही। सब बातचीत में मग्न थे। इस बातचीत में वह एक–दूसरे के निजी जीवन के बारे में सवाल पूछ रहे थे। वहाँ कोई जवाब देता तो सवाल पूछने

वाला ख़ुद अपने निजी जीवन के बारे में सोचने लग जाता। इस हालत में सवाल पूछने वाला वे बातें नहीं सुन पाता जिनको सुनने का उसने इरादा किया था। कहने वाला इस विचार के साथ अपने जीवन की कुछ मुख्य बात साझा करता कि सामान्य स्थिति में यह बात एक भेद के रूप में दिल में क़ैद रहती है जिसके कारण आत्मा उदास हुआ करती है। हालाँकि सवाल पूछने वाला सुन लेने के इरादे से बीच में 'हाँ–हाँ' अवश्य कहता था कि कहने वाला यह महसूस न करे कि उसकी बात सुनी नहीं जा रही है। नशा अब उनकी आत्माओं को तोड़–मरोड़ रहा था। वे एक–दूसरे के शरीर का अनुभव कर रहे थे। संग्रमा ने यूसुफ़ की गोद में सर रखा था। यूसुफ़ ने उसके शरीर की गन्ध को अनुभव करने के बाद उसके कान में फुसफुसाया, 'क्या तुम्हारे शरीर की गन्ध पेय पदार्थ में डाली गयी थी?" संग्रमा ने कहा– "तुम कैसे जान गया?" यूसुफ़ ने शरारतपूर्ण ढंग से थोड़ी व्हिस्की उसके स्तन पर गिरायी। व्हिस्की को अपने हाथों से उसकी त्वचा पर मला और फिर अपना हाथ उसकी नाक के पास लाकर कहा– "तेज स्मेल (गन्ध) है तेरी, और मैंने वर्षों इसी का कारोबार किया है।" अभी वह अधिक कुछ पूछती कि मिस थॉमस ने कहा–"टाइम फ़ॉर डांस इन दि नेम ऑफ़ प्रिंस ऑफ़ डार्कनेस।"

वे सब खड़े हो गये।

बारह बजते ही घड़ी से संगीत की हल्की आवाज़ आयी। उन्होंने नृत्य शुरू किया। यह नृत्य बड़ा विचित्र था। उनके क़दम लड़खड़ा रहे थे और शरीर आड़े–तिरछे अन्दाज़ में झूम रहे थे। यह नृत्य अफ़्रीकी जनजातियों के नृत्य से बहुत मिलता–जुलता था, लेकिन यह वह नृत्य भी हो सकता है जो व्यक्ति के सामूहिक अवचेतन में अब भी सुरक्षित है और कभी–कभी आत्मा की सतह पर प्रदर्शित होता है। इस नृत्य में स्वतन्त्रता का अनुभव था। शरीर अपने जश्न पर ख़ुश और आत्मा शरीर की स्वतन्त्रता से मदहोश थी। वरिष्ठ व्यक्ति, एक महिला और दो पुरुष नृत्य करते–करते जानवर बन गये थे। वे चार क़दमों पर चल रहे थे। एक ओर मिस थॉमस नागिन बन गयी थी। फ़िल्म में देखी हुई नागिन की तरह उसने दोनों हाथ माथे के पास लाकर फन बनाया और संयोग से वह ख़ुद को डस रही थी। नृत्य का यह सिलसिला उन्हें व्यक्ति के निर्माण की चेतना प्रदान कर रहा था।

नृत्य के समाप्ति पर वे शरीर के गोले बनकर एक–दूसरे पर गिरे। केवल वरिष्ठ व्यक्ति बुझा हुआ उल्का पिंड था। फ़र्श पर वे साँप बनकर

एक–दूसरे को काट रहे थे। शेर बनकर निगल रहे थे। वे सब एक–दूसरे क़ी आत्मा में प्रवेश कर रहे थे। उन सबकी रालें, उनकी आँखों का नमकीन पानी और उनके पसीने की गन्ध एक–दूसरे की नाक के रास्ते शरीर में फैल गयी थी, जिससे पिए गये पेय पदार्थ का नशा तेज़ हो गया था। उनके अवचेतन में कई जानवर, ज़मीन पर रेंगने वाले कीड़े–मकोड़े, पक्षियों और अनगिनत जानलेवा जानवर जाग्रत थे। वे जानलेवा जानवरों का शोर सुन रहे थे और बहुत सारे कीड़ों को अपनी त्वचा के अन्दर रेंगते हुए महसूस कर रहे थे। आदमी के सामूहिक ऐतिहासिक अवचेतन में प्राचीन युग के प्राणियों की आवाज़ें, रूप और शक्तियाँ सुरक्षित हैं। कुछ विशिष्ट रूपों में आदमी का मन भँवर बनकर उस अथाह अँधेरे तक पहुँच जाता है जहाँ यह सामूहिक ऐतिहासिक अवचेतन दफ़नाया होता है। मिस थॉमस का समुदाय आत्मा के शाश्वत् नृत्य के अधीन उस आन्तरिक अन्धकार में डूब गया था।

अँधेरे में ही सबसे पहले वरिष्ठ व्यक्ति उठकर चला गया। यूसुफ़ की आँख खुली तब सूरज निकल चुका था। उसने कपड़े खोजे। उसका अंडरवियर नहीं मिल रहा था। जब सब अपने–अपने कपड़े पहन चुके तो एक सफ़ेद अंडरवियर बच गया, जिस पर किसी ने दावा नहीं किया। शायद यह अंडरवियर वरिष्ठ व्यक्ति का था और वह जल्दबाज़ी में यूसुफ़ का अंडरवियर पहनकर चला गया था। इस बात का ज्ञान दूसरों को हुआ तो वे ख़ूब हँसे।

सिग्नल खुल गया था।

वाहन दौड़ने लगे तो उनकी आवाज़ से यूसुफ़ विचारों के घेरे से बाहर निकला। उसने दुबारा आईने में देखा। उसका प्रतिबिम्ब मुस्कुराकर भंग हो गया। गुज़रते समय के साथ यूसुफ़ और मिस थॉमस की निकटता बढ़ गयी थी। मानसिक और शारीरिक सहानुभूति के कारण वे अधिक मिलने लगे थे। समूह की गतिविधियों में भी यूसुफ़ की भागीदारी बढ़ गयी थी। दो–एक बार मिस थॉमस उसके पायधुनी वाले मकान पर भी आयी थी।

मिस थॉमस ने यूसुफ़ को कई उपहार दिये थे, जिनमें सबसे बहुमूल्य उपहार अमृता शेरगिल की बनायी हुई पेंटिंग थी। यह पेंटिंग मिस थॉमस के पिता के हाथ 1941 में लगी थी जब कुछ समय उन्होंने लाहौर में पड़ाव किया था। यूसुफ़ को यह उपहार बहुत पसन्द था। पेंटिंग उसने बेडरूम में लगा रखी थी। मिस थॉमस जब उसके घर आयी थी, बेडरूम में पेंटिंग को लगा देखकर उसे ख़ुशी हुई थी। मिस थॉमस ने उसे अमृता शेरगिल के बारे में कुछ बातें भी बतायीं, जिनमें यह बात भी शामिल थी कि अमृता शेरगिल का जहाँ कई पुरुषों से सम्बन्ध था, वहीं कुछ औरतें भी उसके प्यार में शामिल थीं। मिस थॉमस की यह बात सुनकर यूसुफ़ ने एक पल के लिए कुछ सोचा फिर पूछा– "क्या आप संग्रमा से प्यार करती हैं?" इस अप्रत्याशित सवाल का जवाब देने के अलावा उस हल्के अँधेरे कमरे में मिस थॉमस उसकी आँखों में देखती रही। यूसुफ़ की आँखों ने मिस थॉमस के शरीर का एक भेद पकड़ लिया था। मिस थॉमस यूसुफ़ की आँखों में देख रही थी, डूब रही थी और उसी पल उन आँखों में इच्छा का रंग भी गहरा रहा था। यूसुफ़ को पहले तो यह सन्देह हुआ कि मिस थॉमस नाराज़ है। उसने मिस थॉमस को गले लगाया और धीरे–से कहा– "आई एम सॉरी।" मिस थॉमस की आँखों में जन्मी भूख की आग एक अलाव में बदल चुकी थी। इस अलाव के नीचे मिस थॉमस के व्यक्तित्व का कुआँ था। मिस थॉमस ने कुएँ का ताला खोल दिया और यूसुफ़ को कुएं में डूबते हुए देखती रही। कुआँ बहुत गहरा था और उसकी तह में अनगिनत आत्माओं के आँसू दफ़न थे। एक ओर एक मुरझाया हुआ लाल गुलाब था और एक सोते पर एक डरावने ख़्वाब ने मुहर लगा दी थी, इसलिए वह स्रावित होने से वंचित था। इसके अलावा कुआँ अपनी तलछट में जीवन की प्रत्याशा और इच्छा का केन्द्र था।

थोड़ी देर बाद मिस थॉमस की आँखों में जमी हुई इच्छा पिघलने लगी। व्यक्तित्व का कुआँ जादुई रूप में भरकर बहता रहा। उखड़ती हुई साँस में मिस थॉमस ने यूसुफ़ से कहा– "तू मेरी लाइफ़ में पहला मर्द है, वरना संग्रमा और दूसरी महिलाएँ ज़िन्दगी में आती रही हैं।"

'तू मेरे ज़िन्दगी में पहला मर्द है।' इस वाक्य पर उसने कोई प्रतिक्रिया नहीं की क्योंकि उसे ऐसा लगता था कि हर औरत यह झूठ

विश्वास से कहती है। कुछ वर्षों बाद यह बात जानकर उसे अचम्भा हुआ कि मिस थॉमस के जीवन में वास्तव में उसके अलावा कोई मर्द नहीं था। सभा में भी केवल संग्रमा उसका चुनाव हुआ करती थी। यूसुफ़ से निकटता के बाद संग्रमा, यूसुफ़ और मिस थॉमस एक त्रिकोण में बदल गये। बीस–पच्चीस वर्षों की संगत के बाद एक बहुत भावुक क्षण में मिस थॉमस ने यूसुफ़ से यह भेद प्रकट किया कि जब वह तेरह साल की थी तब उसकी माँ ने शराब के नशे में उसे निर्वस्त्र करके अपने एक प्रेमी को समर्पित किया था। उसके दिल में यह भेद एक साँप बनकर जी रहा था। गुज़रते समय के साथ साँप का विष उसकी आत्मा में फैलता गया। मिस थॉमस की रुला देने वाली कहानी सुनकर यूसुफ़ की आँखें डबडबा गयी थीं। उस दिन यूसुफ़ ने मिस थॉमस के भेद के जवाब में अपने व्यक्तित्व में क़ैद एक घटना सुनाई। यूसुफ़ ने बताया कि उसका पिता गुज़रात के शहर पालनपुर की एक मस्जिद में इमामत करता था। माँ एक व्यापारी की बेटी थी और धर्म से बेज़ार थी। उसके जन्म के समय पिता किसी किताब का अध्ययन कर रहे थे। जैसे ही जन्म की ख़बर सुनायी गयी उसके मुँह से निकला "तफ़सीर रूहुल्मानी, तफ़सीर रूहुल्मानी" यूसुफ़ ने बताया कि यह उस किताब का शीर्षक था लेकिन पिता ने यही उसका नाम रख दिया। माँ को यह नाम कठिन लगा। वह किसी तरह इस नाम के लिए सहमत नहीं हुईं। कुछ महीनों बाद माँ ने नाम बदलने की ज़िद की, लेकिन पिता ने मना कर दिया। माँ ने उसे 'यूसुफ़' कहकर पुकारना शुरू किया। इस बात पर घर में अक्सर दोनों में तू–तू मैं–मैं होने लगी। यूसुफ़ की आयु चार साल होने तक इस विषय पर उनमें झगड़ा होता रहा। एक बार उसकी माँ ने गुस्से में पिता की दाढ़ी पकड़ी और उससे कहा– "इतना मुश्किल नाम रखने की सजा अल्लाह ने तुमको दी, अब ख़ाली चाटते हो, कर तो कुछ नहीं पाते।"

पिता गुस्से में आपे से बाहर हो गया और उसने पास रखी हुई हथौड़ी उठा कर माँ के सर पर मारी। माँ ने बेहोश होने से पहले कहा– "गाँडू मर्द औरत को ख़ाली मार ही सकता है।"

यूसुफ़ ने बताया कि इस घटना के बाद माँ और वह कुछ दिन उसके दादा के घर रहे, फिर माँ उसे लेकर मुम्बई चली आयी।

लेकिन वह यह बताना भूल गया कि जिस दिन उसकी माँ ने मुम्बई में क़दम रखा, उसी दिन डॉकयार्ड में धमाका हुआ था जो मुम्बई के

इतिहास का एक अविस्मरणीय विस्फोट है। डॉकयार्ड विस्फोट में क़रीब एक हज़ार चार सौ लोग मारे गये थे। इस विस्फोट से पश्चिमी मुम्बई के अधिकांश क्षेत्रों में लोग सहम कर रह गये थे।

मुम्बई उसकी माँ को अच्छा लगा।

कुछ दिन बाद उसने सरकारी दफ़्तर में एक क्लर्क को घूस देकर नक़ली जन्म प्रमाणपत्र बनवा लिया। माँ ने आराम से जीवन बिताया। कभी उस आदमी का उल्लेख भी नहीं किया जो उसका पिता था। जब यूसुफ़ पन्द्रह साल का हुआ तब मुम्बई में मलेरिया की बीमारी फैली थी। इस प्रकोप में उसकी माँ दो दिनों के बुख़ार के बाद मर गयी। संस्कार के लिए पालनपुर से आने वाले सम्बन्धियों में उसका पिता भी शामिल था। वह लोगों से पूछता रहा कि तफ़सीर रूहुल्मानी कहाँ है। मुम्बई में उसके मामा के पड़ोसी और सम्बन्धी उस नाम से परिचित नहीं थे। इसलिए सभी ने चुप्पी साध रखी थी। जब उसके पिता ने एक बुजुर्ग आदमी से पूछा– "तफ़सीर रूहुल्मानी कहाँ है?" तो उसने जवाब दिया– "इमाम साबइच बता पायेंगे।"

यह वाकिया सुनकर मिस थॉमस के चेहरे पर हँसी आयी, जिससे उसकी आत्मा की उलझन कम हो गयी। थोड़ी देर बाद मिस थॉमस ने यूसुफ़ से पूछा– "पिता से कभी मिलने नहीं गये?" यूसुफ़ ने कहा कि वह ऐसे आदमी से मिलना नहीं चाहता था जिसके लिए बेटे से अधिक नाम महत्त्व रखता हो। अपने इस बयान के बाद वह कुछ देर चुप बैठा रहा। सोचता रहा। वह यह तय नहीं कर पा रहा था कि वह क्या सोच रहा है?

दूसरे दिन कॉलेज में हिना ने विधि से कहा कि यूसुफ़ और मिस थॉमस दोस्त हैं। पिकनिक के बारे में डिस्कस कर चुके हैं। विधि ने कुछ देर इस पहलू पर सोचा, फिर कहा "चलो, अच्छा हुआ। मिस थॉमस से यूसुफ़ की दोस्ती उनके हित में है, कॉलेज में भी उपयोगी रहेगी और पिकनिक में भी लाभ होगा।

पिकनिक के लिए दो बसें बुक की गयी थीं।

औरंगाबाद में उनका कमरा मिस थॉमस के कमरे के सामने था।

मिस थॉमस कॉलेज में कठोर शिक्षक के रूप में प्रसिद्ध थी और विद्यार्थियों पर उसका दबदबा था। इसलिए उसके कमरे के आसपास कोई किसी तरह की अभद्र हरकत करने का साहस नहीं कर सकता था। देर रात तक विधि और हिना बातें करती रहीं। सुबह सब तैयार होकर बस में बैठ गये। इतिहास की एक शिक्षिका ने पन्द्रह–बीस मिनट अजन्ता और एलोरा के गुफाओं के बारे में जानकारी प्रदान की। शिक्षिका का भाषण ख़त्म होने के बाद उन्होंने अन्त्याक्षरी खेलना शुरू किया। विधि ने भी भाग लिया। कुछ गाने हिना ने भी उसे याद दिलाये। एक स्थान पर बस नाश्ते के लिए रुकी। विधि और हिना ने इडली खाई। सांभर बहुत स्वादिष्ट था। हिना सांभर पी रही थी कि इसी बीच मिस थॉमस उनके टेबल के पास आयी। दोनों सम्मान में खड़ी हो गयीं। मिस थॉमस ने विधि के कन्धे पर हाथ रखते हुए बैठने का संकेत किया। मिस थॉमस ने मुश्किल से एक मिनट उनसे बात की और आगे बढ़ गयी। नाश्ता करने के बाद विधि का दिल चाह रहा था कि सिगरेट पिये, लेकिन मिस थॉमस पास ही अध्यापकों के साथ खड़ी बात कर रही थी। उसने हिना से कहा कि उसका जी सिगरेट पीने के लिए बेताब है। हिना ने कहा केवल बाथरूम एक ऐसी जगह है जहाँ वह शिक्षकों की नज़र से बची रहेगी, लेकिन बाथरूम का हाल ऐसा नहीं था कि वहाँ सिगरेट का आनन्द लिया जाता। विधि ने किसी तरह अपने मन को मारा।

नाश्ता ख़त्म हुआ। वे बस में सवार हो गये। विधि ने हिना से कहा कि बस की अन्तिम सीट पर चलकर बैठते हैं। हिना तैयार हो गयी। बस चलने लगी। बाहर गन्ने, ज्वार और बाजरे के खेत झूम रहे थे। दूर कुछ दूरी पर पर्वत शृंखला भी दिखायी दे रही थी। पहाड़ों का रंग कहीं सूखी हुई हल्दी जैसा तो कहीं प्याज़ के छिलके का रंग अपनाये हुए था। हिना बाहर के दृश्यों को देख रही थी। विधि ने उससे कहा कि अब वह विंडो सीट के पास बैठकर सिगरेट के कश लेगी। हिना ने कहा आगे एक टीचर बैठी है। अगर वह झट–से उठकर पीछे आ जाये तो वह पकड़ी जायेगी। विधि ने कहा अगर ऐसा हुआ तो वह तुरन्त सिगरेट बाहर फेंक देगी। सिगरेट के लिए उसकी उत्सुकता देखकर हिना ने सीट बदल ली। विधि ने सर नीचे झुकाकर लाइटर से सिगरेट सुलगायी और एक भरपूर कश लिया। बस की खिड़की पर गर्दन झुकाकर धीरे–धीरे धुएँ को सीने

से मुक्त किया। धुआँ उसके सीने से मुक्त हुआ तो एक सुकून–सा उसके चेहरे पर दिखायी दिया। इस तरह चार–पाँच कश लेकर उसने सिगरेट का नशा किया और फिर बची हुई सिगरेट बाहर फेंकने से पहले एक और लम्बा कश लेना चाहा, लेकिन इस बार उसकी साँस फट गयी और हल्की खांसी के साथ थोड़ा–सा धुआँ मुँह से बाहर निकल गया।

उनके सामने वाली सीट पर एक लड़का अपनी प्रेमिका के साथ बैठा हुआ था। लड़का उर्दू माध्यम से आया था, जबकि लड़की ईसाई थी। लड़के ने विधि को सिगरेट पीते हुए देखा। जब विधि ने सिगरेट बाहर फेंककर उनकी ओर देखा तो दोनों ने हवा में अँगूठा उठाकर विधि को बधाई दी। विधि ने होंठ नीचे दबाकर इशारों में उनका धन्यवाद किया। हिना मुस्कुरा रही थी। ठीक उसी समय लड़के ने कहा– "ले साँस भी आहिस्ता के नाजुक है बहुत काम।" विधि ने पंक्ति को ठीक से सुना नहीं था। उसने कहा, वह सुन नहीं पाई है। लड़के ने पंक्ति को दोहराया। हिना ने नज़रें उठाकर एक बार लड़के को देखा। विधि ने ख़ुद से जो अर्थ पंक्ति से निकाला उसके अनुसार उसने कहा– "Look, when you do kaam with your partner, you got to be relex, then no issue will be with the breathing." उसका बयान सुनकर लड़का हैरान हुआ और हिना हँसने लगी। लड़के ने फिर कुछ नहीं कहा, वह अपनी प्रेमिका के साथ बातें करने लगा। सौ किलोमीटर की दूरी पलक झपकते ख़त्म हुई।

पहाड़ी से लगकर निर्मित मार्ग से होकर वह अजन्ता की गुफाओं की ओर बढ़ने लगे। इस वन्य क्षेत्र में बन्दर और परिन्दे बहुत हैं। उनके साथ–साथ बन्दर भी चल रहे थे। छात्र बन्दरों को देखकर आनन्दित थे। बन्दर भी जनसमूह को देखकर आनन्दित थे। कुछ बन्दर तो इस तरह ख़ुश थे कि अपनी ख़ुशी पर क़ाबू पाने में असफल थे। वे लहक–लहककर लड़कों पर झपट रहे थे और उनके हाथों से खाद्य पदार्थ छीन रहे थे। इमली के एक पेड़ की शाखाओं पर दो गिलहरियाँ बैठी झुक–झुककर कॉलेज के छात्रों की टोली को देख रही थीं। विधि ने बैग से कैमरा निकालकर गिलहरियों की फ़ोटो क्लिक करना चाही तो गिलहरियों को अहसास हो गया और वे तुरन्त ग़ायब हो गयीं, लेकिन वहीं एक शाख़ पर एक बूढ़ा घोंघा बैठे धूप सेंक रहा था। विधि ने कैमरा जूम करके घोंघा की दो–तीन तस्वीरें उतारीं। जिसमें घोंघा शाख पर घुँगा बैठे थे, वह अन्दर

से खोखली थी। भीतरी भाग में एक जंगली साँप ने डेरा डाल रखा था। इमली के पेड़ से खाई की ढलान को झाँककर देखा जा सकता है। उस खाई में किसी समय में नवाब और अंग्रेज़ शिकार खेलने आया करते थे। ढलान खाई में ऊपर से झरना गिरता है। नीचे पानी जमा होकर नदी के रूप में बहता है, वहाँ भील जाति के आदिवासियों की अनगिनत हड्डियाँ बिखरी हुई हैं जो सदियों से उस क्षेत्र में बसे थे।

गौतम बुद्ध और जातक कथाओं पर आधारित चित्रकारी और मूर्तिकारी की एक अद्भुत दुनिया में छात्र और शिक्षक बाहरी दुनिया को भूल गये। गुफाओं की कलाकृतियों ने दर्शकों के दिलों पर विचित्र जादू किया था। देखने वालों की आत्मायें उनके व्यक्तित्व की गुफा से मुक्त होकर उस प्रतिष्ठित मानव विरासत में शरण पा रही थीं। अजन्ता सुन्दरता के साथ–साथ सौंदर्य–पूजा का भी एक बहुमूल्य नमूना है। विधि बार–बार यह सोचती रही कि वे क्या दिन होंगे जिनमें इस गुफा की चित्रशाला पहली बार सजी थी? उसने जी भर कर तस्वीरें खींचीं। हिना ने उसकी तस्वीरें बुद्ध की मूर्तियों के सामने उतारीं। शाम छह बजे वे होटल में लौट गये। दो घण्टे आराम किया फिर रात का खाना हुआ। खाने के बाद विधि और हिना अपने–अपने बिस्तर पर लेटे बातें कर रही थीं कि अचानक हिना को सुबह की घटना याद आयी जब बस में लड़के ने मीर तक़ी 'मीर' के शैर की पंक्ति सुनायी थी और विधि ने कहा था When you do *kaam* with your partner, you got to be relex, then no issue will be with the breathing." हिना ने वाक्य दोहराया और विधि से कहा कितना अजीब जवाब था। "विधि ने पलट कर उससे पूछा कि जब उसने यह बात कही थी तब वह हँसी क्यों थी?" हिना ने बताया कि उस वाक्य में 'काम' का मतलब 'कार्य' था 'सेक्स' नहीं जबकि लग यह रहा था कि विधि ने काम का मतलब सेक्स समझा है। विधि ने सिगरेट का एक लम्बा कश लिया, फिर कहा, "मतलब वह बात सेक्स में साँसों के उखड़ने के बारे में नहीं थी?" हिना ने कहा, "बिल्कुल नहीं और बताया कि स्कूल में उसकी कक्षा में एक लड़की थी। वह किसी उर्दू कवि की बेटी थी। उस लड़की ने यह और कई दूसरी प्रसिद्ध पंक्तियाँ उसे सुनायी थीं। हिना ने मीर की पंक्ति को दोहराया और व्याख्या की। विधि को थोड़ा मलाल हुआ। एक मिनट के मौन के बाद विधि ने कहा, "लेकिन उसका यह

वाक्य सुनकर वह जोड़ा कैसा शान्त हो गया था?" हिना ने कहा, "कोई भी शान्त हो जाता क्योंकि वह अप्रत्याशित जवाब था।" विधि ने सिगरेट ऐश ट्रे में बुझाई। थोड़ा पानी पिया और हिना से पूछा– "तूने पहली बार कब किया?"

विधि के इस प्रत्यक्ष सवाल पर हिना हैरान रह गयी। उसने छत पर लगे पंखे की ओर देखा, ऐश ट्रे देखा। फिर खिड़कियों के बाहर अमरूद की शाखाओं को देखा जिन पर ट्यूब लाइट की रौशनी बिखरी हुई थी। विधि की नज़रें उस पर थीं। आँखें मिलाए बिना हिना ने कहा– "क्या पहली बार?" विधि समझ चुकी थी कि हिना बात बना रही है। इसलिए उसने अधिक स्पष्टता से काम लिया– "मतलब, तूने फर्स्ट टाइम सेक्स कब किया?" इस बार हिना ने उसे देखा और कहा– "अभी मैं छोटी हूँ। मैंने इस विषय पर कभी सोचा भी नहीं।"

यह वाक्य सुनकर विधि ने ठहाका लगाया। वह हँसती रही। उसे लगा, हिना ने पहली बार झूठ बोला है। वह बिस्तर पर लोट–पोटकर हँसती रही। हिना ने कुछ नहीं कहा। वह मन्द–मन्द मुस्कुराते हुए उसे देखती रही। थोड़ी देर बाद उसने कहा–"तू छोटी है और तूने इस टॉपिक पर कभी सोचा नहीं?"

इससे पहले कि वह कुछ और कहती, हिना ने स्पष्ट करते हुए कहा– "मेरा मतलब हमारे यहाँ सेक्स शादी के बाद करते हैं?"

विधि फिर हँसी। उसे हिना के वाक्य फ़िल्मी लग रहे थे। उसे लगा, हिना कुछ छुपाना चाहती है। हिना ने क़सम खाई कि वह सच बोल रही है और उसने विधि को अपने समाज के सिद्धान्तों के बारे में बताया। विधि कई बातें जानकर स्तब्ध थी। उसके लिए यह बात किसी ख़ुलासे से कम नहीं थी कि मुस्लिम परिवारों में विवाह से पहले लड़की का सेक्स करना दुनिया का सबसे बड़ा पाप है। हालाँकि विधि ने यह भी कहा कि उनके घरों में भी सेक्स से बचने का निर्देश दिया जाता है, लेकिन यह अधिक गम्भीर विषय नहीं है बल्कि एक प्रकार का आनन्द लेना ही है। बहुत दिनों तक किसी को इससे दूर नहीं रखा जा सकता। उसकी बातें सुनने के बाद हिना ने बताया कि उसकी बिल्डिंग में कई लड़कियाँ ऐसी हैं, जिनके प्रेमी हैं और वे उनके साथ सोया करती हैं, लेकिन यह बात घर वालों से छुपी हुई है। हिना और विधि के बीच घरेलू, क्षेत्रीय और

मान्यताओं के स्तर पर जीवन बिताने में जो अन्तर था, उस पर देर तक उन्होंने बात की। इस बीच विधि ने चार–पाँच सिगरेट हवा में फूंक दीं। जब इस विषय पर अधिक कुछ बाक़ी नहीं रहा तो हिना ने उससे पूछा– "तूने पहली बार कब किया?"

विधि ने एक सिगरेट निकालकर हिना को दी और कहा– "तू सेक्स नहीं कर सकती तो क्या हुआ, सिगरेट तो पी सकती है।" हिना ने सिगरेट ली और पीने लगी। उसे नाक से धुआँ निकलने का तरीक़ा मालूम नहीं था, इसलिए वह सिगरेट के धुएँ को मुँह में लेकर बाहर छोड़े जा रही थी। विधि ने विस्तार से अपनी कहानी सुनायी।

उसके स्कूल का एक लड़का उसे सातवीं कक्षा से पसन्द करता था, लेकिन नौवीं कक्षा में दोनों में नियमित रूप से प्रेम शुरू हुआ। दूसरी ओर एक दिन चाय के बगीचे में विधि की मुलाक़ात एक लड़के से हुई जो चाय की पत्तियों और कुछ अन्य पौधों पर शोध करने दार्जीलिंग आया था। वह बांग्लादेशी था। विधि से दस साल बड़ा था। विधि के पिता ने उसे चाय के बागान में एक सप्ताह रहने की अनुमति एक दोस्त की सिफ़ारिश पर दी थी। बगीचे में सरकारी अधिकारियों के लिए बने कमरों में से एक कमरा अलॉट किया गया। विधि ने जब पहली बार उसे देखा, तब वह चाहती थी कि उसकी निगाहें सिर्फ़ उसे देखती रहें, लेकिन ऐसा कर नहीं सकी। विधि की नज़रें उसकी नज़रों का सामना नहीं कर पा रही थीं। उसकी आँखों की शक्ति मन्द पड़ जाती और वह मुश्किल से उससे आँखें मिला पाती। बाद में उसे ज्ञात हुआ कि लड़के का नाम दारयूस था और वह ढाका के राजनीतिज्ञ का बेटा है। दारयूस ने विधि से कुछ सवाल किये और बागान की सैर के लिए उससे मदद माँगी। इस बात ने विधि को ख़ुश कर दिया था, लेकिन वह इस अहसास के जायके को दारयूस से छुपाये रखना चाहती थी। तो उसने कहा– "जी, मैं देखती हूँ।"

दारयूस की माँ बोलिवियन Bolivian पत्रकार थी। दारयूस की अंग्रेज़ी आसान और मुहावरेयुक्त थी। उसकी भाषा उसके पश्चिमी समाज में पोषण का पता देती थी। तीन दिन दारयूस और विधि ने जंगली पौधों, जड़ी–बूटियों, विशिष्ट पौधों की उपयोगिता पर बात की। विधि को अपने चारों ओर फैली विविध वनस्पतियों के महत्त्व का ज्ञान नहीं था। दारयूस की बारीकी और पर्यावरण पर उसका अध्ययन उसकी दूसरी विशेषता थी,

जिसके कारण अन्दर ही अन्दर विधि उस पर मुग्ध हो गयी। विधि यह जानने में असमर्थ थी कि दारयूस की उपस्थिति में क्यों उसके अन्दर बहुत सारे सोते फूटते हैं और वह खुद को इन सोतों में डूबा हुआ महसूस करती है। स्कूल के जिस लड़के से वह प्यार करती थी, उसकी उपस्थिति में ऐसा कभी नहीं हुआ था और न उसने कभी इतनी तीव्रता से विधि को अपनी ओर आकर्षित किया था। दारयूस की उपस्थिति में विधि को किसी दूसरे इन्सान की याद तक नहीं आती थी, न अपने माता पिता, न कक्षा वाले आशिक़ की। चौथे दिन विधि के स्कूल की छुट्टी थी। वह दारयूस को उन बगीचों की ओर ले गयी, जहाँ जाने के लिए क़रीब की एक घाटी से होकर एक छोटी–सी नदी पार करनी पड़ती थी। नदी के उस पार घने जंगलों का सिलसिला था। चूँकि घाटी की ओर जाने का रास्ता चाय के बागानों में से था, इसलिए बहुत कम लोग उस रास्ते को अपनाते थे। आज खेतों में काम करने वाले कर्मचारियों की साप्ताहिक छुट्टी थी इसलिए विधि पूरी तरह सन्तुष्ट थी कि अब इस ओर कोई नहीं आयेगा। उसने लाल रंग का स्कर्ट पहन रखा था जिस पर कोड्राई कोट बहुत शोभा दे रहा था। दारयूस पौधों के नमूने जमा करने में मग्न था। विधि उसकी मग्नता को देख रही थी। उसे इस बात का कष्ट था कि दारयूस को उसमें कोई दिलचस्पी नहीं है। दारयूस का ध्यान पत्ते की संरचना, डंठल, जड़ों और पत्तों की गन्ध पर थी। चाय के प्रकार के अतिरिक्त अन्य पौधों को भी सूँघता और अपने बैग में जमा करता जाता। नदी के क़रीब पहुँचने में उन्हें एक घण्टा लगा। नदी में टखनों तक पानी था। पारदर्शी पानी के नीचे सुन्दर छोटे–छोटे पत्थर चमक रहे थे, जिनके चारों ओर छोटी–छोटी रंग–बिरंगी मछलियाँ तैरते हुए प्यारी लग रही थीं। दारयूस ने विधि से कहा कि गिलास में नदी का पानी लेकर पीना कैसा रहेगा? विधि ने उसे रोक दिया और कहा कि दस मिनट की दूरी पर एक छोटा–सा झरना है, वहाँ का पानी काफ़ी मीठा है। दारयूस को यह सुझाव अच्छा लगा। उसे क्या पता की यह विधि द्वारा बिछाया गया जाल था। एक छोटी–सी पगडण्डी जंगल के अन्दर गायब होती हुई दिखायी दी। पगडण्डी पर विधि आगे और दारयूस उसके पीछे चल रहा था। अभी वे कुछ क़दम आगे बढ़े थे कि बाँस की झाड़ियों में दारयूस का पैर फँस गया और वह विधि पर गिरते–गिरते बचा।

विधि ने मुड़कर उसे सँभाल लिया। दारयूस ने तुरन्त क्षमा माँगी, लेकिन विधि ने इस पल को प्राप्ति का पल समझकर उसकी आँखों में देखा, बल्कि झाँका और चुप हो गयी। चुप रहने का प्रदर्शन करने के बाद उसने कहा– "ग़लती मेरी थी कि तुम्हें इन झाड़ियों में ले आयी, जहाँ आने से यूँ भी लोग डरते हैं।"

"क्यों डरते हैं?" दारयूस ने पूछा और विधि के कन्धों पर हाथ रखकर खुद को सँभाला।

उसी पल उसने विधि के स्तन को भी महसूस किया।

उसने निगाहें ऊपर उठाकर आसमान देखना चाहा तो उसने देखा पेड़ों ने एक–दूसरे की बाँहों में बाँहें डालकर एक चादर–सी बुनी है जिसके कारण आकाश स्पष्ट रूप से दिखायी नहीं दे रहा था, लेकिन उसकी उपस्थिति का अनुभव होता था। सूर्य का प्रकाश उस चादर से छनकर आ रहा था। उसने नज़रें फिर विधि पर केन्द्रित कीं तो विधि ने कहा, "यहां बड़े–बड़े अजगर हुआ करते थे, जिनका डर अभी तक लोगों के दिलों में बसा हुआ है।"

"अजगर इंट्रस्टिंग होते हैं।" दारयूस ने कहा और विधि की ओर देखा। फिर उससे पूछा, "अब अजगर दिखायी देते हैं क्या?"

"वर्षों से किसी ने रिपोर्ट नहीं की है। सम्भव है, आज देख लें'।" विधि ने मुस्कुराकर कहा और आगे बढ़ने लगे।

दारयूस ने यह अनुमान लगाया कि हो न हो, विधि उस पर मुग्ध है। विधि की आँखें, उसके गाल, उसके शरीर की गन्ध–सब मिलकर इस भेद को दारयूस पर प्रकट कर रहे थे। दूसरी ओर दारयूस का मन उससे कह रहा था कि विधि अभी–अभी यौवन को पहुँची होगी, इसलिए आकर्षित है। इस तरह पहले भी कई नवयुवतियों को उसने अपनी ओर मुग्ध देखा था। वैसे तो उसके दिल में किसी भावना के करवट लेने की कोई सम्भावना नहीं थी। जैसे–जैसे वह आगे बढ़ते गये, पगडण्डी सिकुड़ती गयी। एक ऐसा समय भी आया कि दोनों ने नुकीली झाड़ियों से ख़ुद को बचाने के लिए कन्धे झुका–झुकाकर कुछ क़दम आगे बढ़ाये। दारयूस को ऐसा लग रहा था कि ज़बर्दस्ती उसने ख़ुद को इस मुसीबत में फँसाया है, लेकिन जैसे ही काँटेदार झाड़ियों वाली पगडण्डी की यात्रा ख़त्म हुई तो उसने ख़ुद को एक वृत्तीय आकार वाले उद्यान में उपस्थित पाया।

यहाँ के दृश्य ने उसे मोहित किया और इस सम्मोहन ने उसके व्यक्तित्व को अपने आप से अनजान होने का स्वाद चखाया। इस उद्यान के छोर पर पीले, नीले और गुलाबी रंग के छोटे फूल हवा में लहरा रहे थे। फूलों की चादर के किनारे पेड़ों की एक लम्बी शृंखला थी और उसके पीछे दूर तक गहरे हरे रंग की पहाड़ियाँ, इन पहाड़ियों के छोर पर दूध की तरह सफ़ेद और चमकदार धुन्ध थी। दारयूस सफ़ेद चमकदार धुन्ध की चकित कर देने वाली ख़ूबसूरती में खो गया था। उसने देखा कि धुन्ध की चादर हवा में उड़ रही है। वास्तव में सूरज की किरणों का वह आँख मिचौली खेलना था। सब नज़रों का छल था। दारयूस को प्रकृति के चमत्कार को देख, हैरान पाकर विधि ने बताया कि पहले वह अक्सर खेत के मजदूर महिलाओं के साथ यहाँ आकर घण्टों इन पहाड़ों को देखा करती थी। दारयूस ने उसे देखा और कहा– "वह तो कोहरा है।"

विधि मुस्कुरायी। उसके पैरों के पास लाल रंग का एक फूल खिला हुआ था। विधि ने झुककर उस फूल को तोड़ा और अपने बालों में लगाते हुए कहा– "हाँ कोहरा लग रहा है, लेकिन वह पहाड़ हैं बल्कि अनगिनत लोग इन पहाड़ों का दर्शन करने भी दार्जीलिंग आते हैं।" दारयूस को विश्वास नहीं हो रहा था कि जिस चमकदार सफ़ेद दूध की रंगत वाले कोहरे को वह देख रहा है, वे पहाड़ थे। उसने गर्दन घुमा कर पूरा दृश्य आँखों में क़ैद किया। उसके आस–पास साल और ओक के पेड़ थे और दूर अल्पाइन जंगल फैलता हुआ भूटान और सिक्किम की सीमाओं में जाकर समा रहा था। एक नशा था जो उस पर चढ़ा था और इस स्थिति में वह यह भी भूल गया था कि काँटेदार झाड़ियों से गुज़रकर वह किसी ठण्डे और मीठे पानी की खोज में यहाँ आया है। विधि को यह बात याद थी। विधि ने उसका हाथ पकड़ा और उसे खींचते हुए आगे बढ़ी। आख़िरी छोर पर एक ढालूदार पगडण्डी थी, जिसकी मिट्टी में चिकनाहट थी। विधि ने उससे धीरे–धीरे आगे बढ़ने को कहा। पाँच मिनट बाद एक मोड़ पर वे मुड़े जहाँ चट्टान के अन्दर से एक झरना अपने प्राकृतिक संगीत के साथ बह रहा था। झरना थोड़ी दूर तक बहता जा रहा था और फिर वहाँ से आबशार का रूप लेकर पहाड़ी से नीचे गिर रहा था। आबशार छह सात फिट की ऊँचाई से गिर रहा था और जहाँ पानी गिर रहा था, वहाँ घुटनों तक पानी जमा था। दारयूस और विधि प्रपात से कुछ क़दम की दूरी पर

खड़े थे। विधि ने दारयूस की हथेली से अपनी उँगलियाँ छुड़ाते हुए कहा, "दुनिया का सबसे मीठा पानी तुम्हारी प्रतीक्षा कर रहा है।"

"आगे ख़तरा तो नहीं है?" दारयूस ने पूछा।

विधि ने एक नज़र उसकी ओर देखा और कहा– "ख़तरा तुम्हारे पीछे है।"

दारयूस ने मुस्कुराने का प्रयास किया। विधि ने दुबारा उसका हाथ थाम लिया। दोनों पानी में क़दम आगे बढ़ाने लगे। उनके आसपास एक तितली, चार ड्रैगनफ़्लाई और एक जंगली कीड़ा उड़ रहा था। जलप्रपात जिस चट्टान से उबल रहा था वहाँ एक पत्थर पर एक कैटरपिलर सो रहा था। कैटरपिलर के बाल सूर्य के प्रकाश में चमक रहे थे। विधि और दारयूस को आगे बढ़ता देख तितली, ड्रैगनफ़्लाई और जंगली कीड़ा हवा में कुछ ऊपर उड़े और अचानक मुड़कर खाई की ओर चले गये। कैटरपिलर ने करवट ली और थोड़ा पत्थर के पीछे हो गया। दारयूस आबशार के पानी की धार को होंठों से छूकर पीने लगा। विधि उसे देख रही थी। थोड़ा पानी दारयूस ने मुँह में जमा किया। विदि की ओर देखा और गले से नीचे उतारा। पानी का स्वाद अवर्णनीय था। उसने ख़ुशी से विधि को अपनी ओर खींचा और गले लगते हुए कहा– "मैंने इतना मीठा पानी कभी नहीं पिया।"

विधि ने अपने हाथों की प्याली में पानी जमा किया और दारयूस की ओर हाथ बढ़ाया। दारयूस ने उसके हाथ में उपस्थित पानी एक ही साँस में पी लिया। दारयूस को मस्त देखकर विधि के चेहरे की रंगत में भी थोड़ी लाली आ गयी थी। दारयूस ने विधि की मुट्ठी से जब पानी पिया, उस समय विधि की हथेली की सफ़ेदी को देखकर एक सरसराहट उसने अनुभव की, लेकिन तुरन्त इस अहसास को दूर करने के लिए उसने प्रपात की ओर देखा। पारदर्शी पानी की दीवार आईने की सतह की तरह थी, लेकिन अपने ही छाया में क़ैद। दारयूस दो क़दम आगे बढ़ा और आबशार के गिरते पानी के नीचे खड़ा हो गया। अब वह पूरी तरह पानी में भीग गया था। विधि उसको भीगते हुए देखकर मुस्कुरा रही थी। कुछ मिनटों तक वह आँखें बन्द किये गिरते हुए पानी से आनन्दित होता रहा। जब उसने आँखें खोलीं, सूरज झुककर झरने के नीचे उसे नहाते हुए देख रहा था। अब सूरज की किरणें थोड़ी तेज़ थीं।

कैटरपिलर दुबारा पत्थरों पर बैठकर धूप का आनन्द ले रहा था। चमकती किरणों में विधि का चेहरा थोड़ा उज्ज्वल और लाल दिखायी दे रहा था। दारयूस ने विधि को देखा और उससे कहा कि पानी ठण्डा है। अगर वह भी उचित समझे तो नहा सकती है। विधि ने कहा कि ठण्डे पानी से नहाने से उसे जुकाम हो जाता है, इसलिए वह नहाएगी नहीं। हालाँकि उसका दिल चाहता था कि वह दारयूस के साथ आबशार में भीग जाये लेकिन वह इस भावना को व्यक्त नहीं कर सकी बल्कि इस भावना को उसने भुलाने का प्रयास किया, शायद उस समय विधि को भी ज्ञान नहीं था कि भावनाओं को अगर भुलाकर आत्मा की काल कोठरी में डाल दिया जाये तो किसी दिन अधिक अस्पष्ट और भयानक स्थिति में शरीर की तिलचट से उत्पन्न होगी। इच्छा मरती नहीं है बल्कि अपना कायाकल्प करती है। विधि ने नहाने से इनकार कर दिया, लेकिन उसी पल उसके शरीर में वह इच्छा जाग्रत हुई जिसे कुछ दिनों से वह दबाए रखने में सफल थी। वह सोचने लगी, दारयूस की उपस्थिति में क्यों उसके अन्दर बहुत सारे सोते फूटते हैं? काँटेदार झाड़ियों से गुज़रते हुए जब उसने दारयूस का हाथ पकड़ा था तब अचानक उसके अन्दर एक चश्मा फूट पड़ा था। उसके पानी की अपनी गन्ध थी और विधि उससे परिचित थी, लेकिन वह यह नहीं जानती थी कि आत्मा की दीवार से फूटने वाले झरनों की गन्ध वास्तव में आत्मा की अपनी गन्ध होती है और इस गन्ध में एक नशा भी होता है। दूसरी ओर यहाँ कुछ वर्षों से उसने कई बार इस विशेष गन्ध के कारण पैदा होने वाली नशीली कैफ़ियत में ख़ुद को डूबा हुआ पाया था। दारयूस आबशार के पानी और आसपास की हरियाली में मग्न था और विधि का मन विभिन्न प्रकार के विचारों का केन्द्र बना हुआ था। मुश्किल से दस मिनट बीते होंगे कि आबशार के पीछे की पहाड़ियों की ओर से घनी धुन्ध फैलने लगी। विधि ने गर्दन उठाकर देखा और इससे पहले कि वह दारयूस को सचेत करती, कोहरा जलप्रपात और सामने की घाटी में फैल गया। विधि ने ऊँची आवाज़ में दारयूस को बताया कि यहाँ किसी भी समय कोहरा छा जाता है और बारिश होती है। डरने की कोई बात नहीं है। इसके बावजूद दारयूस का दिल धड़क रहा था। उसकी आँखों के सामने गहरा धुआँ था और इस धुएँ में झरने का पानी उसके डर को और बढ़ा रहा था। ठीक उसी समय उसे विधि की बतायी हुई

वह बात याद आयी कि यहाँ अजगर हुआ करते थे। अब उसकी आँखों के सामने अजगर थे जो उसे चाट रहे थे। दारयूस ने एक क़दम आगे बढ़ाया और अपने दोनों हाथ फैलाए। उसके हाथों ने विधि के शरीर का अनुभव किया। विधि चुप थी। दारयूस ने एक क़दम और आगे बढ़ाया। अभी वह विधि के बहुत पास खड़ा था। वे दोनों एक–दूसरे के चेहरे को महसूस कर सकते थे, लेकिन स्पष्ट रूप से देख नहीं सकते थे। विधि ने उसका बायाँ हाथ पकड़ा ताकि वह पानी में लड़खड़ा न जाये। दारयूस ने सहारे के उद्देश्य से अपना हाथ आगे बढ़ाया और विधि के कन्धे पर रखा। विधि ने अनुभव किया कि मौसम और झरने के पानी से उत्पन्न होने वाली ठण्ड के बावजूद उसके अन्दर से फूटने वाले झरने में गर्मी थी। इस गर्मी ने उसके होंठों को गर्म कर रखा था, लेकिन उसके सीने में साहस कम था। साहस की कमी महत्त्वाकांक्षा की मौत का कारण होती है। विधि जहाँ तक पहुँची थी, वहाँ से ख़ाली हाथ वापस जाना नहीं चाहती थी, इसलिए उसने अपनी गर्दन को थोड़ा–सा झुकाया और अपना गाल दारयूस के हाथ पर रख दिया। दारयूस ने विधि के होंठों की गर्मी का अनुभव किया। इस अनुभव के साथ उसकी आँखों पर धुन्ध छा गयी। दूर तक कोहरे का रंग बदलकर हल्का नीला हो गया। वह आगे बढ़ा और उसने अपने दोनों हाथों में विधि के गाल लिए और उसके शरीर की गर्म भट्टी की आंच पर अपने होंठ रख दिये। विधि के लिए यह पल जीवन की उपलब्धि थी। वह कब से इस पल का इन्तज़ार कर रही थी। इस एक चुम्बन ने उसके शरीर के ताले खोल दिए। झरने के पीछे उबलता हुआ लावा था। वह बहने लगा। आधा घण्टा दोनों वहीं नीले और गुलाबी कोहरे की चादर में लिपटे रहे। बीच में कोई शब्द आड़े न था। आत्मा की आत्मा से मुलाक़ात थी और शरीर पुलसिरात (इस्लाम धर्म की मान्यताओं के अनुसार नरक के ऊपर एक पुल है जिस पर से गुज़रकर स्वर्ग में जाना होगा) था। जब कोहरे की घनी चादर छँट गयी तब दोनों बाँहों में बाँहें डाले आबशार के नीचे खड़े मुस्कुरा रहे थे। विधि के शरीर से बहने वाला लावा झरने के पानी में मिलकर बहुत नीचे घाटी की नदी में समा गया था। दो घण्टे दोनों दुनिया से अनजान झरने के पानी में मौज–मस्ती करते रहे। तितलियाँ, ड्रैगनफ्लाई और जंगली कीड़े, लावे की गन्ध से दुबारा घाटी से ऊपर आये। झरने की चट्टान और घास पर

बैठकर विधि और दारयूस को ईव और ईवा की तरह एक–दूसरे में स्वर्ग के चिह्न खोजते हुए देखते रहे। इस बीच कैटरपिलर ने अपना मुँह पत्थर की ओट से निकालकर झरने की ओर मोड़ लिया था। वह भी इस शरीर और आत्मा के मिलन का साक्षी था।

विधि की कहानी सुनकर हिना हैरान, भयभीत और प्रसन्न थी।

विधि ने कई सिगरेट फूँक दिये थे और उसका साथ देते हुए हिना ने भी दो सिगरेटों को धुएें में उड़ाया था। विधि के हर वाक्य को हिना अपनी आँखों के सामने फ़िल्म की तरह देख रही थी। उसने कई बार विधि की जगह ख़ुद को विधि के रूप में महसूस किया। उसे भी इस बात का अहसास हुआ कि उसकी आत्मा में एक झरना है और इस झरने के कगार के पीछे एक कुआँ है, जिसके अन्दर पानी के बजाय उबलता हुआ लावा है। अभी वह अपने बारे में सोच ही रही थी कि उसे वर्दतुस्सआदह की भविष्यवाणी याद आयी। उसके चेहरे पर चिन्ता और उदासी की लहर को देखकर विधि ने पूछा– "मेरी कहानी सुनकर जैलेसी हो रही है?"

हिना ने कहा– "हाँ।"

इस 'हाँ' पर वह दोनों देर तक हँसते रहे।

जब हँसी रुकी तो हिना ने विधि को वर्दतुस्सआदह की भविष्यवाणी के बारे में बताया। विधि ने इन बातों को मिथक कहकर रद्द कर दिया और उसे समझाया कि इस प्रकार की रूढ़िबद्धता के जाल में फँसना नहीं चाहिए। विधि ने बाद में उसे बताया कि दारयूस कुछ दिन बाद चला गया और उसके बाद दुबारा उससे कोई सम्पर्क नहीं हुआ। विधि ने बताया कि दारयूस के बाद वह अपने स्कूल के प्रेमी, संगीत शिक्षक और अपने पिता के एक कलाकार दोस्त के साथ भी सेक्स कर चुकी है। हिना को उसका यह बयान सुनकर अच्छा नहीं लगा। उसने कहा– "यह तो वासना है।" विधि ने उसकी ओर देखा और बड़ी नर्मी से कहा– "सब कुछ वासना है, प्रेम भी वासना का एक रूप है, जिसको कोई स्वीकार नहीं करता।" वह एक मिनट रुकी, कुछ सोचा और फिर उससे कहा– "वासना वास्तव में इच्छा है।

इच्छा को कुचलना अस्वाभाविक है। अस्वाभाविक काम के परिणाम अप्रत्याशित होते हैं।" विधि ने ठहर–ठहरकर अपनी बात कही। हिना को यूसुफ़ की वे बातें याद आयीं जो उसने म्यूज़ियम में कही थीं। उसने विधि से कहा, "लेकिन मैं केवल एक ही आदमी के साथ जीवन भर सेक्स करूँगी।" इस बात पर विधि देर तक लोट–पोट होकर हँसती रही। जब हँसी थम गयी तो उसने कहा– "एक पुरुष और एक महिला केवल फ़िल्मों में एक–दूसरे के होते हैं, जीवन में नहीं। सम्भव ही नहीं। हाँ, बीमार लोगों को वियुक्ति प्राप्त है।" हिना ने उसकी इस बात पर कोई प्रतिक्रिया नहीं की। उसने उठकर ब्रश किया और बिस्तर पर लेट गयी।

दूसरे दिन औरंगाबाद के महत्त्वपूर्ण ऐतिहासिक स्थलों की उन्होंने यात्रा की। मिस थॉमस कभी–कभी उनसे मुलाक़ात करती और हालचाल पूछा करती। मिस थॉमस को दौलताबाद का क़िला, सड़क से क़िले तक का रास्ता, क़िले की दीवारों, दरवाज़ों पर बनी महीन नक्काशी देखकर खुशी हुई। साथ में जो छात्र चल रहे थे, उन्हें मिस थॉमस ने मुहम्मद बिन तुगलक़ और दौलताबाद के इतिहास की कुछ मोटी–मोटी बातें भी बतायीं। तीसरे दिन शाम को वे वापस लौट आये। हिना के लिए यह एक यादगार पिकनिक थी, जिसका कारण विधि के साथ उसके जीवन, कामुकता और यौन क्रिया के बारे में किया गया संवाद था। इस संवाद ने उसके अन्दर बहुत सारे परिवर्तनों के लिए सम्भानाएँ पैदा की थीं। इस सम्भावना के अतिरिक्त कहीं न कहीं उसके अवचेतन में वर्दतुस्सआदह की बातें भी बैठ चुकी थीं, जिनसे मुक्ति आसान नहीं थी। ये बातें उस दिन ताज़ा हो गयीं थीं जब असरार से दूसरी मुलाक़ात के बाद वह घर के लिए टैक्सी में बैठी थी। एक लहर थी जो कहीं बहुत अन्दर से उसकी आत्मा में उठी थी। उसकी आत्मा पर कुछ दाग़ थे, जिन्हें समय हुआ, वह भूल चुकी थी, लेकिन अचानक ये दाग़ फिर से उभर आये थे। अभी कुछ देर पहले एक अजनबी प्रेमानुभव के कारण वह अपनी आत्मा, दिल और दिमाग़ को शान्त महसूस कर रही थी। यह कैसा प्रेमानुभव था जिसने पीड़ा का रूप धारण कर लिया था? उसकी समझ में कुछ नहीं आ रहा था।

मुँह पर रूमाल रखकर रोने के कारण उसका गला रुँध रहा था और दर्द का अहसास बढ़ रहा था। खुद से बात करना रोने की इच्छा में वृद्धि का कारण था। अपने जीवन में अब तक वह इस तरह फूट–फूटकर कभी नहीं रोयी थी।

मैं बात करने को थोड़ा-सा फ़ासला चाहूँ

रात आठ सवा आठ बजे हाजीअली दरगाह के सिग्नल के पास असरार ने हिना को टैक्सी में विदा किया था। टैक्सी आगे बढ़ी और कुछ पलों में हिना की आँखों से आँसू उमड़ आये। सहन करने के सारे प्रयास असफल थे। आख़िरकार वह फूट—फूटकर रोने लगी। शुरू में उसके मन में कोई ख़याल नहीं था।

अचानक अनगिनत दीमक उसकी आत्मा पर आक्रमित हुए थे।

टैक्सी से हिना के घर की यात्रा पन्द्रह मिनट से अधिक नहीं थी, लेकिन इस समयावधि में उसके मन में भूतपूर्व जीवन के चुने हुए क्षण एक के बाद एक प्रकाशित होते चले गये। बचपन की कुछ धुँधली यादें थीं जो इसलिए भी मिट नहीं सकी थीं कि यूसुफ़ ने उन्हें तस्वीरों में क़ैद कर रखा था। तस्वीरों पर आधारित छह एल्बम थे, जिन्हें कभी—कभी वह देखा करती थी। स्कूल की बातें याददाश्त में ताज़ा थीं। बहनों के विवाह के दृश्य पल—दो पल के लिए मन में उभरे और फिर डूब गये। यूसुफ़ और दरख़्शां उसके दिल के अँधेरे कक्ष में सफ़ेद और गेहुँए रंग में लहराए। उसे लगा, दरख़्शां एक शव में बदल गयी है और यूसुफ़ के चेहरे पर कई रंग बिखरे हुए हैं। यूसुफ़ का चेहरा विशेष रूप से अधिक समय तक उसकी आँखों में रहा। इस प्रभावी दृश्य में यूसुफ़ के होंठों पर मुस्कुराहट थी, लेकिन उसे ज्ञात नहीं

था कि दरख़्शां जीवित नहीं है। वह यूसुफ़ और दरख़्शां के चेहरों को देर तक देखती रही और उसने यह महसूस किया कि माँ की मृत्यु से उसके दिल में कोई हलचल नहीं हुई है। न उसे दुःख हुआ है, न वह उदास है। दरख़्शां के अस्तिव का 'अनस्तित्व' में परिवर्तन उसके लिए कोई दुःख की बात नहीं थी जबकि यूसुफ़ के चेहरे के झिलमिलाते रंगों और उसके होंठों के आसपास फैली हुई स्वाभाविक मुस्कुराहट उसके लिए सार्थक और आकर्षण का कारण थी। उसने देर तक दोनों की तुलना की। आत्मा की दीमक लगी कोठरी से एक वाक्य उसके मुँह से निकला– "जीवन मृत्यु से अधिक आकर्षक है।"

यह वाक्य कई बार उसने दोहराया।

इस वाक्य में एक शक्ति थी। उसने अपने पुट्ठों को शक्तिशाली और दिल को मज़बूत समझा। जीवन को अधिक आकर्षक और सार्थक बनाने की उमंग उसके अन्दर पैदा हुई। पिछले कुछ वर्षों से दरख़्शां के उदास रहने के कारण से वह ख़ुद को बीमार समझने लगी थी। इस पृष्ठभूमि में उसने स्वयं से ज्ञात करने का प्रयास किया कि टैक्सी में बैठते ही उसकी आँखों से आँसू क्यों बहने लगे? वह फूट–फूट कर क्यों रोयी? कौन–सा दाग़ दिल के पन्ने पर सबसे पुराना है जो दीमक बनकर आत्मा को कुरेद रहा है? उसने इस बात पर भी विचार करना चाहा कि वह ख़ुद से अनगिनत सवाल क्यों करती है? कब से करने लगी है? इन सवालों के जवाब उसके पास थे, लेकिन एक विचारणीय परिस्थिति में वह डूबी हुई थी। कुछ देर बाद उसने सोचा– "इच्छाओं को मारने से अच्छा है, इच्छाओं से आनन्द प्राप्त करना।" दूसरी ओर यूसुफ़ के कायाकल्प जीवन और विधि की बहते पानी की तरह मस्त ज़िन्दगी से भी वह एक नयी व्याख्या प्राप्त कर चुकी थी।

टैक्सी से उतरने से पहले उसने सोचा कि क्या इस वर्ष उसके जीवन, इच्छाओं और उमंगों में परिवर्तन आया है? क्या वह बदलाव के चरण से दबे पाँव गुज़री है? क्या वह भूत से कटकर भविष्य की ओर बढ़ी है? क्या वह आनन्दमय और सार्थक जीवन के लिए भूत की चुभन से मुक्त हो रही है? इस तरह के सवाल उसके मन में पैदा होते रहे। जब वह मौलाना आज़ाद रोड पर टैक्सी से उतरी, तब उसका दिल ठण्डा और चेहरा भारी लग रहा था। वह धीरे–धीरे घर की ओर बढ़ने लगी।

फुटपाथ पर पुराने कपड़े, उबले हुए अंडे, मौसमी जूस और घर में इस्तेमाल होने वाली वस्तुएँ बिक रही थीं। मौलाना आज़ाद रोड की भीड़–भाड़ उसे पसन्द थीं। यह इलाक़ा घनी आबादी वाला था। शोर–शराबा यहाँ की सुन्दरता थी। यहाँ उर्दू के महान कहानीकार सआदत हसन मंटो, कृश्न चन्दर, इस्मत चुगताई और राजेन्द्र सिंह बेदी कई बार जीवन के उतार–चढ़ाव, हँगामे और शोर–शराबे का अनुभव कर चुके थे। मंटो का मकान भी यहाँ से कुछ ही दूरी पर था।

यहाँ अनगिनत आदमी थे। भीड़ में बुर्क़ा पहने महिलाएँ थीं और इन महिलाओं के काले वस्त्रों में छुपी सुन्दरता को देखने के प्रतीक्षित मनचले भी यहाँ वहाँ खड़े या टहल रहे थे।

सिग्नल की लाल रौशनी में बने आदमी के चिह्न पर उसकी नज़र पड़ी तो असरार उसके मन में लौट आया। उसे हैरानी हुई। टैक्सी में सवार होते ही जिस बात ने उसे सचमुच इच्छाओं के दलदल में ढकेल दिया था, वह न दरख़्शां थी, न यूसुफ़, न विधि बल्कि असरार से मुलाक़ात थी। यह मुलाक़ात जिस समय, जिस दिन, जिस हालत और जिस दृश्य का भाग बनकर हुई थी, वह बिल्कुल उसी तरह थी जिस तरह वर्दतुस्सआदह ने भविष्यवाणी की थी। हिना को विश्वास भी न था कि वर्दतुस्सआदह की बात सही साबित होगी। अब जब वह असरार से मिल चुकी थी और ठीक उसी भविष्यवाणी के अनुसार सब कुछ हुआ, तो यह एक दर्दनाक परिस्थिति से उसका सामना था। वह बिल्कुल नहीं चाहती थी कि वर्दतुस्सआदह की बात सही साबित हो, लेकिन क्या उसके सोचने से यह मुमकिन था? टैक्सी में बैठने तक यह विचार उसके दिल में गहराया नहीं था। इसलिए प्रेम की भावना के कारण उसकी आत्मा, दिल और मन शान्त थे। वर्दतुस्सआदह की बातों की याद ने प्रेम की भावना को एक त्रासदी में बदल दिया। त्रासदी द्वारा जन्मी उदासी ने उसके मन पर हमला किया। इसीलिए उसने मुँह पर रूमाल रखकर भीतर की बेचैनी और उलझन को आँसुओं में ढलने दिया। आँसू पलकों के पीछे जमा थे, लेकिन बह नहीं पाये थे, इसलिए उसका गला सूज गया था और गले में दर्द हो रहा था। इस हालत में वह अनगिनत दूसरी बातों को याद करने लगी थी जो आत्मा को यूँ भी उदास किया करती थीं। जब आत्मा उदास हो जाती है तो इच्छाओं के पर्दे पर अँधेरा छा जाता है और ऐसे में ख़ुद से बातें करना आत्मा की उदासी में हलचल पैदा करता है।

हिना का एकालाप उसके रोने की इच्छा में वृद्धि का कारण था। आख़िरकार जब साहस का बाँध उदासी की बाढ़ से टूट गया तो अचानक वह फूट–फूट कर रो पड़ी थी।

मौलाना आज़ाद रोड से उसका घर पास में था, लेकिन उसे यह अनुमान हो गया था कि यदि वह उसी स्थिति में घर जायेगी तो उसकी माँ भाँप लेगी। इसलिए कुछ देर वह टहलती रही। गला तर करने के मक़सद से उसने एक आइसक्रीम ख़रीदी और खाते हुए घर की ओर चल पड़ी।

घर में पहुँचकर उसने खाना गर्म किया और सोफ़े पर बैठकर खाया। जब दरख़्शां ने हाज़ी अली दरगाह के बारे में कुछ सवाल किये तो उसने जवाब दिए। हर शानिवार दरगाह वह दरख़्शां के कहने पर जाने लगी थी। कारण यह था कि जिस दिन वर्दतुस्सआदह की बातें उसने विधि को बतायी थीं, उसी दिन निश्चय किया था कि अपनी माँ को भी बतायेगी। पिकनिक से वापसी के एक सप्ताह बाद, एक शाम जब दरख़्शां हॉल में बैठकर सब्ज़ी काट रही थी हिना ने कहा– "एक ख़ास बात बतानी है।"

हिना की स्वरशैली से दरख़्शां को घबराहट हुई। इस प्रकार हिना ने शायद ही कभी उसे सम्बोधित किया हो। हिना ने सोच रखा था, वह किसी जाली नाम से माँ को यह बात बतायेगी, लेकिन जब उसने बोलना शुरू किया तो उसने एक झूठा सपना गढ़ा। उसने कहा– "माँ, तीन दिन पहले मैंने एक सपना देखा था, मैं डर गयी थी। मैं हाज़ी अली दरगाह के पास एक पत्थर पर लेटी हुई थी कि एक अजनबी महिला मेरे पास आकर खड़ी हो गयी। मैं सो रही थी। वह मुझे देखती रही। उसने मुझे जगाया नहीं, पर मेरे हाथ की लकीरों को देखा और देखकर आँखें बन्द कर लीं। दो मिनट आँखें बन्द रखीं, फिर कहा कि 'उस समय जब दिन, न दिन होगा, रात न रात होगी, उस समय तेरे

सामने एक लड़का अचानक आकर खड़ा हो जायेगा। लड़का तुझसे बात करने का प्रयास करेगा।" दरख़्शां के हाथ में छुरी थी। उसने छुरी एक ओर रख दी और हिना के सपने को गम्भीरता से सुनने लगी। हिना ने महसूस किया कि दरख़्शां ध्यान से सुन रही है। उसने बताया कि जब अजनबी महिला उससे बातें कर रही थी, उस समय वह सो रही थी, लेकिन नींद में भी यही सपना देख रही थी। और वह केवल अपने सपने में नहीं बल्कि सपने के सपने में डर गयी थी। दरख़्शां को यह सपने में सपने वाली बात कुछ समझ में नहीं आयी उसने तुरन्त पूछा– "आगे क्या हुआ?"

'आगे इतना याद है कि उस औरत ने कहा था कि डर है– आकाश, पानी और हवा को, उस समय में जो भी होगा, अच्छा नहीं लगेगा। उसने वर्दतुस्सआदह के वाक्य "लगता है बादल, पानी, और हवा को वह पल बुरा लगेगा जब तुम दोनों एक–दूसरे की आत्माओं का स्वाद चखने लगोगे' को माँ की समझ के अनुसार आसान भाषा में कहा था। दरख़्शां हिना को देख रही थी। चिन्ताएँ उसके चेहरे पर स्पष्ट थीं। हिना ने माँ से कहा कि वह इस बात पर बहुत हँसी। सपना हँसने के कारण टूट गया। उसके सामने एक अजनबी महिला खड़ी थी। हिना ने बताया कि हँसते हुए नींद से जागते देखकर अजनबी महिला नाराज़ हो गयी और उसने कहा कि अँधेरा है चारों ओर। इस अँधेरे में तू ग़ायब हो जायेगी। इतना कहकर वह महिला ग़ायब हो गयी लेकिन उसके ग़ायब होते ही चारों ओर गहरा अँधेरा छा गया। इतना गहरा अँधेरा उसने कभी नहीं देखा था। वह हाजीअली दरगाह की ओर दौड़ना चाहती थी, लेकिन अँधेरे में उसे कुछ दिखायी नहीं दे रहा था। आख़िरकार उस अँधेरे में दो–तीन बार बिजली भी चमकी थी। यह क़िस्सा उसने वर्दतुस्सआदह के बयान "वह लड़का तुझे प्यार करेगा, लेकिन इस दृश्य के आगे मुझे कुछ दिखायी नहीं दे रहा है। अँधेरा ही अँधेरा है। बिजलियाँ और बरसात है....।" को दृष्टि में रखते हुए रचा था। दरख़्शां आँखों को सिकोड़कर विचार कर रही थी। हिना ने बताया कि जबसे उसने यह सपना देखा है, सपना बार–बार उसे याद आ रहा है और एक भय उसके दिल में समा गया है। दरख़्शां ने छुरी उठायी और भिंडी काटते हुए कहा– "गुरुवार को पीर साहब से सपने का ज़िक्र करूँगी।"

एक सप्ताह बाद दरख़्शां पीर साहब की चौखट पर हाज़िरी देकर जब घर लौटी तो वह बड़ी ख़ुश लग रही थी। रात के भोजन पर उसने हिना को बताया की पीर साहब ने सपने का अर्थ बताया और कहा है कि बाबा की अध्यात्म शक्ति के ओर से संकेत है। हिना ने पूछा, "किस बात का संकेत?" दरख़्शां ने बताया कि आने वाली मुसीबत का और यह भी बताया कि बेहतर होगा यदि वह सप्ताह में एक बार लोबान के समय दरगाह की ज़ियारत करे। इस प्रकार उसके आसपास सुरक्षा–चक्र बन जायेगा जो उसकी रक्षा करेगा। माँ की सहजता पर वह हँसना चाहती थी लेकिन उसे तुरन्त याद आया कि माँ को बुरा लगेगा और वह नाराज़ हो जायेंगी। इसलिए उसने माँ की बात पर कान धरने का अभिनय किया। उसने सोचा, इसी बहाने सप्ताह में एक बार समन्दर के किनारे सैर–सपाटे का अवसर मिल जायेगा। उसने तुरन्त सहमति जतायी और कहा कि शनिवार के दिन कॉलेज की छुट्टी होती है, इसलिए वह शनिवार की शाम जियारत के लिए जाया करेगी। दरख़्शां ने स्नेह भरी आँखों से हिना की ओर देखा और उसके लिए दुआ की।

जिस दिन असरार और हिना पहली बार हाज़ी अली में मिले थे, वह 22 सितम्बर फ़ॉल इक्वीनॉक्स का दिन था। प्राचीन युग और विशेष रूप से मिस्र सभ्यता के इतिहास में फ़ॉल इक्वीनॉक्स को प्रकटीकरण का समय कहा जाता है। दिन और रात के बीच समान समय विभाजित होता है और रात से पहले का समय मौत और अँधेरे से सम्बोधित किया जाता है। उसकी एक अवधारणा यह भी है कि प्रत्येक वस्तु को जन्म से पहले मर जाना है। रौशनी से पहले अँधेरे से गुज़रना है। इन बातों का हिना को

ज्ञान नहीं था। उसे न इस बात का ज्ञान था कि कैलेंडर में वह दिन किस नाम से जाना जाता है और न इस बात की चेतना थी कि उस दिन की क्या अवधारणाएँ हैं? उसके लिए वह केवल एक दिन था और वह घूमने के मक़सद से दरगाह में आयी थी। वर्षा ऋतु उसका प्रिय मौसम था और दरगाह के सहन में खड़े होकर वह बारिश से आनन्दित हो रही थी।

अब दिन को मरकर अँधेरे के गर्भ में शरण लेने और अँधेरे को मौत के रूपक में बदलने में कुछ समय शेष था। बारिश मूसलाधार हो रही थी। बारिश की तेज़ी हिना के दिल पर गहरा असर डाल रही थी। बर्फ़ीली हवाएँ उसके शरीर में ठंड का अनुभव दिला रही थीं और इस अनुभव ने उसे उन विचारों से परे कर दिया था जो उसे घेरे हुए थे। उस समय वह ख़ुद से बातचीत कर रही थी। उसके मन में न दरख़्शां थी, न यूसुफ़, न बहनें, न यूसुफ़ की मित्र ऐमल या उसकी बेटी। हिना बारिश की वजह से चारों ओर से धुँधले होते हुए दृश्यों से खुश थी और इस अनुभव ने उसे ख़ुद में गिरफ़्तार कर रखा था। शायद इसीलिए जब असरार ने हिना को ग़ौर से देखा था, उसे यूँ लगा था कि यह लड़की आसपास के वातावरण से अनजान और ख़ुद में खोई हुई है। हिना के अलगाव की भावना और ख़ुद से अनजानेपन ने असरार को चौंका दिया था। वह दुविधा में था कि यह लड़की होश में है कि नहीं। उसके दिल में हिना को देखकर जिज्ञासा और भय की मिश्रित स्थिति पैदा हुई थी, जिसने उसके अन्दर साहस पैदा किया और इसी साहस की बैसाखी के सहारे वह उसके सामने जा खड़ा हुआ था। जब असरार हिना के सामने पहुँचा, ठीक उसी समय सूरज डूबा। दिन और रात का समान विभाजन हुआ। वह पल होरस और शेत के बीच कशमकश का पल था।

लेकिन यह भी सच है कि जब असरार हिना के सम्मुख खड़ा था, उस समय भय की एक लहर उसके सीने में भी दौड़ गयी थी। हिना को बरसात की तेज़ बूँदों से सुरक्षित करने के उद्देश्य से उसने छतरी हिना के सर पर फैलायी थी। जिस समय असरार ने हिना के सर पर छतरी फैलायी, उस समय वह माया भस्म हा गयी जिसमें हिना गिरफ़्तार थी। हिना की नज़रें असरार की आँखों से टकरायीं। असरार की आँखों के रंग ने उसे आश्चर्यचकित कर दिया। असरार की आँखों का रंग उसके परदादा की आँखों से समानता रखता था। उसके परदादा के

परदादा खुरासान के दक्षिण में 'दश्त–ए–तिरमिर्ज़ी' में हकीम थे। कबिल्य जर्तुश्ताने तिरमिर्ज़ी की जानी–मानी हस्ती थे। जान की सुरक्षा के लिए इस्लाम धर्म स्वीकार किया, लेकिन मरते दम तक अपनी असमर्थता पर दुःखी थे। असरार की आँखों में एक हल्के हरे रंग की झलक थी, जिसका आनुवंशिक लक्षण निःसन्देह कबिल्य जर्तुश्ताने तिरमिर्ज़ी के भेद अपने अन्दर समाये हुए था। हालाँकि यह भी ठीक है कि इस प्रकार की आँखें माबादमोर्फ़ो में चार–पाँच ख़ानदानों में पायी जाती थीं। यह ख़ानदान ईरान और शीश्तान से पलायन करने वाले पारसियों पर आधारित था, जिनके पूर्वज सिन्ध की तटीय पट्टियों से होते हुए डेढ़, दो–सौ साल पहले कोंकण में आकर बस गये थे। असरार की आँखों में जिस प्रकार का आकर्षण था, ठीक उसी प्रकार का एक विशेष आकर्षण खुद हिना की आँखों में भी था। इसलिए दोनों की आँखों में यह गुणवत्ता थी कि उनकी आँखें देखने वालों को आकर्षित किया करती थीं। दूसरी ओर, जिस विश्वास से असरार ने हिना के सर पर छतरी फैलायी थी, उससे भी हिना हैरान थी। उसकी इस हैरानी को देखकर असरार को यह लगा था कि शायद वह बुरा मान गयी है। इसलिए वह चुप खड़ा रहा। उसकी चुप्पी को हिना ने निडरता और साहस के रूप में लिया, इसलिए वह निरन्तर उसकी आँखों में आँखें गाड़े उसे घूरती रही। बारिश और तेज़ हवाएँ उनकी चुप्पी का भाग बन गयी थीं। समय के बहाव से अलग हिना और असरार एक–दूसरे को देखकर हैरान थे।

हिना के बाल पूरी तरह भीग गये थे। बालों की एक लट के छोर पर एक बूँद चमक रही थी। माथे पर कुछ बूँदें थीं। आँखों के किनारों पर लगा हरा काजल बह गया था। लाल लिपस्टिक बारिश में निरन्तर भीगने से मिट गयी थी। फिर भी होंठ हल्के लाल दिखायी दे रहे थे। हिना के होंठ पतले थे। आँखें अधिक बड़ी नहीं थीं, लेकिन आँखों में एक जादुई ज्वाला थी। इस ज्वाला की आँच को असरार महसूस कर रहा था। उसने पल भर में अनुभव कर लिया कि हिना के व्यक्तित्व में एक आकर्षण है। हिना की चुप्पी को दृष्टि में रखते हुए वह इस नतीजे पर पहुँचा कि उसे हिना से क्षमा माँग लेनी चाहिए। उसके मन में यह विचार भी आया कि क्षमा माँगते हुए वह बारिश में भीगने का कारण पूछ सकता है। अभी यह विचार उसके मन में उभरा ही था कि हवा का तेज़ झोंका आया और

उसकी छतरी उलट गयी। तेज़ हवा के दबाव में वह छतरी पर झुक गया और छतरी की तारों को ठीक करने का प्रयास करता रहा। उसकी स्थिति पर हिना को हँसी आ गयी थी। हिना की हँसी को तेज़ बारिश के शोर के बावजूद वह सुनने में सफल रहा। उसने मुड़कर हिना की ओर देखा। हिना के चेहरे को देखते हुए वह खड़ा हो गया और विनम्र भाव में उसने कहा– "माफ करना, मैं सिर्फ़ मदद करना चाहता था।"

हिना अपनी स्थिति को छुपाने का प्रयास कर रही थी और यह भी सोच रही थी कि इतनी प्यारी आँखों वाला लड़का उसे घमंडी न समझे। इसलिए माहौल को थोड़ा–सा आशिक़ाना करने के मक़सद से उसने कहा–"मैं समझी, कोई जिन्न छतरी लेकर आया है।"

हिना के इस वाक्य से उन दोनों के बीच मधुर बातों का आरम्भ हुआ। इस मधुरता में दोनों के दिलों का डर कम हुआ। बारिश रुक गयी। दोनों बातचीत करते हुए दरगाह की दहलीज़ से बाहर निकले और समन्दर को पाटने वाले रास्ते पर चल पड़े।

इस छोटी–सी मुलाक़ात में दोनों को इस बात का अनुमान हो गया था कि दोनों में एक–दूसरे के लिए आकर्षण है। दोनों एक–दूसरे के चेहरे को देर तक ठहरकर देखने के अभिलाषी थे, लेकिन दोनों की आँखों में एक विशेष उर्जा थी जिसके कारण वे ऐसा करने में असमर्थ थे। दोनों को इस मुलाक़ात में इस बात का भी अनुभव हो गया था कि सामने वाले की आँखों में जो उर्जा है उसका कुछ देर सामना किया जाये तो आत्मा की चमक नष्ट हो सकती है। आत्मा की चमक उसका 'अहम्' होता है। यह चमक नष्ट हो जाये तो शरीर और आत्मा आत्मसमर्पण करने के लिए तैयार हो जाते हैं। आत्मा अपने सारे किवाड़ नष्ट कर उसकी बाँहों में शरण खोजती है, जिसके वह अनुरूप हो जाती है। विधि ने पिछले दिनों हिना को एक किताब दी थी जिसमें उसने पढ़ा था– 'आत्मा शरीर का पासवर्ड स्वयं निर्धारित करती है। एक शरीर दूसरे शरीर में झाँकने से

पहले आँखों में मौजूद पासवर्ड को मिलाता है।" असरार की आँखों में झाँकते ही हिना को इस बात का अनुभव हो गया था कि उसकी आत्मा का पासवर्ड असरार की आत्मा के कोड से मिलता है। शायद इसीलिए जब हिना टैक्सी में बैठी और असरार ने उससे कहा कि अगले शानिवार को वह दरगाह पर आयेगा, तब हिना ने आत्मविश्वास के साथ कहा था– "मुझे पता है।"

असरार से दूसरी मुलाक़ात में हिना ने असरार से उसके पारिवारिक जीवन के बारे में कुछ सवाल किये और असरार ने बड़ी सहजता से उन सवालों का जवाब दिया था। पिता की अचानक मृत्यु, माँ का बलिदान और प्रतिकूल परिस्थिति के बाद भी शिक्षा को जारी रखने का उल्लेख उसने विस्तार से किया था। असरार की उर्दू भाषाशैली कोंकणी युक्त थी। हिना की उर्दू में गुजराती रंग था, इसलिए उन दोनों में भाषा की कोई रुकावट नहीं थी। दोनों की भाषाशैली में खुरदुरेपन से इस बात का अनुभव हुआ कि दोनों की बातों में अनावश्यक रख–रखाव या किसी प्रकार का दिखावा नहीं था। असरार ने बताया कि वह इस साल पत्राचार माध्यम से ग्यारहवीं कक्षा में प्रवेश लेने वाला था, लेकिन चूँकि वह शहर और विश्वविद्यालय के नियमों से परिचित नहीं था और नौकरी भी नयी–नयी थी, इसलिए प्रवेश की तिथि हाथ से निकल गयी। हिना ने कहा कि अगले शैक्षिक सत्र का जब फॉर्म आयेगा, वह उसे सूचित करेगी।

असरार ने अपने गाँव और समन्दर से जुड़ी बातों का उल्लेख बहुत भावुक होकर किया था। हिना की नज़रों में उसके गाँव का एक चित्र बन गया था। दूसरी ओर हिना को इस बात का अनुभव था कि असरार की अंग्रेज़ी कमज़ोर है। उसने सोचा, जब असरार पत्राचार माध्यम से ग्यारहवीं में प्रवेश लेगा और पाठ्यक्रम को अंग्रेज़ी में पढ़ना आरम्भ करेगा तब शब्दकोश में स्वयं ही बढ़ोत्तरी होगी और उसकी भाषा भी ठीक हो जायेगी।

बातचीत करने, एक–दूसरे की भाषा–शैली और पारिवारिक पृष्ठभूमि से अवगत होने के बाद उनमें एक–दूसरे के लिए लगाव पैदा हुआ। दोनों को इस बात का अनुभव हुआ कि यह संयोगवश दोस्ती मात्र एक संयोग नहीं था बल्कि इस संयोग में एक भेद था, जिनमें उनकी आत्माओं के लिए आनन्द निहित था। एक सप्ताह पहले जब दोनों की आँखों ने एक–दूसरे को देखा था, उसी समय दोनों के मन में यह बात बैठ गयी थी कि वे एक–दूसरे की परछाईं हैं।

दोनों की आत्माएँ इस दोस्ती के अनुभव से खुश थीं बल्कि आत्मसमर्पण पर तैयार थीं। दोनों के रंग–रूप एक जैसे थे। वर्ली की ओर जाने वाली सड़क पर टहलते हुए जिस अन्दाज़ में हिना उससे घुली–मिली थी उससे असरार ने यह अन्दाज़ा लगा लिया था कि वह उसमें दिलचस्पी रखती है। इसलिए हिना के दिल का हाल पढ़ने के मक़सद से उसने कहा था कि अगले शनिवार को वह दरगाह में हाज़िरी लगाकर शॉपिंग मॉल में आ जाये, जहाँ उसकी शॉप है। हिना ने दिखावे के लिए 'हाँ–न' किया था, लेकिन उसे असरार से मिलने में अब कोई परेशानी नहीं थी। 'हाँ–न' के बाद जब हिना राज़ी हो गयी, ठीक उसी समय उसे विधि की बात याद आयी थी कि प्रेम की भावना उपस्थित हो तो मिट नहीं सकती और प्रेम की भावना उपस्थित न हो तो प्रयास कर के भी पैदा नहीं की जा सकती। प्रेम विश्वास की परीक्षा नहीं लेता और न ही उसकी माँग करता है। प्रेम बलिदान की भावना और आत्मसमर्पण की भावना से युक्त होता है। विधि की इन बातों को याद करने के बाद उसने तुरन्त सोचा कि क्या वह असरार से प्यार करने लगी है? इस सवाल पर उसे हँसी भी आयी थी।

तीन–चार दिनों तक वह खुद से यह सवाल करती रही।

वह कॉलेज नहीं गयी।

उसका दिल पहली बार अकेलेपन के अँधेरे में प्रकाशित होकर उससे अनगिनत सवाल कर रहा था। उसी समय, उसने सैंकड़ों बार असरार का

निडरता के साथ सामने आकर उसके सर पर छतरी फैलाना याद किया। दूसरी मुलाक़ात में वर्ली सी फेस पर रिमझिम बारिश में असरार का चाय ख़रीदना और काँपते हुए हाथों से देना याद किया। विदाई के समय जब वह टैक्सी में बैठी, उस समय बड़ी चाहत के साथ उसने असरार की ओर देखा था। असरार के चेहरे पर अपनेपन के भाव को उसने महसूस किया था। इस अहसास में बड़ी गर्मी थी। इस गर्मी ने हिना के मन को व्याकुल कर दिया था। इस प्रकार की छोटी–छोटी बातें उसके दिल के प्रकाश में वृद्धि करतीं और वह यह सब बार–बार किसी फ़िल्म की क्लिप की तरह आँखों के सामने सजाती। मन यादों के इन टुकड़ों से प्रकाशित होकर उसके शरीर में ख़ुशी की लहरें पैदा किया करता। ख़ुशी की यह भावना एक प्रकार की भूलभुलैयां साबित हुई और हिना का दिल उसमें भटक गया। वह व्याकुल हो गयी। इस परिस्थिति में उसे वर्दतुस्सआदह की भविष्यवाणी की याद भयभीत कर देती। उसने कभी सोचा नहीं था कि वर्दतुस्सआदह की भविष्यवाणी एक भयानक ख़तरा बनकर उसके जीवन पर मँडरायेगी। असरार का उसके सामने अचानक आना वर्दतुस्सआदह की भविष्यवाणी को सच साबित कर रहा था। वह अपने दिल को बहलाने के लिए कहती कि यह केवल एक संयोग है। ख़ुद को दिलासा देकर उस ख़तरे से बाहर निकलती। दुबारा उन यादों में खो जाती जहाँ असरार गम्भीर होकर बातें कर रहा था और वह उसके सवालों का जवाब देने में ख़ुशी का अनुभव कर रही थी। दरख़्शां ने कई बार हिना को अपने आप में खोया हुआ देखकर उससे पूछना चाहा कि क्या वह परेशान है? वह दरख़्शां के सामने बहाना बनाती कि उसकी तबियत ठीक नहीं है या सर में दर्द हो रहा है इत्यादि। दूसरे दिन वह छह बार बाथरूम में बैठकर बाहर आना भूल गयी थी। दरख़्शां ने दरवाज़े को खटखटाया। दो बार अपनी इस स्थिति को छुपाने के लिए उसने कहा कि उसकी आँख लग गयी थी। दरख़्शां इस जवाब पर हँस पड़ी थी। दोपहर के खाने पर उसने सालन प्लेट में उंडेल लिया और रोटी का रोल बनाकर सूखा खा लिया। जब दरख़्शां ने उससे पूछा सालन उंडेल रखा है और रोटी सूखी खा ली तो उसने कहा– "कभी–कभी सूखी रोटी खाना 'सुन्नत' है।" तीसरे दिन टेलीविज़न के सामने बैठे–बैठे वह ख़्यालों में बह गयी। कुछ देर बाद फ़िल्म ख़त्म हो गयी और टेलीशापिंग का एक शो आधे घण्टे तक चलता रहा।

दरख़्शां पास बैठी थी। उसे यह बात बहुत आश्चर्यजनक लगी। उसने तंग आकर पूछा, "क्या देख रही हो?" हिना के मुँह से निकला– "फ़िल्म।" दरख़्शां को आश्चर्य हुआ क्योंकि टेलीशॉपिंग शो उस समय पुरुष और महिला की खोई हुए ताक़त को बढ़ाने वाले एक आयुर्वेदिक प्रोडक्ट का विज्ञापन कर रहा था। उसने उठ कर टीवी बन्द कर दिया। तीसरे दिन हिना और दरख़्शां मार्किट जाने के लिए तैयार हुईं। जब वे घर से निकलीं, हिना ने ताला लगाया लेकिन जब मार्किट से वापसी पर दरख़्शां ने ताला खोलने के लिए चाभी आगे बढ़ायी तो वह यह देखकर हक्की–बक्की रह गयी कि हिना ने ताला लगाया तो था, लेकिन कुंडी के साथ नहीं लगाया था अर्थात् एक प्रकार से दरवाज़ा खुला ही रह गया था। उसे गुस्सा आया। उसने हिना से कहा, "देखो, तुनने दरवाज़ा कैसे बन्द किया है?" हिना ने देखा। उसे अपनी ग़लती का अहसास हुआ। थोड़ी–सी मुस्कुराहट भी उसके चेहरे पर उभरी। उसने 'सॉरी' कहा। सॉरी कहने के बाद उसने तुरन्त कहा– "फिर भी माँ, ताला तो लगाया था, ग़लत जगह ही सही।" दरख़्शां ने उसकी ओर देखा और कहा– "आजकल तेरा ध्यान किधर रहता है? सब काम उलटे कर रही है।" हिना ने कुछ नहीं कहा। वह अपने कमरे में गयी और आईने के सामने खड़े होकर यही सवाल वह अपने प्रतिबिम्ब से करती रही– "आज़कल तेरा ध्यान किधर है?" सब काम तू उलटे कर रही है।"

उसके प्रतिबिम्ब ने उससे कहा– "तेरा ध्यान....। ख़ुद तुझ पर है।"

वह मुस्कुरायी और अपने प्रतिबिम्ब का चुम्बन किया। फिर आईने से दूर होकर चुम्बन के छाप को मिटते हुए देखती रही। मिटते हुए छाप ने उसे चुम्बन का निमन्त्रण दिया वह आगे बढ़ी और उसने देर तक अपने प्रतिबिम्ब के होंठों को प्यार किया।

शुक्रवार को वह कॉलेज गयी। विधि को उससे बहुत सारी शिकायतें थीं, जिसे बताने के लिए वह मुँह खोलने वाली थी कि हिना ने कहा, "रुक

जाओ, पहले मेरी बात सुनो।" विधि चुप हो गयी। हिना ने कहा कि शुरू के दो लेक्चर के बाद वह कहीं दूसरी जगह बैठेंगे। बहुत सारी बातें करनी हैं। विधि ने एक नज़र घूरकर उसकी ओर देखा। विधि के इस अन्दाज़ पर वह मुस्कुरायी और उसने कहा– "मुझे पता था कि तू कहेगी कि "मैंने तुझे फ़ोन भी नहीं किया। मुझे पता है। बात ही कुछ ऐसी है।" अभी वह कुछ और कहने वाली थी कि क्लास की घण्टी बज गयी। दोनों गैलरी से कक्षा की ओर बढीं। विधि नाराज़ थी। नाराज़गी उसके चेहरे पर दिख रही थी, लेकिन उसे एक विचित्र विचार ने हैरान कर दिया कि यदि हिना ने ख़ुद उसे फ़ोन नहीं किया था तो क्या वह ख़ुद भी तो उसे फ़ोन कर सकती थी। वह सोचने लगी कि हिना की अनुपस्थिति से परेशान होने के बाद भी उसने ख़ुद उसे फ़ोन क्यों नहीं किया था? इस विचार पर वह देर तक सोचती रही।

अंग्रेज़ी का शिक्षक पढ़ाते समय बार–बार विधि की ओर देख रहा था और यह सोच रह था कि प्रतिदिन विधि साहित्य की क्लास में टिप्पणी करती है या सवाल पूछती है और आज जब वह एमिली डिकिंसन की कविताओं पर लेक्चर दे रहा है तो विधि इस प्रकार गम्भीरता से किस बात पर विचार कर रही है? उसके सब्र का बाँध लेक्चर ख़त्म होने से कुछ मिनट पहले ही टूटा, उसने कहा– "विधि, आज तुमने कोई सवाल नहीं किया, क्या बात है?"

विधि सिटपिटाकर विचारों की दुनिया से बाहर आयी। उसके मुँह से निकला– "सॉरी सर ,आई लव चार्ल्स डिकंस वेरी मच।"

कक्षा के विद्यार्थियों को हँसते हुए देखकर उसने एक नज़र ब्लैकबोर्ड की ओर देखा, जहाँ एमिली डिकिंसन लिखा हुआ था। उसकी नाक पर खुजली हुई। उसने तुरन्त नाक खुजाया। फिर गर्दन उठाकर सर की ओर देखा और कहा– "मेरा मतलब है।....सर एमिली....।" सर विधि की प्रतिभा से परिचित थे। वह मुस्कुराये। विधि भी मुस्कुरायी। उन लोगों के मुस्कुराने पर हिना भी मुस्कुरायी। एक और लेक्चर के बाद वे कॉलेज से बाहर निकलीं। हिना ने उसके एमिली डिकिंसन वाले जवाब पर उसकी ख़ूब खिंचायी की और उससे पूछा कि वह कहाँ खोयी हुयी थी। विधि ने कहा, थोड़ा धीरज रखो ,कहीं बैठते हैं तो फिर बताते हैं। इस बीच वे चर्चगेट रेलवे स्टेशन पहुँच गयीं। स्टेशन के सामने एक रेस्टोरेंट में

आज भीड़ प्रतिदिन की अपेक्षा कम थी, इसलिए विधि ने कहा, "रेस्टोरेंट में अन्दर की ओर बैठते हैं।"

हिना ने ठण्डा पानी पिया और फिर मसाला डोसा और समोसा ऑर्डर किया। विधि उसको चुपचाप देख रही थी।

"क्या हुआ?" हिना ने पूछा।

विधि ने एक गहरा साँस लिया और कहा–"चल, जल्दी से बता, तू ग़ायब क्यों थी?"

हिना मुस्कुरायी और यह मुस्कुराहट रोज़ की मुस्कुराहट से अलग थी।

हिना ने अपनी बात आरम्भ करने के लिए मुँह खोला ही था कि फिर रुक गयी। उसने विधि की आँखों में देखा, जिनमें रेस्टोरेंट की दीवार पर लगे गहरे हरे रंग का प्रकाश झलक रहा था। विधि ने हिना के चेहरे को ध्यान से देखा, जिस पर एक ऐसा रंग छा गया था जिसमें शर्म की हल्की–सी मिलावट थी। विधि ने तुरन्त एक उँगली उसकी ओर उठाई, गर्दन उसकी ओर झुकायी और कहा– "I think, you are in love?"

हिना ने होंठ सिकोड़कर उसकी ओर देखा, जैसे छोटा बच्चा अपनी ग़लती को स्वीकार करता है। उसकी आँखों में हल्की नमी पैदा हुई जो कभी–कभी भावनाओं की सत्यता को दर्शाती है। विधि ने मुस्कुराते हुए कहा– "कोई बात नहीं...."Is there something serious?"

हिना ने विधि के वाक्य को दोहराया और कहा, "अभी तो मुलाक़ात हुई है, लेकिन मैं डर गयी हूँ।" अभी वह कुछ और कहती कि वेटर ने टेबल पर मसाला डोसा और समोसे की प्लेट रख दी। विधि ने चाय का ऑर्डर किया। हिना ने समोसा खाते हुए विधि को असरार से पहली मुलाक़ात के बारे में बताया। उस मुलाक़ात से पैदा होने वाली हालत के बारे में बताया और फिर दूसरी मुलाक़ात के बारे में बताया। दोनों मुलाक़ातों के विवरण के बाद हिना ने विधि को याद दिलाया कि औरंगाबाद में उसने उसे वर्दतुस्सआदह की भविष्यवाणी बतायी थी। विधि को वे बातें याद आ गयीं। हिना ने कहा कि असरार उसी प्रकार अविश्वसनीय रूप से उसके सामने आया था जिस तरह उसके मिलने की बात कहो गयी थी। विधि ने एक मिनट उस पहलू पर विचार किया और फिर कहा–

"It's just a coincidence, any boy would have come towards you to talk …nothing to worry about it?"

हिना ने कहा कि हैरानी की बात यह है कि उसकी माँ ने उसे हाजीअली जाने की आज्ञा इसलिए दे रखी थी कि उनका ख़याल था कि यदि कोई बला होगी तो टल जायेगी। विधि ने चम्मच में सांभर लिया, पिया और कहा– "हर प्रकार की रूढ़िवादिता के लिए लोग प्रमाण गठित करते हैं इसलिए इन सब बातों पर कान नहीं धरना चाहिए।"

हिना ने भी थोड़ा सांभर का स्वाद लिया। विधि ने कहा "सांभर और चटनी, दोनों स्वादिष्ट हैं।" उसके बाद उसके दिमाग़ में कुछ विचार उमड़े और उसने हिना को रूढ़िवादिता के विरुद्ध एक विस्तृत लेक्चर दिया। विधि ने अपनी बात को ख़त्म करते हुए कहा कि जीवन को सांभर की तरह स्वादिष्ट बनाया जाये और आनन्द के बारे में सोचा जाये। व्यर्थ और रूढ़िवाद की ओर ले जाने वाली बातों को दिल में जगह नहीं देनी चाहिए। विधि की आशावादी बातों ने हिना के दिल में बैठी उस गाँठ को ढीला कर दिया, जिसने उसकी आत्मा को क़ैद कर रखा था। चाय पीने के बाद जब वे रेस्टोरेंट से बाहर निकलीं तो दोनों के चेहरे खिले–खिले लग रहे थे।

रेस्टोरेंट के बाहर विधि ने सिगरेट सुलगायी और फिर हिना के कानों पर हाथ रखकर चलते हुए उसे बताया कि वह नाराज़ थी, लेकिन सुबह मुलाक़ात के बाद जब वे कक्षा में गयीं तब उसे यह ख़याल सताने लगा कि उसके पास भी घर का फ़ोन नम्बर था, फिर उसने फ़ोन करके हालचाल क्यों नहीं पूछा? हिना ने कहा, अच्छा हुआ कि उसने फ़ोन नहीं किया। वे दिन कुछ ऐसे थे कि वह किसी से बात करने के मूड में नहीं थी। विधि ने ठहरकर उसकी ओर देखा। मुस्कुरायी और फिर कहा– "यही तो प्यार का जादू होता है। ज़मीन जन्नत बन जाती है।" इस औपचारिक और फ़िल्मी वाक्य पर दोनों ख़ूब हँसी। दोनों के पास पर्याप्त समय था। वे टहलते हुए आज़ाद मैदान तक पहुँच गयीं। एक ओर नौजवान क्रिकेट खेल रहे थे। दूसरी ओर एक पेड़ के पास कुछ बदहाल लोग बैठे थे, जिनके चारों ओर कुछ बैनर लगे थे। विधि ने हिना से पूछा, "यह क्या माजरा है? प्रदेश के लोग अपनी माँग को सरकार तक पहुँचाने के लिए यहाँ धरना देते हैं?" विधि ने दूर से उन लोगों की ओर देखा और कहा– "ग़रीब लोग हड़ताल करने के लिए ही पैदा होते हैं।"

हिना ने कहा– "बेचारे और कर भी क्या सकते हैं?।"

विधि शरारत के मूड में थी, उसने कहा– "इनको चाहिए कि रोटी के लिए धरना देने के बजाय केक खायें।"

इस वाक्य पर वे दोनों हँसती रहीं। अभी वे हँस रही थीं कि एक असहाय लड़की उनके सामने हाथ पसारे खड़ी हो गयी। विधि ने उसकी ओर देखा और पूछा– "क्या चाहिए तेरे को।"

लड़की ने पास वाली सड़क की ओर संकेत किया जहाँ नुक्कड़ पर एक आदमी वड़ा पाव बेच रहा था और कहा– "एक वड़ा पाव खिला दो, भूख लगी है।" जाने विधि के दिल में क्या समाया उसने कहा– "ठीक है, मैं तुझे पचास रुपये दूँगी, लेकिन एक काम करना पड़ेगा।" लड़की ने यहाँ–वहाँ देखा और कहा– "ड्रग–व्रग लाना है तो मेरे को मत बोल।"

हिना और विधि दोनों इस अप्रत्याशित जवाब पर हैरान थीं। लड़की उनकी आँखों में आँखें डाले खड़ी थी। लड़की को लगा कि उसका अन्दाज़ा सही था। ये लडकियाँ उसे लालच देकर चरस या अफ़ीम बेचने वालों से माल मँगवाना चाहती हैं। उसकी एक साथी इसी अपराध में कुछ महीनों से जेल में थी। यह घटना ताज़ा थी और जब से पुलिस ने ड्रग्स विक्रेताओं को बचाने के लिए छोटे–मोटे कारणों को बुनियाद बनाकर भीख माँगने वालों को गिरफ़्तार करना शुरू किया था, भीख माँगने वाले इस तरह के कामों से दूर रहने लगे थे। विधि ने उस लड़की के कन्धे पर हाथ रखा और कहा– "हम लोग कॉलेज में पढ़ते हैं, नशा नहीं करते।"

लड़की ने कहा– "कॉलेज की बहुत लड़की लोग को मैंने सप्लाई किया है, मेरे को मालूम है।"

"तूने किया होगा, लेकिन हम लोगों को नहीं मँगता।" हिना ने कहा।

पास ही एक गुलमोहर का छायादार पेड़ था। विधि ने लड़की से कहा, ''पेड़ के नीचे बैठकर बात करते हैं।'' तीनों पेड़ के नीचे बैठ गयीं। विधि ने लड़की को समझाया कि वे सिर्फ़ उसकी कहानी सुनना चाहती हैं और कहानी सुनाने के बदले में वे उसे पचास रुप्ये देने को तैयार हैं। लडकी तुरन्त राज़ी हो गयी। लड़की की आयु चौदह साल होगी। रंग–रूप और भाषाशैली से लग रहा था कि वह दक्षिण भारतीय थी। लड़की चेहरे से चालाक लग रही थी, लेकिन चालाकी में मक्कारी शामिल नहीं थी। उसने अपनी कहानी सुनानी शुरू की। कहानी सुनाते हुए वह कहीं भी भावुक दिखायी नहीं दी। वह अपने जीवन की कठिनाइयों को

सुना रही थी। यदि हिना और विधि की भाषा में कहा जाये तो यह एक दर्दनाक़ और शोषित कहानी थी। विधि और हिना की हालत फ़ालिज़ मारे हुए आदमी की–सी थी। उनके चेहरे प्रभावहीन दिख रहे थे। लड़की उनकी ओर नहीं देख रही थी बल्कि मैदान में उगी घांस को एक हाथ से कुरेदते हुए अपने जीवन की विपत्तियाँ सुना रही थी। एक मोड़ पर वह आकर रुक गयी। उसने विधि और हिना से कहा कि वे दोनों आयु में उससे अधिक बड़ी नहीं हैं, इसलिए वह ये बातें उन्हें बता रही है। फिर उसने क़सम ली कि वे यह बातें किसी और को नहीं बतायेंगी। विधि और हिना ने हामी भर ली। उसने दुबारा निगाहें मैदान पर उगी घास पर झुकायीं और अपने जीवन की ऐसी घटना को बयान किया, जिसको सुनकर विधि और हिना को साँप सूँघ गया। हिना ने महसूस किया, उसके शरीर का ख़ून बर्फ़ में बदल गया है। उसके दिल की धड़कन बैठ गयी है। विधि और हिना की आँखें लड़की पर जमीं थीं। लड़की ने जो बात उन्हें बतायी थी, उसे मानने के लिए वे किसी तरह तैयार नहीं थीं। लड़की ने कहा कि उसका बाप जो अक्सर अफ़ीम का नशा करता है। वह पिछले चार साल से उसका यौन शोषण कर रहा है। उसकी माँ भी साथ में रहती है, लेकिन एक दूसरा आदमी उसकी माँ के साथ वही काम करता है जो उसका बाप उसके साथ करता है।

लड़की की कहानी सुनकर दोनों मानसिक उलझन से पीड़ित थीं। अभी वे इस स्थिति से उभर नहीं सकी थीं कि लड़की ने कहा– 'पहले दुखता था, अभी नहीं।" हिना खड़ी हो गयी। उसके सुनने की क्षमता की यह अन्तिम सीमा थी। विधि ने हिना से कहा– "डोंट गेट इमोशनल। इट्स हर लाइफ़।"

"इट्स अ क्राइम।" वह अपने दुःख को छुपाने में असमर्थ थी। लड़की दोनों को देख रही थी।

विधि ने हिना के कन्धे पर हाथ रखा और समझाया कि सामाजिक और आर्थिक गिरावट आदमी को कितना गिरा सकती है, उसको समझने के लिए इन परिस्थितियों का सामना करना पड़ेगा। हिना बैठ गयी। दो तीन मिनट वे चुप रहीं। फिर लड़की ने कहा– "पहली बार मेरा बाप डाला, उस टाइम वो मेरे को अफ़ीम पिलाया था। मेरे को कुछ समझ नहीं आया। उल्टा मैं समझ रही थी कि मेरा प्रेमी प्यार कर रहा है।" लड़की ने बताया

कि एक मुसलमान भिखारी उससे प्यार करता है जिसका नाम सुलतान है, लेकिन लोग उसे 'टीपू' कहकर बुलाते हैं। लड़की ने बताया कि टीपू ने वादा किया है कि वह उसे कर्नाटक ले जायेगा और शादी करेगा। लड़की ने शरमाते हुए बताया कि वह भी टीपू से प्यार करती है, लेकिन उसके पिता की हरकत के बारे में उसने टीपू को कुछ नहीं बताया है। लड़की का अन्तिम वाक्य था– "टीपू जब तक मेरे को इधर से लेकर नहीं जाता, मेरा बाप मेरे को वापरता रहेगा।"

हिना और विधि ने एक–दूसरे की ओर देखा। लड़की के चेहरे पर कोई भाव नहीं था। वह शान्त थी। जबकि हिना की आँखों में गुस्सा तैर रहा था और विधि निःशब्द थी।

विधि ने अपने पर्स से सौ रूपये का नोट निकालकर लड़की को दिया। लड़की ने धन्यवाद किया और कहा कि वह राज़ को राज़ रखें।

दोनों ने लड़की को आज़ाद मैदान से लगी सड़क पार करते हुए देखा। लड़की उनकी नज़रों से ग़ायब हो गयी। हिना ने विधि से कहा– "हमें चाहिए था कि हम उस लड़की की मदद करते, लेकिन मीडिया की तरह हमने केवल उसकी कहानी सुनी और उसको बचाने के बारे में कोई योजना नहीं बनायी।" विधि ने हिना की भावनाओं से भरी बातें चुपचाप सुनीं। फिर उसे बताया कि जहाँ तक उसने समाचार–पत्रों में पढ़ा है, मुम्बई में ऐसी हज़ारों नहीं लाखों लडकियाँ हैं। हम चाहकर भी उनके लिए कुछ कर नहीं सकते। वह रुकी, उसने हिना की आँखों में देखा और कहा– "तेरे एरिया में सेक्स मार्किट है। वहाँ इस लड़की जैसी कई लड़कियाँ हैं। कौन सोचता है उनके बारे में?"

अभी उनकी बातचीत जारी थी कि एक भेल वाला पास आया। उत्तर भारत के इस भेल वाले के दाँत लगातार पान खाने से लाल हो चुके थे। उसने विधि की ओर देखते हुए कहा– "मेमसाब, एकदम ताज़ा भेल बना रहा हूँ, 'न' मत बोलिए।" इतना कह कर वह भेल बनाने लग गया। हिना और विधि उसे देखते ही रह गयीं। फटाफट भेल तैयार करके उसने विधि के हाथ में थमायी और कहा– "दस रुपये, बस।"

विधि ने सोचा, गरीबी आदमी को मक्कार बना देती है और मक्कार आदमी खुद को अक्लमन्द समझता है। चलो ख़ैर भेल ले लेते हैं। भेल हिना के हाथों में थमाकर उसने दस का नोट निकाला और भेल वाले को

दिया। भेल वाले ने नोट जेब में ठूँस लिया और कहा– "क्या बात कर रही थी वह लड़की?"

"थोड़ी गपशप....।" विधि ने कहा।

"ख़तरनाक होते हैं ये लोग।"

"क्यों ख़तरनाक होते हैं?" हिना ने भेल वाले से सवाल किया।

"मेमसाब, राम क़सम....बरसों से भेल बेच रहा हूँ। सब जानता हूँ। चोर–उचक्के होते हैं ये लोग?"

हिना ने भेल वाले की बात काटते हुए पूछा– "इसके बाप को जानते हो।"

उसने प्रत्यक्ष रूप से सवाल किया तो वह ठनक गया। उसने भौंह को ऊपर किया और कहा– "वह साला....।" इतना कहकर भेल वाले ने ठहाका लगाया और अपना वाक्य पूरा किया– "नम्बर वन नशाबाज़ है।"

"क्या मतलब?" विधि ने कहा।

भेल वाले ने बताया कि लड़की का बाप अफ़ीमची है और लड़की की माँ वी.टी. स्टेशन पर भीख माँगती है। रात को कभी–कभी स्टेशन पर सो जाती है। भेल वाले ने अप्रासंगिक वाक्य कहे और चलता बना। वह चला गया तो हिना और विधि एक–दूसरे का मुँह ताकने लगीं। मुम्बई की एक उल्टी तस्वीर उनके सामने थी। वे सोच रही थीं कि क्या भीख माँगने वाली लड़की ने उन्हें बेवकूफ़ समझकर उनका भावनात्मक शोषण किया है? क्या एक भावुकतापूर्ण कहानी बयान करके उन्हें ठगा गया है? वे दोनों हैरान थीं। हैरानी की जंजीर जब टूट गयी, दोनों मुस्कुरायीं और फिर यह मुस्कुराहट ठहाके में बदल गयी। हिना इस अनुभव के कारण एक विचित्र स्थिति से गुज़र रही थी। वह सोच रही थी कि क्या कुछ पैसों के लिए एक बच्ची इतना भयानक झूठ गढ़ सकती है? आज़ाद मैदान के दक्षिणी रास्ते से बाहर निकलकर वे दोनों मिनर्वा सिनेमा तक पैदल चलती चली गयीं। इस बीच उन्होंने बहुत सारे विषयों पर बातचीत की। विधि ने असरार के बारे में कुछ बातें पूछीं। हिना ने जवाब दिया, लेकिन इन सभी बातों के बावजूद वह लड़की हिना के मन में रह–रहकर उभर आती। हिना ने सोचा, लड़की का बचपना ख़त्म हो चुका है और वह एक बेरहम इन्सान में बदल गयी है। भीख माँगने के लिए उसने बहुत ही बुरी तरक़ीब अपनायी थी। हिना को लड़की की हरकत पर गुस्सा आ रहा था।

मिनर्वा सिनेमा से होकर वे मरीन ड्राइव स्टेशन की ओर मुड़ गयीं। कुछ देर स्टेशन के टिकट काउंटर के सामने खड़े होकर उन्होंने बात की। जब प्लेटफ़ॉर्म की ओर विधि जाने लगी तो हिना ने कहा– "लड़की का मज़ाक़ भोंडा था।"

विधि ने उसकी ओर देखा और कहा– "नहीं....मुझे नहीं लगता।"

"क्या नहीं लगता?"

"यही कि उसने हमारे साथ कोई मज़ाक़ किया है।"

हिना उसकी ओर देख रही थी और विधि हिना की सुन्दर आँखों में झाँक रही थी।

"लड़की ईमानदार लग रही थी। मुझे तो यही लगता है कि भेल वाला झूठ बोल रहा था या फिर यह वह आदमी भी हो सकता है जिसके साथ लड़की की माँ का चक्कर है'। विधि ने बात को पूरी करने के बाद हिना के चेहरे पर छायी हुई मायूसी को देखते हुए कहा– "यार, इंडिया में यह सब आम–सी बात है। दिल मत जला, घर जाकर आराम कर। कल तुझे तेरे हीरो से मिलने जाना है।"

असरार को 'हीरो' कहने पर हिना के चेहरे पर मुस्कुराहट आयी। विधि भी मुस्कुरायी।

हिना स्टेशन के ब्रिज से नीचे उतरकर बस स्टॉप की ओर बढ़ने लगी तो फुटपाथ से लगी इमारत की एक दुकान में रखी गणपति की रंग–बिरंगी मूर्तियों ने उसे आकर्षित किया। उसने रुककर उन मूर्तियों को देखा। हाथी की सूँड पर खड़ा गणपति उसे प्यारा लगा। गणपति की चमकीली और बड़ी–बड़ी आँखें उसे अच्छी लगीं। तब उसे ख़याल आया कि अब तक उसने गणपति विसर्जन अपनी आँखों से नहीं देखा है। टीवी पर उसने जो दृश्य देखे थे, वे मोहक थे। उसने इरादा किया कि इस बार वह अपनी आँखों से यह दृश्य देखेगी। दो–तीन बार खड़े होकर उसने गणेश की मूर्तियाँ देखीं। सभी मूर्तियों के आसपास उसे चूहा भी दिखायी दिया। चूहे के सामने रखे हुए लड्डू भी बड़ी कलाकारी से बनाये गये थे। लड्डू देखकर उसे भूख का अहसास हुआ। उसने घड़ी देखी, दो बज रहे थे। बस स्टैंड की ओर जाने के बजाय उसने वहीं टैक्सी रुकवा ली। टैक्सी में बैठकर बैग से इतिहास की किताब निकाली और एक संक्षिप्त पाठ 'बाबुल की संस्कृति' के बारे में पढ़ा। पन्द्रह–बीस मिनट में उसने

यह पाठ पूरा पढ़ लिया। अभी इस पाठ पर विचार करती कि टैक्सी ने उसकी गली में प्रवेश किया।

इमारतों की सीढ़ियों पर साधारणतया अँधेरा रहता है। वह सीढ़ियों के पास एक मिनट के लिए रुक गयी। जब उसकी आँखें हल्के अँधेरें में वस्तुओं को ठीक प्रकार से देखने लगीं तो वह सीढियों चढ़नें लगी। ऊपर से पीर साहब को उतरते हुए देखकर उसे अजीब लगा। यह वही पीर साहब थे जिनकी मुरीद उसकी माँ थी। वह पीर साहब के पास से गुज़री, उस समय पीर साहब के कुर्ते से उमड़ने वाली ख़ुशबू उसके नथुनों में समा गयी। उसनें घर में प्रवेश किया तो उसकी माँ किचन में किसी काम में व्यस्त थी। वह जाकर सोफ़े पर लेट गयी। सोफ़े पर उसने दुबारा पीर साहब की खुशबू को महसूस किया। देर तक वह विचारों में खोयी रही। ये विचार बड़े डरावने थे। वह सहम गयी थी। उसे कई बार उस लड़की की याद आयी जिससे वह आज़ाद मैदान में मिली थी। थकावट की वजह से उसकी आँख लग गयी।

बहुत देर तक उसकी आँखों में कोई सपना नहीं था। उसका दिल शान्त था और ज़हन में एक गहरा अँधेरा छाया हुआ था। इस अँधेरे में नींद का नशा छुपा होता है जो आत्मा के बोझ को बड़ी आसानी से अपने अन्दर समा लेता है। जब आत्मा आनन्द से पूर्ण होती है तब अवचेतन करवट लेता है। बिल्कुल ऐसा ही हुआ। जब उसका अवचेतन जाग्रत हुआ तो उसने बड़ा विचित्र दृश्य देखा। एक तपते हुए रेगिस्तान में एक मन्दिर था। मन्दिर के चारों ओर बहती हवा में अजीब गर्मी थी कि शरीर झुलस ही जाता, लेकिन मन्दिर के अन्दर ऐसी ठण्डक थी मानो मन्दिर हिमालय की किसी पहाड़ी पर स्थित हो। मन्दिर में उत्तर की ओर एक ऊँचा चबूतरा बना हुआ था जहाँ हाथी की सूँड पर पीर साहब विराजमान थे। मूर्ति वाले पीर साहब की रूपरेखा उस पीर से मिलती थी, जिनकी कृपा हिना की माँ पर थी और जो उसके दुःखों का निवारण करने के लिए नयी-नयी योजनाएँ बताया करते थे। यूसुफ़ से नाराज़ दरख़्शां को साहस और नयी शक्ति प्रदान करने में पीर साहब की बातों, सांत्वनाओं और टोटकों का रोल था। बहुत सारे धार्मिक संस्कारों के बाद भी यूसुफ़ की वापसी मुमकिन नहीं हुई, लेकिन इन वर्षों में दरख़्शां ने सब्र करना सीख लिया था। पीर साहब ने उसको यक़ीन दिलाया कि वह यूसुफ़ पर

किये गये जादू का तोड़ ज़रूर निकालेंगे। दरख़्शां पीर साहब पर भरोसा करने लगी थी। हर छोटी–बड़ी बात में पीर साहब का सुझाव शामिल था। कभी–कभी वह घर भी आया करते थे। उनका कहना था कि घर में पाठ करने से लाभ होता है और पीड़ाओं से मुक्ति मिलती है। हिना की मौजूदगी में वह एक बार आये थे और तीन घण्टे एक कोने में बैठकर किसी आयत का पाठ किया था। हिना ने बेडरूम के दरवाज़े से उन्हें झाँक कर देखा था।

हाथी के सूँड पर विराजमान पीर साहब के दायें हाथ में मोटी किताब थी। किताब का एक भाग पूरब की ओर झुका हुआ था और किताब के पन्नों से बूँद–बूँद ख़ून टपक रहा था, लेकिन पीर साहब को इस बात का अहसास नहीं था। उनकी नज़र आसमान की ओर थी। ऐसा ज्ञात होता था कि आसमान में कोई मौजूद है जिसके साथ वह बात कर रहे थे। चबूतरे पर अनगिनत सफ़ेद चूहे थे, जिनकी पूँछ ग़ायब थी। चूहे उन लड्डुओं को खोज रहे थे जिनको खाते ही उनकी पूँछ दुबारा निकल आती, लेकिन लड्डुओं का कहीं निशान नहीं था। वर्षों से वे चबूतरे पर थे और भूख के कारण एक–दूसरे को खाने लगे थे। जैसे ही उनमें किसी को कोई खाता, चार चूहे बढ़ जाते। इस प्रकार हर समय उनकी संख्या बढ़ रही थी। सपने के इस भाग में जब हिना ने चूहों की ओर ध्यान केन्द्रित किया तो उसने देखा कि वह चबूतरा कोई साधारण चबूतरा नहीं है बल्कि उसके विस्तार में पूरा रेगिस्तान है। चबूतरे के असाधारण विस्तार से एक भय उत्पन्न होता था। उसने दुबारा पीर साहब को देखा। उसने यह महसूस किया पीर साहब के हाथ में जो किताब है, उससे गिरने वाली ख़ून की बूँदों की स्वयं की गन्ध नहीं थी। ख़ून का रंग लाल था। चूहों की भगदड़ और एक–दूसरे से आगे जाने का कारण निगन्ध लाल बूँद को उचक कर ज़मीन पर गिरने से पहले पीना था। हिना ने सोचा, मुमकिन है कि यह बूँद चूहों की मुक्ति का कारण हो। एक बूँद गिर जाती तो दूसरी बूँद किताब में धीरे–धीरे जमा होती और टपकने के बीच अन्तर होता और यह अन्तराल दुनिया के अनुसार दो–तीन सदियों पर आधारित होता। इस अन्तराल में चूहे जो किताब के नीचे पहुँचने में सफल होते, वे गर्दनें उठा–उठाकर किताब की ओर देखा करते और बूँद के गिरने का इन्तज़ार करते। अब जो दृश्य हिना ने देखा, उससे उसकी

हैरानी में वृद्धि हुई। उसने एक बूँद को गिरते हुए देखा। बूँद चमक के साथ तेज़ी–से ज़मीन की ओर बढ़ रही थी कि एक चूहे ने उछलकर बूँद को अपने मुँह में पकड़ लिया। हिना ने उस चूहे पर अपने ध्यान को केन्द्रित रखा। अब वह बहुत दूर थी। हज़ारों मील दूर, जहाँ से वह यह मंज़र देख रही थी। उसने देखा कि जिस चूहे ने ख़ून की लाल बूँद को पिया था, उसने निडरता से चबूतरे के नीचे छलाँग लगाई। चबूतरे के नीचे एक घनी आबादी थी, लेकिन आबादी और चबूतरे के बीच हज़ारों वर्षों का अन्तर था। बस्ती में पहुँचने तक चूहे का शरीर भंग हो गया था और अब वह एक आत्मा के चिह्न में बदल गया। आत्मा का यह चिह्न बस्ती में पैदा होने वाले एक बच्चे के अन्दर समा गयी। हिना अब एक परिन्दे में बदलकर उस बस्ती के ऊपर उड़ रही थी। उसने एक बच्चे को जवान आदमी में बदलते हुए देखा और यह देख कर हैरान थी कि चूहे की आत्मा वाला बच्चा बड़ा हुआ तो उसका चेहरा पीर साहब के चेहरे से मिलता था। उस नौजवान में अनगिनत गुण थे। रात में उसका शरीर चमकते सफ़ेद गुलाब की तरह महकता। इस गन्ध में ऐसा असर था कि अविवाहित लड़कियां, विवाहित महिलाएँ, विधवाएँ, सम्भोग की भावनाओं से वंचित महिलाएँ यहाँ तक कि गर्भवती महिलाएँ उसकी ओर आकर्षित होतीं और अपनी कामुकता की अन्तिम सीमा तक पहुँच जातीं। महिलाएँ उस गन्ध के प्रभाव से स्वयं को सुरक्षित रखने और उसकी ओर स्वयं को आकर्षित होने से रोकने का कड़ा प्रयास करतीं। साहस टूटने के कारण कइयों ने खुद को घरों में बन्द कर लिया था। कुछ ने अपने पैरों में बेड़ियाँ लगा रखी थीं। इन सभी प्रयासों के बावजूद एक पल ऐसा अवश्य आता कि वे हार जातीं और गन्ध उनकी नसों में दौड़ने लगती। गन्ध उनकी आत्माओं को वर्णान्ध कर देती। उनके देखने की शक्ति क्षीण हो जाती। तब उनके पैर उनकी आँखें बनकर उन्हें उस स्थान पर ले जाते जहाँ नौजवान मौजूद होता। नौजवान की ज्ञानेन्द्रियाँ उसे सूचित करतीं कि आज कौन उसकी गन्ध से तृप्त होने के लिए उसकी ओर आकर्षित होगा। वह बस्ती की सभी महिलाओं से परिचित था और उन्हें उनके नामों से भी जानता था। जब उसकी आयु पच्चीस वर्ष हुई, बस्ती की लगभग चार हज़ार महिलाएँ उसकी गन्ध को प्राप्त कर चुकीं थी। महिलाएँ जब अपने घर लौट जातीं तब उन्हें ऐसा लगता कि वे कुछ समय से एक

जादुई सपने के प्रभाव में थीं। नौजवान में कोई चमत्कारी शक्ति थी। जब कोई महिला उसकी ओर बढ़ती, तब वह बस्ती के लोगों की निगाहों से ओझल हो जाती। बस्ती की गलियों से गुज़रकर वह नौजवान तक पहुँचती, लेकिन कोई देख नहीं पाता। सभी औरतें इस बात पर ख़ुश थीं कि उनके अलावा किसी और को यह सौभाग्य नहीं हुआ और सबने इस बात को भेद की तरह अपने–अपने पल्लू में बाँध रखा था। हिना ने देखा कि जिस रात बस्ती की आख़िरी जवान महिला उस चूहे की आत्मा वाले पीर साहब की जादुई गन्ध में मदहोश हुई, उस रात मन्दिर में पीर साहब के हाथों में मौजूद किताब से दूसरी बूँद गिरी। यहाँ बूँद का गिरना था और वहाँ मदहोश महिला ने नौजवान के सीने में खंज़र उतार दिया। नौजवान ख़ून में लतपत रेगिस्तानी मिट्टी में तड़पने लगा। मदहोश महिला ने नौजवान का सीना चीर दिया और उसका दिल काटकर बाहर निकाला। वह दिल नहीं था बल्कि लड्डू जैसी एक वस्तु थी। यह लड्डू जैसी वस्तु उस जादुई गन्ध का रहस्य था। हिना आसमान की ऊँचाई से यह मंज़र देख रही थी। उसने देखा कि ज्यों ही महिला ने उसके लड्डू को चखा, नौजवान का शरीर भंग होकर एक हरे साँप में बदल गया। औरत ने साँप को पकड़ लिया और अपने साथ लेकर वहाँ से चली गयी। हिना सफ़ेद कबूतर बनकर एक पेड़ पर बैठी रही। सारी रात वह जगती रही। दूसरे दिन उसने देखा, वह मदहोश महिला कोई और नहीं बल्कि उत्तू थी। उत्तू वास्तव में ननिता और इनकी की बेटी थी। चाँद की देवी मानी जाती थी। उत्तू को इस काम के लिए ख़ुद एनकी ने भेजा था। एनकी का अनुमान था कि अन्तिम सम्भोग के बाद नौजवान इस बात का दावा करेगा कि उसके पास बस्ती वालों के लिए सत्य का सन्देश है और वह बस्ती वालों को एनकी के विरुद्ध भ्रमित करेगा।

मंज़र दुबारा सिमट गया। मन्दिर में चबूतरे पर सफ़ेद रंग के चूहे भाग–दौड़ कर रहे थे, उस समय हिना की नज़र पीर साहब के बायें हाथ पर गयी। यह मंज़र देखकर हिना की आँखों से आँसू बहना शुरू हो गये। उसने अपने गालों पर आँसुओं की गर्मी को महसूस किया। सिसकियाँ भरकर वह रोती रही। यह उसके लिए प्रलयकारी क्षण था। वह यह देखकर पथरा गयी कि पीर साहब के बायें हाथ में दरख़्शां की कटी हुई गर्दन झूल रही थी। दरख़्शां की आँखें बन्द थीं और उसके माथे पर

लकीरें थीं। अपनी माँ की कटी हुई गर्दन को देखकर वह पागल हुई जा रही थी, लेकिन इस पागलपन में सिवाय रोने के उसके पास कोई दूसरा रास्ता नहीं था, या उसे दिखायी नहीं दे रहा था। वह सिसक–सिसक कर रो रही थी।

"उठ, कोई बुरा सपना देख रही है क्या? उठ–उठ। दरख़्शां ने कहा।

जब दरख़्शां किचन से बाहर आयी, उस समय हिना की आँख लग गयी थी। उसने सोचा, कॉलेज से थककर आयी है, कुछ देर आराम कर ले। जाग जायेगी तो खाना खा लेगी। वह मेथी की सब्ज़ी की गड्डी लेकर वहीं सोफ़े के पास बैठ गयी। पन्द्रह–बीस मिनट बीते होंगे कि उसने देखा, हिना सपने में सिसक रही है। दरख़्शां ने महसूस किया कि हिना अवश्य कोई डरावना सपना देख कर डर गयी है, इसलिए रो रही है। उसे जगाने के लिए दरख़्शां ने उसके गालों पर हल्के–से तीन–चार बार मारा और कहा– "उठ, कोई डरावना सपना देख रही है क्या? उठ....उठ।"

उसकी आँख खुल गयी।

आँखें लाल थीं। नींद से जागते ही उसे अहसास हुआ कि वह सपना देख रही थी। दरख़्शां सोफ़े पर उसके पास बैठ गयी। हिना दरख़्शां की गोद में लेट गयी। दरख़्शां ने बताया कि पिछले कुछ दिनों से वह भी बुरे सपने देख रही है, इसलिए आज पीर साहब को बुलाया था और उन्हें अपने सपने बताये हैं। पीर साहब ने कहा कि एक हफ़्ते बाद उसकी ताबीर बतायेंगे। कल वह एक तावीज़ देने वाले हैं, जिसको घर में लगाने से बुरे सपने नहीं आते। हिना माँ की बातें सुनती रही। कुछ देर बाद दरख़्शां ने खाना गरम किया। उन्होंने साथ बैठकर खाया।

शाम के समय बालकनी में बैठकर हिना ने बाबुल की संस्कृति के बारे में शेष पाठ पढ़ लिये। उसे 'टॉवर ऑफ़ बेबल' के बारे में पढ़कर

हैरानी हुई (बाबुल के बर्ज़ को 'मीनारे बाबुल' कहा जाता है। यह सुमेरी संस्कृति की प्राचीन इमारतों में सबसे ऊँची इमारत थी?)। इस बर्ज़ के बारे में हिना को अधिक जानकारी प्राप्त करने की जिज्ञासा हुई। वह जानना चाहती थी कि ईश्वर ने क्यों लोगों को पृथ्वी पर विभाजित किया और 'एकभाषी युग' को बहुभाषी दुनिया में बदल दिया। इस विषय पर उसकी दिलचस्पी बढ़ गयी। उसने इरादा किया कि सोमवार को कॉलेज जाकर सर्वप्रथम वह इस विषय पर कोई किताब लाइब्रेरी से लेकर पढ़ेगी और विधि से भी बातचीत करेगी।

किताब एक टेबल पर रखकर वह बालकनी से झुककर नीचे आते–जाते लोगों को देखने लगी। उसकी नज़रें अपरिचित लोगों पर केन्द्रित थीं, लेकिन उसके मन में असरार की छाया थी। असरार के साथ दो मुलाक़ातों के हर पल को वह बार–बार ताज़ा कर रही थी। उसने सोचा, प्रेमानुभव निहित हो तो यादें किस प्रकार ख़ुशी का कारण बन जाती हैं। पिछले चार–पाँच दिन वह कष्ट से पीड़ित थी। अब कष्ट एक प्रिय अनुभव में परिवर्तित हो गया था। उसका दिल कह रहा था कि सावधान रहे, लेकिन अब वह निश्चिन्त थी। अब जो कुछ था, एक रेला था। इस रेले के बहाव में वह बहना चाहती थी। वह असरार के बारे में सोचती रही। उसकी बातों और उसके वाक्यों पर विचार करती रही। दो घण्टे बीत गये, लेकिन उसे अहसास नहीं हुआ। उसका दिल विचारों का सागर बन गया था जिस में वह ख़ुद डूबने लगी थी। दरख़्शां ने बालकनी के दरवाज़े से ऊँची आवाज़ में कहा– "शाम हो गयी है। खिड़कियाँ बन्द कर, मच्छर आ रहे हैं अन्दर।"

हिना ने टेबल पर रखी किताब उठायी और कमरे में आकर कुर्सी पर बैठ गयी। रिमोट उठाया और टी.वी. लगा दिया। दरख़्शां ने चाय का कप कुर्सी के पास रखा और हिना को सूचित किया कि यूसुफ़ का कुछ देर पहले फ़ोन आया था। वह रविवार की शाम आने वाला है। हिना ने कहा, यह अच्छी बात है कि अब अब्बा ज़्यादा आने लगे हैं। दरख़्शां ने तुरन्त कहा– "पीर साहब की इनायत है।"

"हाँ सही है।" हिना ने कहा।

दरख़्शां भी वहीं बैठ गयी। उसने हिना से कहा– "सास भी कभी बहू थी' लगा दे।"

"अरे, उसके लिए अभी आधा घण्टा बाक़ी है।" हिना ने कहा।

"अच्छा।" तो फिर कॉमेडी लगा....।"

"ठीक है।" हिना ने कहा। उसने सोचा, दरख़्शां का मूड अच्छा लग रहा है।

हिना ने कोई और चैनल लगा दिया।

दोनों चाय पीते हुए कॉमेडी सीरियल देखने लगे। दरख़्शां के लिए टी.वी के ड्रामे समय बिताने का उत्तम साधन था। हिना भी कभी–कभार देख लिया करती थी, लेकिन उसे अंग्रेज़ी फ़िल्में ज़्यादा पसन्द थीं, विशेषरूप से प्रेमकथाएँ। पिछले दिनों उसने 'ऑटम इन दी न्यूयार्क' (Autumn in the New York) और 'नॉटिंग हिल' (Notting Hill) देखी थी। इन फ़िल्मों ने उसका दिल मोह लिया था और उसके अन्दर जाग्रत भावनाओं को भी प्रेरित किया था। उसे जूलिया रॉबर्ट के ठहाके और रिचर्ड गै़र की मुस्कुराहट से प्रेम हो गया था। लेकिन दरख़्शां जिस सीरियल में मग्न थी, उसमें उसका मन नहीं लग रहा था। वह कल असरार से होने वाली मुलाक़ात के बारे में सोच रही थी। हालाँकि उसकी नज़रें टी.वी. पर थीं, लेकिन मानसिक रूप से ख़ुद को वह कल के लिए तैयार होते हुए देख रही थी। उसे इस बात की चिन्ता थी कि कल वह कौन–से कपड़े पहनेगी, कौन–से सौंदर्य प्रसाधन का उपयोग करेगी। कितने बजे घर से निकलेगी। उसने ख़ुद को आईने में बनते–सँवरते महसूस किया। सिंगारदान का सामान उसकी नज़रों के सामने बिखरा पड़ा था। ख़ुद को सँवरते हुए देखने की कल्पना से वह ख़ुश हो रही थी।

उसने सोचा हाज़ी अली जाकर शॉपिंग मॉल जाना ठीक रहेगा या पहले मॉल में असरार से मुलाक़ात करे और फिर उसके साथ दरगाह जाये। इस प्रकार की बातों पर वह विचार करती रही। उस पर यह भेद खुला कि किसी से मिलने से पहले मुलाक़ात के लिए ख़ुद को तैयार करने और उस मुलाक़ात की आशाजनक बातों पर सोचने में आनन्द और मज़ा है। मन के साथ शरीर भी इस प्रक्रिया में शामिल होता है। विचारों से उत्पन्न आनन्द और इच्छाओं की आँच से शरीर के अन्दर एक विशेष प्रकार की प्रतिक्रिया होती है। इस प्रतिक्रिया में शरीर एक आर्द्रता के साथ अपनी तमन्ना को व्यक्त करता है। हिना का दिल विचारों की भट्टी में इसलिए जलने को तैयार था कि इस भट्टी में कभी न महसूस किया

गया सुख था। एक तपिश थी। जिसका लुत्फ़ दिल महसूस करता है। इस प्रकार वह विचारों की सीमा में भ्रमण करती रही और उसका शरीर इस भ्रमण से पैदा होने वाली गर्माहट से आनन्द प्राप्त करता रहा। इस आनन्द से उसकी आँखों में एक चमक पैदा हो गयी थी।

हिना को टैक्सी में विदा करने के बाद असरार वहीं कुछ देर हाजीअली के सिग्नल के पास खड़ा रहा। छतरी बन्द करके रिमझिम बारिश का आनन्द लेने लगा। वह इस प्रकार ख़ुश था कि वह यह तय नहीं कर पा रहा था कि वह क्या करे? कहाँ जाये? किस से बात करे? किस से अपने दिल की हालत को बयान करे। किस से अपने दिल के भेद छुपाये रखे? अब उसके दिल में एक राज़ था। एक अस्पष्ट और आकारहीन रहस्य। वह इस राज़ में किसी को शामिल नहीं कर सकता था। दूसरी ओर अस्पष्ट और आकारहीन भेद स्वयं ही एक ऐसी ख़ुशबू थी, जिसे लोगों से छुपाये रखना असरार के लिए असम्भव था। वह नहीं जान पा रहा था कि प्यार का जज़्बा इतना शक्तिशाली क्यों होता है कि उसको छुपाये रखना दिल के इख़्तियार से बाहर होता है। दिल अपनी सारी ऊर्जा के बावजूद इश्क़ के जज़्बे की शक्ति के सामने कमज़ोर हो जाता है। वह दिल जो प्यार के जज़्बे को बेड़ियाँ लगाने में सफल होता है, आख़िरकार जज़्बात की तीव्रता के कारण टूट जाता है।

बारिश तेज़ हुई तो वह बस स्टॉप के शेड के नीचे चला गया। वहाँ अँधेरा था। उसने नज़रें ऊपर उठायीं। बारिश की बूँदें शहर के जगमग प्रकाश में प्रिय रंगों की एक फुहार में परिवर्तित दिखायी दे रही थीं। उसने सोचा, क्या मेरी ख़ुशी में हर वस्तु हिस्सेदार है? उसके दिल ने कहा कि मौसम, ठण्डी हवाएँ, बारिश, प्रकाश और शहर के इमारतों की सुन्दरता, प्रत्येक वस्तु उसके दिल के भेद का अनुभव करती है। उसकी ख़ुशी में भागीदार है। उसने बारिश की गिरती हुई बूँदों को ध्यान से देखा और दिल में कहा– "प्यार करता हूँ मैं उससे, क्यूँ करता हूँ पता

नहीं, लेकिन करता हूँ।" मन–ही–मन वाक्य को कहने के बाद उसने गर्दन घुमाकर देखा कि कहीं लोग उसके आसपास खड़े तो नहीं हैं और कहीं उसने अनजाने में यह बात ऊँची स्वर में तो नहीं कह दी? नहीं, उसके आसपास लोग नहीं थे। हालाँकि दो लड़के और एक बूढ़ी औरत बस स्टॉप के सामने खड़े बस की प्रतीक्षा कर रहे थे। उसके पैरों के पास भूरे रंग का कुत्ता दुबका बैठा था। बस स्टॉप के पीछे आम का पेड़ था। उसकी एक शाख़ पर एक कौआ बैठा भीग रहा था। असरार कुछ देर वहाँ खड़ा रहा। फिर उसे याद आया कि मुहम्मद अली ने कहा था, कहीं जाना है। ठीक उसी समय सिग्नल के पास मुहम्मद अली रोड जाने वाली बस दिखायी दी।

वह बस के ऊपरी माले पर चला गया और सामने वाली ख़ाली सीट पर बैठ गया। दो मंज़िला बस की आगे की सीट से शहर को देखना उसकी आदत थी। आगे की सीट बड़ी मुश्किल से प्राप्त होती है। आज संयोगवश बस में लोग कम थे और उस सीट पर कोई नहीं बैठा था। एक औरत अपने बच्चे के साथ तीन–चार सीट पीछे बैठी थी। कंडक्टर अभी ऊपर नहीं आया था। बस जब आगे बढ़ी तो बारिश की फुहार सामने से बस के अन्दर आने लगी। उसने तुरन्त शीशा गिरा दिया। दायीं ओर वाली खिड़की से शहर को देखने लगा। मुम्बई उसके लिए अपार आकर्षण रखती थी। एक–एक वस्तु को प्रेमपूर्वक देखा करता था। उसकी आँखों में इस शहर को देखने की भूख और दिल में तड़प थी। बार–बार वह उस रास्ते से गुज़रा है, लेकिन हर बार उसे इस रास्ते पर जीवन का एक नया रूप दिखायी देता है। असरार के स्वभाव की यह विशेषता थी कि उसका मुशाहिदा बारीक था। जीवन के दृश्य उसको मुशाहिदे का निमन्त्रण दिया करते थे। मुम्बई एक माया थी और वह इस मायावी जाल में गिरफ़्तार था। मुहम्मद अली और क़ासिम दलवी के साथ वह मुम्बई और आसपास के कई महत्त्वपूर्ण स्थानों पर घूम चुका था। जुहू बीच से लेकर विरार तक कई पर्यटक स्थल और तटीय पट्टियों का भ्रमण कर चुका था।

बारिश का असर कम हुआ तो उसने सामने वाली खिड़की का शीशा दुबारा ऊपर चढ़ा दिया। उसी समय कंडक्टर आया। असरार ने टिकट लिया। कंडक्टर ने उससे कहा, "बारिश का पानी बस में आता रहेगा

खिड़की बन्द कर दो" तो उसने जवाब दिया कि खिड़की उसने बन्द कर रखी थी। दुबारा बारिश तेज़ हो जायेगी तो बन्द कर देगा। कंडक्टर विनम्र लग रहा था उसने कुछ नहीं कहा। वह मुड़ा और पीछे की सीट पर जाकर बैठ गया। बस मुम्बई सेंट्रल ब्रिज के बस स्टॉप पर रुकी। असरार ने देखा, आगे बहुत ट्रैफ़िक था। काली टैक्सियाँ और लाल बसें बरसात में नहा रही थीं। कहीं पीले, कहीं लाल रंग में भीगा हुआ दृश्य आकर्षक लग रहा था। ब्रिज के नीचे से दो–चार ट्रेनें गुज़रीं, जिन्हें दूर तक भीगते हुए जाता देख कर असरार को अच्छा लगा। उसने झुक कर देखा मुम्बई सेंट्रल रेलवे स्टेशन में प्रवेश होने वाले रास्ते पर कुछ लोग पान की दुकान के आसपास खड़े होकर पान और मावा खा रहे थे। दो–तीन लड़के सिगरेट पी रहे थे। वहीं एक भिखारिन बारिश में भीगते हुए सिगरेट का कश लगाने वाले एक नौजवान के सामने हाथ फैलाकर कुछ माँग रही थी। नौजवान ने एक सिक्का निकालकर उसके हाथ पर रखा। वह आगे बढ़ गयी। सामने कुछ फ़ासले पर सिग्नल था। स्टेशन के गेट से लेकर सिग्नल तक फुटपाथ पर इस्तेमाल किये हुए कपड़े, लोहे के औज़ार रुमाल, चड्ढी, जूते, बैग, थैलियाँ, ताले, टोपियाँ और बहुत सारी वस्तुएँ बेचीं जा रहीं थीं। कभी–कभी इस फुटपाथ पर एक समुदाय 'आड़ी जोड़ी' का खेल खेला करता है। इस खेल के लिए ताश के तीन पत्ते इस्तेमाल किये जाते हैं, जिसमें एक पत्ता रानी होता है। आदमी पत्तों को पीसता है और ज़मीन पर बिछाए रूमाल पर रख देता है। चारों ओर खड़े लोग रानी पर पैसा लगाते हैं। वास्तव में यह खेल हाथ की सफ़ाई है, जिसमें आदमी एक–दो बार जीतने के बाद लालच में सब कुछ हार जाता है।

बस सिग्नल तक पहुँची। सिग्नल के बायीं ओर मुम्बई सेंट्रल एस.टी. डिपो था जहाँ से असरार के गाँव के लिए भी कई बसें जाया करती थीं। उसने देखा, डिपो से एक लाल रंग एस.टी. अजगर की तरह रेंगती हुई बाहर आयी। एस.टी. बसों को 'लाल डिब्बा' भी कहा जाता है। लाल डिब्बा देखकर उसे गाँव की याद आयी। गाँव की याद के साथ सबसे पहले उसे जमीला मिस की याद आयी। वह मुस्कुराया। मन में वह विचार रौशन हुए जो काम, समय की कमी और मुम्बई के भाग–दौड़ भरे जीवन में गिरफ़्तार होने के कारण मन्द पड़कर धीरे–धीरे विस्मरण में बदल गये थे। जमीला मिस की याद ने एक उदासी उसके दिल में पैदा की।

उस पल उसने जमीला मिस की कमी को महसूस किया। उसे मिस के साथ बिताये हुए अकथनीय पल याद आये। ऐसे पल, जिनमें उसके शरीर, के संगीत में जमीला मिस के शरीर की सरगम मिली हुई थी और एक नया गीत उसने अपनी आत्मा में महसूस किया था। यह गीत जानलेवा था। सम्भोग उसके लिए आरम्भ में एक पाप था, बाद में यह पाप उसे इच्छाओं का पुण्य लगने लगा। इच्छाओं का यह पुण्य उसके दिल में कुछ यूँ रच–बस गया कि फिर एक समय ऐसा भी आया जब उसने महसूस किया कि केवल इस पाप के लिए ही जीवन अस्तित्व में आया है। जमीला मिस ने उसे सम्भोग के आनन्द और इस आनन्द में शरीर के पशु होने का पाठ पढ़ाया था। इसके बावजूद कभी–कभी वह भ्रमित होता। सम्भोग में शरीर की पाशविक लिप्तता और शरीर के रेगिस्तान की विशालता को तृप्त करने के बाद जब नृत्य पूर्ण होता है तो मिस का चेहरा ताजे गुलाब की तरह खिल जाता है। देर तक कमरे में उनके शरीर की गन्ध फैली रहती, लेकिन असरार के भीतर एक अजीब–सी बेचैनी करवट लेती। उसे लगता, जमीला मिस के साथ शारीरिक सम्बन्ध में उसका शरीर पूरी ईमानदारी के साथ शामिल था लेकिन उसकी आत्मा की एक शाख इस आनन्द से दूर और असम्बद्ध थी। इस स्थिति को वह जमीला मिस से व्यक्त नहीं करना चाहता था। दूसरी ओर वह ख़ुद इस अजीब–सी बेचैनी से पूरी तरह परिचित नहीं था। हालाँकि उसने इतना अवश्य अनुभव कर लिया था कि इस सम्बन्ध में एक आँच की कमी है, वरना उसके दिल की एक शाख़ सम्भोग के आनन्द से स्वयं को असम्बद्ध क्यूँ रखती?

सिग्नल खुला और बस चल पड़ी। वह अतीत की धुन्ध से निकलकर वर्तमान में आया। उसने निश्चय किया कि किसी दिन जमीला मिस को फ़ोन करेगा और हालचाल पूछेगा। आगे कुछ दूर तक रास्ता साफ़ था। बस तेज़ी–से साहिल होटल तक पहुँच गयी। वहाँ से नागपाड़ा जंक्शन तक ट्रैफ़िक था। एलेक्ज़ेंडर सिनेमा के पास बस रुकी तो उसने खिड़की से झाँककर उस रोड की ओर देखा जो कमाठीपुरा का एक प्रकार से द्वार था। यह रोड उन सभी गलियों के लिए रास्ता उपलब्ध करता था जो फोक लैंड, प्ले हाउस, बच्चू की वाड़ी और छोटे सोनापुर इत्यादि में जाकर मिलती थीं, जिसमें हज़ारों अभागिन और असहाय महिलाएँ मर्दों के शरीर के भीतर की गर्मी के निष्कासन के लिए अपने शरीर को एक

नाली के रूप में बेचा करती थीं। मुम्बई में यूँ तो इन असहाय महिलाओं की और भी कई बस्तियाँ हैं, लेकिन यह बस्ती पुरानी थी। असरार के लिए ये गलियाँ, यहाँ की पुरानी इमारतें, इन इमारतों की दीवारें, इन दीवारों से लगकर खड़ी हुई अपने शरीर का सौदा करने वाली महिलाएँ, इन महिलाओं के चमकीले चेहरे, उन चेहरों पर थोपा गया ढेर सारा पाउडर, उनकी चंचल अदाएँ, झिलमिलाते कपड़े, कपड़ों में मुरझाये हुए शरीर और उन मुरझाये हुए शरीरों में उपस्थित अपार शक्ति का मालिक धड़कता दिल एक अजायबघर था। उसे इस बात का कोई ज्ञान नहीं था कि कमाठीपुरा वास्तव में उन मज़दूरों की बस्ती थी, जिनमें अधिक संख्या तेलंगाना के लोगों की थी जिन्हें 'कमाठी' कहा जाता था। इन मजदूरों ने मुम्बई के सातों द्वीपों को मिलाने वाले प्रोजेक्ट के लिए 1793 में अपना ख़ून–पसीना एक किया था। अठारहवीं शदाब्दी में गुरगाम, फनसवाड़ी और उमरखाड़ी में वेश्याओं की संख्या कमाठीपुरा से अधिक थी, लेकिन धीरे–धीरे शहरी आबादी में वृद्धि होती गयी और उन्हें प्रस्थान करना पड़ा या उनकी सीमा कम होती चली गयी। उसने इस विषय पर कभी नहीं सोचा था कि कुछ वर्षों बाद कमाठीपुरा भी शहरी आबादी से भर जायेगा और सरकार प्रॉपर्टी के बढ़ते दामों और शहरी आबादी के दबाव में इन औरतों को यहाँ से कहीं और स्थानान्तरित कर देगी। दो–तीन सौ वर्ष पूर्व इस क्षेत्र में यूरोप से लेकर जापान तक की ऐसी औरतें अंग्रेज़ सिपाहियों और हिन्दुस्तानी लोगों के भोग–विलास की वस्तु थीं, लेकिन अब यहाँ अधिकतर नेपाली, दक्षिण भारतीय और उत्तर–पूर्वी हिन्दुस्तान की लड़कियाँ हैं। इस क्षेत्र के आकाश पर एक काली चादर है, इसीलिये इन औरतों का भगवान उनकी स्थिति को देख नहीं पाता। इस काली चादर के नीचे हज़ारों धन्धा करने वाली महिलाओं की अतृप्त आत्माएँ उस समय तक निवास करती हैं जब तक आकाश उन्हें दूसरी दुनिया में प्रवेश करने की आज्ञा नहीं देता।

पीछे बैठे कंडक्टर की आँख लग गयी थी। वह मुम्बा देवी का भक्त था और पिछले तीन वर्षों से इसी रूट पर उसकी ड्यूटी थी।

सपने में उसकी आँख कमाठीपुरा में खुली। उसके कन्धे पर एक काली चिड़िया बैठी थी। चिड़िया ने उसे एक कहानी सुनायी।

एक बार यहाँ मुम्बा देवी आयी थी। क्षेत्र पर एक नज़र डालने के बाद उसे अन्दाज़ा हुआ कि काली चादर के नीचे एक लाख से

अधिक आत्माएँ वर्षों से मुक्ति के लिए बेचैन हैं। कई आत्माओं को उसने रोते–बिलखते देखा। मुम्बा देवी ने देखा कि एक सफ़ेद चमकती हुई आत्मा एक ओर बैठकर वेश्याओं की आत्माओं के बारे में कुछ लिखने में व्यस्त थी। मुम्बा देवी इस दृश्य को देखकर हैरान हुई। दूसरी ओर एक थका–हारा देवदूत आराम कर रहा था। उसने मुम्बा देवी को बताया कि यह पागल आत्मा सात दशकों से लगातार कुछ लिख रही हैं। उसका मन भरता नहीं कि उसको यहाँ से लेकर दूसरी दुनिया में चला जाऊँ। मुम्बा देवी ने देवदूत से कहा कि संसार में आत्मा की मर्ज़ी कहाँ चलती है? देवदूत ने कहा, "यह असाधारण आत्मा है। हालाँकि मरने से पहले इस आत्मा के शरीर ने शराब पी रखी थी और दिल में परमात्मा से कहा था कि मेरी आत्मा उस समय तक भटकने के लिए स्वतन्त्र रहेगी जब तक मैं विश्व का पूरा विष न पी लूँ। जब मैंने आत्मा को शरीर से खींचकर निकाला और उससे पूछा शराब तूने पी, अब कौन–सा विष पीना बाक़ी है, तो उसने कहा मैं कुछ उदास आत्माओं में उपस्थित विष को पीना चाहता हूँ। आदेश हुआ 'इसको इजाज़त है'। मैंने उसे बताया कि तुझे इजाज़त है। वह उड़कर यहाँ चली आयी और मैं तबसे उसके पीछे–पीछे इस काली चादर के नीचे खड़ा हूँ। अब ऐसा लगता है मैं ख़ुद काली चादर बन गया हूँ।" मुम्बा देवी उसके अन्तिम वाक्य पर मुस्कुरायी। उसने मुम्बा देवी को मुस्कुराते हुए देखकर बताया कि जिस दिन पागल आत्मा यहाँ आयी, पन्द्रह–बीस आत्माएँ उससे हँस–हँसकर बातें करती रहीं। शायद वह इस पागल आत्मा का इन्तिज़ार कर रही थीं। उससे मिलने के कुछ मिनट बाद उन्हें दूसरे लोक का आज्ञा–पत्र मिल गया था। मुम्बा देवी को यह बात सुनकर हैरत हुई। वह जानती थी यह चमत्कार तो केवल साधु–सन्तों को प्राप्त था। उसकी हैरानी देखकर देवदूत ने कहा, "मुम्बा माँ, क्या कहूँ? एक खुजली वाले कुत्ते की आत्मा भी इस पागल आत्मा से मिलकर बहुत रोई थी।" उसने कुत्ते की खुजली पर हाथ रखा और उसी समय वह दूसरे लोक में चला गया। मुम्बा देवी ने काली चादर को एक नज़र देखा और फिर सफ़ेद आत्मा को ध्यान से देखने लगी। मुम्बा ने संसार में हज़ारों आश्चर्यजनक वस्तुएँ और घटनाएँ देखी थीं, लेकिन इस घटना ने उसे चकित कर दिया। उसने देवदूत से पूछा– "इतने वर्षों से उसने क्या लिखा है?" देवदूत ने कहा कि उसने अब तक सत्तर लाख पृष्ठ

लिख रखे हैं लेकिन वह कहता है अभी बहुत विष बाक़ी है। मुम्बा देवी ने अपने दिल में महादेव शिवा का स्मरण किया। महादेव मुम्बा देवी के सामने प्रकट हुए। मुम्बा देवी की हैरानी से वह परिचित थे। उन्होंने मुम्बा को बताया कि यह महापुरुष उर्दू भाषा का एक साहित्यकार है। मुम्बा ने एक बार साहित्यकार की सफ़ेद चमकती हुई आत्मा की ओर देखा और देवदूत को सम्बोधित करते हुए कहा– "तुम अपने संसार लौट जाओ। उस महात्मा को वरदान प्राप्त है कि सृष्टि के अन्त तक दूसरी उदास आत्माओं को निर्वाण पहुँचाने के लिए उनकी आत्मा के विष को कागज़ पर उतारे।"

मुम्बा देवी की बात सुनकर देवदूत ग़ायब हो गया। वह जनता था कि मुम्बा देवी भी आदेश का एक रूप है।

कंडक्टर का सपना जारी था। काली चिड़िया उसे दूसरी कहानी सुनाने लगी, जिसमें कंडक्टर ख़ुद एक पात्र था।

असरार ने उस गली की ओर देखा। स्ट्रीट लाइट बन्द थी और अँधेरा छाया हुआ था। उस अँधेरे में वहाँ का कूड़ा–कचरा उसकी नज़रों से छुपा था। उसने नुक्कड़ पर एक पानपट्टी के सामने खड़े कुछ लोगों को देखा। वहीं एक पीपल के पेड़ के नीचे तीन महिलाएँ खड़ी थीं। उनकी वेशभूषा से प्रतीत हो रहा था कि वे देह व्यापार करने वाली महिलाएँ हैं। असरार ने गर्दन खिड़की से बाहर निकाली। फुटपाथ के अँधेरे में कुछ और लड़कियाँ दिखायी दीं। इन लड़कियों के पास दो नवयुवक खड़े थे। शायद वे यह सोच रहे थे कि किस तरह आगे बढ़कर उन महिलाओं से बात की जाये। बस आगे बढ़ी तो उसने अलेक्ज़ेंडर सिनेमा के गेट पर दस–बारह लोगों को देखा। इस थिएटर में इंग्लिश फ़िल्में दिखायी जाती थीं। फ़िल्मों के पोस्टर फ़िल्मों के दृश्य से अधिक कामुक हुआ करते थे। सिनेमाघर से लगकर एक रेस्टोरेंट था, जिसके माथे पर 'बिस्मिल्लाह' एक जहाज़ी आकार की तख़्ती पर लिखा हुआ थ। रेस्टोरेंट के सामने एक और पानपट्टी थी। यहाँ भी दो लड़कियाँ खड़ी थीं। उनमें एक लड़की साँवली और लगभग सत्रह–अट्ठारह वर्ष की थी। साँवली लड़की किसी बात पर ठहाका लगा रही थी। बिस्मिल्लाह होटल के काउंटर पर एक बुजुर्ग आदमी बैठा था। उसे शायरी में भी दिलचस्पी थी। ग़ज़लें बहुत कम सुनाता था, लेकिन सामान्यतः वह दूसरों की शायरी को यह कहकर रद्द कर दिया करता था, "तुम भाषाविद् नहीं हो, शायरी क्या ख़ाक करोगे?"

बुज़ुर्ग ने अलेक्ज़ेंडर सिनेमा के वे दिन देखे थे जब अंग्रेज़ी फ़िल्मों के पोस्टर उर्दू में अनुवाद हुआ करते थे। जैसे kiss the girl and make them die (चूमाचाटी की जीनत, बोसे की क़ीमत), hot, blow cold blow (कभी नरम–नरम कभी गरम–गरम), flying skirts (घाघरे में धूमधाम), the girl with a rifle (बिन्दिया गाड़ी में, बन्दूक़ साड़ी में)। उसका विचार था, यह भाषा के रचनात्मक प्रयोग का नमूना है।

बस आगे बढ़ी।

असरार ने सीट पर सर टेक दिया। एक पल के लिए उसने आँखें बन्द कीं। उसकी आँखों में शान्ति का चेहरा उभर आया। शान्ति का स्पर्श उसकी याददाश्त में ताज़ा हुआ। उसने आँखें खोलीं। बस अब नागपाड़ा सिग्नल के पास खड़ी थी। उसने सोचा, अगर मुहम्मद अली ने जल्दी आने की बात न कही होती तो अवश्य ही वह शान्ति से मिलने चला जाता।

नागपाड़ा सिग्नल पर उसने खिड़की से झुककर देखा। जीवन सामान्य था। शोर–शराबा और भीड़–भाड़ पहले की ही तरह थी। उसे हिना की याद आयी। उसने सोचा, मुमकिन है वह वहीं–कहीं मौजूद हो। हिना ने बताया था कि उसका घर नागपाड़ा सिग्नल से चार–पाँच मिनट की दूरी पर स्थित है और खाने–पीने की वस्तुएँ ख़रीदने वह रात नौ–साढ़े नौ बजे भी चौराहे पर आया करती है।

असरार ने हिना के चेहरे को अपने मन की स्क्रीन पर देखना चाहा और सोचा, यदि उसके पास हिना की फ़ोटो होती तो वह लगातार देखा करता। हिना की रूपरेखा में उसके लिए दिल का सुकून था। शायद यह हिना के चेहरे का आकर्षण था, जिसने उसके अन्दर निडरता पैदा की थी और वह हाजीअली में उसके सामने खड़ा हुआ था। अब जब वह इस बारे में सोचता है तो उसे यकीन नहीं होता वह इतना साहस कर सकता है। हज़ारों बार उसने अपनी निडरता की ख़ुद से तारीफ़ की थी और ख़ुद से

कहा था कि जो भी होता है, अच्छे के लिए होता है। संक्षेप में यूँ कहा जा सकता है कि वह हिना से मिलकर, उसे देखकर, उसे पाकर बहुत ख़ुश था और इस ख़ुशी में वृद्धि का कारण हिना का उसकी दोस्ती को स्वीकार करना था। कई बार उसने सोचा कि अब शायद वह उसे दिखायी नहीं देगी। एक झोंका हवा का था जो उसके सामने से गुज़र गया था। इसीलिए दूसरी मुलाक़ात के समय जब दरगाह में हिना दिखायी नहीं दी तो वह उदास हो गया था।

काली चिड़िया की दूसरी कहानी के अन्त पर कंडक्टर की बेरहमी से हत्या हुई थी। अहमद नगर में उच्च कुल के लोगों ने उसके हाथ–पैर काटकर उसे एक जूहड़ में फेंक दिया था। उसका दोष यह था कि उसकी छाया उच्च कुल के एक आदमी पर पड़ गयी थी। उसका मृत शरीर जोहड़ में कई दिनों तक सड़ता रहा। सपने में अपने शरीर को सड़ते हुए अनुभव करके उसकी घ्राणशक्ति जाग्रत हुई थी और वास्तव में उस समय वह अपने मृत शरीर की असहनीय बदबू से काँप उठा। इसी घबराहट में उसकी आँख खुल गयी। उसने एक नज़र इधर–उधर देखा और फिर अपने भय और घबराहट पर क़ाबू पाया।

"तेरा स्टॉप आ गया।" कंडक्टर ने विचारों में मग्न असरार की सीट के पास जाकर उसे सम्बोधित करते हुए कहा।

बस की सीढ़ियाँ उतरकर वह दरवाज़े के पास आकर खड़ा हो गया। रास्ते पर बारिश की वजह से ट्रैफ़िक था। बस की गति इतनी सुस्त थी कि चलती बस से उतरा जा सकता था। वह बस से उतर गया। बारिश थम गयी थी। वह क़दम भरता हुआ खोली पर पहुँचा। खोली में मुहम्मद अली दोस्तों के साथ बैठा गपशप कर रहा था। उसने सलाम किया और सीधे बाथरूम में चला गया। टंकी के नल से पानी लेकर मुँह धोने लगा। तब उसे याद आया कि जल्दी में बस से उतरते हुए वह छतरी भूल गया है। उसे दुःख हुआ। वह सोचने लगा यदि सुबह बारिश तेज़ हुई तो दफ़्तर जाने में परेशानी होगी। इसलिए ठीक यह होगा कि कुछ देर बाद मार्किट से दूसरी छतरी ख़रीद ली जाये। वह बाथरूम से बाहर निकला। तौलिये से मुँह साफ़ करने के बाद वह दोस्तों की मण्डली में शामिल हुआ। सलीम घारे, सुलेमान वनु, क़ासिम दलवी और असलम धामस्कर के साथ बातचीत हुई। सलीम घारे ने उसे छेड़ते हुए कहा–

"ऑफ़िस में ओवरटाइम था?" असरार मुस्कुरा दिया। मुहम्मद अली असरार की मुस्कुराहट देखकर मुस्कुरा रहा था।

असरार को याद आया कि छतरी खो गयी है। उसने दोस्तों को सम्बोधित करते हुए कहा, बात बनाई, बस में आँख लग गयी थी, जब बस स्टॉप आया तो कंडक्टर ने जगाया। जल्दी में छतरी बस में भूल गया।

सुलेमान ने तुरन्त कहा– "आँख लग गयी थी या कहीं लड़ गयी थी।"

सलीम ने कहा, "कोई बात नहीं, बच्चू। मुम्बई में छतरी गुमती रहती है।"

सलीम घारे और सुलेमान के वाक्य सुनकर असरार की समझ में नहीं आ रहा था कि क्या जवाब दे? वह सोच रहा था कि कहीं उसकी स्थिति को इन लोगों ने भाँप तो नहीं लिया, लेकिन यह उसका भ्रम था। असरार को जिज्ञासापूर्ण निगाहों से सुलेमान की ओर देखते हुए देखकर सलीम घारे ने तुरन्त कहा– "भाई चोर की दाढ़ी में तिनका है।" हैदर ने ठहाका लगाया और अपनी दाढ़ी पर हाथ फेरा। खोली के दूसरे लड़के भी हँसने लगे। मुहम्मद अली असरार की स्थिति को समझ रहा था और वह यह भी जानता था कि खोली में शाम गये यदि कोई दो–ढाई घण्टे लेट हो जाता है तो साधारणतया यह विचार किया जाता है कि कमाठीपुरा की अँधेरी गलियों में अपनी नसों का लावा थूककर आ रहा है। इसलिए यार दोस्त मज़ाक़ मस्ती किया करते थे, लेकिन अभी असरार ने इस मज़ाक़ का स्वाद नही चखा था। असरार की हालत देखकर उसने कहा– 'छतरी गुम गयी है तो जाकर नयी ले लेते हैं, और मेरे को तेरे साथ काम भी है।"

दोनों खोली से बाहर निकल गये।

मिनारा मस्जिद के पास एक छोटी–सी दुकान में छतरियाँ सजी हुई थीं। असरार ने एक छतरी ख़रीदी। छतरी ख़रीदने के बाद असरार ने मुहम्मद अली से कहा– "तू जल्दी आने को बोला था। कोई काम था क्या?" मुहम्मद अली ने असरार के सवाल का जवाब देने के बजाय एक

टैक्सी रोकी और असरार से कहा– "टैक्सी में बैठ जा, फिर बात करते हैं।" दोनों टैक्सी में बैठ गये। मुहम्मद अली ने टैक्सी वाले से कहा– "डीमीलो रोड।"

टैक्सी चलने लगी तो मुहम्मद अली ने बताया कि कुछ रोज़ से उसका दिल डांसबार में बैठकर बीयर पीने के लिए मचल रहा था। असारार जानता था कि मुहम्मद अली कभी–कभी बीयर पी लिया करता है लेकिन उसे यह ज्ञात नहीं था कि वह डांस बार में भी जने का शौकीन है। असरार के मन में डांसबार की कल्पना फिल्मों द्वारा जन्मी थी जहाँ अर्धनग्न कपड़ों में सुन्दर स्त्रियाँ शराब पिलाने का काम करती हैं, नृत्य करती हैं और पीने वाले इन नृत्यांगनाओं पर रुपयों की बरसात करते हैं लेकिन अब तक उसने अपनी आँखों से डांसबार नहीं देखा था, इसलिए उसे यह सुनकर खुशी हुई कि वे डांस बार जा रहे हैं। कुछ डर उसके मन में करवट ले रहे थे, जिसके कारण उसका चेहरा सपाट लग रहा था। उसकी चुप्पी को देखकर मुहम्मद अली ने कहा– "शॉक लग गया क्या?।"

"नहीं यार, बार में पैसे लुटाने पड़ते हैं, मेरी जेब में लगभग तीन–चार सौ रुपये होंगे।"

"अबे चूतिये, कौन बोला तेरे को पैसे लुटाने का रहता है।"

"पिक्चर में देखा था, नाचने वाली लड़कियों पर सब नोट उड़ाते हैं।"

"अबे चूतिये कम्पल्सरी नहीं है, जिसमें दम हो, वह लुटा दे। अपुन खाली मज़ा करेंगे। मतलब, खाली बीयर मारेंगे। समझा।"

असरार ने 'हाँ' कहा और बाहर देखने लगा। रिमझिम बारिश में स्ट्रीट लाइट के पीले प्रकाश का घेरा बहुत सुन्दर लग रहा था। पीले प्रकाश का यह घेरा पीछे चला गया, लेकिन असरार के मन में ऐसा ही एक पीले प्रकाश का घेरा फैला और उस घेरे में हिना का चेहरा मुस्कुरा रहा था। यह एक झलक थी, जिसमें हिना हाज़ी अली के बाहर वर्ली की ओर जाने वाली सड़क पर खड़ी, हाथ में चाय का कप लिये समन्दर की लहरों को निहार रही थी और असरार हिना को देख रहा था। एक–दो मिनट हिना बिल्कुल शान्त समन्दर की लहरों को देखती रहीं। उसे इस बात का अहसास था कि असरार उसको देख रहा है और वह इस बात से खुश थी कि असरार चोर नज़रों से उसकी ओर देख रहा है। वह इस जादुई स्थिति को असरार की ओर मुड़कर व्यर्थ करना नहीं चाहती

थी क्योंकि जहाँ उसे इस बात का अहसास था, कि प्यार भरी नज़रों से उसको देखता हुआ असरार उस समय ख़ुश था वहीं उसे यह भी ज्ञात था कि असरार को अपनी ओर आकर्षित देखकर उसके भीतर भी एक ख़ुशी का अहसास लहरा रहा है। स्कूल में भी कुछ लड़के उसकी ओर देखा करते थे, लेकिन उनके प्रति उसके सीने में कोई लहर कभी नहीं उभरी थी, तब यह बातें उसके लिए बेकार थीं, लेकिन अब न जाने क्यों वह अपने आप में बहुत–से बदलाव को महसूस करने लगी थी। उसे अपनी छाती की संवेदनाओं का अहसास होने लगा था। उसे अपने जिस्म के उभरे हिस्से सेंसिटिव लगने लगे थे। अब एक हलचल उसके दिल में, अपने शरीर की संवेदनशील स्थिति और इस स्थिति के मनमोहक विचार के कारण उपस्थित थी। असरार ने एक मिनट में इन संवेदनाओ को निगाहों से छू लिया था। निगाहों के इस स्पर्श ने हिना के चेहरे पर एक ताज़गी बिखेर दी थी और इसी ताज़गी ने उसके चेहरे को पुरसुकून कर दिया था।

हिना का चेहरा असरार की निगाहों में ऐसे डोल रहा था, जैसे काग़ज़ की नाव पानी पर डोलती है। वह ख़ुश था। बाहर के दृश्य पीछे की ओर जा रहे थे और उसके मन में सिर्फ़ हिना की छाया थी। यदि यह यात्रा हज़ारों वर्षों पर आधारित होती तब भी उसे तवील होने का अहसास न होता। वह हिना के चेहरे की माया में था और माया में समय उसी प्रकार ख़त्म हो जाता है जिस प्रकार से ब्लैक होल में हो जाता है।

टैक्सी डीमीलो रोड पर दौड़ रही थी।

एक चार मंज़िला इमारत के पास मुहम्मद अली ने ड्राइवर को टैक्सी रोकने के लिए कहा। टैक्सी रुकी और असरार ब्लैक होल के आनन्द से दुबारा संसार के कूड़े–कचरे में लौट आया। इमारत के आँगन में नीम का पेड़ था। नीम के पेड़ की छाया में बोगनवेलिया और गुलाब के पौधे थे। नीम के पेड़ की डालों पर रंग–बिरंगे छोटे बल्ब जल रहे थे। आँगन में सागवान की लकड़ी से बना एक दरवाज़ा अपनी लम्बाई व चौड़ाई के कारण सबको अपनी ओर आकर्षित कर रहा था। गेहुँए रंग के दरवाज़े पर तांबे के तारों से गुलबूटे बने थे। एक ऊँचा–तगड़ा सरदार सफ़ेद सफारी सूट और काले रंग की पगड़ी पहने पहरा दे रहा था। सरदार ने अभिनन्दन किया और मुस्कुराते हुए दरवाज़ा खोला। उस दरवाज़े का

खुलना था कि एक दूसरा लोक प्रकट हुआ। यह एक छोटा–सा कमरा था, जहाँ अँधेरा था लेकिन यह अँधेरा रोमांटिक था। छत से ज़मीन पर चौकोर सतरंगी रौशनी के टुकड़े बिखरकर अँधेरे को आकर्षक बना रहे थे। कमरे के एक छोर पर एक और दरवाज़ा था। उस दरवाज़े पर दो पहरेदार खड़े थे। पहरेदारों ने दरवाज़ा खोला तो दूसरी ओर से संगीत और फ़िल्मी गानों की आवाज़ तेज़ी–से बाहर निकली। वे अन्दर गये। दरवाज़ा बन्द हो गया। तीन सूट–बूट पहने हुए लोगों ने उनका स्वागत किया। मुहम्मद अली और असरार दीवार से लगे सोफ़े पर बैठ गये। बायीं ओर एक छोटे–से स्टेज पर चार लड़कियाँ बैठी हुई थीं। उनके पीछे म्यूज़िक सिस्टम था। स्टेज के सामने तीन–चार टेबल थे। हर टेबल के पास चार–पाँच लोग बैठे शराब पी रहे थे। सिगरेट का धुआँ उड़ा रहे थे। गाना गाने वाली लड़की सुन्दर थी। उसने साड़ी पहन रखी थी। असरार ने देखा, पास एक काउंटर पर शराब की बोतलें थीं और काउंटर के पास तीन–चार वेटर खड़े बीयर की बोतलें और व्हिस्की ट्रे में लेकर टेबल तक पहुँचा रहे थे। मुहम्मद अली ने किंगफ़िशर बीयर का ऑर्डर दिया। असरार के लिए भी एक माइल्ड बीयर मँगवाई।

रात साढ़े दस बजे उन्होंने पीना शुरू किया। यह सिलसिला बारह बजे तक जारी रहा।

असरार ने देखा कि बहुत सारे पीने वाले बीच–बींच में खड़े होकर नृत्य किया करते और गाने वाली लड़कियों के पास जाकर उन पर नोट उड़ाते या नोटों का हार उनके गले में डाल देते। मुहम्मद अली ने दो बोतलें पी थीं जबकि असरार ने और पीने से मना कर दिया था। एक बोतल का नशा वह अपनी नसों में महसूस कर रहा था। मुहम्मद अली ने बहुत सारे विषयों पर बातें कीं। असरार ने एक बात महसूस की थी कि मुहम्मद अली अपनी माँ को बहुत अधिक याद कर रहा था और उससे मिलने का अभिलाषी भी था, लेकिन माँ के बारे में अधिक जानकारी उसके पास नहीं थी।

मुहम्मद अली ने पिछले कुछ वर्षों में प्रयास किया था कि जिस औरत को उसके घर के सभी लोग भूल चुके हैं, वह भी भूल जाये, लेकिन गुज़रते समय के साथ यह बात बड़ी कठिन होती जा रही थी। पाप, पुण्य, भलाई और बुराई जैसे शब्दों से वह परे जा चुका था। अब उसने इतना

जीवन देख लिया था कि उसकी माँ का अतीत उसके लिए कोई रुकावट नहीं था। वह अपनी माँ को उसकी सभी कमज़ोरियों के साथ स्वीकार करना चाहता था। हालाँकि उसे ज्ञात नहीं था कि उसकी माँ कहाँ है? उस पर क्या बीती है? वह ज़िन्दा है या मर चुकी है? वह बहुत कम गाँव जाता था, जिसका एक कारण यह था कि उसका गाँव उसके दुःख में वृद्धि करता था। मुम्बई में यह दुःख खोये हुए साये में बदल जाता जो उसे अधिक तंग नहीं करता था। आज पहली बार इस विषय पर उसने असरार से दिल की बातें कही थीं। कारण यह था कि जब बीयर का नशा असरार पर हावी हुआ तो उसने बताया कि उसके घर के सभी लोग अच्छे हैं। उनकी माँएँ भी एक–दूसरे को जानती हैं।

दो बोतलों के नशे में मुहम्मद अली के दिल का तहख़ाना उध्वस्त हो गया। वहाँ दबी बात और शिकायतें उबल पड़ीं। धीरे–धीरे दिल में दबी हुई बातें ज़बान पर आने लगीं। यूँ भी असरार उसके दिल के क़रीब था इसलिए उसे राजदार बनाने में उसे किसी प्रकार की कोई हिचकिचाहट नहीं थी। दूसरी बीयर ख़त्म होने के बाद मुहम्मद अली ने बीयर का एक छोटा केन पिया। अब वाक्यों में लड़खड़ाहट होने लगी थी। कुछ गालियाँ भी वाक्यों में चली आती थीं। होंठ काँप रहे थे और आँखें डोलने लगी थीं। उसके मन में कुछ समाया। उसने कहा– "चल उठ, आज तुझे मुम्बई का एक अलग रंग दिखाता हूँ।" असरार खड़ा हो गया। काउंटर पर जाकर मुहम्मद अली ने बिल का भुगतान किया।

डीमीलो रोड पर गाड़ियाँ थोड़ी–थोड़ी देर में गुज़र रही थीं। पैदल यात्री अधिक नहीं थे। पन्द्रह मिनट चलकर उन्होंने एक अँधेरी गली में प्रवेश किया। कुछ दूरी पर एक पुराना बँगला था। जहाँ किसी समय में एक धनी पारसी जोड़ा रहा करता था। बँगले का प्रयोग अब कुत्ते और बिल्लियाँ जच्चाख़ाने के रूप में करते थे। छत के एक मेहराब के पास एक उल्लू ने निवास करना प्रारम्भ किया था जबकि आँगन में घास इतनी उग आयी थी कि दरवाज़ा भी दिखायी नहीं दे रहा था। बँगले के टूटे हुए गेट से लगकर इमली का पेड़ था। यह पेड़ भी लगभग सौ साल पुराना था। पेड़ पर चील का घोंसला था। घोंसले में बैठकर चील प्रतिदिन मुम्बई पोर्ट ट्रस्ट में जहाज़ों को समन्दर में तैरते हुए देखा करती थी और सोचा करती थी कि वह भी एक दिन किसी जहाज़ पर सवार होकर समन्दर

पार चली जायेगी। प्रतिदिन क्राफ़ोर्ड मार्किट और दक्षिणी मुम्बई के क्षेत्रों पर उड़ान अब उसे बेकार लगने लगी थी।

पेड़ के तने के पास रुककर मुहम्मद अली ने पेशाब करना शुरू किया। असरार की पेशाब की थैली भी भारी हो गयी थी वह अब अधिक सहन नहीं कर सकता था। पेशाब करते हुए मुहम्मद अली ने कहा– "खुले आसमान में मूतने का मज़ा ही कुछ और होता है, क्या बोलता?"

असरार ने कहा– "एक़दम सई, मैं तो बचपन से खुले आसमान के नीचे हगता आया हूँ।"

यह वाक्य सुनकर मुहम्मद अली को हँसी आयी।

असरार ने गर्दन ऊँची की और आकाश को देखा। आकाश ख़ाली था। आँखों की सीमा में उसने जितना आकाश देखा वहाँ न चाँद था और न सितारे। काला, ख़ाली और प्रकाश के बिन्दुओं से वंचित आकाश की ओर देखकर उसके दिल में एक विचार आया। उसने मुहम्मद अली की ओर देखा। आज उसे ऐसा लग रहा था, मुहम्मद अली अन्दर से एक़दम काला और ख़ाली है। कुछ देर पहले नशे की तरंग में मुहम्मद अली ने एक जगह रुककर झल्लाहट के साथ कहा था– "मेरी माँ ने सबसे बड़ी ग़लती ये की कि मेरे को छोड़कर चली गयी। मेरे को भी साथ लेकर जाती। तो उसका क्या जाता।"

"भूल भी जा, बहुत साल हो गये।" असरार ने उसके कन्धे पर हाथ रखकर सान्त्वना देने का प्रयास किया था।

मुहम्मद अली ने असरार की आँखों में देखा। कहा कुछ नहीं।

असरार समझ गया था कि मुहम्मद अली यह सोच रहा है कि वह किस प्रकार बताये कि दिन–प्रतिदिन यह उदासी उसकी आत्मा में कैंसर की तरह फैलती जा रही है। यह एक ऐसा घाव था जो समय के साथ गहरा होता जा रहा था। उसी समय असरार के मन में यह बात आयी थी कि यदि किसी की माँ अपनी आवश्यकताओं, इच्छाओं या मजबूरी में किसी के साथ हो ले तो यह बात फिर भी बर्दाश्त की जा सकती है, लेकिन भाग जाये तो सदमा दिल को भस्म कर देता है।

असरार को विचारों में डूबा देखकर मुहम्मद अली ने कहा था– "जाने दे भाड़ में। चल, ऐश करते हैं।"

मुहम्मद अली के इस वाक्य ने असरार को मौक़ा ही नहीं दिया कि विचार करे कि आख़िरकार उसके दिल में ऐसा क्या था जिसके कारण

विश्वासघात की कल्पना उसके मन में अपना जाल फैलाती थी। उसका दिल राख होने के लिए मचलता था। मुमकिन है, अगर वह इस बात पर ग़ौर करता तो बीयर के नशे में वह पैवन्द खुल जाता जो समय ने उसके दिल पर लगा रखा था। इस पैवन्द का एक कारण यह भी था कि उसने ख़ुद कोई ऐसा दृश्य नहीं देखा था जो दिल पर नशतर लगाता है। उसे सिर्फ़ शक था। फिर उसने ख़ुद से यह कहना शुरू किया था कि यह उसका भ्रम या ग़लतफ़हमी भी हो सकती है।

पेशाब करने के बाद मुहम्मद अली ने असरार से कहा– "अभी तेरे को जिधर लेके जा रहा हूँ उधर बस एन्जॉय करना, गुपचुप।"

"यस बॉस।" असरार ने कहा और ज़िप लगाई। पेशाब करने के बाद दोनों राहत महसूस कर रहे थे। नशा थोड़ा कम हो गया था। दोनों आगे बढ़े। लगभग एक मिनट चले होंगे कि बायें हाथ पर सड़क के किनारे ही वह बार था, जिसका मुहम्मद अली असरार को दर्शन कराना चाहता था। बार के बाहर एक वॉचमैन खड़ा था। असरार ने उससे हाथ मिलाया। वह भी असरार से परिचित लग रहा था।

यह बार पहले वाले से भिन्न था। हालाँकि यहाँ भी मुख्य दरवाज़े के बाद एक और दरवाज़ा था, लेकिन अन्दर बहुत शान्ति थी। प्रकाश मन्द था। यह देखना कठिन था कि कौन किस मेज़ पर बैठा है? दरवाज़ा बन्द हुआ तो असरार ने महसूस किया कि उसके सामने एक लड़का और एक लड़की खड़े हैं। मुहम्मद अली ने उनसे कुछ बात की और बीयर का ऑर्डर भी दिया। लड़के ने उन्हें एक ख़ाली टेबल पर बिठा दिया। कुछ मिनटों बाद असरार की आँखों ने कमरे के अँधेरे के साथ ख़ुद को समायोजित किया तो उसने देखा, एक बड़ा–सा कमरा था। टेबल इतनी ऊँची थी कि दूसरे टेबल को देखना कठिन था। असरार ने कुछ लोगों की धीरे–धीरे बात करने की आवाज़ सुनी तो उसे अहसास हुआ कि बार में और भी लोग हैं। कुछ मिनटों में उसने यह भी महसूस किया कि इस बार में सर्विस के लिए केवल लडकियाँ थीं।

"हर टेबल पर हर एक लड़की फिक्स रहती है।" मुहम्मद अली ने असरार को बताया– "यदि सर्विस पसन्द न आये तो दूसरी को बुला सकते हैं।"

मुहम्मद अली की बात को असरार समझ नहीं सका।

उसी बीच एक नेपाली लड़की बीयर की दो बोतलें ले आयी। उसने बीयर गिलास में उंडेली और असरार से झुककर पूछा– "और क्या लेंगे?"

"बॉईल सेंग और पापड़ देना।" मुहम्मद अली ने कहा।

नेपाली लड़की चली गयी।

गिलास से गिलास टकराते हुए मुहम्मद अली ने कहा– "माँ की याद में, जो कहाँ है मुझे पता नहीं।"

असरार ने उस वाक्य में मुहम्मद अली के दिल के दर्द को महसूस किया। अपने दोस्त के दिल के घाव को भरने के लिए उसने कहा– "माँ, माँ होती है, जैसी भी हो।"

दोनों ने ठण्डी बीयर पीना शुरू किया। बीयर सीने में उतरने लगी और बहुत कुछ दोनों के भीतर उबलने लगा। असरार नशे के आनन्द के बावजूद ख़ुद पर क़ाबू रखकर मुहम्मद अली की बातों को सुनता रहा। बातों–बातों में उन्होंने गिलास ख़ाली कर डाले। इसी बीच नेपाली लड़की चखना लेकर आयी। मुहम्मद अली ने लड़की से कहा कि वह भी बैठ जाये। लड़की ने उसके पहलू में बैठकर ख़ाली गिलास भर दिए। मुहम्मद अली ने जेब से सौ रुपये का नोट निकालकर उसे दिया और धीरे–से पूछा– "फ्रेंच का क्या लेगी।" लड़की ने बड़ी चंचलता से मुहम्मद अली के गालों को छुआ और कान पर होंठ रखकर कुछ कहा। वह मुस्कुराया और उसने कहा– "सॉरी, आज पहले से पी रखी है, इसलिए भूल गया था।" वह कुछ और कहता, लेकिन लड़की ने उसके होंठों पर उँगली रख दी। असरार मुहम्मद अली और लड़की को देखकर मुस्कुरा रहा था।

लड़की चली गयी। मुहम्मद अली ने उसे बताया के तीन महीने पहले वह यहाँ आया था तब इसी नेपाली लड़की ने सर्विस दी थी। वह यह बात भूल गया था, लेकिन लड़की ने उसे पहचान लिया। उस रात उसने लड़की से कहा था– "तू बीयर पिलाने और पीने, दोनों में सॉलिड है।" असरार सिर हिला रहा था और बीयर पीता जा रहा था। बोतल में थोड़ी बीयर बची थी। असरार ने अपने गिलास में उंडेल ली। उसे बीयर

सूट हो रही थी। बीयर के नशे में वह खुद के साथ वाबस्ता हो गया था इस वाबस्तगी में उसने वह दृश्य याद किया जिसमें वह हिना के साथ समन्दर के किनारे बैठकर डूबते हुए सूरज को देख रहा था। हिना के सवालों का जवाब दे रहा था।

नशे में उसने ख़ुद से कहा– मेरे को हिना से पहली नज़र में ही प्यार हो गया।"

उसे याद आया कि पहली मुलाक़ात के बाद वह शान्ति के पास गया था और वहाँ बज़ाहिर उसने प्यार भरे अन्दाज़ में शान्ति के साथ सहवास किया था। धीरे–से उसने ख़ुद से कहा– "ख़ुद को धोका देता है, साले। पहली नज़र में हिना से प्यार हुआ था फिर उसी रात तू रंडी के साथ सोने क्यूँ गया था?" शान्ति के लिए 'रंडी' शब्द उसे अनुचित लगा। उसने ख़ुद को भला–बुरा कहा– "उसको काय को रंडी बोलता है? तू कौन–सा रंडी से कम है।" इस वाक्य पर उसने एक पल के लिए विचार किया और फिर ख़ुद से कहा– "जमीला मिस तो तेरे को रंडी की तरह इस्तेमाल करती थी।" अपना यह वाक्य उसने रद्द किया और कहा– "नहीं, वह मेरे से प्यार करती थीं और में भी एन्जॉय करता था। धंधा नहीं था वो।"

नशे की स्थिति में असरार का यह एकालाप उसके लिए अनपेक्षित था। इस दिव्य स्थिति में उसका दिल तीन बातों को समझने से असमर्थ था, लेकिन वह इन तीन बातों को एक–दूसरे से अलग करके देखने का प्रयास कर रहा था। पहली– प्रेम और सम्भोग दो अलग भावनाएँ और स्वपूर्ण भावनाएँ हैं। उनको एक–दूसरे से सम्बद्ध करना आवश्यक नहीं। दूसरी–स्वतन्त्र शारीरिक सम्बन्ध वेश्याकर्म से अलग जीवन की एक आवश्यकता है, जिसका आधार अनुकूलता और सुविधा पर होता है जबकि उसका उद्देश्य आनन्द प्राप्त करना, व्यक्तित्व के वेदना से मुक्ति, दिल को सुकून पहुँचाना या अन्य भी हो सकता है। तीसरी बात– प्रेम पर आधारित वह सम्बन्ध होता है जिसमें पुरुष एवं महिला, दोनों एक–दूसरे को बिना किसी शर्त बेहद पसन्द करते हों और यह पसन्द समय के साथ विकसित होती जाती है। प्रेम कोई स्थिर भावना नहीं है बल्कि यह भी ईमान की तरह घटता–बढ़ता रहता है। यदि पसन्द विकसित न हो, आगे न बढ़े तो भावना मुरझाने लगती है। अगर प्रेम को पतन लग जाये तो एक चरण ऐसा भी आता है जब रिश्ता कोढ़ में बदल जाता है।

वह अभी ख़ुद से बात करने में मग्न था कि नेपाली लड़की वापस आयी। इस बार वह कुछ ज़्यादा तरोताज़ा लग रही थी। शायद उसने गालों पर थोड़ा पाउडर भी लगा लिया था। मुहम्मद अली ने असरार का परिचय कराया। लड़की उसकी ओर देखकर मुस्कुरायी। वह भी मुस्कुराया। लड़की के दाँत अँधेरे में चमक रहे थे। लड़की ने असरार की ओर हाथ बढ़ाया। उसने तुरन्त पास में रखे हुए टिश्यू बॉक्स में से टिश्यू लिया। अपना हाथ साफ़ किया और फिर नेपालन से हाथ मिलाया। लड़की ने हाथ मिलाते हुए कहा– "मेरा नाम पशुपति हैं।"

"अच्छा" असरार ने कहा। उसकी आँखें बीयर के नशे में बोझिल हो चुकी थीं और अब पशुपति उसे पहले से अधिक सुन्दर दिखायी दे रही थी। उसने अपना नाम बताया और कहा– "तुम बहुत अच्छी लग रही हो।"

लड़की मुस्कुरायी। मुहम्मद अली ने कहा– "पाँच महीना हुआ इसको बम्बई आकर....पहला टाइम बार में आया है।"

"पहला टाइम!" नेपालन ने दुहराया।

पशुपति असरार के टेबल पर आकर बैठ गयी। उसने असरार का गिलास उठाया और बची हुई बीयर उसे पिलायी। उसके कान पर होंठ रखकर धीरे–से कुछ कहा। शायद वह पूरी तरह सुन नहीं पाया। पशुपति ने असरार की कमर के पास अपना एक हाथ फैलाया। उसकी गर्दन पर चुम्बन किया और उसके नमक का स्वाद लिया। उसे अच्छा लगा। नमक की अपनी प्रिय सुगन्ध थी। बीयर बार की इस छोटी–सी अँधेरी जन्नत में असरार ने अपनी नसों में फैलती हुई गर्मी को महसूस किया। उसके पैर के तलुओं और हथेली में अँगूठे के पास के चर्म में ख़ून के तेज़ बहाव से च्यूटियाँ–सी रेंग रही थीं। आँखों में बीयर का नशा था, जिस कारण वस्तुएँ उसे धँधली दिखायी दे रही थीं। अचानक उसने अपनी आँखों के सामने हल्का अँधेरा फैलता हुआ महसूस किया। अँधेरे नें उसने ख़ुद को ग़ायब होते हुए महसूस किया। एक पल के लिए उसे यूँ लगा कि वह नहीं है। कहीं भी नहीं है। वह उस पल अपने अस्तित्व से अनजान होकर सन्तुष्ट था, लेकिन सुकून का पल बहुत छोटा था। इस पल में दूसरी ओर पशुपति ने असरार के नमक के स्वाद, उसकी आत्मा की तपिश, उसके दिल की ज्वाला और लिपस्टिक की मिली हुई गन्ध को अपनी ज़बान पर महसूस किया। लिपस्टिक की गन्ध में बसे असरार के नमक का स्वाद पशुपति के शरीर में उतर गया। वह नशे में थी। उसके लिए यह अहसास

सन्तुष्टिदायक था कि उदास दिलों को तृप्त करती है। बेचैन दिल की उलझनें उसके होंठों के स्पर्श से घुलकर दिल की उमंग में परिवर्तित हो सकती थीं। उसका शरीर एक पवित्र प्याला था जिसमें महरूम, हारी हुई, तन्हा और उदासी में डूबी आत्माएँ अपना विष उंडेलकर थोड़ा–सा आनन्द प्राप्त कर लेती थीं....एक ऐसा प्याला जिसमें तपेदिक से पीड़ित लोग भी अपने प्रदूषित अवलेह का निष्कासन किया करते थे।

मुहम्मद अली ने असरार के चेहरे पर ख़ुशी के पल को पलभर के लिए देखा। यह वही पल था जब असरार अन्धा हो गया था। प्रत्येक धुँधली वस्तुएँ अचानक ओझल हो गयी थीं और वह ख़ुद अपने आप में मौजूद नहीं था। पशुपति ने टेबल पर रखी हुई बीयर की बोतल उठायी, एक ओर रखने से पहले उसने बोतल में बची बीयर गटक ली। पशुपति उठने लगी तो असरार ने उसका हाथ पकड़ा, और कहा– 'Magic'.

"पहला टाइम का मज़ा है, याद रखना।" पशुपति ने धीरे से कहा। वह मुस्कुराया। उसकी आँखों के सामने जमीला मिस की एक घुली–मिली–सी छाया उभर आयी। हल्के अँधेरे में उसने महसूस किया जमीला मिस, जमीला मिस नहीं बल्कि पशुपति है। पशुपति, पशुपति नहीं बल्कि जमीला मिस है। दोनों प्यारीं और दोनों को आत्मा के नमक से मदहोश होने का जुनून था। वह देर तक मुस्कुराता रहा।

बीयर बार से निकलने के बाद दोनों ने पान खाया। सुनसान सड़क पर कुछ देर पैदल चलते रहे। सड़क के किनारे एक लॉरी खड़ी थी। उसकी आड़ में खड़े होकर पेशाब किया। दोनों की आँखें बोझल थीं और दिल की उलझनों से मुक्त। वे झूमते हुए चल रहे थे। कुछ दूरी पर एक पेड़ के नीचे चाइनीज़ खानों का एक ठेला था। ठेले के आगे रास्ते पर अधिक प्रकाश था। नशे की तरंग और तेज़ रौशनी में असरार के दिल की तहें परेशान हुईं। स्ट्रीट लाइट की मलगज़ी रौशनी में कीड़े–मकोड़े हवा में तैरते हुए दिखायी दे रहे थे। बारिश रुक गयी थी। स्ट्रीट लाइट के खम्भों

के चारों ओर कुछ घास–फूस उग आयी थी। दो हरी बेलें थीं जो खम्भों से लिपटकर कई बल खाकर एक–दूसरे में गुत्थमगुत्था थीं। रौशनी के इस मल्गजी दायरे के अन्दर मुहम्मद अली के सामने खड़े होकर असरार ने अपनी बोझिल पलकों को बार–बार ऊपर उठाते हुए उसे हिना के बारे में बताया। दस मिनट तक मुहम्मद अली चुपचाप उसकी बातें सुनता रहा। चाइनीज़ खानों के ठेले के पास तीन–चार लोग चिकन फ्राइड राइस खा रहे थे। हालाँकि वे ख़ुद नशे से चूर थे, लेकिन असरार और मुहम्मद अली को ऊँची आवाज़ में बातें करते हुए देखकर उनमें से एक ने कहा– "सालों को चढ़ गयेली है।"

इस वाक्य को सुनकर फ्राइड राइस बनाने वाला नेपाली लड़का मुस्कुराया।

मुहम्मद अली और असरार अपनी दुनिया में मस्त थे।

मुहम्मद अली असरार को ख़ुश देखकर बहुत ख़ुश था। बस, शिकायत यह थी कि असरार ने हिना वाली बात दो सप्ताह तक क्यों छुपाये रखी। असरार ने नशे में मस्त होने के बाद भी इस बात को महसूस किया और उसे समझाने का प्रयास करते हुए उसने कहा कि अभी सिर्फ़ दो मुलाक़ातें हुई हैं। ऐसी कोई बात नहीं हुई है, जिससे सम्बन्ध बनने की कोई सम्भावना हो। मुहम्मद अली ने जब यह महसूस किया कि असरार सफ़ाई देने का प्रयास कर रहा है तो उसने कहा– "कुछ भी था मेरे को बोलने में तेरा क्या जाता?"

असरार ने कुछ नहीं कहा। उसने स्ट्रीट लाइट के खम्भे के चारों ओर लिपटी हुई बेल को देखा। मलगज़ी रौशनी उसे अच्छी लग रही थी। उसने दुबारा मुहम्मद अली के बालों को छूते हुए कहा– "सॉरी यार.... लेकिन सुन....मैं उसको दिल से प्यार करने लगा हूँ....। दिल से बोले तो एक़दम....दिल से....।" (मुहम्मद अली उसकी ओर देख रहा था और बड़ी हैरानी के साथ देख रहा था क्योंकि अब तक उसने असरार को इस तरह जज़्बाती अन्दाज़ में बात करते हुए नहीं देखा था)।....असरार ने कहा– "बहुत बहुत चाहने लगा हूँ।"

असरार की बातें सुनकर फ्राइड राइस खाने वाले दूसरे आदमी ने कहा– "प्यार का लोचा लगता है।" नेपाली ने राइस प्लेट आदमी के सामने रखते हुए कहा– "प्यार में ऐसाइच होता है, साब....।"

उसका यह वाक्य सुनकर शराबी हँस पड़े। एक ने कहा– 'अल्लाह बचाए, इस चक्कर से, मैं एक बार फँसा था तब से कान पकड़ लिया'।

"किसका कान पकड़ा, साब?" नेपाली ने मुड़ते हुए पूछा।

शराबी नेपाली के सवाल पर ठहाके लगाने लगे।

"कान नहीं गान पकड़ा था....।" एक शरारती शराबी ने बीच में कहा।

शराबी ज़ोरदार ठहाका लगाने लगा। नेपाली भी खिसियानी हँसी हँसने का प्रयास करने लगा।

उनकी आवाज़ से असरार और मुहम्मद अली ने उनकी ओर ध्यान दिया। शराबियों के ठहाकों पर वे भी मुस्कुराये और आगे बढ़े।

क़दम आगे बढ़ाते हुए असरार ने सोचा कि पशुपति ने उसकी आत्मा को आनन्द के पर लगा दिये थे। उस पल वह अपने बोझ से भी मुक्त होना चाहता था। स्वयं को इस प्रकार शान्त महसूस करने के कारण वह ख़ुश था। इसी ख़ुशी ने उसके दिल के ताले खोल दिये थे। उसने हिना के बारे में दिल में महफ़ूज़ बातें मुहम्मद अली को बतायीं।

शराब का नशा उसके तन–बदन में समा गया था। मलगज़ी रौशनी के दायरे को पार करके वे हल्के पीले उजाले में चल रहे थे।

एक टैक्सी आयी। वह टैक्सी में बैठ गये।

जब वे टैक्सी से उतरे, असरार ने मुहम्मद अली को ध्यान से देखा। उसने महसूस किया कि टैक्सी के अँधेरे में मुहम्मद अली की आँखों से आँसू ज़रूर बहे हैं। उसकी आँखें नम थीं और गाल लाल थे। असरार ने कुछ नहीं कहा। उसने मुहम्मद अली के कन्धे पर हाथ रखा। खोली में जाने के बजाय वे पायधोनी की ओर चल पड़े। पायधोनी में दुकानें बन्द हो चुकी थीं, फिर भी थोड़ी चहल–पहल थी। एक आदमी चाय बेच रहा था। दोनों चाय पीते हुए दस–पन्द्रह मिनट वहाँ घूमते रहे। चाय पीने के बाद नशा कुछ कम हो गया। रात दो बजे वे खोली में गये और आराम से बिस्तर पर लेट गये।

असरार मुहम्मद अली के पीड़ा का कारण जानता था, लेकिन उस विषय को छेड़ना नहीं चाहता था कि यह मुहम्मद अली की आत्मा का नासूर था। इसलिए असरार ने यही उचित समझा कि कुछ समय दबे पाँव बीत जायेगा तो उदासी का धुआँ बैठ जायेगा और मुहम्मद अली नॉर्मल हो जायेगा। इसी विचार से वह मुहम्मद अली को पायधोनी की ओर ले गया था। बिस्तर पर लेटते ही उसने आँखें बन्द कर लीं। गहरी नींद ने उसके मस्तिष्क पर काले बादल फैलाये। वह यूँ सोता रहा जैसे वह जीवित ही नहीं है।

दूसरे दिन दोपहर में असरार का दिल बार–बार हिना को याद कर रहा था। अभी मुलाक़ात में पूरा हफ़्ता बाक़ी था और यह हफ़्ता उस पर बोझ था। वह बार–बार घड़ी की ओर देखता और घड़ी का काँटा मानो उसको देखकर ठहर जाता। असरार को ऐसा लगता बारह पर काँटे को एक चक्कर काट कर आने में जब इतना समय लग रहा है तो फिर क्या एक हफ़्ता एक साल बाद आयेगा? एक–एक पल उसके लिए क़यामत की तरह विस्तारित था। हर गुज़रता पल उसके दिल की स्थिति को परिवर्तित कर रहा था। उसका सामना एक विचित्र स्थिति से था। वह ख़ुद को किसी वस्तु से सम्बद्ध नहीं कर पा रहा था और प्रत्येक वस्तु ख़ुद को उससे दूर किये जा रही थी। वहाँ खोली में यार दोस्त गपशप कर रहे थे, लेकिन उसमें असरार का जी नहीं लग रहा था। साथियों की ओर देखते हुए कई बार उसने अपने चेहरे पर मुस्कुराहट लाने का प्रयास किया, लेकिन बनावटी मुस्कुराहट तुरन्त इस अहसास को और गहरा करती कि वह चारों ओर हो रही बातचीत से कट चुका है और उसका दिल एक दूसरी दुनिया में रच–बस गया है। उस दुनिया में केवल हिना थी और हिना को आँख भर देखने की इच्छा में वह गिरफ़्तार था। प्रेम का यह चमत्कार अब उस पर व्यक्त हो रहा था कि प्रेम दर्शन की अभिलाषा का जादू है और इस जादू में गिरफ़्तारी एक नशीली स्थिति में रहने समान है।

इस नशीली स्थिति का एक गुंण यह है कि प्रेम में डूबा हुआ आदमी अपने चारों ओर के वातावरण से कट जाता है। हालाँकि उसे अपने चारों ओर के जीवन का पूरा ज्ञान होता है, लेकिन वह इस दुनिया में अपनी भागीदारी से बेनियाज हो चुका होता है।

असरार ने हैदर से उसके भाई अली की वह किताब माँगी, जिसके कुछ पृष्ठों का अध्ययन उसने पिछले सप्ताह कुछ देर किया था और कुछ पंक्तियाँ लिखी थीं। यह राजेन्द्र मनचन्दा बानी के काव्य संकलनों की छायाप्रति थी। उसने पन्ने उलटे और एक ग़ज़ल तीन–चार बार पढ़ी–

लिबास उसका अलामत की तरह था
बदन रौशन इबारत की तरह था
अदा मौज–ए–तजस्सुस की तरह थी
नफ़स ख़ुशबू की शोहरत की तरह था
तसव्वुर पर हिना बिखरी हुई थी
समाँ आगोश–ए–ख़िल्वत की तरह था

उसे यूँ लग रहा था की ये शे'र हिना के बारे में उसके दिल की भावनाओं को व्यक्त कर रहे हैं। आखिरी दो पंक्तियों को उसने कई बार पढ़ा और सारा ध्यान 'आगोश–ए–ख़िल्वत' पर केन्द्रित रखा। इस शब्द की व्याख्या जमीला मिस ने एक बार की थी। उसने कुछ देर हिना को अकेले में अनुभव करने का प्रयास किया, लेकिन वह ऐसा करने में सफल नहीं हो पा रहा था। वह यह समझने में भी असमर्थ था कि ऐसा क्यों हो रहा है कि वह जिसकी यादों में खोया है, वह कल्पना में भी मिल नहीं पा रही है। उसने कुछ पृष्ठ उल्टे। एक ग़ज़ल उसे पसन्द आयी। इस ग़ज़ल की चार पंक्तियों को उसने क़लम से चिन्हित किया। ग़ज़ल को पढ़ते हुए उसे इस बात का अहसास हुआ कि शिक्षा का सिलसिला जारी रखना ज़रूरी है ताकि वह उचित रूप से ग़ज़लों को समझ सके। उसने कुछ और पृष्ठ उल्टे। अब जो ग़ज़ल उसकी आँखों के सामने थी, उसने असरार के होश उड़ा दिए। उसने अटैची से डायरी निकाली और उस ग़ज़ल की पंक्तियों को डायरी में लिखा–

तेरे बदन में चिंगारी–सी क्या शय है
अक्स ज़रा–सा और चमकने वाला मैं
तेरे लहू में बेदारी–सी क्या शय है
लम्स ज़रा–सा और महकने वाला मैं

तेरी अदा में पुरकारी–सी क्या शय है
बात जरा–सी और झिझकने वाला मैं

हैदर ने उसे पंक्तियाँ नक़ल करते हुए देखा तो पास गया और कहा– "काय को मग़ज़मारी कर रहा है, जेरॉक्स करले न बाबा।"

हैदर की बात सुनकर असरार चौंककर उस दुनिया से बाहर आया जिसमें वह डूब गया था।

उसके चेहरे का रंग उड़ा हुआ था। हैदर ने उसकी ओर देख कर कहा– "चल, जेरॉक्स करके लाते हैं, फिर तू आराम से पढ़ते रहना। लिखने की ज़रूरत नहीं होगी।"

मुहम्मद अली कपड़ों पर प्रेस कर रहा था। वह देर से असरार की हालत का मुआयना कर रहा था और दिल ही दिल में कह रहा था साले को प्यार का रोग लग गया है। अब यह कविताएँ सुनायेगा, गीत गुनगुनाये गा, खोया–खोया–सा रहेगा और खाने के समय बोलेगा कि भूख नहीं है। बाद में एक दिन उसकी आँख खुल जायेगी तब बोलेगा कि प्यार पाग़लपन है। अब दुबारा ऐसी ग़लती नहीं करूँगा, लेकिन फिर करेगा। यह ग़लती इन्सान घड़ी–घड़ी यइच बोल कर करता है कि बस इसके बाद नहीं करूँगा।

असरार ने मुहम्मद अली की ओर देखा। मुहम्मद अली ने प्रेस एक ओर रखी और कहा– "अबे, हैदर सही तो बोल रहा है। जेरॉक्स करा ले, कब तक लिखता रहेगा।"

"मैं भी यही सोच रहा था।" असरार ने खड़े होते हुए कहा।

"मेरे को मालूम है तू क्या सोच रहा था?" मुहम्मद अली ने कहा, जिस पर सलीम घारे और सुलेमान वनु मुस्कुराये।

असरार ने कुछ नहीं कहा। वह मुस्कुराते हुए हैदर के साथ कमरे से बाहर निकल गया।

शाम छः बजे असरार, सलीम घारे, सुलेमान वनु और मुहम्मद अली खोली में दैनिक उपयोग की वस्तुएँ ख़रीदने के लिए नल बाज़ार गये। दिनभर अच्छी धूप थी। रास्तों के चारों ओर फैला कीचड़ सूख गया था।

बाज़ार में चहल–पहल थी। सलीम घारे के पास आवश्यक वस्तुओं की सूची थी। ज़रूरत की कोई वस्तु दिखायी देती, वे ठहर जाते। इस बीच असरार खड़े होकर बाज़ार में चलने फिरने वाली लड़कियों को देखता। उसके मन में शायद यह बात थी कि मुमकिन है कि हिना अपनी माँ के साथ शॉपिंग के लिए आयी हो। उसकी नज़रें हिना को ढूँढ़ रही थीं। तीन–चार बार दूर से आती हुई लड़कियों को देखकर उसे बदगुमानी भी हुई कि हो न हो वह लड़की हिना ही है, लेकिन पास आती तो उसे मायूसी होती। उसकी इस हालत पर मुहम्मद अली की नज़र थी। आख़िरकार उसने कहा– "चूतियापा मत कर, वरना पिटायी होगी।"

"अरे मैंने क्या किया?"

"घूर–घूर कर मत देख लड़की लोग को।"

असरार सिटपिटा गया। उसने मुहम्मद अली से कहा– 'ऐसा लग रहा था, हिना होगी'।

"अभी तेरे को चाँद में भी हिनाइच दिखेगी।"

असरार ने गर्दन उठाकर आसमान की ओर देखा। मुहम्मद अली को उसका आसमान की ओर नज़रें उठाना आश्चर्यजनक लगा क्योंकि अभी सूर्यास्त भी नहीं हुआ था। हैरत की भूलभुलैय्यों में खोये हुये मुहम्मद अली ने कहा– "अभी चाँद को निकलने में टाइम है।"

अपने वाक्य पर मुहम्मद अली को भी हँसी आयी। उसने दिल में कहा– "सच कहते हैं प्यार आदमी की वाट लगा देता है।"

मुहम्मद अली के टोकने के बाद असरार को अपनी ग़लती का अहसास हुआ। उसने सोचा, यूँ भी इस इलाक़े में गोलियाँ चलते देर नहीं लगती। वह ज़रूरत से ज्यादा सावधान हो गया। गर्दन झुकाये रहा। वे लोग बर्तनों की एक छोटी–सी दुकान में गये। असरार की नज़रें झुकी हुई थीं। उसी समय बर्तनों की दुकान से लगी कपड़ों की दुकान से हिना अपनी माँ के साथ बाहर निक़ली और सड़क पार करके दूसरी ओर चली गयी। वह पिछले एक घण्टे से वहाँ ख़रीददारी कर रही थी। कई बार उसके दिल में यह ख़याल आया था कि असरार इसी इलाक़े में रहता है, लेकिन उसे पता नहीं था कि उस वक़्त वह वहीं मौजूद है।

सलीम घारे की ओर से पानीपूरी (गोलगप्पे) की पार्टी थी।

फुटपाथ पर पानीपूरी वाले के पास खड़े होकर वह पानीपूरी खा रहे थे। मुहम्मद अली को शरारत सूझी। उसने असरार से कहा– "पानीपूरी में भी झाँक कर देख, असरार उसकी ओर मुड़ा। मुहम्मद अली ने बात आगे बढ़ायी– "हो सकता है इसमें भी तुझे....।"

इससे पहले कि मुहम्मद अली वाक्य पूरा करता, असरार ने एक पानीपूरी उसके मुँह में ठूँस दी।

मुहम्मद अली ने बड़ी मुश्किल से अपने ठहाके पर क़ाबू पाया। उसे ठसका लग गया। पानीपूरी उसके गले में फँस जाती यदि पानी ठण्डा न होता और पूरी गले में तुरन्त पिगल न गयी होती।

सब हँसते रहे। मुहम्मद अली खाँसता रहा।

रात में खाना खाने के बाद उसने कुछ देर बानी की ग़ज़लें पढ़ीं। उन पंक्तियों के नीचे निशान लगाने लगा जो उसके दिल की हालत को अभिव्यक्त कर रही थीं। जो शे'र समझ में नहीं आता, उन पर ध्यान नहीं देता। जो सरल लगते, उनको बार–बार पढ़ता। सुबह से कई बार उसने यह महसूस किया था कि ख़यालात उसे बहा ले जाते हैं। वह दूर दुनिया में भटकता है। नये–नये स्थानों पर वह हिना को अपने साथ ले जाता है। हर बार कल्पनाओं की गहरी वादियों में हिना के साथ नये कपड़ों और नयी शैली में बाल सँवारे प्रकट होता है। असरार हिना का हाथ अपने हाथों में लिये उसे बहुत सारी वस्तुओं के बारे में बताता है। एक बार वह एक सुन्दर–सी नाव पर उसे समन्दर की यात्रा के लिए अपने साथ ले गया। समन्दर की लहरों की गति, पानी के विभिन्न छायाकरणों,

शान्त पानी, पानी की सतह के डोलने की स्थिति और समन्दर पर उड़ने वाले पक्षियों के बारे में बहुत सारी बातें उसने हिना को बतायीं। वह हिना को अनगिनत मछलियों और उनके रंगों के बारे में बताना चाहता था जो हिना ने नहीं देखी थीं।

जब अचानक विचारों का सिलसिला टूट जाता और वह आसपास की दुनिया में दुबारा लौट आता तो एक दो पल वह अचम्भित रहता, फिर अफ़सोस करता कि उस जादुई कल्पनाओं की सीमा से वह बाहर क्यों निकला? सारा आनन्द तो उस स्थिति में था जिसमें कुछ देर पहले वह हिना के साथ था।

किताब सिरहाने रखकर उसने आँखें बन्द कर लीं।

खोली में सब अपने–अपने कामों में व्यस्त थे या बातें कर रहे थे। सुलेमान वनु ने नया मोबाइल ख़रीदा था। अधिकतर लोग उस मोबाइल को देख रहे थे। मोबाइल एक महँगी वस्तु थी और अभी सबके पास इसलिए भी नहीं था कि मोबाइल से बात करना उन दिनों बहुत महँगा था। नींद तो असरार की आँखों में भी नहीं थी, लेकिन वह आँखें मूँदे रहना चाहता था। चाहता था कि आँखें मूँद ले और फिर उसे कोई सपना दिखायी दे। ऐसा सपना जिसमें वह हिना के साथ हो। जब उसने आँखें मूँद लीं तो वह सपना, उसके मन में जाग्रत हुआ जो बहुत समय पहले उसने देखा था। उसने याद करने का प्रयास किया। उस सपने में वह एक जंगल में रास्ता भूल गया था। जंगल में पेड़–पौधों का रंग काला था। काले रंग के पेड़ आसमान से बातें कर रहे थे। सूर्य का प्रकाश उन ऊँचे पेड़ों को काट कर जंगल में प्रवेश नहीं कर सकता था। उसने याद किया कि देर तक वह जंगल में भटकता रहा। उस जंगल की ज़मीन भी गहरे काले रंग की थी और जहाँ कहीं घास–फूस थी, वह भी काली थी। वहाँ की तितलियाँ भी काले रंग की थीं। उसने याद किया, नदी का पानी भी काला था। वह मायूस होकर नदी के किनारे बैठ गया था। कुछ देर बाद एक नाव उसकी ओर आयी थी। नाव में एक औरत थी। असरार ने सोचा कि क्या वह सपना भूल गया है या अब सपना उसे इस प्रकार याद नहीं जिस प्रकार उसने देखा था। उसने अपने दिमाग़ पर ज़ोर दिया और याद किया कि औरत के माथे पर कुमकुम का गोल निशान था। औरत ने उसे बताया था कि उसका नाम मुम्बा है और जंगल के सभी रास्तों का

उसे ज्ञान है। उसने उस बातचीत को भी याद करने का प्रयास किया जो मुम्बा के साथ सपने में हुई थी। अभी वह इस बातचीत को अपने मन में रचित कर रहा था कि मुहम्मद अली ने उसके कान में धीरे–से कहा– "हिना के बारे में सोच रहा है ना?"

उसने आँखें खोलीं। मुहम्मद अली उसके पास लेटा मुस्कुरा रहा था। उसने मुहम्मद अली की ओर देखा और कहा– "नहीं यार, उसके बारे में नहीं सोच रहा था।"

"झूठ मत बोल, तेरी सूरत बता रही है।" मुहम्मद अली ने कहा।

"क्या बता रही है मेरी सूरत?" असरार ने पूछा

"यही के तेरे को हर तरफ़ वहीच दिखायी दे रही है।" मुहम्मद अली ने कहा।

असरार ने कुछ नहीं कहा। वह चुप रहा। उसको शान्त देखकर मुहम्मद अली ने उसके सिरहाने रखी हुई स्पाइरल बाइंडिंग की किताब उठायी और पूछा–

"शायरी की किताब!!!!"

"हाँ...तो?" असरार ने कहा।

"कुछ नहीं, तू पक्का आशिक दिख रहा है।" मुहम्मद अली ने रुक–रुक कर धीरे–से कहा।

असरार से कुछ कहते नहीं बना। उसकी ज़बान पर दो पंक्तियाँ आयीं जो कुछ देर पहले उसने पढ़ी थीं।

तुम क्या समझो अजब–अजब इन बातों को
आग कहीं हो, यहाँ हूँ जलने वाला मैं

इन पंक्तियों को सुनकर मुहम्मद अली ने ज़ोरदार ठहाका लगाया। उसकी हँसी बेकाबू थी। खोली के लड़के उन दोनों की ओर देखकर मुस्कुरा रहे थे। उन्हें यही लग रहा था कि मुमकिन है, असरार ने कोई चुटकुला सुनाया हो। उसने अपनी शैली में अन्तिम पंक्ति को दो–तीन बार दुहराया– "आग कहीं हो, आग कहीं हो, यहाँ हूँ जलने वाला मैं".... और हँसता रहा। असरार पत्थर की मूरत बना उसकी ओर देख रहा था। थोड़ी–सी मुस्कुराहट उसके चेहरे पर भी थी। जब मुहम्मद अली की हँसी थम गयी तो उसने असरार के पास जाकर कहा– "आग तो कल रात पशुपति ने लगाई थी।"

असरार की बाँछें खिल गयीं और एक स्वाभाविक और भरपूर मुस्कुराहट उसके चेहरे पर उभर आयी। पशुपति का चेहरा उसकी आँखों में उभरा। एक चुलबुलापन उसकी आँखों में भी मौजूद था। उसे याद आया कि किस प्रकार पशुपति ने उसके मन को एक ख़याल पर केन्द्रित करके उसके अन्दर मौजूद तपिश को क़ैद किया था। उसने ध्यान दिया कि वह केन्द्रित विचार न जमीला मिस का शरीर था, न शान्ति का शरीर बल्कि वह हिना का चेहरा था। उसने सोचा, कैसा अपार आनन्द उस अवर्णित पल में था। हिना उस समय उसकी आत्मा पर हुकूमत कर रही थी। उसके दिमाग़ में बस गयी थी, बल्कि उसके मन में एक शक्तिशाली बिन्दु में परिवर्तित होकर उसके पूरे तन–बदन में कँपकँपी पैदा किये हुए थी। उसे गहरी सोच में डूबता हुआ देखकर मुहम्मद अली ने कहा–"जब तेरा इश्क़ का भूत उतर जायेगा, अपुन पशुपति के पास जायेंगे....हर दुःख का इलाज है वो। हाँ शान्ति को तो मैं भूल गया।"

असरार चुप रहा। उसकी नज़रें मुहम्मद अली के चेहरे पर थीं। मुहम्मद अली कुछ बातें करता रहा, लेकिन असरार उन बातों को सुनने के बावजूद सुन कहाँ रहा था? वह तो विचारों की सेज पर हिना के साथ बातें कर रहा था। जब वह विचारों के महल से बाहर निकला मुहम्मद अली की आँख लग गयी थी। दो–तीन दूसरे लड़के भी सो गये थे। सलीम घारे पान खा रहा था। सुलेमान वनु सुबह के नाश्ते के लिए सब्ज़ियाँ काट रहा था। असरार ने करवट बदली। चादर सर पर फैलायी। चादर के अँधेरे में आँखें खोलकर हिना को याद करने लगा और याद करते–करते उसकी आँख लग गयी।

सुबह साढ़े सात बजे जब सिरहाने रखी हुई घड़ी का अलार्म बजा। उसकी आँख खुली। उसने सोचा, वह सोया था या बस आँखें मूँदकर हिना के बारे में सोच रहा था। जब वह किसी नतीजे पर नहीं पहुँचा तो मुस्कुराते हुए मौरी की ओर गया और ब्रश करने लगा।

चार–पाँच दिन उसकी यही स्थिति रही, किन्तु जब वह दफ़्तर में होता तो अलर्ट रहता। फिर भी कई बार बाथरूम में बैठे–बैठे वह गहरी सोच में खो जाता और भूल जाता कि वह किस स्थान पर किस मक़सद से और कब से बैठा है। एक बार दफ़्तर के आईने में बाल बनाते हुए ख़ुद को देखकर वह एकालाप का शिकार हुआ। संयोगवश, मुहम्मद अली वहीं

खड़ा था। उसने तुरन्त इस बात का अनुभव किया। उसके पास जाकर कहा– "अबे रोमियो, आईने को माफ कर दे, बाकी मंगता जिधर, उधर उसको देख।"

मुहम्मद अली की इस बात पर उसने तुरन्त ख़ुद को सँभालते हुए कहा था– "नहीं, कुछ नहीं। बस ऐसे ही....।"

"नहीं, कुछ नहीं....।" मुहम्मद अली ने उसके वाक्य को उसी के अन्दाज़ में दुहराया।

आख़िरकार गुरुवार के दिन असरार की हालत में बदलाव आना शुरू हुआ। यूँ कह सकते हैं कि उसने ख़ुद पर किसी हद तक क़ाबू पा लिया था। उसने बार–बार ख़ुद से कहा कि उसे अपनी भावनाओं और अपनी अवर्णित स्थिति पर ध्यान देना होगा। शुक्रवार की भाग–दौड़ की थकावट के बाद वह बिस्तर पर लेट गया। हिना की याद उसके दिल में जाग्रत हुई। वह शनिवार की मुलाक़ात के बारे में सोचने लगा। उसने इरादा किया कि इस बार वह हिना को जी भर के देखेगा जब वह मैक डोनाल्ड में आमने–सामने होंगे। उसकी आँखों में झाँककर उसकी आत्मा के रंग को देखने का प्रयास करेगा। उसकी नाक, उसके होंठ, उसका माथा, उसके बाल देखता रहेगा, लेकिन इस सावधानी के साथ कि उसे इस बात का अहसास न हो।

शनिवार की सुबह उसकी आँख फ़ज्र की अज़ान के साथ ही खुल गयी थी। खोली में उस समय सभी सो रहे थे। इसलिए वह बिस्तर पर करवट बदलता रहा। सुलेमान वनु फ़ज्र की नमाज़ का पाबन्द था। अज़ान ख़त्म होते ही वह उठा और कुर्ता पहनकर पास की मस्जिद में नमाज़ के लिए चला गया। असरार उठकर दीवार से टेक लगाकर बैठ गया। उसने अपने दिल में बड़ी बेक़रारी को महसूस किया। इस बेकरारी में एक भय भी था। उसने अब तक इस पहलू पर विचार नहीं किया था कि यदि हिना और उसका सम्बन्ध चरम सीमा को पार कर गया तो क्या होगा? मुम्बई में उसका अपना घर नहीं है और मुम्बई में घर ख़रीदना पहाड़ तोड़ने के बराबर है। क्या उसे गाँव ले जायेगा? शहर की लड़की गाँव में किस तरह जीवन व्यतीत करेगी? देर तक इस विचार ने उसे परेशान किया। इस भँवर से मुक्ति के उद्देश्य से उसने ख़ुद को समझाया– "जिसका कोई नहीं उसका तो ख़ुदा है यारों। ख़ुदा अगर उसको मेरे पास ला सकता है तो

बाकी का इन्तज़ाम भी कर सकता है। यह बात खुदा पर ही छोड़ना अच्छा है'। आख़िरकार उसे भय से मुक्ति मिली। सुलेमान नमाज़ अदा करके वापस आया। बाहर अब हल्का–हल्का उजाला फैल रहा था। सुलेमान ने खोली में प्रवेश किया और खिड़की खोल दी। खिड़की खोलने के बाद उसकी नज़र दीवार से लगकर बैठे असरार पर पड़ी। उसने असरार की ओर देखते हुए पूछा– "कैसे जल्दी उठ गया? कुछ तकलीफ़–वकलीफ़ तो नहीं है ना?"

"अरे नहीं बस नींद नहीं आ रही थी।" असरार ने जवाब दिया।

उससे लगकर मुहम्मद अली सोया हुआ था। उसने असरार की ओर करवट बदल कर आँखें खोलीं और कहा– "क्या हुआ रे।"

"कुछ नहीं यार। बस, नींद नहीं आ रही है।" असरार ने जवाब दिया।

मुहम्मद अली ने चादर अपने सर पर लपेटे हुए धीरे से कहा– "प्यार में सठिया गया है।"

सुलेमान के साथ दो–चार मिनट बातें करने के बाद असरार खोली से बाहर निकला। सूर्योदय का समय था। मिनारा मस्जिद के गुम्बदों पर कबूतर सूरज की पहली किरणों में अपने पंख पसार रहे थे। सड़क पर हर जगह कचरा बिखरा हुआ था। असरार ने सोचा, रात दो–तीन घण्टे बारिश हुई थी, जिसके कारण रास्ते पर पानी जमा होगा और पानी की सतह पर कचरा होगा। असरार की नज़र एक अख़बार के टुकड़े पर गयी। रात भर पानी में भीगने के बाद भी काग़ज़ पर लिखे लेख को पढ़ा जा सकता था। असरार ने झुककर उस टुकड़े पर लिखे लेख को पढ़ा– "पुलिस की हिरासत में ख्वाजा यूनुस मुहन्दिस की हत्या– नफरत की फ़सल अब कटने लगी है।" सुर्ख़ी को पढ़ने के बाद वह रिपोर्ट को विस्तार से पढ़ना चाहता था, लेकिन सम्भव नहीं था। वह आगे बढ़ा। एक बिल्ली का बच्चा एक नाली के मुहाने पर मरा पड़ा था। बिल्ली के बच्चे की एक आँख बाहर निकली हुई थी। बारिश के पानी में शरीर का पूरा ख़ून बह चुका था,

इसलिए अब बाहर लटकी हुई आँख सफ़ेद गोली—सी दिखायी दे रही थी। असरार को यह मंज़र बड़ा घिनावना लगा। उसके बाद भी उसने खड़े होकर एक नज़र बिल्ली के मरे हुए बच्चे को देखा। उसकी चमड़ी हल्के पीले रंग की थी। गर्दन के पास एक काला निशान था।

सड़क के दोनों किनारों पर कचरे का ढेर था। कुछ दुकानों पर लोग दूध, पाव, खारी, बिस्किट इत्यादि ख़रीद रहे थे। दुकानों की चौखट पर गन्दगी थी और जो लोग खाने—पीने की वस्तुएँ ख़रीद रहे थे, वे कचरे पर खड़े थे। असरार ने दूर तक देखा जहाँ तक नज़र जाती थी, सड़क एक गन्दा नाला है। उसके दिल में ख़याल आया कि यह कचरा कहीं तूफ़ान में बदलकर शहर को बर्बाद न कर दे। उसने सोचा, यदि इतना बड़ा शहर अचानक कूड़े के ढेर के नीचे दब जाये तो लोगों की मौत किस प्रकार घिनावनी और भयावह होगी? इस ख़याल ने उसके सामने शहर का एक ऐसा दृश्य रचा, जिसमें शहर एक क़ब्रिस्तान में बदला चुका था और क़ब्रिस्तान गन्दगी का ढेर था। इन्सान, कुत्ते, बिल्लियाँ, चूहे, कबूतर, कौवे, सूअर, मुर्ग़ियाँ एक साथ सड़—गल रहे थे। उन पर कीड़े रेंग रहे थे। उसने एक क़ब्र में ख़ुद को भी सड़ता हुआ महसूस किया। उसकी एक आँख बाहर की ओर निक़ली हुई थी जो सफ़ेद दिखायी दे रही थी। शायद उसका शव कई दिनों तक पानी में तैर रहा था, जिसके कारण उसका पेट और छाती फूल गयी थी। थोड़ी देर बाद उसका पेट फट गया और उसमें से सड़ी हुई भिंडी की सब्ज़ी, चावल और मूँग की दाल का मिश्रण बाहर निकला और बहकर मिट्टी में मिल गया। उसकी बाहर की ओर निक़ली हुई आँख में थोड़ी—सी जान बाक़ी थी जो अपने मृत शरीर के अँगों को देख रही थी। उसका दिल यूँ तो मर गया था, लेकिन एक कोशिका जीवित थी जिसका सम्बन्ध उसकी आँख से था। उसने सोचा, यदि उसका दिमाग़ मर चुका है तो उसकी आँख से सम्बन्धित दिल की एक कोशिका क्यों जीवित है?

मिनारा मस्जिद की गुम्बदों पर कबूतर सूरज का स्वागत कर रहे थे। अभी सूरज की किरणें पूर्णरूप से फैली नहीं थीं।

उसके मृत शरीर से बाहर निक़ली हुई आँख देख रही थी कि कचरे से भरा बड़ा क़ब्रिस्तान फैलता जा रहा था। सूरज आसमान में मौजूद नहीं था। शहर के चारों ओर समन्दर ग़ायब था और उसके स्थान पर एक

ख़ाली मैदान था। आँख ने पास से उस क्षेत्र को देखना चाहा तो मैदान एक अथाह गहरी खाई लगी, जिसका आख़िरी सिरा पाताल तक पहुँचा हुआ था, जहाँ उसने एक नीले पानी का समन्दर देखा। पृथ्वी के भीतरी भाग में नीले रंग के समन्दर को देखकर वह हैरान था। उसने महसूस किया नीले समन्दर का क्षेत्रफल धरती पर मौजूद सभी समन्दरों से बड़ा है। इस समन्दर के तट पर उसने छोटे–छोटे बिल देखे। इन बिलों में चूहे जैसा एक जीव था। असरार की सफ़ेद आँख ने अन्तिम दृश्य यह देखा कि वे जीव एक–दूसरे को जीवित निगल लेते हैं। जिस चूहे जैसे जीव ने दूसरे को निगला था, उसे कुछ देर बाद ख़ून की उलटी होती है। संयोगवश, उस दुर्गन्धयुक्त ख़ून से दुबारा उस जीव के बारह बच्चे पैदा होते हैं। दूर–दूर तक तट पर यही दृश्य था और इस ख़ून–ख़राबे में चूहे जैसे मानव अपनी संख्या बढ़ा रहे थे। ब्लैकआउट से एक पल पहले मरने वाली सफ़ेद आँख ने असरार के दिल की अन्तिम जीवित कोशिका से कहा– 'एक दिन यह जीव उस दीवार को भी चाट खायेगी जिसके पीछे याजूज माजूज हैं।"

मिनारा मस्जिद के गुम्बदों पर बैठे हुए कबूतरों के बीच एक कबूतर आकर बैठ गया।

हुआ यूँ था कि मुम्बा देवी ने अपने पास बैठे हुए एक राक्षस से कहा था– "एक दिन ऐसा आयेगा जब इस भूमि के भीतर से एक जानवर निकलेगा जो इन्सान से उसकी भाषा में बात करेगा। उसके बाद सूरज अचानक पश्चिम से निकलने लगेगा। तब इन्सान इस ग्रह को अलविदा कहकर ब्रह्माण्ड में किसी दूसरे ग्रह पर चला जायेगा। अस्सी लाख मिलियन वर्षों पूर्व वह इसी प्रकार एक नष्ट हो जाने वाले ग्रह को अलविदा कहकर इस पृथ्वी पर आया था। उस समय यह पृथ्वी स्वर्ग थी।" राक्षस ने मुम्बा देवी के कथनों का स्मरण कर लिया। थोड़ी देर बाद वह कबूतर के रूप में उड़ता हुआ मिनारा मस्जिद के गुम्बद पर आकर बैठ गया था।

असरार ने नज़रें उठाकर मिनारा मस्जिद की ओर देखा। कबूतर अब खेल रहे थे। सूर्योदय हो चुका था। बादल आकाश में नहीं थे। तेज़ धूप फैलने लगी थी। उसकी आँखें चुँधियायीं। वह जिस विचार में डूबा था वह उसके मस्तिष्क से ग़ायब हो गया। वह डोंगरी की ओर मुड़ गया।

आधे घण्टे बाद वह दुबारा मिनारा मस्जिद के पास आया।

मिनारा मस्जिद की गली में एक बन्द दुकान के सामने एक नाई छोटी–सी पेटी लिए बैठा था। असरार यूँ तो हर दूसरे, तीसरे दिन अपने हाथों से दाढ़ी बना लिया करता, लेकिन आज उसके मन में कुछ और था। वह नाई के सामने बैठ गया।

जब वह खोली में वापस आया तब न केवल उसका चेहरा चमक रहा था बल्कि उसके बाल भी कटे थे। मुहम्मद अली चाय पी रहा था। उसने असरार को देखा। ऐसा पहली बार हुआ था कि असरार ने सुबह सवेरे क़लम ठीक करवाया और बाल कटवाये थे। मुहम्मद अली ने चाय का कप उसकी ओर बढ़ाया और कहा– "अच्छा लग रहा है।"

वह मुस्कुराया और चाय पीने लगा।

दफ़्तर जाते हुए उसने मुहम्मद अली को बताया कि आज शाम वह हिना से मिलने वाला है।

हिना दस–पन्द्रह मिनट पहले मॉल में पहुँच गयी थी।

मॉल की चकाचौंध रौशनी में उसने रेडीमेड कपड़ों, घर की सजावट/ साज–सज्जा की विभिन्न वस्तुओं और इलेक्ट्रॉनिक की कुछ दुकानों में अपना समय व्यतीत किया। एक दुकान में रंग–बिरंगे पर्दे और चादरें देखकर उसने सोचा, यदि माँ साथ आयी होती तो आसमानी नीले रंग वाली चादरें और तकि़ये के कवर ख़रीद लेती। उसने एक बड़ा–सा चॉकलेट ख़रीदकर अपने बैग में रखा और फिर मैक डोनाल्ड की ओर चल पड़ी। संयोग से जिस दुकान से चॉकलेट ख़रीदा था, उसी दुकान के दूसरे छोर पर असरार खड़ा था। उसने भी कोई चीज़ ख़रीदी। दुकान से बाहर आकर वह वॉशरूम गया। मुँह धोया। आईने में देखते हुए बाल बनाये। वॉशरूम में कोई और नहीं था। आईने में अपने प्रतिबिम्ब के पास जाकर उसने कहा– "चल बिड़ू, ख़ाली फोकट इधर टाइम पास मत कर।" उसका यह वाक्य सुनकर प्रतिबिम्ब मुस्कुराया।

एक कोने में टेबल पर बैठकर हिना मैक डोनाल्ड के काउंटर पर चुस्ती और फुर्ती से काम करने वाले नौजवानों को देख रही थी जो उसकी ही उम्र के थे। जब भी कोई ऑर्डर देने काउंटर पर आता, वे हाथ जोड़कर कस्टमर का स्वागत करते और एक फ़र्ज़ी मुस्कुराहट उनके चेहरे पर उभर आती। ऑर्डर का पैसा यहाँ अदा हुआ, वहाँ दूसरा नौजवान एक ट्रे में ऑर्डर की गयी वस्तुएँ रख देता। साथ–साथ टिश्यू पेपर, केचप के लिए प्लास्टिक की छोटी–सी प्लेट, सॉफ्ट ड्रिंक पीने के लिए, स्ट्रॉ इत्यादि ले आते। ट्रे हाथ में लिए हुए टेबल की ओर बढ़ने वाले का सीना फूला हुआ होता। वह लोगों से आँखें नहीं मिलाता कि इस अहसास में डूबा हुआ होता कि दूसरों की नज़रें उस पर केन्द्रित हैं। इस माहौल में हर हैसियत का आदमी स्वयं को उच्च कुल का अनुभव करता है और सोचता है, जिस जगह वह उस समय है, वह विशिष्ट है और अनगिनत लोग इससे वंचित हैं। एक ओर बड़ी–सी स्क्रीन पर कार्टून फ़िल्म चल रही थी जिसकी आवाज़ बहुत धीमी थी जबकि दूसरी ओर अंग्रेज़ी गीत कानों में शहद घोल रहे थे। नया गीत पॉलमेकाटनी के एल्बम 'फ़्लेमिंग पाय' का मशहूर गीत था जो हिना ने कई बार सुना था। गीत की आरम्भिक पंक्तियाँ उसने सुनीं–

Somedays I look,
I look at you with eyes that shine.
Somedays I don't,
I don't believe that you are mine.
It's no good asking me what time of day it is,
Who won the match or scored the goal.
Somedays I look,
Somedays I look into your soul.

वह इन पंक्तियों और पॉलमेकाटनी की आवाज़ के जादू में खो गयी थी। धुन का अपना जादू था। गीत में भावनाओं की गम्भीरता बड़ी सहजता के साथ निहित थी। जब गीत ख़त्म हुआ और जादू टूटा तो उसने देखा, असरार उसकी मेज़ के पास खड़ा उसे देखकर मुस्कुरा रहा है। एक पल के लिए उसे कुछ समझ में नहीं आया कि क्या कहे? वह मुस्कुराते हुए उठने लगी तो असरार ने कहा– "बैठो बैठो...।" वह हिना के सामने वाली मेज़ पर बैठ गया। असरार मैक डोनाल्ड में पहली बार आया था। विज्ञापनों में बर्गर के विभिन्न प्रकारों को देख चुका था, लेकिन

अब तक उसने बर्गर खाया नहीं था। उसने हिना से पूछा– "आप क्या खाती हैं?"

हिना मुस्कुरायी। असरार को अहसास हो गया कि उसने सवाल ग़लत अन्दाज़ में पूछा है। उसने तुरन्त कहा– "नहीं नहीं ....मेरा मतलब आप मैक डोनाल्ड में क्या खाना पसन्द करती हैं?"

हिना एकटक उसकी ओर देख रही थी। असरार थोड़ा सिटपिटा गया और सिटपिटाहट में उसने एक बेवकूफ़ी की। उसने कहा– "यह मैक डोनाल्ड है यहाँ समोसा, वड़ा पाव नहीं मिलता। बर्गर मिलता है।....बर्गर ,.... ।"

हिना के लिए हँसी रोकना मुश्किल था। उसकी नज़रें असरार पर केन्द्रित थीं, बल्कि असरार की आँखों में वह प्रत्यक्ष रूप से देख रही थी।

असरार ने कहा– "कुछ न कुछ तो खाना पड़ेगा, तकल्लुफ़ मत करना।"

हिना उसकी ओर झुकी और उसने कहा– "मुझे वड़ा पाव चाहिए।" इतना कहकर वह असरार के चेहरे की प्रतिक्रिया देखने लगी। असरार ने एक नज़र चारों ओर बैठे लोगों की ओर दौड़ाई और फिर कहा– "यहाँ सब बर्गर खा रहे हैं, फिर भी एक बार काउंटर पर जाकर पूछ लेता हूँ।"

इस जवाब पर हिना मुस्कुरायी और उसने कहा– "मत पूछो, बाहर जाकर खाते हैं।"

एक पल के लिए असरार ने सोचा और कहा– "ठीक है।" इस प्रकार उसे अपना कनफ्यूज़न छुपाने का मौक़ा भी मिल गया।

वह दोनों मॉल से बाहर निकले। पास ही एक ठेले के पास लोग गरमागरम वड़ा पाव खा रहे थे। असरार ने चार वड़ा पाव लिये।

रोड पर चलते हुए उन्होंने वड़ा पाव खाया। रास्ते के दोनों ओर आकर्षक इमारतों में दुकानें और सड़क पर तेज़ी–से दौड़ती हुई कारें नज़र आ रही थीं। चारों ओर का वातावरण स्वच्छ था। फुटपाथ पर चलने वाली भीड़ भी अत्यन्त प्रिय लग रही थी। कई दुकानों के बाहर कॉलेज जाने वाली लड़कियाँ और लड़के खड़े हँसी–मज़ाक़ कर रहे थे। एक लड़के ने अपनी प्रेमिका को रास्ते पर ही चुम्बन किया। असरार देखता रह गया लेकिन हिना ने निगाहें दूसरी ओर फेर लीं। जब वह कुछ दूर आगे बढ़े तो असरार ने कहा– "मुम्बई में लोग कितने बिन्दास हैं?' हिना

जानती थी असरार ने यह बात किस सन्दर्भ में कही है इसलिए उसने जवाब दिया– "बिन्दास नहीं, बेशरम।"

"हाँ बेशरम कहीं के....।" असरार ने कहा।

"ऐसा क्यों करते हैं लोग, मेरी समझ में नहीं आता।" हिना ने कहा।

"प्यार करते हैं, प्यार में ऐसा होता है।" असरार ने कहा।

"गंदे लोग।" असरार के जवाब पर हिना ने एक पल के लिए चुप्पी साधी और फिर कहा।

"इसमें क्या गन्दा है?" उसने पूछा।

"खुलेआम इस तरह की हरकत गन्दी है न?"

"प्यार अन्धा होता है।" असरार ने कहा।

असरार की इस टिप्पणी पर हिना मुस्कुरायी। आनन्द लेते हुए उसने पूछा– "प्यार क्यों अन्धा होता है?"

असरार ने झट–से फ़िल्म में सुना हुआ डायलॉग बोला था, लेकिन उसे ज्ञान नहीं था कि इस डायलॉग पर कोई इस तरह सवाल करेगा। वह सोचने लगा। उसके दिमाग़ ने जो बात उसे सुझायी उसने अपने शब्दों में इस प्रकार कही– "प्यार में दिल फ़ैसला करता है, आँखें नहीं, इसलिए प्यार को अन्धा कहते हैं।" हिना के लिए यह जवाब जिस प्रकार अप्रत्याशित था, उसी प्रकार असरार के लिए अस्पष्ट था। उसकी समझ में नहीं आ रहा था कि उसने कोई सार्थक बात कही है या सिर्फ़ जवाब देने के प्रयास में वाक्य को गढ़ा है। इस जवाब के बाद हिना के पास कोई सवाल नहीं था, फिर भी बात को आगे बढ़ाने के मक़सद से उसने कहा– "दिल क्यों फ़ैसले करता है।"

"दिल रूह का घर है।" अचानक उसके मुँह से निकला। वह ख़ुद हैरान था कि उसमें कौन विराजमान है जो सवालों के जवाब दे रहा है। ठीक उसी समय उसे बानी का शे'र याद आया जो उसने इसी मक़सद से याद किया था कि हिना को सुनायेगा। उसने हिना की ओर देखकर कहा– 'एक शे'र सुनो।

हिना मुस्कुरायी।

असरार ने शे'र सुनाया–

यह बिसात–ए–आरजू है इसको यूँ आसां न खेल
मुझसे वाबस्ता बहुत कुछ दाव पर मेरा भी है

हिना ने नज़रें सिकोड़कर उसकी ओर देखते हुए कहा– "आप तो अच्छे पोएट लगते हैं।"

"अरे मैं नहीं, मुझे क्या आता है? यह शैर एक उर्दू पोएट का है।"

वे हाज़ी अली की ओर जाने लगे। हिना ने बताया कि उसने हिन्दी में एक बार उर्दू शाएरी का एक संग्रह पढ़ा था जब वह दसवीं कक्षा में थी। असरार ने कहा, "कुछ याद हो तो सुनाओ।" हिना ने कहा, "अब कुछ याद नहीं है।" असरार ने ज़िद की। हिना को असरार का ज़िद करना अच्छा लगा। उसने दिमाग़ पर ज़ोर देकर दो पंक्तियाँ याद कीं जो उसने नक़ल करके अपनी डायरी में रोमन लिपि में लिखी थीं। पंक्तियों को एक बार उसने धीरे–से दुहराया और फिर पहली पंक्ति सुनायी–

नाकरदा गुनाहों की भी हसरत के मिले दाद

असरार ठहरकर उसकी ओर देख रहा था। हिना ने दिमाग़ पर ज़ोर देकर दूसरी पंक्ति सुनायी–

या रब! अगर इन करदा गुनाहों की सज़ा है

असरार को हिना का उर्दू अन्दाज़ अपने अन्दाज़ के सापेक्ष साफ़ लगा। साथ ही साथ उसे यह बात भी याद आयी कि ये पंक्तियाँ जमीला मिस ने दो–तीन बार उसे सुनायी थीं। जब जमीला मिस ने पहली बार पंक्तियाँ सुनायी थीं तब इसकी व्याख्या भी की थी। उसने हिना को बताया कि यह उर्दू के मशहूर शायर ग़ालिब की पंक्तियाँ हैं और उसकी एक टीचर ने उसे सुनायी थीं। हिना ने उससे पूछा कि उसने ग़लत तो नहीं पढ़ा? हिना के इस सवाल पर उसने कहा– "इतना अच्छा शायद ग़ालिब भी नहीं पढ़ पाते।"

इस मज़ाक़ पर हिना हँसी और उसने कहा– "फेकम फेक भी करते हो, मालूम नहीं था।"

"सचमुच....मेरा मतलब था, मुझे आपकी ज़बान से यह शे'र सुनकर अच्छा लगा।"

बातें करते–करते वह हाजीअली दरगाह के सहन में पहुँच गये। हिना ने दुपट्टा सर पर रख लिया और मज़ार के बाहरी भाग में खड़े होकर कुछ देर दुआ की। असरार एक कोने में खड़े होकर उसे देखता रहा। हालाँकि हिना की आँखें बन्द थीं और ज़बान पर दुआ, लेकिन उसका दिमाग़ एक रौशनखाने में बदल गया था। उस प्रकाशित कक्ष में वह यह

महसूस कर रही थी कि असरार पास में खड़े होकर उसे देख रहा है। असरार की नज़रों में प्यार के सभी रंग पिघल गये थे और इन रंगों से रूपित होने वाले बेल–बूटों में हिना के चेहरे की रंगत में, प्राकृतिक रूप से एक आकर्षण पैदा हुआ था। दुआ के समय उसकी ज़बान पर बेधड़क असरार का कुछ देर पहले कहा गया वाक्य आया 'दिल आत्मा का घर है', जिसके कारण उसके चेहरे पर मुस्कुराहट उभरने लगी थी, लेकिन बड़ी सहनशीलता से उसने काम लिया कि उसे यह अहसास था कि असरार की निगाहें उसके चेहरे पर केन्द्रित हैं और चेहरा दिल का मुख्यपृष्ठ है। अभी वह भेद को भेद के रूप में देखना चाहती थी और चाहती थी कि उसके दिल की स्थिति चेहरे पर व्यक्त न हो। पिछले एक घण्टे में असरार के साथ बातें करते हुए उसने महसूस किया था कि असरार डरपोक भी है और निडर भी, दयालु भी और निर्दयी भी, दुनिया से अनजान भी लेकिन उसके प्रति संवेदक भी, थोड़ा सनकी और थोड़ा सभ्य भी। असरार की जो छवि उसके दिमाग़ में बनी थी, वह आकर्षक थी। उसका दिल भी असरार की ओर खिंचा जाता था। दुआ के बाद उसने चेहरे पर हाथ फेरा। असरार उसकी ओर देख रहा था। हिना ने उसकी ओर देखा तो उसने भी तुरन्त अपने हाथ अपने चेहरे पर फेरे। उसकी इस प्रतिक्रिया पर वह दिल ही दिल में मुस्कुरायी। दोनों दरगाह से बाहर निकले। मग़रिब का समय था। सूरज समन्दर की लहरों को छू रहा था।

वर्ली की ओर जाने वाली सड़क के किनारे खड़े होकर दोनों सूर्यास्त के दृश्य को देख रहे थे। हिना ने अचानक कहा कि जिस उर्दू कवि की उसने पंक्तियाँ सुनायी थीं, उसकी यदि कुछ और पंक्तियाँ याद हों तो सुनाये। असरार के लिए इससे अच्छा अवसर और क्या हो सकता था? उसने पिछले तीन दिनों से बानी की एक ग़ज़ल बार–बार पढ़कर याद की थी कि किसी दिन वह हिना को सुनायेगा। उसे अनुमान नहीं था कि वह दिन इतनी जल्दी आयेगा। दोनों समन्दर के किनारे निर्मित चारदीवारी पर बैठ गये। असरार ने समन्दर की ओर देखते हुए शैर सुनाया–

दिन को दफ़्तर में अकेला, शब भर घर में अकेला
मैं कि अक्स–ए–मुन्तशिर, एक इक मंजर में अकेला

उसने अक्स–ए–मुन्तशिर का अर्थ हिना को समझाने का प्रयास किया। हिना ने भी लगभग वही समझा था जो असरार ने बताया था।

डूबते सूरज की लाली में समन्दर पर कुछ परिन्दे उड़ते हुए दायीं ओर जा रहे थे। असरार ने आगे की पंक्तियाँ सुनाईं–

उड़ चला वह, एक जुदा ख़ाका लिये सर में अकेला
सुबह का पहला परिन्दा आसमां भर में अकेला

असरार ने इन पंक्तियों की व्याख्या करने का प्रयास किया, जिस पर हिना ने उसे बताया कि उसे इतनी उर्दू समझ में आती है और पंक्तियों में प्रातःकाल के दृश्य का वर्णन है। उसने कहा, शाम के उदास दृश्य का भी अनुभव किया जा सकता है। हिना की गम्भीरता को देखकर असरार का साहस बढ़ा। उसने इसके बाद की पंक्तियाँ सुनायीं। इन पंक्तियों को सुनाते समय उसका लहज़ा दुःख से भरा हुआ था–

उसको तनहा कर गयी करवट कोई पिछले पहर की
फिर उड़ा, भागा वह सारा दिन, नगर भर में अकेला

जब पहली बार उसने ये पंक्तियाँ पढ़ी थीं, उसे यूँ लगा था कि इस पंक्ति में मुम्बई में उसकी खोली में रहने वाले सभी लोगों के जीवन का शोकगीत है। उसने दिमाग़ पर ज़ोर देते हुए एक–दो पंक्तियाँ और सुनायीं–

हू–ब–हू मेरी तरह चुपचाप मुझको देखता है
एक लरजता ख़ूबसूरत अक्स सागर में अकेला

'हू–ब–हू मेरी तरह' कहने के बाद वह एक पल के लिए रुक गया था और उसने हिना की ओर देखा था। हिना ने उससे नज़रें चुराकर समन्दर पर सूरज की अन्तिम किरणों को पानी में पिघलते हुए देखा, लेकिन उसका दिल उस समय 'हू–ब–हू मेरी तरह' के प्रभाव में था। ज्यों ही उसने असरार की निगाहों से नज़रें बचाते हुए डूबते सूरज की ओर मुँह फेरा, असरार ने दुहराया था 'हू–ब–हू मेरी तरह चुपचाप....। 'चुपचाप' सुनकर हिना उसकी ओर बेधड़क मुड़ गयी थी। उसने असरार की नज़रों में मौजूद उस दबी हुई चिंगारी की आँच का अनुभव किया था जो दिल में अधिक समय से क़ैद हो तो पोशीदा दर्द बन जाती है। असरार ने मुस्कुराने का प्रयास किया। हिना ने उसका साथ दिया। दोनों के होंठों पर मन्द–मन्द मुस्कुराहट थी। इस मुस्कुराहट के साथ असरार ने ग़ज़ल पूर्ण की थी। 'हू–ब–हू मेरी तरह चुपचाप, मुझ को देखता है' हिना ने इस पंक्ति की उस पल पड़ने वाले असर को अपने दिल में महसूस

किया। असरार ने पंक्तियाँ सुनायीं और समन्दर की ओर देखने लगा। समन्दर की सतह पर सूर्य की पीली किरणें भी डूब गयी थीं। इस ग़ज़ल ने एक असर डाला था जिसने हिना की भावनाओं को उभारा था। उसका मन मचलकर रह गया था। एक पल के लिए उसके दिल में यह विचार भी आया कि यदि उस समय असरार उसकी उँगलियों में अपनी उँगलियाँ डालकर बैठा होता तो उसे बहुत साहस मिलता। फिर इस विचार पर उसे हँसी आयी। उसके दिल में अनगिनत ख़याल तेज़ी–से दौड़ रहे थे और कोई एक विचार पूर्णरूप से निरुपित नहीं हो रहा था। समन्दर की सतह पर अँधेरा छा गया। आसपास की इमारतों की रौशनी बह–बहकर समन्दर की सतह पर फैले हुए अँधेरे की ओर आने लगी। धीरे–धीरे जिस दीवार पर हिना और असरार बैठे थे वहाँ काफ़ी भीड़ हो गयी। इस भीड़ में वे दोनों चुपचाप बैठे रहे, लेकिन उनके भीतर कई नदियाँ बह रही थीं जिनमें उथल–पुथल थी। दोनों के चेहरों पर शान्ति थी, जिसका एक कारण यह था कि दोनों एक–दूसरे के लिए आसान थे, एक–दूसरे को पसन्द करते थे और इस पसन्दीदगी में मुहब्बत शामिल थी।

असरार के मन में दो–तीन बार यह विचार आया कि हिना के दिल की स्थिति को किस प्रकार ज्ञात करे? उसे कोई उपाय सूझ नही रहा था। आख़िरकार उसने बहुत हिम्मत करके हिना से कहा– "आप को पता है?"

हिना ने उसकी ओर देखा। उसे हमेशा इस बात पर हैरानी होती कि मुम्बई में बात करने से पूर्व लोग यह क्यूँ कहते हैं कि 'आपको पता है?' इस प्रकार बातचीत आरम्भ करने के प्रयास पर वह हमेशा कहती थी हाँ, "मुझे पता है।" बोलने वाला सिटपिटा जाता था। असरार ने जब कहा– "आपको पता है?" तो जवाब में हिना ने कहा– "हाँ मुझे पता है।"

"मुझे पता था कि आपको पता है।" असरार ने भी अप्रत्याशित जवाब दिया।

हिना ने अपनी पलकों के माध्यम से एक हैरानी व्यक्त की और कहा– "तुम्हें क्या पता था कि मुझे पता है?"

अब असरार के पास एक मौक़ा था, उसने कहा– "पिछले सप्ताह, पूरा टाइम मैं आपको याद करता रहा।"

हिना अपनी हैरानी और इस वाक्य से पैदा होने वाली ख़ुशी को छुपाने का प्रयास करने लगी। उसने चाहा कि असरार को इस बात का

अहसास न हो कि यह वाक्य उसके लिए किस प्रकार सार्थक था। कहीं न कहीं वह इस बात की आशा करती थी कि असरार कोई ऐसी बात भी कहे जिसमें दिल उस रूपरेखा को देख ले जो प्रेममार्ग में आवश्यक होती है। इसलिए यह प्रतिक्रिया देनी चाही कि कथित वाक्य महत्त्वपूर्ण नहीं है। उसने कहा–"हाँ, लेकिन तुम्हें यह कैसे पता कि मुझे यह पता है?"

असरार ने बेहिचक बड़े सहज अन्दाज़ में कहा– "आपने भी तो मुझे याद किया होगा?"

यह हिना के सवाल का जवाब नहीं था बल्कि एक दूसरा सवाल था। एक ऐसा सवाल, जो इतनी जल्दी हिना से पूछा जायेगा, हिना ने सोचा नहीं था। वह यह सोच रही थी कि असरार के सवाल का जवाब कैसे दे? वह दुविधा में पड़ गयी। सच कहना चाहती थी, लेकिन उसके अन्दर इतनी हिम्मत नहीं थी। अब सच एक अकथनीय स्थिति थी। उसकी इस स्थिति का अनुमान असरार को तुरन्त हो गया। उसने कहा– "मुझे पता था कि आपको पता है।"

"क्या?" हिना के मुँह से निकला।

उन दोनों के आसपास बहुत सारे लोग थोड़ी–थोड़ी दूर पर बैठे या खड़े बातों में मग्न थे, लेकिन उस वक़्त गोया आसपास मौजूद लोग उनके लिए अदृश्य हो गये थे। वे अपनी बातचीत का भाग थे, जो उनके दिलों को एक–दूसरे की उलझनों से परिचित करा रही थी और उलझनों से मुक्ति का कारण भी बन रही थी। असरार ने हिना के सवालिया 'क्या?' के जवाब में कहा– "पिछले सप्ताह, पूरा टाइम मैं आपको याद करता रहा।"

हिना मुस्कुरायी। वह भी मुस्कुराया। हिना को अनुभव हुआ कि बहुत साधारण–सा दिखायी देने वाला असरार बहुत ही अटकलबाज़ और संवेदनशील लड़का है और अपनी बात रखने के हुनर से परिचित है। उसे असरार का यह अन्दाज़ भी अच्छा लगा। वह बहुत अच्छे मूड में थी। ख़ुशी उसके चेहरे पर स्पष्ट थी। आज की मुलाक़ात से पहले उसने यह नहीं सोचा था कि जो स्थिति उसके दिल की है और जो स्थिति असरार के दिल की सम्भव है, उसकी अभिव्यक्ति इतने सरल ढंग से बिना किसी ड्रामे के सम्भव है। असरार जिस सहजता के साथ उसके जीवन में आया था, ठीक उसी सहजता के साथ उनके बीच प्यार का इज़हार हुआ था। इस इश्क़ के इज़हार में कोई फ़िल्मी डायलॉग नहीं कहा गया था।

इस के बावजूद दोनों ने यह महसूस किया कि दोनों के दिलों की हालत कैसी है और उनकी इस हालत का क्या मतलब है?

लगभग आधा घण्टा उन्होंने बातें कीं। पौने आठ बजे असरार ने हिना को टैक्सी में रवाना किया।

टैक्सी में बैठकर हिना ने खिड़की से हाथ बाहर निकाला और असरार से मिलाया। हिना की आँखों में प्रेम की ज्वाला थी और यही ज्वाला असरार की आँखों में भी थी। दोनों के दिल प्रेम से परिपूर्ण थे, जिसकी अभिव्यक्ति उनकी आँखें कर रही थीं। दोनों एक ही स्थिति से पिछले सप्ताह गुज़रे थे। इस स्थिति में प्रेम की गम्भीरता निहित थी। टैक्सी चलने लगी तो हिना ने मुड़कर देर तक असरार को देखा। असरार भी हाथों से उसे देर तक अलविदा करता रहा। टैक्सी आगे बढ़ गयी, लेकिन असरार वहीं खड़ा रहा मानो वह सड़क पर लगी प्रतिमा हो। उसका मन तो यह चाहता था कि आज की शाम लम्बी होती, समय धीरे–धीरे बीतता, लेकिन ऐसा नहीं हुआ। आज तो समय तेज़ी–से दौड़ रहा था, जैसे कोई समय का प्रतीक्षित था। यह दिन उसके जीवन का सबसे महत्त्वपूर्ण दिन था। आज हिना उसकी थी। हिना ने मुस्कुराकर इस बात को स्वीकार किया था कि जो स्थिति उसकी है, कुछ ऐसी ही स्थिति से वह भी गुज़र रही है। असरार की समझ में नहीं आ रहा था कि इन ख़ुशी के पलों में वह क्या करे, कहाँ जाये, किससे मिले या किस प्रकार इस भेद को अपने सीने में महफ़ूज़ रखे या वह कौन है, जिसे वह इस ख़ुशी में शामिल कर सकता है। वह सोचता रहा। उसे कुछ समझ में नहीं आ रहा था। उसने सड़क पार की और सामने एक पानपट्टी से पान बनवा लिया और खाते हुए दुबारा समुद्र तट पर जाकर वहीं बैठ गया जहाँ कुछ देर पहले वह हिना के साथ बैठकर बातें कर रहा था। दूर समन्दर में कोई नाव थी। उसकी रौशनी लहरों पर एक लकीर की भांति फैली हुई थी। उस लकीर को उसने कुछ देर देखा। काले पानी पर पीली लकीर को

वह देखता रहा और सोचता रहा कि वह क्या सोचना चाहता है? वह कुछ सोचना नहीं चाहता था। कोई एक विचार, कोई एक विषय, कोई एक बात उसके दिमाग़ में नहीं थी। उसने ख़ुद को सभी बातों से ऊपर समझा। वह सिर्फ़ ख़ुश था। ख़ुशी की हालत में दूसरी कोई चीज़ कोई बात उसके लिए मौजूद नहीं थीं। वह और उसका धड़कता हुआ दिल था। उसने अपनी धड़कन सुनी और अनुमान लगाया किस प्रकार नसों में ख़ून प्रवाहित होता है।

उसने दायें हाथ को अपने सीने पर रखा और सोचा– "अगर मेरे दिल की धड़कन, मैं हूँ, तो अब मैं इस धड़कन को हिना के नाम करता हूँ। हिना मेरा दिल है। मेरे दिल में पैदा होने वाली धड़कन में उसने एक तूफ़ान लाया है।" उसने पल भर के लिए कुछ सोचा और फिर कहा– "इश्क़ किसी तूफ़ान से कम नहीं होता।"

वह समन्दर की शान्त लहरों को देखता रहा। बचपन से उसे समन्दर से बातें करने की आदत थी। मुम्बई आने के बाद समन्दर उसकी ज़िन्दगी से कट गया था। उसे इतनी फ़ुर्सत कहाँ मिलती थी कि वह समन्दर के किनारे बैठा रहे और समन्दर की लहरों के साथ वार्तालाप करे। आज उसके दिल में इश्क़ का जज़्बा ख़ुद एक विशाल सागर बन कर समाया हुवा था। शहर की गहमागहमी, तेज़ रफ़्तारी और जिस क्षेत्र में जमात की खोली थी, वहाँ की ज़हरीले और दुर्गन्धयुक्त वातावरण के बाद भी आज इसी शहर ने उसकी हथेली पर एक ताज़गी का लम्हा रखा था। एक ऐसा पल, ऐसा लम्हा, जिसमें हज़ार बरसों की ज़िन्दगी का सौन्दर्य मौजूद होता है। उसके भूतपूर्व जीवन में उसे यूँ लगता था कि इश्क़ सहवास की पगडण्डी है। दसवीं कक्षा के अन्तिम महीनों में प्रकृति ने उसे सहवास के आनन्द से परिचित कर दिया था, लेकिन प्रेम द्वारा जन्मी बेख़बरी और आनन्द का उसने तब भी अनुभव नहीं किया था। तब यौन–क्रिया अपने पूरे बल के साथ उसके चेतन और अवचेतन पर हावी थी। यौन–क्रिया प्रायः प्रेम के सापेक्ष अधिक बलशाली दिखायी देती है और होती भी है। प्रेम, यौनकर्म के सापेक्ष एक मीठी भावना है, लेकिन इस मिठास में पशु होने के लक्षण भी हैं। इश्क़ के आसान जज़्बे में ऐसी चिनगारियाँ होती हैं जो नफ़स, रूह और जिस्म–तीनों को एक साथ भस्म कर सकती हैं यदि चिंगारी दो दिलों में समान आँच रखती हो।

असरार और हिना की आँखों में यह चिंगारी समान रूप से उपस्थित थी और दोनों ने आज इस चिंगारी की आँच को महसूस भी किया था।

माना कि असरार को अभी यह मालूम नहीं था कि इश्क़ की पूरी कहानी इश्क़ का एक लम्हा होता है। कभी यह लम्हा–ए–इश्क़ बरसों पर आधारित होता है, कभी कुछ दिनों पर और कभी कुछ घण्टों पर लेकिन यह लम्हा–ए–इशक़ समय से आज़ाद एक मुकम्मल लम्हा होता है। दूसरी ओर, यह भी स्पष्ट था कि असरार इश्क़ के दायरे में उसी समय दाख़िल हो गया था जब हाज़ी अली के सहेन में उसने अपनी छतरी बिना किसी ख़ौफ़–ओ–ख़तर हिना के सर पर फैलायी थी। अब वह दायरा फैल रहा था। ख़ौफ़ के पर काटता हुआ उन दोनों पर साया किये जा रहा था।

वह समन्दर की शान्त लहरों को देखता रहा। उसके दिल में कुछ **सवालों** ने जन्म लिया। उसने लहरों से सवाल किये। प्यार, शरीर और **जिस्म** की चिंगारियों के बारे में उसने समन्दर से सवाल किये। समन्दर **ने** उसके सवालों के जवाब दिये। उसने जमीला मिस और शान्ति को याद किया और समन्दर को बताया कि जमीला मिस और शान्ति उसकी उत्तेजनाओं की सुरक्षित पनाहगाहें थीं। उसके लिए आदरणीय थीं, लेकिन वह उनसे प्यार नहीं करता था। उसने समन्दर की लहरों को बताया कि प्यार के लिए कामुक भावना आवश्यक नहीं है। समन्दर की लहरों ने उसके ज्ञान में वृद्धि करते हुए उसे बताया कि बिल्कुल इसी तरह सम्भोग भी प्यार का मोहताज़ नहीं है। सम्भोग आत्मनिर्भर है, जिस प्रकार प्यार स्वावलम्बी है।

वह मुस्कुराया और मुस्कुराते हुए बस स्टॉप की ओर बढ़ा। पान का स्वाद अब भी उसके मुँह में ताज़ा था।

जब वह खोली पर पहुँचा, मुहम्मद अली बेसब्री से उसकी प्रतीक्षा कर रहा था।

उन दिनों खोली में रात का खाना देर से पकता था। जिन लड़कों की खाना बनाने की बारी थी, उन्हें खोली में पहुँचने में नौ बजते थे,

इसलिए खाना दस–सवा दस बजे तैयार होता था। असरार को भूख लगी थी। इससे पहले कि मुहम्मद अली कोई सवाल करता, उसने कहा यार, आज बहुत भूख लगी है। बाहर चलकर रगडा, पेटिस इत्यादि कुछ खा लेते हैं।" मुहम्मद अली ने कपड़े बदलते हुए कहा कि ऐसा करते हैं, "शामी क़बाब खाते हैं। सलीम घारे और मुख़तार ठाकरे ने मुहम्मद अली से कहा कि उनके लिए क़बाब और तिल्ली लेते आये। असरार ने सलीम घारे से कहा– "कुछ और खाने का दिल है तो बोलो, वह भी लाता हूँ।"

"क्यों लाटरी लगी है।" सलीम घारे ने पूछा।

"नहीं, पार्टी है, आने के बाद बताता हूँ, क्यों?" मुहम्मद अली ने कहा।

कुछ और लड़कों ने 'पार्टी' शब्द सुनकर अपनी पसन्द के चटपटे खानों के नाम बताये। मुहम्मद अली ने अपनी सूटकेस खोलकर पाँच सौ रुपये जेब में रख लिए। दोनों बातें करते हुए जे.जे. फ्लाईओवर की ओर चल पड़े। मुहम्मद अली से बातें करते हुए असरार यह भूल गया कि उसे कितनी ज़ोर की भूख लगी थी। दोनों ने गरमागरम रगड़ा और एक–एक प्याली खिचड़ा खाया। असरार ने मुहम्मद अली को बताया कि हिना भी उससे प्यार करती है और उसने इस बात का इशारा दिया है। मुहम्मद अली ने उसकी बातें सुनने के बाद कहा– "अगर उस लड़की को तेरे में इंटेरेस्ट नहीं होता तो तीसरे टाइम तेरे से काय को मिलती।"

"मतलब?" असरार ने पूछा।

"मतलब मुम्बई में अगर लड़की तीसरे टाइम मिल रही है तो समझ लेने का, उसके दिल में कोई बात है वरना इधर इतना टाइम कौन देता है'?"

असरार ने कुछ नहीं कहा। वह हिना की तारीफ़ करता रहा। मुहम्मद अली यह महसूस करता रहा कि असरार इतनी ज़्यादा तारीफ़ कर रहा है कि झूठ लग रहा है, लेकिन वह जानता था कि प्यार में आदमी प्रेमिका की तारीफ़ कुछ इसी प्रकार से करता है। इसलिए उसने असरार को टोकना उचित नहीं समझा। वह ख़ुश था कि मुम्बई में असरार के अकेलेपन का कुछ तो इलाज निकला। इस प्रकार उसका दिल शहर में रच–बस जायेगा और सब कुछ ठीक रहा तो मुमकिन है, वह मुम्बई का दामाद भी बन जायेगा। असरार की बातें सुनने के बाद मुहम्मद अली ने उसे सुझाव दिया– "अपने आइटम की तारीफ़ सबके सामने मत करना।"

"ऐसा क्यों बोला?" असरार ने कहा फिर मुहम्मद अली की ओर देखते हुए बात को पूरा किया– "तेरे सिवा कोई राज़दार नहीं मेरा।"

"अरे, सीधी बात है।" मुहम्मद अली ने कहा। फिर उसके कन्धे पर हाथ रखा और अपनी बात पूरी की– "नज़र को मानता है कि नहीं?" चूतिये लोग की नज़र बहुत ख़राब है। इसलिए एडवांस में बोला।"

असरार ने कुछ नहीं कहा।

तीन बोहरा समुदाय की लड़कियाँ रंग–बिरंगे बुर्क़े पहने क़बाब खा रही थीं। मुहम्मद अली ने असरार से धीरे–से कहा कि जिस लड़की से उसका चक्कर चल रहा है, उसने कल शाम मुलाक़ात के लिए बुलाया है। असरार ने एक नज़र उन बोहरा समुदाय की लड़कियों की ओर देखा और फिर पूछा– "तेरी वाली बुर्का पहनती है क्या?"

"हाँ" मुहम्मद अली ने कहा। एक पल उसने सोचा फिर दुबारा कहा– 'मेरे को साली वह बुर्क़े में ही सेक्सी लगती है।"

उसके इस वाक्य का कुछ अंश क़बाब वाले ने सुन लिया था। उसके होंठों पर मुस्कुराहट थी। असरार भी मुस्कुराया।

शामी क़बाब, तिल्ली, खीरी और सींक क़बाब ख़रीदकर वे एक बेकरी पर गये। नान का ऑर्डर दिया। बेकरी के पास कुछ भिखारी भी खड़े थे। दो–चार सड़क पर बैठकर कुछ खा रहे थे। वहीं फुटपाथ की नाली के पास एक चूहा ख़ून में लथपथ था। उसके मुँह से ख़ून बहकर जम गया था। आँखें फट गयी थीं। शायद किसी गाड़ी ने कुचला था। चूहे का पेट फट गया था और आँतें बाहर निकल गयी थीं, जिन पर मक्खियाँ भिनभिना रही थीं।

नान ख़रीदते हुए मुहम्मद अली ने असरार को बताया कि मूसा भाई उससे ख़ुश हैं। उन्होंने वेतन में दो हज़ार रुपयों की वृद्धि की है। वेतनवृद्धि की ख़बर सुनकर असरार ख़ुश हो गया। उसकी समझ में नहीं आ रहा था कि वह क्या कहे? उसके मुँह से निकला– "यह बात अभी तक छुपा कर क्यों रखी?"

मुहम्मद अली ने बेकरी वाले से नान लिये। पैसे चुकाए, फिर असरार की ओर मुड़कर उसने कहा– "यार तूने मौक़ा कहाँ दिया? इतनी देर तो तेरी हिना रानी के बारे में...।" बात पूरी करने से पहले उसके चेहरे पर हँसी आ गयी।

असरार भी मुस्कुराया।

मुहम्मद अली ने बताया वेतनवृद्धि से वह भी ख़ुश है। इसीलिए खोली के लड़कों को पार्टी दे रहा है। भावुक होकर असरार ने कहा– "तेरे जैसा दोस्त मिलना मुश्किल है।"

"चल मस्का मत मार" मुहम्मद अली ने कहा।

उन्होंने खोली में प्रवेश किया। असरार को इस बात का अन्दाज़ा था कि उसके वेतन में दो हज़ार रुपयों की वृद्धि मुहम्मद अली की सिफ़ारिश के बिना मुमकिन नहीं है। जब खोली के लड़कों ने यह ख़बर सुनी तो उन्होंने बारी–बारी असरार से हाथ मिलाया और मुबारकबाद दी और फिर क़बाब की थैली पर टूट पड़े। देर तक हँगामा रहा।

हिना जब घर पहुँची तो उसे यह देखकर आश्चर्य हुआ कि यूसुफ़ सोफ़े पर बैठा अख़बार पढ़ रहा है। टैक्सी से घर की चौखट तक उसके चेहरे पर जो ताज़गी थी, यकायक फीकी पड़ गयी। उसने सोचा, कहीं यूसुफ़ ने उसे असरार के साथ मैक डोनाल्ड या हाजीअली के पास समुद्र तट पर बैठे हुए देख तो नहीं लिया और यदि ऐसा है तो वह क्या जवाब देगी? उसने यूसुफ़ को सलाम किया और उसके पास बैठ गयी। दरख़्शां किचन में चाय बना रही थी। यूसुफ़ ने पूछा– "कहाँ हो आयी हो?" इस सवाल से हिना के चेहरे का रंग उड़ गया। अभी वह कुछ कहती कि दरख़्शां एक ट्रे नें चाय ले आयी। एक प्लेट में चिवड़ा और दूसरी में बर्फ़ी के चार टुकड़े थे। उसने हिना को यूसुफ़ के पास बैठा हुआ देखकर कहा– "अरे तू कब आयी?"

"बस अभी–अभी...।" हिना ने कहा और उठकर माँ के हाथ से ट्रे ली। यूसुफ़ को चाय का कप थमाया और किचन में चली गयी। वह सोचने लगी कि दाल में कुछ काला है। उसने तुरन्त हाजीअली बाबा को याद किया और मन–ही–मन उसने कहा यदि किसी को कुछ पता नहीं चलेगा तो अगले शनिवार को दरगाह में गुलाब के फूलों की चादर चढ़ायेगी। मन्नत से उसमें कुछ साहस पैदा हुआ। उसने एक कप में थोड़ी–सी चाय ली और दुबारा

आकर यूसुफ़ के पास सोफ़े पर बैठ गयी। दरख़्शां सामने मेज़ पर बैठी थी। यूसुफ़ ने चुपचाप चाय पी। उसकी चुप्पी के अनगिनत अर्थ हिना के मन में ख़ुद ही निकल रहे थे। दरख़्शां ने उसे चुप देखकर पूछा– "तबियत वग़ैरह ठीक है न?"

"हाँ–हाँ ....सब ठीक।" यूसुफ़ ने कहा और फिर उसने हिना की ओर देखकर कुछ कहना चाहा। उसे अपनी ओर मुड़कर मुँह खोलते हुए देखकर हिना ने दिल में मन्नत को दुहराया। बाबा को याद दिलाया कि किसी भी प्रकार वह उसकी मदद करें।

"डियर, मैं कुछ महीनों के लिए अमेरिका जा रहा हूँ।"

यह सुनते ही वह मुस्कुरायी। उसके चेहरे की रंगत लौट आयी। यूसुफ़ को लगा जो ख़बर उसने सुनायी है उसे सुनकर हिना ख़ुश हुई। उसने कहा– "मुझे पता था, इस ख़बर को सुनकर तू ख़ुश हो जायेगी।"

हिना ने बात बनाते हुए कहा– 'जी, जी बहुत ख़ुशी हुई।"

"बहुत ख़र्च होगा अमेरिका जाने में....?" दरख़्शां ने पूछा।

"कारोबारी सिलसिले में जा रहा हूँ।" यूसुफ़ ने कहा।

बीस–पच्चीस मिनट यूसुफ़ वहाँ बैठा रहा। इस बीच उसने अधिकतर बातचीत हिना से की। जब जाने लगा तो उसने एक पैकेट दरख़्शां की ओर बढ़ाया। हिना ने बढ़कर लिया और माँ तक पहुँचाया। यूसुफ़ ने बताया कि पैकेट में चालीस हज़ार रुपये हैं। इतनी रकम तीन–चार महीनों के लिए काफ़ी होगी। जाते हुए उसने दरख़्शां से हाथ मिलाया। हिना उसे विदा करने नीचे गयी। कार के पास खड़े होकर बाप–बेटी ने पाँच मिनट बात की। यूसुफ़ ने बताया, अमेरिका में ऐमल के साथ कुछ व्यापारिक केन्द्रों पर जायेगा, जहाँ इत्र के कारोबार की बात होगी। हिना ख़ुश थी। कहीं न कहीं उसके दिल में यह बात थी कि यूसुफ़ और ऐमल के बीच कोई बात है, लेकिन दूसरी ओर वह ख़ुद यह भी कहा करती थी कि मुमकिन है, यह केवल उसका भ्रम हो। उसने अपने पिता को विदा किया और उससे कहा कि वहाँ से हर दस–पन्द्रह दिन पर घर फ़ोन किया करें। यूसुफ़ ने उसे गले लगाया और वादा किया।

कार चली गयी तो अँधेरे में सीढ़ियाँ चढ़ते हुए हिना के दिल में ख़याल आया कि वह कितनी डरपोक है? भय के कारण उसने मन्नत भी माँग ली। फिर उसके दिल ने उससे कहा, सब कुछ अच्छे–से इसलिये टल गया कि

उसने मन्नत मानी थी। वह दुविधा में रही। फिर ख़ुद से कहा, जब उसका बाप अमेरिका से वापस आयेगा, वह असरार को उससे मिलायेगी।

वह थोड़ी देर दरख़्शां से बातें करती रही। सब्ज़ियाँ काटने में दरख़्शां की मदद करने बैठ गयी। हालाँकि उसके मन में असरार की बातें चल रही थीं। वे पंक्तियाँ थीं जो उसने सुनायी थीं। उसने सोचा, किसी दिन वह असरार से कहकर पंक्तियों को हिन्दी लिपि में उतार लेगी और याद करेगी। दस बजे माँ–बेटी ने खाना खाया। खाना खाते ही हिना अपने कमरे में गयी और बिस्तर पर लेट गयी।

कुछ मिनट आराम किया, फिर उठकर कपड़े उतारे। केवल अँगिया और नाइटी में बिस्तर पर लेट गयी। उसने इरादा किया कि दिन भर की भाग–दौड़ को दुबारा मन में ताज़ा करेगी। हर पल, हर उस बात को, जो असरार ने कही थी। वह जानती थी, रोमांस से युक्त पलों को दुबारा उभारने में आनन्द मिलता है। वह इस आनन्द से आनन्दित होना चाहती थी। उसने कुछ देर प्रयास किया, लेकिन असफल रही। घटनाएँ गड्डमड्ड हो जातीं और वह दुबारा शुरू से घटनाओं को शृंखलाबद्ध करती। इस बीच उसकी आँख लग गयी।

उसकी आँखों के सामने गहरा नीला धुआँ बहुत देर तक बहता रहा। यह नींद थी। नींद उसे बहुत गहराई में उतारती बल्कि खींचती चली गयी। एक अँधेरी सुरंग में वह बहती चली जा रही थी। पलभर में लाखों मील की गति से वह उस सुरंग में गिरती बहती जा रही थी। जब उसकी आँख खुली, उसने ख़ुद को एक बाग़ में नर्म–मुलायम घास पर लेटा हुआ पाया। वह तुरन्त खड़ी हो गयी। वह निर्वस्त्र थी। ख़ुद को निर्वस्त्र देखकर उसे किसी प्रकार की कोई झिझक नहीं हुई। अपने शरीर के बारे में उसकी कोई प्रतिक्रिया नहीं थी। उसने आँखें उठाकर देखा तो दूर–दूर तक फूल और फलदार पेड़ थे, जिन पर गुलाबी और आसमानी बेलें झूल रही थीं। वह कुछ आगे बढ़ी। एक ओर अँगूर की बेलों का जाल बिछा हुआ था, जिस पर कई छोटी–छोटी चिड़ियाँ फुदक रही थीं। पास में अनार और अंजीर के पेड़ों पर फल नज़रों को आमन्त्रित कर रहे थे। उसे भूख नहीं थी। वह आगे बढ़ी। हिरणों के एक झुण्ड को दौड़ते हुए देखा। एक पेड़ पर पांडा बैठा झुककर नीचे देख रहा था। पेड़ बहुत ऊँचा था। सर पर आकाश था, पर धूप कहीं नहीं थी। शायद यह वह जगह थी जहाँ रात नहीं होती। वह चलती रही। उसके सर के बाल उसकी कमर पर लहरा रहे थे। उसे एक नदी दिखायी दी।

नदी के किनारे चमकदार कँकड़ बिखरे हुए थे। उन्हें देखकर किसी को भी यह भ्रम हो सकता था कि ये हीरे–जवाहरात हैं। उसने जैसे ही नदी के पानी का एक घूँट पिया, उसकी प्यास मिट गयी। इस स्वाद से वह परिचित थी। वह घुटनों तक नदी में उतरकर बैठ गयी। नदी की सतह साफ़–सुथरी थी और सफ़ेद छोटे–छोटे पत्थर सतह पर चमक रहे थे। पानी ठण्डा था। उसने सोचा, सम्भव है कि पास में ही बर्फ़ीली पहाड़ियाँ हों। उसने मुड़कर देखा, लेकिन दूर तक केवल पेड़–पौधे थे। बर्फ़ीली पहाड़ियों का कोई निशान नहीं था।

वह ख़ुश थी।

उसके भीतर अकेलेपन की भावना जाग्रत नहीं हुई। हालाँकि वह यह ज़रूर सोच रही थी कि उसे कोई और नज़र क्यूँ नहीं आ रहा है? अभी वह सोच ही रही थी कि असरार को अपनी ओर आते हुए देखा। तब उसे याद आया कि असरार उसका दोस्त है। वह भूल गयी थी कि असरार उसका साथी है। इस स्थान की यह विशेषता थी कि यहाँ वस्तु जब सामने आती है, तभी उससे सम्बन्धित याददाश्त दिमाग़ में उजागर होती है वरना नहीं। यहाँ प्रत्येक वस्तु की अपनी एक याददाश्त थी, लेकिन याददाश्त और वस्तु एक–दूसरे के लिए आवश्यक नहीं थे। उसने देखा असरार भी निर्वस्त्र है। हिना को देखते ही असरार को भी याद आया कि यह तो उसकी साथी है जो कई दिनों से उसकी नज़रों से ग़ायब थी। वह पास आया और हिना के साथ पानी में बैठ गया। उसने बताया कि वह कई दिनों से उसे खोज रहा था लेकिन यह बात उसे ज्ञात नहीं थी कि वह क्या खोज रहा है, लेकिन जब वह नज़र आयी, तब उसे याद आया कि वह तो उसे ही खोज रहा था। जब वे आमने–सामने बैठे तो, उन्हें याद आया कि कई वर्षों से वह एक–दूसरे के साथ रहते आये हैं।

इस स्थान को 'बैतुल अरवाह'(आत्माओं का घर) कहा जाता था।

उन दोनों की आत्माएँ पहली बार यहाँ शरीर के सांचों में ढाली गयी थीं। साँचों की ख़ासियत से भी वे पूरी तरह परिचित नहीं थे और दूसरी ओर 'बैतुल अरवाह' की हर वस्तु उनकी ख़ुशी के लिए निर्मित की गयी थी ताकि उनके अन्दर वह भावना न पैदा हो जो भावना उनके रचयिता में पैदा हुई थी, जिससे मुक्ति के लिए रचयिता ने उनकी रचना की थी। अपने शरीर की दीवारों में वह जीवन का गीत बनकर अपने शरीर के

विकास में सहायक थे। अभी उनके शरीर के भीतर बहुत सारी वस्तुएँ धीरे–धीरे अपने स्वरूप को प्राप्त कर रही थीं और इस चरण में उनको भटकता देखकर उनके रचयिता का दिल बहल रहा था कि एक दिन रचयिता के विरोधी ने रचना की इस योजना को असफल करने का निर्णय किया। विरोधी नहीं चाहता था कि रचयिता जिस भावना से मुक्ति प्राप्त करने का प्रयास कर रहा है, उसमें वह सफल हो। इसलिये उसने अपने ख़ास लोगों के माध्यम से रचयिता की योजनाओं की ब्लूप्रिंट प्राप्त की। गहनता के साथ उसका वर्षों अध्ययन किया और एक दिन रचयिता के वामहस्त कहलाने वाले कमांडर जूमानी ख़ालिक़ को अपने यहाँ आमन्त्रित किया। उसे बातों में बहलाकर शरबत पिलाया, जिसमें उसने अपनी आँखों में पैदा होने वाले रस को मिलाया। जूमानी ख़ालिक़ कुछ वर्षों के लिए अपने आस्तित्व को भुला बैठा। इस बीच विरोधी ने उसे एक हरे रंग के बहुत ही सुन्दर साँप में नया रूप दिया और एक महत्त्वपूर्ण मिशन पर रवाना किया। आज जिस नदी में हिना और असरार बैठे बातें कर रहे थे, वहाँ पहुँचना मिशन था और मिशन पर निकले हुए उसे कई सौ साल हुए थे। कई सौ साल जूमानी ख़ालिक़ के लिए कुछ मिनटों से अधिक नहीं थे।

उसने सफ़ेद फूल की बेलों के पीछे से हिना और असरार को बातें करते हुए देखा।

उन्हें देखकर वह कुछ देर मुस्कुराता रहा।

जब उसने महसूस किया कि हिना और असरार नदी से बाहर निकलने वाले हैं तो वह पानी की सतह पर तैरता हुआ उनके पास पहुँचा।

दोनों ने बड़े आश्चर्य से उसकी ओर देखा। उसकी खूबसूरती की तारीफ़ की। जूमानी ख़ालिक़ ने उन्हें बताया कि वह दोनों बार–बार एक–दूसरे को भूल जाते हैं और यह बात वे कई हज़ार वर्षों से महसूस कर रहे हैं। इसलिए वह चाहता है कि अब ऐसा न हो और वे हमेशा एक–दूसरे के साथ रहें। एक–दूसरे को एक पल के लिए भी भूल न पायें। उसकी लचकदार बातों को सुनकर हिना ने पूछा यह किस प्रकार सम्भव है? कमांडर ने कहा कि सरल है, लेकिन इसका ज्ञान केवल रचयिता को है और चूँकि मैं जूमानी ख़ालिक़ हूँ इसलिए रचयिता ने मुझे भी भेद बताया था। असरार ने कहा कि यदि वह बता दे कि किस प्रकार याददाश्त को भूलने से सुरक्षित रखना है तो वे आभारी रहेंगे। जूमानी ख़ालिक़ के दूसरे रूप ने कहा– "एक शर्त है।"

"क्या शर्त है।" हिना ने तुरन्त पूछा।

"बहुत आसान है। यदि रचयिता कल इस सम्बन्ध में कुछ पूछे तो मेरा नाम आपको याद नहीं आयेगा।"

देर तक हिना और असरार इस बात पर विचार करते रहे। आख़िरकार असरार और हिना ने एक साथ कहा, "मंजूर है।"

कमांडर ने बताया कि उसकी वापसी के बाद वे नदी किनारे वाली घास पर आँखें बन्द करके लेटे रहें। एक पेड़ अपनी शाख़ उनकी ओर झुकायेगा। उस शाख़ पर एक फल होगा दोनों थोड़ा–थोड़ा चख लें। उसके बाद जब वे आँखें खोलेंगे तो 'बैतुल अरवाह' एक नयी दुनिया होगी।

जूमानी चला गया।

उसके निर्देशों का हिना और असरार ने पालन किया। फल चखने के बाद जब उन्होंने आँखें खोलीं तो उनके शरीर के स्वरूप में फल के स्वाद से एक बदलाव आ गया था।

हिना और असरार कई दिनों तक ख़ुशी में मदहोश एक–दूसरे को देखते रहे।

मिलाप की भावना और इच्छाओं ने उनको एक विशिष्ट नशे से परिचित किया था। उन्होंने एक–दूसरे के शरीर के प्रत्येक अंग को अपने हाथों से छूकर देखा। फिर अपने होंठों से एक–दूसरे को प्यार किया। उन्हें एक–दूसरे का शरीर प्रिय था, लेकिन शरीर की चेतना के बाद उन्हें 'बैतुल अरवाह' में किसी दूसरी वस्तु में कोई दिलचस्पी नहीं थी। उन्होंने एक–दूसरे के शरीर का स्वाद चखा और उस स्वाद ने उनकी याददाश्त को बनाये रखा।

'बैतुल अरवाह' ने हिना और असरार को प्यार करते हुए देखा, जिसमें पहली बार शरीर निहित था। शरीर उनके प्रेमगीत का माध्यम था। पूरी प्रकृति इस गीत से मस्त होकर झूम रही थी, लेकिन असरार और हिना का रचयिता अपनी नाक़ामयाबी से दुःखी था।

हिना ने असरार को अपने शरीर से मिलाप करते हुए महसूस किया और इसी के साथ उसके अन्दर शर्म पैदा हुई।

जब प्यार अपनी चरम सीमा पर पहुँचा और उनकी आत्माओं ने नितान्त रस अपने भीतर घुलते हुए महसूस किया, तब वह माया भी टूट गयी जिसमें दोनों गिरफ़्तार थे। उन्होंने उस टहनी की ओर देखा और रोने लगे। यह टहनी उसी पेड़ की थी, जिसका फल खाने से उनके रचयिता ने उन्हें मना किया था।

इसके बाद कुछ देर के लिए अँधेरा था।

हिना ने दुःख का अनुभव पहली बार किया। वह सपने में रो रही थी। नींद उसके दिमाग़ पर छाई हुई थी। अँधेरे सुरंग से उसकी आत्मा दुबारा दिमाग़ में वापसी कर रही थी। वह अपने दिमाग़ पर ज़ोर दे रही थी कि किसी प्रकार नींद टूट जाये और वह आँखें खोलकर अपने आसपास की दुनिया को देखे।

मन्द प्रकाश में जब उसकी आँखें खुलीं, आँखों के कोनों में आँसू थे।

उसने ट्यूबलाइट प्रकाशित की। रौशनी में अपने शरीर को देखा। वह ख़ुद को देर तक देखती रही। उसने अपने आप को छुआ और सपने को याद करने का प्रयास करने लगी, लेकिन वह सपना भूल चुकी थी। कुछ–कुछ बातें उसे याद आयीं। हालाँकि उसने यह अनुभव किया कि सपने में मिलाप का एक पल था, जिसकी ख़ुशबू और आँच उसके शरीर पर उपस्थित थी। उसने अपने शरीर के कोमल भागों को छुआ और रस का अनुभव किया जिसमें प्यार की अभिव्यक्ति निहित होती है।

दूसरे दिन उसने कॉलेज में विधि को असरार से मुलाक़ात के बारे में बताया और यह भी बताया कि उसने कोई सपना देखा था जो उसे याद नहीं रहा, लेकिन सपने में उसने यौनकर्म के स्वाद का अनुभव किया था। विधि ने उसकी स्थिति को समझते हुए उसके साहस को बढ़ाया और उसे समझाया कि शरीर की अपनी आवश्यकताएँ होती हैं जिनकी अभिव्यक्ति वह ख़ुद भी करता है। दोनों उस दिन कॉलेज छोड़कर चौपाटी गयीं और इस विषय पर देर तक बातें करती रहीं।

न सर पे राह दिखाती हुई हवा चाहूँ

मुम्बई के चारों ओर फैला हुआ समन्दर बहुत क्रोधित था। वह सदियों से जारी जंग जीत कर टापू पर क़ब्ज़ा करना चाहता था। ऊँची–ऊँची लहरें उठ रही थीं और गुस्से में साहिलों पर अपना सिर पटक रही थीं। लहरें इस तरह सर उठा रही थीं जैसे उठकर आसमान को छूना चाहती हों। इन बाग़ी लहरों को देखकर दिल में डर समा रहा था। तीन दिनों से शहर में बारिश जारी थी और अब शहर की मुख्य सड़कों के साथ साथ तंग और अन्धकारमय गलियों में भी घुटनों तक पानी भर गया था। आसमान में सिवाय काले बादलों के कोई और चीज़ दिखायी नहीं दे रही थी। शहर भूल गया था, सूरज की किरणें कैसी होती हैं। आसमान में छेद थे, जहाँ से ढार–ढार पानी गिर रहा था मानो आसमान में बादल नहीं आबशार हो। समन्दर का पानी नालियों में बहुत अन्दर तक समा चुका था। बारिश के पानी की निकासी रुक गयी थी। बड़ी–बड़ी नालियों में समन्दर और बारिश के पानी में संघर्ष जारी था, जिसके कारण नालियों की कंक्रीट निर्मित दीवारें टूट–फूट रही थीं और मिश्रित पानी ज़मीन की अन्दरूनी परतों में फैलता जा रहा था। बरसाती नालों से सटी हुई आबादियों के निवासी डूबे जा रहे थे। मीठी नदी में बाढ़ के कारण एक बड़ा इलाक़ा पानी के चपेट में आ चुका था। बेशतर इलाक़ों में बिजली गुल थी। निचले इलाक़ों में तबाही और बर्बादी का एक ख़ौफ़नाक मंज़र था। नगर प्रशासन, सरकार और जनता के बीच सम्पर्क टूट चुका था। टापू पर

आबाद लोगों की याददाश्त के अनुसार इतनी तेज़ और मूसलाधार बारिश पहले कभी नहीं हुई थी। मुम्बा देवी के मन्दिर में सन्नाटा छाया हुआ था। मुम्बा देवी का चेहरा बेहद उदास लग रहा था। छह हज़ार साल पहले ब्रह्मा ने ऐसी उदासी मुम्बा देवी के चेहरे पर तब देखी थी जब मुम्बा का मुक़ाबला मुम्बाराका से होने वाला था। मुम्बराका की हार के बाद जब मुम्बा देवी का मन्दिर तामीर हुआ तब ब्रह्मा ख़ुद आशीर्वाद देने मन्दिर में पधारे थे। जब मन्दिर में मुम्बा की मूर्ति रखी गयी थी तब उसके चेहरे पर एक अस्पष्ट और व्याख्या से महरूम ख़ामोशी छाई हुई थी। क्या उस दिन ब्रह्मा ने मुम्बा देवी को मुम्बई के भविष्य से सचेत कर दिया था? क्या ब्रह्मा के अलावा संसार में कोई दूसरी शक्ति थी जिसे इस बात का ज्ञान हो कि मुम्बा देवी के चेहरे की प्राकृतिक मुस्कुराहट को किस पीड़ा ने एक अस्पष्ट ख़ामोशी में बदल रखा है?

!!!

असरार और हिना की ज़िन्दगी का वह आख़िरी दिन था।

पिछले दस महीनों में वे कई बार मिल चुके थे। शुरुआती मुलाकातें हाजीअली दरगाह, वर्ली–सी फेस, चौपाटी, मरीनड्राइव, चर्चगेट, हैंगिंग गार्डन, कुलाबा और गेट वे ऑफ़ इंडिया जैसे भीड़–भाड़ वाली जगहों पर हुईं। फ़रवरी में पहली बार एक शाम वे दादर स्टेशन के क़रीब समुद्र तट पर गये जहाँ भीड़ कम थी। तट सिकुड़ा हुआ और ज़मीन समन्दर की ओर झुकी हुई थी। यहाँ पानी में उतरना जान जोखिम में डालने के बराबर था। तट पर भेल, रगड़ा, पैटीज और नारियल पानी बेचने वालों के ठेले थे, लेकिन बैठने की उचित व्यवस्था नहीं थी। दोनों को यह तट पसन्द नहीं आया। वे उठकर सड़क की ओर आये। चैत्यभूमि के इमारत की ओर लोगों की बड़ी संख्या देखकर वह भी उस ओर चल पड़े। हिना ने असरार को 'महापरी निर्वाण दिवस' के बारे में बताया और कहा कि हर साल छह दिसम्बर को डॉक्टर आम्बेडकर के भक्तों की भीड़ होती है। असरार को चैत्यभूमि के बारे में जानकारी प्राप्त करके ख़ुशी हुई।

वहाँ से निकलने के बाद वे एक रेस्टोरेंट में चाय पीने के लिए बैठ गये। रेस्टोरेंट में एक अधेड़ उम्र का आदमी दूसरी ओर बैठकर चाय पी रहा था। असरार यह देखकर हैरान था कि तीन–चार जोड़े आये और काउंटर पर बात करके रेस्टोरेंट से सम्बद्ध दूसरी ओर चल दिए। असरार ने सोचा, लकड़ी के पार्टीशन के उस पार शायद जोड़ों के लिए विशेष व्यवस्था हो। काउंटर पर एक मलबारी आदमी था। असरार ने उससे बात की। मलबारी आदमी ने बताया कि उस ओर केबिन में चाय पहुँचायी जाती है। असरार ने कहा कि एक केबिन में उनके लिए भी चाय पहुँचायी जाये। मलबारी ने कहा, "एक घण्टे का एक सौ पचास रुपया लगेगा।" असरार तैयार हो गया। उसने हिना से कहा कि केबिन में बैठकर चाय पीते हैं। दोनों उठे। मलबारी आदमी ने एक वेटर को बुलाया।

वे वेटर के पीछे–पीछे चल दिए।

चार–पाँच क़दम पर बायीं ओर वे मुड़े। हल्का अँधेरा था। अँधेरे में असरार ने देखा कि वहाँ दस–बारह केबिन थीं। केबिन में चक लगा हुआ था। वेटर ने एक चक को ढकेला। वह अन्दर गये। वेटर ने कहा कि वह दो–चार मिनट में चाय पहुँचायेगा। केबिन में अँधेरा था। हिना ने कहा, "बाहर ही ठीक था न।"

'कुछ न कहो, चुप रहो'। असरार ने उसके होंठों पर उँगली रखकर कहा।

केबिन में खड़े रहने के लिए जगह बहुत कम थी। एक ओर बैठने के लिए छोटा–सा टेबल था। सामने एक ताक था। असरार ने हिना को चुप रहने का इशारा किया फिर भी उसने कहा– "यार, यहाँ बैठने के लिए जगह भी नहीं है।"

"तुम बैठ जाओ" असरार ने कहा। अभी वह बैठी ही थी कि केबिन के चक को किसी ने खटखटाया।

वेटर चाय के कप लिये खड़ा था। असरार ने उसके हाथ से कप लिया और ताक पर रख दिया। कप रखने के बाद असरार ने चक की कुंडी लगा दी। हिना उसे देख रही थी। वह थोड़ी कन्फ़्यूज–सी थी। असरार ने झुककर धीरे से उसके कान में कहा, 'I love you, Hina.'

हिना मुस्कुरायी।

पिछली तीन–चार मुलाक़ातों में उसने यह वाक्य कई बार दोहराया था। हिना को इस अन्दाज़ में असरार का 'आई लव यू' कहना पसन्द आया था। प्रतिक्रिया में वह केवल मुस्कुराया करती। उसकी मुस्कुराहट ही उसका जवाब था। केबिन के मन्द प्रकाश में उसने धीरे–से कहा– "आई लव यू टू।" उसकी आवाज़ से उत्पन्न होने वाली लहरें असरार के दिल में उतर गयीं। वह दो पल उसे देखता रहा, फिर हिम्मत से काम लेते हुए उसने हिना के गालों पर अपने हाथ रख दिये। मन्द प्रकाश में उन्होंने एक–दूसरे की आँखों में झाँक कर देखा। एक–दूसरे की आँखों में उन्होंने प्यार का अनुभव किया। कुछ देर वह एक–दूसरे को देखते रहे। एक–दूसरे को देखने का अहसास एक सुख था और यह सुख उस समय उनके लिए दुनिया का सबसे बड़ा सुख था। अभी वह इस सुख में मग्न थे कि जाने कहाँ से और क्यों असरार के मन में जमीला मिस और शान्ति चली आयीं। मिस नाराज़ थीं। असरार की आँखों में हिना के लिए उमड़े प्यार को देखकर नाराज़ थीं। शायद उनके दिल पर घाव था। असरार ने देखा कि एक सुरंग के समान गड्ढा था, जिसमें जमीला मिस डूब रही थीं। इस गड्ढे में गाढ़ा लाल ख़ून था और यह ख़ून किसी और का नहीं ख़ुद मिस का था। लाल ख़ून का एक फव्वारा उनके सीने से उबल रहा था। डूबते हुए असरार की ओर देखकर उन्होंने कहा, "मैं तेरे को प्यार करती थी। समझती थी, तू मेरा है।" इसी गड्ढे से कुछ दूरी पर शान्ति खड़ी थी। उसके हाथ में एक थाली थी जो ज़मीन पर गिर गयी थी। ज़मीन पर सिंदूर और हल्दी कुमकुम बिखरा हुआ था।

शान्ति ने नज़र उठाकर असरार को देखा और कहा– "तेरे को प्यार मिला, तू खुशनसीब है। हम लोग तो बिकाऊ हैं!"

जमीला मिस और शान्ति फ़िल्म के दृश्य की तरह उसके सामने आयीं और ग़ायब हो गयीं।

उसकी नज़रों में अब केवल हिना थी। हिना की आँखों का जादू उस पर छाया था। हिना की भी यही हालत थी। वह असरार की आँखों में

देखते हुए अपनी इच्छाओं के दूसरे दृश्यों को भूल चुकी थी। एक प्रकार की ख़ुद को भूल जाने की स्थिति थी। जिसमें वह लिप्त थी। शरीर की उलझन आँखों में उजागर थी। केबिन में उन्हें उनके अलावा कोई वस्तु दिखायी नहीं दे रही थी वरना ज़मीन पर कुछ वस्तुएँ बिखरी हुई थीं। सुबह से छह–सात जोड़े इस केबिन में समय व्यतीत कर चुके थे। जगह की कमी, अँधेरे और भावनाओं के कारण अक्सर कुछ न कुछ ऐसी जगहों पर छूट जाता है। हिना के पैरों के पास एक गुलाबी रूमाल गिरा हुआ था। रूमाल में एक इस्तेमाल की हुई लाल रंग की लिपस्टिक थी। कूड़ेदान के पीछे एक 'कामासूत्र' कंडोम का अप्रयुक्त पैकेट था। पैकेट पर एक छोटा काकरोच बैठकर ऊँघ रहा था। असरार के पैरों के पास एक छोटी–सी कँघी गिरी हुई थी, जिसका प्रयोग सालोसाल हुआ था। कँघी के दाँत कई स्थानों से टूट चुके थे और दांतों के बीच मैल की परत जमी हुई थी। एक कोने में ब्लाउज़ का हुक गिरा हुआ था। दो–तीन गुलाब की पंखुड़ियाँ थीं। एक कोने में तस्बीह का एक दाना भी कई दिनों से गिरा हुआ था।

"ऊच.... ।"

केबिनों के बीच प्लाईवुड लगी थी। हिना की पीठ प्लाईवुड से लगी थी। जहाँ 'ऊच' की आवाज़ उसके कानों में पड़ी वहीं प्लाईवुड भी हिलने लगी। 'खड़ खड़, खड़ खटाक'। वह डर–सी गयी। अभी वह कुछ समझ नहीं पाई थी कि पास वाले केबिन से किसी ने क्षमा माँगने के अन्दाज़ में कहा, "सॉरी।"

असरार मुस्कुराया। उसने अनुमान लगा लिया कि निकट वाले केबिन में क्या हो रहा है? 'ऊच' ननोदित लड़की के मुँह से निकला था। साफ़ पता चल रहा था कि ख़ुशी की अधिकता में लड़की के सीने से यह आवाज़ निक़ली थी, लेकिन 'सॉरी' लड़के ने कहा था। 'सॉरी' कहने के बाद भी केबिन को विभाजित करने वाली प्लाईवुड हिचकोले खाए जा रही थी। लड़की के मुँह से निकलने वाली, 'आह, आह' और 'ओह माई गॉड' की आवाज़ हिना स्पष्ट रूप से सुन सकती थी।....लड़की ने एक बार एक छोटा–सा वाक्य कहा, जिसे सुनकर हिना को हँसी आ गयी। लड़की ने कहा– "तू जितना छोटा है, तेरा हथियार उतनाइच बड़ा है।"

हिना ने अनुमान लगाया कि इन केबिनों में वेश्याएँ भी अपने ग्राहक ले आती हैं।

अभी वह इस बात पर विचार कर ही रही थी कि असरार ने झुक कर हल्के–से उसके होंठों पर चुम्बन किया। उसे डर था कि हिना बुरा मान जायेगी। उसके होंठों का हल्का–सा स्पर्श हिना को अपने होंठों पर ज़रूर महसूस हुआ, लेकिन उस समय वह मानसिक रूप से वहाँ नहीं थी, इसलिए उसकी समझ में कुछ नहीं आया। वह चुप रही। उसे चुप देखकर असरार का साहस बढ़ा। उसने हिना का एक हाथ पकड़कर उसे खड़ा किया। इतनी निकटता का उन्हें पहले सौभाग्य नहीं हुआ था। उनके शरीर ख़ून के बहाव से पैदा होने वाले गुरुत्वाकर्षण कक्ष में थे। स्त्री और पुरुष के बीच पायी जाने वाली गुरुत्वाकर्षण की प्रकृति क्या है और वह ऊर्जा कहाँ से और क्यों पैदा होती है जो दो शरीरों को समान बल के साथ एक–दूसरे की ओर खींचती है? दोनों ने इस बात पर कभी विचार नहीं किया था, लेकिन आज वह इस स्थिति में लिप्त थे।

जब उन दोनों ने उस मदार में प्रवेश किया तो उनके शरीर एक–दूसरे की ओर बढ़े। एक–दूसरे की बाँहों में बाँहें डालकर उन्होंने देर तक चुम्बन किया। यह हिना का पहला चुम्बन, असरार के जीवन का अब तक का और केबिन के इतिहास का सबसे तवील चुम्बन था अन्यथा केबिन में प्यार के मारे कम और यौन प्रक्रिया की पूर्ति के लिए जोड़े अधिक आया करते थे। मुम्बई की यह उदारता है कि यहाँ हर बजट के प्रेमियों के मिलन का आयोजन है। अस्थायी आवासों में केबिन सबसे सस्ता होता है, जहाँ जगह की कमी के बावजूद प्रेम करने वाले या कामुक रूप से उग्र लोग किसी वेश्या के साथ सम्भोग कर सकते हैं। हिना और असरार यहाँ संयोग से आ गये थे। उन्हें पता भी नहीं था कि इस तरह के केबिन शहर में उपलब्ध हैं।

आकर्षण ने उनकी जीभ को लाल कर दिया था। चेहरे का रंग भी बदल गया था।

असरार ने जैसे ही हिना की गर्दन से अपने हाथ को अलग किया, वह फिर बैठ गयी। गर्दन झुकाये ख़ामोश बैठी रही। वह शर्मा गयी थी। अपने साहस और चुम्बन में स्वयं की सौ प्रतिशत भागीदारी पर वह हैरान थी। उस समय हिना का मन एक ख़ाली कमरा थ, जिसमें असरार एक दीये की तरह प्रकाशित था। हिना उस प्रकाश की सीमा में जीवन के सभी रंगों को देखने की अभिलाषी थी। उस प्रकाश की सीमा के बाहर उसके

लिए कोई वस्तु मौजूद नहीं थी, इसलिए उस सीमा के भीतर जो कुछ था, उस पर उसका अधिकार था। यह अधिकार उसका विकल्प था। एक दो–मिनट असरार भी चुप रहा। उसका अन्दाज़ा भी ठीक था कि हिना ख़ुद अपनी निडरता से हैरान होगी। वह ख़ुश था। थोड़ी देर बाद उसने कहा– "ए....शर्मा रही है?"

हिना ने कुछ नहीं कहा। "ए...बोल न?" असरार ने फिर कहा।

हिना ने निगाहें ऊपर उठायीं।

"सॉलिड लग रही है, जान।" असरार ने मुस्कुराते हुए कहा।

हिना मुस्कुरायी। उसने असरार की उँगलियों पर अपना सर रख दिया। असरार चुप रहा।

थोड़ी देर बाद असरार ने महसूस किया कि उसकी हथेली नम हुई जा रही है। वह बैठ गया। उसने हिना को सीधा किया। हिना की आँखों में आँसू थे। उसने तुरन्त जेब से रूमाल निकाला और उसके आँसू पोछें। उसकी समझ में कुछ नहीं आ रहा था। उसने सोचा, कहीं उसके चुम्बन करने के कारण तो हिना रो नहीं रही है? हिना की आँखों से कुछ क़तरे उबल पड़े। असरार ने उन बूँदों को रूमाल में अवशोषित किया और कहा– "सॉरी, यार....।" हिना ने उसकी ओर देखा। वह मुस्कुरायी। आँखों में आँसुओं के साथ असरार ने किसी को मुस्कुराते हुए पहले कभी नहीं देखा था। इस परिस्थिति ने उसे अजीब दुविधा में डाल दिया। उसकी समझ में कुछ नहीं आ रहा था। वह कन्फ़्यूज हुआ जा रहा था कि हिना ने कहा– "I love you, darling."

इस एक वाक्य ने सारी परिस्थिति को बदल दिया। असरार भी मेज़ पर बैठ गया। हिना ने अपनी गर्दन असरार के सीने पर रखी और आँखें बन्द करके असरार के चेहरे पर उँगलियाँ फेरने लगी। असरार चुपचाप बैठा रहा। हालाँकि इस चुप्पी में बहुत शोर था और यह शोर उसकी आत्मा में जारी था।

एक घण्टा पूरा होने में तीन–चार मिनट बाक़ी थे कि दरवाज़े को वेटर ने खटखटाया और उसने केवल इतना कहा, "टाइम बढ़ाने का है, क्या?"

असरार ने कहा– "नहीं।"

पैदल चलते हुए वह दादर रेलवे स्टेशन पहुँचे।

लोकल ट्रेन के जिस डिब्बे में वे सवार हुए, उसमें भीड़ नहीं थी। दोनों ने ट्रेन के दरवाज़े के पास खड़े होकर यात्रा की और ढेर सारी बातें कीं। छह–सात मिनट बाद ट्रेन मुम्बई सेंट्रल स्टेशन पहुँच गयी। दोनों ट्रेन से उतरे। मुम्बई सेंट्रल ब्रिज पर असरार ने हिना को टैक्सी में बिठाया और वह ख़ुद ब्रिज पर बने बस स्टॉप के पास खड़े होकर मुहम्मद अली रोड की ओर जाने वाली बस का इन्तिज़ार करने लगा। आधे घण्टे बाद उसे बस मिली। जब वह खोली पर पहुँचा तब सवा आठ बज रहे थे।

फ़रवरी के अन्तिम सप्ताह वे जुहू चौपाटी गये। जुहू का तट विशाल और विस्तृत था। मुम्बई का सबसे आकर्षक तट माना जाता है। भांति–भांति के लोग यहाँ सैर के लिए आते हैं। तट के किनारे कई दुकानें हैं जहाँ चटपटे खाने और पेय पदार्थ देर रात तक उपलब्ध होते हैं। असरार और हिना यहाँ सवा पाँच बजे पहुँचे थे। तट पर कुछ देर लहरों के साथ खेलते रहे, फिर दक्षिण की ओर चलने लगे। जैसे–जैसे वे आगे बढ़े, भीड़ कम होती गयी। तट जहाँ ख़त्म होता है वहाँ दीवारें हैं। इन दीवारों के उस ओर तीन सितारा, चार सितारा होटल, ऊँची इमारतें और पुराने बँगले हैं। आधा घण्टा वे चलते रहे। बातें करते रहे। असरार ने देखा, दीवार से लगकर थोड़ी–थोड़ी दूरी पर जोड़े खुले आसमान के नीचे बाँहों में बाँहें डाले बैठे हैं। हालाँकि साल भर पहले वह खोली के साथियों के साथ इस समुद्र तट पर आया था, लेकिन इस ओर नहीं आया था। उसने हिना से कहा, "चलो, एक दीवार की छाँव में बैठकर बातें करते हैं।"

दोनों एक दीवार की छाया में बैठ गये। फ़रवरी का महीना था। गर्मी कम थी। समन्दर की ओर से आने वाली हवाएँ ठण्डे झोंके साथ ला रही थीं। असरार ने बताया कि मार्च में कुछ दिनों के लिए वह गाँव जायेगा तब माँ को इस बारे में बतायेगा।

हिना ने तुरन्त पूछा– "क्या बताओगे माँ को?"

'बम्बई में एक लड़की ने मेरे ऊपर काला जादू किया है'। असरार ने कहा।

"काला जादू?" हिना ने हैरानी से कहा और हँस दी।

"हाँ, काला जादू।" उसने एक नज़र हिना की ओर देखा फिर समन्दर की ओर देखते हुए कहा, "बंगाल का काला जादू जिसका कोई तोड़ नहीं।"

हिना ने उसकी बात सुनकर तुरन्त कहा– "सच बताओगे?"

"हर बात सच ही बताता हूँ?" असरार ने कहा।

"क्या तुमने मुझ पर जादू–टोना किया है?" इतना कहकर बड़ी सार्थक निगाहों से वह असरार की ओर देखने लगी। असरार ने उसकी आँखों में शरारत का अनुभव करते हुए कहा– "जादू विवश होकर करना पड़ा, वरना घास कहाँ डालने वाली थी तू?" इस बात को सुनकर हिना मुस्कुरायी।

दस–पन्द्रह मिनट वे बातें करते रहे।

इस बीच उनके चारों ओर प्रेमी जोड़ों की संख्या में वृद्धि हुई। शाम का समय हो रहा था। किरणें पानी पर रेंग रही थीं। समन्दर का चौड़ा सीना झिलमिला रहा था। असरार और हिना ने देखा, जितने जोड़े उनके चारों ओर बैठे थे, वे आसपास की दुनिया से अनजान प्यार में मग्न थे। कुछ जोड़े बाँहों में बाँहें डाले एक–दूसरे की आँखों में झाँक कर बातें कर रहे थे। कुछ ऐसे भी थे जो एक–दूसरे की जीभ पर अपने प्यार की मिठास बिखेर रहे थे। गाल और माथे को चूम रहे थे। बुर्क़ा पहने हुई दो–तीन लड़कियाँ भी मौजूद थीं। एक लड़की ने अपना और अपने प्रेमी का सर दुपट्टे से ढक रखा था, कुछ दूरी पर एक मौलाना अपनी प्रेमिका को चुम्बन कर रहा था लेकिन टोपी उसने जेब में ठूँस रखी थी। मौलाना चालाक या डरा हुआ था। वह नारियल के एक पेड़ की आड़ में बैठा हुआ था और औरत की पीठ समन्दर की ओर थी। बहुत मुमकिन है कि यह जोड़ा समन्दर के पास स्थित जूहू गली से आया हो जहाँ मुसलमानों की आबादी ज़्यादा है और यह भी मुमकिन था कि मौलाना इलाक़े की किसी विवाहित महिला के प्रेमजाल में फँसा हो। मुम्बई में यह आम–सी बात है। यहाँ की महिलाएँ अक्सर अपनी भावनाओं और इच्छाओं को कुचलने पर विश्वास नहीं रखतीं। इस शहर की प्रकृति में तृप्ति की तलाश है। हिना और असरार बातें कर रहे थे और उनके चारों ओर प्यार करने वालों की संख्या बढ़ती जा रही थी। सूरज समन्दर की सतह पर लेट चुका था,

जिसके कारण समन्दर की सतह पर कई रंग निरूपित हो रहे थे। दीवार से अँधेरा प्यार में मग्न जोड़ों पर पहले उतरा और फिर समन्दर की ओर बढ़ने लगा। इस अँधेरे में असरार ने गर्दन बायीं ओर घुमायी तो देखा, एक लड़की अपने प्रेमी के गोद में सो रही थी। ठीक उसी समय संयोगवश असरार को पशुपति याद आ गयी। पशुपति की याद के साथ उस रात की कहानी उसके मन में ताज़ा हो गयी। वह रात उसके जीवन की यादगार रातों में से एक थी। वह मुस्कुराया। उसने अपने पैर मोड़ लिए और हिना को अपनी बाँहों में लिया। असरार ने हिना के होंठों को छुआ।

"ग़ज़ल सुनाओ न, उसी कवि की, जिसकी तुमने एक बार सुनायी थी।" हिना ने प्यार भरे अन्दाज़ में कहा।

असरार कहना कुछ और चाहता था, लेकिन जिस प्यार भरे अन्दाज़ में हिना ने ग़ज़ल की फ़रमाइश की थी उसको अस्वीकार करना असरार के लिए कठिन था। बानी की पंक्तियों को वह हज़ार बार पढ़ चुका था। इसलिए बानी की उत्तम ग़ज़लें उसे याद थीं। उसने मस्तिष्क पर ज़ोर दिया और एक ग़ज़ल की पंक्तियाँ सुनायीं–

मैं क्यों न डूबते मंज़र के साथ डूब ही जाऊँ
ये शाम और समन्दर उदास पानी का
मैं डर रहा हूँ हवा में कहीं बिखर ही जाये
ये फूल–फूल –सा लम्हा तेरी निशानी का

हिना की आँखें असरार के चेहरे पर केन्द्रित थीं। असरार की नज़रें क्षितिज पर चमकते सूरज की ओर थीं जिसको छूने सागर की लहरें धीरे–धीरे उस ओर बढ़ रही थीं। सारा समन्दर पीले और हल्के लाल रंग में बदल गया था। पल भर में सूरज नज़रों से ग़ायब हो गया। असरार ने हिना की ओर देखा और कहा– "सूरज मंजर के साथ डूब गया।"

असरार की यह बात हिना को रचनात्मक लगी। उसने अपने हाथ असरार की गर्दन में डाल दिए। उसे अपनी ओर झुका लिया और कहा– "यह फूल–फूल–सा लम्हा तेरी निशानी का" इतना कहकर वह मुस्कुरायी। असरार भी मुस्कुराया। फिर हिना ने कहा "लेट दिस मोमेंट बी ए मेमोरेबल वन" और उसने असरार के होंठों पर अपने होंठ रख दिए। समन्दर की लहरों पर रेंगता हुआ अँधेरा गहरा होता जा रहा था और अँधेरे में असरार और हिना एक–दूसरे के भीतर बहुत गहरे अँधेरे में प्रकाश बिन्दु के रूप

में उज्ज्वल थे। उनके लिए एक–दूसरे के शरीर का स्पर्श एक–दूसरे के अन्दर मौजूद भूली हुई दुविधा के कारण पैदा होने वाले अँधेरे को प्रकाश में बदलने का एक साधन बनता जा रहा था, लेकिन अभी उन दोनों को इस बात की चेतना नहीं थी।

पन्द्रह मार्च को असरार गाँव गया।

वहाँ कुछ दिन निवास के समय वह जमीला मिस के घर तीन–चार बार गया। एक रात ठहरा भी।

मिस ने एक सहेली से अश्लील फ़िल्म की सीडी मँगा रखी थी। तीन बार अकेले में वह फ़िल्म देख चुकी थी और उसने ठान रखा था कि असरार की बाहों में लेटकर एक बार वह इस फ़िल्म का मज़ा लेगी। पहली बार जब उसने फ़िल्म देखी थी, उसकी भावनाएँ भड़क उठी थीं। उसने धीरे–से असरार का नाम लिया। असरार के नाम की गूँज उसके शरीर में दूर तक फैल गयी, जिसके कारण उसकी कोशिकाएँ तन गयी थीं। दिल एक पल के लिए स्तब्ध हो गया था। बिल्कुल ठहर गया था।

जिस रात असरार उसके यहाँ ठहरा था वह देर तक बातें करते रहे। रात ग्यारह बजे उन्होंने खाना खाया। लगभग बारह बजे मिस ने खिड़कियाँ बन्द कीं और मन्द प्रकाश वाला बल्ब जलाया। पीले मन्द प्रकाश में पलंग पर लेटे हुए असरार को उसने प्यार भरी नज़रों से देखा। असरार ने महसूस किया कि मिस की नज़र में इच्छाओं और वासनाओं द्वारा जन्मी

प्राकृतिक चमक मौजूद है। मिस ने डी.वी.डी. प्लेयर का केबल टी.वी. पोर्ट में लगाया। असरार को लगा, मिस कोई रोमांटिक फ़िल्म लगा रही है। उसने तकिए पर गर्दन झुकाई और टी.वी. की ओर नज़रें केन्द्रित कीं। तीन चार सेकंड में अचानक स्क्रीन पर नग्न शरीर दिखायी दिये। असरार हैरान था। मिस ने दुबारा उसकी ओर देखा और पलंग पर लेटने से पहले मन्द प्रकाश वाला बल्ब भी बन्द कर दिया। इससे पहले कि असरार कुछ कहता, मिस उसके बगल में लेट गयी। असरार ने दो–तीन बार मुहम्मद अली के मुँह से ऐसी फ़िल्मों के बारे में सुना था आज पहली बार अपनी आँखों से देख रहा था। वह देख रहा था कि शरीर अपने स्वभाव में कितना बर्बर है और इस बर्बरता में आनन्द की आग उद्यान में कैसे बदल सकती है।

फ़िल्म से उमड़ने वाली नीली लाल रौशनी ने असरार के बुझे हुए दिल में वहशत से भरे हुए शोले भड़काये और मिस सुलगता हुआ चमन बन गयीं। असरार के आश्चर्य में वृद्धि का कारण इस बार मिस की प्रतिक्रिया भी थी। मिस कुछ देर के लिए फ़िल्म की नग्न, आकर्षक और वासना से पूर्ण अभिनेत्री बन गयी थी। उसने असरार को लहूलुहान कर दिया था। सुबह असरार ने देखा, उसकी गर्दन, माथे, उँगलियों, पेट और अन्य भागों पर मिस के काटने के निशान थे। इस दीवानगी और शरीर की पूर्ण भागीदारी के बावजूद उसकी आत्मा कहीं न कहीं हिना के रंग में डूबी हुई थी। उसे याद आया, रात जब मिस की कायाकल्प हुई थी तब जाने क्यों असरार को ऐसा लग रहा था कि वह मिस के साथ नहीं बल्कि हिना के साथ है।

वह शाम गये माबादमोर्फ़ो के तट पर जाकर बैठ जाता और देर तक विचारों में खोया रहता। कई बार उसका मन एक अँधेरे कमरे में खुलता जहाँ वह अपने चाचा को मुस्कुराते हुए देखता। इस अँधेरे कमरे में उसे एक औरत भी दिखायी देती, लेकिन उसका दिल उसे पहचानने से इनकार करता। उसे ऐसा लगता, उस कमरे के बाहर बहुत अँधेरा है और

इस गहरे अँधेरे में उसका पिता खड़ा रो रहा है। वह जब भी इस बिन्दु पर पहुँचता, वह उठकर समन्दर की ओर चला जाता और पानी के साथ बातें करता। समन्दर का ठण्डा पानी उसके शरीर में एक अलग अनुभूति जाग्रत करता। वह दूर से आती हुई लहरों को देखता रहता और सोचता कि लहरों की यह यात्रा कहाँ से, कब से और क्यों शुरू हुई। दिल में फैले विचारों से छुटकारा पाने का प्रयास करता।

1 अप्रैल को वह पुनः मुम्बई आया।

दूसरे दिन नागपाड़ा जंक्शन पर एक रेस्टोरेंट में हिना से मुलाक़ात हुई। असरार ने हिना के हाथ में एक थैली थमाते हुए कहा, "माँ ने तोहफा दिया है।"

दोनों ने कुछ देर बात की और यह निश्चय किया कि रविवार की सुबह मुम्बई सेंट्रल रेलवे स्टेशन के टिकट काउंटर पर ग्यारह बजे मिलेंगे और किसी अपरिचित स्थान पर घूमने चलेंगे।

हिना ने घर जाकर जब थैली खोली तो देखा असरार की माँ ने घर का बना हुआ अचार, पापड़ और एक दर्ज़न कच्चे हापुस आम भेजे थे।

दरख़्शां ने पूछा– "अरे, यह क्या ले आयी?"

हिना ने कहा– "विधि के पिता उससे मिलने आये थे। उन्होंने जो सामान विधि के लिए लाया था उसमें से विधि ने दिया है।"

दरख़्शां सन्तुष्ट हो गयी, लेकिन जब जब वह अचार खाती तब कहती, "कोंकणी अचार जैसा टेस्ट है।"

एक बार हिना ने पूछ लिया, "माँ! तुमको कैसे पता कोंकणी अचार का टेस्ट कैसा होता है?" दरख़्शां ने बताया कि शादी से पहले वह कोलसा मुहल्ले में रहती थी। वहाँ बहुत सारे कोंकणी रहा करते थे। वे कोंकण से जब भी वापस आते तो अचार और पापड़ पड़ोसियों में वितरित करते। दरख़्शां ने बताया, कोंकणी घरों में बना अचार वह चाव से खाती थी और इतना खाती थी कि उसकी माँ डाँटा करती थी। इस बात पर हिना भी हँसी और उसने कहा– "सच कोकनी अचार टेस्टी होता है।"

"तूने कब खाया?" दरख़्शां ने पूछा।

"ये जो है, आप तो बोल रहे थे ना, यह भी कोकनी अचार की तरह है, तो अन्दाज़ा लगाया न।" हिना ने बात बनायी।

'अच्छा, अच्छा। चल, थोड़ा झाड़ू मार दे'।

वह झाड़ू लेने के लिए किचन में जा रही थी कि फ़ोन की घण्टी बजी। हिना को लगा, उसकी बड़ी बहन का फ़ोन होगा। उसने रिसीवर उठाया और ज़ोर–से कहा– "बोलो....।"

"सलाम अलैकुम।" दूसरी ओर यूसुफ़ की आवाज़ थी।

पाँच–छह मिनट यूसुफ़ ने बात की और यह सूचना दी कि वह तीन महीने मज़ीद और अमेरिका में ठहरेगा। यूसुफ़ ने एक नम्बर लिखवाया और कहा कि अगर कोई इमरजेंसी हो तो इस नम्बर पर सम्पर्क किया जाये। फ़ोन रखने के बाद हिना ने माँ को बताया कि कारोबार के ताल्लुक़ से यूसुफ़ तीन महीने वहीं रहने वाला है और कहा है कि अगर रुपयों की ज़रूरत हो तो दुकान पर फ़ोन कर लें। दरख़्शां ने कोई जवाब नहीं दिया। वह चुपचाप सोफ़े पर बैठी रही। हिना ने विधि को याद किया। विधि ने कुछ दिन पहले ही मोबाइल ख़रीदा था। उससे हाय–हेलो करने के बाद हिना के मन में यह ख़याल आया कि अगर असरार भी मोबाइल का इस्तेमाल करने लगे तो सम्पर्क करने में आसानी होगी। उसने एक तरक़ीब बनायी और जल्द ही उस पर अमल किया।

रविवार के दिन वे साढ़े बारह बजे नेशनल पार्क पहुँचे।

नेशनल पार्क में अब खूँख़ार जानवरों की संख्या कम हा गयी थी लेकिन ज़हरीले साँप कभी–कभी लोगों को दिखायी देते थे। कुछ लोगों का दावा था कि उन्होंने पार्क के आसपास में कई बार तेंदुए और भालू को देर रात देखा है। चूँकि इस प्रकार का दावा करने वाले अक्सर वे लोग थे जो बोरीवली स्टेशन के आसपास बियरबार और डांसबार में शराब पीकर देर रात तक नेशनल पार्क के आस–पास आवारागर्दी किया करते, लेकिन उनके दावों को लोग ध्यान से सुनते, लेकिन दावा करने वाला रफ़ूचक्कर

हो जाता तो कहते– "हमको ऐडा समझता है, बेवड़ा साला।" एक बार एक बीस बाईस फुट लम्बा अजगर जंगल से बाहर निकल आया था। पार्क के गेट के पास एक खम्बे पर एक प्रसिद्ध राजनीतिज्ञ की फ्रेम लगी हुई थी, अजगर उस फ्रेम पर सूरज निकलने तक सोता रहा। जब सूरज थोड़ा ऊपर आया और खम्भा गर्म होने लगा तब अजगर नीचे उतरा। नीचे उतरने से पहले राजनीतिज्ञ के मुँह पर अपनी जीभ फेरी। वह तो अच्छा हुआ कि यह दृश्य किसी ने कैमरे में क़ैद नहीं किया वरना वास्तव में शहर की मीडिया इस क्लिप को ख़रीदता और फिर हँगामा होता। यह उसी राजनीतिज्ञ की फ़ोटो थी जो कुछ साल बाद मुँह के कैंसर से पीड़ित होकर मर गया।

असरार और हिना बीस–पच्चीस मिनट पैदल चलते रहे।

अब वे पार्क में ऐसे स्थान पर थे जहाँ अधिकांश लोग नहीं आते थे। सड़क के पास पेड़ों की छाँव में जोड़े बैठे हँस–हँसकर बातें कर रहे थे। जिनका प्यार नया–नया था, वे सड़क के किनारे झाड़ियों के आड़ में बैठे थे और जो अनुभवी थे, वे सड़क से दूर, पेड़ों के पीछे छुपकर प्यार में मग्न थे।

सड़क से एक पगडण्डी निकल कर घने जंगल की ओर जा रही थी। वह दोनों उस पगडण्डी पर चल पड़े। कुछ क़दम की दूरी पर एक सूखा हुआ बरसाती नाला था। उसको पार करने के बाद एक ढलान थी। यह सुरक्षित स्थान था। इस ओर किसी के भटकने की कोई आशंका नहीं थी। एक पत्थर पर वे दोनों बैठ गये। आसपास के पौधे उन्हें छू रहे थे। हिना ने बताया, कुछ दिनों बाद उसकी वार्षिक परीक्षा शुरू होगी। पन्द्रह–बीस दिन तक वह पढ़ाई में व्यस्त रहेगी। असरार ने कहा कि वह मन लगाकर पढ़ाई करे। परीक्षा के बाद वे मिलेंगे और किसी ऐसे स्थान पर जायेंगे जहाँ पहले न गये हों।

धूप तेज़ थी, लेकिन दोनों के सर पर पेड़ों की छाँव फैली हुई थी। चारों ओर हरियाली थी और इस हरियाली की झलक हिना के चेहरे पर छलक रही थी। असरार ने उसका हाथ अपने हाथ में लिया और कहा– "इतने दिन तुझसे अलग रहूँगा। सोचकर बुरा लग रहा है।"

"सोचा मत करो, बुरा नहीं लगेगा।" हिना ने हँसते हुए कहा।

'सोचने पर बस कहाँ चलता है'। असरार ने कहा।

"बस सड़क पर चलती है, जंगल में नहीं।" हिना ने असरार को हँसाने का प्रयास किया।

दोनों यूँ ही बातें करते रहे, साधारण–सी बातें। इन बातों में दोनों के लिए राहत थी।

तीन बजे के लगभग वे नेशनल पार्क से बाहर निकले। बोरीवली स्टेशन से ट्रेन में सवार हुए और बांद्रा में उतरे। बांद्रा स्टेशन से रिक्शा लिया और बैंड स्टैंड गये। मुम्बई के समन्दर तटों में बैंड स्टैंड भी एक प्रसिद्ध समुद्र तट है। इस तट के किनारे प्रसिद्ध फ़िल्मी अभिनेताओं के बँगले हैं। तट पर खुरदुरे काले पत्थर फैले हुए हैं। बहुत सारे जोड़े पत्थरों की आड़ में बैठकर अपने दिल का हाल शब्दों में कहे बिना जीभ से सुनाया करते हैं। जीभ दिल की स्थिति की अभिव्यक्ति का एक प्रभावी साधन है। यह बात विधि ने हिना को समझाई थी और कहा था कि अपनी जीभ को केवल भोजन करने के लिए उपयोग करना मूर्खता है। हिना के अन्दर जिन बातों के लिए इच्छा और सहमति अचानक पैदा हुई थी, उसके पीछे विधि भी थी। विधि ने बहुत ही निडरता से अपनी प्रेमकथा और शरीर के अनुभवों का उल्लेख किया था, जिसे सुनकर पहले–पहल तो हिना मुँह में उँगली दबाये थी, लेकिन बाद में इन बातों ने हिना के अन्दर बसे डर को ख़त्म कर दिया था।

बैंड स्टैंड का दृश्य देखकर असरार और हिना ने एक–दूसरे को देखा। वे मुस्कुराये। इस मुस्कुराहट में हज़ारों बातें थीं और वह उन बातों से परिचित थे। असरार ने हिना का हाथ पकड़ा। वे पत्थरों को पार करते हुए समन्दर की ओर जाने लगे। जाते हुए उन्होंने पत्थरों की आड़ में कई जोड़ों को चुम्बन करते हुए देखा। वे आगे बढ़े। एक बड़े से पत्थर के पीछे एक नवयुवा जोड़ा प्यार कर रहा था, लेकिन यह दृश्य इतना नग्न था कि उसे देखकर हिना हैरान हो गयी। उसने असरार की ओर देखा। असरार ने उसका हाथ दबाया और इशारा किया कि चुप रहे, कुछ न कहे। दोनों कुछ दूर चलकर एक पत्थर पर बैठ गये। उन्होंने मुड़कर देखा। एक गगनचुम्बी इमारत बड़े गौरव से समन्दर को आँखें दिखा रही थी। इस इमारत के चारों ओर दूसरी इमारतें मानो इस दृश्य की पृष्ठभूमि का भाग थीं। सूरज की किरणें उन इमारतों के शीशों के साथ आँख मिचौली खेल रही थीं।

सूरज डूबने तक वे वहाँ बैठे रहे। बहुत सारी बातें हुईं। कई बार इस बात पर दुःख व्यक्त किया कि एक लम्बे समय तक वे एक–दूसरे से मिल नहीं पायेंगे। कई बार ऐसे गम्भीर पलों में उन्होंने भावुक होकर एक–दूसरे को चुम्बन किया। एक–दूसरे की उँगलियों को होंठों से चूमा और एक–दूसरे की आँखों में प्यार की गर्मी को महसूस किया। जब वे उठे, आसपास के कई जोड़े उठ–उठकर सड़क की ओर जा रहे थे। अपने प्रेमी से मुलाक़ात की ख़ुशी के रंग उनके चेहरों पर थे। हिना ने देखा, आगे वह जोड़ा चल रहा था जिसे देखकर वह स्तब्ध हा गयी थी। वह लड़की जो पहले सलवार के एक भाग को उतारकर खुले आसमान के नीचे अन्तरंग कर रही थी अब बुर्का पहनकर इठलाते हुए चल रही थी। हिना ने लड़के के कमीज़ से उस जोड़े की पहचान की थी। हिना की हैरानी में वृद्धि हुई। उसकी समझ में नहीं आ रहा था कि क्या कहे? वह चुप रही।

वे सड़क पर आये, कुछ देर वहाँ चहलक़दमी की। समन्दर पर बनने वाले बांद्रा–वर्ली ब्रिज को देखते रहे। हिना ने कहा जब यह ब्रिज बन जायेगा, बांद्रा से मुख्य शहर तक यात्रा आसान हो जायेगी। उसकी इस बात पर असरार ने कहा– "तेरे साथ मुश्किल सफ़र भी मंजूर है।"

हिना ने तुरन्त कहा– 'यह तुम्हारे फ़ेवरेट पोएट नानी की पंक्ति तो नहीं है?'

असरार ने मुस्कुराते हुए कहा, "नहीं, यह मेरी पंक्ति है, और मेरे फ़ेवरेट पोएट का नाम नानी नहीं बानी है।"

दोनों देर तक हँसते रहे।

पौने आठ बजे वे मुम्बई सेंट्रल स्टेशन पहुँचे। टैक्सी में बैठने से पहले हिना ने अपने बैग में से एक छोटा–सा बॉक्स निकाला और असरार के हाथों में थमाया और कहा– "तुम्हारे लिए।"

इससे पहले कि असरार कुछ कहता हिना ने दुबारा असरार की हैरानी महसूस करते हुए कहा– "घर जाकर देखना।"

असरार ने सुक्रिया अदा किया।

"शुक्रिया।" हिना ने उसकी नक़ल उतारते हुए कहा।

वह मुस्कुराया।

हिना को विदा करने के बाद वह पैदल चलता हुआ मुम्बई सेंट्रल एस.टी. डिपो तक आया।

अचानक उसके मन में एक बात आयी। उसने एक मिठाई की दुकान से आधा किलो अफ़लातून ख़रीदा और सीधे शान्ति के पास गया। शान्ति उस समय किसी ग्राहक के साथ बिस्तर पर थी। उसने माधुरी से कहा कि आधे घण्टे बाद वह वापस आयेगा। वह बच्चू की वाडी की ओर गया। एक ठेले से क़बाब लेकर खाया। यहाँ के क़बाब एक बार उसे मुहम्मद अली ने खिलाये थे। क़बाब स्वादिष्ट थे। क़बाब का स्वाद उसके मुँह में था कि उसे चाय पीने की इच्छा हुई। नुक्कड़ पर एक रेस्टोरेंट था। वह उसमें जाकर बैठ गया। उसके आसपास मक्खियाँ भिनभिना रही थीं। एक टेबल पर प्लास्टिक का जग रखा हुआ था। एक कुर्सी पर आमने–सामने दो फ़क़ीर किस्म के लोग बैठे चाय पी रहे थे। एक फ़क़ीर के कन्धे पर एक मैला हरे रंग का कपड़ा था। असरार ने अपने गाँव में हरे रंग की चादरें ओढ़े फ़क़ीरों को देखा तो जो अक्सर गुरुवार के दिन घूमा करते और अल्लाह रसूल का वास्ता देकर भीख माँगा करते थे, इसलिए इस फ़क़ीर के कन्धे पर रखे हुए कपड़े को देखकर उसे अधिक आश्चर्य नहीं हुआ। चाय पीते हुए उसने भिखारियों की बातचीत पर ध्यान केन्द्रित किया। वे शुद्ध मुम्बई की बोली में बात कर रहे थे। असरार ने उनकी बातों से अन्दाज़ा लगाया कि वे दुनिया की अधिकांश चीज़ों में दोष देख रहे थे और अपने देश की व्यवस्था से बहुत निराश और आहत थे। दूसरी ओर दुनिया के विनाश होने का उल्लेख कर रहे थे। जिसके कन्धे पर हरा कपड़ा था, उसने थोड़ी ऊँची आवाज़ में कहा– "गज़व–ए–हिन्द की बशारत है अब वह दिन दूर नहीं।" सामने बैठे फ़क़ीर ने इस बात पर कोई प्रतिक्रिया नहीं दी। शायद यह बात वह कई बार सुन चुका था। उसने कप पर बैठी मक्खी को उड़ाया और फिर कुछ रोगों का उल्लेख किया। फ़क़ीर ने अपने कन्धे पर रखे हुए हरे रंग के कपड़े से मुँह साफ़ किया और कहा– "हर बीमारी का इलाज कुरान में है। तू तेरी औरत को इंग्लिश डॉक्टर लोग के पास मत भेज। हराम है।"

असरार सोच रहा था कि ये फ़क़ीर लोग कितनी गम्भीर प्रकृति की बातें कर रहे हैं। वह हैरान था।

फ़क़ीर कुछ मिनट बातें करते रहे फिर अचानक दोनों उठे और बिल का भुगतान किये बिना चले गये।

जब असरार बिल का भुगतान करने काउंटर पर गया तब उसने यूँ ही काउंटर पर बैठे लड़के से कहा– "तुम फ़क़ीरों को भी बैठने देते हो?"

"अरे नहीं भाई, कौन बोला।" लड़के ने कहा।

असरार ने कहा– "अभी तो उधर।" उसने टेबल की ओर संकेत किया, जहाँ वह फ़कीर लोग बैठे थे।

"अबे वह बाजू की मस्जिद के इमाम साब और बांगी साब थे।" लड़के ने हँसते हुए कहा।

वह सर खुजाता हुआ रेस्टोरेंट से बाहर निकला।

वह शान्ति की इमारत की ओर चल दिया। शान्ति दरवाज़े पर खड़ी थी। उसे देखकर मुस्कुरायी। दोनों ने हाथ मिलाया। उसने दो–चार मिनट शान्ति से बात की। उसे बताया कि वह सिर्फ उसकी खैरियत जानने आया है। शान्ति को अच्छा लगा। शान्ति ने चाय के लिए ज़िद की तो असरार तैयार हो गया। असरार ने मिठाई का पैकेट शान्ति के हाथों पर रखा। शान्ति ने तुरन्त कहा– "क्यों रे, शादी बना रहा है?"

असरार ने उसके सर पर धीरे से मुक्का मारा और कहा नहीं, "वापस मेरा पगार बढ़ा है। शादी करूँगा तो तेरे को बुलाऊँगा।"

शान्ति हँसी।

वह जाने लगा तो माधुरी ने कहा– "तेरे दोस्त को बोल मैं याद की है, बहुत टाइम से आया नहीं।"

असरार 'हाँ' कहते हुए सीढ़ियों की ओर मुड़ गया।

खोली में पहुँचकर उसने हाथ–मुँह धोया और कुछ देर आराम किया। मुहम्मद अली क़ासिम दलवी के साथ बाहर गया हुआ था। सलीम घारे और मुख़्तार ठाकुर फ़िल्म देखने गये हुए थे। सुलेमान वनु किसी सम्बन्धी के घर गया हुआ था। दो लड़के खोली में थे जिनसे असरार की औपचारिक बातचीत होती थी। उनमें से एक रेडियो पर फ़िल्मी गाने सुन रहा था दूसरा कुछ लेखा–जोखा कर रहा था। असरार ने हिना का दिया हुआ बॉक्स अभी खोला नहीं था। उसका अनुमान था कि हिना के पिता का इत्र का कारोबार है, इसलिए बॉक्स में इत्र की शीशी होगी। उसने बॉक्स एक ओर रख दिया और सोचा कि मुहम्मद अली के आने

पर खोलेगा। इत्र की बोतल होगी तो मुहम्मद अली को दे देगा। असरार ने अपने सूटकेस में रखा हुआ डब्बा निकाला और चिवड़ा खाने लगा। रेडियो पर मीर तक़ी 'मीर' की ग़ज़ल बज रही थी–

दिखाई दिये यूँ कि बेख़ुद किया
हमें आपसे भी जुदा कर चले
जबीं सज़दा करते ही करते गयी
हक़े बन्दगी हम अदा कर चले

चार पंक्तियाँ वह सुन सका। उसके बाद वह दूसरी दुनिया में था। उसकी आँखों के सामने वह दृश्य उभरा जब वह दरगाह में हिना को बरसात में भीगते हुए देख रहा था। अभी वह इस स्थिति में डूबा हुआ था कि ग़ज़ल ख़त्म हो गयी और साथ ही मुहम्मद अली और क़ासिम दलवी खोली में दाख़िल हुए।

कुछ देर कामकाज की बातें हुईं। असरार खोया–खोया–सा था। शायद ग़ज़ल का असर था। मुहम्मद अली ने असरार के बिस्तर के पास रखा बॉक्स देखा। वह समझ गया हिना ने असरार को कुछ तोहफ़ा दिया है। उसने पूछा– "अबे, बॉक्स में क्या है?"

"तू खोल न?" असरार ने कहा।

इतना कहना काफ़ी था। मुहम्मद अली ने बॉक्स खोला। बॉक्स में एक और बॉक्स था जिसमें Nokia–3310 मोबाइल था। सबने बारी–बारी मोबाइल हाथ में लेकर देखा। असरार ने उन्हें ख़ुश देखकर कहा– "एक लड़की ने दिया है?"

क़ासिम दलवी ने कहा– "काए को चूतिया बनाता है।"

सब हँसते रहे। असरार भी उनके साथ शामिल हो गया। मुम्बई की लड़कियों पर देर तक चर्चा हुई। अधिकांश की राय थी कि मुम्बई की लड़कियाँ प्यार के नाम पर रुपये ऐंठने के चक्कर में होती हैं। असरार उन्हें सहानुभूतिपूर्ण नज़रों से देख रहा था कि उसकी दृष्टि में वे प्रेम की ज्योति से वंचित थे। रात का खाना बनाते हुए असरार ने मुहम्मद अली को बताया कि माधुरी ने याद किया है। मुहम्मद अली ने उत्सुक निगाहों से देखा, कुछ पूछा नहीं।

इसी बीच सलीम घारे आया। उसने असरार से धीरे–से कहा– "मेरे को फ़ोन आया था। तेरी माँ को मलेरिया हुआ है, अगर छुट्टी मिलेगी तो गाँव जाकर आ।"

खाना खाने के बाद असरार और मुहम्मद अली खोली के बाहर फुटपाथ पर बन्द पानपट्टी के बाकड़े पर बैठकर बातें करने लगे। असरार ने मुहम्मद अली को बताया कि सलीम घारे ने ख़बर दी है कि माँ को मलेरिया हुआ है। छुट्टी की बात कहते हुए झिझक महसूस हो रही थी क्योंकि कुछ सप्ताह पहले वह गाँव हो आया था। मुहम्मद अली उसे देख रहा था। उसने कहा– "तेरी क़िस्मत सॉलिड है। परसों मूसाभाई उमरा करने जा रहे हैं। फ़िकर मत कर, तू गाँव जाकर आ।" मुहम्मद अली ने उसे बताया कि मूसाभाई को जब वह हवाई अड्डे पर विदा करने जायेगा तब बता देगा। असरार का चेहरा खिल गया। थोड़ी देर बाद मुहम्मद अली ने कहा कि कल शाम दफ़्तर के पते पर एक सिमकार्ड ख़रीदेगा। असरार ने पूछा, महँगा तो नहीं पड़ेगा? मुहम्मद अली ने बताया अब मोबाइल सस्ता होने लगा है और समझाया कि गाँव में मोबाइल का उपयोग कम करे वरना 'रोमिंग चार्ज' के कारण रुपये जल्दी कट जायेंगे। असरार मोबाइल देखकर खुश था। उसे बार–बार मोबाइल को देखते हुए देखकर मुहम्मद अली भी ख़ुश था। उसने आखिरकार कहा– "तेरे को फ़ोन हिना ने अपनी ग़रज़ से दिया है।"

"मतलब?" असरार ने पूछा।

"बिड्डू, अब तू उसकी मुट्ठी में रहेगा, जब चाहेगी तेरे को फ़ोन करेगी।" मुहम्मद अली ने समझाया।

"मैं भी यही चाहता हूँ। इससे अच्छी बात और क्या हो सकती है।" असरार ने कहा।

मुहम्मद अली ने उसके कन्धे पर हाथ रखा और कहा, "बहुत प्यार करता है न उसको?"

असरार ने कुछ नहीं कहा। वह चुप रहा।

"मेरे को मिलाना कभी उससे।" मुहम्मद अली ने कहा।

"गाँव जाकर आने के बाद मिलाता हूँ।" बड़े विश्वास के साथ असरार ने कहा।

माँ ठीक थी। मलेरिया की जाँच हो गयी थी। दवाओं से आराम था। असरार ने दस–बारह नारियल पड़ोसन के पेड़ से उतारे और साफ़ करके माँ के बिस्तर के पास रख दिए। पहला दिन उसने घर में व्यतीत किया। दूसरे दिन माँ पहले से अधिक राहत महसूस करने लगी।

मांबादमोर्फो में उसका मन नहीं लग रहा था। कई बार वह समुद्र तट के पास जाकर बैठ जाता और समन्दर की लहरों के साथ पहली–सी जान–पहचान बनाने का प्रयास करता, लेकिन वह ख़ुद को और उलझता हुआ महसूस करता। एक दोपहर उसने जमीला मिस के साथ बितायी। इसके अलावा जमीला मिस के बारे में वह अपने अन्दर एक अजीब तरह का अलगाव महसूस करता रहा। हालाँकि मिस के सामने उसने ख़ुद को बहुत ही ख़ुश ज़ाहिर किया और कहा कि अब उसके पास मोबाइल है। सम्पर्क में रहेगा। मिस ने उसे अपने नये मोबाइल के बारे में बताया जो कैमरे वाला था। असरार ने तारीफ़ की। मिस ने महसूस किया कि असरार बुझा–बुझा–सा है। उसका मन कहीं और है। फिर उसने सोचा, मुमकिन है, माँ की बीमारी के कारण वह चिन्तित दिखायी दे रहा है।

असरार ने तीसरे दिन कुछ समय मुहम्मद अली के घर बिताया। मुहम्मद अली की बड़ी बहन ने उसे बताया कि रशीदा जिसके साथ भाग गयी थी, उसके साथ सांगली में शादी करके कृष्णा नदी के किनारे किसी बस्ती में रहा करती थी। वह आदमी उससे बहुत प्यार करता था। दस बारह साल पहले उसको हार्टअटैक आया। वह मर गया। रशीदा ने माबादमोर्फ़ो वापस आने के बजाये कृष्णा नदी के किनारे अकेले जीवन व्यतीत करने का फ़ैसला किया। नदी किनारे उसके सब्ज़ियों के खेत थे। रशीदा सब्ज़ियाँ बेचकर गुज़ारा करती रही। जब उसका निधन हुआ तो उसका शव दो दिन तक घर में सड़ता रहा। किसी को ख़बर नहीं हुई। एक पड़ोसन उसकी सखी थी। जब दो दिन उसने रशीदा को घर से बाहर नहीं देखा तो उसे चिन्ता हुई। उसने मुहल्ले के लोगों को सूचित किया। दरवाज़ा तोड़ा गया। ज़मीन पर रशीदा का मृत शरीर था। उसके मुँह से ख़ून बहकर सूख गया था। लोग कहते हैं कि उस समय रशीदा के हाथ में मुहम्मद अली के बचपन की एक फ़ोटो थी।

मुहम्मद अली की बहन घटना को सुनाते हुए फूट–फूटकर रोने लगी। उसे पता नहीं था कि वह क्यों रो रही है, लेकिन वह देर तक

रोती रही। असरार की आँखों में भी आँसू उमड़ आये। उसने रोकने का प्रयास किया, लेकिन नहीं कर सका। एक ओर खड़े होकर खिड़की से बाहर देखते हुए वह भी रोया। देर तक रोया। थोड़ी देर बाद मुहम्मद अली की बहन ने सिसकियाँ भरते हुए बताया कि रशीदा की एक डायरी में यहाँ का पता और कई लोगों के फ़ोन नम्बर थे। पुलिस ने फ़ोन करके सूचित किया।

असरार को सदमा हुआ।

देर रात तक वह समन्दर के किनारे बैठा रहा—शान्त, दुःखी और बेचैन। वह मुहम्मद अली के दुःख को समझ रहा था और सोच रहा था कि इस पूरे विवरण को सुनकर मुहम्मद अली पर क्या बीतेगी? दूसरी ओर मुहम्मद अली के पिता ने इस घटना को सुनने के बाद बड़ी निष्ठुरता से कहा था—"जैसी करनी वैसी भरनी।" लेकिन असरार जानता था, मुहम्मद अली की आत्मा उसकी माँ के लिए बेचैन थी। वह उसे स्वीकार करना चाहता था, मिलना चाहता था। वह जीवन के जिस रूप से परिचित था उसमें उसकी माँ की बेवफ़ाई कोई बहुत बड़ा पाप नहीं था। वह अपनी माँ की इच्छा का सम्मान करना चाहता था। इन वर्षों उसने अपनी छोटी—सी ज़िन्दगी में यह समझ लिया था कि प्यार की तरह सम्भोग भी एक प्रकार का अन्धापन है। इसमें डूबने वाले को भी उभरने की इजाज़त मिलनी चाहिए।

उसकी माँ पहले से बेहतर महसूस करने लगी तो चौथे दिन वह मुम्बई वापस आ गया।

वहाँ हिना अपनी परीक्षा में व्यस्त थी।

मई के पहले सप्ताह वे नागपाड़ा जंक्शन पर मिले। सड़क के किनारे खड़े होकर बातचीत की। विदा होने से पहले असरार ने उसे अपना मोबाइल नम्बर दिया।

दूसरे सप्ताह वह गेट वे ऑफ़ इंडिया पर मिले। समन्दर की सैर की। मई की तेज़ धूप में समन्दर की झिलमिलाती तरंगों को देखकर हिना का दिल ख़ुश हो गया जबकि असरार हिना को ख़ुश देखकर ख़ुश था। उसे वह सफ़र भी याद आया जब उसने पहली बार यहाँ समन्दर की सैर की थी।। तब भी उसने ताज होटल और आसपास की इमारतों को बड़ी श्रद्धा के साथ देखा था। मुम्बई से जो उसे लगाव था, अब प्यार में बदल गया था। हिना से जो उसे प्यार था, अब वह आस्था में बदल गया था।

नाव ने जब वापसी की यात्रा शुरू की कि तभी अचानक एक बात उसके मन में आयी। उसने हिना से कहा– "शादी कर लेते हैं।"

तेज हवाओं के कारण हिना ने बात को सुना नहीं। उसने पूछा– 'क्या?'

"शादी कर लेते हैं।" असरार ने उसकी आँखों में देखते हुए आश्वस्त स्वर में कहा।

"ठीक है, नाव से उतरकर कर लेते हैं।" हिना ने कहा।

असरार कुछ सोचने लगा।

हिना ने मुस्कुराते हुए दुबारा कहा– "सचमुच, नाव से उतरकर अब्बा की दुकान पर चलते हैं और शादी कर लेते हैं।"

असरार को लगा, हिना मज़ाक़ कर रही है।

वह समन्दर की लहरों को देखने लगा।

हिना ने उसके कन्धे पर हाथ रखा और कहा, "क्या हुआ? अभी तैयार नहीं हो? कितना वक़्त चाहिए?"

असरार ने हिना की आँखों में एक पल के लिए देखा और कहा– "मैं तैयार हूँ?"

'पागल हो क्या?' हिना ने पूछा।

"हाँ, तेरे लिए...।" उसने कहा।

हिना ने कुछ नहीं कहा। वह समन्दर की लहरों को देखने लगी। वास्तव में वह निगाहें चुरा रही थी क्योंकि 'हाँ, तेरे लिए' कहते हुए असरार की निगाहों में जो एक ज्वाला थी, उसे बर्दाश्त करने की क्षमता कम से कम उस पल उसके अन्दर नहीं थी। दूसरी ओर उसकी आत्मा आनन्द में डूबी हुई थी। उसके मन में एक ख़याल आया। नाव से उतरते ही असरार से उसका मोबाइल माँगा और गेट वे ऑफ़ इंडिया के सामने छाँव

में खड़े होकर किसी को फ़ोन लगाया। असरार मूँगफली ख़रीद रहा था। हालाँकि उसका ध्यान हिना की ओर था। हिना ने दो–तीन मिनट बात करने के बाद कहा, "अब्बा से बात हो गयी है, तुम्हारी शादी की इच्छा आज पूरी होगी।"

असरार हैरान निगाहों से उसकी ओर देखने लगा। उसने असरार की हैरानी में वृद्धि के उद्देश्य से कहा, "मैं भी तुम से शादी करना चाहती हूँ।"

असरार की समझ में नहीं आ रहा था कि वह क्या जवाब दे क्योंकि जब उसने यह कहा था कि शादी कर लेते हैं, उस समय उसका मक़सद यह नहीं था कि आज ही शादी कर ली जाये बल्कि भावनाओं को व्यक्त करना था, लेकिन अब वह कठिन परीक्षा में खुद को महसूस कर रहा था। उसने हिना की ओर देखा और कहा, "मैं तैयार हूँ।"

"मैं भी तैयार हूँ।" हिना ने कहा। वह चलते हुए ताज होटल के सामने वाली सड़क के पास पहुँचे। वहाँ एक टैक्सी में बैठ गये।

असरार दिल में कह रहा था कि इस पगली को कैसे समझाऊँ कि दिल में क्या था जबकि हिना सोच रही थी असरार इरादे का पक्का है, आज के लिए भी तैयार हो गया है। टैक्सी में बैठते ही असरार ने हिना का हाथ अपने हाथ में लिया। हिना की हथेली गीली थी।

"शादी है, फिर पसीना क्यों छूट रहा है?" असरार ने शरारती अन्दाज़ में कहा।

"ये ख़ुशी का पसीना है।" हिना ने जवाब दिया।

"पगली, ख़ुशी के आँसू होते हैं, पसीना नहीं।" असरार ने तुरन्त कहा हालाँकि हिना जानती थी कि बौखलाहट में उसके मुँह से 'ख़ुशी का पसीना' निकल गया था। अपनी मूर्खता पर वह भी मुस्कुरायी। चर्चगेट स्टेशन के क़रीब इरोज़ सिनेमा के सामने वह टैक्सी से उतरे। अब असरार इस विचार से पसीना–पसीना था कि हिना के पिता का सामना वह कैसे करेगा और अगर सचमुच शादी करना पड़े, तो वह क्या करेगा? उसके चेहरे पर चिन्ता और तेज़ धूप के कारण पसीने की कुछ बूँदें उभर आयीं। रेस्टोरेंट के दरवाज़े के सामने हिना ने रुककर उससे कहा– "तुम अपना पसीना तो साफ़ कर लो, वरना मेरे अब्बा सोचेंगे तुमको मैं कहीं से पकड़कर लाई हूँ।"

इस वाक्य से असरार को मज़ीद यकीन हो गया कि हिना ने शादी की बात को गम्भीरता से ले लिया है। उसने कहा–"यार हिना, तूने तो एकदम दिल पर ले लिया। जब मैंने कहा शादी कर लेते हैं तो कहना चाहता था कि जल्दी करेंगे, आज ही थोड़े बोला था?"

"मैं तो आज ही करूँगी। कल किसने देखा है?" हिना ने कहा।

"अरे पागल, शादी ऐसे होती है क्या?" असरार ने कहा। उसकी इस स्थिति और आत्मसमर्पण पर हिना और तन गयी। उसने कहा, "मैं तुम्हारे प्यार में अन्धी हूँ, मुझसे रहा नहीं जाता। अब्बा एक कमरे का भी इन्तेज़ाम कर देंगे।"

उसकी बात सुनकर असरार ने दिल में सोचा– 'ईश्क़ वाकई एक तूफ़ान होता है।'

"तेरे अब्बा कर देंगे लेकिन मेरी माँ को भी तो बुलाना चाहिए, वो शादी के ख़िलाफ़ कहाँ है?" उसने कहा।

"अब जो भी कहना है अब्बा से कहना।" इतना कहकर हिना ने रेस्टोरेंट में प्रवेश किया। उसके पीछे–पीछे डरा–सहमा असरार चल रहा था।

मन्द प्रकाश में संगीत जारी था। एक तरफ़, एक लड़की बैठी थी। हिना उसके पास जाकर बैठ गयी। असरार टेबल के पास खड़ा था। हिना ने उसे सामने बैठने का इशारा किया। वह बैठ गया। हिना और विधि एक–दो मिनट डरे–सहमे असरार को देखते रहे। हिना ने विधि की ओर इशारा करके असरार को बताया कि उसके पिता की सेक्रेटरी है। अब्बा दस–पन्द्रह मिनट देरी से आयेंगे। विधि ने इस बीच असरार से कई सवाल किये और असरार ने फूँक–फूँक कर हर सवाल का जवाब दिया मानो यह उसके शादी का इंटरव्यू था। उसकी इस हालत को देखकर विधि और हिना अन्दर ही अन्दर ख़ूब मज़ा ले रही थीं। विधि ने मस्ती में उससे पूछा– "शादी से पहले तुम दोनों ने कुछ किया तो नहीं है?"

"मैंने एक बार बोला था, ये तैयार नहीं हुई?" असरार के इस जवाब पर हिना शर्मा गयी। उसे बस इतना याद आया कि नेशनल पार्क में असरार ने कहा था– "दिल करता है तेरे पूरे बदन पर किस करने को" और उसने कहा था– "शादी के बाद करते हैं ये काम।"

"उसके बाप को यह मत बोलना।" विधि ने हिना को देखते हुए असरार से कहा।

"जी।" असरार ने कहा।

दोनों ने उसकी ख़ूब दुर्गत बनाई। आख़िरकार उसकी हालत पर हिना **को** दया आयी। उसने हँसते–हँसते असरार को बताया कि उसकी सहेली विधि है, जिसका उल्लेख वह कई बार कर चुकी है। यह सुनकर असरार को राहत मिली। वह हँसा। वे तीनों देर तक हँसते रहे और असरार की नक़ल करके उसका मज़ाक़ उड़ाते रहे। असरार भी उनकी हँसी में शामिल था। विधि से मिलकर उसे अच्छा लगा। रविवार का दिन था। रेस्टोरेंट से निकलने के बाद असरार ने खोली के एक लड़के से सम्पर्क किया और मुहम्मद अली से बात की। वह तीनों टैक्सी से क्राफ़ेड मार्किट पहुँचे। वहीं असरार ने मुहम्मद अली को बुलाया था। विधि ने मुहम्मद अली का हार्दिक स्वागत किया। मुहम्मद अली ने बातचीत करते हुए हिना को बताया कि असरार दिन भर उसके बारे में बात करता रहता है। यह सुनकर हिना ने असरार की ओर देखा। वह मुस्कुराया।

विधि ने क्राफेड मार्किट से मुहम्मद अली रोड तक घूमने की इच्छा जतायी। मुहम्मद अली गाइड बन गया। जब वे जे.जे. सिग्नल पहुँचे, शाम के छह बज रहे थे। पैदल चल–चलकर चारों थक गये थे। सिग्नल के पास एक रेस्टोरेंट में बैठकर उन्होंने चाय पी। चाय पीते–पीते चारों इस बात पर बहस करने लगे कि कौन–सा समुद्र तट सबसे सुन्दर है। मुहम्मद अली ने कहा कि उसने मुम्बई और आसपास के लगभग सभी तट देखे हैं, लेकिन उसे सबसे शान्तिपूर्ण 'कलम बीच' लगा जो नालासुपारा रेलवे स्टेशन से आठ किलोमीटर की दूरी पर स्थित है जबकि असरार ने कहा कि उसकी नज़र में 'मनोरी बीच' अधिक आकर्षक है। विधि ने किसी न्यायाधीश की तरह फ़ैसला सुनाया कि मई के अन्तिम दिनों या जून के पहले सप्ताह वे चारों क़लम बीच चलेंगे।

हिना ने विधि से कहा कि रात वह उसके घर रुकेगी। कुछ देर रेस्टोरेंट के बाहर खड़े रहकर बातें हुईं, फिर असरार और मुहम्मद अली ने उन्हें 'ख़ुदा हाफ़िज़' कहा। हिना ने कहा कि वह रात दस बजे फ़ोन करेगी।

मुहम्मद अली और असरार बातें करते हुए खोली की ओर चल पड़े। रास्ते में मुहम्मद अली ने हिना की तारीफ़ करते हुए असरार से कहा कि वह सौभाग्यशाली है जो उसे इतनी सुशील लड़की मिली है। असरार ने कहा– "बिल्डिंग वाली मतलब तेरी आइटम भी तेरे को बहुत प्यार करती है।" मुहम्मद अली ने एक नज़र ठहरकर असरार को देखा और कहा– "मेरी आइटम है तो झकास।" उसके दिल में कोई बात थी। एक पल की चुप्पी के बाद उसने कहा– "सुनो, पहले उसके पिता की अचार की दुकान थी। उसको अचार चाटना अच्छा लगता है। साली मेरे को भी चाटने को बोलती है, लेकिन कभी ये नहीं बोलती कि मेरे को प्यार करती है।" असरार मुस्कराता रहा और मुहम्मद अली की बातें सुनता रहा। आज मुहम्मद अली कई दिनों बाद अपने रंग में फिर से मस्त और ख़ुश दिखायी दे रहा था। घूमने से उसका जी बहल गया था वरना पिछले पन्द्रह बीस दिन से उसके माथे पर एक बल–सा दिखायी देता था। असरार मुहम्मद अली के दिल की उलझन को जानता था, लेकिन उसने कभी इस विषय को छेड़ा नहीं था। उसका अनुभव था कि घाव बातें नहीं बल्कि समय भरता है। शायद इसी वजह से विधि से मिलने के बाद उसके मन में उस समय मुहम्मद अली का ख़याल आया था और उसने मुहम्मद अली को क्राफोर्ड मार्किट बुला लिया था।

बहुत दिनों के बाद विधि हिना के घर आयी थी, इसलिए दरख़्शां ने मटन पुलाव पकाने का इरादा किया। हिना और विधि ने मसाला तैयार करने में दरख़्शां की मदद की और फिर बालकनी में बैठकर बातें करने लगीं, बहुत सारी बातें। विधि ने असरार के बारे में कहा कि लड़का मासूम है और उससे बहुत प्यार करता है। हिना विधि की बातें सुनकर ख़ुश थी। विधि ने असरार की तारीफ़ करते हुए दोपहर वाली बात दोहरायी, "मैंने एक बार बोला था ये तैयार नहीं हुई!" और कहा– "कितनी मासूमियत है इस बात में।" हिना रेस्टोरेंट में भी इस बात को सुनकर शर्मा गयी थी। विधि ने दोहराया तो फिर एक अजीब भावना उसके सीने में पैदा हुई।

लेकिन अभी वह इस स्थिति में डूबती कि विधि ने उससे पूछा– "यह बता, तू तैयार क्यों नहीं हुई थी?"

हिना ने विधि के कन्धे पर हाथ रखा और कहा– "डरती हूँ, अगर सब कुछ अभी हो गया तो उसकी दिलचस्पी मुझ में कम हो जायेगी।"

"पागल, वो तुझ से प्यार करता है। दिल से करता है। इस भावना पर सब कुछ कुर्बान किया जा सकता है...। फिर एक....।" विधि कहते कहते रुक गयी।

"हाँ लेकिन फिर वो एक बात भी तो ....।" हिना ने कुछ कहना चाहा लेकिन यह सोचकर रुक गयी कि मुमकिन है, जो बात वह सोच रही थी, विधि के मन में वह बात न हो। विधि ने हिना की चुप्पी को देख दुबारा जहाँ वह रुकी थी, वहीं से अपनी बात शुरू की– "मेरा मतलब है कि सेक्स दिलों की अभिव्यक्ति है। इसलिए जब दिल किसी का हो जाये तो फिर सेक्स को दबाना नहीं चाहिए और भविष्य की आशाओं के लिए तो हरगिज़ नही। ऐसा करना प्यार का अपमान है।" आसान अंग्रेज़ी में विधि ने कहा।

हिना चुपचाप सुन रही थी।

"सेक्स प्रेम का स्वाभाविक आश्रयस्थल है। उसे अस्वीकारना, इच्छा और प्रेम दोनों को अस्वीकारना है।" विधि ने कहा।

हिना चुपचाप सुन रही थी।

"सेक्स, शरीर की खिड़कियाँ खोलता है, जिससे आत्मा में प्रकाश फैलता है। इस प्रकाश से आत्मा की कई बीमारियाँ ठीक हो जाती हैं।"

हिना चुपचाप सुन रही थी।

"सम्भोग, रोहज़िन का एक आसान उपचार है।" चोर बाज़ार में बुज़ुर्ग आदमी ने 'किताब–उल–हिकमत बैन–उल–आफ़ाक़' से इस छोटे वाक्य को ज़ोर–से पढ़ा।

फिर व्याख्या करते हुए सूफ़ी की तरह दिखने वाले आदमी से कहा कि माता–पिता में से किसी एक या दोनों की किसी और से यौन प्रक्रिया

को यदि बच्चा अपनी आँखों से देख ले, तो यह दृश्य उसकी आत्मा को उदास कर देता है। यह उदासी आत्मा में छेद कर देती है। छेद का क्षेत्रफल समय के साथ बढ़ता जाता है। यह ख़ाली क्षेत्र अपने ख़ालीपन के कारण आत्मा का एक रोग बन जाता है। इस रोग का सरल उपचार सम्भोग का आनन्द है। यौन प्रक्रिया में इतनी ताक़त होती है कि वह आत्मा के उस अनदेखे छेद को धीरे–धीरे भर सकती है। शायद इसीलिए रोहजिन का रोगी स्वयं ही सम्भोग की ओर आकर्षित होता है और सम्भोग की ज्वाला में जलना शुरू करता है। उसका जलता हुआ शरीर आत्मा के छेद के क्षेत्रफल को कम करना शुरू करता है'।

सूफ़ी की तरह दिखायी देने वाला आदमी चुपचाप सुनता रहा।

हिना ने विधि की बातें सुनने के बाद कहा, "तू क्या सेक्सोलॉजी पढ़ रही है आजकल।"

"मैं ओशो (Osho) की किताबें पढ़ रही हूँ।" विधि ने मुस्कुराते हुए कहा और पन्द्रह मिनट Osho के बारे में हिना को नूलभूत बातें बताती रही। विधि ने सम्भोग के आनन्द पर देर तक बात की। उसकी बातें सुनने के बाद हिना ने कहा, "मुझे डर लगता है।"

विधि ने एक हल्का–सा ठहाका लगाया और कहा– "एक बार करेगी तो तेरा दिल माँगेगा मोर।"

"मोर–मोर–मोर।" विधि ने दोहराया।

"मोर–मोर–मोर।" हिना ने कहा।

दोनों "मोर–मोर" कह कर देर तक हँसती रहीं। आसमान पर बादल नहीं थे। प्रकाशित चन्द्रमा किरणों को फैलाये अपनी सत्ता की घोषणा कर रहा था।

'कलम बीच' के सैर के लिए रविवार का दिन चुना गया।

नालासुपारा एस.टी. स्टैंड से समुद्र तट तक लाल डिब्बे की यात्रा यादगार थी। रास्ता ऊबड़–खाबड़ था। रास्ते में छोटी–छोटी बस्तियाँ थीं। कंडक्टर घण्टी बजाता। लाल डिब्बा रुक जाता। लोग उतरते और चढ़ते। अधिकांश लोगों की रूपरेखा इस बात का प्रमाण दे रही थी कि यहाँ कोली समाज की बस्तियाँ अधिक हैं, लेकिन अब अधिकतर कोली ईसाई धर्म अपना चुके हैं। उनकी गर्दन में ईसा का क्रॉस झूल रहा था।

चारों ने महसूस किया कि वह मुम्बई से काफ़ी दूर निकल आये हैं। लाल डिब्बे में सवार लोग मुम्बई के लोगों से अलग दिखायी दे रहे थे। उनकी अपनी बोली और लहजा था। रास्ते के दोनों ओर खेत और कच्चे मकान थे। ज़िन्दगी में ठहराव था। कोई महत्त्वाकांक्षा नहीं थी। कोई जल्दबाज़ी में नहीं था। कोई बीड़ी फूँक रहा था, कोई हाथ पर तम्बाकू को मल रहा था। कुछ इतने बुरी हालत में थे कि उनका चेहरा धूप में जल–जलकर भुने हुए आलू की तरह काला पड़ गया था। एक बूढ़ी महिला ने साड़ी समान एक कपड़ा ओढ़ रखा था। ब्लाउज़ क्या होता है, शायद उसे पता नहीं था। मुम्बई के किनारे विशेष रूप से ठाणा जनपद में अधिकतर आदिवासी आबाद हैं, जिनकी नयी पीढ़ी का रहन–सहन तो बदल रहा है, लेकिन पुराने लोग अब भी स्थानीय संस्कृति से जुड़े हुए हैं। विधि ने देखा, बूढ़ी औरत ने अपनी थैली से एक बोतल निकाली और तीन–चार घूँट पी लिए। बोतल में जो पेय पदार्थ था उसकी गन्ध तेज़ थी। असरार इस गन्ध और पेय पदार्थ दोनों से परिचित था। उसने तुरन्त विधि और हिना को बताया कि उसे 'ताड़ी' कहते हैं। यह एक तरह की शराब है। ताड़ के पेड़ से निकाली जाती है। हिना ने पूछा "तुमने पी है?"

"गाँव में सभी पीते हैं।" असरार ने कहा।

हिना मुस्कुरायी और खिड़की से बाहर देखने लगी।

क़लम बीच बहुत बड़ा है और रेत का रंग काला था। विदि ने रेत देखकर कहा– "इसका नाम ब्लैक बीच होना चाहिए था।" आसपास में आबादी कम थी। समुद्र तट पर इक्का–दुक्का लोग दिखायी दे रहे थे।

चारों समन्दर के पानी में खेलते रहे।

तट के किनारे सब्ज़ियों के खेत थे। खेतों के उस ओर नारियल के पेड़ों की शृंखला थी। असरार ने सोचा, काश् ऐसा होता कि उस दिन वहाँ

सिर्फ़ हिना और वह होते। दूसरी ओर समन्दर की लहरों पर कूदते खेलते हिना के दिल में भी एक अजीब ख़याल पैदा हुआ कि काश! किसी दिन सिर्फ़ वह और असरार तट पर हों, कोई दूसरा न हो। उस दिन ऐसा हो कि वे आमने–सामने खड़े हों, मूसलाधार बारिश हो और फिर हर तरफ़ अँधेरा छा जाये। इस जादुई अँधेरे में वह असरार के बहुत पास होगी और उसके होंठों को प्यार करेगी। एक पल यह ख़याल उसके मन में पैदा हुआ और ग़ायब हो गया, लेकिन देर तक वह इस ख़याल की लहरों में डूबती–उभरती रही।

दो बजे तक वे चारों मौज–मस्ती करते रहे। विधि के पास कैमरा था। उसने फ़ोटो खींचीं। कुछ देर रेत पर बैठ कर चारों ने बातचीत की। शाम चार बजे वे वापसी के लिए निकले। सात बजे मुम्बई सेंट्रल स्टेशन पहुँचे।

रात दस बजे हिना ने असरार को फ़ोन किया। जो बातें तट पर उनके दिलों में जन्मीं थी, उन्होंने एक–दूसरे को बतायीं। इन बातों से एक बात स्पष्ट थी कि दोनों को अकेलेपन की तलाश थी। उनका सम्बन्ध अब उस चरण में प्रवेश कर चुका था जिसमे शरीर के दूसरे अंग ज़बान से अधिक बातें करने के अभिलाषी होते हैं। ज़बान शब्द कम अदा करती है और आत्माओं के बीच उपस्थित दूरी को पाटने के लिए पुल बन जाती है। अब उनका सम्बन्ध उस चरण में प्रवेश कर चुका था, जिसमें अकेलेपन का विचार उन्हें अदृश्य कर देता। वे आत्मा की अविश्वसनीय अदृश्यता के कारण स्वयं को वादियों में उड़ता हुआ महसूस करते थे।

उनकी आँखों में हल्का–सा अँधेरा प्रतीत होता। यह अँधेरा शरीर की मिट्टी में हॉर्मोन की नमी से पैदा होता है। प्रेम की भावना इस अनुभूति को आँखों तक खींच लाती है और शरीर की मिट्टी में पैदा होने वाली सोंधी गन्ध का राज़ खोल देती है। वे बातें करते और उन बातों में उनका दिल एक–दूसरे से मिलने की इच्छा को व्यक्त करता। बातें करते–करते असरार ने कहा– "बारिश में मनोरी बीच चलेंगे।" उसके बाद हिना को उस बीच के बारे में विस्तार से बताया।

क़ासिम वनु और उसके कुछ दोस्तों के साथ कुछ महीनों पहले वह मनोरी बीच गया था।

जून के प्रारम्भिक दिनों में वे दो बार मिले।

जून के दूसरे हफ़्ते यूसुफ़ अमेरिका से वापस आया। वह काफ़ी बदला हुआ लग रहा था। उसने एक दिन घर में निवास किया। हिना की बड़ी बहनें और उनके बच्चे आये। यूसुफ़ ने अपने दोनों दामाद की ख़ूब आवभगत की। उनके लिए तोहफ़े लेकर आया था। रात के खाने पर उसने खुशख़बरी सुनायी कि दुकान की एक शाखा न्यूयॉर्क में खुलने वाली है। सबने बधाई दी। एक–दो बार उसने दरख़्शां से भी बात की। वह भी ख़ुश लग रही थी। पिछले दो–तीन महीनों से दरख़्शां में भी कुछ बदलाव आये थे। पीर साहब अब उसे फ़ोन कर लिया करते थे और हफ़्ता–पन्द्रह दिन में वह भी पीर साहब से मिल आती थी। इस प्रकार उसके दिल में जो ख़ालीपन था, किसी प्रकार भरने लग गया था।

शुक्रवार 25 जुलाई रात लगभग आठ बजे हिना ने असरार को फ़ोन किया और कहा कि पिछले तीन दिनों से लगातार बारिश हो रही है, ऐसे में मनोरी बीच जाने का प्रोग्राम क्यों न टाल दिया जाये। असरार ने कहा, "सारा मज़ा तो बारिश में भीगने में आयेगा।" हिना को कलम बीच की याद आयी जब उसने सोचा था कि काश! मूसलाधार बारिश होती और चारों ओर अँधेरा फैल जाता तो ऐसे अँधेरे में समन्दर के पानी में खड़े होकर वह असरार के होंठों पर प्यार करती। याद के इस अंश ने उसके मन में दबी बहुत सारी दूसरी भावनाओ का भी रास्ता फ़राहम किया।

बात ख़त्म होने के बाद वह सोफ़े पर बैठ गयी। कुछ अस्पष्ट विचार उसके मन में बुलबुले की तरह उभरे और अथाह गहरायी में डूब गये। उसने आँखें बन्द कर लीं और इन बुलबुलों को बन्द आँखों की दृष्टि से देखने लगी जो खुली आँखों में अधिक समय तक टिक नहीं पा रहे थे। वह समुद्र तट पर बैठी थी और समन्दर पर मूसलाधार बारिश हो रही थी।

हल्का अँधेरा फैल गया था और जहाँ तक नज़र जाती थी, वहाँ तक काले बादल थे जो समन्दर के उभरे सीने को देख कर गोया समागम के लिए बेक़रार थे। समन्दर मदहोशी में पागलों की तरह झूम रहा था। अँधेरे में लहरें डरावनी लग रही थीं। इन ख़तरनाक लहरों को देखने में एक रोमांस था। अब उसे असरार दिखायी दिया। वह घुटनों तक समन्दर के पानी में खड़ा था। पानी में खड़े होकर वह हिना को देख रहा था। हल्के अँधेरे में दोनों के चेहरे धुँधलाये हुए थे, यह धुँधलाहट आकर्षण का कारण थी। असरार ने हिना की ओर देखकर अपनी बाँहें फैलायीं। हिना उसकी ओर बढ़ने लगी। तेज़ हवाएँ चल रही थीं। उसने अपना दुपट्टा कमर से कसकर बाँध लिया। वह आगे बढ़ रही थी और पीछे उसके पैरों के निशान रेत पर धीरे–धीरे मिट रहे थे। जब उसने पानी में पैर रखा तो रेत पर उसके पैरों के सभी निशान मिट चुके थे। समन्दर का पानी काफ़ी ठण्डा था। एक लहर उसने अपनी पसलियों में महसूस की। इस लहर ने हल्की गर्मी उसके दिल में पैदा की। जब वह असरार के पास पहुँची, बारिश तेज़ हा गयी और जहाँ वह खड़े थे वहाँ एक छोटे–से भाग में बारिश बहुत हल्की थी। उन्होंने एक–दूसरे को देखा और फिर अतराफ़ तेज़ बारिश की बूँदों को देखा। तेज़ बारिश के कारण पास का दृश्य उनकी नज़रों से ओझल हो गया। हिना ने अपने दोनों हाथ उसकी गर्दन में डालकर अपनी नाक उसकी नाक से मिलायी। असरार ने अपने होंठ उसके होंठों पर रख दिए। इस आलिंगन में उनके शरीर एक–दूसरे की गर्मी को महसूस करने लगे। अतराफ़ होती हुई तेज़ बारिश चक्र के आकार में धीरे–धीरे उनकी ओर बढ़ने लगी। अब उन पर तेज़ बारिश हो रही थी।

हिना ने आँखें खोलीं। सोफ़े के एक कोने पर दरख़्शां बैठी टेलीविज़न पर कोई नाटक देख रही थी।

हिना ने करवट बदली और फिर उस दृश्य को अपने मन में रचने का प्रयास किया, लेकिन वह दृश्य उसी स्थिति नें उसके मन में नहीं उभर सका। वह सोचने लगी, किस सीमा तक जाना चाहिए? क्या वह तैयार है? क्या अब उसके दिल में मौजूद डर ख़त्म हो गया है? क्यों किसी सीमा या बन्धन को ख़ुद पर लागू किया जाये? शुरू में इस तरह के कई सवाल वह बार–बार ख़ुद से पूछती रही। उसके दिल ने जवाब दिया कि वह सिर्फ़ तैयार नहीं है बल्कि इसी में उसके प्यार की पूर्ति

है। उसे विधि की एक बात याद आयी– 'सेक्स, प्रेम की बुलन्दी है'। उसने विधि की बात पर ग़ौर किया और सोचा कि वह असरार को आज के लिए आज प्यार करती है। कल के लिए आज प्यार करना, झूठ बोलना है। वह एक–दो मिनट चुप रही।

वह दुबारा कल्पनाओं के संसार में थी। बारिश थम गयी थी। जहाँ उसकी कल्पना में बारिश थम गयी, वहीं शहर और उपनगरों में काले बादलों ने बरसना शुरू कर दिया था। कल्पना में उसने देखा, वह असरार के साथ तट पर लेटी है। रात का दृश्य था और आकाश में तारे चमक रहे थे। तारों का प्रकाश मन्द था, लेकिन मन्द प्रकाश में आँच बहुत थी। बारिश अभी–अभी रुकी थी। उनके शरीर देर तक पानी में भीगने के कारण मानो बर्फ़ बन गये थे लेकिन अचानक एक ज्वाला उसने अपनी पसलियों में महसूस की। यह ज्वाला नहीं बल्कि यूरेनियम था। वह दहकने लगी। इस यूरेनियम में जलने का एक आनन्द था। अब वह इस आनन्द की स्थिति में पूरी रात सुलगना चाहती थी। इस आग में जलकर आदमी अमरपक्षी की तरह अपनी ही मिट्टी से फिर नया जीवन प्राप्त करता है।

अभी वह इस ख़याल में डूबी थी कि ज़ोरदार गरज बरस की आवाज़ सुनायी दी। वह खड़ी हो गयी। उसके उठते ही दरख़्शां ने कहा, "कितनी बारिश हो रही है, देख!"

"हाँ...।" कहकर वह बालकनी की ओर गयी।

सड़क पर पानी जमा हो गया था। रास्ते में खड़े बिजली के खम्बों की रौशनी में मोटी–मोटी बूँदों को उसने गिरते हुए देखा। ट्रैफ़िक कम हो गया था। इक्का–दुक्का बस टैक्सी दिखायी दे रही थीं। आसमान से बरसते हुए पानी को देखकर वह कुछ गौर करती कि असरार की बात उसके मन में ताज़ा हो गयी, "सारा मज़ा तो बारिश में भीगने में आयेगा।" हर बार असरार के इस जुमले पर वह मुस्कुराती।

रात चार बजे तक ख़ूब बारिश हुई। शहर के अधिकांश भागों में पानी भर गया था। भोर के समय बारिश शहर भर में रुक गयी थी।

सूरज निकल आया। इन चार घण्टों में जमा पानी नालियों में उतर गया। ट्रेन के ट्रैक पर जमा पानी ज़मीन ने पी लिया। समन्दर में भाटा था, इसलिए रात भर हुई बारिश का पानी नालियों ने समन्दर में उगल दिया। जीवन दुबारा सामान्य हो गया।

सुबह जब वह दोनों ट्रेन में बैठे तो ऐसा लग रहा था मुम्बई में बारिश हुए कई दिन हो गये हैं।

दस बजे वे मलाड स्टेशन पर उतरे। रेलवे स्टेशन के पास ही बस स्टॉप था। वह 'मार्वे' के लिए बस में बैठ गये। आधे घण्टे की इस यात्रा में हिना ने अपने वॉकमैन से असरार को 'वीर–जारा' फ़िल्म के दो गाने सुनाये और फिर रात की तेज़ बारिश का ज़िक्र करते हुए कहा कि उसे लग रहा था अगर बारिश लगातार होती रही तो सुबह ट्रेन सेवा बन्द हो सकती है। असरार ने बताया कि जब बारिश रुकने का नाम नहीं ले रही थी तब उसने कई बार दुआ की थी। उसकी इस बात पर हिना हँसी। उसने कहा– "तो अब अल्लाह तुम्हारे इशारों पर बारिश बरसा रहे हैं?" असरार ने कहा– "हाँ, हो सकता है, हम ये नहीं कह सकते कि अल्लाह को हमारा कौन–सा काम पसन्द आये?" वे इस तरह की हल्की–फुल्की बातें करते रहे। आधे घण्टे की बस की यात्रा पलक झपकते ख़त्म हो गयी। मार्वे अन्तिम बस स्टॉप था। बस ख़ाली हुई। बस स्टॉप के सामने खाड़ी दिखायी दी। मार्वे की खाड़ी वास्तव में मनोरी को घेरने वाली एक पतली समुद्री पट्टी थी, बायीं ओर समन्दर था। दो–तीन मिनट में नाव किनारे लगी। बारिश थम गयी थी, लेकिन आकाश में बादल तेज़ी–से उमड़ रहे थे।

नाव से उतरकर वे घोड़ागाड़ी में बैठे। आकाश में बादल छाए हुए थे और हवाओं में हल्की ठण्डक थी। घोड़ागाड़ी चलाने वाला आदमी स्थानीय बोली में कोई गीत गुनगुना रहा था। रास्ते के दोनों ओर बाँस के बने मचान थे जिन पर गर्मियों में मछलियाँ सुखायी जाती हैं। रास्ते के किनारे और सड़क से लगे खेतों में बारीक झींगा, बड़ा झींगा, मन्देली, बोम्बिल और दूसरी छोटी मछलियाँ मई के अन्त–अन्त तक सुखायी जाती हैं। कोलतार की सड़क पर बिखरी मछलियाँ तेज़ धूप में दो–चार दिन में सूख जाती हैं।

घोड़ागाड़ी आगे बढ़ी तो ताज़ा हवा में हिना ने मछली की गन्ध का अनुभव किया। खाड़ी के किनारे–किनारे रास्ता मनोरी गाँव में प्रवेश करता था और दो–ढाई किलोमीटर पूर्वोत्तर में मनोरी के तट पर ख़त्म हो जाता था। समुद्र तट दस–बारह किलोमीटर में फैला हुआ था। दायीं ओर बहुत सारी छोटी नौकाएँ पानी में हिचकोले खा रही थीं।

बहुत सारे लोग कमर–कमर पानी में छोटी नौकाओं से मछलियाँ उतार कर तट पर लाकर रख रहे थे। तट पर काफ़ी चहल–पहल थी, लेकिन बड़ी नौकाएँ समन्दर से कुछ दूरी पर लकड़ी के तख़्तों पर चढ़ा दी गयी थीं। नौकाओं पर छज्जे बनाये गये थे ताकि बरसात से नौकाएँ सुरक्षित रह सकें। नारियल पूर्णिमा के बाद इन नौकाओं को फिर से समन्दर में उतारा जाता है। समुद्र तट और गाँव के बीच बाँस के अनगिनत मचान भी बने हुए थे जिनका उपयोग भी मछलियाँ सुखाने के लिए किया जाता था। इन मचानों की जालीदार छाँव में कोली पुरुष आराम किया करते या बैठकर जाल बुना करते थे।

सड़क से उतरकर हिना और असरार एक पतली गली से होते हुए तट पर पहुँचे।

जहाँ वह खड़े थे वहाँ से कोली लोगों का गाँव लगभग एक किलोमीटर की दूरी पर था। उनकी निगाहों के सामने समुद्र तट बड़े–बड़े पत्थरों से अटा हुआ था। एक किलोमीटर समन्दर के अन्दर तक पत्थरों की यह श्रृंखला दिखायी दे रही थी। वर्षों पहले कोली समाज ने बड़े–बड़े पत्थरों की मदद से वर्गाकार कई चबूतरे बना रखे थे। इनका उपयोग मछलियों को घेरने के लिए किया जाता है। जब समन्दर में भर्ती आती है तब छोटी–छोटी मछलियाँ इनमें फँस जाती हैं। बायीं ओर समन्दर सिकुड़ता जाता था और एक स्थान पर पर्वत श्रृंखला आरम्भ होती है।

जहाँ से पर्वत श्रृंखला आरम्भ होती है, वहाँ एक क़ब्रिस्तान था।

क़ब्रिस्तान के पास एक पहाड़ी थी, लेकिन बहुत कम लोग पहाड़ी को पार करके उस ओर जाते थे। असरार ने पहाड़ी की ओर संकेत करते हुए कहा– "उस तरफ़ चलते हैं, वहाँ से समन्दर झकास दिखता है।"

सवा गयारह बज रहे थे।

वह पहाड़ी की ओर चलने लगे।

मुम्बई में घाटकोपर, कुर्ला, साइन, बांद्रा–कुर्ला कॉम्प्लेक्स, अँधेरी और सान्ताक्रूज़ में उस समय बारिश ने ज़ोर पकड़ लिया था। यूँ तो मुम्बई और उपनगरों में आठ बजे से बारिश हो रही थी, लेकिन किसी के गुमान में नहीं था जैसे–जैसे समय बीतेगा बारिश ख़तरनाक रूप धारण करेगी। लोग दफ़्तर के लिए निकल रहे थे या निकल चुके थे।

हिना और असरार की छतरी तेज़ हवा में बार–बार पलट रही थी। इसलिए दोनों ने इरादा किया कि छतरी बन्द करके बरसात में भीगेंगे। असरार ने अपनी घड़ी, मोबाइल और पर्स हिना के बैग में रख दिया। हिना ने बैग में से एक पॉलीथिन निकाली और बैग को थैली में लपेटकर बगल में दबा लिया। समुद्र तट में भीगते हुए उन्हें मज़ा आ रहा था। हिना ने दो तीन–बार सर उठाया और बरसात की बूँदों को अपनी आँखों में गिरते हुए महसूस किया। असरार ने बारिश की बूँदों को अपनी हथेलियों में जमा किया और हिना को पिलाया। हिना को असरार का हाथों की कटोरी में पानी जमा करना अच्छा लगा। पन्द्रह मिनट पैदल चलने के बाद जब उन्होंने पीछे मुड़कर देखा तो दायीं ओर का तट उनकी निगाहों से ओझल था। वे रुक गये। दूर–नज़दीक कोई नहीं था। वे चुपचाप खड़े समन्दर का शोर सुनने लगे तो उनके कानों में बारिश की आवाज़ गूँजने लगी। इस गूँज में छुपी एक लहर चेतावनी की भी थी, लेकिन उस समय दोनों पर मस्ती छायी हुई थी इसी मस्ती के कारण मौसम में छुपी चेतावनी को सुनने से वह वंचित थे। बैग में मोबाइल रखने के बाद मोबाइल का नेटवर्क से सम्बन्ध टूट गया था वरना मौसम विभाग की ओर से चेतावनी तो उन तक पहुँच जाती कि अगले चौबीस घण्टों में भारी वर्षा की सम्भावना है। हालाँकि यह बात भी सही है कि इस चेतावनी का मतलब लोग यह समझते थे कि अब बारिश रुकने वाली है।

असरार ने एक बार हिना को अपने पास खींचकर उसके होंठों को चूमा। हिना को अचानक असरार का बेधड़क चूमना अच्छा लगा। उसने भी इस चुम्बन में शामिल होकर अपनी इच्छा को ज़ाहिर किया।

वे आगे बढ़ने लगे। बारिश की दिशा उनकी ओर थी। तेज़ हवा के साथ बूँदें उनके शरीर से टकरा रही थीं। उनकी गति धीमी हो गयी। दूसरी ओर समन्दर का स्तर बढ़ने लगा।

जब वे पहाड़ी के पास पहुँचे, उस समय सवा बारह बज रहे थे। मुम्बई में कई स्थानों पर बारिश तेज़ी से हो रही थी। जिन क्षेत्रों में बारिश सुबह जल्दी शुरू हुई थी, वहाँ रास्तों पर पानी जमा होना शुरू हो गया था। मुम्बई की सभी झीलें कुछ दिन पहले ही लबालब भर चुकी थीं। बीती रात बारिश का पानी शहर की बहुत सारी नालियों में जमा था। बड़े नाले जिनके मुँह सीधे समन्दर में खुलते थे, उनका पानी समुद्री पानी के

बहाव के कारण समन्दर में जा नहीं पा रहा था। समन्दर का स्तर बढ़ने के कारण नालों का पानी शहर की ओर वापस लौट रहा था। छोटे नाले हर जगह उबलने लगे थे।

एक पगडण्डी क़ब्रिस्तान से लगकर पहाड़ी पर जाती थी। क़ब्रिस्तान के पास एक मिनट के लिए रुककर असरार ने कहा– "अस्सलाम अलैकुम या अहलल कुबूर यग्फ़िरलना वलाकुम अन्तुम सलाफना वनहनु बिलअसर" हिना ने पूछा कि अरबी में उसने क्या पढ़ा? असरार ने बताया, एक छोटी–सी दुआ थी, जिसके माध्यम से उसने क़ब्रिस्तान में सोए हुए लोगों को सलाम किया। हिना ने एक नज़र उसकी ओर देखा और कहा– "हो सकता है, उन्होंने तुम्हारे सलाम का जवाब दिया हो और तुमने सुना नहीं हो।"

क़ब्रिस्तान के गेट के पास एक जिन्न किसी आयत का जप कर रहा था। उसको हिना की बात अच्छी लगी तो उसने कहा– "हाँ, हैरान हूँ। सभी कब्रों ने एकसाथ 'वालैकुम अस्सलाम' कहा, लेकिन तुम सुन नहीं पाये। मेरी बात भी तुम तक कहाँ पहुँचेगी, लेकिन जिस ऊँची आवाज़ में कब्रों से जवाब आया है, उससे तो ऐसा लगता है कि कब्रें तुम दोनों की रूहों को पहाड़ पर जाने से रोकना चाहती हैं।" जिन्न जहाँ खड़ा था, वहीं एक पौधे पर बैंगनी रंग के फूल खिले थे। पौधे पर मुम्बा देवी के दरबार का एक जासूस मकोड़ा बनकर बैठा हुआ था। मुम्बा देवी ने उसे 'अमृत' का ज्ञान प्राप्त करने पर नियुक्त कर रखा था। इस जासूस को मुम्बा 'फ़रिश्ता फ़िरक़ा–ए–मोतजिला' (मोतज़िला सम्प्रदाय का दूत) कहकर पुकारा करती थी और मोतजिला जानता था कि कुछ ही हफ़्ते बाद मुम्बा देवी इस दृश्य के बारे में उससे पूछताछ करेगी। मोतज़िला ने इस दृश्य को अपनी याददाश्त में सुरक्षित कर लिया।

उसने एक टहनी की आड़ से हिना को भी देखा जब वह फूल तोड़ने के लिए पौधे पर झुकी थी।

हिना ने फूल तोड़ा और असरार का हाथ थाम कर पहाड़ पर चढ़ने लगी। पाँच मिनट बाद एक जंगली सीताफल के पेड़ के पास रुककर उन्होंने होंठों से होंठ मिलाये। हिना ने पहली बार अपने दोनों हाथ फैलाकर असरार को अपनी बाँहों में जकड़ लिया था। देर तक वह एक–दूसरे के होंठों, माथे और आँखों को प्यार करते रहे। बारिश की बूँदे

उन पर बरस रही थीं और दूर से वे दो धुँधले ढाँचे दिखायी दे रहे थे। उन पर बरसती हुई बारिश का रंग हल्का गुलाबी था। मोतज़िला उनको देख रहा था। उसने पहली बार बरसात को गुलाबी रंग में बदला हुआ महसूस किया था। वह हैरान था।

एक बजे वे पहाड़ी के उस भाग पर पहुँचे जहाँ बैठकर वे समन्दर का नज़ारा कर सकते थे। नीचे झुककर समन्दर को तट की चट्टानों पर अपना सिर फोड़ते हुए देख सकते थे।

मुम्बई और उपनगरों पर काले रंग के बादल फैल गये थे। शहर में मूसलाधार बारिश हो रही थी। मिलन सब–वे में पानी भर गया था। वाहनों का आवागमन रुक गया था। शहर की निचली बस्तियों में घुटनों तक पानी जमा हो गया था और मीठी नदी का पानी आसपास के क्षेत्रों में बाढ़ के रेले की तरह प्रवेश कर रहा था। वह दोनों समन्दर की ओर मुँह किये हसीन मंज़र को देख रहे थे। देखते ही देखते समन्दर पर चारों ओर से काले बादल छाने लगे और हर तरफ़ हल्का अँधेरा फैल गया। इस अँधेरे में उन्होंने एक–दूसरे को देखा। दोनों के चेहरों पर आकर्षण था। उनके दिल धड़क रहे थे और आँखों में चमक थी। यह चमक हल्के अँधेरे में ऐसी लग रही थी कि जैसे कोई क़ीमती पत्थर चमक रहा हो। हिना ने अपना बैग एक ओर रखा और उस पर दो–तीन पत्थर रख दिए। पहाड़ी पर हल्की–हल्की घास उगी हुई थी। घास के नीचे की लाल मिट्टी भीगकर भुरभुरी हो गयी थी। वे दोनों बैठ गये। असरार ने हिना को अपनी बाँहों में भर लिया। देर तक उन्होंने एक–दूसरे को चुम्बन किया। भीगने और तेज़ हवाओं के कारण वे थरथरा रहे थे। हिना ने कुछ कहना चाहा तो देखा, उसके दाँत बज रहे हैं। वह काँप रही है। उसकी इस हालत पर असरार हँसता रहा। वह असरार को हँसते हुए देखकर मुस्कुराती रही। असरार ने उसे सीने से लगाया और इस बार उसने हिना के शरीर पर अपनी उँगलियाँ फेरनी शुरू कीं। हिना को अपने शरीर के कोमल भागों पर असरार की उँगलियों का स्पर्श अच्छा लगा। इस स्पर्श में एक अजीब

जादू था बल्कि एक नशा था। हिना ने इस नशे को महसूस किया। स्पर्श की अनुभूति उसकी आत्मा में फैल गयी। उसने ख़ुद को इस स्पर्श की व्याख्या समझा। हिना का शरीर मानो किसी नदी में बदल गया था जिसके कारण उसके अन्दर तीव्र इच्छा जाग्रत हुई। वह आँखें बन्द करके असरार की उँगलियों के स्पर्श से स्वयं के शरीर में जाग्रत होने वाले प्रकाश को भी देखना चाहती थी। स्वयं के शरीर में फूटने वाले सोतों का अनुभव मन में उजागर करने की जिज्ञासा की वह छवि बन गयी थी। इस अनुभव में एक लुत्फ़ भरी मदहोशी और सरशारी थी, लेकिन यह मदहोशी और सरशारी आत्मा की माँग और आत्मा की मदहोशी का सदियों पुराना गीत था। असरार की निकटता और उसकी बाँहों में अपने अस्तित्व को हिना ने महकता हुआ महसूस किया।

मोतज़िला ने महसूस किया कि बारिश का गुलाबी हल्का जो पहले सिर्फ़ हिना और असरार पर था, फैल गया है। उसकी हैरानी में वृद्धि हुई। वह टहनी की आड़ से ऊपर आया और एक पत्ते पर बैठ गया। उसने देखा, बारिश का गुलाबी रंग भी गहरा गया था।

बीती रात सोफ़े पर आँखें बन्द करके कल्पनाओं की सेज़ पर दहकते हुए विचारों के कारण हिना के शरीर में जो गर्मी पैदा हुई थी उससे कुछ अधिक गर्मी अब उसके पोरों में फैल गयी थी। उसके रेशमी बालों से बारिश का गुलाबी पानी उसकी पीठ पर उतर रहा था। उसके माथे से बारिश की बूँदें असरार के सीने पर गिर रही थीं। पन्द्रह–बीस मिनट में कई बार असरार ने उसे और उसने असरार को अपनी गोद में देखा और एक–दूसरे के माथे और पलकों को प्यार किया। हिना ने अपने बदन में एक भट्टी जैसी ज्वाला का अनुभव किया, जिसकी छवि उसके चेहरे पर दिखायी दे रही थी। उसकी आँखों की सफ़ेदी में दो–तीन लाल रेखाएँ उभर आयी थीं और चेहरे का रंग गहरा हो गया था। गुलाबी बरसात में उसके चेहरे का रंग भी गुलाबी दिखायी दे रहा था।

हिना के दिल में अजीब ख़याल आया। उसने असरार की कनपटी में अपने दाँत गड़ा दिए। हिना के नुकीले दांत असरार की त्वचा में घुसे तो असरार की नसों में जमी लहरें ऊँची उठने लगीं। उसने निडरता का अनुभव किया। निडरता ने उग्र भावनाओं को मन की सतह पर उभारा। उसका चेहरा चमक रहा था। वह चुप हो गया। अपनी चुप्पी और गुलाबी बारिश की बौछार में हिना के भीगे हुए शरीर को देखता रहा।

डेढ़ बज रहा था। मुम्बई में बारिश के कारण विनाश शुरू हो गया था। ट्रेनें रुक–रुककर चल रही थीं। दफ़्तर बन्द होना शुरू हो गये थे। मुहम्मद अली ने पच्चीसों बार असरार के मोबाइल पर फ़ोन करके उसे सूचित करने का प्रयास किया, लेकिन असरार का फ़ोन पहुँच से बाहर था। कुछ देर बाद फ़ोन सेवा बन्द हो गयी। विमानों के मार्ग बदल दिये गये। मुम्बई की अधिकांश सड़कें और झुग्गी–झोपड़ियाँ पानी में तैरती हुई दिखायी दे रही थीं। मीठी नदी में चार–पाँच शव बहकर समन्दर की ओर गये जिनमें से एक शव नगरपालिका के सुरक्षाकर्मियों को दिखायी दिया। धारावी, अँधेरी, कांजुरमार्ग, माटुंगा, साकीनाका में कई मकान ढह गये। काले बादल एक गुच्छे के रूप में सांताक्रूज इलाक़े के आकाश में जमा होने लगे। हवा पेड़ों को उखाड़ रही थी और छज्जों को उड़ा रही थी। जानवर व परिन्दे डरे–सहमे थे। बिल्लियाँ और कुत्ते पागल हुए जा रहे थे। बोरीवली, हीरानन्दानी, आरे मिल्क कॉलोनी, दहिसर और काशीमीरा में एक साथ कई जंगली साँप देखे गये। तीन–चार लोग तो साँप के काटने से मर गये। बोरीवली और दहिसर के बीच से एक नाला समन्दर की ओर बहता है, जिसमें नेशनल पार्क के जंगल का पानी बहता है। इस बरसाती नाले के चारों ओर रहने वाले लोगों ने नाले में एक शेर, दो हिरण ों और एक अजगर को बहते हुए देखा। शेर जीवित था, लेकिन नाले से बहने वाले पानी की गति इतनी तेज़ हो गयी थी कि उसे बचाने के बारे में कोई सोच नहीं पाया। उस समय अँधेरी से वसई तक भारी वर्षा हो रही थी। इतनी भारी वर्षा यहाँ बसने वाले लोगों ने अपने जीवन में नहीं देखी थी। रेलवे ट्रैक से लगकर निर्मित झोंपड़ियाँ तेज़ बारिश और तूफ़ानी हवाओं की चपेट में आकर ध्वस्त हो गयीं। लोग रेलवे ट्रैक के सामने पेड़ों के नीचे खड़े अपने–अपने खुदाओं से बारिश के रुकने की फ़रियाद कर रहे थे।

असरार और हिना खड़े होकर पहाड़ी से समन्दर को देख रहे थे। समन्दर पर गहरे काले बादलों का राज था। वहीं समन्दर में अब बड़ी–बड़ी लहरें उठ रही थीं, लेकिन यहाँ की तटीय पट्टी बहुत अन्दर तक आयी हुई थी, इसलिए तूफ़ानी लहरें तट से कुछ दूरी पर थीं। नीचे बड़े गहरे काले रंग के पत्थर बहुत सुन्दर दिखायी दे रहे थे। बारिश का असर बढ़ रहा था। चारों–ओर धुन्ध थी। हिना ने असरार को बताया कि

कल रात ऐसा ही दृश्य उसने कल्पना में देखा था, बिल्कुल ऐसा ही। वे तट पर थे। उनके सरों पर काले बादल जमा हो गये। हल्का अँधेरा फैल गया और उस अँधेरे में वो उसके गले लग गयी। असरार ने उसकी बातें सुनकर उसके कन्धे पर हाथ रखा और कहा, "लगता है, तूने आज को कल ही देख लिया था।"

असरार की यह बात सुनकर हिना दुविधा में पड़ गयी कि कहीं वह दीजाफु (Deja Vu) का शिकार तो नहीं है और ऐसा तो नहीं है कि यह बदगुमानी है कि जिस दृश्य की उसने कल्पना की है, वह उसकी याददाश्त के बजाय मात्र उसकी मानसिक स्थिति की अभिव्यक्ति है। कुछ महीनों पहले उसने दीजाफु पर एक छोटी–सी किताब पढ़ी थी। इस किताब में उसने पढ़ा था कि दीजाफु का अर्थ होता है 'पहले से देखा हुआ'। यह एक ऐसी मानसिक स्थिति का नाम है, जिसमें आदमी को ऐसा लगता है कि जिस वस्तु या बात का वह अनुभव कर रहा है, वह अतीत में बीत चुकी है, चाहे वह अनुभव अतीत में बीता हो या नहीं। शायद इसीलिए वह दुविधा में पड़ गयी। उसे ख़यालों में डूबा देखकर असरार ने कहा– "नीचे चलते हैं और पत्थरों पर बैठकर समन्दर का मज़ा लेते हैं।" हिना ने बैग उठाया और एक बार फिर पहाड़ी से झाँककर नीचे देखा। दूर तक काले पत्थरों के आसपास समन्दर का पानी हिचकोले खा रहा था। ऊँचाई से समन्दर का किनारा, कुछ दूर समन्दर की लहरें, लहरों के ऊपर आकाश में काले बादल और बादलों से समन्दर पर बरसती हुई बरसात उसने देखी। इससे अधिक सुन्दर दृश्य उसने पहले कभी नहीं देखा था। प्रकृति की सुन्दरता में वह खो गयी थी। उसने असरार का हाथ अपने हाथों में मज़बूती से थाम लिया। मंज़र अब हिना को देख रहा था। हिना मंज़र के आत्मा का भाग थी।

उन दोनों के सर पर गहरे बादल छाये हुए थे और इन बादलों के कारण पहाड़ी पर अँधेरा छा गया था।

दोनों कुछ देर वहीं एक–दूसरे की बाँहों में बाँहें डाले खड़े रहे। अचानक हिना की आँखों में दो–चार क़तरें जमा हुए, लेकिन वर्षा के कारण असरार अनुमान नहीं लगा सका। हिना की आँखों में जमा क़तरे उसके व्यक्तित्व के परत–दर–परत स्तर में उपस्थित ख़ुशी का इज़हार था।

असरार उसके ज़िन्दगी का क़ीमती तोहफ़ा था। उसमें वह एक ऐसे आदमी को देख रही थी जो उसके पिता के विपरीत था। उसका पिता बहुत अच्छा इन्सान था, लेकिन अपनी पत्नी से प्यार करने में नाकाम था। हिना के दिल में यह बात गाँठ की तरह बैठ गयी थी। इसलिए वह अपनी माँ के जीवन की कड़ी बनना नहीं चाहती थी। वह अपने अस्तित्व की विशिष्टता के साथ एक अद्वितीय जीवन को पाना चाहती थी। उसने कई बार अपनी माँ को देखते हुए यह सोचा था कि वह केवल उस आदमी के साथ अपने अस्तित्व को पूर्ण महसूस कर पायेगी जो उसके साथ अपार इश्क़ करेगा और जिसके साथ वह अपार इश्क़ करेगी। धीरे–धीरे असरार से लगाव, प्रेम में परिवर्तित हो गया था। उसकी माँ की ढलती आयु और चिड़चिड़ेपन ने कई बार उसे मानसिक तनाव और आवेश द्वारा उत्पन्न एक भयानक अन्धेरी खाई में धकेल दिया था। इस दलदलनुमा इच्छा की भयानक अँधेरी खाई से वह हमेशा उस शक्ति के कारण उभरा करती थी कि वह ऐसे आदमी को अपना जीवनसाथी बनायेगी जो उसको ज़ात की परछाईं होगी। उसकी हमकफ़स रूह होगी। असरार को वह अपने जज़्बात का व्याख्याखर और अपने नफ़स की परछाईं समझती थी। उसके जुनून और इश्क़ ने हिना के अन्दर पूर्णता के अहसास को पैदा किया था। इसी इच्छापूर्ति की अनुभूति आँसू बनकर उसकी आँखों से छलक पड़ी थी।

बारिश के पानी में उसके आँसू भंग हुए तो उनका रंग गुलाबी हो गया। इन आँसुओं का एक क़तरा असरार की ज़बान पर फैलकर उसके दिल की रगों तक पहुँच गया, लेकिन इस बात का उसे अहसास नहीं था।

दो बजने में दस मिनट शेष थे।

वे पहाड़ी से नीचे उतरने लगे।

जब वे क़ब्रिस्तान के पास पहुँचे, जिन्न का जप पूरा हो चुका था। उसने हिना और असरार को पहाड़ी की गोद में काले पत्थरों पर जाकर बैठते हुए देखा। समन्दर की आवाज़ को सुनकर उसने अन्दाज़ा लगाया कि लहरों को समुद्र तट तक पहुँचने में लगभग पन्द्रह मिनट लगेंगे। उसे याद आया कराची के तटीय क्षेत्रों और सिन्ध के दिहातों में अलरहमत–ए–हक व जमात–उल–मुराबितुन के आयोजनकर्ता 'दौरात आयत–ए–क़ुरान' में उसकी भागीदारी अनिवार्य है वह तुरन्त उड़ गया। ज्यों ही वह ग़ायब हुआ,

फ़रिश्ता फिरका–ए–मोतज़िला मकोड़े से एक भगवा रंग के साँप में बदलकर उस स्थान पर पहुँचा जहाँ कुछ समय पहले जिन्न खड़ा था। जिन्न की गन्ध को इकट्ठा करने के बाद उसने ज्ञात कर लिया कि जिन कहाँ गया है और क्यों गया? आवश्यक जानकारी जमा करने के बाद मोतज़िला एक सफ़ेद कबूतर बनकर उड़ गया।

शहर और उपनगर विरार, कल्याण, ठाणे और पनवेल में मूसलाधार बारिश हो रही थी। मुम्बई सेंट्रल, चर्चगेट, कोलाबा, मस्जिद बन्दर, वी.टी., विक्रोली, वर्ली, दादर, बांद्रा, माहिम में भी तेज़ बारिश हो रही थी लेकिन कुछ जगहों पर बारिश का रंग हरा और कुछ जगहों पर भगवा था। पवई झील छलक गयी थी और उसका पानी मीठी नदी में उतरना शुरू हो गया था। यहाँ बारिश की बूँदों का रंग दूसरी जगहों की अपेक्षा गहरा काला था। जैसे आसमान से कोलतार बरस रहा हो। मीठी नदी ख़तरे के निशान से ऊपर बह रही थी। सरकारी मिश्नरी और पुलिस के साथ बरसाती नालों और सीवरेज की लाइनों का निरीक्षण करके, जल निकासी व्यवस्था को ठीक करने वाला दल भी मैदान में उतर गया था। लोगों को घरों से बाहर न निकलने के निर्देश दिये जा रहे थे और जो लोग घरों से बाहर थे, वे वापसी के लिए हरसम्भव प्रयास कर रहे थे। सवा दो बजे तक लोकल ट्रेन पूरी तरह से बन्द हो गयी। हाईवे कारों, बसों, बाइक सवारों और पैदल चलने वालों से अट गया था। बहुत सारी सड़कों पर कमर तक पानी जमा हो गया था और कई स्थानों पर लोग अपनी कारों में क़ैद थे। वे लोग सौभाग्यशाली थे जिन्हें बचा लिया गया वरना कई लोग सिसक–सिसककर वाहनों में मर गये।

सांताक्रूज के आकाश में एकत्र बादलों का झुण्ड सवा दो बजे फट गया। बादलों पर बादल गिरे और एक धमाका आसमान में हुआ। दस–पन्द्रह किलोमीटर के क्षेत्रफल में पानी इस तीव्रता के साथ गिरा मानो किसी देवदूत ने बड़ी–सी झील को शहर पर उंडेल दिया हो।

!!!

मुम्बई के चारों ओर फैला हुआ समन्दर बहुत क्रोधित था। वह सदियों से जारी जंग जीत कर टापू पर क़ब्ज़ा करना चाहता था। ऊँची–ऊँची लहरें उठ रही थीं और गुस्से में साहिलों पर अपना सिर पटक रही थीं। लहरें इस तरह सर उठा रही थीं, जैसे उठकर आसमान को छूना चाहती हों। इन बागी लहरों को देखकर दिल में डर समा रहा था। तीन दिनों से शहर में बारिश जारी थी और अब शहर की मुख्य सड़कों के साथ साथ तंग और अन्धकारमय गलियों में भी घुटनों तक पानी भर गया था। आसमान में सिवाय काले बादलों के कोई और चीज़ दिखायी नहीं दे रही थी। शहर भूल गया था कि सूरज की किरणें कैसी होती हैं। आसमान में छेद थे जहाँ से ढार–ढार पानी गिर रहा था मानो आसमान में बादल नहीं आबशार हो। समन्दर का पानी नालियों में बहुत अन्दर तक समा चुका था। बारिश के पानी की निकासी रुक गयी थी। बड़ी–बड़ी नालियों में समन्दर और बारिश के पानी में संघर्ष जारी था, जिसके कारण नालियों की कँक्रीट निर्मित दीवारें टूट–फूट रही थीं और मिश्रित पानी ज़मीन की अन्दरूनी परतों में फैलता जा रहा था। बरसाती नालों से सटी हुई आबादियों के निवासी डूबे जा रहे थे। मीठी नदी में बाढ़ के कारण एक बड़ा इलाक़ा पानी के चपेट में आ चुका था। बेशतर इलाक़ों में बिजली गुल थी। निचले इलाक़ों में तबाही और बर्बादी का एक ख़ौफनाक मंज़र था। नगर प्रशासन, सरकार और जनता के बीच सम्पर्क टूट चुका था। टापू पर आबाद लोगों की याददाश्त के अनुसार, इतनी तेज़ और मूसलाधार बारिश पहले कभी नहीं हुई थी। मुम्बा देवी के मन्दिर में सन्नाटा छाया हुआ था। मुम्बा देवी का चेहरा बेहद उदास लग रहा था। छह हज़ार साल पहले ब्रह्मा ने ऐसी उदासी मुम्बा देवी के चेहरे पर तब देखी थी जब मुम्बा का मुक़ाबला, मुम्बाराका से होने वाला था। मुम्बराका की हार के बाद जब मुम्बा देवी का मन्दिर तामीर हुआ तब ब्रह्मा ख़ुद आशीर्वाद देने मन्दिर में पधारे थे। जब मन्दिर में मुम्बा की मूर्ति रखी गयी थी तब उसके चेहरे पर एक अस्पष्ट और व्याख्या से महरूम ख़ामोशी छाई हुई थी।

क्या उस दिन ब्रह्मा ने मुम्बा देवी को मुम्बई के भविष्य से सचेत कर दिया था? क्या ब्रह्मा के अलावा संसार में कोई दूसरी शक्ति थी, जिसे इस बात का ज्ञान हो कि मुम्बा देवी के चेहरे की प्राकृतिक मुस्कुराहट को किस पीड़ा ने एक अस्पष्ट ख़ामोशी में बदल रखा है।

कल्याण, थाना, मुम्ब्रा, बदलापुर, बोरीवली, मलाड, अँधेरी, सान्ताक्रूज, माहिम, बांद्रा, कुर्ला, साइन, घाटकोपर, धारावी, चेम्बूर, चूनाभट्टी, दादर और अन्य क्षेत्र बाढ़ से प्रभावित थे। कुल मिलाकर तीन हज़ार से अधिक लोग मारे गये थे, लेकिन इस बात का ज्ञान किसी को नहीं था। नगर निगम, मीडिया और कल्याणकारी संगठनों को इस बात का ज्ञान नहीं था कि हत्याएँ इतनी अधिक होंगी। संचार के सभी माध्यम बन्द हो चुके थे। किसी को किसी की ख़बर नहीं थी। दूसरी ओर मीठी नदी मौत का चुम्बकीय कुआँ बन गयी थी। एक घण्टे में इस चुम्बकीय कुएँ ने पाँच सौ से अधिक आत्माओं को अपने अन्दर खींचकर निस्तवोनाबूद कर दिया। शहर के चारों ओर फैले विशाल समन्दर तटों ने लोगों को अपनी ओर खींचा और फिर एक बेरहम हत्यारे की तरह उन्हें दुनिया से मिटा दिया।

असरार और हिना एक बड़े पत्थर पर बैठ गये।

पत्थर के चारों ओर छोटे–छोटे भूरे रंग के केकड़े रेंग रहे थे। केकड़े उन्हें देखकर भाग गये। दस–बारह मूंगे पत्थर की दरारों में छिपकर उनकी गन्ध को सूँघ रहे थे। आसपास ऊँचे और चौड़े पत्थर थे जिनके बीच इतनी जगह थी कि वे खड़े रह सकते थे। असरार ने नीचे साफ़ पानी को झिलमिलाते हुए देखा। उसने कहा "नीचे चलते हैं।" हिना मुस्कुरायी। वह सँभल–सँभलकर पत्थर पर से उतरे। दो पत्थरों के बीच खड़े होकर तीन–चार मिनट उन्होंने पागलपन और जुनून के साथ चुम्बन किया। इस जुनून में प्यार की दीवानगी शामिल थी। दीवानगी और जुनून ने प्यार को संसार की चिन्ता से मुक्त कर दिया। उन्होंने एक–दूसरे के चेहरे को देखा। संसार की चिन्ता से मुक्त प्रेम जब आँख की पुतली में ठहरता है तो पूरे चेहरे का दर्शन करता है। दोनों के होंठ लाल अँगारे में बदल गये थे।

मन्द प्रकाश में उनकी आँखें बहुत आकर्षक लग रही थीं। जब उनकी नज़रें एक–दूसरे में खो गयीं तो उनको समय का पता ही न चला। हिना के दिल में एक कस्तूरी थी, वह उसी समय फट गयी। उसकी ख़ुशबू को हिना ने अपने अन्दर फैलते हुए महसूस किया। खुशबू को छुपाये रखना उसके लिए मुश्किल था। उसने असरार से कहा– "थोड़ा आगे चलते हैं। यहाँ किनारे पर कोई आ सकता है।"

वे खुरदुरे पत्थरों पर चलते हुए समन्दर की ओर बढ़ने लगे। चार–पाँच मिनट बाद एक पत्थर पर खड़े होकर उन्होंने उस पहाड़ी को देखा जहाँ से कुछ देर पहले उन्होंने इन पत्थरों को देखा था। पहाड़ी का शीर्ष भाग वर्षा द्वारा उत्पन्न धुन्ध में अदृश्य था। जहाँ तक नज़र ने साथ दिया, उन्होंने देखा कहीं कोई दिखायी नहीं दिया। उन्हें भरोसा हो गया कि आज तट पर उनके अलावा कोई नहीं है। वे आगे बढ़ने लगे। बारिश तेज़ थी। समन्दर पर अँधेरा फैला हुआ था। उन्होंने मुड़कर समुद्र तट की ओर देखा। पहले जिस पत्थर पर वह खड़े थे, वह भी स्पष्ट रूप से दिखायी नहीं दे रहा था। हिना ने आकाश की ओर देखा। उसके सर पर काले बादल छतरी बन गये थे। इस छतरी में लाखों–करोड़ों छेद थे, जिनसे उसके सर पर पानी की ठण्डी बूँदें गिर रही थीं। उसने ख़ुद को एक सीप में बदला हुआ महसूस किया। एक सीप जो वैशाख के पानी से तृप्त होना चाहती थी। उसके अन्दर मचलती कस्तूरी की ख़ुशबू उसके ज़हन तक पहुँच गयी थी। अब उसके अन्दर इतनी परिपक्वता और साहस पैदा हो चुका था कि वह आत्मा की चाहत और इच्छा से उत्पन्न ख़ुशबू से दूर नहीं रहना चाहती थी। उसके इस साहस के पीछे असरार में उसका विश्वास और विधि के जीवन से फूटने वाला प्रकाश था। विधि ने दो–तीन बार उसे सेक्स से प्राप्त आनन्द वाली फ़िल्मों के बारे में भी बताया था। इन फ़िल्मों ने उसके बहुत सारे अस्वाभाविक डर को कम कर दिया था। अब वह सुख को सुख और ख़ुशबू को ख़ुशबू के रूप में महसूस करना चाहती थी। असरार की भावनाओं का उसे ज्ञान था। जब उसने असरार से समुद्र तट से दूर समन्दर की ओर जाने की बात कही थी, उसी समय असरार को अहसास हो गया था कि आज हिना के शरीर का दर्शन उसके सौभाग्य में है। हिना के चेहरे के ठोस नूकूश की तरह उसके बदन के दिल को लुभाने वाले नूकूश भी असरार की आत्मा में नशा पैदा किया करते थे।

आज उसने हिना के दिल को लुभाने वाले नूकूश का स्पर्श प्राप्त किया था और इस स्पर्श में एक हैरान कर देने वाला जादू था। उसकी आँखों में इच्छा की तरंग के कारण हल्का अँधेरा फैला हुआ था, जिसमें उसकी आत्मा विलीन थी। इस विलीनता में उसे ऐसा महसूस हो रहा था कि आकाश से बारिश की बूँदों के साथ—साथ गुलाब की पंखुड़ियां भी बरस रही हैं, जिसके कारण पूरा मंज़र गुलाब जल से सुगन्धित है।

जिस दिन वह हिना से मिला था उस दिन से उसकी आत्मा ख़ुश थी। उसके दिल की अँधेरी खाई में आत्मा की शाखाओं से लिपटे हुए सन्देह भंग हो गये थे। वे सन्देह भी, जो उसके दिल में उसकी माँ से सम्बंधित थे। एक औरत से प्यार और प्यार में सम्भोग की भावना की भागीदारी ने उसके व्यक्तित्व को थोड़ी—सी आवारगी की ओर प्रेरित किया था। इच्छा की इस आवारगी में एक क्षमाभाव भी था। उसके दिल में किसी दूसरी कसक के लिए कोई जगह नहीं थी। उसके दिल के पूरे हिस्से पर हिना का राज था। प्यार को शायद पागलपन इसलिए भी कहा जाता है कि प्यार मन से डर को निकाल देता है और दिल को प्रेमिका की पूजा पर नियुक्त करता है।

बादलों से निकलने वाले बेरहम तीर उन पर बरस रहे थे जब वे एक समकोणीय छोटे पत्थर पर लेटकर प्यार कर रहे थे। असरार ने उसके कान के पास धीरे से कहा— "मैं तुझे मेरी माँ से ज़्यादा प्यार करता हूँ।" हिना ने उसी पल जवाब दिया— 'मैं तुम्हें अपने बाप से ज़्यादा प्यार करती हूँ।" शायद दोनों जानते थे कि ये शब्द उनके अवचेतन की गहरी खाई से मुक्त हुए हैं या शायद दोनों यह नहीं जानते थे और केवल इतना जानते थे कि वे एक—दूसरे को सभी दूसरे इन्सानों से अधिक प्यार करते हैं। दोनों के भीगे हुए शरीर स्पर्श से पैदा होने वाली ज्वाला से भड़के तो उनके कपड़े उन्हें जान के दुश्मन लगे। वे कपास के उन रेशों से भी आज़ाद हो गये जो उनके शरीर पर बोझ थे। प्रेम की वह लहर जिसने पहले उनके लबों को लाल अँगोरे में परिवर्तित किया था, अब उनकी नसों में फैल चुकी थी। इस भावना की गर्मी में उनकी आत्माएँ डूबकर एक—दूसरे में बसने के लिए बेचैन थीं। वे एक—दूसरे की आत्मा की ज्वाला के रंग से परिचित थे। अब एक—दूसरे की त्वचा पर उनकी आँखें ठहरी थीं। हल्के गुलाबी रंग गुलाब का फूल लगातार बारिश में भीग कर जिस

तरह सफ़ेद और चमकीला गुलाबी रंग धारण करता है हिना की त्वचा प्रेम भावना की गर्मी और लगातार बारिश में भीगने के कारण कुछ उसी प्रकार की दिखायी दे रही थी। असरार ने उसकी सफ़ेद चमकीली गुलाबी त्वचा से गुलाब जल जैसी ख़ुशबू को उमड़ते हुये महसूस किया। बड़ी तेजी से गुलाब जल की ख़ुशबू उसके ज़हन में एक मदहोशी पैदा करके उसके सीने में फैल गयी। उसने धीरे से कहा– "तेरे बदन की ख़ुशबू, बारिश की बूँदों जैसी है।" लेकिन धीमेपन और बारिश के शोर के कारण हिना सुन नहीं पायी। इस अर्क में रूह को शान्त करने और आत्मा को परमात्मा में बदलने की तासीर थी। असरार ने एक पल के लिए सोचा कि जमीला मिस और शान्ति इस महक या इस प्रकार की महक से महरूम थीं। असरार को अभी यह मालूम नहीं था कि मुहब्बत जब सम्भोग के जज़्बे पर हावी होती है तो जिस्म की महक भी यौन की इच्छा पर हावी होकर अपना जलवा दिखाती है। यह प्रेम–रंग यौन–प्रक्रिया को एक पापपूर्ण पूजा के स्तर से उठाकर एक पूजनीय प्यार में बदल देता है। हिना ने असरार के सीने पर अपना सर रखा और उसके दिल की धड़कन सुनने लगी। असरार के दिल की धड़कन तेज़ थी। दिल के धड़कने की आवाज़ को सुनने के बाद हिना पूरी तरह उसके शरीर से इस तरह लिपट गयी जिस तरह सम्भोग के लिए प्रतीक्षित नागिन अपने चुने हुए नाग के साथ कुछ घण्टों के प्रेम नृत्य के बाद थकावट, तड़प और भावनाओं की प्रबलता के साथ लिपट जाती है। भावनाओं की इस प्रबलता में उसने असरार के दिल पर चुम्बन लिया। जब असरार ने हिना के होंठों को अपने सीने पर रेंगते हुए महसूस किया तो उसके दिल की ओर शरीर के अन्य भागों से बहकर आने वाले ख़ून में तूफ़ान उठने लगा। गर्म मौजें मारता हुआ ख़ून, ज़हन की ओर स्थानातरित हुआ और वहाँ पहुँचकर बहुत सारे जुगनुओं में परिवर्तित हो गया। उसके जहन में रौशनी फैली। इस रौशनी में विद्युत–शक्ति, ऊर्जा और एक हरकत थी। उसके आत्मा की ज्वाला इस प्रकाश द्वारा उत्पन्न शक्ति, ऊर्जा और हरकत से उबलने लगी।

यह वही पल था जब सान्ताक्रूज़ पर बादलों का गुच्छा फटा था। तूफ़ानी हवाओं में समुद्री लहरें पाँच–पाँच फीट ऊपर उठती हुई तट की ओर बड़ी तेज़ी के साथ बढ़ रही थीं मानो समन्दर में सुनामी आयी हो। लहरों की तेजद्यी का भय असरार और हिना के दिल में नहीं था।

उन्होंने इस पहलू पर गौर ही नहीं किया था कि कुछ घण्टों की बारिश समन्दर को सुनामी में बदल देगी। हालाँकि पिछले दिसम्बर की ख़ूनी सुनामी के कारण दक्षिण भारत में होने वाली तबाही की यादें हिना की याददाश्त में सुरक्षित थीं।

वह मिलाप के नशे में डूबे हुए थे। यह लम्हा उनके इश्क़ की बुलन्दी थी। वे दोनों अपने अन्दर नहीं बल्कि एक–दूसरे की आँखों में ज़िन्दा थे। वह दोनों अपने अन्दर नहीं बल्कि एक–दूजे में मक़ीन थे। उनकी आत्माएँ रौशन थीं और वह आसपास की दुनिय से बेग़ाना थे। बारिश, समन्दर, तट, पत्थर, नग्नता–उन्हें कुछ भी याद नहीं था। उन्हें यह भी याद नहीं था कि वे कौन हैं? यह लम्हा अपने आप को खोने का था, जिसे कुछ लोग 'निर्वाण' भी कहते हैं। इस मिलाप में एक छोटा–सा पल ऐसा भी आने वाला था जब इच्छात्मा के जादू में वे अपने अस्तित्व के आनन्द की चरम सीमा पर पहुँचकर उस छोटे–से पल में अन्धे होने वाले थे। यह पल इच्छामृत्यु से क़रीब होता है। इस पल में आत्मा उपस्थित होते हुए भी अनुपस्थित होने का अनुभव करती है।

मुम्बई के अतराफ़ में जितने भी तटीय क्षेत्र हैं, सब पर समन्दर की ऊँची लहरों ने एक साथ हमला किया था। कई स्थानों पर समन्दर का पानी शहर में प्रवेश कर गया था और जहाँ कोई इन लहरों की भूल–भुलय्यों में फँस गया, वह लाख हाथ–पैर मारने के बाद भी बाहर नहीं निकल सका। पवई झील का छह मिलियन क्यूबिक मीटर पानी मीठी नदी की सीमाओं को तोड़ कर बीस–पच्चीस किलोमीटर के इलाक़े में तबाही मचा चुका था। समन्दर की ऊँची लहरों ने भी इस तबाही में वृद्धि की। सान्ताक्रूज़ में बादलों के फटने से हाहाकार मच गया। अब मुम्बई 'शहर आशोब' (ऐसी कविता जिसमें किसी शहर की तबाही का उल्लेख किया गया हो) था। शहर का भाग कहीं दो मीटर, कहीं चार मीटर, कहीं पाँच मीटर, कहीं सात मीटर जलमग्न हो गया था। जहाँ पानी पाँच से सात मीटर तक भरा था, उन इलाक़ों में जानें ज़्यादा गयीं। टापू के इतिहास में समन्दर इतना अहंकारी और भूखा कभी नहीं था।

समन्दर की इस क्रूरता और आतंक से अचिन्तित असरार और हिना ने अस्तित्व के आनन्द का अनुभव करके नफ़स के ग़ायब होकर हाज़िर रहने वाले लम्हे में प्रवेश किया ही था कि एक अहंकारी सरकश लहर ने

गुस्से में अपना सर उस पत्थर पर मारा, जिस पर वे दोनों एक–दूसरे में खो चुके थे। जब लहर ने असरार को खींचा, ठीक उसी समय असरार अस्तित्व के आनन्द की चरम सीमा पर पहुँचकर उस छोटे–से पल में अन्धा हो गया था। उसकी समझ में कुछ नहीं आया। वह अमरपक्षी की तरह उठ कर खड़ा तो हो गया, लेकिन दूसरी लहर ने ज़ोरदार आक्रमण किया। हिना ने दोनों हाथों से उसके पैरों को पकड़ा। वह लड़खड़ाकर गिरा। दोनों ने एक–दूसरे को पकड़ा, लेकिन इससे पहले की कि वे सँभल पाते, शैतानी लहर ने उन्हें अपनी चपेट में ले लिया। लहर पर लहर टूट रही थी, जिसके कारण असरार तैरने के प्रयास में सफल नहीं हो पा रहा था। दूसरी ओर हिना ने दोनों हाथ उसकी गर्दन में डालकर उसे कसकर पकड़ लिया था। एक–दो बार असरार ने हिना का एक हाथ गर्दन से अलग करके ऊपर उभरने और तैरने का प्रयास किया, लेकिन इस प्रयास को हिना समझ नहीं सकी, हिना ने ज़िबह किये गये प्राणी की–सी तड़प के साथ असरार की गर्दन को और कसकर पकड़ लिया। दो बार समन्दर ने उन्हें ऊपर उछाला, केवल यह जताने के लिए कि तट मीलों दूर है और दूर तक गुलाबी बारिश के बजाय गहरा काला रंग फैल गया है। इन दोनों अवसरों पर एक पल के लिए उन्होंने एक–दूसरे की आँखों में देखा। उनकी आँखों में एक–दूसरे के लिए केवल और केवल अपार इश्क़ था।

वजाहत

'रूह' और 'हुज़्न' की आवाज़ तथा इन शब्दों के अर्थ, शब्द 'रोहज़िन' की रचना के समय मेरे मन में थे लेकिन इस शब्द को 'रूह' और 'हुज़्न' का संगठित रूप न समझा जाये; "रोहज़िन" पूर्ण शब्द के रूप में एक मानसिक, भावनात्मक और मनोवैज्ञानिक स्थिति को प्रस्तुत करता है। उपन्यास उस स्थिति के प्रदर्शन के साथ एक नये शब्द को रूप देने का प्रयास है।

उद्धरण–

(*) पैराग्राफ़ में लिखित पारिभाषिक शब्द महाराष्ट्र राज्य की दसवीं कक्षा की साइंस और टेक्नोलॉजी से व्युत्पन्न है। नवनीत पब्लिकेशंज़ (इंडिया) मुद्रित 2013।

(1) हीरों और बहुमूल्य पत्थरों के विभिन्न प्रकार की मूल प्रकृति की जानकारी दैनिक समाचार–पत्र 'उम्मत' (कराची–हैदराबाद के नवम्बर 2013) से व्युत्पन्न है।

(2) शैतान पूजा की अवधारणा, इतिहास और उपमहाद्वीप में शैतान पूजा की वर्तमान स्थिति पर दैनिक समाचार–पत्र 'उम्मत' (कराची–हैदराबाद) ने फ़रवरी 2014 में एक विश्लेषणात्मक रिपोर्ट पाँच–छः किश्तों में प्रकाशित की थी। यहाँ उससे लाभ प्राप्त किया गया है।

(पूर्वोक्त सन्दर्भ संख्या 3, 4, 5, 6)

(7) अंग्रेज़ी कविता मुम्बई की नौजवान कवयित्री उत्सवी झा की लिखी हुई है।

(8) उपन्यास के अध्याय प्रतिष्ठित उर्दू कवि बानी की एक ग़ज़ल की पंक्तियाँ हैं।